The Mandibles

: A Family, 2029-2047

일러두기

이 책은 허구의 산물입니다. 등장인물, 사건, 대화 내용 등은 모두 작가의 상상력을 토대로 창작된 것이기에 실제로 해석되어서는 안 됩니다. 생사를 막론하고 어떠한 사람이나 사건과의 유사성은 전적으로 우연의 일치임을 밝혀둡니다.

*   원저자 주의 경우 괄호 안에 표기하였고, 옮긴이 주의 경우 괄호 안에 '옮긴이' 표기를 별도로 하였습니다.

** 원문에서 이탤릭체 혹은 대문자로 강조된 부분은 고딕체 혹은 작은따옴표로 구분하여 표기하였습니다.

*** 원문에서 미래의 유행어로 나오는 신조어들은 옮긴이의 판단하에 한국 독자들이 쉽게 이해할 수 있으면서도 저자의 의도를 최대한 살린 표현들로 번역되었습니다.

맨디블 가족

2029년 - 2047년의 기록

나쁜 일은 한꺼번에 몰려든다

The Mandibles
: A Family, 2029–2047

라이오넬 슈라이버 장편소설
박아람 옮김

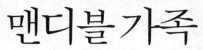

RHK
알에이치코리아

Media Review

"한번 잡으면 멈출 수 없는, 도발적이고 흥미진진한 작품." 월 스트리트 저널

"막강한 작품이 탄생했다. 선견지명과 독창성, 재미를 보여주는 동시에 심오한 질문을 던지는 작품이다." 이코노미스트

"현대 사회의 중요한 쟁점들을 노골적으로 다루기로 유명한 슈라이버는 이 책에서 경제 붕괴의 영향을 노련하고 교묘하게 보여준다. 가까운 미래를 배경으로 한때 부유했던 맨디블 가문의 고난과 역경, 4대 가족이 결국 극빈층이 되어 절도와 매춘에까지 이르게 되는 몰락의 과정을 그린다." 파이낸셜 타임스

"너무도 재미있고 뛰어난 신작 소설." 엘르

"슈라이버는 예전부터 언제나 두세 걸음 앞서가는 듯 보였지만 이 신작소설을 통해 확실하게 미국 문학의 카산드라로 자리매김했다. 한 권의 소설이 나를 이토록 오랫동안 사로잡은 적이 언제였나 싶다." 뉴욕 타임스

"맨디블 가족이 견뎌내야 하는 세상이 아주 상세하게 그려진다. 이음새 없이 매끈한 디테일이 돋보이는 작품. 무엇보다도 다음 세대 인물들의 신조어를 창의적으로 만들어낸 점, 그리고 현실이 될 수도 있는 미래를 확실하게 물질주의적인 관점에서 다룬 점이 훌륭하다." 가디언

"이전에 나온 모든 음모론과 뜨거운 정치적 이슈들, 여기에 비난을 섞어 날카롭고 영리하게 엮어낸 풍자극이다. 처음에는 그 황당무계한 설정에 그저 가볍게 킬킬거리다가도 결국 이 모든 것이 너무도 그럴듯한 현실에 기반하고 있음을 깨닫게 된다." 북리스트

"천재적인 유머 감각이 넘치는 최고의 플롯 제조기 슈라이버는 염세주의의 거장이다." 타임스

"몇 가지 커다란 쟁점들에 대해 슈라이버는 꼭 참고해야 하는 작가가 되었다. 경쾌하면서도 신랄하고 유머러스하다. 현재를 얼마나 소름 끼치게 반영하느냐를 토대로 미래 배경의 소설을 평가한다면, 이 소설은 아주 높은 점수를 받을 것이다." 데일리 메일

"슈라이버는 언제나처럼 총명하고 재미있고 예리하다." ―우먼 앤드 홈

"통찰력과 어두운 재미가 가득하다." 굿 하우스키핑

"슈라이버의 열정과 야망은 굉장하다. 윌리엄 개디스의 맥을 잇는 후배 작가들 가운데 돈에 관한 미국의 개수작을 이토록 대담하게 다룬 이는 거의 없었다." 메일 온 선데이

"조디 피콜트가 시대정신에 손가락 하나를 대고 있다면 슈라이버는 온전히 두 손으로 그 목을 감싸 쥐고 있다." 워싱턴 포스트

"좀비도, 폭파도, 인간을 닮은 로봇도 등장하지 않는다. 기괴한 디스토피아다. 독자에 따라 가슴이 내려앉을 수도, 노래할 수도 있다." 뉴요커

"늘 그랬듯 슈라이버는 지독히 노골적이다! 너무도 소름 끼치는 이야기." 인디펜던트

"무시무시하고 우울하면서도 설득력 있는 소설. 벼랑 끝에 아슬아슬하게 서서 벼랑 끝에 아슬아슬하게 서 있는 이야기를 읽는 기분이다." 스펙테이터

"악몽 같은 이야기. 슈라이버는 비극과 블랙코미디를 솜씨 좋게 뒤섞는 방법을 잘 알고 있다." 선데이 익스프레스

"혼이 빠져 나갈 만큼 무서운 이야기." 트레이시 슈발리에(소설가)

Dramatis Personae

더글러스 E. 맨디블 97세. 맨디블 가의 사람들에겐 '그랜드 맨'으로 불림. 숱 많은 백발에 여윈 체구지만 늘 당당한 태도를 유지한다. 부모로부터 물려받은 유산에, 맨디블 저작권사를 운영하며 저명한 소설가들을 유치하여 큰돈을 벌었다. 한창때 인생을 즐길 줄아는 걸출한 재담가였으며, 은퇴 후 오이스터베이의 저택을 처분하고 미국에서 가장 호화로운 노인 원호 생활시설 뉴밀퍼드 웰컴암스에서 여생을 즐기고 있다.

루엘라 와츠 맨디블 더글러스가 60세에 아내 미미를 버리고 결혼한 여성. 결혼 당시 38세의 호리호리하고 우아한 비서였으나 50세 후반부터 치매를 앓기 시작했다.

에놀라 E. 맨디블 73세. 더글러스의 장녀. 호리호리하고 강단 있어 보이는 체격에 활기넘치고 고압적인 태도를 지녔다. 베스트셀러 《늦게라도》로 큰 성공을 거둔 소설가로, 동생 카터와는 애증의 관계. 1990년대 후반 유럽으로 이주한 후 북투어가 있을 때에만미국을 방문했으나, 미국의 무혈 전쟁 선포 후 돌연 미국으로 돌아온다.

카터 E. 맨디블 69세. 더글러스의 아들. 아내 제인과 함께 캐럴가든스의 허름한 연립주택에 살고 있다. 수년 동안 〈뉴스데이〉에서 저널리스트로 일하며 누나 에놀라에게 열등감을 느껴왔지만, 60세 막판에 가장 동경하던 〈뉴욕 타임스〉에 입사하며 평생의 꿈을 이뤘다. 아버지 더글러스에게는 원망과 죄책감을 동시에 느낀다.

제인 다클리 카터 E. 맨디블의 아내. 셰프 라이프 서점을 운영했으나, 파산 후 스미스 거리에 있는 고급 식료품점을 운영하고 있다. 신경쇠약증을 앓고 있으며, 틈만 나면 자신만의 '고요의 방'에서 홀로 시간을 보낸다.

플로렌스 다클리 카터와 제인의 큰딸. 대학 시절 이타심에 불타 미국학과 환경정책을복수 전공했으며, 졸업 후 이 직장 저 직장을 전전하다가 우연히 포트그린에 있는 시립노숙자 보호소의 구인 공고를 보고 지원하여 4년째 일하고 있다. 현재 동거인 에스테반과 함께 아들 윌링을 키우고 있다.

에스테반 파디야 5년 전 스톤에이지 때 플로렌스와 만나 동거를 시작한 남자. 멕시코계여행 가이드로, 식구가 많은 집안에서 자라 협력을 당연하게 여긴다.

에이버리 스택하우스 카터와 제인의 둘째 딸. 어두운 피부에 선이 고운 가녀린 인상으로, 우익 성향의 대학 교수와 결혼한 후 워싱턴 DC의 타운하우스에서 풍족한 삶을 영위하고 있다. 사설 클리닉을 개업하여 환자들을 돌보며 아이 셋을 낳아 키우고 있다.

로웰 스택하우스 48세, 에이버리의 남편. 약 5밀리미터 길이로 자란 수염과 긴 반백의 머리칼로 인해 꾀죄죄한 인상을 지녔으며, 현재 조지타운 대학의 경제학과 종신 교수로 재직 중인 유력 지식인이다.

재러드 맨디블 35세, 카터와 제인의 막내아들. 반체제주의자로, 최근 위기의식에 생존주의자로 전향을 선언한 후 그랜드 맨에게서 자금을 지원받아 뉴욕 주 글로버즈빌에 농장을 매입, '보루'라 이름을 붙이고 농사일에 전념하고 있다.

윌링 다클리 13세, 플로렌스의 외동아들. 키가 작고 마른 편으로, 나이에 비해 너무 진지하고 조용하다는 소리를 들어왔다. 5년 전 스톤에이지 사건을 겪은 이후 늘 경제에 촉각을 곤두세우며 살고 있고, '그랜드 맨'과 경제 얘기를 하는 걸 좋아한다.

서배너 스택하우스 17세, 에이버리와 로웰의 장녀. 갈색 머리에 긴 다리를 지닌 뛰어난 미모의 소녀로, 남학생들에게 인기가 많고 본인도 그 사실을 잘 알고 있다. 로드아일랜드 스쿨 오브 디자인 지망생이다.

구그 스택하우스 15세, 에이버리와 로웰의 둘째 아들. 창백한 혈색에 적갈색 머리칼, 단정한 옷차림을 하고 있다. 항상 말이 많아서 5분 이상 비밀을 지키지 못하는 소년으로, 남들 비위를 잘 맞추며 현재 고등학교에서 토론 팀에 참여하고 있다.

빙 스택하우스 10세, 에이버리와 로웰의 막내아들. 유약하고 체중이 많이 나가며 늘 겁에 질려 있다. 음악을 좋아해서, 현재 중학교 관현악단에 참여 중이다.

커트 잉글우드 플로렌스 집의 지하실에 사는 세입자. 현재 꽃집에서 시간제로 일하고 있으며, 오래되어 팔 수 없는 꽃을 플로렌스의 집으로 가져와 집안 분위기를 환하게 밝혀주는 자상한 사람이다.

Contents

브래드퍼드 홀 윌리엄스에게 이 책을 바칩니다.
소설 읽을 시간이 거의 없었지만 그래도 이 책은 좋아했겠죠.
성질 고약한 인간 혐오자가 이토록 사무치게 그리울 줄 누가 알았을까요?

붕괴는 갑작스럽고 비자발적이며 혼란스러운 형태의 간소화이다.
― 제임스 리카즈의 《커런시 워》 중에서

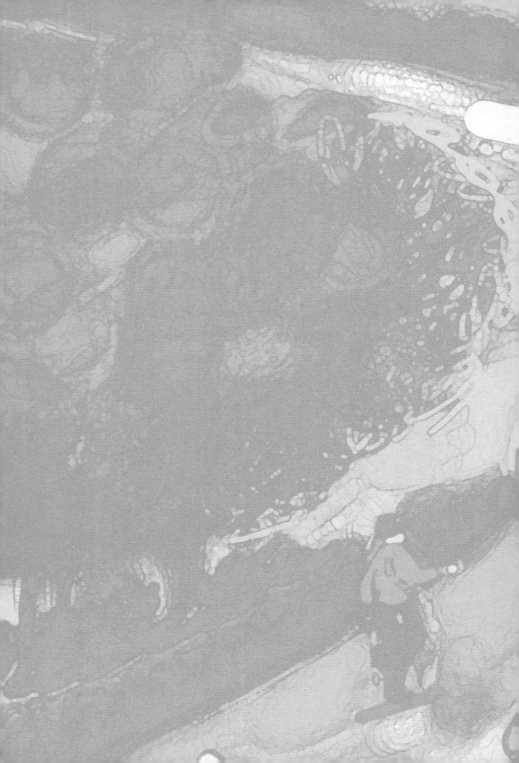

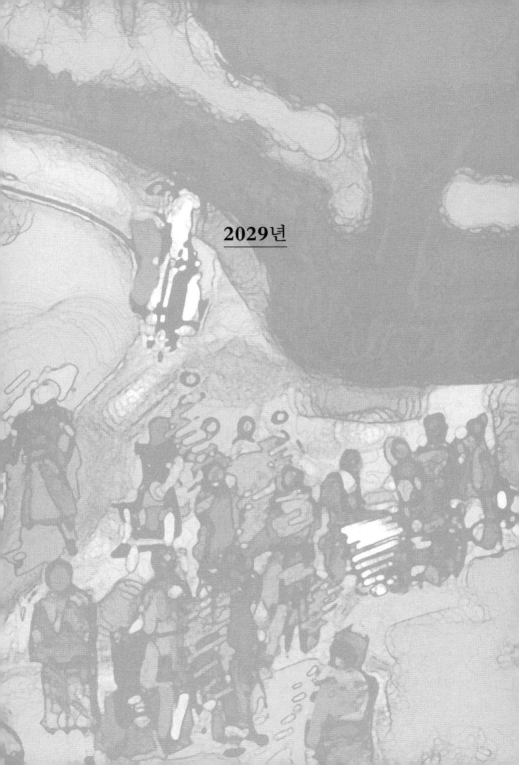

2029년

1장

재활용수

"새 물로 손 씻지 마!"

부드럽게 상기시킬 의도였는데 날카로운 훈계가 나왔다. 플로렌스는 그녀의 아들이 말하는 부머똥(부머boomer는 베이비붐 세대를 일컫는 말—옮긴이)처럼 보이고 싶지 않았지만 어쩔 수 없었다. 이 집안의 규칙들은 단순했다. 에스테반은 끊임없이 그것들을 무시했다. 물을 낭비하지 않고도 (꽤) 연상인 여자에게 휘둘리지 않는다는 것을 보여줄 방법은 얼마든지 있었다. 이렇게 아찔하리만치 멋진 남자라면 무슨 짓을 한들 못 봐주겠는가.

"용서하소서, 신부님. 제가 죄를 지었나이다."

에스테반이 중얼거리며 싱크대에 놓아둔 플라스틱 물받이 통에 손을 담갔다. 가장자리에 양배추 조각들이 떠 있었다.

플로렌스가 말했다.

"상식적으로 그건 좀 아니지 않아? 이미 깨끗한 물로 씻어놓고 왜 다시 더러운 물에 넣어?"

"난 시키는 대로 한 것뿐이야."

그녀의 파트너가 대꾸했다.

"그건 또 처음이네."

"무엇 때문에 그렇게 기분이 좋으실까?"

에스테반은 기름기 묻은 손을 더 기름투성이의 종이 타월로 닦으며(또 하나의 규칙 : 종이 타월은 6주에 한 롤씩 쓸 것) 다시 물었다.

"아델피에서 안 좋은 일 있었어?"

플로렌스는 퉁명스럽게 대꾸했다.

"아델피엔 늘 안 좋은 일밖에 없지. 약물에, 싸움에, 절도에. 피부염으로 뻑뻑거리는 아기들까지. 노숙자 보호소야 원래 그런 곳이잖아. 정말이지, 그 사람들한테는 변기 물 내리는 일이 왜 그렇게 어려운지 모르겠어. 이 집에선 그게 엄청난 사치인데 말이야."

"당신이 다른 일을 찾았으면 좋겠다."

"나도 그래. 하지만 아무한테도 얘기하지 마. 성자라는 나의 명성에 금이 갈 테니까."

플로렌스는 다시 양배추를 썰기 시작했다. 무려 20달러였지만 그나마 경제적인 식재료였다. 그녀의 아들이 이 채소를 얼마나 더 참아줄지 알 수 없었다.

사람들은 그렇게 고되고 보람 없는 일을 4년이나 하다니 참으로 대단하다고 법석을 떨곤 했다. 그러나 그녀가 천성적으로 선하기 때문이라고 생각한다면 오산이었다. 어리석게 바너드 대학에서 미국학과 환경정책을 복수 전공한 것이 순진한 이타심 때문이었다고 해도, 그런 이타심은 형편없는 급여를 받고 때로는 시급제로 이 직장 저 직장을 옮겨 다니는 사이에 거의 다 증발해버렸다. 그간의 일자리 가운데 절반은 혁신적인 신기술이 구시대의 유물로 전락하면서 사라진 경우였다. 예를 들면, 그녀가 난방비 절약용 방한 전기 내의를 판매하는 회사에서 일할 때, 갑자기 전기가 통하는 그래핀 소재의 발열 속옷이 개발되어 소비자들을 빼앗아갔다. 로봇 때문에 일자리가 없어진 적도 있었다. 그녀가 20대 시절에는 로봇을 줄여 '봇'이라고 불렀지만 이제 미국인 노동자들의 일자리를 앗아간 그들을 너무도 뻔한 이유로 '봇'이 아니라 앞글자를 따서 '롭'(rob, '약탈하다'라는 뜻—옮긴이)이라고 불렀다. 그나마 가장 유망했던 직장은 귀뚜라미 가루로 맛좋은 단백질 바를 만드는 신생기업이었다. 그러나 허쉬(Hershey)에서 대량생산을 시작한 유사 제품이 기름기가 많기로 악명을 떨치면서 곤충을 원료로 한 곤충 스낵바 시장이 붕괴되었다. 그 후 그녀는 우연히 포트그린(뉴욕 브루클린의 지명—옮긴이)에 위치한 시립 노숙자 보호소의 구인 공고를 발견하고 자포자기의 심정으로 지원했다. 그러나 한편으로는 노림수이기도 했다. 뉴욕 시에서 결코 줄어들지 않을 것이 한 가지 있다면 그것은 바로 노숙자였기 때문이다.

"엄마? 나 샤워할 때 되지 않았어요?"

문가에서 윌링이 조용히 물었다.

그녀의 열세 살짜리 아들 윌링은 목욕한 지 닷새밖에 되지 않았고, 샤워는 일주일에 한 번으로 제한되어 있다는 사실을 잘 알고 있었다(머리는 드라이 샴푸로 해결했다). 윌링은 또한 초절수 샤워기 아래 서 있으면 꼭 '안개 속을 산책하는' 기분이라고 불평하기도 했다. 안개처럼 분사되는 물로 컨디셔너를 헹궈내기가 어려운 것은 사실이었지만 그렇다고 물 사용량을 늘리는 것이 해법은 아니었다. 정답은 컨디셔너를 사용하지 않는 것이었다.

"아직 안 된 것 같은데……. 그래도 그냥 해."

그녀는 단념하며 덧붙였다.

"비누칠할 때 물 잠그는 거 잊지 말고."

"그럼 추운데."

단조로운 말투였다. 그것은 불평이 아니었다. 팩트였다.

"어디서 읽었는데 조금 추운 게 신진대사에 좋대."

플로렌스가 말했다.

"그럼 내 신진대사는 죽여주겠네."

윌링은 무덤덤하게 말하며 돌아섰다. 그녀의 세대가 즐겨 쓰던 말버릇을 흉내 내다니 반칙이었다. 그녀도 이미 오래전에 '죽여준다' 대신 '끝장난다'라는 표현을 배웠으니 말이다.

"정말 당신 말대로 급수 상황이 계속 안 좋아진다면 차라리 할 수 있을 때 물을 마음껏 트는 게 낫지."

에스테반이 접시들을 놓고 저녁상을 차리며 말했다.

"나도 가끔은 길고 뜨거운 샤워를 꿈꾸거든."

플로렌스가 속내를 털어놓았다.

"그래?"

에스테반은 또 한쪽의 양배추 심을 잘라내는 그녀의 허리를 뒤에서 감싸 안았다.

"이 깐깐한 잔소리쟁이 모범생 여자의 깊은 곳에 향락주의자가 숨어 있었군."

"아아, 예전엔 정말 못 견딜 만큼 뜨거운 물을 콸콸 틀어놓고 서 있었는데. 10대 때 한번은 김이 너무 심하게 서려서 욕실 페인트가 흘러내린 적도 있다니까."

"당신이 해준 이야기 중에 최고로 섹시한데."

그가 그녀의 귀에 대고 속삭였다.

"그건 좀 우울하네."

에스테반은 웃음을 터트렸다. 주로 통통한 노인들을 전동 휠체어(세련된 별칭으로 '모브mobe')에 태우거나 내려주는 일이 업무의 일환인 탓에 그의 몸은 탄탄했다. 플로렌스의 등에 닿은 그의 가슴과 복부 근육이 팽팽해졌다. 분명히 피곤했고 게다가 그녀는 마흔네 살이었지만, 요즘 마흔넷은 영계에 속했다. 저릿한 기운이 퍼져나갔다. 그들의 섹스는 만족스러웠다. 그것이 멕시코계 남자들의 특징인지 아니면 그가 유독 특별한 사람인지 알 수 없었지만 어쨌든 에스테반은 지금껏 그녀가 알던 남자들과는 달리 다섯 살 때부터 포르노로 성욕을 충족시킨 사람이 아니었다. 그는 진짜 여자를 좋아했다.

그렇다고 플로렌스 자신이 스스로를 아주 매력적인 여자라고 생각하는 것은 아니었다. 미모는 그녀의 여동생이 독차지했다. 어두운 피부에 선이 고운 에이버리는 남자들이 좋아하는 가녀린 인상이었다. 플로렌스는 항상 바쁘게 산 탓에 다부지고 억센 데다, 허리는 통짜이고 늘 초조했으며, 제멋대로 뻗치는 곱슬머리를 누르기 위해 해적처럼 두건을 쓰고 다니는 데도 긴 얼굴 주위에 항상 적갈색 머리칼이 삐져나와 말 같은 여자라고 불리는 일이 많았다. 그녀는 이 표현을 멸시의 의미로 해석했다. 어느 날 에스테반이 극도로 예민한 자신의 암망아지 엉덩이를 찰싹 때리며 애정을 듬뿍 담아 그 표현을 사용하기 전까지는 말이다. 이제는 말보다 더한 것도 참을 수 있었다.

에스테반이 그녀의 목에 대고 웅얼거렸다.

"사실 나는 아주 다른 철학을 갖고 있거든. 곧 물고기가 사라질 거라면? 그럼 내일이 없는 것처럼 칠레산 농어를 잔뜩 쑤셔 넣어야지."

"내일이 없는 것처럼 행동하는 위험, 그게 핵심이야."

이 샌님 같은 말투에는 자기 풍자가 섞여 있었다. 플로렌스는 자신의 엄격하고 고지식한 면이 그의 신경을 긁는다는 사실을 알고 있

18

었다.

"가뜩이나 물이 부족한데 다들 할 수 있을 때 누리겠다고 30분씩 샤워하면 물이 훨씬 더 빨리 고갈되잖아. 이걸로도 부족하다면 이유는 또 있어. 물이 비싸다는 거. 요즘 애들 말로 막대하게 비싸다고."

에스테반은 그녀의 허리를 놓았다.

"미 케리다(스페인어로 '내 사랑' - 옮긴이), 당신 너무 고지식해. 스토니지를 통해 우리가 배운 교훈이 있다면 세상은 눈 깜짝할 새에 지옥으로 변할 수 있다는 거야. 또 다른 재난이 오기 전까지 잠시라도 즐기면서 사는 게 낫잖아."

일리 있는 말이었다. 플로렌스는 이 분쇄한 돼지고기 450그램을 두 끼에 걸쳐 먹으려 했다. 한 달 만에 먹는 고기였다. 그러나 현재를 즐기라는 에스테반의 말에 1인당 150그램씩 먹자는 과감한 결정을 내렸다. 엄청난 낭비와 방종에 현기증이 났지만 곧 이런 생각이 들었다. '우린 중산층이잖아.'

바너드 대학에서 그녀가 '계층, 1945년부터 현재까지'라는 주제로 논문을 썼을 때 그것은 다소 무모해 보였다. 미국인들은 자기들이 계층을 따지지 않는 국민이라고 자부했기 때문이다. 그러나 당시는 그녀의 대학 졸업과 운명적으로 때를 같이한 전설적인 금융 위기 이전이었다. 그 위기 이후로 미국인들은 툭하면 계층 타령을 했다.

플로렌스는 무뚝뚝하고 현실적인 페르소나를 택했으므로 자기 연민에 빠지는 것은 어울리지 않았다. 무의미한 교육이었을지언정 할아버지의 대학 지원금 덕분에 대다수의 친구들처럼 큰 빚을 질 필요가 없었다. 여동생 에이버리의 외모는 부러웠지만 직업은 전혀 부럽지 않았다. 플로렌스는 내심 그 여유로운 테라피 클리닉 피스헤드(PhysHead)가 기생적인 협잡이라고 생각했다. 한편, 그녀가 이스트 플랫부시(뉴욕 브루클린의 지명 – 옮긴이)에 집을 산 것은 현명한 처사였다. 이 꾀죄죄했던 동네는 어느새 부촌으로 변했다. 인도 뭄바이에서는 시민들이 채솟값을 감당할 수 없어 폭동이 일어났지만 적어도 그녀는 아직 양파를 살 수 있었다. 엄밀히 말하면 플로렌스는 편모였지만 이 나라에는 이제 양부모 가정보다 편모 가정이 더 많았으므로 편모라는 표현 자체가 쓰이지 않았다.

그러나 그녀의 부모님은 이해하지 못하는 듯했다. 그들은 그녀가 너무도 자랑스럽다고 치켜세우곤 했지만, 마흔이 훌쩍 넘은 큰딸에게 이런 응원이 필요하다고 생각하는 것 자체가 모욕이었다. 이제 그녀가 보호소에서 일한다며 띄워주는 것도 견딜 수 없었다. 그녀가 그 일을 하는 것은 훌륭한 일이라서가 아니라 그저 일자리가 필요했기 때문이었다. 이 노숙자 보호소는 중요한 공공서비스를 제공하는 곳이었지만 완벽한 세상이었다면 그녀가 아닌 다른 누군가가 그 서비스를 제공하고 있었을 것이다.

따지고 보면 그들도 나름대로 고충을 겪었다. 활자 매체 기자였던 그녀의 아버지 카터는 자신의 노력과 자질에 비해 턱없이 부족한 롱아일랜드 〈뉴스데이〉에 수년 동안 발이 묶인 채 더 영향력 있고 보수 좋은 곳으로 옮겨가지 못해 늘 패배감에 시달렸다. (게다가 항상 누나인 놀리에게 열등감을 느끼는 듯했다. 그는 놀리가 합당한 노력을 하지 않았다고 생각했고, 놀리의 저서들이 과대평가되었다는 식으로 말한 적도 여러 번 있었다.) 그러나 막판에 그토록 사랑해 마지않았던 〈뉴욕 타임스〉(혼령이시여, 고이 잠드소서)에 들어갔다. 그래 봐야 기껏 자동차 면, 나중에는 부동산 면을 맡았지만, 결국 가장 동경하던 신문사에 입성했으니 평생의 꿈을 이룬 셈이었다. 그녀의 어머니 제인은 결국 파멸로 이어진 프로젝트들을 전전했지만 어쨌든 파산하기 전까지 크게 사랑받은 셰프 라이프(Shelf Life, 유통기한, 저장수명이라는 뜻이지만, '책장의 삶'이라는 뜻으로도 해석할 수 있다―옮긴이) 서점을 운영했고, 스톤에이지(Stone Age, '석기시대'라는 뜻―옮긴이) 때 약탈당한 뒤 트라우마로 인해 두 번 다시 발을 들이지 못한 스미스 가의 고급 식료품점도 운영했다. 게다가 두 사람은 대출 없이 집을 온전히 소유하고 있지 않은가! 그리고 항상 차를 갖고 있었다. 일과 가정을 모두 돌보느라 남들 못지않게 고생했지만 둘 다 시시한 일이 아니라 커리어라 부를 만한 일을 했다. 제인이 늦은 나이에 재러드를 가졌을 때 두 사람은 새로 태어날 아기가 두 딸과 너무 터울이 진다며 걱정했지만, 플로렌스가 윌링을 가졌을 때처럼 그 아이를 감당할 수 있을까 하는 문제로 고민하진 않았다.

그러니 이 큰딸의 고충을 어찌 이해하겠는가? 플로렌스는 졸업 후 무려 6년 동안 브루클린의 캐럴가든스에서 부모님과 함께 지내야 했고, 아무것도 하지 않은 그 커다란 공백은 여전히 그녀의 이력서에서 오점으로 작용했다. 그나마 아직 고등학생이던 남동생 재러드의 친구가 되어줄 수 있었지만, 그 따분한 학사 학위를 힘들게 따놓고 기껏 민트초콜릿 칩을 넣은 땅콩버터 브라우니 조리법이나 시험하고 있는 것은 참으로 한심한 노릇이었다. 이른바 경기 회복 기간에 그녀는 마침내 집에서 나와, 역시 아이비리그에서 역사나 정치학을 전공하고 커피를 내리거나 테이블을 치우거나 애플 스토어에서 배터리도 금방 닳고 잘 깨지는 옛날 스마트폰을 파는 동시대 청년들과 비좁고 지저분한 셋집을 함께 썼다. 그 뒤로 그녀는 줄곧 자신의 공식적인 자격 요건과는 전혀 관계없는 시답잖은 일을 하며 살았다.

미국이 스톤에이지로부터 예상보다 빨리 회복한 것은 사실이었다. 뉴욕의 식당들은 다시 붐볐고 증권시장은 활황이었다. 그러나 다우지

수가 30,000을 찍었는지 40,000을 찍었는지 그녀는 전혀 관심이 없었다. 이런 상승세의 열기는 윌링과 에스테반, 플로렌스 자신과는 전혀 상관없는 일이었기 때문이다. 그러니 어쩌면 그녀는 중산층이 아닐 수도 있었다. 어쩌면 그러한 구분법은 그저 학구적이고 문학적인 집안에서 자라면서 몸에 밴 잔재에 불과한 것이리라. 자신보다 상황이 크게 나쁘지 않은 사람들과 차별화되기 위해 어떻게든 붙잡고 있는 실낱이랄까. 양파만으로 차릴 수 있는 음식은 많지 않았다.

"엄마! 준비 통화가 뭐예요?"

윌링이 거실에서 소리쳤다.

플로렌스는 행주에 손을 닦았다. 차가운 재활용수로는 돼지고기 기름이 제대로 씻겨나가지 않았다. 그녀의 아들은 방금 감아서 아직 젖어 있는 짙은 색 머리칼을 헝클어뜨린 채였다. 올해 들어 5~6센티미터쯤 자라긴 했지만 석 달 후면 만 열네 살이 되는 아이치고는 여전히 키가 조금 작고 마른 편이었다. 어릴 때는 무척 유난스러운 편이었다. 그러나 5년 전의 그 운명적인 3월을 겪은 뒤로는 뭐랄까, 겁에 질려 있다기보다는(어리광을 부리는 아이는 아니었다) 늘 촉각을 곤두세우고 있었다. 나이에 비해 너무 진지하고 너무 조용했다. 가끔 그녀는 관찰당하는 듯한 불편한 느낌에 시달렸다. 마치 24시간 보안 카메라가 돌아가는 곳에서 사는 것 같았다. 자기 아들에게조차 감추고 싶은 것이 무엇인지 그녀는 알 수 없었다. 그러나 프라이버시 보장에 가장 확실한 것은 은폐가 아니라 무관심, 즉 타인이 관심을 갖지 않는 것이었다.

마찬가지로 코커스패니얼치고는(이마에 있는 걱정의 주름으로 봐선 블러드하운드의 피가 조금 섞인 듯했지만) 조금 우울한 마일로가 침울한 모습으로 바닥에 턱을 붙인 채 주인 옆에 털퍼덕 앉아 있었다. 초콜릿 색 털은 반지르르 윤이 났지만 갈색 눈에는 우환이 가득했다. 잘 어울리는 한 쌍이었다.

보통 이 시간에 윌링은 외계인과 전사 들이 나오는 비디오게임 대신 TV 뉴스 앞에 못 박혀 있었다. 우습게도 사람들은 수년 동안 텔레비전이 결국 사라질 것이라고 예상했다. 채널은 끊임없이 바뀌었지만 형식 자체는 여전히 살아남았다. 텔레비전은 개인용 기기가 대신할 수 없는 모닥불의 역할을 했다. 말하자면, 모두가 둘러앉을 수 있는 공동의 불인 셈이었다. 거의 전 세계에 걸쳐 신문이 사라지면서 이념적 목적을 갖고 입증되지도 않은 헛소리를 떠들어대는 아마추어 기자들의 보도가 활자 저널리즘의 자리를 메웠다. 텔레비전 뉴스는 플로렌스가 조금이나마 신뢰할 수 있는 유일한 정보원이었다. 〈현재 달러는 전 세계…… 40퍼센트 아래로 떨어졌습니다.〉 뉴스 진행자가 지껄이고 있었다.

플로렌스는 솔직하게 대꾸했다.

"준비 통화가 뭔지 엄마는 전혀 모르겠는데. 따분한 경제 쪽엔 관심이 없거든. 엄마가 대학을 졸업할 때 사람들이 온통 그런 이야기만 떠들어댔지. 파생상품이 어떠니, 이자율이 어떠니, 리보 금리인지 뭔지가 어떠니. 그래서 질려버렸어. 원래도 관심이 없었고."

"그래도 중요하지 않아요?"

"엄마가 관심을 갖느냐 마느냐는 중요하지 않아. 엄마는 정말 수년 동안 신문을 샅샅이 읽었거든. 엄마가 뭔가를 안다고 달라지는 건 아무것도 없더라고. 어차피 지금은 대부분 까먹었지만. 솔직히 말하면 그 시간을 되돌려 받고 싶어. 신문이 없어지면 아쉬울 줄 알았는데 아니더라고."

"카터 씨한테는 그렇게 얘기하지 마세요. 서운하실 테니까."

월링이 말했다.

플로렌스는 여전히 '카터 씨'라는 호칭을 들을 때마다 움찔 놀랐다. 그녀의 부모님은 손자 손녀 모두에게 이름을 부르게 했다. 에이버리가 첫째를 낳았을 때 겨우 쉰 살, 쉰두 살이었던 두 사람은 '할머니 할아버지'라는 호칭을 원치 않았다. 그것이 암시하는 노인의 범주에 도저히 동화될 수 없었기 때문이다. 다음 세대에게 '제인과 카터'로 불리면 평등주의에 근거한 친밀감이 생겨날 거라고, 어르신이 아니라 친구가 될 수 있을 거라고 생각했을 것이다. 게다가 인습 타파는 대담하고 세련된 일이 아닌가. 그러나 플로렌스에겐 불편하기 짝이 없었다. 그녀의 아들이 그녀의 부모님을 자신보다 더 친밀하게 부르다니. 그들은 좋든 싫든 월링의 조부모였다. 이에 대한 호칭이 분명히 존재하는데도 이를 받아들이지 않는 것은 자기기만이었고 따라서 전적으로 나약한 행동이었다. 그에 대해 그들이 부끄러운 줄 모른다면 플로렌스가 대신 부끄러워해야 했다. 이런 억지 친교가 부추기는 것은 친밀감이 아니라 불손이었다. '제인과 카터'라는 호칭은 인습 타파는커녕 베이비붐 세대의 지긋지긋한 특징일 뿐이었다. 그러나 월링에게 짜증을 표출할 수는 없었다. 그애는 시키는 대로 하고 있을 뿐이니까.

플로렌스가 말했다.

"걱정하지 마. 네 할아버지 앞에서는 절대 신문을 비하하지 않아. 하지만 스톤에이지 때 사람들은 모두 끔찍하다고 생각했잖아. 어떤 부분들은 정말 그렇기도 했고. 아아, 그런데 그 모든 잡음에서 해방되니까 그렇게 시원할 수가 없었어."

그녀는 두 손을 들어 올렸다.

"미안! 요즘 너희들 말로 그렇게 싸할 수가 없었어. 세상 가볍고 평온하고 뻥 뚫린 기분이었지. 하루가 그렇게 긴 줄 몰랐다니까."

"다시 책을 읽었죠."

스톤에이지 이야기가 나오자 윌링은 수심에 잠겼다.

"뭐, 책도 사라지긴 했지! 하지만 맞아. 엄마는 다시 책을 읽기 시작했어. 종이로 된 진짜 책을 말이야. 에이버리 이모는 '예스럽다'고 했지."

그녀는 아들의 어깨를 다독이고는 세상에서 가장 따분한 뉴스 프로그램 앞에 아들을 남겨둔 채 자리를 떴다. 아아, 브루클린을 통틀어 경제 뉴스에 푹 빠진 열세 살짜리 아이를 둔 엄마가 또 있을까?

밥이 잘 되었는지 확인하면서 그녀는 예전에 자신의 괴짜 아들이 설파한 이야기를 떠올려보았다. 아프리카와 인도 아대륙 지역이 크게 발전했음에도 두 지역에 다시 영양실조가 퍼지고 있다는 이야기였다. 그때 그녀는 아이에게, 지구상에 먹을 것이 이렇게 많은데 가난한 사람들은 여전히 제대로 먹지 못한다니 참으로 안타깝다고 한탄했다. 그러자 녀석은 침착하게 "그런 건 아니에요" 하고 대꾸했다. 그러고는 계속해서 증조할아버지의 지긋지긋한 설명을 그대로 옮기기 시작했다. 요약하면, '먹을 것이 풍부하게 보이는 것뿐이다. 가난한 사람들에게 돈을 더 주면 물가가 훨씬 더 올라가고 그러면 그들은 또다시 먹을 것을 살 수 없게 된다'라는 논리였다. 터무니없는 이야기였다. 윌링과 함께 있을 때는 할아버지의 프로파간다를 좀 더 예의주시해야 했다. 그 노인은 진보주의 신념을 지지했지만, 돈을 가진 사람치고 보수주의적 충동에 휘둘리지 않는 사람을 그녀는 보지 못했다. 도덕적으로 너무도 명백한 것들(그러나 회계상으로는 귀찮은 것들)을 아주 복잡한 일처럼 꼬아놓으려는 충동도 거기에 속했다. 쌀은 너무 비싸니까 사람들에게 쌀을 살 돈을 준다는 것도 마찬가지였다. 원, 참.

윌링은 학교에선 나서지 않고 조용히 지내는 듯했지만 집 안에서는 조금 거만하게 굴기도 했다.

그녀는 차가운 맥주로 손을 뻗는 에스테반에게 말했다.

"있잖아, 나 저녁 먹고 동생이랑 연락하기로 했거든. 그러니까 자기가 설거지 좀 해줘."

"진짜 물을 쓰게만 해줘. 그럼 매일 저녁 설거지를 할게."

"재활용수도 진짜 물이야. 썩 깨끗하지 않을 뿐이지."

그녀는 저녁마다 이런 실랑이를 벌이고 싶지 않았다. 돼지고기가 지글거리기 시작했을 때 그가 화제를 바꾸자 안도감이 들었다.

에스테반이 말했다.

"오늘 오후에 마운트 워싱턴에 데려갈 새 여행 그룹을 만났거든. 벌써 골칫덩어리가 누군지 딱 나오더라고. 우리를 슬프게 하는 건 힘없고 애처로운 고객들이 아니라 투사 같은 노인네들이야. 대개는 남자들이지만, 덕지덕지 스카치테이프를 붙인 핸드백처럼 수십만 달러짜리 성형수술을 받고는 '난 내가 아직 서른다섯인 줄 안답니다' 하는 기 센 할머니들도 더러 있지."

그는 자신이 고객들에 대해 함부로 말하는 것을 그녀가 싫어한다는 사실을 알고 있었다. 하지만 그도 가끔은 고객들이 듣지 않는 곳에서 짜증을 배출해야 하리라.

"이번엔 어떤 노인네야? 이런, 이 고기는 수분이 왜 이렇게 많아. 패티가 아예 데쳐지겠네."

"여든은 훌쩍 넘었을 거야. 이두박근에 힘줄이 잔뜩 튀어나왔더라고. 헬스클럽에서 몇 시간씩 운동을 하는 모양인데, 사실은 자기가 가벼운 발사 목제 바벨로 웨이트를 하고 있다는 것도 모를걸. 안전 수

칙 교육을 하는데 도무지 듣질 않더라고. 사람마다 다들 속도가 다르고 어떤 사람은 강도 높은 등산을 원할 텐데 그런 문제는 어떻게 해결할 거냐며 어찌나 따져대던지. 뻔한 유형이지. 매일 달리기 하는 사람들. 아니, 옛날엔 그랬겠지. 양쪽 고관절 수술에다 키홀 심장 수술을 다섯 번쯤 받기 전에 말이야. 딱 보면 돈 좀 있고 왕년에 한 가닥 했던 사람이야. 그런 사람들한텐 감히 누가 이젠 당신도 좇나 늙었다고 얘기해주지 못하잖아. 주치의나 배우자가 주의를 주긴 했겠지. 이젠 도랑에 빠져 다리가 부러질 수도 있으니 절대 혼자 산속에 들어가선 안 된다고. 하지만 그런 사람들은 단체 등반을 좋아하지 않아. 관절 안 좋은 낙오자들을 둘러보면서 '내가 저런 부머똥들하고 뭘 하는 거야?' 하고 생각할걸. 사실은 자기도 크게 다르지 않으면서. 지시를 따르거나 기다리지도 않아. 꼭 그런 사람들이 사고당해서 오버더힐 평판이 나빠진다니까. 카누 여행을 가면 혼자 텀벙텀벙 나아가서 이상한 지류로 빠진다고. 그럼 우리는 일정을 다 포기하고 찾아 나서야해. 그런 사람들은 가이드 따라다니는 것도 질색하지. 특히 라틴계 가이드. 이제 라틴계가 주류에 편입되었다는 사실에 화가 치미는 거야. 누군가는……."

"그만."

플로렌스는 돼지고기 죽처럼 변해가는 요리에 양배추를 넣으며 말을 이었다.

"잊었나 보네. 난 자기편이거든."

"이런 얘기 지겨워하는 거 알아. 하지만 내가 매일 이 심술쟁이들한테 얼마나 화풀이를 당하는지 당신은 모른다고. 그들은 지배권을 되찾고 싶어 하는 거야. 그러면서 자기들이 진보적이라고 생각하지. 참을 수 없는 것을 간신히 받아들이는 주제에, 비난받기는커녕 생색만 내려 들어. 사실 그 사람들이 우리를 참아야 하는 만큼 우리도 그들의 헛소리를 참아야 하거든. 우리도 그 한물간 백인 양반들 못지않게 뼛속까지 미국인인데. 게다가 그 위태로운 백인놈들이 서둘러 죽어버리면, 그렇다면 더더욱 여긴 우리의 나라가 되지."

"미 아마도(스페인어로 '나의 사랑'—옮긴이), 좀 과하네. 윌링이 있을 땐 삼가줘."

그녀가 형식적으로 꾸짖었다.

늘 그랬듯 플로렌스는 이 동거인에게 상을 차리고 물을 따르고 소금 통을 채워달라고 부탁할 필요가 없었다. 에스테반은 식구가 많은 집안에서 자랐으므로 협력을 당연하게 여겼다. 그는, 그녀가 동반자를 필요로 하지 않으며 아들을 함께 키울 사람도 필요로 하지 않는다고 해서 침대에 남자를 들이는 일, 윌링에게 아버지 같은 존재를 누리게 해주는 일을 마다해야 하는 것은 아니라는 사실을 그녀에게 처음 납득시킨 남자친구였다. 게다가 윌링은 이 유사 아버지 덕분에 양쪽 언어를 모두 유창하게 구사할 수 있었다. 뿐만 아니라, 에스테반은 이민 2세대였으므로 이질적인 억양이 조금도 섞이지 않은 영어를 구사했고, 이따금씩 스페인어를 쓰긴 했지만 대개는 유머를 위해서였다. 그의 노인 고객들이 갖고 있는 고정관념에 장단을 맞춰주기 위해 기지를 발휘하는 것뿐이었다. 대학은 나오지 않았지만 플로렌스의 관점에서 그것은 재무상 현명한 선택이었다.

이민족 문제로 말할 것 같으면, 그녀의 여동생은 그녀가 유행에 뒤처지지 않으려고(아니, 싸해지려고), 혹은 구태의연한 진보주의적 혈통을 탈피하기 위해서 라틴계 남자를 붙잡았다고 믿는 듯했지만 사실은 그렇지 않았다. 에스테반은 민족성과는 관계없이 어쨌든 강인하고 책임 있고 활기 넘치는 남자였으며 그녀와 공통점도 많았다. 특히 혐오의 감정을 가장 즐긴다는 점이 그랬다. 물론 멕시코계 남자와 사귀는 것이 진보적인 일, 개방적이고 융합적이며 진취적인 일로 느껴지긴 했다. 그러니 그의 배경이 플러스로 작용했음은 부인할 수 없었다. 그가 평범한 백인 남자였다고 해도 그에게 끌렸을지는 미지수였다. 어차피 사람은 말하자면 종합적인 상품이다. 그 사람이 누구인지, 그 사람이 무엇인지는 따로 떼어 생각할 수 없다. 요컨대, 그녀는 에스테반의 황톳빛 피부와 길게 땋아 내린 매끈한 검은색 머리칼, 넓게 튀어나온 광대뼈에 저항할 수 없는 섹시함을 느꼈다. 그는 다름을 통해 그녀의 세상을 넓혀주었다. 그녀의 여동생 에이버리 같은 요지부동의 우익 편집증 환자들은 난공불락의 거대한 위협이라고 여기는, 미국의 풍요롭고 복잡한 평행우주에 그녀가 접근할 수 있게 해주었다.

"혹시 작년에 앞집에 이사 온 남자 기억나?"

에스테반이 부엌 바닥에 떨어진 양배추 부스러기를 쓸어 담으려고 다가오자 플로렌스가 다시 입을 열었다.

"브렌던 어쩌고였는데. 그때 내가 자기한테 이제 나 같은 사람은 이 동네의 집을 살 수 없다는 신호라고 말했었잖아. 그 사람이 월 스트리트에서 일한다고 말이야."

"응, 기억나는 것 같아. 투자은행에 다닌다고 했었지."

"오늘 아침에 버스를 타러 가다가 우연히 만났는데, 좀 이상한 얘기를 하더라고. 나를 도와주려는 것 같았어. 나한테 호감이 있는 모양이야."

"에이, 그럼 안 되지!"

"아니, 그런 의미가 아니라, 길 잃은 개처럼 나를 졸졸 따라다니는 선행과 자비의 평판 때문에 호감을 느낀 것 같다고. 어쨌든 이 나라에 투자한 게 있으면 다 옮기라고 하더라고. 오늘 당장. 현금을 전부 외환으로 바꾸래. 무슨 현금? 나도 그런 게 좀 있어봤으면 좋겠네. 어쨌든 달러 표시된 자산을 전부 빼내라는 거야. 정말이지, 연극이라도 보는 것 같더라니까. 그런 부류의 사람들은 그렇게 흥분하는 일이 없잖아. 내 어깨를 잡고는 눈을 떼지 않더라고. 이건 아주 심각한 일이에요. 절대 농담이 아니라고요. 이런 눈빛이었어. 좀 웃기더라. 어째서 우리 같은 사람이 어딘가에 투자했을 거라고 생각하는지."

"당신의 부자 아부엘로(스페인어로 '조부모'―옮긴이)가 쓰러지시면 그런 게 가능할지도 모르지."

"우리가 그 유산을 한 푼이라도 만져보려면 우리 부모님까지 쓰러지셔야 하거든. 그러니까 괜히 운명을 시험하진 말자고."

에스테반이 요행수를 바라는 사람은 아니었지만, 도대체 어느 정도인지 아무도 모르는 듯한 맨디블 가 재산 얘기가 나올 때마다 플로렌스는 마음이 불편해졌다. 그녀는 부유한 친할아버지로부터 이렇다 할 혜택을 받지 못한 채 대체로 검소하게 자랐다. 따라서 라틴계 남자친구에게 자신이 요행을 누릴 자격이 없는, 게으른 응석받이 특권층 백인은 아니라는 점을 납득시키려고 부단히 노력해왔다. 그럼에도 돈 얘기가 나올 때마다 그 전형적인 응석받이의 이미지가 슬금슬금 고개를 드는 듯했다. 이는 민감한 문제였으므로, 그녀는 이스트 55번가 335번지 집을 단독 명의로 유지하고, 담보대출 불입금을 함께 내겠다는 에스테반의 제안도 거절했다. 그들은 5년 동안 함께했지만, 이전 남자친구들이 결국 엄청난 실망을 안겨주었다는 사실을 감안하면 그에게 이 집의 지분을 허용하는 것은 두 사람의 관계에 과한 신뢰를 부여하는 셈이라는 생각을 떨칠 수 없었다.

에스테반이 물었다.

"그 사람이 왜 그런 얘기를 했을까? 뜬금없이."

"나도 모르겠어. 며칠 전 뉴스에서 영국의 무슨 은행이 파산했다고 하긴 했는데, 그게 뭐? 우리하고는 상관없는 얘기잖아. 그리고 어제 뭐라더라? 무슨 상환 연장을 해주지 않았다고 하는 것 같던데……? 내가 그쪽에 관심이 없잖아. 그리고 그것도 유럽 어딘가의 얘기였어. 수년 동안 점진적인 유로 탈퇴가 이뤄지면서 끊임없이 터지는 유럽의 재무 관련 문제들엔 이제 완전히 학을 뗐거든. 어쨌든 아까 월링이 보던 뉴스에서 채권 어쩌고 하는 얘기가 나오긴 하더라고. 틀림없이 브렌던은 그냥 잘난 척하려고 그랬을 거야."

그녀는 접시에 음식을 담으면서 계속해서 기억을 더듬었다.

"참, 그리고 정말 이상한 게 또 있었어. 브렌던이 이 집이 우리 소유냐고 묻는 거야. 그렇긴 한데 대출금 갚으려고 세입자를 들였다고 했더니 이렇게 말하더라고. '집을 소유한 건 아주 다행스러운 일이 될 겁니다. 세입자를 받은 건 후회하실 수도 있어요.'"

그때 나는 어디서 무얼 했는지 끊임없이 돌이켜보게 되는 사건들이 있다. 월링의 고모할머니 놀리 같은 사람들에겐 케네디 암살 사건이 그러했고 그의 엄마 세대에게는 911테러가 그러했다. 그런 사건들의 경우 대부분의 사람들은 모든 것을 기억하는 척하지만 사실은 그저 초점이 맞지 않는 영상처럼 흐릿한 과거를 돌아보며 나중에 알게 된 확실한 팩트들을 내세울 뿐이었다. 따라서 월링 자신은 훗날 반드시 오늘 밤을 기억하겠노라고, 모래알 같던 돼지고기 패티와 저녁 식사 후에 엄마와 이모가 화상 회담을 가진 일, 그리고 단수까지(이제 이것은 일상이 되었지만) 모두 빠짐없이 진정으로 기억하겠노라고 다짐했다. 지금은 자신이 준비 통화라는 개념을 이해하지 못했다는 사실도 겸허하게 떠올릴 생각이었다. 채권 경매가 무엇인지 이해하지 못했다는 사실도. 어차피 대부분의 사람들은 수십 년 동안, 어쩌면 수백 년 동안 이 두 개념을 모두 따분한 것으로, 생각할 가치도 없는 것으로 여겨온 듯했지만 말이다. 그래도 훗날 그는 스스로에 대해 이 점 한 가지는 인정해줄 생각이었다. 저녁 7시 뉴스를 보며 '이자율이 치솟은 미 재무부 채권 경매' 따위를 정확히 이해하진 못했어도 그 특유의 어조를 감지했다는 사실을 말이다.

스토니지 이후로 그는 늘 촉각을 곤두세우고 있었다. 사람들은 이제 최악의 상황을 넘겼다고, 영광스럽게도 그리고 영구적으로 질서가 회복되었다고 생각했다. 그러나 윌링에게는 무려 여덟 살에 겪은, '그때 나는 어디서 무얼 했는지' 돌이켜보게 되는 중대한 사건, 즉 '모든 것이 꺼져버린 그날'이 일종의 폭로가 되었다. 폭로는 말 그대로 돌이킬 수 없다. 이미 폭로된 것은 다시 찬장으로 들어가 버릴 수 없다. 이 돌이킬 수 없는 계시의 결과로 그는 기대를 뒤집어야 한다는 사실을 배웠다. 세상이 돌아가지 않는 것, 세상이 무너져 내리는 것은 놀라운 일이 아니었다. 실패와 부패, 그것은 세상의 자연적인 상태였다. 잠시나마 세상이 의도한 대로 돌아가는 것, 그것이 놀라운 일이었다. 그 후 그는 남은 어린 시절 내내 줄곧 감사한 마음으로 감탄하며 살았다. 총천연색으로 번쩍거리는 텔레비전(텔레비전이 다시 켜졌다!)도 놀라웠고, 시간이 맞지 않아도 언젠가는 도착하는 버스를 타고 엄마가 집에 돌아온다는 사실도 놀라웠으며, 자주 사용할 수는 없어도 여전히 수도꼭지에서 깨끗한 물이 나온다는 사실도 놀라웠다.

그의 엄마가 여전히 부엌에서 양배추를 썰며 수다를 떨고 있을 때 그는 그 어조를 알아차렸다. 그의 엄마와 에스테반은 그것을 감지하지 못했다. 오직 윌링 자신만이 주의를 기울였다. 아니, 마일로도 함께였다. 빛나는 눈과 잔뜩 긴장한 태도, 쫑긋 세운 귀, 이 스패니얼 녀석도 수상쩍은 분위기를 알아차린 게 틀림없었다. 뉴스 진행자들의 목소리에는 초조한 흥분과 긴장이 역력했다. 뉴스를 전달하는 사람들은 사건이 터지는 것을 좋아한다. 그들을 나무랄 수는 없다. 사건을 전달하는 것이 그들의 일이므로, 그들은 할 일이 생겼다는 사실에 기뻐하는 것이었다. 나쁜 사건이 터질 경우, 사실 무소식이 희소식이라는 점을 감안하면 사건은 대개 나쁘기 마련인데, 그런 경우 그들은 자신이 몹시 기뻐한다는 사실에 당황했다. 과하게 슬퍼하는 척하며 기쁨을 숨기려 하는 역겨운 앵커들도 있었지만 그런 거짓 슬픔에 속는 사람은 아무도 없었으므로 월링은 그런 위선을 집어치우는 편이 낫다고 생각했다.

적어도 오늘 밤엔 아무도 죽지 않았다. 숫자와 딱딱한 표현들이 난무하는 이 불가해한 사건에 대해 월링은 다른 시청자들도 대부분 이해하지 못할 거라고 확신했다. 그래서인지 적어도 뉴스 진행자들과 게스트들은 입꼬리를 내리고 목소리를 낮추며 인위적으로 슬퍼하는 척하지 않았다. 오히려 뉴스에 나온 사람들 모두가 기뻐하는 듯 보였다. 심지어 신이 난 듯 보였다. 그러나 이 초조한 흥분 속에는 곧 후회하게 될 터이니 이 흥겨운 태도를 최대한 숨겨야 한다는 날카로운 자각이 배어 있었다. 그러니까 그날의 어조를 한 문장으로 요약하면 이러했다. 지금은 재미있지만 나중에는 그렇지 않을 것이다.

2장
카르마의 응집

에이버리 스택하우스는 자신의 언니가 플렉스페이스 앞에 진득하게 앉아 있지 못한다는 사실을 알고 있었다. 플로렌스는 부엌을 치우면서 통화하는 것을 선호했다. 그러면 늘 그릇들이 플로렌스의 관심을 독차지하는 듯했고, 에이버리 자신에겐 너무도 귀한 이 혼자만의 시간이 그 부산함으로 인해 망가져 버릴 게 분명했다. 로웰은 저녁 강의 중이었고, 서배너는 졸업반 내내 하도 자주 갈아치워서 이젠 엄마가 이름을 알아둘 필요조차 없는 남자친구를 만나러 갔으며, 구그는 '물자 부족과 물가 폭등을 야기하는 것은 실제 농산물의 부족이 아니라 파괴적인 국내 식량 안보 정책들이다'라는 명제를 주제로 열리는 대규모 학교 대항 토론을 자신의 팀과 함께 준비하고 있었다(구그는 찬성하는 입장을 택했다). 빙은 사중주단 연습 중이었다.

호화로운 팔걸이의자에 몸을 파묻으면서 그녀는 흡족하게 거실을 둘러보았다. 그녀가 막 성인이 되었을 때만 해도 단단한 표면과 날카로운 각, 굴절 등이 특징인 실내 장식이 유행했고 색깔은 티 없는 순백이 지배적이었다. 재미있게도 이제는 부드러움과 흡광, 곡선 등이 트렌드로 떠올랐다. 심지어 모든 벽면에 탁한 인조 스웨이드가 덮여 있었다. 해진 가죽과 얇은 모피로 뒤덮인 가구들 때문에 거실은 온통 암갈색과 누런색이었고, 와인 한 잔을 들고 느긋하게 앉아 있으면 마치 곰 인형에 몸을 파묻고 있는 기분이었다. 요란한 크롬은 조용한 백랍으로 대체되었다. 다행히도 워싱턴 DC의 부유한 가정들은 이제 끔찍한 조립식 가구들을 버리고 다시 품위 있는 소파를 들여놓았다.

스택하우스 가족은 또한 복작거리는 책들도 모조리 없애버렸다. 캐럴가든스에 위치한 그녀의 지저분한 3층 벽돌 친정집에는 층마다 책들이 정신없이 들어차 있었다. 줄줄이 벽면을 뒤덮은 낡은 책등만큼 고루해 보이는 것도 없었다. 다 읽은 책을 왜 3차원으로 보관해야 한단 말인가? 과시용이 아니라면 대체 무엇 때문이란 말인가? 손가락 하나로 의회도서관을 둘러볼 수 있게 된 시대에 이미 써버린 물건을 수많은 상자에 욱여넣고 이 집에서 저 집으로 옮겨 다니는 것은 계란 껍데기를 싸들고 이사하는 것과 다를 바 없었다.

그녀는 플렉스크린을 펼쳐 빳빳하게 편 뒤 가죽 덮인 탁자 위에 올려놓았다. 이 기기는 두께가 너무 얇아서, 눈에 띄는 선명한 색의 2세대가 출시되기 전에는 주머니에 넣어놓았다가 휴지로 착각하고 버리는 일도 많았다. 속이 비치는 얇은 소재로 2인치부터 15×22인치까지 다양하게 크기를 조정할 수 있었고 아랫부분을 접어 키보드로 사용할 수도 있었으므로 플렉스는 스마트 워치와 스마트스펙스, 스마트폰, 태블릿, 랩톱, 데스크톱을 일거에 대체했다. 무엇보다도 플렉스크린은 고장 나지 않았다. 장점이었지만, 제조업자들은 후회하기 시작한 터였다.

에이버리가 다짜고짜 입을 열었다.

"언니, 준비됐어? 난 재러드가 매입한 농장 얘기를 하고 싶어서 미칠 지경이거든."

"그래, 아버지가 얘기하시더라. 그런데 재러드는 어떻게 갑자기 농장을 사게 된 거야?"

플로렌스가 물었다.

고해상도의 화면 때문에 언니의 눈 밑에 서서히 생겨나는 불룩한 주머니가 도드라졌다. 실물로 보았다면 알아채지 못했을 것이다. 에이버리는 그저 우쭐해할 수만은 없었다. 언니의 얼굴에 나타나는 결함은 2년 뒤 에이버리 자신이 갖게 될 결함의 전조였기 때문이다. 그 외에도 수많은 반점들과 검은 솜털들, 섬뜩한 황변 따위가 얼굴에서 번쩍거렸다. 법의학에나 어울릴 듯한 이 기기의 영상은 평소에 애정을 갖고 인간의 얼굴을 볼 때 알 수 있는 것들을 뛰어넘어 의학용 촬영을 통해서나 드러날 법한 사실들을 드러내주었다. 이런 영상으로 알 수 있는 사실은 내 언니가 행복한가 불행한가라기보다는 피부암 발병 여부였다. 그나마 에이버리와 플로렌스는 3D 기능을 두 번 다시 사용하지 않기로 합의했다. 그 기능을 사용하면 암 환자처럼 보일 뿐 아니라 뚱보처럼 보이기도 했다.

에이버리가 설명했다.

"재러드는 언니나 나처럼 대학 지원금을 쓰지 않았잖아. 그랜드 맨을 설득해서 공평하게 계약금을 대달라고 했대."

막강한 허영을 가진 막강한 인물 맨디블 할아버지는 예전부터 '그랜드 맨'이라고 줄여 불리는 것을 무척 좋아하는 듯했다(에이버리의 아이들이 사용하는 호칭 '대★그랜드 맨'은 더욱 좋아하는 듯했다).

플로렌스가 대꾸했다.

"대학은 자기가 때려치웠으면서 잘도 우려먹네. 두 번이나 자기가 그만뒀잖아. 어쨌든 정말 뜬금없다. 재러드는 농사에 관심을 보인 적도 없잖아."

"해수 담수화 사업을 한다고 날뛰기 전에도 바닷물에 관심을 보인적이 없었어. 모로코 요리 수업을 듣기 전에는 계란프라이 한 번 해본 적이 없고. 재러드의 인생 전체가 꼭 이 그림에 어울리지 않는 것을 찾는 퍼즐 같아. 문제는 어울리는 게 전혀 없다는 거지. 농사짓는 풍경도 어울리지 않는데, 그래서 어울리는 거야. 그 비논리 안에서는 논리적인 거지."

"혹시 네 고객들에게도 그런 방식으로 그들의 삶을 이해시키니? 인상적이네. 아주 복잡다단한 논리야."

"사실 엄마랑 아버지가 막대하게 부추겼대. 두 분은 그 농장이 아주좋다고 하시더라고. 어떻게든 재러드를 내보내려고 하셨겠지."

"아이고, 서른다섯 어린 나이에 집을 떠나다니. 어쩌나 용감한지!"

두 사람은 마치 공모라도 하듯 함께 웃음을 터트렸다. 그들은 어른이었다. 두 자매 모두 결함이 있긴 했지만 꿈도 야망도 없이 늘 제멋대로인 집안의 골칫거리는 아니었다.

"그런데 거기가 어디야?"

"뉴욕 주 글로버즈빌. 기가 막히지. 예전에 글로브를 만들던 곳이라나 뭐라나."

에이버리가 대꾸했다.

"비웃지 마. 이 나라는 어느 도시든 예전엔 무언가를 만들던 곳이잖아. 무슨 농장이래?"

"사과 나무와 버찌 나무가 있대. 당근이랑 옥수수도 있고. 젖소도몇 마리 인수한 모양이야. 자영농이었는데, 주인은 늙었고 자식들은물려받지 않으려 하고, 그런 뻔한 농장이지, 뭐."

플로렌스가 다시 입을 열었다.

"그런 사업은 늘 적자라던데. 그리고 걔도 놀라 자빠질걸. 소규모 농장 일이 얼마나 고되다고. 그나저나 나는 재러드랑 몇 달째 연락도 못 했네."

"생존주의자로 전향했어. 그 농장에 '보루'라는 이름을 붙였더라고. 무슨 요새라도 되는 것처럼. 최근에는 연락할 때마다 애가 좀 어두웠 거든. 세상이 끝났느니 어쩌느니 하는 거야. 참 별나다니까. 이 동네 를 돌아다녀 보면 술집도 북적거리고, 부동산 가격도 다시 치솟고 있고, 전부들 20만 달러짜리 무인 전기 자동차에 편히 앉아서 달리 고 있어. 다우지수를 봐도 투자 쪽에 고혈압이라도 온 것 같고. 그런 데 우리의 남동생은 종말론만 다운받아서 고개를 박고 있는 모양이 야. 회개하라, 종말이 다가왔노라! 중심이 무너지고 우리는 곧 모두 죽을 것이니라! 걔가 탐독하는 글은 종교와는 무관하지만 감정적 호소만 보면 복음주의 아이오와 수준이야. 결국 농장을 산 것도 이상하지 않 다니까."

"사실 스톤에이지 때도 많은 사람들이 그런 반응을……."

"미치겠다. 이제 그렇게 부르는 사람은 아무도 없어."

"꼰대라고 해도 좋아. 하지만 '스토니지'라고 줄여 부르면 고대로 날아가 버렸다는 의미가 사라지고……."

"언닌 꼰대 맞아. 아버지랑 똑같다니까. 언어는 살아 있는 거야. 냉 동실에 넣고 얼릴 수 없다고. 어쨌든 그건 아니야. 재러드가 '스-톤-에-이-지'에 뒤늦게 반응하는 것 같진 않아."

에이버리는 마치 AC가 '에-어-컨'의 약자라고 짚어줘야 하는 얼간 이와 대화하기라도 하듯 스톤에이지를 또박또박 공들여 발음했다. 그 러곤 다시 말을 이었다.

"그러니까 재러드 생각은, 아니, 꼭 재러드만은 아니지. 우리가 벼랑 끝에 서 있고 곧 추락한다고 믿는 거 말이야. 일종의 투영 작용이야. 진짜 이 세상하고는 아무 상관이 없다고. 이 나라가 길을 잘못 들어서서 우리 모두가 그 대가를 치러야 하는, 그런 문제하고는 상관이 없어. 전적으로 개인적인 위기의식이지. 자신의 미래에 대한 비관주의. 사실은 자격 미달로 담수화 전문가의 꿈이 무너진 것을 걱정해야하는데, 대신 문명의 몰락을 걱정하는 거야. 지구의 미래를 걱정하면자기가 더 중요한 사람이 된 것 같으니까."

그러자 플로렌스가 대꾸했다.

"재러드한테도 그렇게 얘기해봤어? 자기의 정치적 견해가 사실은그저 자신과의 관계에 대한 것이라고 치부하면 좋아하지 않을 텐데.그애가 열을 올리는 문제들, 그러니까 종의 멸종이나 사막화, 해양 산성화, 주요 경제국 하나가 탄소 감축 협약을 따르지 않는 것, 이런 것들은 재러드 개인만의 문제는 아니잖아."

"하지만 우리 클리닉에 오는 노인 고객들도 비슷한 양상을 보이거든. 물론 노인네들은 다른 문제를 걱정하지. 곧 물이 고갈된다, 식량이 없어진다, 에너지가 고갈된다. 경제 위기가 임박해서 연금이 날아갈 거다. 하지만 실상은 죽음이 두려운 거야. 죽으면 세상이 끝나잖아. 적어도 자기들한테는. 그러니까 다른 사람들의 세상도 끝난다고가정하는 거지. 어떤 면에선 상상력의 결여야. 자기가 없는 세상은 상상하지 못하는 거지. 노인들이 종말론에 빠지는 건 바로 그래서야. 본인이 종말을 마주하고 있잖아. 그 부분, 그러니까 자신의 종말은 현실이야. 그래서 자신의 영면이 가까워질수록 주변에도 점점 더 종말을투영하게 돼. 가끔은 정말 앙심을 품기도 하지. 내가 단언하는데, 이런 지독한 비관론자들 가운데에는 아마겟돈을 두려워하기는커녕 오히려 꿈꾸는 사람들도 있어. 이 행성 자체가 폭발해서 거대한 블랙홀만 남기를 바라지. 자기가 발코니에서 마티니를 마실 수 없다면 다른 사람도 그래야 하거든. 모든 게 자기와 함께 사라지길 바라는 거야. 이쑤시개에 꽂아놓은 올리브 하나까지. 하지만 실제로는 아무 일도 일어나지 않지. 삶, 문명, 미국. 모든 게 끊임없이 돌아간다고. 그들은 그 점을 참지 못하는 거야."

플로렌스는 킬킬거렸다.

"그게 아주 레퍼토리구나. 너 전에도 그런 얘기 했었어."

"음."

에이버리는 순순히 인정했다.

"한두 번 했겠지. 어쨌든 재러드에 대한 내 생각은 그래. 걔가 그렇게 우물을 파고 비프스튜 통조림을 쌓아두느라 바쁜 건 심리적 생존 위기를 겪고 있기 때문이야. 지나고 나면 주위에 널려 있는 응급 도구들과 특대형 안전성냥 따위를 둘러보면서 자기가 바보 같았다고 느낄걸."

"글쎄. 하지만 그렇게 투영하는 건 재러드만이 아닐 거야. 너야 잘 사니까 어딜 봐도 햇빛이 쨍쨍하겠지."

'잘산다'는 말에는 멸시의 의미가 담겨 있었고, 에이버리는 자신의 분석 도구가 다시 자신을 향해 돌아오는 것이 달갑지 않았다. 그녀는 반박에 나섰다.

"좀 괜찮게 산다고 멍청이가 되는 건 아니거든. 그리고 풍족한 사람들에게도 걱정은 있어."

그러나 플로렌스는 다시 회의를 드러냈다.

"글쎄. 예를 들어봐."

그러고는 대답할 틈도 주지 않고 말을 이었다.

"최근 재러드가 벌인 이 일의 문제는 정신적인 게 아니고 아주 실질적인 거야. 이 보루인지 뭔지는 돈 먹는 구멍이 될 것 같네. 이미 신용카드 빚이 엄청났잖아. 엄마 아버지의 도움을 받는데도. 그동안 사장시켜온 프로젝트들이 모두 엄청 비쌌지. 그랜드 맨의 주머니가 꽤 깊어야 할 것 같다."

"그랜드 맨의 주머니는 신발까지 내려올걸."

에이버리는 화제를 바꿔야겠다고 생각했다. 규모조차 알 수 없는 맨디블 가의 유산에 관한 이야기는 늘 불편한 주제였다. 물론 플로렌스가 노골적으로 얘기한 적은 없지만, 에이버리는 서로의 소득 격차 때문에 때가 되면 자신이 한 걸음 물러나 언니와 동생에게 상당한 몫을 양보하거나 상속을 아예 포기해야 하는 것이 아닐까 생각했다. 표면적으로 에이버리에겐 돈이 필요하지 않았다. 그렇다면 그녀는 자신이 현명한 결정을 내려서 잘살게 되었다는 이유로 손해를 봐야 한단 말인가? 그것은 이른바 혁신적인 미국의 조세제도를 통해 이미 오래전에 터득했어야 하는 사실이었다. 게다가 플로렌스 나이팅게일은 최근 들어 선량하고 친절하며 자비로운 화신으로 살고 있으니 분명히 돈을 더 많이 받아야 마땅해보였다.

하지만 따지고 보면 두 사람은 같은 선상에서 출발했다. 그러나 에이버리는 현재 조지타운 대학의 경제학과 종신 교수로 재직 중인 연상의 유력 지식인과 결혼한 뒤, 이미 값이 크게 오른 워싱턴 DC의 멋진 타운하우스를 공동 매입했고, 수익성 좋은 사설 클리닉을 열었으며, 재능 있고 똑똑한 아이 셋을 모두 일류 사립학교에 보냈다. 그 모든 것이 그녀가 결정한 일이었다. 한편, 플로렌스 역시 자신의 결정에 따라 교육 수준 낮은 멕시코계 여행 가이드와 동거를 시작했고, 그들이 어릴 때만 해도 마약 밀매상들의 영역 싸움으로 살인까지 난

무했던 브루클린 지역에 작고 허름한, 그럼에도 터무니없이 값비싼 집을 매입했으며, 하룻밤을 함께 보낸 남자의 자식을 낳아 커가면서 점점 더 이상해지는 이 외아들을 모든 수업이 스페인어로 이뤄지는 공립학교에 보냈고, 심지어 이제는 조현병 환자들의 베개를 두드려주는 일을 하고 있었다. 에이버리는 영리하고 물정에 밝으며 누구보다도 성실하게 일하는 언니가 재능을 십분 활용할 수 있는 일자리를 찾았으면 하고 간절히 바랐다. 사실 그들 집안에서 진짜 생존주의자는 재러드가 아니라 플로렌스였다. 적어도 에스테반은 제 몫을 하는 남자인 듯했다. 그렇다고 해도 플로렌스가, 심지어 집안의 맏딸인 플로렌스 언니가 어렵게 사는 것은 에이버리의 탓이 아니었다. 에이버리 자신은 열심히 노력해서 지금 같은 삶을 일구었으므로 언니와 연락할 때마다 죄책감을 느낄 이유가 없었다.

화제를 돌리기 위해 기껏 다른 주제를 꺼냈지만 이 역시 중립적인 것은 아니었다.

"참, 국가 코드 때문에 한바탕 시끄러웠던 거 알지?"

"응, 우리 보호소 직원들은 다들 누가 그런 걸 신경 쓰냐고 어이없어했어. 그래도 폭스 뉴스에선 연말까지 거품 물고 떠들어댈걸."

그러자 에이버리가 말했다.

"사실 미국은 국가 코드라는 게 생긴 이후로 줄곧 1번이었잖아. 어떤 사람들에겐 그게 일종의 상징이야."

"무슨 상징? 우리가 1등이다? 그게 무슨 의미가 있어? 오히려 우리가 줄곧 1번을 했으니까 이제 그 쓸데없는 1번을 잠깐이라도 다른 사람들한테 넘겨주는 게 정상이지."

"언니가 관심 있어 할 문제가 아닌데 꽤 생각해본 모양이네. 어쨌든 중국 사람들한테는 중요한 모양이야. 그렇지 않고서야 코드를 바꾸려고 그렇게 법석을 떨지 않았겠지."

그러자 플로렌스가 대꾸했다.

"상대가 정말 갖고 싶어 하는 것을 그냥 줘버리는 게 나을 때도 있어. 더군다나 컴퓨터에 숫자 몇 개 입력하는 일이라면 못 해줄 것도 없잖아. 양보해봐야 돈이 드는 것도 아니고 나중에 그 대가로 중요한 것을 얻을 수도 있거든."

"그 양보를 본보기 삼아 계속해서 수많은 양보를 요구해올 수도 있어. 그렇다면 문제가 되지. 오늘 왔던 환자는 창피하다고 하더라고."

플로렌스가 다시 입을 열었다.

"미국인들은 대부분 미국에 살잖아. 미국에 사는 미국인은 국가 코드를 입력할 일이 거의 없어. 그 환자가 줄곧 해외에 살면서 플렉스로 고국에 있는 누군가와 통화해야 하는 상황이라면 모를까, 그게 아니라면 일상생활에서 적극적으로 창피를 느낄 일이 없다고. '영어는 2번을 누르라'는 문제로 법석을 떨었던 거랑 똑같아. 2번을 누르는 게 1번을 누르는 것보다 더 어렵나?"

"그 얘기라면 그만하자. 그 관습을 뒤집은 일에 대해 내가 분개했던 건 언니도 알잖아."

"그것도 돈이 들지 않는 관용의 제스처였어. 라틴계 사람들에게 '2'는 '이류'라는 뜻이었거든. 그 작은 변화로 이민자들과 그 자식들은 주류에 편입되었다고 느끼게 되었잖아."

"그들이 느낀 건 다름 아닌 승리감……."

"조심해. 위험해진다."

플로렌스가 말했다.

그녀가 이렇게 거들먹거릴 수 있는 것은 '살아 있는 진짜 멕시코계 남자'와 살고 있기 때문이었다. 이제 플로렌스는 소수민족의 명예 회

원인 셈이었다. 그러나 그 소수민족은 너무 거대해져서 곧 소수민족이라고 부를 수 없을 지경에 이르렀다. 그 중대한 분기점을 에이버리는 학수고대하고 있었다. 그녀는 자신의 클리닉을 찾는 모든 환자들에게 스스로를 특별하게 생각하라고 독려했다. 그러나 특별한 유산을 소유했다는 자부심, 그에 대한 소속감, 그 강한 정체감을, 자랑스러운 업적이 그토록 많은 이 나라의 주류들은 딱히 느낄 수 없었다. 따라서 백인들이 소수민족이 되면 그들의 대학에 '백인학과'를 만들고 버젓이 허먼 멜빌을 내세우게 될지도 모를 일이었다. 그녀의 아이들은 시험 성적과 상관없이 대학에 특례 입학을 할 수 있을 것이다. 사람들이 갑자기 '백인'이라는 호칭을 모욕으로 간주하여 '서유럽 아메리칸'이라는 길고 복잡한 호칭을 사용하게 되고, 백인들끼리는 친밀한 결탁의 의미로 서로 '여어, 흰둥이?' 하고 부르면서도 타인종이 이런 편견 어린 표현을 사용하면 CNN에서 수없이 들볶일 게 분명했다. 소수민족이 된다면 언제든 기회가 될 때마다 강력하게 그리고 축제 기분으로 불쾌해할 수 있게 될 테고, 자동전화 프로토콜도 다시 바뀔 수 있었다.

화면 밖에서 에스테반이 소리쳤다.

"내가 뭐랬어? 기회가 있을 때 수문을 열어야 했다니까!"

플로렌스는 어깨너머로 외쳤다.

"윌링! 그린 에이커에 가서 남은 생수를 전부 쓸어 담아! 에스테반이 금방 뒤따라갈 거야! 수레 챙겨가!"

그러자 그녀의 뒤에서 소년이 대꾸했다.

"알았어. 알았다고. 방법은 알아요. 하지만 내가 가도 이미 늦었을 걸. 차를 가진 사람들이 더 빠르잖아."

"그러니까 뛰어."

"또구나."

에이버리가 말했다.

플로렌스는 한숨을 쉬며 다시 화면으로 고개를 돌렸다.

"단수가 될 때 가장 골치 아픈 건 그게 언제 끝날지 모른다는 점이야. 한 시간 만에 다시 나올 때도 있지만 어떤 때는 일주일씩 가거든. 그래도 뒷마당에 빗물받이 통을 놓아두었어. 식수는 안 되겠지만 변기는 내릴 수 있지. 빈 병에 수돗물을 받아놓긴 했는데 너무 오래됐어. 부디 윌링과 에스테반이 선전했으면 좋겠다. 마트 생수 코너는 늘 전쟁이거든. 그래도 늦은 시간이라 다행이야. 아직 모르는 사람들도 있을 거야. 젠장, 인정하고 싶진 않지만 에스테반 말이 옳았네. 나 샤워 못 한 지 8일 되었거든. 아까 퇴근하고 바로 해야 했는데."

"아직도 원인을 정확히 몰라? 블로그에 올라온 추측성 글 말고 진짜 정보는 없어?"

"진짜 정보? 그게 뭐래?"

플로렌스는 코웃음을 치며 말을 이었다.

"어쨌든 블로고스피어의 미친놈들도 서부의 경우에는 대수층의 물 고갈과 가뭄이 문제라는 사실에 모두 동의하는 것 같더라. 이 지역에 대해 지배적인 의견은 뉴욕 주 위쪽에 공급 문제가 있다는 거야. 칼리프(이슬람 제국 주권자의 칭호-옮긴이)가 제3터널을 사보타주한 일도 도움이 되지 않았겠지. 기반 시설의 노후와 엄청난 누수 때문이라고 주장하는 사람도 많아. 내가 어떻게 생각하는지는 너도 알잖아."

"그래, 언니가 어떻게 생각하는지는 나도 알지."

에이버리는 눈을 굴리고 싶었지만 카메라를 의식해 간신히 참았다. 철저한 탐사 보도가 부재하는 시대에는 사람들이 각자 자신에게 부합하는 논리를 믿는 법이라고 모두들 떠들어댔다. 그들의 아버지는 끊임없이 이런 진부한 논지를 입증하려 들었다. 그러나 에이버리가 아는 한, 사람들은 오래전부터 먼저 의견을 구축한 뒤에 한가할 때 이를 뒷받침하는 증거를 수집했다. 옷을 산 뒤에 그에 걸맞은 액세서리를 구하듯이 말이다. 그러니 플로렌스가 단수의 원인을 프래킹 공법(높은 수압을 이용해 퇴적암층을 파쇄하여 석유와 가스를 분리해내는 공법－옮긴이)이라고 주장하는 것은 자연스러운 일이었다. 그것이 그녀에게 부합하기 때문이었다.

현관문이 쾅 닫혔다.

"나야."

로웰이었다.

"응! 나 언니랑 통화 중이야."

"끊으면 안 될까?"

그는 늘 자기중심적이었지만 이렇게 성마르게 구는 경우는 드물었다.

"얘기 끝나면 끊을게!"

그러자 플로렌스가 말했다.

"괜찮아. 나도 빗물을 화장실로 끌어다 놓아야 하거든. 그만 끊자. 안녕."

안타깝게도 마흔여덟 살이 된 그녀의 남편에겐 이제 수염이 약 5밀리미터 길이로 까칠하게 자란 모습이 세련되기는커녕 꾀죄죄해 보였고, 예전 유행에 따라 들쭉날쭉하게 자른, 긴 반백의 머리칼도 지저분한 인상을 더했다. 에이버리는 그런 사실을 간결하게 알려줄 방법을 생각해내야 했다. 그는 경제학자치고는 화려하고 도시적인 편이었다. 조지타운의 추종자들을 매료시키는, 말쑥하고 대담한 옷차림과 흐느적거리며 거들먹거리는 태도를 선호했다. 오늘은 매끈한 비둘기색 정장을 입고 있었다. 소맷부리와 칼라가 없는 셔츠에 허리선이 높은 슬랙스, 무릎 바로 위까지 내려오는 긴 재킷은 최신식이었다. 오늘의 신발은 진분홍색이었다. 그러나 젊어 보이는 데에만 치중하는 옷차림은 위험했다. 결코 젊지 않은데 저 혼자만 젊다고 생각하는 사람, 로웰은 그런 부류처럼 보였다.

"모조, TV 켜!"

로웰이 지시했다. 이 음성 인식 가사 도우미 시스템은 최근에 작은 결함을 일으켜 에이버리에게 끊임없이 우유가 다 떨어졌다고 통보했다. 결국 그녀는 그 기능을 껐지만 이미 이 프로그램이 슈퍼마켓에서 여러 차례 우유를 주문한 터라 우유에 빠져 죽을 지경이었다. 게다가 이 시스템은 점점 더 이상해지고 있었다. 로웰의 지시에 이어 부엌에서 식기세척기가 작동하는 소리가 들렸다.

로웰은 좌절한 목소리로 말했다.

"나쁜 일은 꼭 한꺼번에 몰린다니까. 그 얼간이 마크 밴더마이어에게 설명하려 했던 게 바로 이거야. 경제도 똑같거든. 여기저기서 작은 일들이 한꺼번에 터져서 그 모든 게 연결되어 있는 것처럼 보이지. 하지만 꼭 그런 건 아니야. 말하자면 그냥 카르마의…… 응집이라고 할 수 있지."

"논문 하나 더 써야겠네. '카르마의 응집', 멋진데."

그녀는 먼지 낀 텔레비전 리모컨을 그에게 건네며 말을 이었다.

"다행히 우리 집은 꺼놓을 수 있잖아. 저 아래 엘런네 모조는 수동 전환이 안 돼서 오작동하기 시작하면 물도 못 끓인대."

로웰은 낙담한 모습으로 소파에 털썩 앉았다. 뉴스를 켜지 않고 그것을 위한 도구로 무릎을 톡톡 두드릴 뿐이었다.

"먹을 것 좀 줄까?"

"당신 마시는 그 와인 한 잔 줘. 모조한테 샌드위치 달라고 하면 스프링클러를 켤 것 같거든. 아니면 집에 불을 지르거나."

그녀가 그에게 잔을 건네자 그가 물었다.

"최신 뉴스 들었어?"

"뭔지는 몰라도 당신이 말하는 뉴스는 못 들었을걸."

"오늘 오후에 있었던 채권 경매 말이야."

"또 프랑스 얘기야?"

"아니, 미국 재무부 증권. 나는 별일 아니라고 생각하거든. 그런데 응찰률이 심각해. 완전 곤충 스낵바 수준이야. 1.1이라고. 10년짜리 채권의 금리가 8.2퍼센트까지 올라갔고."

"꽤 높네."

"꽤 높다고? 두 배가 됐어. 하지만 내가 보기엔 임의적인 요인들이 우연히 몰린 것뿐이야."

"카르마의 응집."

"그렇지. 프랑스도 만기가 다 된 트랑셰(tranche, 채권 발행 시 기채 조건이 다른 채권을 두 종류 이상 발행할 경우 각각의 채권 발행을 의미함—옮긴이)를 완전히 연장하진 못했어. 하지만 독일과 유럽 중앙은행이 바로 개입했고, 어쨌든 프랑스는 자금 부족으로 조만간 에펠탑을 닫을 것 같지는 않잖아. 그냥 몇몇 사람들만 좀 곤란해지고 말았지. 영국 바클레이즈 은행의 경우에도 공식적으로 밝힌 바로는 에드 볼스 정부가 이번엔 그들을 구제해줄 수 없다고 하지만, 그건 전략적인 입장일 뿐이야. 틀림없이 다우닝 가(영국 런던의 관청가—옮긴이) 소파들 틈새에 끼어 있는 잔돈만 모아도 그 은행이 망하는 걸 막을 수 있을걸. 그리고 어제 취리히와 브뤼셀의 얍삽한 헤지펀드 두어 개가 달러 포지션을 사실상 0으로 줄이고 금으로 갈아탔어. 그러라고 해. 금값이 다시 떨어지면 그 반짝거리는 돌멩이들을 문진으로나 쓰겠지."

"지금은 올랐어?"

"한시적인 거야! 알잖아. 금은 늘 오락가락한다고. 그 기복에 정말 약삭빠르게 대처하지 못하는 사람에겐 터무니없는 투자처야."

"지금 나하고 대화하는 거 맞아? 당신 혼자 한 손으로 손뼉 치면서 싸우는 것 같거든. 난 반박하지도 않잖아."

"미안. 그 부머똥 밴더마이어랑 언쟁이 좀 있었거든. 왜냐면, 그래, 오늘 있었던 채권 경매, 그건 안타까운 일이야. 당장 미국의 채무에 대한 외국의 수요가 낮긴 하지만, 여러 다양한 나라에서 미국 채무상품을 멀리하는 건 우연의 일치일 뿐 각자의 이유가 서로 연관되어 있지는 않다고. 여기 시장은 활발하게 돌아가잖아. 시시한 재무부 채권보다 수익률이 높은 투자처가 다우에 널려 있어. 금리가 8.2퍼센트에 머물러 있을 가능성은 희박해. 일회적으로 올라간 거야. 젠장, 1980년대에 재무부 채권 금리는 15퍼센트를 상회했어. 최근 1991년에도 채권은 8퍼센트 이상 지급했는데……."

"그걸 최근이라고 할 수는 없지."

"내 말은, 그렇게 흥분할 이유가 없다는 거야!"

"그럼 그렇게 흥분하지 마."

"금리 폭등에 대한 패닉, 그게 문제야. 밴더마이어 같은 천치들 때문이지. 그나저나 오늘 나랑 마주쳤을 때 그 친구가 어디 가는 길이었는지 알아? MSNBC. 주요 방송국 인터뷰가 줄지어 잡혀 있더라니까. 폭스, 아시아 센트럴, RT, 라트아메리카……."

"질투하는 거야?"

"당연히 아니지. 그런 프로그램들이 얼마나 귀찮은데. 초고화질이라 화장품을 3센티미터쯤 덕지덕지 처발라야 해. 완전히 지워지지도 않아서 베개가 얼룩덜룩해지고. 게다가 긴장해서 통계 수치를 잘못 얘기할 수도 있는데, 그럼 평생 남잖아."

"그래도 당신은 그런 거 잘하는데."

그는 소파에 앉은 자세로 등을 꼿꼿이 세웠다. 칭찬을 받아들인다는 뜻이었다.

"밴더마이어는 밤새 공포를 퍼트리겠지. 그런 건 자기충족적인 예언이 된다고. 하지만 그 친구 말하는 걸 보면 걱정하는 것 같지도 않아. 오히려 인생의 절정기를 누리고 있다니까. 당신이 맨날 얘기하는 그거 있잖아. 종말론에 관한……."

"내가 언제 그렇게 맨날 얘기했다고. 딱 한 번 얘기했는데……."

"난 당신 의견에 동조하려는 거니까 짜증 내지 마. 세상의 끝을 예언하는 사람들, 그런 사람들은 세상이 끝난다는 사실에 분노하지 않는 것 같아. 안 그래? 파멸, 심적 고통, 황폐함을 호소하면서 오히려 기쁨을 감추지 못하지. 몰락이라는 게 애들 생일 파티처럼 둥글게 모여 서서 '잿더미! 잿더미! 우린 모두 쓰러지니' 하고 노래하는 행사라고 생각하는 것 같다고. 게다가 자기들은 전혀 영향을 받지 않는 줄 알지. 그저 수영장 옆에 서서 저 멀리 지평선의 도시들이 불타는 광경을 멍하니 바라보고 있을 줄 안다니까. 관음증 환자처럼. 피와 살을 가진 수백만 명, 혹은 수십억 명의 사람들 운명을 오락거리로 생각하는 거야."

로웰의 얼굴을 보니 자신이 한 말을 글로 적어놓고 싶어 하는 것 같았다.

"언니랑 나는 재러드도 비슷한 길을 가는 것 같아서 걱정하고 있어. 재러드의 경우엔 환경에 대한 공포이지만 기본적으론 똑같아. 솔직히 재러드는 즐거워한다고 말할 수는 없지만 말이야. 그앤 좀 침울해 있거든."

"밴더마이어는 황홀경에 빠졌어. 주목받는 걸 좋아하는 데다, 자기 판단이 옳았다는 데 도취되어 있지. '지속 불가능해요! 국가 부채는 지속 불가능하다고요!' 오늘 오후에 그 인간 입에서 지속 불가능이라는 말이 한 번만 더 나왔어도 코를 한 대 갈겼을 거야. '지속 불가능'이라는 말의 실질적인 정의는 '지탱되지 않는' 거야. 지탱할 수 없으면 지탱하지 않지. 20년 전에 재정적자 때문에 난리가 나고 부채한도를 높이는 문제로 정부를 폐쇄하네 마네 하다가 어떻게 됐어? 아무 일도 없었잖아. GDP의 180퍼센트 수준에서도 부채는 지속되고 있어. 이게 충분히 가능하다는 사실을 일본이 입증하기도 했고. 그러니까, 그러므로, 그런 사실로 보아 부채는 지속 가능한 거야."

"그럼 밴더마이어 때문에 그렇게 열 올릴 필요도 없네. 그 사람이 틀렸으면 곧 당신 생각대로 그 사람이 멍청한 인간으로 드러나겠지."

"그 인간이 제멋대로 떠들어대는 선동적인 담화는 위험하거든. 믿음을 갉아먹잖아."

"믿음인지 개뿔인지. 소수의 부유한 투자자들만 불안해하는 거라면 뭐가 문제야?"

로웰이 대꾸했다.

"돈은 감정의 영향을 받아. 모든 값어치는 주관적이야. 따라서 돈은 사람들이 느끼는 딱 그만큼의 가치를 갖지. 사람들이 재화와 서비스의 대가로 돈을 받는 것은 돈을 믿기 때문이야. 경제는 과학이라기보다는 종교에 가까워. 수백만 시민들이 통화를 믿지 않으면 돈은 그저 색을 입힌 종잇장에 불과해. 마찬가지로 채권자들 역시 미국 정부에 돈을 빌려주면 그 돈을 결국 받는다고 믿을 수 있어야 해. 그렇지 않으면 애초에 돈을 빌려주지 않겠지. 그러니까 믿음은 부수적인 문제가 아니야. 유일한 문제라고."

교수들의 단점은, 생계를 위해 한껏 점잔 빼며 강의한 뒤에 집으로 돌아와서는 한없이 호들갑을 떨며 떠들어댄다는 사실이었다. 에이버리는 익숙해지긴 했지만 이제는 로웰의 장광설이 신혼 때처럼 매력적으로 느껴지지 않았다.

로웰이 다시 입을 열었다.

"사실 밴더마이어 같은 비관론자들은 대부분 금본위제를 지지하기도 하거든. 정말이지, 장식에나 쓰는 금속을 우리의 모든 기도에 대한 답으로 여기고 매달리는 건 너무나 중세적인……."

"또 시작이다."

"시작 아니야. 하지만 조지타운 대학이 왜 그런 얼간이를 채용했는지 모르겠어. 교수진의 이데올로기적 폭을 넓히기 위해 채용된 건데, 그렇다면 '우리 교수들 일부는 똑똑하고 나머지는 얼간이라는 점에서 우리는 넓은 학문적 폭을 갖췄다'라고 주장하는 셈이잖아. 금본위제는 60년 전에 폐지됐고 아무도 아쉬워하지 않아. 거추장스럽고, 중앙은행들이 경제 미조정을 위해 쓸 수 있는 수단들을 제한할 뿐 아니라, 본원통화를 인위적으로 제한한다고. 구식이고 미신적이고 감상적이야. 금본위제 지지자들이 받아들이지 못하는 게 뭔지 알아? 금은 그 자체로 실질적인 효용이 거의 없고, 따라서 신용화폐나 개오지 조개껍데기랑 똑같이 인위적인 가치보관수단에 불과하다는 사실이야."

에이버리는 남편을 뜯어보았다. 그가 뉴스를 켜지 않는 것은 자신이 그토록 싫어하는 마크 밴더마이어를 마주하게 될까 봐일까? 어쩌면 뉴스 자체가 두려운 것인지도 모른다.

"당신, 걱정하는 것 같네."

"그래…… 조금."

"하지만 난 당신을 알잖아. 그러니까 한 가지 물어볼게. 지금 실제로 일어나는 일을 걱정하는 거야? 내가 보기엔 자기가 틀렸을까 봐 걱정하는 것 같거든."

다음 날 아침, 로웰은 에이버리와 와인을 석 잔이나 마신 것을 후회하며 흐리멍덩한 머리로 일찌감치 하루를 시작했다. 평소처럼 그나마 신뢰하는 뉴스 웹사이트 한 곳을 들여다보고 싶었지만 꾹 참고 학과에 가서 커피를 마시기로 했다. 하지만 요즘 커피는 대개 사사프라스 씨앗으로 대체되었다. 개인적으로 로웰은, 최근 수년 사이 농업에서 일어난 최대의 재앙은 옥수수나 콩 같은 농산물 가격이 폭등한 것이 아니라, 아라비카 원두 작물에 널리 퍼진 잎마름병 때문에 제대로 된 라테 한 잔의 가격이 무려 레미 마르텡 한 잔의 가격과 맞먹게 되었다는 점이라고 생각했다. 밴더마이어 같은 인간들 때문에 사람들이 곧 주판알을 튕기며 조가비 화폐로 거래하게 생겼으니 그 어느 때보다도 지식에 근거한 창의적이고 현대적인 경제학을 옹호해야 한다는 생각이 들었다. 그래서 오전 10시 수업을 시작하기 전에 통화정책에 대한 논문을 좀 더 쓰고 싶었다. 10시 수업은 '인플레이션과 디플레이션의 역사'였다. 산업 혁명기의 영국까지 진도가 나갔는데, 산업 혁명 당시 100년 가까이 끈질긴 디플레이션이 이어졌음에도 이 빌어먹을 나라는 번영을 거듭했다는 점이 로웰은 늘 못마땅했다.
지하철역으로 걸어가는데 이른 시간치고는 클리블랜드 파크의 보도들이 북적거렸다. 태양이 떠오르는 하늘은 맑았지만 행인들은 마치 비라도 내리는 듯 몸을 옹송그리고 걸음을 재촉했다. 한 여자가 조용히 울고 있는 모습은 대수롭지 않았지만 우는 여자가 또 나타나자 고개가 갸우뚱해졌다. 그다음에는 우는 남자가 보였다. 로웰은 멋진 도시를 걸을 때는 풍경을 즐기기 위해 플렉스를 착용하지 않는다는 원칙을 고수했지만, 워싱턴 시민들은 대개 플렉스를 손목에 차거나 모자챙에 끼우고 다녔다. 그러나 거리에서 이렇게 많은 사람들이 화상통화를 하고 있는 경우는 드물었다. 하긴, 스토니지 이후로 인터넷 불매운동을 벌이는 광적인 순수주의자들이 나타났고, 이런 원시적인 인간들은 말로 소통할 수밖에 없었으므로 끊임없이 지껄여댔다. 그러나 그 밖에 제대로 된 사람들은 모두 전화통화를 침해적인 일로 생각하고 삼갔으므로 전화벨이 울리면 기겁하기 일쑤였다. 비보가 분명했기 때문이다.

그는 지하철역의 긴 회색 계단을 내려가면서 황급히 걸음을 옮기는 통근자들이 모두 섬뜩하리만치 똑같은 얼굴을 하고 있다는 사실을 깨달았다. 무언가에 몰두한 듯 일그러지고 괴로운 얼굴이었다. 그는 문이 닫히는 열차에 비집고 들어가 가까스로 사람들 사이에 끼어섰다. 세상에, 겨우 새벽 6시 30분이었다.

열차 안에서도 사람들이 전부 말을 하고 있었다. 물론 서로 얘기를 나누는 것은 아니었다. 그들은 플렉스에 대고 말하고 있었다. 지금은 얼마나 내려갔어……. 글쎄, 런던에서는 이제……. 마진콜이……. 호주 달러를 사. 스위스 프랑이나. 뭐든 상관없어! 아니, 캐나다 달러는 안 돼. 같이 내려갈 거야……. 분명 대통령은 이미 알고 있었을……. 손절매……. 손절매는 두 시간 전에 물 건너갔어……. 손절매…….

아무리 워싱턴 DC라고 해도 로웰 스택하우스는 다른 사람들이 모두 아는 소식을 뒤늦게 듣고 싶지 않았고, 사람들의 웅성거림을 30초쯤 듣고 나자 신물이 났다. 그는 주머니에서 플렉스를 꺼내 손바닥 크기로 펼친 뒤 그나마 어느 정도 신뢰하는 블룸버그 닷컴으로 들어갔다. 〈유럽에서 달러 붕괴돼.〉

3장
돈을 기다리며

　보통 때 카터 맨디블은 아버지를 보러 차를 몰고 뉴밀퍼드로 향할 때마다 자신이 이 억지 방문에 대해 얼마만큼 죄책감을 느끼는지 가늠해보았다. 사실 아흔일곱쯤 된 사람들은 대부분 아무나 들어갈 수 없는 그 초고령의 영역에서 힘겹게 버티게 마련이었다. 그러나 더글러스 맨디블은 나약한 모습으로 아들을 더 힘들게 하는 사람이 아니었다. 오히려 카터는 아버지가 심약한 모습을 내비쳤으면 좋겠다고 생각했다. 그러면 연민이라도 동하여 원망이 어느 정도 누그러질 테니까. 그가 느끼는 가장 큰 원망, 즉 이 노인이 아직 살아 있다는 원망 말이다.

　그렇다고 카터가 아버지의 죽음을 적극적으로 바라는 것은 아니었다. 정작 그런 날이 오면 보통 자식이 부모를 잃었을 때 느끼는 통상적인 슬픔에 빠질 거라고 그는 믿어 의심치 않았다. 어쨌든 어느 정도는 그렇게 확신했다. 그의 친구들은, 막상 부모님이 세상을 떠나면 생각했던 것보다 훨씬 더 타격이 크다고 경고하곤 했다. 그러나 그는 벌써 15년째 그런 타격에 대비하고 있었다.

브루클린에서부터 나무가 우거진 코네티컷 주의 풍경을 즐기며 두 시간 동안 차를 달릴 때마다 카터는 또한 이 방문의 동기에 대해서도 자문해보았다. 장기적인 관점으로 보면, 자식들은 다소 이기적인 예방 차원에서 자연스레 노부모에게 정성을 쏟는다. 운명을 알리는 연락을 받았을 때 자신은 도리를 다했노라고 자위하기 위해서라는 얘기다. 내키지 않더라도 다소 극진히 모시면 훗날 자책하는 일을 예방할 수 있다. 어쨌든 노인들은 자식이 미심쩍은 핑계를 대고 오지 않았을 때 또는 자식이 무심코 몹쓸 말을 내뱉고 가버렸을 때 바로 세상을 떠나버리는 무시무시한 습관을 갖고 있지 않은가. 늘 후회 없이 의무를 다하는 것은 감정상의 보험을 들어놓는 셈이었다.

하지만 카터의 경우, 그의 이기적인 동기에는 엉뚱하게도 돈이 끼어 있었다. 그가 한 달에 한 번 웰컴암스를 찾아가며 아버지의 눈에 들려고 노력하는 것은 그저 유산을 지키기 위해서가 아닐까? 이를테면 아버지가 말년에 경솔하게 혹은 앙심을 품고 충동적으로 예일 대학에 교수 기용 지원금을 기부하는 것을 막기 위해서가 아닐까? 그는 알 수 없었다. 그보다 더 가혹한 것은 그의 아버지도 알 길이 없다는 사실이었다. 게다가 그의 아버지는 자신에게 쏟아지는 모든 애정 공세가 순수한 의도에서 나오는 것인지도 확신할 수 없었다. 가문의 재산은 부패의 성분을 품고 있었다. 설사 카터 자신이 아버지인 더글러스 E. 맨디블을 사랑하기 때문에 가급적 많은 시간을 함께 보내려 하고 아버지의 말동무가 되어주는 일을 순수하게 즐기며 아버지의 축복받은 수명을 한껏 누리고자 하는 그런 이상적인 세상을 꿈꾼다 해도, 돈은 피할 수 없는 오염 물질로 결코 사라지지 않았다.

아니, 이론상으로는 사라지지 않는 것이었다.

그러나 지금은 보통 때가 아니었다.

평소에도 카터는 유산을 물려받을 때쯤엔 이미 너무 늙어서 그것을 제대로 써보지도 못하리라는 사실에 부아가 났지만, 오늘 오후에는 미친 듯이 화가 치밀었다. 그와 제인은 점점 허물어져 가는 캐럴 가든스의 연립주택에 수년째 살고 있었다. 적갈색 사암 집도 아닌 그저 벽돌집이었다. 담보대출은 마침내 다 갚았지만 오랫동안 큰 족쇄가 되었다. 그와 제인은 2003년에 토스카나에 다녀왔는데, 40대 초반이 되어서야 처음 제대로 떠나본 휴가였다! 그러나 사실 그들이 오랫동안 계획한 곳은 일본이었다. 이제 제인은 겁이 너무 많아져서 거의 집 밖에도 나가지 않았고 애틀랜틱 가의 사하디(Sahadi's, 브루클린의 명소로 알려진 식품 전문점—옮긴이)를 넘어가는 일은 생각조차 할 수 없었다. 신형 차들은 한 번의 충전으로 캐나다까지 갈 수 있었지만, 이 10년 된 비틀(BeEtle)에게는 코네티컷 주 댄베리가 한계였다. 〈뉴욕 타임스〉에 들어갔을 때 그는 이미 예순 살이었다. 그 무렵 점점 힘을 잃어가던 이 미국의 '유력 활자 매체'는 이미 창작 글쓰기 강좌를 개설하고 식민지 시대 골동품을 판매하는 단계를 넘어서, 용돈 벌이라도 하려는 절박한 고령의 기자들을 거둬들이고 있었다. 그의 연금은 터무니없는 수준이었다. 최근 그들의 막내가 어쨌든 집을 떠나는 시늉을 하면서 잠시나마 숨통이 트였으니 집을 줄여 돈을 융통할 수도 있었지만 그러려면 더 작고 더 허름하며 더 우울한 집을 찾아야 했다. 끝내주는 일이었다.

그러나 평생토록 그의 앞에는 천하 태평한 무언가가 살랑거리고 있었다. 돈이라는 존재가 마치 변기에 넣어선 안 되는 기저귀 뭉치처럼 저만치 앞에서 그의 배관을 막고 있었던 것이다. 그는 자신의 생득권을 기다리는 동안 영원히 청소년기에 갇혀 있었다. 수십 년에 걸친 이 유예 상태가 끝나야 그의 진짜 인생이 시작될 것 같았다. 지금 그는 예순아홉 살이었다. 진짜 인생은 얼마나 짧을까.

카터가 바라는 것은 돈으로 살 수 있는 재화나 서비스가 아니었다. 좋은 가구나 가전제품, 크루즈 여행, 와인 시음 여행 따위가 아니라 일종의 감정이었다. 편안함과 자유로움, 너그러움과 아취, 가능성과 개방감, 충동성과 유머와 기쁨을 누리고 싶었다. 한낱 돈에 너무 많은 것을 기대하는 듯했지만 그 기대가 어그러진다 해도 기꺼이 받아들일 준비가 되어 있었다. 이 끝없는 기다림에서 벗어나기만 한다면 어른들만 안다는 그 환멸도 기꺼이 포용할 수 있었다. 그는 아직도 자신이 아이처럼 느껴졌기 때문이다. 그런데 그와 제인이 밤새도록 난방을 20도까지 올려놓을 수 있는, 혹은 몬태나의 어느 목장 드넓은 하늘 아래서 새 출발 하여 제인이 캐럴가든스에서 얻은 공포증을 극복할 수 있는 그런 상상 속의 발할라…… 그런 미래가 지난 며칠 사이에 날아가 버렸을 가능성이 농후했다.

지난 한 주는 그가 경험한 역사에서 가장 무자비한 시기였다. 911테러와 스톤에이지보다도 더했다. 물론 스톤에이지 때에는 전기가 나가고 약탈이 횡행했으며, 스미스 가에 있던 제인의 고급 식료품점도 화를 면치 못한 탓에 제인은 여전히 그 무참했던 파괴로부터 온전히 회복하지 못한 상태였다. 신호등이 꺼져 끔찍한 연쇄 충돌 사고가 줄줄이 이어졌다. 그 수많은 비행기 참사들, 열차 사고들은 다시 떠올리고 싶지도 않았다. 마치 마일스 데이비스 연주 녹음의 활기찬 변주곡처럼 심장박동기가 두 배 속도로 뛰기 시작해 고통받은 심장병 환자들에 대해서도 절절한 기사들이 쏟아져 나왔다. 일부 지역에는 물 공급이 중단되었다. 그 뒤에 이어진 단수를 생각하면 훌륭한 연습의 기회가 되었지만 말이다. 통신과 국방 시스템도 마비되었다.

그러나 사실 카터는 미국이 오히려 과시적인 국방 때문에 오랫동안 탄약을 피하기는커녕 벌어들였다고 생각했다. 플로렌스와 에이버리, 재러드에게는 2024년이 최악의 재앙이었고, 이는 충분히 이해할 수 있는 일이었다. 그러나 카터 자신의 세대는 달랐다. 그의 세대는 종이 다이어리에 전화번호를 휘갈겨 적고 우체국에 비치된 뚱뚱한 책에서 우편번호를 찾으면서 자랐다. 수정액이 말라붙으면 작은 병에 담긴 값비싼 희석제를 플라스틱 관으로 힘들게 넣어가며 희석해 사용했고, 그 뒤에는 고맙게도 수정 기능이 탑재된 IBM 셀렉트릭 타자기로 갈아탔으며, 도서관에서 긴 목제 서랍에 담긴 누런 사각형 카드들을 넘겨가며 정기간행물 색인에서 기사를 찾아보았다. 그에게 그 3주는 그저 인터넷이 차단된 삶일 뿐 크게 힘들지 않았다.

지난주의 소요는 소름 끼치도록 고요하고 소름 끼치도록 투명했지만 완전히 다른 차원이었다. 스톤에이지는 즉각적이고 뚜렷한 결과들을 양산했다. 불이 꺼졌고 냉장고의 음식이 모두 상했으며 문을 연 가게는 극소수인 데다 그나마도 우유를 파는 곳은 전혀 없었다. 이 최근의 혼란은 아무런 변화도 가져오지 않았다. I-84 주간도로의 통행량은 평소와 비슷했고 늘 그랬듯 모두 제한 속도보다 7~8킬로미터 빨리 달렸다. 하늘은 비웃듯이 맑았다. 연료 충전을 위해 고속도로를 빠져나갈 때에도 진입로에 시체들이 널브러져 있거나 포화가 쏟아지지 않았다. 충전소는 반쯤 차 있었고 프렌들리는 여전히 메이플월넛 콘과 슈퍼멜트 샌드위치를 팔았다. 충전소에서 편의점을 오가는 카터의 동료 운전자들은 아무도 서두르거나 허둥거리지 않았다. 이 평화로운 상업 구역이 보여주는 것은, 지난주에 일어난 역사적인 기상 악화로 가장 큰 타격을 입은 이들이 충동적으로 유리창에 돌을 던지는 사람들은 아니라는 점이었다. 그렇게 폭력을 휘두를 줄 모르는 사람 중 하나가 바로 그의 아버지일 것이다.

　광고 문구대로라면 웰컴암스는 미국에서 가장 호화로운 노인 원호 생활시설이었다. 잠재 이용자들은 최첨단 체육관과 무한한 자유 시간을 활용해 그동안 바쁘게 사느라 누리지 못한, 늘씬하고 건강한 몸을 만들 수 있었다. 그러나 결국 체육관의 기계들은 모두 빛이 바랬고 그것들을 사용하기 위해 이용자들은 엄청난 노력을 발휘해야 했다. 이 시설은 실제로 말을 보유하고 있었지만 카터는 승마하는 사람을 한 번도 보지 못했다. 그래도 이용자들 가운데 아직 물에 뜰 수 있는 사람들이 있었으므로 물 요법 재활치료사들과 마사지 분사기들이 가득한 수영장에는 사람이 조금 모이는 편이었다. 당연히 이 시설은 최고급 사설 병원에 준하는 의료 시설을 제공했다. 그 천문학적인 이용료를 감안하면 고객들을 명시적으로나마 이승에 살려두는 것이 웰컴암스에게는 이익이었기 때문이다.

　평소에 더글러스 맨디블은 뉴욕 증권거래소가 문을 닫는 오후 4시 이전까지 플렉스에서 떨어질 줄 몰랐다. 그러나 카터는 방문객 주차장에 들어서면서 가까운 테니스 코트에서 아버지를 발견했다. 한때 단식 경기에서 강속구를 즐기며 승리욕을 자랑하던 더글러스는 뇌졸중이나 발작의 위험을 무릅쓰고서라도 어떻게든 빠른 공을 받아내는 사람이었다. 승리욕 강한 저작권 대리인으로서 수단 방법을 가리지 않고 저명한 소설가들을 유치했듯이 말이다. 그러나 이제 고령이 된 그의 아버지는 사뭇 다른 방식을 단련하여 훨씬 더 젊은(카터가 추정하기로는 70대 후반인) 상대를 이리저리 뛰어다니게 했다. 상대는 간신히 공을 받아서 라이트핸드로 더글러스의 발치로 넘겼다. 그의 아버지는 반경 10여 센티미터 이상 움직이지 않고도 경기를 주도할 수 있었다. 더글러스는 집안에서도 이처럼 고도로 효율적이고 에너지 절약적인 방식으로, 앉은 자리에서 엉덩이를 떼지 않고도 여유롭게 식구들을 다스렸다.

더글러스는 대각선 방향으로 서비스 코트를 가로질러 나오며 간단하게 그만하겠다는 의사를 표했다. 아버지가 주차장에 들어서는 아들을 보고 경기를 중단했음에도 카터는 그리 고맙지 않았다. 그는 오겠다고 미리 연락을 했고 시간에 맞춰 도착했다. 아들을 기다리지 않은 척하려는 노림수가 아니었다면 아버지는 애초에 테니스 경기를 시작하지도 않았을 것이다.

더글러스는 보란 듯이 얼굴을 닦고는 방문객 주차장 쪽으로 수건을 흔들었다. 늘씬하다기보다는 여윈 체구였지만 여전히 당당한 태도를 유지하고 있었다. 환하게 빛나는 숱 많은 백발은 젊은 시절의 적갈색 머리칼보다 더 눈부셨다. 10월이라 피부는 무두질한 가죽처럼 그을려 있었다. 척추 압착으로 키가 족히 5센티미터는 줄었지만 여전히 하나뿐인 아들보다 조금 큰 편이었다. 긴 얼굴에는 한때 잠깐씩 나타났다 사라졌던 해학과 농담의 주름이 이제 세월의 힘으로 영구히 자리 잡았다. 잠들어 있을 때에도 천연덕스럽게 즐거워하는 얼굴이리라.

"카터!"

한껏 기뻐하는 목소리가 기운을 북돋는 듯했지만, 사실 더글러스는 누구든 그렇게 진심으로 반가워해주는 사람이었다.

"샤워하고 올게. 우리 서재에서 보자. 알았지?"

'서재' 발음에 밴 영국식 억양이 너무도 능란하고 감쪽같아서 허세라고 비난하기도 어려울 지경이었다.

한창때 더글러스 엘리엇 맨디블은 인생을 즐길 줄 아는 걸출한 재담가였다. 카터가 기억하는 한 그의 아버지는 언제나 오래전에 작고 한 무명작가들의 이름을 줄줄이 꿰었고 필립 로스나 윌리엄 포크너의 유명한 구절 여러 개를 한 글자도 틀리지 않고 술술 읊조릴 수 있었다. 가혹하게도 그 아들은 이런 멋진 재능을 물려받지 못한 탓에 최근에 본 영화 이야기를 하려다가도 제목이 떠오르지 않아서 5분쯤 끙끙대기 일쑤였다. 어릴 때 카터는 그런 아버지의 모습을 액면 그대로 받아들였다. 그 문학적 탁월성이 온전히 타고난 것이라고, 일종의 재능이라고 여겼다. 그러나 성인이 되면서 아버지의 이색적인 페르소나의 변화에 혼란을 느껴야 했다. 그저 피상적으로 교육받고 어떤 면에서든 썩 영리하지 않았던 미성숙한 청년이, 이렇다 할 과도기도 없이 미운 오리 새끼처럼 세련되고 생기 넘치며 매력적인 성인으로, 모임을 열면 유명 인사들과 유력 지식인들이 너나 할 것 없이 열성적으로 모여드는 그런 사람으로 변할 수 있다니. 더글러스의 인맥 좋은 여러 지인들은 이따금씩 카터를 불러내 이렇게 말하곤 했다.

"예전에 네 아버지는 사람들 앞에서 무슨 얘기를 해도 전혀 호응을 얻지 못했거든. 저런 스타일은 그냥 외투처럼 걸치기만 하면 되는 게 아니야. 연습을 해야 하지."

그렇다면 더글러스는 양파 두 쪽을 넣은 마티니를 마시며 수많은 명문들을 술술 풀어내기 위해서 혼자 몇 주 동안 방 안에 틀어박혀 그 모든 문장들을 암기했단 말인가? 말 많고 어수룩한 허풍쟁이 예일 대학생에서 매일 애스콧 타이(스카프처럼 폭 넓은 넥타이-옮긴이)를 매고 출근해도 우스꽝스러워 보이지 않는 뉴욕의 거물로 거듭나려면 대체 어떤 여정을 거쳐야 했을까? 그러나 지금 그보다 더 큰 의문은, 맨해튼의 엄청난 유력자가 어떻게 초고령이 되는 수모를 겪으면서도 전혀 초라해지지 않을 수 있는가 하는 것이었다.

카터는 사무실로 가서 방문 접수를 했다. 도리아 양식의 기둥들과 고전적인 하얀색의 뉴잉글랜드풍 미늘판은 시간을 다 써버린 이곳 고객들과는 어울리지 않게도 시간을 초월하는 영원성을 환기했다.

"아버님은 참 오래 사실 것 같아요, 시(스페인어로 '그렇죠?' - 옮긴이)?"

통통한 접수원이 빈정거리듯 말하자 카터는 건성으로 대꾸했다.

"네, 아무래도 그러실 것 같네요."

여자는 그를 쏘아보았다.

사실 카터는 지난 며칠 동안 낯선 사람을 만날 때마다 이번 방코르 사태에 대해 이야기하고 정부가 대체 어떤 대책을 내놓을지 논의하고 싶은 마음이 굴뚝같았다. 911테러 때에도 그러지 않았던가? 사회적 장벽이 모두 무너지고 프레첼 하나를 사면서도 어느새 계산대 점원과 진심 어린 대화를 나누지 않았던가? 우리는 모두 하나라는 심정으로 말이다. 그러나 이번 사태에서는 우리 모두 하나가 아니었기에 카터는 입을 다물었다. 노인 원호 시설의 라틴계 접수원이라면 이번 위기로 이렇다 할 영향을 받지 않을 가능성이 높았다. 어쩌면 위기가 왔다는 사실조차 모르고 있을 것이다. 자산이 없으니까.

더글러스와 그의 불행한 재취는 오이스터베이(뉴욕 주 롱아일랜드 섬 북부의 지명 - 옮긴이)의 집을 처분한 뒤 그 집의 가구들을 대부분 가져오기 위해 이곳에서도 온전히 집 한 채를 사용하고 있었다. (카터는 남은 가구들 가운데 와인색 소파를 가져왔지만 그것을 들여놓은 순간 집 안의 다른 모든 가구들이 더없이 허름해 보였다. 그는 그 소파를 플로렌스에게 넘겼다.) 떠나온 집을 최대한 똑같이 재구성하는 것, 그것이 웰컴암스의 콘셉트였다.

따라서 현관은 으리으리한 저택의 출입문에 걸맞게 테두리를 사면으로 깎아서 장식한 두툼한 목제 문이었고 묵직한 황동 고리쇠가 달려 있었다. 흰옷을 입은 남자 직원이 비닐장갑을 낀 채로 문을 열어 주었다.

"루엘라를 봐주고 있었습니다. 갈아줘야 해서요."

옷을 갈아입혔다는 뜻은 아닐 것이다.

카터는 진홍색 플러시 카펫이 깔린 복도를 걸어 들어갔다. 굽도리 널과 무늬 새긴 코니스는 반질반질한 마호가니재였고 문틀마다 정교한 격자무늬 판재를 덧대었다. 욕실들에서는 설화 석고와 금도금 수도꼭지가 번쩍거렸다. 이러한 사치품들이 결국 인생에서 그것을 즐기기 가장 어려운 시기에 주어지다니, 참으로 얄궂은 일이었다. 게다가 카터는 전기 요금을 걱정하지 않는 정도의 사치라면 모를까, 이런 인습적인 사치가 과연 필요한 것일까 싶었다. 그는 이러한 낭비가 오히려 역효과를 낸다고 생각했다. 여러 가지 장식이 들어간 물건도 결국 그것이 아무리 좋아봐야 본래의 기능을 뛰어넘을 수는 없다는 점을 상기시킬 뿐이었다. 자동 전기 뚜껑과 저소음 물 내리기 기능이 장착된 온열 변기도 결국엔 오줌을 받아낼 뿐이었다. 문손잡이는 황동이든 플라스틱이든 문손잡이였다. 그것은 문을 열게 해주는 물건에 지나지 않았다. 하나에 수백 달러씩 하는 이런 세간들을 써봐야 결국 속고 있다는 기분만 들 뿐 달리 무엇을 느낄 수 있을지 그로서는 이해할 수 없었다.

더글러스의 세간들도 흘러간 기품의 분위기를 더했다. 옛 클라이언트들의 소설 표지들이 액자에 담긴 채로 벽면들을 장식했다. 두 짝 유리문 너머의 널찍한 서재에 바닥부터 천장까지 줄지어 꽂혀 있는 책들은 더글러스가 편집자들에게 경매로 판매한 저작물들이었다. 대개 그가 받은 가격은 그 책들이 거둬들인 인세를 훨씬 웃돌았다. (저자가 계약금을 환수하면 그 저작권 대리인은 실패했다는 것이 맨디블 저작권

사의 철학이었다.) 종이책이 대거 사라진 지는 몇 년 안 되었지만 이상
하게도 이 방에선 18세기를 재현해놓은 디오라마관의 분위기가 물씬
풍겼다. 책 한 권 한 권에 쏟아부은 그 모든 노력, 그 내용에 들어간
노력뿐 아니라 글자체를 고르고, 종이를 선별하고, 각 소제목 아래 넣
을 다이아몬드 무늬를 만들고, 저자 이름의 크기를 정하는 민감한 사
안에 이르기까지 세세히 표지를 디자인하는 데 들어간 그 모든 공이
한편으로는 가슴 아프고 한편으로는 애처롭게 느껴졌다. 그러나 카터
는 한낱 형식에 집착하는 아버지의 감상주의에 동조하고 싶지 않았
다. 저런 양장본 책에 집착하는 것은 얼룩덜룩한 플로피 디스크 상자
를 회상하며 눈물을 쏟는 것만큼이나 우스꽝스러운 일이었다. 그의
손자 손녀들은 마이크로 플로피 디스크가 무엇인지도 몰랐다.

"관심 가는 책이 있으면 뭐든 빌려가도 좋다."

그의 뒤에서 더글러스가 두 짝 유리문을 닫았다. 1년 내내 즐겨 입
는 크림색 정장으로 갈아입고 오늘의 타이로는 가을에 어울리는 녹
빛을 골랐다. 그가 계속 말을 이었다.

"하지만 반납은 꼭 해야 한다. 사람들은 왜 빌려간 책을 그냥 가져
도 된다고 생각하는지 모르겠단 말이야. 괘씸하지. 음식 냄비는 꼭 돌
려주면서."

카터는 책장에서 몸을 돌렸다.

"독서 자체가 소유의 행위잖아요. 읽으면 갖게 되는 거예요."

"그런 것 같구나! 대부분의 사람들은 출판계를 파국으로 몰고 간
것이 스톤에이지라고 생각하지. 갑자기 사람들이 온라인 구매를 중단
했으니……."

"사실 스톤에이지 한참 전에 이미 해커들이 온라인 시장을 상당 부
분 죽여놓았죠……."

"……하지만 독자들은 그전에 이미 다들 디지털로 옮겨갔고 소달 구지처럼 골동품이 되어버린 종이책으로 다시 돌아오진 않을 거야."

더글러스는 이미 발동이 걸렸다. 그럴 때는 아무리 막으려 해도 소용이 없었다.

"사실 출판 산업을 굴복시킨 건 해적판이었어. 2024년 이전에도 책을 사는 사람은 아무도 없었거든. 어떤 형태로든 말이야. 인터넷 거래의 종말은 그저 최후의 일격일 뿐이었지. 공짜로 다운로드할 수 있는 콘텐츠는 널렸지만 전부 다 쓰레기야. 인터넷 서핑은 시궁창에 들어가는 것과 똑같다고."

카터는 이미 들은 이야기였다. 더글러스는 요즘 자신이 했던 말을 얼마나 자주 되풀이하는지 알면 몹시 굴욕스러워할 것이다. 그는 같은 사람에게 같은 이야기를 들려주지 않는 것을 자랑으로 삼는 사람이었다.

카터가 말했다.

"제인이 셰프 라이프 문을 닫을 때쯤 그나마 이익을 내는 건 커피뿐이었어요. 아마존이 활활 타오르는 것을 보면서 저는 마시멜로를 꺼내 들었죠."

"너한테는 처음 하는 이야기지만……."

처음이 아니었다.

"나도 아마존에 투자한 돈을 조금 잃었어. 어찌 보면 적과의 거래였지만 거기 주식을 꽤 갖고 있었지."

아버지의 포트폴리오는 시기가 아주 좋을 때에도 편한 화젯거리가 아니었다. 카터는 너무 관심 있는 듯 보이고 싶지 않았지만 무관심한 척하려 해봐야 더글러스는 넘어갈 사람이 아니었다. 카터는 늘 아버지의 투자 결정이 자신과는 전혀 상관없는 일인 양 연기해야 했다.

하지만 그럴 리가 없었다. 그와 그의 누이는 의견 일치를 본 적이 거의 없었지만 아버지가 그들의 유산을 갖고 마음대로 단타 매매를 하는 것이 걱정스러운 일이라는 데에는 뜻을 같이했다. 더글러스는 정신이 꽤 맑은 듯 보였지만, 언젠가 그들은 아버지가 돈을 잃었다는 사실을 깨닫고 그로 인해 사실은 아버지가 제정신이 아니었다는 사실까지 알게 될지도 모를 일이었다.

더글러스가 술장에 놓인 크리스털 디캔터의 마개를 열었다.

"노아스밀 한 잔 할래?"

"시간이 너무 이른데요. 운전도 해야 하고요."

"이제 운전하는 사람은 없는 줄 알았는데."

카터는 어느새 자신이 거절한 버번위스키를 받아 들었다. 이 방문의 목적을 생각하면 마셔야 했다. 무인 자동차로 인해 사실상 음주운전이 사라졌고 이제 주간도로를 어슬렁거리는 경찰도 없었다.

"제 비틀에도 무인 운전 기능이 있지만 저는 쓰지 않거든요. 아버지랑 똑같아요. 공룡이죠."

"그럼 고생물학을 위하여!"

더글러스는 카터의 컷글라스 잔에 건배하며 창가의 가죽 팔걸이의자에 풀썩 앉았다. 반경 10센티미터 테니스에도 지친 모양이었다.

"존속하는 동안에는 장엄한 삶이었지. 그래도 에놀라는 꽤 잘 달렸잖아."

"하지만 에놀라, 그러니까 놀리 누나는 공짜로 글을 쓰진 않잖아요. 제 누이처럼 존경받는 소설가가 아무것도 쓰지 않는다고요."

그런 다음 카터는 천연덕스럽게 덧붙였다.

"정말 아까운 일이죠."

"그애의 옛 저작권 대리인으로서 인정하지 않을 수 없군."

카터는 낚시질을 시도했다.

"누나가 돈을 얼마나 모았는지 모르겠네요.《늦게라도》이후에는 베스트셀러가 없었잖아요."

"우리 모두 재무에 관해선 프라이버시를 지킬 권리가 있지."

곧 있을 대립의 서막으로는 그리 유망하지 않았다. 프라이버시의 '라이'를 짧게 발음하는 것도 거슬렸다.

"루엘라는 어떠세요?"

카터는 관심도 없는 질문을 던졌다.

"아, 똑같지, 똑같아. 컨디션이 아주 좋다고 하더군."

더글러스의 목소리에는 당황한 기색이 역력했다.

예순 살에 카터의 어머니 미미를 버리고 서른여덟 살짜리 비서를 택한 더글러스는 제2의 인생을 얻긴 했지만 결국엔 제 무덤을 판 꼴이 되었다. 물론 더글러스와 그의 헤픈 여직원은 한동안 한껏 기지개를 켜며 즐겼다. 어쨌든 카터가 들은 바로는 그랬다. 부모님이 이혼한 뒤로 놀리는 아버지와 가깝게 지냈지만 카터는 어머니에 대한 의리 때문에 수년 동안 두 사람의 호화로운 오이스터베이 저택에 발을 들여놓지 않았다. 그러나 호리호리하고 우아한 이 훼방꾼(심지어 당시 트렌드였던 아프리메리칸이었고, 이는 진보적인 뉴욕 집안에겐 반칙과도 같았다)은 50대 후반부터 치매를 앓기 시작했다. 더글러스는 수년 동안 이 사실을 숨겼다. 하지만 얼마 후 그는 자신의 재취가 알몸으로 샤워기 밑에 서 있는 모습을 보게 되었다. 그녀는 샤워기를 어떻게 켜야 하는지, 그것이 무엇에 쓰는 물건인지 잊은 상태였다. 참으로 유감스러운 일이었다. 당시 그녀는 머리부터 발끝까지 냄새가 진동하는, 끈적끈적한 갈색 물질을 뒤집어쓴 채 그 역시 무엇인지 모르고 먹으려 하고 있었으니 말이다. 루엘라가 그런 상태만 아니었다면 더글러스는 그렇게 일찍 롱아일랜드를 떠나지 않았을 것이다. 미미가 한없이 고소해하는 한 가지 아이러니가 있다면, 더글러스가 36년의 결혼 생활을 하루아침에 끝내버렸을 때 그의 아내는 치매 연구 재단을 운영하고 있었다는 사실이었다. 아흔다섯 살이 된 지금도 그녀는 이 재단의 이사회에서 활동했고 복수심에서라도 끈질기게 온전한 정신을 유지하고 있었다.

아내의 일상적인 뒤치다꺼리를 웰컴암스 직원들에게 맡긴 이후로 더글러스의 결혼 생활은 마치 주인과 반려동물의 관계처럼 바뀌었다. 그가 루엘라에게 간식을 먹여주면 그 대가로 그녀는 꼬리를 흔드는 강아지처럼 좋아해주었다. 물론 씹고 삼키는 법을 기억할 수 있을 때, 그리고 초콜릿을 라디에이터 위에 올려놓고 녹이지 않을 때 그랬다는 얘기다. 더글러스는 여전히 그녀와 대화를 나누었다. 카터는 두 사람이 옆방에 있을 때 이야기 나누는 소리를 들은 적이 있었다. 그러나 외로운 사람들은 반려견과도 그렇게 대화를 나눈다.

"혹시 우리 집안에 마가 낀 게 아닐까요?"

카터는 여전히 선 채로 물었다. 아버지 옆에 앉아버리면 그때부터 본격적으로 이야기를 시작해야 할 것 같아서였다.

"저는 신문기자예요. 그런데 요즘 제인은 창문 닦을 신문지가 없다고 투덜거려요. 놀리 누나도 소설가로는 끝났죠. 그리고 아버지, 아버지는 왕이었잖아요! 하지만 아버지가 제왕으로 군림하던 그 섬나라는 해수면 상승으로 물이 범람해 이제는 지도에 점으로도 남지 않았어요. 저작권 대리인은 다 없어졌고요. 심지어 디젤 엔진도 흔적 없이 파묻혀버렸잖아요. 우리가 해온 것들이 전부 사라졌다고요."

디젤 엔진을 언급한 것은 일종의 전략이었다. 맨디블 집안의 막대한 돈은 대부분 중서부의 실업가였던 카터의 증조부 엘리엇이 축적한 것이었다. 더글러스가 조금 더 보태긴 했지만 어쨌든 그는 평생 풍족하게 살았고 이혼할 때 미미가 크게 한몫 떼어간 것은 저작권사 수익이었다. 맨디블 엔진의 상속분은 신탁 덕분에 파경의 영향을 받지 않고 살아남았다. 카터가 곧 물려받을 예정이었던 그 돈은 그가 노력해서 번 것이 아니었지만 그렇다고 그의 아버지가 번 것도 아니었다. 더글러스도 결국엔 임시 수탁자에 불과하다는 사실, 그 역시 자본주의 불평등의 수혜자에 불과하다는 사실을 상기하자 카터는 기분이 한결 나아졌다.

더글러스는 버번 한 잔을 더 따르기 위해 힘겹게 자리에서 일어났다. 이러한 모종의 사회적 준비 동작으로 돌연 좌절을 표출한 셈이었다. 불길한 신호였다. 그는 원래 저녁 8시 이전에는 술을 마시지 않았다.

"넌 기자였으니까 뉴스는 계속 봤겠지?"

"그게 가능한지 모르겠네요. 심층 보도도 없고 팩트 체크도 없고……."

"〈뉴욕 타임스〉는 끝났지."

더글러스는 참을성 있게 말을 이었다.

"그렇다고 세상이 끝난 건 아니다. 우리 모두 아쉽긴 해, 카터. 하지만 어차피 예전 같진 않았었잖아."

"제가 거기서 일할 때 이미 그랬다는 말씀이네요."

"팩팩거리는 건 안 어울린다. 너도 이제 일흔이 넘지 않았니?"

"아직 아니에요."

"하지만 세상의 종말은 좀 더 대규모로 일어난다는 사실을 알 만한 나이잖아. 틀림없이 이제는 알아차렸겠지만. 굉장한 한 주였지!"

"그러게요."

카터는 심호흡한 뒤 말을 이었다.

"증권거래소가 문을 닫았으니 아버지한테는 휴가나 다름없겠어요."

"연방 정부가 자기 계좌에도 접근하지 못하게 했다면 자기 집 문이 잠겨서 못 들어가는 꼴이라고 해야지. 어쨌든 그런 걸 휴가라고 생각한다면, 그래, 해변에 파라솔을 치고 선상에서 술을 마시기도 했다고 해두마."

"혹시…… 그러니까 대략적으로 말이에요. 타격이 얼마나 되는지 아세요?"

그의 아버지는 재무 상태를 철저히 비밀에 부쳤다. 카터는 포트폴리오의 규모가 어느 정도인지, 심지어는 0이 몇 개나 되는지도 알지 못했다.

"머리를 써. 장이 일정 퍼센트 또는 포인트 하락하면 거래가 자동으로 중지되잖니. 증권거래위원회는 목요일에 레벨 3 서킷브레이커(시장 패닉을 막기 위한 거래 일시 중지 장치-옮긴이)가 발동한 이후 거래소를 다시 열어주지 않았어. 거래가 다시 열렸을 때 장이 어떻게 될지는 머릿속에 금방 그려볼 수 있잖아. 증권거래위원회는 분명히 그려봤겠지. 거래 중지 시점에 주가가 얼마였는지는 상관없어. 문제는 현재 가치가 아니라 개장 3초 뒤에 가치가 어떻게 될 것이냐지. 투자 은행 컴퓨터들이 전부 출발선에서 대기하고 있을 테니 내 허접한 플렉스크린은 경쟁이 안 될 거야. 물론 접근할 수 없는 자산의 가치는 0이나 마찬가지라고 주장할 수도 있지. 접근 금지가 무기한이 될 수도 있으니까."

의기양양한 자세로 다시 자리에 앉은 더글러스는 어느새 종잡을 수 없는 태도로 바뀌어 있었다. 언뜻 즐거워하는 듯 보이기도 했다.

"주장할 수도 있다고요? 혹시 아버지 생각이에요?"

카터가 물었다.

"또 누군가는 이렇게 주장할 수도 있지."

더글러스는 부아가 날 정도로 온화하게 말을 이어갔다.

"인터넷에 이미 떠도는 이야기인데, 워낙 비정상적이고 비합리적인 히스테리이니 장이 바로 회복할 수도 있다고 말이야. 역사적으로 유례없는 폭락이잖니. 네 사위 같은 학자들은 이에 대해 길고 괴로운 분석을 쏟아놓겠지. 어쨌든 이런 경우, 달러와 시장 모두 전보다 더 회복세를 보일 수도 있어. 그렇다면 다음 달은 싸게 사서 비싸게 팔 수 있는 일생일대의 기회가 되겠지. 시류를 역행하는 투자자들은 조금만 자금을 차입하면 손쉽게 재산을 서너 배로 불릴 수 있어."

그의 아버지는 (a) 빈털터리가 되었다. (b) 아직 부자이고 곧 훨씬 더 큰 부자가 될 것이다. (c) 그 중간쯤이다. 카터는 이런 선다형 문제를 풀자고 여기에 온 것이 아니었다. 천만에.

카터는 부루퉁하게 말했다.

"인출 금액에도 제한이 생겼어요. 자동화기기로 300달러 이상 인출할 수가 없다고요."

"예금 인출이 쇄도할까 봐 그러는 거지. 너무 심하게 규제하면 오히려 예금 인출이 더 쇄도할 텐데. 결국 예금자들이 자기 돈에 다시 접근할 수나 있다면 말이야."

"연준 의장은 꽤 단호했어요. 크루그먼은 인출 제한이 기껏해야 이삼일이라고 했다고요."

"권위 있는 자리의 누군가가 일시적이라고 하면 그건 적신호야. 자본 통제를 이용하는 이런 즉효 약은 아주 유혹적이지. '우리는 대중이 돈을 빼내지 못하게 하겠다. 법으로 통과시키겠다!' 하지만 정말 어려운 부분은 자본 통제를 철회하는 일이야. 자본 통제를 도입하는 순간 그것을 철회하는 건 생각할 수도 없는 일이 되어버리거든. 은행 계좌를 덫으로 착각하는 나라에 누가 돈을 넣어놓고 싶겠니? 제약이 풀리는 순간, 나라는 파산이야. 그러니까 적어도 미국 밖으로 돈을 빼내는 일은 앞으로 한동안 금지될 게 분명해. 키프로스를 봐. 2013년에 시행된 자본 통제가 2년 뒤에도 완전히 해제되지 않았잖아. 처음에 자본 통제를 시행할 때 잡은 기간은? 나흘이었어."

"하지만 여긴 미국이에요. 여기선 그럴 수 없을……."

"그럴 수 있어. 그렇게 할 거고. 연방준비제도가 못 하는 일은 없단다."

역시나 기분 좋은 태도. 더글러스는 안주머니에서 전자담배를 꺼냈다. 그들의 가장은 예전에 담배를 하루에 두 갑씩 피웠으므로 카터는 이 노인의 이례적인 장수 비결이 전자담배가 아닐까 생각했다. 감질나는 프렌치바닐라 맛 담배 향이 퍼졌다.

"이번 사태를 왜 그렇게 재미있어하세요?"

"재미있어하는 게 어때서? 어쨌든 흥미진진하잖아."

더글러스는 마치 필하모닉 지휘자처럼 스테인리스스틸 파이프로 허공을 찌르며 말을 이었다.

"유럽중앙은행과 일본, 잉글랜드은행, 연준이 금리 폭등 다음 날힘을 합쳐서 달러를 지원하기 위해 필요한 일은 무엇이든 했는데, 그게 전부 역효과를 낳았어. 전통적으로 투자자들은 중앙은행들이 개입하면 어쩔 수 없이 고개를 숙였지. 하지만 미국 증권을 마구잡이로 매입하는 건 연준이 그 채권을 사들이기 위해 무분별하게 계속 돈을 찍어내고 있다는 뜻이잖아. 애초에 달러가 무너진 것도 그 때문이지. 그로 인해서 달러의 염가 판매도 더 악화된 거라고. 난 교과서적인 구제책이 이론대로 작용하지 않으면 그렇게 통쾌하더라고."

"하지만 아버지는 조금도 애가 타지 않는 것 같잖아요! 백 살이 다되어서 그런 거예요? 이제 살 날이 많지 않아서? 저는 앞으로 몇 년 더 살아야 할 것 같고 자식들도 있거든요. 그 자식들에게도 또 자식들이 있고……."

"지금은 전 세계 주요 증권거래소들이 전부 거래를 중단했어. 마음 편하잖아. 이럴 때 한숨 돌려야지. 이 고요의 시간은 오래가지 않을 테니까."

마침내 카터는 아버지 옆의 팔걸이의자에 털썩 앉아 턱을 쇄골 쪽으로 내린 채 인상을 썼다. 잊어선 안 된다. 지금은 그와 그의 아버지가 한편이라는 사실을.

"저는 경제 쪽은 잘 몰라요. 이 방코르도 도무지 이해되지 않는다고요. 미국 뉴스들도 제대로 된 게 없어서 무슨 소리인지 못 알아먹겠어요. CBS 게스트들은 다짜고짜 소리만 질러대요."

"난 좋은 아이디어가 아닐까 생각하는데. 푸틴이 내놓았다는 게 좀 걸리긴 하지만."

"적어도 요즘 그 '평생 대통령'은 셔츠를 입고 있던데요."

"새로운 국제통화가 그렇게 준비되어 있었다는 사실이 놀랍잖아. 대충 설레설레 계산해서 나온 게 아니야."

카터가 다시 입을 열었다.

"러시아와 중국의 금융 쿠데타는 어느 정도 예상했어요. 그런데 이번엔 미국 동맹국들도 가담했잖아요. 뭐, 유럽은 아니죠. 그쪽은 제쳐놓더라도 사우디아라비아, 아랍에미리트, 한국…… 여긴 우리가 통일 이후에 수백억 달러를 지원했잖아요? 배은망덕한 거죠. 브라질, 인도, 남아프리카공화국은 말할 것도 없고요. 심지어 대만까지! 다들 집단으로 우리를 공격하고 있어요! 대체 왜 그러는 거예요?"

그러자 더글러스가 말했다.

"우린 고마워해야 해. 대체 준비 통화로 방코르조차 없었다면 달러의 붕괴로 전 세계 경제가 암흑시대로 돌아갔을 거야. 돌멩이로 계란을 사야 했을 거라고."

"하지만 석유, 가스, 생필품 시장 전체가 앞으로는 그 미친 방코르를 기반으로 돌아간다고 선언해버리면 그만이에요? 빌어먹을, 우리 석유잖아요. 우리 옥수수이고."

뉴욕의 민주당 지지지가 이렇게 분노에 찬 국가주의 헛소리를 지껄이고 있다니. 24시간 쉼 없이 쏟아져 나오는 미국의 수많은 뉴스들이 모두 똑같이 열을 내며 노래하고 있는 탓이었다. 게다가 이 아버지와 아들은 처음부터 역할 분담을 해버렸다. 더글러스가 먼저 합리적이고 공정한 목소리를 선택한 탓에 카터는 남아 있는 성마른 역할을 맡을 수밖에 없었다.

더글러스가 말했다.

"그보다는 어떻게 그렇게 오랫동안 우리가 세계 모든 나라의 목구멍에 우리 통화를 욱여넣을 수 있었는지 먼저 자문해야지. 지난 수십년간 세계는 다극화되었잖니. 사회보장연금을 다 빼주고 나면 미국 국방 예산으로는 장난감 권총 하나도 사지 못할걸. 왜 국제 거래에서 상품이 달러로 거래되어야 하니?"

"에이, 그럼 달러가 방코르로 바뀐 것뿐이네요. 신(新) IMF처럼. 그저 의미론에 불과한 거잖아요."

"의미론만이 아니야. '신'이 붙은 건 이제 그 가맹국에 우리가 포함되지 않는다는 뜻이야."

카터는 기겁했다.

"뭐라고요? 그렇게 갑자기! 그럼 달러 가치는 0이에요?"

"이론적으로는 미국도 다른 나라들처럼 방코르를 이용할 수 있어. 단, 그걸 뒷받침하는 진짜 자산을 내놓아야 하지. 간단히 말하면 그게 차이점이야. 신용화폐를 방코르로 바꾸려면 그에 상응하는 진짜 상품들의 꾸러미를 신 IMF로 날라야 해. 옥수수, 콩, 석유, 천연가스, 농지 증서. 희토……. 구리……. 아, 담수 수원도! 물론 금도 포함되지."

"포트 녹스(미국 켄터키 주의 군용지로 연방 금과 저장소 소재지 – 옮긴이)를 모스크바로 옮길 수는 없죠."

"난 워싱턴이 동조하리라고 기대하진 않는다. 너무 굴욕적이거든. 하지만 그래서 기분이 좀 나아지면 뭐하니? 인도네시아와 파키스탄 같은 나라들은 혼돈을 해소하기 위해 방코르를 받아들였지만 사실 이 새로운 체제는 그것을 최대한 지지하는 수많은 정부들을 무너뜨릴 거야. 유동성이 그리 크지 않거든. 제2의 유로 사태를 막기 위해서지. 자국 통화를 방코르에 고정한 나라들은 평가 절하를 애원할 수도 있어. 하지만 신 IMF는 그 부분에서 엄격할 수밖에 없지. 방코르 자체가 통화 공급을 제한하기 위한 거니까. 1970년대부터 G30국 모두가 한낱 종잇조각에 불과한 돈을 대량으로 무분별하게 찍어냈어. 모노폴리 게임을 여러 개 사서 그 안에 들어 있는 돈을 합쳐놓은 거랑 똑같아. 이제 경비를 충당하거나 무역 파트너에게 대금을 지불할 때 진짜 가치 있는 통화를 사용해야 하니 어떤 놈들한테는 아주 골치 아프게 생겼지."

"뭔가 지독한 냄새가 나는데요. 푸틴과 그의 새 동맹들은 이런 상서로운 순간이 오길 수동적으로 기다리고 있었을 수도 있죠. 하지만 그들이 달러 붕괴를 야기했을 가능성이 훨씬 더 높은 것 같은데요."

"아, 그게 바로 백악관에서 내세우는 시나리오지. 커다란 음모다. 국가 안보의 위협이다. 의회와는 상관없으니 각종 지원금 수당을 억제하지 않을 거다. 적자나 국채와는, 혹은 미국 사람들의 뱃살을 본뜬 통화정책과는 아무 상관이 없다. 사악한 외세가 공모하여 세계 최대의 국가를 무너뜨리려 하는 것뿐이다."

카터는 남아 있는 머리카락을 손가락으로 빗어 내렸다. 남성형 대머리가 모계 유전이라는 것은 부자간 불화의 타개책 역할을 했다.

"어떻게 이런 일이 일어났는지 모르겠어요."

"카터, 오이 하나라도 사본 주부라면 누구나 알고 있는 비밀 하나를 알려주마. 지금 미국 달러의 가치가 없어진 건 금리 폭등 때문도 아니고 국제 환율의 붕괴 때문도 아니고 방코르 때문도 아니야. 지금 미국 달러가 무가치해진 건 원래 무가치했기 때문이지."

"신파적이네요."

"신파적인 게 아니야. 그냥 극적인 거지. 1913년 연방준비은행이 설립된 이후 100여 년 동안 달러 가치는 95퍼센트 하락했어. 연준의 목적 가운데 하나가 통화의 통합성을 보호하는 것인데 말이야. 아주 잘들 했지! 백만장자라는 말이 왜 없어졌는지 아니? 이제 10억 달러쯤 갖고 있지 않으면 부자로 쳐주지도 않아. 1913년에 만 달러를 갖고 있던 사람이 한 세기 뒤에는 백만장자가 되었거든. 요즘엔 백만장자 아닌 사람이 없어. 지불 능력을 갖춘 중산층의 절반이 백만장자지. 게다가 이 통화 가치의 하락은 대부분 역사상 비교적 최근에 일어났어. 1977년부터 1981년까지 겨우 4년 사이에 달러 가치는 반토막 났지."

공상과학을 좋아하지 않는 더글러스는 이제 비교적 최근에 나온 종말론적 경제학에 몰두해 각국의 GDP 대비 부채 비율을 암기하는 모양이었다. 예전에 솔 벨로의 소설을 암기했듯이 말이다. (솔 벨로의 《오늘을 잡아라》에 나온 죽음 관련 인용문이 이토록 그리워질 줄이야. 젊은 시절의 카터는 상상조차 하지 못했다.) 아버지는 하나뿐인 아들의 나이는 기억하지 못해도, 이런 권위적인 개인 교습 시간에 조금이라도 부정확한 정보를 내놓을 사람은 아니었다. 이 노인은 그동안 탐독한 정보 가운데서 정확하게 기억하는 몇 안 되는 요소들을 부풀려 인상적인 효과를 내려는 것이었다. 그러나 마지막에 내놓은 말도 안 되는 통계가 한계였다.

"다시 확인해보시는 게 좋겠는데요."

카터는 '말도 안 되는 소리 하지 마세요' 하고 덤비기보다는 부드럽게 꼬집었다.

"1981년에 저는 대학 3학년이었어요. 우리 통화의 가치가 반 토막 났다면 제가 왜 기억하지 못하겠어요?"

"그런 건 따분하기 때문이야, 아들. 미국 정부는 사람들이 따분해하는 걸 이용하고 있어. 사실은 나도 닉슨 대통령이 금본위제를 폐지한 일이 잘 기억나지 않거든. 난 책에 머리를 박고 있었으니까. 지금 생각하면 엉뚱한 책만 파고 있었지만 이젠 너무 늦었어. 이미 통화 가치가 완전히 떨어졌다면 더 크게 떨어질 것도 없거든. 둔하기도 했지만, 다른 정부들도 모두 똑같은 일을 하느라 정신없었기 때문에 달러가 푼돈이 되었다는 사실이 크게 티가 나지 않았지. 다들 통화가 휴짓조각이 되어야 수출에 유리하다는 평계를 대며 끊임없이 인쇄기를 돌려댔어. 세상은 무가치한 종잇장들 속에 파묻히고 있어. 하지만 그중에서도 특히 미국은 중죄를 저질렀지. 국제적으로 미 재무부 증권을 궁극의 피난처로 굳건히 믿게 만든 거야. 이런 맹목적인 믿음은 불합리한 이념과 조금도 다르지 않아. 미국의 완전한 신뢰와 신용이 아니라면 금융에서 달리 무엇을 믿겠는가? 이런 유치한 믿음을 이용해 우리는 30년 동안 사실상 공짜 빚을 끌어다 쓴 셈이거든. 연준은 계속 부채의 화폐화를 시도해왔고…….”

“그만 하세요, 아버지. 또 잘난 척이시네요.”

에이전시 시절에 도치가 어떠니 환유가 어떠니 의성어가 어떠니 떠들어대던 더글러스 맨디블은 이제 그 대신 차익거래니 마진콜이니 오픈마켓이니 하는 말을 떠들어댔다. 단타 매매는 마치 균류처럼 아버지의 머리를 감염시켰다.

“나이 아흔일곱에 포크도 못 알아보는 마누라랑 살아봐라. 어떻게든 새로운 지식을 습득하고 싶어질걸. 그리고 복잡한 얘기도 아니야. 전에 네가 플로렌스를 데리고 왔을 때 윌링한테 부채의 화폐화 개념을 가르쳤는데 녀석은 금방 이해하더구나. 하긴, 그 아이는 타고난 것 같아. 관찰력이 뛰어나고 이해가 빠르더군. 에놀라도 세 살 때부터 그랬지.”

카터는 초인적인 인내심을 발휘하며 꾹 참았다. ‘아아, 제발 그만!’

더글러스가 계속 설명을 이어갔다.

“예를 들어, 네가 나한테 10달러를 빌려줬다고 치자. 그럼 나는 그 10달러 지폐를 네 장 복사해서 너한테 한 장을 주고는 셈이 끝났다고 선언하는 거야. 그게 바로 부채의 화폐화지. 나는 빚을 청산하고 넌 휴짓조각 한 장을 갖게 된 거야. 지난 수년 동안 달러로 확실한 유형의 재화 및 서비스를 거래할 수 있었던 게 기적이었지. 내가 왜 시장에 투자한다고 생각하니? 이론적으로 주식을 사면 실질적인 무언가를 소유하는 거니까. 안타깝게도 나는 그 주식 대부분이 달러로 값이 매겨져 있다는 점을 고려하지 못했다. 그리고 다른 바보들하고 똑같이 대부분을 미국 기업들에 투자하는 것이 절대적으로 안전하다는 편견에 넘어갔지. 그러니 내가 사과하마. 목전에 닥친 일을 조금이라도 예상했더라면 좀 다르게 다각화했을 텐데 말이야.”

그 사과를 통해 더글러스는, 포트폴리오가 휴짓조각이 되었든 아니든 그것이 장기적으로는 자신의 것이 아니라 아들의 것임을 처음으로 인정한 셈이었다.

"여쭤보고 싶은 게 있었어요."

카터의 목소리에는 패배의 기운이 가득했다. 그는 이미 그 질문의 답을 알고 있었다.

"저는 401(k)(운용의 책임을 당사자의 선택에 맡기는 미국의 직장인 퇴직연금 플랜-옮긴이)를 갖고 있고 〈뉴욕 타임스〉에서 작은 연금을 받고 있어요. 제가 할 수 있는 일이 있을까요? 저 자신을 보호할 방법이 있어요?"

"자산 동결 조치가 풀리지 않는 한, 네가 할 수 있는 일은 아무것도 없어. 그래도 덕분에 당장은 마음 편하지 않니?"

마침내 더글러스는 신랄한 태도를 내려놓고 부모의 자애로움을 보이기 시작했다.

"증권거래위원회가 '준비, 땅!'을 외치면 금으로 옮겨 타라고 조언하고 싶지만, 어차피 수백만 명의 투자자들이 한꺼번에 금으로 몰릴 거야. 문제는 지구상에 금이 그렇게 많지 않다는 사실이지. 5천 년 동안 금의 가치가 그토록 높았던 이유 가운데 하나도 그거였고. 증권거래위원회가 거래 중지를 선언했을 때 이미 금값은 사상 최고치였어. 게임이 재개되면 눈 깜짝할 새에 지붕을 뚫고 올라갈 거다. 방코르를 뒷받침하는 상품은 전부 마찬가지일 것 같구나. 이미 늦었어."

뒤이어 더글러스는 서글프게 덧붙였다.

"나라면 아무것도 하지 않을 것 같구나."

이미 오래전에 날이 저물어 그들 사이 탁자 위에 놓인 은행 탁상용 램프가 아릿하고 아늑한 불빛을 드리웠다. 카터는 아무것도, 그러니까 겉으로 보기엔 아무것도 변하지 않았다는 사실에 또 한 번 기가 찼다. 그는 이미 엄청난 양의 버번을 삼켰지만 아직 초저녁이었다. 이 상태로는 운전할 수 없었고 지금은 비틀의 무인 운전 기능을 시험해 볼 마음의 여유도 없었다. 자고 가야 했다. 제인이 노발대발할 것이다. 그녀는 밤을 혼자 보내는 데 익숙하지 않았다. 이번 주에 그의 아내는 단호하게 뉴스를 보지 않았으므로, 예외적인 시기에는 아버지와 포괄적인 상의를 해야 한다는 사실을 순순히 받아들이지 않을 것이다. 제인은 어떠한 뉴스도 극복할 수 있다는 확고한 믿음을 갖고 있었다. 어떤 뉴스든 단호하게 무시하면 날려버릴 수 있다고 그녀는 생각했다. 이 눈 가리고 아웅 전략은 의외로 성공 확률이 높았다.

더글러스가 카터의 허벅지를 탁탁 쳤다.

"뭘 좀 먹어야겠지? 여기 식당이 있어. 아니면 그레이스한테 이리로 음식을 갖다 달라고 해도 되고. 저염, 저지방, 저재미가 아닌 걸로 말이야."

"이런 얘기를 하고 나니까 썩 식욕이 돋지 않는데요."

카터는 계속 늘어져 있었다. 그는 아직 제인에게 전화하지 않았다. 그녀는 설사 이번 방문의 성격을 이해한다고 해도 어쨌든 골자만 원할 것이다. 그 골자를 그는 아직 파악하지 못했다. 약간의 용기가 필요했다. 그리고 용기는 그의 강점이 아니었다.

"저한테 얘기하실 생각은 있으셨어요? 우리가, 아니, 아버지가 파산했다고?"

더글러스는 웃음을 터트렸다.

"에이, 아니야! 그 정도로 심하진 않아."

마음이 놓이긴 했지만 아드레날린은 쉽사리 빠져나가지 않았다. 카터는 두 귀로 자신의 심장박동 소리를 느끼며 정신이 아득해져 고개를 떨구었다.

"아버지는 저한테 이런 얘기를 하지 않으시죠. 저를 못 믿으시는 것 같아요."

술기운 때문에 카터는 불퉁하게 굴기 시작했다.

"그런 게 아니야! 난 그저 네가 그렇게 골치 아픈 일에는 관심이 없다고 생각했다."

"그렇기도 했죠. 이제는 골치 아픈 일만 남았네요."

"그렇지. 그럼 자세하게 얘기해주마. 난 인덱스펀드를 피했지만 그건 내가 다우에 올라 있는 모든 기업들의 지분을 갖고 있기 때문이었어."

그의 목소리에는 예전에 W. 서머싯 몸의 완결작들을 손에 넣었을 때와 똑같은 자부심이 배어 있었다.

"이렇게만 얘기하면 암울하게 보일 수도 있겠지. 하지만 나는 금 ETF(상장지수펀드)와 광산주, 심지어 맨해튼 다운타운 금고의 금괴 소유권도 갖고 있거든. 10퍼센트는 항상 현금으로 보유하고 있고. 그걸로 아직 이 나라 안에서 빵 한쪽을 사 먹을 수는 있겠지. 여행 계획은 없지?"

"없어요. 탄자니아 사파리 여행은 1년쯤 미뤄도 상관없죠. 어차피 남은 동물도 없잖아요."

"좋아. 다음 순번 멸종 위기종은 미국인 관광객일 테니까. 그 이외엔 재무부 증권이 포트폴리오의 큰 부분을 차지하고 있지. 수익이 형편없고 금리가 올랐으니 이제 가치가 폭락하겠지만 최악의 상황에서는 만기를 기다리는 게 상책일 수도 있어. 이런 시기엔 어떻게든 원금이라도 건져야지."

"하지만 미국 채권을 사는 건 전 세계적인 사기에 넘어갔다는 징표라고 하셨잖아요."

"그건 맞는 얘기야! 하지만 나라고 뭐 다를 게 있겠니?"

카터는 빨리 음식을 밀어 넣지 않으면 속을 게울 것 같았다. 그들이 식당으로 가려고 자리에서 일어날 때 서재 문을 두드리는 소리가 들렸다.

"맨디블 어르신?"

아까 루엘라를 돌보던 직원이 고개를 내밀고 말했다.

"곧 대통령 대국민 연설이 TV에 나온답니다. 사무실에서 어르신한테 알려드리라고 하더라고요."

4장
안녕하십니까, 국민 여러분

"엄마! 알바라도가 곧 나와!"

"괜찮아, 아들! 엄만 나중에 볼게."

그의 엄마가 부엌에서 소리쳤다.

이 역시 그때 나는 어디서 무얼 했는지 끊임없이 돌이켜보게 되는 사건이었고, 그런 사건이 거듭되는 것은 불길했다. 윌링은 책상다리를 하고 바닥에 앉아 대 그랜드 맨이 물려준 육중한 와인색 소파에 등을 기댔다. 그는 바닥에 앉아야 더 안전하고 더 제대로 앉은 기분이 들었다. 〈잠시 후에는……. 국민들 앞에서 연설하는 것은 이번이 두 번째로……〉 하는 아나운서의 소개말이 쪽모이 세공 마룻바닥을 타고 올라와 그의 손바닥을 간질였다. 이번만큼은 요란한 소리가 지하실의 커트를 방해할까 봐 신경 쓰지 않아도 되었다. 알바라도는 지하실 세입자의 대통령이기도 했다. 커트도 들어야 할 것이다. 〈신사 숙녀 여러분, 미국 대통령입니다.〉 이는 상황이 폭망한 곤충 스낵바 같다는 또 하나의 신호였다. 그냥 '대통령'이 아니라 '미국 대통령'이라고 길게 늘여 소개하는 것 말이다. 최악은 '미합중국의 대통령'이었다.

마일로가 짖었다. 딱 한 번 짖고는 월링의 허벅지 안으로 파고들어 웅크리고 앉았다. 마일로는 늘 알바라도에 대해 딱히 확신을 갖지 못하는 것 같았다.

그의 엄마는 지금 실수하는 것이었다. 물론 무엇이든 복제는 가능하다. 복제판은 원본과 똑같아 보인다. 월링 자신도 지금이 아니라 나중에 이 연설을 들을 수 있었다. 플렉스나 다시 보기 서비스로 봐도 이 연설은 지금 그가 보는 영상과 전혀 다르지 않을 것이다. 그러나 사본은 실황이 아니다. 그로서는 이유를 설명할 수 없지만 실황이 아니기 때문에 원본과는 완전히 다른 것이 되어버린다. 이 시간 이후로 영원히 월링은 이 연설을 실황으로 본 사람이 될 것이었다. 똑같은 어조가 감지되었다. 흥분을 억제하고 인위적으로 끝을 내리는 아나운서의 목소리, 큰 소리로 떠들고픈 충동을 억누르고 억지로 더 음울하게 속삭이는 듯한 목소리를 들으면서 그는 확신했다. 나중에 자신이 사후가 아닌 지금 이 순간에 이 영상을 본 일에 대해 흡족해하고 자랑스러워하리라는 것을.

중요한 뉴스는 금세 옛것이 되어버린다. 미루다 보면 직접 알게 되기 전에 누군가가 전해주게 마련이다. 그러면 표현이 바뀌고 순서도 뒤죽박죽 섞인다. 월링은 남들을 통해 소식을 전해 듣는 것이 싫었다. 소식을 전하는 사람들은 언제나 거들먹거리고 힘을 가진 듯 보였고 그 힘을 유지하기 위해 특별한 정보를 가급적 마지막까지 쥐고 있었다. 마치 마일로에게 간식을 줄 때처럼 정보를 가학적으로 조금씩 내어주기 일쑤였다. 그 사람을 믿을 수도 없었다. 당사자는 자신이 아는 것을 모두 내어준다고 주장하지만 자기가 좋아하거나 특별히 싫어하는 부분만 전달하는 경우도 많았다. 이야기를 전해 듣는 것, 무언가를 그런 식으로 알게 되는 것은 옳지 않았다.

〈부에나스 노체스, 미스 콤파트리오타스 아메리카노스. 다레 인스트룩시오네스 엔 에스파뇰 인메디아타멘테 데스푸에스 데 에스타 베르시온 엔 잉글레스. 페로 에스타 노체, 이 솔로 에스타 노체, 프레시오넨 우노 파라 잉글레스.〉(스페인어로 '안녕하십니까, 미국 동포 여러분. 영어 연설에 이어 바로 스페인어로 연설을 진행하겠습니다. 오늘 저녁만큼은 영어로 먼저 얘기하겠습니다.'—옮긴이)

〈안녕하십니까, 국민 여러분. 금세기 초에 국외 테러리스트들이 우리의 항공기를 공중 납치하여 펜타곤에 흠집을 내고 세계무역센터를 무너뜨린 일이 있었지요. 좀 더 최근인 2024년에는 적대적인 외국 세력들에 의해 우리의 주요 인터넷 인프라가 완전히 마비되는 사태가 벌어졌습니다.

현대전은 다양한 형태로 일어납니다.

지난주 우리나라는 또 한 번 공격을 당했습니다. 초고층 건물이 무너지진 않았습니다. 물리적인 기반 시스템이나 디지털 시스템의 작동이 멈추지도 않았습니다. 그러나 현재 우리에게 가해지는 공격은 각 도시에 핵미사일이 발사되는 것 못지않게 잠재적으로 엄청난 파괴력을 갖고 있습니다.

그 표적은 바로, 우리가 다른 나라들과 거래하고 교역할 때 사용하는 매개, 노동의 대가를 받고, 부채를 상환하고, 상을 차리고, 우리 아이들의 질병을 치료하는 데 사용하는 매개입니다.

다름 아닌, 전지전능한 달러가 위기에 처했다는 말씀입니다.

이 나라가 병들기를 바라는 국가들이 교묘한 책략으로 우리의 동맹국들까지 비열하게 가담하도록 독려하였습니다. 지난 열흘 사이, 정교하게 시간을 설정해놓은 금융 도미노들이 연쇄적으로 쓰러졌지요. 우리의 국채 상환 비용을 높이기 위한 조작이었습니다. 이렇게 되면 우리 미국의 납세자 여러분들은 힘들게 번 소득을 더 적게 가져갈 수밖에 없습니다. 국제 외환 시장에서 우리의 통화도 사보타주 당했습니다. 무엇보다도 분한 일은, 이 위대한 나라의 힘과 명망, 성공을 시기한 세계 지도자들이 이른바 '방코르'라는 통화를 만들어낸 것입니다. 이는 법정 통화로 사용된 적이 없는, 인위적이고 허구적인 통화에 불과합니다.

현명하게 판단하십시오. 방코르는 그저 순수한 달러의 대체 수단이 아닙니다. 그것은 달러를 집어삼킬 목적으로 준비된 통화입니다. 우리는 머리에 총구를 들이대는 것 못지않게 위협적인 방식으로, 이제부터는 우리가 매일 이용하고 생계의 수단으로도 사용하는 모든 작물과 원자재에 대해 국제 거래 시 방코르를 사용해야 한다는 통보를 받았습니다. 이 밖에도 우리는 말할 수 없이 고압적이고 거만한 행패에 시달리고 있습니다. 미국 재무부는 이제부터 외국 투자자들이 보유한 미국 채권을 방코르로 교환해주어야 하며, 게다가 이제 건달 행세를 하는 국제통화기금이 임의로 정한 불리한 환율을 따라야 한다는 압박을 받고 있습니다. 외국 투자자들에게 매도한 미국 채권은 이제부터 방코르로 그 가치가 매겨집니다. 이는 우리 국가의 주권을 위협하는 일이 아닐 수 없습니다.

아이러니하게도 이 조직적인 금융 쿠데타의 배후 세력들은 곧바로 그 후유증에 시달리기 시작했지요. 미국 달러는 국제 금융의 생명선이자 전 세계 금융 시장의 중추입니다. 바로 이런 이유 때문에 많은 분들이 알고 있듯이 지난주에 우리는 급작스러운 부의 손실을 막기 위해 뉴욕 증권거래소 거래를 중단했습니다. 그러나 이러한 시스템의 타격으로 인하여 런던과 파리, 베를린, 모스크바, 홍콩을 비롯해 전 세계 다른 주요 증권거래소의 거래도 중단되었습니다. 현재 국제 금융계는 숨을 참고 있습니다. 지금까지 백 년 이상 위기가 일어날 때마다 늘 그랬듯이 세계는 미국이 행동을 취하길 기다리고 있습니다. 그리고 이 용맹스러운 국가는 모욕을 당하면 반드시 응징을 합니다.

국민 여러분, 오늘 저녁 이 대국민 연설에 앞서 저는 비상 의회 합동 회의를 소집했습니다. 여러분의 대리인들은, 지금 이 시점을 기하여 별도의 통보가 있기 전까지 국내에서 그리고 우리 금융 시스템의 범위 내에서 미국 시민이 방코르를 보유하는 것은 반역 행위로 간주한다는 법안을 거의 만장일치로 통과시켰습니다. 현재뿐 아니라 미래까지 우리의 번영을 보장하기 위해, 우리 미국을 있는 그대로 보존하고 높은 국가적 위상을 지키기 위해서 미국민과 미국 기업 들이 해외에서 방코르로 거래하는 행위도 금지하겠습니다.

한시적으로, 당연히 아주 한시적인 조치입니다만, 이제부터 나라 밖으로 100달러 이상의 자본을 송출할 수 없게 됩니다. 이 같은 통제는 일시적인 것이며, 그 시행 기간은 아주 짧을 것으로 예상합니다. 경제 질서가 안전하고 확실하게 회복되는 순간, 이 모든 통제는 해지될 것입니다.

군사적인 대치와 마찬가지로 금융 전쟁에도 무기가 필요합니다. 무기를 주조하는 데에는 희생이 요구되지요. 우리는 제2차 세계대전 당시 자유의 옹호를 위해 우리의 물리력과 산업을 집결시켰습니다. 이제 우리는 우리의 자유를 지키기 위해 자원을 동원해야 합니다. 이 같은 희생의 가장 무거운 짐은 가장 넓은 어깨를 가진 자들이 짊어질 것이라고 믿어 의심치 않습니다.

1977년에 제정된 국제비상경제권법에 의해 여러분의 대통령에게 귀속된 권한으로 저는 개인이 보유한 모든 금을 회수하겠습니다. 우리 국경 내 금광 사업들은 오직 미국 재무부에만 금을 판매할 수 있습니다. 금 관련 주식 및 상장지수펀드, 금괴들도 마찬가지로 재무부에 양도해야 합니다. 1933년 프랭클린 델러노 루스벨트 대통령이 대공황으로 고통받는 국민들을 구제하기 위해 금 국유화라는 대담한 조치를 취했을 때와는 달리, 보석상과 보석류에도 예외는 적용되지 않습니다. 이 애국적인 금 반납에 대해서는 무게에 따라 합당한 보상이 주어지지만, 이 보상에는 이번 비상사태에 앞서 일어난 광적인 금 주식 인플레이션이 반영되지 않을 것입니다. 은닉은 용납되지 않습니다. 이를 위반할 경우 최대 25만 달러의 가혹한 벌금이 부과됩니다. 마감 시한인 2029년 11월 30일을 기하여 그 뒤로 어떠한 형태로든 금을 보유하는 것은 범죄 행위로 간주되어 징역 10년 이상의 처벌을 받을 것입니다.

　　우리의 영토에서 외부로 금을 송출하는 행위도 지금부터 전면 금지됩니다. 우리의 국가 위상을 떨어뜨리려는 외부 선동가들에 대한 보복으로 연방준비은행에 보관된 외국 금 보유고는 모두 몰수되어 미국 정부의 재산에 귀속됩니다.

　　마지막으로, 이번 사태를 야기한 것은 용인할 수 없고 이행 불가능한 부채 이자를 부과하여 이 위대한 땅의 정부에게 멍에를 씌우려는 외세의 음모입니다. 그 부채는 신의를 바탕으로 차용한 것이며 지금과 같은 터무니없는 상황이 벌어지지 않았더라면 신의를 바탕으로 때맞추어 상환했을 것입니다. 그러나 우리의 정직성이 악의와 배신으로 보답받은 상황에서 계속 신의만을 밀고 나간다면 우리는 순진하고 힘없는 존재로 비칠 것입니다. 어떠한 계약이든 양측이 모두 합의를 존중해야만 그 효력이 유지되는 법입니다. 게다가 이 위대한 나라는 그 존재 자체를 파괴하면서까지 의무를 존중하지는 않을 것입니다. 자유 속에 잉태된 나라가 불리한 입장으로 일상적인 거래를 수행할 수는 없지요.

지금 이 시각을 기점으로 저와 재무장관, 미국 연방준비제도 이사회 의장은 완전한 초기화를 선언하는 바입니다. 미래의 의무를 이행할 국가를 보호하기 위해서 우리는 과거의 의무를 털어낼 수밖에 없습니다. 지금부터 모든 재무부 증권 및 채권은 무효임을 선언합니다. 자비롭게도 깨끗이 닦인 석판을 보면서 새로이 주어진 두 번째 기회에 감사의 눈물을 흘린 채무자들이 많았지요. 우리처럼 공정한 사법제도권에서는 개인에나 기업에나 합법적으로 두 번째 기회를 보장해줍니다. 그러니 정부도 모든 것을 지우고 새로이 시작할 수 있어야 합니다.

이제 가벼운 발걸음으로, 기쁜 마음으로, 지구상에서 가장 위대한 나라의 인내력을 믿고 미래로 나아갑시다. 여러분에게 행운이 함께하길 빕니다. 그리고 미합중국에도 행운이 함께하길 빕니다. 편안한 저녁 보내십시오.〉

이 대국민 연설은 끝나는 순간부터 웹 어디에서든 다시 들을 수 있었지만, 액세스가 너무 많은 콘텐츠는 이용하고픈 의욕을 사그라뜨린다. 게다가 시급성은 이미 모두 날아가 버렸다. 그래서 플로렌스는 부엌 옆에 딸린 다용도실에서 윌링이 열세 살 나이에 걸맞지 않게 지독히도 정확하게 요약해주는 연설 내용을 들으면서 빨래를 널었다. 물 부족 때문에 밝은색 옷들이 늘 칙칙해 보였다.

"그 많은 내용을 다 이해하다니."

플로렌스는 세탁기 옆에 차려자세로 서 있는 아들을 보았다. 두 팔을 내리고 손은 양옆에 납작 붙인 채 검은 눈으로 맹렬하게 정면을 보고 있는 모습이 흡사 작은 군인 같았다. 이토록 진지한 아이를, 39킬로그램의 왜소한 몸으로 온 세상을 짊어질 준비가 된 듯한 이런 아이를 어떻게 키웠는지 그녀 자신도 이해되지 않았다.

"걱정하는 거 아니지? 걱정하는 것 같네."

"걱정되죠."

아이가 말했다.

"아들."

플로렌스는 세탁기 안에 양말들을 버려둔 채 최근 급격하게 키가 자란 아이 앞에 굳이 무릎을 꿇고 앉았다.

"네가 얘기해준 바에 따르면 우린 걱정할 필요가 전혀 없어. 우리 집에 정부한테 내어줄 금이 있겠니? 설사 있다고 해도 내놓으면 돈을 준다고 네가 그랬잖아."

"정부가 원하는 것을 무엇이든 내놓게 할 수 있다면 또 무엇을 내놓으라고 할까요? 만약 정부에서 개들을 전부 거둬들이겠다고 하면 마일로도 내줘야 하는 거예요?"

플로렌스는 웃음을 터트렸다.

"알바라도 대통령이 마일로를 빼앗아가는 일은 없을 거야. 그는 좋은 사람이야. 에스테반과 엄마가 뽑은 대통령이잖아. 그리고 그 최신식 화폐 말이야. 방코르인지 뭔지, 엄마는 그게 바로 눈앞에 있어도 뭔지 모를 것 같은데. 우리가 언제 시리얼 사러 그런 에이커에 가면서 방코르를 갖고 갔니? 아니잖아. 그러니까 너나 에스테반이나 네 엄마나 그런 이상한 화폐를 갖고 다닌다고 체포당하는 일은 없을 거야. 사실 그 화폐는 복잡한 국가 간의 금융 거래하고만 연관된 것 같은데. 그리고 또…… 채무 포기?"

"논평가들은 그렇게 부르더라고요."

"지금 당장은 잘 모르겠지만, 네가 말한 그 초기화는 틀림없이 우리 세금을 낮춰줄 거야. 우리한테는 좋은 일이라고. 엄마의 월급을 더 많이 가질 수 있으니까."

"대통령은 사람들한테 돈을 빌려놓고 그걸 갚지 않겠다는 거예요. 그건 싸한 일이 아니죠. 완전 부머똥 짓이잖아요."

플로렌스는 벌떡 일어나 두 손을 찰싹 맞부딪쳤다.

"첫째, 이 대통령이 빌린 건 거의 없어. 다른 대통령들이 진 빚을 넘겨받은 거야. 다른 대통령들도 어쩔 수 없이 작은 나라들을 계속 구제해줬는데, 그 나라들이 도움의 손길을 내준 우리를 결국 미워하게 된 거라고. 게다가 그 돈은 대부분 중국 사람들한테서 빌린 거야. 그 사람들이 몹쓸 사기꾼이고 진짜 부머똥이지. 5년 전에 이 나라 전체의 인터넷을 마비시킨 것도 그 사람들 소행이 거의 확실하거든. 나쁜 놈들이야."

"확실한 건 아니잖아요. 아무도 증거를 찾지 못했어요."

"그러니까 악랄하다는 거지. 인정하지 않으니까. 하지만 정말 누구 소행인지 모른다면 이디오타(스페인어로 '바보'-옮긴이)지."

플로렌스는 얼른 입을 막고는 덧붙였다.

"미안, 네가 바보라는 말은 아니야."

"하지만 중국 사람들이 들으면 좋아하지 않겠네요. 어쨌든 그 사람들이 인터넷을 한 번 마비시켰다면 또 그럴 수도 있잖아요."

"아니, 그건 아니야. 이전의 취약점은 모두 보완되었어."

플로렌스는 자신이 사회적 통념을 무심코 암송하고 있음을 깨닫고 마음이 편치 않았다.

"그건 사람들이 하는 얘기죠. 그게 다 사실은 아니에요."

"윌링, 네가 어떻게 겨우 열세 살에 그런 냉소주의자가 되었는지 엄마는 정말 모르겠다."

윌링은 눈을 빛내며 대꾸했다.

"그들은 인터넷을 마비시키는 것보다 더한 짓도 할 수 있어요."

"그만해. 상상이 도를 넘어가는 것 같다. 중요한 건, 네가 엄마한테 전해준 대통령의 연설 내용 가운데 어떤 것도 우리하고는 상관없다는 사실이야. 알았지?"

"모든 건 서로 연관되어 있어요."

윌링이 우울하게 말했다.

"그런 건 어디서 배웠니?"

"삼라만상에서요."

"아이고, 우리 아들이 신비주의자가 되었네. 잊어버려. 아이스크림이나 먹자."

에스테반은 2천여 개의 에스파뇰 채널을 언제든 자유롭게 시청할 수 있었으므로, 플로렌스는 그가 스페인어로 다시 한 번 행해진 대국민 연설을 시청하는 것이 스페인어를 잊어버리지 않기 위해서라고 생각할 수만은 없었다. 단테 알바라도의 아슬아슬했던 2028년 대선 승리를 여전히 자랑스러워하는 그는 한껏 즐기고 있는 것이었다. 에스테반 같은 열혈 지지자들은 미국 최초의 라틴계 대통령이 이 달콤한 임기 첫해에 그릇된 일을 할 리가 없다고 생각했다.

절반에 살짝 못 미치는 나머지 국민들은 2008년보다 더 원통한데도 그때보다 더 입을 다물고 있었다. 바야흐로 신랄한 버서(birther, 버락 오바마가 미국에서 태어나지 않았다는 이유로 대통령 자격이 없다고 주장하는 사람들을 비하해 부르는 말—옮긴이)들조차도 이 민주당 후보가 국외에서 태어났다는 점을 반대 이유로 내세울 수 없는 시대였다. 2024년 아널드 슈워제네거의 실패한 선거 운동에 크게 힘입어 통과된 제28차 개헌으로 인해 대통령이 미국 태생이어야 한다는 불가해한 헌법 조항이 폐지되었기 때문이다. (이 터미네이터의 재선 실패는 의외였다. 재직 기간에 막판 초강수로 일명 '주디 판사'인 주디스 셰인들린을 대법원에 임명한 탓이라고 생각하는 사람은 플로렌스만이 아니었다. 그 후 대법원 개정 기간은 더 요란해지고 더 짧아졌다.) 단테 알바라도의 경우, 무려 오악사카(멕시코 남부의 주—옮긴이) 출신이라는 점이 당선에 유리하게 작용했다. 이제 워싱턴 DC의 수많은 기자회견과 의회 토론이 스페인어로 진행된다는 사실은 에스테반의 민족 공동체에 끊임없이 자부심을 안겨주었다. 일부 민주당 지지자들은 알바라도가 1월의 취임연설을 자신의 모국어로만 진행한 것이 불필요한 도발이었다고 생각했지만, 플로렌스는 개의치 않았다. 워싱턴 몰(국회의사당에서 링컨 기념관에 이르는 공원 조성지를 일컫는 말—옮긴이)에서 이뤄진 이 자신감 넘치는 역사적인 연설은 그녀에게 스페인어를 복습하는 반가운 기회가 되어주었다.

게다가 그녀는 지난 2024년에 자신, 즉 플로렌스 다클리가 사실은 인종주의자였음을 깨닫지 않았던가.

3월의 그 운명적인 토요일 오후 5시 8분, 그녀와 월링은 맨해튼에 위치한 넓은 베드 배스 앤드 비욘드 첼시점 매장에서 대대적인 봄맞이 세일을 맞아 쇼핑을 하고 있었다. 그들이 막 계산대를 지나왔을 때 갑자기 매장의 불이 꺼졌다. 보도에서는 수많은 사람들이 어쩔 줄 몰라 하며 플렉스를 흔들어댔다. 그녀도 습관적으로 플렉스를 꺼내 연결 상태를 확인했지만 헛수고였다. 정전은 그렇다 쳐도(그 일대 전체의 전기가 나간 듯했다) 위성 연결까지 끊어진 것은 이해되지 않았다. 지하철역에서 사람들이 쏟아져 나왔다. 열차들도 멈췄기 때문이었다. 교통신호등이 모두 꺼졌고 웨스트 19번가에서 일어난 사고로 인해 6번 대로의 교통이 마비되었다. 불협화음을 이루는 경적 소리들이 묘하게 위안이 되었다. 생의 신호인 듯했다.

그녀는 아들의 손을 꼭 잡은 채 새로 산 고리버들 빨래바구니를 포기해야 하는 세상으로 선뜻 들어서지 못하고 있었다. 커다란 빨래바구니는 그날 구입한 다른 세일 상품들까지 잔뜩 머금고 있어 몹시 거추장스러웠다. 흰 코끼리 같은 이 커다란 물건을 들고 점점 더 광분하는 군중을 헤치고 나아가는 그녀의 모습은 가관이었을 것이다. 근육질의 멕시코계 사내가 그것을 빼앗아가려 했을 때 그녀는 불법 체류자 도둑이 혼돈을 이용해 협잡을 벌이는 모양이라고 넘겨짚었다. 그녀는 빨래바구니를 홱 낚아챘다.

다행스럽게도 사내는 또박또박한 영어로 자신은 그저 도우려는 것이라고 설명했다. 사람들에게 갑자기 모든 게 먹통이 된 이유를 물어보았지만 그 답을 찾는 데 사용되는 기계들이 작동을 멈췄으므로 아무도 모르는 것 같더라고 그는 말했다. 그러고는 그녀에게, 한 팔로 빨래바구니를 들고 다른 한 팔로 아이를 붙잡고 있으면 사람들에게 밟히기 십상이라고 경고했다. 그는 집이 어디냐고 물었다. 그녀는 대답하기 꺼려졌지만 무례하게 굴고 싶지 않았다. 그는 자신도 집에 가려면 브루클린 쪽으로 가야 한다고 했다. 그러고는 사람들이 브루클린 교로 몰릴 것 같으니 그쪽 보행로보다 사람이 적은 맨해튼 교로 건너가자고 제안했다. 그는 묵직한 빨래바구니를 어깨에 둘러멨다. 처음에 그들은 아무 얘기도 하지 않았다. 그녀는 그가 무서웠다. 그러나 그가 사람들을 비집고 18번가를 가로지른 뒤 2번 대로를 따라 크리스티 가로 향하는 사이, 그녀는 그가 없었더라면 짐을 들고 거기까지 가지도 못했을뿐더러 앱 없이는 커넬 가의 맨해튼 교 보행로 입구까지 가장 가까운 직선 경로를 노련하게 찾아가지도 못했을 거라는 사실을 인정하지 않을 수 없었다. 맨해튼 교는 탁월한 선택이었다. 난간 너머 이스트 강으로 떨어질 만큼 사람들에게 떠밀리지 않았으니 말이다.

보행로에 오른 사람들은 모두 같은 생각이었다. 가장 괴로운 것은 대체 무슨 일인지 모른다는 사실이었다. 사방에서 보행자들이 자발적으로 확신에 찬 이론을 쏟아놓았다. 핼리혜성이 뉴저지를 강타했다, 정부가 안보 훈련을 실시하고 있다, 또 테러 공격을 당했다, 해럴드 캠핑이 2011년 5월 21일에 올 거라고 예측한 그 악명 높은 휴거가 겨우 13년 9개월 15일 늦게 찾아온 것이다 등등.

그들이 마침내 보행로를 내려와 동네에 이르렀을 때 그녀는 자신이 짐을 들고 가겠다고, 여덟 살짜리 아들이 도울 수 있을 거라고 애원하다시피 했다. 이 멕시코계 호위자는 이스트 플랫부시에서 서쪽으로 10여 킬로미터 떨어진 선셋 파크에 산다고 했으므로 계속 같은 방향으로 가는 것은 자연스럽지 않았다. 그녀에게 접근하려는 것이 아니라면 말이다.

그러나 그 무렵 날이 저물었고 주위는 칠흑같이 어두웠다. 플렉스 불빛들이 점점이 어둠을 수놓았다. 그들 뒤의 맨해튼은 산등성이와 다를 게 없었다. 교통은 완전히 마비되었다. 무인 운전 기능과 내장 컴퓨터들도 인터넷으로 작동되었으므로 대부분의 사람들은 차를 버리고 떠났고 몇몇 승용차 안에는 일가족이 웅크리고 들어앉아 있었다. 틀림없이 문을 잠그고 있었을 것이다. 따라서 이 라틴계 사내는 그들을 집에 데려다주어야 할 뿐 아니라, 배터리가 떨어져 가는 자신의 플렉스로 길을 비춰주어야 한다고 고집했다. 세 사람이 공원 근처 플랫부시를 터벅터벅 올라가고 있을 때 그의 플렉스가 꺼졌고 그들은 플로렌스의 플렉스로 갈아탔다. 거리에는 다른 순례자들과 그들의 작은 기기에서 나오는 미약한 광채들의 행렬이 이어졌다. 마치 루미나리아를 들고 참회하는 사람들 같았다. 그들이 걸어온 거리는 약 15킬로미터였고 총 4시간 30분이 걸렸다. 스나이더 대로로 접어들었을 무렵, 플로렌스가 빨래바구니를 받고 그들의 보호자가 윌링을 안았다. 윌링은 그의 품에서 잠이 들었다. 훗날 이 사내는 당연히 자신도 다른 사람들과 똑같이 겁이 났지만 이 생면부지 모자의 안전에만 몰두함으로써 침착해질 수 있었다고 설명했다. 그의 이름은 에스테반 파디야였고 그들이 녹초가 되어 이스트 55번 가에 도착했을 무렵에는 플로렌스의 플렉스마저 꺼져서 다시 어둠 속에서 네 발로 기어 다니며 양초와 성냥을 찾아야 했다. 그때 이미 플로렌스는 인종주의를 크게 떨쳐내고 사랑에 빠진 상태였다.

지난 11월의 대선은 그녀의 동반자에게 너무도 큰 의미였으므로 그녀는 이 새 대통령에 대해 느끼는 약간의 메스꺼움을 차마 표현할 수 없었다. 물론 그 상징성에 대해선 그녀도 더없이 기뻤다. 이민자들에 대한 배척을 이겨내고 라틴계 인물이 백악관에 입성했다는 것은 비할 데 없는 융합의 상징이었다. 그러나 이 사내의 얼굴은 유약하고 앳되어 보였고 멕시코인 특유의 구개음 때문에 그런 인상이 더욱 부각되었다. 알바라도의 경우에는 그런 발음이 다소 연기인 듯 보이기도 했다. (선거운동 기간에 백인들을 대상으로 연설할 때에는 발음이 분명했기 때문이다.) 뚱뚱한 건 나무랄 일이 아니었다. 어차피 이 나라 국민의 4분의 3이 뚱뚱하지 않은가. 그러나 뚱뚱함의 종류가 문제였다. 그는 마마보이처럼 통통했고 그런 모습이 외국 지도자들에게는 봉이라는 인상을 줄 것 같았다.

　그릇을 꺼내면서 플로렌스는 커트에게도 아이스크림을 권해야 하나 갈등하기 시작했다. 그녀는 꽃집에서 시간제로 일하는 지하실 세입자를 그들의 가족생활에 얼마나 끼워줘야 하는지 늘 고민했다. 그는 꽃집에서 오래되어 팔 수 없게 된 꽃다발을 가져와 프리지어로 그들의 집을 환하게 만들어주는 자상한 사람이었다. 그녀는 그를 충분히 좋아했고, 그 역시 이런 사실을 알고 편하게 지내길 바랐다. 어쨌든 그는 예의 바르고 남을 배려할 줄 알며 똑똑하고 말씨가 점잖을 뿐 아니라 늘 열심이었다. (이 부분은 조금 과했다. 무엇에 열심이냐고? 호감을 사고 싶어서인 듯했다. 적당히 했다면 더 좋았을 텐데 말이다.) 그러나 그저 흔한 호의에도 과하게 고마워하는 태도는 피곤했다. 그가 불만을 토로하지 않아서 그들은 좀 더 편히 살 수 있었지만, 사실 그에겐 불만을 토로할 권리가 있었다. 그는 지하실의 낮은 천고에 비해 키가 컸으므로 수없이 대들보에 머리를 부딪쳤다. 그녀가 충격을 완화하는 보강재를 덧대어놓았어야 했다. 아마추어 음악가인 그는 집에 아무도 없을 때만 색소폰 연습을 했지만 위층의 발소리는, 심지어 윌링의 가볍고 조심스러운 발소리조차도 아래층에서 듣기에는 코끼리 발소리처럼 크게 울렸다. 그런데 커트 잉글우드가 그들에게 TV 소리를 낮춰달라고 한 적이나 있던가? 아니다. 절대 그러는 법이 없었다. 따라서 오늘 저녁에 그릇을 네 개가 아닌 세 개만 꺼내놓는 쪽으로 마음이 기울자 플로렌스는 몹시 겸연쩍어졌다.

　그녀와 나이가 엇비슷하고 늘씬하게 균형 잡힌 몸에 길고 날렵한 얼굴을 가진 커트는 잘생긴 축에 속했다. 중산층 가정에서 자라고 플로렌스처럼 저임금의 시답잖은 일자리를 전전한 사람으로, 더 젊었을 때는 적절한 때를 기다리는 매력 있고 유능한 투사로 비쳤을 것이다. 그러나 그가 수년 동안 돈을 아낀 것들 가운데 하나는 바로 치과 치료였다. 시커먼 충치는 호감 가는 미소를 뱀파이어의 추파로 바꿔놓았다. 약 5만 달러 상당의 임플란트와 충전재, 의치 시술을 받지 않는다면 그는 평생 혼자 살아야 할 것이다. 그런 치아 상태로 40대가 되어버린 그는 부당하게도 비극적으로, 그리고 어쩌면 영구히도, 낙오자의 부류에 들어서고 있었다. 낙오자, 그것은 그녀 자신이 간신히 모면한 볼품없고 비인간적인 꼬리표였다. 그녀는 보호소에서 불쾌한 치아를 끝없이 마주했다. 아마도 오늘 밤엔 그것이 문제였으리라. 사람만 놓고 보면 커트에게 아이스크림을 나눠주는 일은 얼마든지 할 수 있었다. 그러나 오늘은 아델피에서 긴 하루를 보냈으므로 그런 미소를 또 마주하고 싶지 않았다.

플로렌스는 아이스크림 세 스쿱을 그릇에 담았다. 아직 좋은 일인지 나쁜 일인지는 알 수 없으나 중요한 무언가가 일어났다는 사실에 괜히 들떠서 충동적으로 마일로의 개밥그릇에도 페퍼민트 칩 한 덩어리를 놓아주었다. 그들이 숟가락을 들고 거실에 모이자 에스테반은 TV를 껐다.

"자긴 그 연설에 대해 어떻게 생각해?"

다 함께 소파에 느긋하게 앉아 디저트를 즐기기 시작했을 때 그녀가 에스테반에게 물었다.

"에스타 마라비요소(스페인어로 '굉장했다'—옮긴이)."

그는 선언하듯 말하고는 설명을 이어갔다.

"공화당 지지하는 노인네들은 늘 알바라도가 나약하고 줏대 없다고 야단이잖아. 이번 일로 확실하게 알았을 거야. 이 나라를 얼마나 자립적으로 이끌어가는지! 내 평생 이렇게 대담한 정책 결정을 내린 대통령은 없었어. 이제 알바라도를 겁쟁이라고 놀릴 수 없을걸."

플로렌스는 요란하게 웃음을 터트렸다.

"다른 별명을 붙일지도 모르지. 이를테면 사기꾼이라거나."

그러자 에스테반이 자신 있게 말했다.

"피해를 입는 사람들은 그래도 싸. 아시아의 개자식들이겠지. 무슨 상관이야."

세탁실에서 그녀와 대화를 나눈 뒤로 무겁게 침묵을 지키고 있던 윌링이 무슨 생각을 하고 있었는지 불쑥 엉뚱한 결론을 내놓았다.

"우린 언제든 프랑스로 이민 가면 돼요."

"그, 그래……."

플로렌스는 고집스럽게 마룻바닥에 앉아 있는 아들의 목덜미를 집게손가락으로 어루만지며 대꾸했다. 그의 아이스크림이 녹고 있었다.

"그런데 왜 갑자기?"

그러자 윌링이 대꾸했다.

"파리에 놀리 할머니가 사시잖아요. 거기가 더 안전할지도 몰라요. 대통령은 나라 밖으로 달러를 내보내지 않겠다고 했죠. 사람을 내보내지 않겠다고 하진 않았어요, 아직은."

플로렌스는 에스테반을 흘끗 보며 고개를 저었다. 아무것도 묻지 말라는 신호였다.

"언젠가 고모할머니 댁에 놀러 가자. 지난번에 고모가 뉴욕에 오셨을 때 보니까 너랑 잘 맞는 것 같더라."

윌링이 다시 대꾸했다.

"그 할머니는 하고 싶은 걸 하잖아요. 다른 사람들은 해야 하는 것을 하죠. 제인 씨와 카터 씨는 놀리 할머니가 이기적이라고 하세요. 그게 좋을 수도 있어요. 이기적인 사람들, 특정한 면에서 이기적인 사람들을 내 편에 두면 좋다고요."

플로렌스는 '편' 따위는 없다고 아들을 설득한 뒤, 많이 피곤한 것 같으니 그만 가서 자라고 하고는 수프처럼 변한 아들의 아이스크림을 마저 해치웠다. 아들이 이를 닦고 난 뒤, 플로렌스는 그애의 방 문가에 서서 나지막이 속삭였다. 이민은 가지 않을 거라고, 당시에는 이상하고 무섭게 느껴지는 일들도 나중에 돌아보면 그저 평범한 삶의 기복에 불과한 경우가 많다고. 스톤에이지도 세상의 종말처럼 느껴지지 않았었냐고. 그런데 세상은 끝나지 않았다고 그녀는 말해주었다.

그러나 그날 밤 그녀도 쉽게 잠을 이룰 수 없었다. 이번 소요는 지하 깊은 곳에서 일어나는 것이었다. 지반, 즉 다른 것들이 안전하게 변할 수 있도록 절대 변해선 안 되는 그 무엇이 움직이고 있었다. 나쁜 일이 일어나는 것과 모든 일의 매개가 되는 시스템 자체가 나빠지는 것, 2024년에 플로렌스는 이 둘의 커다란 차이를 깨달았다. 대통령의 우울한 결정들이 이스트 플랫부시의 일상적인 삶에 구체적인 영향을 미치지 않는다고 해도 그 칙령 자체가 그녀의 삶의 지반을 뒤흔드는 듯했다. 그녀의 소득과 그녀의 지출, 그녀가 하는 일, 이런 소소한 사항들이 아니라 그녀의 정체성에 도전하는 듯했다.

이튿날 아침 플로렌스는 버스 정류장으로 걸어가다가 공과금을 우체통에 넣기 위해 잠시 길을 건넜다. 부싯돌로 불을 피우는 것만큼이나 원시적으로 느껴지는 지불 방식이었다. 그러니까, 역사는 후퇴할 수 있었다. 이제 중요한 인프라나 금융을 포함해 모든 거래는 오프라인으로 처리해야 한다는 법이 제정되어, 집집이 공간을 잡아먹는 지저분한 종이 계좌 내역서와 청구서 따위가 다시 책상 위를 굴러다니기 시작했다. 수표책도 과거의 쓰레기통에서 다시 건져 올려졌다. 종잇장 사이사이에 고양이 털 뭉치와 쓰고 버린 치실 등을 덕지덕지 끼운 채로 말이다. 그러나 최소한 사각형 안에 '이백사십삼과 29/100' (243.29달러의 표기법—옮긴이) 따위를 쓰기 위해서라도 손글씨를 연습해야 한다는 점은 나쁘지 않았다. 글씨 쓰는 법을 거의 잊어버린 그녀는 아침을 먹으면서 처음 작성한 공과금 수표를 자신도 알아볼 수 없어서 폐기해야 했다. 그녀는 윌링에게도 직접 알파벳 인쇄체 쓰는 법을 가르쳤다. 이제 학교에서는 더 이상 글씨 쓰는 법을 가르치지 않았다. 윌링의 학교 친구들은 대부분 제 이름도 쓰지 못했다. 이것이 과연 진보일까? 그러나 그런 것은 아이들이 따분하다고 여기는, 지독히 고리타분한 걱정이었다.

파란 주둥이 안으로 봉투가 떨어지는 모습을 보면서 그녀는 얼굴을 찌푸렸다. '인터넷의 취약점이 모두' 정말 보완되었다면 그들은 왜 여전히 공과금을 수표로 내야 하는 것일까?

브루클린 동부까지 깊숙이 잠식한 '고급화'로 인해 민간 대중교통은 사라졌다. 늘 그랬듯 자리가 다 차버린 버스에 유일한 백인 승객으로 올라탄 플로렌스는 그 안에서 알바라도의 연설이 미친 영향을 찾아보았다. 아프리메리칸들이 사용하는 특유의 사투리는 경적 소리와 크게 구분되지 않을 정도였고 그 사이사이에 스페인어가 단편적으로 들려왔다. 빠르고 도시적인 스페인어를 주고받는 라틴계들의 대화에서 그녀가 확실하게 알아들을 수 있는 내용은 주로 최신 유행하는 음악 장르, 즉, 새소리나 늑대 울음소리, 사자의 포효 소리, 고양이의 가르랑거리는 소리, 개 짖는 소리 등을 합쳐 만든 비스트랩에 관한 것뿐이었다. (그녀의 취향에는 맞지 않았지만 개중에 예술적으로 믹스되어 흥을 돋우는 곡들이 있었다.) B41번 버스에서는 모이를 쪼는 리듬 트랙이 더해진 새된 갈매기 울음소리가 미국 채권 전면 무효화 소식보다 더 큰 흥분을 자아내는 듯했다. 그러나 마침내 그 뉴스가 이 거리에 상륙하고 나면 이 무리들도 금 국유화에 선뜻 찬성하지 않을 것이다. 이곳의 거친 청년들 가운데에는 번쩍거리는 누런색 사슬을 걸고 있는 이들이 많았다. 이 블록의 근육질 젊은이들과 무차초(스페인어로 '청년'─옮긴이)들이 줄을 서서 자신의 장신구를 재무부에 내어주는 애국적인 광경은 상상하기 어려웠다. 체육관에서 살다시피 하는 저 몸 좋은 거구들. 정부 관리들은 저들을 보도로 밀쳐내고 플라이어로 금니를 빼가겠다는 것일까?

한 세대 전만 해도 프로스펙트 공원 북쪽의 이 플랫부시 대로에는 카펫 매장과 할인 잡화상, 네일숍, 분홍색 설탕 옷을 입힌 도넛 따위를 파는 식당들이 요란하고 너저분하게 늘어서 있었다. 그러나 언덕 아래 경기장이 생긴 이후로 이곳은 몸치장을 하기 시작했다. 개발업자들이 경기장 건립의 일환으로 시에 약속한 '적당한 주택'은 호화 아파트 못지않게 비쌌다. 떠들썩했던 플랫부시의 거리는 장례식장처럼 조용해졌다. 보행자도 거의 없었다. 1달러를 받고 노동자 계층 사람들을 언덕 너머로 수송해주던 사설 밴들의 빵빵거림은 소리 없이 부드럽게 달리는 전동 택시들로 대체되었다. 이 거리는 너무도 문명화된 동시에 너무도 죽어버렸다.

한때 생기 넘치고 현란했던 지역의 상업적인 변신으로 인해 돈 많은 새 주민들이 한없이 불편을 겪고 있다는 사실이 플로렌스는 내심 고소했다. 뭐, 주름 제거 시술이나 애견 치료 등의 서비스는 주위에서 언제든 이용할 수 있었다. 오타와 레스토랑에서 한 끼에 500달러를 써가며 입이 떡 벌어질 만큼 멋진 캐나다식 저녁을 즐길 수도 있었다(이 도시의 상류층 사이에서는 이제 유행을 주도하는 새로운 소수민족 음식이 다 떨어져 가고 있었다). 그러나 스크루드라이버나 페인트는 살 수 없었고 드라이클리닝을 맡길 곳도 없었으며 하이힐 굽을 갈 수도 없었다. 열쇠를 복사할 곳도, 피자 한 조각을 파는 곳도 없었다. 부유한 주민들은 5천 달러짜리 자전거를 소유했지만 반경 수 킬로미터 내에 그 브레이크를 수리할 만한 곳은 없었다. 가장 가까운 슈퍼마켓도 3번 대로까지 45분쯤 걸어가야 했다. 임대료가 올라가면서 과거에는 비싼 도시 생활의 이유가 되었던 바로 그 편리한 서비스 부문이 모두 밀려나 버린 것이다. 사실상 부유한 뉴욕 시민들은 우유 한 통을 사려 해도 7~8킬로미터 차를 타고 나가야 하니, 아주 복잡하고 어수선한 시골에 사는 것과 다를 바 없었다.

플로렌스는 풀턴 가에서 내려 옷깃을 단단히 여미며 동쪽으로 향했다. 여태 온화한 가을 날씨가 이어지다가 오늘 처음으로 알싸한 기운을 머금은 바람이 또 한 번의 혹독한 뉴욕의 겨울을 예고했다. 제트류가 온 나라를 뒤덮은 채로 한없이 남하하면서 이제 케케묵은 지구온난화는 미국에서 아무도 거들떠보지 않았다. 그녀는 왼쪽으로 돌아 아델피 가로 들어섰다. 몇 블록 앞의 지하차도가 폐쇄되어 예전만큼 차량이 많지 않았다. 그녀의 친정집에서 멀지 않은 해밀턴 대로 옆의 브루클린-퀸스 고속도로가 참혹하게 무너진 이후로 그 근처의 접근이 통제된 탓이었다.

그녀는 입소 지원을 위해 줄 서 있는 사람들을 훑어보았다. 대략 스무 가족이었다. 흔한 유모차들에는 간신히 쓰러지지 않을 만큼 주렁주렁 가방이 매달려 있었다. 어른들 몇 명은 담배를 피우고 있었다. 이들은 전자담배보다 훨씬 더 비싼 진짜 담배를 고집하는 마지막 저항자들이었다. 우습게도 플로렌스는 습관적으로 담배를 피운 적이 없는데도 톡 쏘는 유독한 냄새를 맡자 향수에 젖는 듯했다.

포트 그린에서도 나무가 울창한 거리에 자리한 아델피 가족 숙소는 자식 없는 주인이 시에 유증한 개인 아파트 건물로, 물밀 듯이 쏟아져 나와 민간 자선 단체로 유입되거나 공공 재산에 흡수된 베이비붐 세대의 유산 가운데 하나였다. 이들 세대 가운데 상당수는 생식에 소홀했고 주위에 딱히 호의를 베풀고픈 사람도 없었기 때문이다. 시대적인 특징들이 고스란히 남아 있는 이 높은 황갈색 벽돌 건물은 두세 블록 떨어진 주택 단지에 있는, 지금은 문을 닫았지만 딱히 신뢰가 가지 않았던 오번 보호소에 비하면 장족의 발전이었다. 수용 인원을 늘리기 위해 각 아파트의 부엌과 가족 욕실을 없애고 좀 더 간소한 집으로 개조했지만 구내식당과 명목상의 (탁구대에 탁구공도 없는) 오락실을 별도로 갖추었다. 얄궂게도 플로렌스와 에스테반의 형편으로는 백만 년이 지나도 이 멋진 동네에 집을 구할 수 없었다.

플로렌스는 정문을 지키는 경비 마테오와 라스타에게 손을 흔든 뒤 로비의 보안검색대에 배낭을 휙 올리고 근사하게 한 바퀴를 돌아 전신 엑스레이 검사를 받았다. (이제 금속 탐지기만으로는 충분하지 않았다. 가정용 3-D 프린터로 뽑아낸 플라스틱 총 모조품들도 기가 막힌 수준이었다.) 안타깝게도 로비의 난해한 19세기풍 타일은 포스터들에 가려져 있었다. 〈마음이 닿는 곳, 그곳이 바로 집입니다!〉〈실패 끝에 또 한 번의 시도가 성공으로 이어집니다!〉 그러나 이런 유쾌한 질책들은 그나마 좀 더 우울한 공고문을 중화해주는 듯했다. 〈직원들의 언어폭력과 신체적 학대를 엄중히 금합니다.〉

금융 천리안 브렌던처럼 그녀를 가엾게 여기는 이웃들은 노숙자 보호소를 성범죄자들이 득실거리고 해충이 우글거리는 기분 나쁜 소굴로 상상할 테지만, 아델피는 그런 곳이 아니었다. 따라서 직업상 플로렌스를 우울하게 하는 것은 불결함도 아니었고, 사람들을 이곳으로 몰아넣은 가난과 절망도 아니었다. 그보다는 목적의 결여였다. A지점에서 B지점으로 가야 한다는 목적의식을 잃고 한곳에 모여 있는 그 많은 사람들의 집단적인 분위기, 보호소에 짙게 배어든, 그저 그렇게 서성이며 죽기를 기다리는 듯한 그곳의 공기, 그것이 불편한 이유는 그녀 자신의 진취적이고 패기 넘치는 삶의 이야기와 대조를 이뤄서가 아니라 그녀 역시 자주 느끼는 감정을 정확히 반영하기 때문이었다. 바너드 대학 시절, 여느 사람들과 똑같이 그녀는 경력을 쌓기 전에 잠시 용감한 실험적 차원에서 자선 관련 일을 해본다면 모를까, 직업으로 토사물을 닦고 있을 거라고는 상상하지 않았었다. 이곳 입소자들 못지않게 그녀도 자신이 어쩌다 아델피에 오게 되었는지 이해할 수 없었다. 이곳 입소자들 못지않게 그녀도 이곳에 오지 않았더라면 어떻게 되었을지 알 수 없었다. 하루하루 생존하는 것은 모든 인간의 궁극적인 동물적 목적이었지만 맨디블 가문은 누대에 걸쳐 그 프로젝트를 훨씬 더 고귀한 일로 포장해왔다. 자식이 생기면서 방향 감각이 생겼고 윌링은 여러 가지 방식으로 총명함을 드러내 보였지만 그애가 점점 똑똑해질수록 그녀는 그 재능에 장단을 맞춰줄 수 없다는 사실에 더욱 무력감을 느꼈다. 에이버리와 달리 그녀는 윌링이 스페인어로 교육받는 것을 전혀 개의치 않았다. 그애가 무언가를 배우고 있다면 그것으로 족했다. 그러나 그애가 내놓는 모든 팩트와 그애가 보여주는 모든 재주는 하나같이 그녀가 아들에게 가르쳤거나 아들이 그녀에게 가르친 것이었다. 학교는 쓸모없었다.

무장 경비 한 명을 등에 업고 플로렌스는 로비의 책상 앞에 앉아 그날 아침에 들어온 입소 신청을 처리하기 시작했다. 늘 그랬듯 몇몇 가족은 그냥 이곳에 와서 침대를 잡으면 되는 줄 알고 있었다. 하! 그런 사람들은 밖에 서 있는 밴의 이용권을 쥐여주고 사우스 브롱크스에 있는 노숙자복지국 접수처로 보냈다. 그중 다시 오는 사람은 거의 없었다. 노숙자 자격을 얻는 것도 일종의 기술이었다. 아칸소 주에 사는 종조부의 집에 방이 하나 남는다거나 그날 저녁 야간 버스를 타고 리틀록(아칸소 주의 주도-옮긴이)에 간다거나 하는 얘기는 절대 입 밖에 내선 안 되었다. 정해진 절차를 모두 통과한 뒤 끈적거리는 비닐 바인더에 두툼한 서류 뭉치를 넣어 갖고 와도 아델피에는 빈집이 충분하지 않았고 식구가 많으면 더 비좁게 지내야 했다. 이 보호소는 늘 인원이 가득 차 있었다. 3분의 2를 장기 투숙객이 차지했기 때문이었다. 이론상 보호소는 한시적으로 지내는 곳이었다. 실제로는 입소자 대부분이 수년씩 이곳에서 생활했다.

플로렌스는 새로 온 가족들을 숙소로 안내했다. 부모들은 각종 규칙과 혜택 들이 적힌 안내문을 쥐고 있었다. 드물게 이런 보호소에 처음 들어온 가족들은 이곳 환경에 적잖이 충격받았다. 방에는 서랍 없는 서랍장이 들어앉아 있고 매트리스가 바닥에 놓여 있었으며 생뚱맞게 식탁 의자만 있을 뿐 탁자가 딸려 있는 경우는 거의 없었다. 아델피에는 옷차림이 깔끔한 강박 장애 환자들도 몇 있었지만 사람이 들어 있는 거주 구역은 대부분 중고품 판매점처럼 구석구석 옷들이 잔뜩 쌓여 있고 바닥에는 플라스틱 세발자전거와 고장 난 두발자전거, 철 지난 전자제품들이 가득 든 우유 상자들이 어지럽게 놓여 있었다.

새로 들어오는 사람들은 늘 이렇게 불평했다. 어머, 화장실이 공용이에요? 다존는 어디에서 자요? 그애는 열여섯 살이에요. 독방이 있어야 하지 않아요? 전자레인지가 없다니 그게 무슨 말이에요? 이불이 얼룩덜룩한데요. 로비에 있는 여자가 그러는데, 여기 TV는 넷플릭스도 안 나온다면서요! 우리 멜리타는 밀가루 알레르기가 있어요. 그러니까 그런 질척한 파스타는 갖다 주지 마세요. 전망이 별로네요. 예전에 오번에서 썼던 방은 엠

파이어스테이트 빌딩이 보였거든요!

이런 끊임없는 헛소리를 들을 때마다 플로렌스는 두 가지 상반되는 반응을 떠올렸다. 그러게요. 저 역시 모르는 사람들과 화장실을 같이 쓰는 건 싫거든요. 노숙자라고 해서 프라이버시를 중시하지 않는 건 아닐 텐데. 그리고 저 역시 10대 딸아이가 있다면 이런 곳에선 독방을 쓰게 해주고 싶을 거예요. 전자레인지를 쓸 수 없다니 기가 막히죠. 통조림 수프 하나 데운다고 방이 세균에 감염되는 것도 아닌데. 노숙자들도 당연히 깨끗한 이불을 쓰고 싶고 질 높은 오락 시설을 누리고 싶겠죠. 먹는 것도 신경 써주면 좋을 테고요. 사실 불어터진 파스타는 저도 싫거든요. 아무리 몰락했다고 해도 여전히 좋고 싫은 게 있고 여전히 나름의 기준이 있다는 점을 확실하게 주지시키고 싶은 건 심리적으로 너무도 당연한 일이에요.

0.1초 뒤엔 이런 생각이 들었다. 여긴 이 나라에서, 어쩌면 전 세계에서 가장 비싼 도시예요. 당신은 그런 곳에서 공짜로 집과 삼시 세 끼, 전기, 심지어 '물'까지 누리고 있어요. 나처럼 원치도 않는 일을 하루 종일 하는 사람들도 닭 한 마리를 간신히 사거든요. 자식은 왜 일곱이나 낳아서 남들이 도와주길 기대하는지 모르겠네요. 나는 겨우 하나만 낳아서 의식주를 내가 몽땅 해결해주고 있답니다. 화장실이 공용이긴 하지만 물이 콸콸 쏟아지는 이곳의 구식 샤워기는 '안개 속을 산책하는' 것 같은 우리 집 샤워기보다 훨씬 나으니 입 좀 다물어요.

하루 종일 이 두 가지 생각 사이에서 갈팡질팡하다 보면 도무지 판단이 서지 않고 몹시 피곤하기만 했다.

점심시간이 되자 플로렌스는 구내식당에서 샌드위치 하나를 집어 들고 직원 사무실로 들어갔다. 오늘 이곳은 활기가 넘쳤다. 메뚜기 단백질로 만든 샌드위치 소는 참치 맛이라고 표시되어 있었다. 사실은 전혀 그렇지 않았다.

"완전 환상이야."

셸마가 두 다리를 탁자 위에 올린 채 입을 열었다. 그녀의 종아리는 업소용 마요네즈 병을 방불케 했다.

"우리 아들 말로 끝장난다고. 부자들이 전부 쟁여놓은 금 더미를 토해내야 한다고 생각하니까 어찌나 고소한지. 나 같으면 보상도 안 해줄 텐데. 누군가가 운동장을 한번 평평하게 골라줘야지. 그때 그 부유세는 어떻게 됐어? 콜베어가 한참 떠들어대던 거 있잖아. 그게 끝내 졌는데. 난 알바라도가 좀 더 뒤집어줬으면 좋겠어. 이건 시작에 불과하다고."

"자긴 알바라도를 뽑지도 않았잖아!"

샌드위치 너머로 플로렌스가 반박했다. 아프리메리칸들은 알바라도가 출마했을 때 대대적으로 적대감을 드러냈다.

셸마가 불퉁하게 말했다.

"난 기권한 거야. 그렇다고 엘 프레시덴테(스페인어로 '대통령'-옮긴이)가 유용하지 않은 건 아니지."

"부유세는 이중과세인데."

크리스가 웅얼거렸다. 이 사무실에서 유일한 백인 남자인 데다 유난히 희고 허약한 그는 잔뜩 몸을 움츠리고 있었다.

셸마가 말했다.

"정말 싸하다니까. 부자라면 세금을 한 번만 내선 안 되지."

"채무 포기는 어떻게 생각해?"

플로렌스가 중립적으로 물었다. 왜인지 모르게 그 문제가 계속 마음에 걸렸다.

"천재적인 아이디어지."

로비를 지키다가 쉬러 들어온 다부진 체격의 과테말라 사나이 마테오가 말을 이었다.

"난 6년 전에 파산 선언을 했거든. 차는 여동생 이름으로 등록되어 있어서 아직 갖고 있지만. 지금은 신용카드도 많이 갖고 있고. 전부 비엔 보니타(스페인어로 '어지간히'—옮긴이) 정리됐지. 국가도 그렇게 하지 못할 이유가 없잖아."

그러자 셀마가 맞장구쳤다.

"돈을 갚지도 못할 사람한테 빌려줬다면 빌려준 사람이 멍청한 거지. 안 그래? 게다가 정부가 왜 갚아야 하는지도 모르겠어. 그냥 이런 법안을 통과시키면 되잖아. 우리는 갚지 않는다. 끝. 이제 안 빌리면 되는 거고."

"하지만 연방 정부에 돈을 빌려준 사람들 대다수는 미국인들이야."

크리스가 자신의 티백을 보며 말했다. 그는 티백을 겨우 두 번 담 갔다 뺐다. 립톤을 연하게 마시는 것을 좋아했기 때문이다.

마테오가 다시 말했다.

"미에르다(스페인어로 '웃기지 마'—옮긴이). 난 전부 짱개들이라고 들었어."

"그래. 돈을 돌려받고 싶으면? 와서 가져가라고 해."

셀마가 말했다.

"미국 군대도 예전하고는 달라."

플로렌스가 조심스럽게 말했다.

"무슨 소리."

마테오가 허공에 주먹을 날리며 말을 이었다.

"우린 파-워를 가졌어! 세계 최대의 군대가 있다고."

"사실 세계 최대의 군대를 가진 나라는 중국이야."

플로렌스의 말에 크리스가 다시 입을 열었다.

"하지만 중국인들이 문제가 아니야. 우리 미국 동포들이……."

"동포라고 할 건 없지. 자기가 말하는 미국인들은 부자들이잖아. '포-트-폴-리-오'를 가진 사람들."

셀마의 말이었다.

"꼭 그렇지만은 않아."

크리스는 자신의 차에 우유를 역겨우리만치 잔뜩 부으며 말을 이었다.

"우리 연금 펀드도 재무부 증권에 투자했어. 균형 잡힌 '포-트-폴-리-오'에는 늘 재무부 증권이 들어가게 마련이지."

셀마는 비웃음이 담긴 눈으로 그를 보았다.

"시에서 우리 연금을 주지 않는다?"

그러곤 보기 좋게 미소 지으며 덧붙였다.

"그럼 여길 태워버리지, 뭐."

그러자 크리스가 조용히 말했다.

"정말 그래야 할 수도 있어."

"그게 사실이야?"

나머지 두 사람이 다시 일하러 가자 플로렌스가 크리스에게 다그쳐 물었다.

"정말 그 채무의 대부분이 우리한테서 나온 거야?"

'우리'는 함부로 쓰는 말이 아니었다. 어떤 '우리'인지 늘 구분해줄 필요가 있었다.

"내가 읽은 바로는 그래."

크리스는 손가락들을 옆으로 가볍게 흔들며 대꾸했다. 〈뉴욕 타임스〉도, 〈이코노미스트〉도, 〈FT〉도, 〈가디언〉도, 〈LA 타임스〉도, 〈워싱턴 포스트〉도 없어진 판국에 우리가 읽는 것을 믿을 수 있다면'이라는 의미로 통용되는 몸짓이었다.

"게다가 정부는 이자만 없앤 게 아니라 원금도 없애버렸어. 내가 대학 졸업할 때 아버지에게서 1만 달러 재무부 증권을 받았거든. 어젯밤을 기해 지워졌지. 그리고 우리 집안은 부자가 아니야. 이건……폭탄이 될 거야. 저 친구들은 몰라."

그러자 플로렌스가 말했다.

"어느 정도는 알 거야. 셸마와 마테오는 둘 다 기혼자야. 내가 그 사실을 아는 건 두 사람 모두 전통적인 방식으로 그 사실을 보여줬기 때문이지. 그런데 오늘 아침에 출근해보니까 둘 다 결혼반지를 빼고 왔더라."

버스를 타고 집으로 돌아오면서 플로렌스는 자신만의 방침을 깨고 플렉스를 꺼내 들었다. 이 버스에는 형편상 스마트폰에 만족해야 하는 승객들이 많았으므로 이 금속 그물망이 독특한 빛을 발하면 괜히 표적이 될 수 있었다. 그러나 그녀는 뉴스 사이트들을 보고 싶은 충동을 억누를 수 없었다. 아니나 다를까, 사이트들은 온통 분노로 도배되어 있었다. 국제적인 합의에 의해 미국은 이제 '왕따 국가'가 되었다. 세계 각지의 미국 대사관들 앞에서 폭동이 일어났고 몇 군데는 침입과 약탈에 시달렸다. 그녀의 나라의 외교부 업무는 추후 공지가 있기 전까지 폐쇄되었다. 미국 대사들과 직원들은 무장 경비들의 호위를 받으며 피신하고 있었다.

한편 플로렌스는 버스 안의 승객들이 귀걸이나 여타의 장신구, 목걸이 등에 대해 농담을 주고받으며 서로 어깨를 툭툭 치는 것을 감지했다. 확실히 이런 장신구들이 눈에 띄게 줄었다. 알바라도의 연설 가운데 일반 대중에게 흡수된 한 가지 칙령은 바로 그들이 이해하는 부의 형태, 즉 금에 관한 것이었다. 그러나 스페인어로든 여타의 각종 길거리 사투리로든 '초기화'라는 말은 들리지 않았다.

생각해보니 그날 오후 내내, 쉬는 시간에든 혹은 동료들끼리 짝지어 주거 공간 청결 및 금지품 조사를 할 때에든, 국채 포기에 대해서는 그 이상의 이야기가 오가지 않았다. 잡일을 하는 아델피 직원들은 소득세를 내지 않을 만큼 임금이 적었고 상당수는 노동자 가정 세금 공제를 받고 있을 게 분명했다. 따라서 그들은 애초에 내지도 않은 세금에 대해 고집스럽게도 '환급'이라 불리는 것을 받고 있었다. 대출 이자를 내지 않는 사람들은 자신이 그 채무에 대해 책임이 있다고 생각하지 않을 것이다. 이 버스에 함께 탄 승객들도, 아델피의 동료들도 자신이 연루되어 있다고 느끼지 않았다.

사실 플로렌스는 약간의 소득세를 내고 있었다. 사회보장세와 메디케어(미국의 65세 이상 노인 의료보장 제도—옮긴이), 거기에 정부세와 지방세까지 더해져서 절대 '약간'이라고 느껴지지 않았지만 말이다. 반면, 월 스트리트의 사기꾼들은 서로 공모하여 거의 아무것도 내지 않고 있었다. 연금으로 말할 것 같으면, 알바라도의 연설로 인해 줄었든 아니든 그것을 다달이 받는 일은 아직 먼 얘기라 그리 와 닿지 않았다. 사회보장국이 또 한 번 파산하지 않는다고 해도 공식 퇴직 연령은 마치 당나귀 코앞에 묶어놓은 당근처럼 계속 멀어질 게 분명했다. 예순아홉, 일흔둘, 일흔다섯……. 그녀가 그나마 기대하는 노후의 유일한 구제책은, 아델피에서는 절대 입 밖에 내지 않은 그랜드 맨의 재산 상속분이었다. (대학 시절, 만성 우울증에 시달리는 엄마를 기쁘게 해주기 위해 부질없이 엄마의 성 '다클리'로 바꾸면서 그녀는 '맨디블'을 거부했다는 이유로 할아버지와 소원해져 나중에 불이익을 당하지 않을까 걱정했었다. 다행히 이 존경스러운 노인은 그렇게 옹졸한 사람이 아닌 듯했다.) 그것을 제외하고 그녀는 널리 배신당한 세대, 또 다른 배신이 있을 리 없다고 믿지 않는 그런 세대의 일원이었다. 그래도 이상했다. 무언가가 걸렸다. 무언가가 계속 그녀의 마음을 괴롭혔다.

그녀는 자신이 미국인이라는 사실에 대해 딱히 생각해보지 않았지만, 어쩌면 그 자체가 지극히 미국인적인 일이었을 것이다. 미국인이라는 사실이 자신의 성격에 특별히 영향을 미쳤다고 생각하지도 않았지만, 그 역시 지극히 미국인적인 일이었을 것이다. 7월 4일 독립기념일은 주로 오후에 프로스펙트 공원으로 나들이를 가는 날이었고, 내년이면 윌링은 사람들이 북적거리는 이스트 강변으로 불꽃놀이를 보러 가지 않아도 실망하지 않을 나이라는 사실에 마음이 놓였다. '미 제국'의 시대가 저물어간다는 주장은 이미 수년 전부터 논쟁거리조차 되지 않았고 그녀 역시 조국의 전성기가 지나갔을지 모른다는 생각에 그리 동요하지 않았다. 융성했다가 쇠락한 뒤에도 살기 좋다고 알려진 나라들이 많지 않은가. 조국이 쇠락한다고 해서 그녀의 삶이 시들해질 이유도, 개인적으로 낙담할 이유도 없다고 그녀는 생각했다. 미국 역사의 성적표를 수놓은 갖가지 벌점들, 즉 인디언 학살이나 노예 제도 따위에 대해 적당히 규탄하긴 했지만 절절하게 통감하는 것은 아니었다. 그녀가 원주민 전사들을 학살한 것도 아니었고 대농장의 아프리카인들을 매질한 것도 아니었으므로.

이번엔 달랐다.

그녀는 수치스러웠다.

5장

여론을 주도하는 사람들

"난 내키지 않는다니까."

에이버리는 부엌 조리대에서 프랑스산 비오니에로 어떻게든 기분을 내보려 애쓰는 남편을 조심스레 보았다. 그가 이번 만찬을 너무도 못마땅해했으므로 그 와인 한 병에 얼마를 썼는지 그녀는 알리지 않기로 했다. 최근 누보 프랑의 환율이 어마어마해진 모양이었다. 그녀는 자신이 한 짓을 은닉하기 위해 와인 판매점의 영수증을 바깥 쓰레기통에 버렸다.

그녀가 항의했다.

"우린 두 달 동안 아무도 부르지 않았잖아. 크리스마스도 곧 다가오는데."

"올해 우리도 크리스마스 파티에 초대받은 적이 없다는 거 모르겠어? 당연한 일이야. 잔을 들 거면 문을 잠그고 혼자 진탕 마셔야 할 판이라고."

"하지만 이번 사태는 일시적인 거라고 줄곧 얘기한 사람이 당신이잖아."

"나는 일시적인 거라고 생각해. 하지만 당장 우리 주변에는 망했다고 생각하는 사람들이 수두룩하다고."

"당신 말대로라면, 모두가 그렇게 유난 떨지 않고 평소처럼 행동하면 경제가 금방 안정되는 거잖아. 나는 이렇게 오랫동안 사람들을 초대하지 않은 적이 없어. 그러니까 나는 평소처럼 행동하는 거라고."

"그럼 오해를 살 수 있어."

로웰은 못마땅한 투로 말을 이었다.

"이 도시에는 일부 사람들이 미리미리 나라 밖으로 돈을 빼돌렸다는 의심이 팽배해 있거든. 심지어 그들이 한몫 챙기는 바람에 다른 사람들이 손해를 보게 되었다고 생각하는 사람도 있어. 지금 같은 시기에는 괜한 사치로 눈총받지 않는 게 좋아."

"그래, 사치 부리진 않았어. 호화로운 메뉴는 없다고."

에이버리가 불퉁하게 말했다.

사실은 아니었다. 에이버리에겐 나름의 기준이 있었다. 사람들은 이제 참다랑어를 먹을 수 없는 줄 알지만 큰돈을 내면 얼마든지 구할 수 있었다. 서부 해안의 벌과 고르지 못한 수분 작용 문제로 한바탕 소란이 벌어진 뒤로 샐러드에 슬라이스 아몬드를 넣는 것은 금박을 뿌리는 것과 다를 바 없었다. 북미 대륙 위로 당나귀의 배처럼 불룩하게 걸려 있는 제트류로 인해 플로리다의 농작물이 또 한 번 냉해를 입은 뒤로 레몬과 아보카도는 스페인에서 들여와야 했다. 농산물 코너에서 이 과일들을 경건하게 쌓아 올리던 남자는 유럽에서 들여오는 물건들이 터무니없이 비싸져서 홀마트는 감귤류 과일 판매를 전면 중단하게 될지도 모른다고 말했다.

더군다나 동시대 요리사들이 대부분 그렇듯 에이버리도 신선한 물과 집, 의복, 그리고 엑스트라버진 올리브오일, 가급적이면 키프로스에서 짠 올리브오일을 기본적인 생필품으로 여겼다. 이탈리아산은 모두 가짜였다. 그러나 1리터들이 올리브오일이 계산대의 스캐너를 통과하는 순간, 그녀는 착오가 있는 것 같다고 항의했다. 하루에도 수차례 이런 대화를 지겹도록 나눈 탓인 듯 불퉁해진 직원은 제대로 찍혔다고 단언하며 올리브오일을 빼겠느냐고 물었다. 창피함에 굴복한 에이버리는 고개를 저으며 그냥 사겠다고 했다. 그 영수증도 바깥 쓰레기통으로 들어갔다.

로웰이 말했다.

"과시의 문제만이 아니야. 난 지금 파티를 즐길 기분이 아니라고. 오늘 우연히 행정실 직원과 마주쳤는데 다음 학기에 대대적인 감원이 있을 거라고 했어. 부모들이 애들을 휴학시키기 시작했대. 등록금을 감당할 수 없다고. 언제는 감당했나. 나야 종신 교수라 다행이지. 종신 재직권을 받을 때만 해도 그걸 명예로 생각했었어. 이제는 밥줄인 셈이야."

"나 같은 치료사에겐 종신 재직이란 게 없지."

그녀는 생강을 갈며 말을 이었다.

"오늘 또 네 명이 예약을 취소했어. 그 환자들은 다시 오지 않을 거야."

"다시 올걸."

그는 만찬을 위해 타이트한 검은색 미니드레스를 입은 그녀의 엉덩이에 한 손을 얹으며 다시 말했다.

"이런 상담을 받기 위해서 말이야. '아, 나는 대체 왜 GM 주식을 그렇게 헐값에 팔아버렸을까요? 침착하게 마음을 다잡았다면 꽤 많은 돈을 벌었을 텐데!'"

그러고는 그녀의 엉덩이를 움켜쥐며 덧붙였다.

"내 마누라처럼. 이 여자는 늘 침착한 사람이지."

"고마워. 아, 나도 잘한 거 있어. 당신이 오늘 만찬에 대해 하도 뜨뜻미지근하기에……."

"뜨뜻미지근한 게 아니었어. 격렬하게 반대했지."

에이버리는 다시 고쳐 말했다.

"당신이 하도 격렬하게 반대하기에 손님 수를 최소한으로 줄였어. 라이언과 린위, 톰과 벨만 올 거야."

"이런, 넷 중에 내가 참을 수 있는 사람은 둘뿐인데. 참 즐거운 저녁이 되겠군."

"라이언한테 잘 보여야 당신한테 유리해. 마크 벤더마이어는 잠깐 운이 따라주는 광대일 뿐이고, 당신의 입장을 감안하면 두 사람은 서로 증오할 수밖에 없지. 하지만 라이언은 당신의 상사잖아."

"내가 선배인데도 그 친구가 학과장이 된 건 프린스턴 대학으로 간다고 협박했기 때문이야. 그런 협박에 넘어가지 말아야 하는데."

"그보단 라이언 비어스도퍼가 록스타이기 때문이야. 경제학계에는 록스타가 많지 않으니까 귀하게 다뤄줘야지."

"당신 남편은 록스타가 아니고?"

그는 가볍게 넘기려고 애썼지만 서운해하는 기색이 역력했다.

그녀는 손에 묻은 생강이 그의 셔츠 깃에 묻지 않도록 조심스럽게 두 팔로 그의 목을 감아 손목을 걸었다.

"내 남편은 재즈 뮤지션에 더 가깝지. 그게 훨씬 더 싸하잖아."

로웰은 아이들을 보러 위층으로 올라갔다. 바라건대, 장난처럼 엉덩이를 토닥여주고 손님 명단에 대해 적당히 투덜거려주었으니 그 정도면 손님을 받고 싶지 않은 평범한 토요일 저녁에 정감 있게 팩팩 거리는 남편의 역할을 충분히 해낸 듯했다. 요즘 그는 자신이 하는 모든 말과 행동이 연기처럼 느껴졌다. 위장 또는 교란인 것 같았다. 그러나 그는 굳게 믿고 있었다. '이 또한 지나가리라'고, 게다가 사람들이 예상하는 것보다 훨씬 더 빨리 끝날 거라고 말이다. 스토니지 때에도 이 나라는 금세 원상 복구되었다. 2024년에 GDP는 타격을 입었지만 시장은 곧바로 회복했다. 그러니 모두 시답잖은 일에 머리를 쥐어뜯는 것뿐이리라. 늘 똑같은 사이클이 반복되게 마련이었다.

그는 서배너의 방 문을 두드리고는 머리를 디밀었다.

"오늘 밤에 어른들하고 같이 저녁 먹을래?"

"아니."

그의 열일곱 살짜리 딸은 침대에 누워 플렉스로 이것저것 찾고 두드리기 바빴다. 서배너는 갈색 머리도 이국적으로 보이게 하는, 그런 여자아이였다. 그는 서배너의 긴 맨다리에서 눈을 돌렸다. 그애는 뛰어난 미인이었고 막강한 힘을 가졌지만 그는 그애의 아빠였다. 다행이었다. 서배너 앞에서 다리에 힘이 풀리는 10대 소년이 되고 싶진 않았으니까.

"이 지원서 마저 끝내려고요. 모조한테 오믈렛 만들어달라고 할게."

"네가 해 먹는 게 좋을걸. 엄마가 오늘은 모조를 꺼놨거든. 혹시라도 녀석이 손님들을 뒷마당에 파묻어버릴까 봐."

"넷플릭스에도 그런 신작 드라마가 있는데. 갑자기 미쳐 날뛰며 살인을 저지르는 모조 이야기 말이에요."

"SF에서는 아주 고전적인 플롯이지. 〈2001 : 스페이스 오디세이〉 때부터 그랬어."

서배너는 얼굴을 찌푸렸다.

"공상과학물의 배경이 왜 과거예요?"

"그 소설이 나올 때는 2001년이 미래였으니까. 〈1984〉처럼 말이야. 조지 오웰이 그 소설을 쓸 때도 1984년은 먼 미래처럼 느껴졌겠지. 하지만 진짜 1984년은 그가 예상한 것만큼 무시무시하거나 이상하거나 슬프지 않았어. 미래 배경의 이야기는 사실, 지금 현재 사람들의 두려움을 다루는 것뿐이야. 미래에 관한 게 아니라고. 미래는 벽장 속에 숨어 있는 가장 무서운 괴물이거든. 절대 알 수 없는 존재지. 실상은 역사를 통틀어 세상은 계속 나아졌어. 평균적으로 세계 인구의 생활 수준은 점점 높아졌지. 우리 종의 폭력성도 꾸준히 감소하고 있고. 하지만 작가들과 영화감독들은 계속해서 모든 게 결딴날 거라고 예상하고 있어. 우스운 일이지. 그러니까 너도 걱정하지 마라. 네 미래는 환하게 빛나고 있고 앞으로 더욱더 환해질 테니까."

서배너는 의아한 얼굴로 그를 보았다.

"걱정 안 했는데."

그렇다면 굉장히 멍청하다는 뜻이지. 자신도 모르게 그의 머릿속에 이런 생각이 떠올랐다.

"어느 학교에 지원하니?"

"리즈디(로드아일랜드 스쿨 오브 디자인Rhode Island School of Design을 줄여 부르는 속칭 – 옮긴이). 내가 그림은 좀 그리거든요. 하지만 이 학교에선 무엇보다도 그림에 대해 이야기하는 능력을 요구하네요. 그건 영 자신 없는데."

"시각 예술은 이미 오래전부터 무언가를 만드는 예술이 아니었어. 그보다는 이야기가 요체지. 이야기를 만드는 게 시각 예술이야."

"시각 예술이라면 눈에 보여야 하는 거 아니에요?"

"글도 볼 수 있잖아."

"요즘엔 아니에요. 우리 학교엔 글 읽는 애가 하나도 없거든. 다들 이어폰을 꽂고 읽어주는 걸 들어요."

"그게 무슨 재미야."

로웰이 침울하게 말했다.

"편해요. 여유롭고."

"그래도 읽을 줄은 알겠지."

서배너는 미소 지으며 어깨를 으쓱했다.

"다 그런 건 아니에요."

"글을 알아야 우체국에서라도 일하지."

그러자 서배너는 몽롱하고 짓궂은 투로 대꾸했다.

"아니에요. 핸드스캐너가 주소를 읽어줄 수 있거든요. 싸하죠?"

로웰은 눈을 굴렸다.

"지원서 잘 써라."

그는 문을 닫았다. 얼마 전까지만 해도 그는 서배너가 섬유 디자이너라는 조금이나마 실용적인 꿈을 갖고 있다는 사실이 기뻤다. 게다가 그애는 꽤 예쁜 편이니 어떤 남자든 데리고 가서 죽는 날까지 아껴줄 게 분명했다(이제 아빠들은 딸에 대해 이렇게 생각해선 안 되었지만 말이다). 그러나 지금 이 순간 로웰은, 세상이 이미 페이즐리 무늬로 질식할 지경인데 새로운 무늬를 만드는 애매한 직업이 과연 괜찮을까 하는 의문이 들었다. 그보다 더 걱정스러운 점은 최근에 알아본 결과 로드아일랜드 스쿨 오브 디자인 같은 곳에서 학위를 따는 데 드는 비용이 약 40만 달러라는 사실이었다. 그것도 방세와 식비를 제한 금액이었다. 서배너가 태어났을 때 에이버리의 할아버지가 마련해준 529플랜(자녀 학비 저축 상품—옮긴이)으로 구그와 빙의 고등 교육 학비까지 해결해야 했지만 지금 그 가치는 형편없는 수준이었다.

로웰은 구그의 방에 들렀다. 빙도 침대에 함께 있었다. 안에 있는 것을 좋아하는 창백한 구그는 침대 머리판에 등을 기대고 베개 위에 올라앉아서도 가슴을 내밀고 있었다. 보통 열다섯 살짜리들은 구부정하게 앉아 있지 않나? 늘 그랬듯 적갈색 머리칼은 단정했고 옷차림도 깔끔했다. 이 녀석은 늘 검사를 받으려는 사람 같았다. 로웰은 그 애가 자신을 너무 어른들에게 견주는 것은 아닐까 걱정되었다.

두 아이 모두 아버지가 나타나자 입을 다물었다. 그러나 무슨 이야기를 하고 있었건 로웰이 결국 알게 될 게 분명했다. 구그는 말을 배운 순간부터 줄곧 수다스러웠고, 상대의 비위를 맞추지 못해 안달이었으며, 남에게 잘 보이려고 안간힘을 썼다. 그애는 비밀을 5분 이상 지키지 못했다. 빙은 달랐지만 그 이유가 그리 바람직하지 않았다. 유약하고 체중이 조금 많이 나가는 그들의 열 살짜리 막내 빙은 늘 겁에 질려 있었다. 소아성애자들의 희생양으로 안성맞춤인 아이. 떠벌리면 큰일 날 거라는 경고를 들으면 빙은 그 일을 무덤까지 갖고 갈 아이였다.

"너희들 오늘 저녁에 위층에 있을 거니? 원한다면 내려와서 같이 저녁 먹어도 돼. 아, 그나저나 엄마가 생선을 넉넉히 준비했는지 모르겠네."

"어우, 웩!"

두 아이가 일제히 소리쳤다. 조류 맛이 밴 양식 생선을 제외하고는 모든 생선이 터무니없이 비싸고 구하기도 어려웠으므로 이 아이들은 저희도 모르게 생선을 싫어하도록 단련되었다.

"엄마가 치즈 그릴 샌드위치 먹어도 된다고 했는데."

빙이 말했다.

"누가 오는데요?"

구그가 물었다.

"엄마 친구 벨 듀벌⋯⋯. 알지? 그 암 의사⋯⋯."

"종양학자죠."

구그가 거만하게 정정해주었다.

"그래, 종양학자."

구그의 어휘력은 절대 무시해선 안 되었다.

"그 남편 톰 포트넘도 올 거야. 법무부 변호사지. 아빠 동료인 라이언 비어스도퍼랑 그와 같이 사는 린위라는 여자도 오고."

구그는 눈을 가늘게 뜨며 말했다.

"불평등을 주제로 10부작 다큐멘터리를 찍은 사람이잖아요."

로웰의 둘째 아이는 아주 작은 명성이나 영향력에도 매우 민감했다. 이 아이의 유명인 감지 레이더가 제 아빠의 주위에서는 깜빡이지 않는다는 사실에 속을 끓이지 않으려면 살인적인 성숙함을 발휘해야 했다. 아빠도 TV에 나온 적은 없죠?

"믿기지 않겠지만 라이언이 이름을 알린 건 책을 통해서야. 거의 마지막 베스트셀러였지. 그 책에서 그는 곧 미국의 저숙련 노동자 임금이 최저점을 기록해 중국인들이 우리에게 하청을 주게 될 거라고 예측했거든."

로웰은 최대한 조소를 억누르며 말을 이었다.

"경제학자가 일반인들 사이에서 인기를 끄는 한 가지 방법은 수사법을 적절히 활용하는 거지. 이 말은 곧⋯⋯?"

구그는 얼른 대꾸했다.

"적당히 과장해야 한다는 뜻이죠. 하지만 실제로 그런 일이 일어났는데 그게 어떻게 과장법이에요? 올리비아 앤드루스는 아빠가 부엌에서 총으로 자살하는 바람에 학교에 안 나오고 있어요. 제 생각엔 경제학자들이 과장법을 충분히 활용하지 않은 것 같은데요."

"아무래도 너희들 내려와야겠다. 대화에 참여해."

"난 그런 경제 이야기 듣고 싶지 않아."

빙이 말했다.

"그럼 이 집에서 태어나지 말았어야지."

"맞아. 그랬어야 했죠."

로웰이 다시 말했다.

"빙? 오늘 저녁엔 아빠도 너랑 같은 생각이야. 너희 그냥 여기 있어라. 아빠도 몰래 빠져나와서 이리로 올지 모르거든. 라이언은 말 많은 허풍쟁이야. 학교에도 그런 애들 있잖아. 사람은 어른이 돼도 변하지 않거든."

그가 문을 향해 돌아설 때 구그가 입을 열었다.

"아빠, 뭐 하나 여쭤봐도 돼요?"

녀석은 늘 관심을 갈구했다. 아아, 말 많은 허풍쟁이는 그의 큰아들에게 걸맞은 별명일지도 모른다.

"그럼."

로웰이 시원하게 대꾸했다.

"제 학교 친구 얘긴데요. 걔네 엄마가 얼마 전에 두바이에서 금괴 하나를 샀대요. 거기서는 서류도 없이 그냥 샴푸 사듯 금을 살 수 있나 봐요. 그애 엄마가 그걸 뒷마당에 묻으려고 구덩이를 파다가 그애가 나오는 바람에 어쩔 수 없이 두바이 얘기를 해줬대요. 그건 법을 어기는 거 아니에요?"

"지금으로선 그렇지. 그런데 그 친구도 한심하다. 너한테 그런 얘길 하지 말았어야지. 입을 다물고 있어야 한다고."

"저한테 아무한테도 얘기하지 말라고 했어요."

"그런데 왜 아빠한테 얘기하니?"

구그는 서운한 얼굴이 되었다. 워싱턴 DC를 통틀어 부모에게 비밀을 털어놓았다고 꾸지람을 듣는 아이는 그애밖에 없을 것이다.

"어떻게 해야 할지 모르겠어서요. 신고해야 하나 싶어서."

"경찰에?"

"네. 조회 시간에 그러라고 했거든요."

로웰이 다시 대꾸했다.

"지독하구나. 답은 '아니오'야. 그 금 얘기는 경찰은커녕 선생님한테도 하지 마라. 입 꾹 다물고 있어. 그 친구 엄마는 벌금형을 받을 수도 있고 감옥에 들어갈 수도 있어."

"하지만 법은 어쩌고요?"

"상관없어. 세계 각지에서 사람들이 서로를 밀고하며 아무도 믿지 못하던 시절이 있었지. 부적절한 사회였어. 여긴 미국이고 우린 그렇게 하지 않아. 알았지? 만약 아빠가 금을 갖고 있는데 정부에 내놓지 않는다면 나도 고발할 거니?"

"금을 숨기셨어요?"

"이런 얘기를 주고받았으니 설사 그렇다고 해도 너한테는 말할 수가 없지."

가볍게 넘기려던 의도였지만 별 호응을 얻지 못했다.

"하지만 아빠 말대로 사람들이 금을 내놓고 재무부로부터 곤충 스낵바 같은 값을 받는다면…… 그리고 규정에 순응하지 않는(구그는 최근에 새로 알게 된 이 어휘를 힘주어 발음했다.) 사람들은 금을 숨겨놓고 있다가 암시장이나 해외에서 더 비싸게 팔 수도 있다면……."

누가 가르쳐주지 않았는데도 아들이 이런 기본적인 사항을 숙지했다니, 로웰은 뿌듯함이 밀려들었다.

"그럼 규정을 따르는 사람들이 결국엔 손해 보는 거 아니에요?"

"아빠로서 인생의 이런 추한 사실을 알려줘선 안 되겠지만 규정을 따르는 사람들은 거의 항상 손해를 보게 마련이야."

그 애석한 말을 남긴 채 로웰은 손님들이 와 있는 아래층으로 내려갔다.

"이번 사태로 보안 검색이 어마어마하게 느려졌으니 참고하세요."

라이언이 조언했다.

에이버리는 손님들이 부드러운 초콜릿색 거실에 풍부하게 마련된 좌석에 앉지 않는다는 사실에 조금 짜증이 났다. 유행하는 청동색 무늬 넥타이를 착용한, 어두운 피부의 인상적인 남자를 중심으로 모두들 와인을 든 채 자연스럽게 그를 에워싸고 서 있었다. 그는 재미있는 이야기로 좌중을 즐겁게 해주는 데 익숙한 VIP답게 화려한 손놀림을 과시했다. 앞머리가 점점 벗어지고 있긴 했지만, 라이언 비어스도퍼는 '멋진 외모는 50퍼센트 설득으로 완성된다'는 이론을 제대로 입증하는 사람이었다. 그는 자신이 생각하는 만큼 똑똑하지도 재미있지도 않았지만 그 스스로 그렇다고 생각했기 때문에 다른 사람들도 그렇게 인식했다.

그가 말을 이었다.

"우린 지난주에 로널드레이건 공항에서 비행기를 탔거든요. 제가 취리히에서 강연이 있어서 말입니다. 줄이 어마어마하더라고요. 평소보다 두 시간은 더 걸렸을 겁니다. 빠른 줄에 섰는데도."

"당연한 일이었죠. 비즈니스 승객들이 가장 지독한 범법자들이잖아요."

린위의 말이었다.

중국인 혼혈인 린위 하우스맨은 동양과 서양의 좋은 점들만 타고 난 여자였다. 고전적인 동양인 얼굴의 부드럽고 정제된 선에, 예전 중국 여자들이 너도나도 성형수술로 모방하려 했던 서양인의 가느다란 코와 커다란 눈을 가졌다. (에이버리가 어디선가 읽은 바에 따르면, 요즘 중국의 젊은 세대는 쌍꺼풀을 천박하고 품위 없다고 여겼다.) 나이는 겨우 서른 남짓, 쉰 살이 다 된 라이언 같은 남자들이 섹시하게 여기는 동양적 분위기인 데다 편안하게도 분명한 미국식 억양을 사용했다. 지적인 면에서도 아시아식 훈육을 받아 성실할 뿐 아니라(라이언의 대학원 과정 우수 제자였다), 동부 해안의 열렬한 진보적 정치 성향을 겸비했다. 다만, 가끔이라도 자신의 파트너 겸 멘토와 이념을 달리했더라면 이 젊은 여인을 더욱 동경했을 거라고 에이버리는 생각했다.

라이언이 말했다.

"하지만 정말 현장을 봤어야 한다니까요. 돈 주고도 보기 힘든 광경이었죠. 재수 없게 걸린 사람들의 소지품만 검사한 게 아니에요. 가방이란 가방은 죄다 뒤지더라고요."

"셰이빙 크림 폭탄 이후로 수화물을 뒤질 수 없게 돼서 천만다행이네요. 그렇지 않았다면 검색대 통과하는 데 일주일쯤 걸렸겠어요."

에이버리의 말에 라이언이 다시 말했다.

"지금 TSA(교통안전국)는 폭탄 따윈 안중에도 없어요. 대신 트렁크 커버 안쪽을 일일이 확인하고 가끔은 뒤집어보기도 하더라고요. 지갑도 칸칸이 비집어보고요. 이제 손 수색도 허용돼서 호주머니에도 손을 밀어 넣더라니까요. 사타구니 바로 옆인데. 어찌나 기분이 더럽던지. 신발뿐 아니라 양말도 벗깁니다. 신발 굽을 손본 흔적은 없는지 검사하고 밑창도 빼보더라고요. 레이건 공항으로 로켓 발사기를 빼돌려도 아무도 눈 하나 깜빡하지 않을 겁니다. 하지만 돈은 10달러도 더 못 갖고 나가요!"

그러자 린위가 고소하다는 듯이 말했다.

"얼마나 많이 걸렸는지 몰라요. 세상에, 돈 있고 힘 있는 기업가들
이 현금으로 불룩한 서류가방을 들고 그냥 뻔뻔하게 비행기에 올라
타려 하더라고요. 기가 막혔죠. 도처에 천 달러짜리 지폐가 쌓여 있었
어요. 정직한 시민이라는 사람들이 참. 마약 불시 단속이라도 한 것
같더라고요."

"엑스레이 기계 주위에 쌓인 지폐들이 꼭 부정한 돈이라고 할 수는
없죠. 적어도 그들의 돈이라고 가정할 수는 있잖아요."

톰이 말했다.

"그렇게 가정할 수는 없죠. 이 나라 전체가 도와서 쌓은 재산이니
까요."

린위가 대꾸했다.

톰은 심호흡을 했다. '아주 긴 저녁이 되겠군' 하는 의미인 것 같
았다.

"그런 논리라면 자신의 돈을 소유한 사람은 아무도 없죠. 자기 은
행 계좌에 들어 있는 돈은 사실상 모두의 소유인 셈이잖아요."

톰은 억지로 유쾌한 어조를 유지하고 있었다. 깃이 달린, 철 지난
정장 재킷을 입은 그는 편안하고 느긋하며 사근사근한 사람, 속 좁게
따지기보다는 농담으로 긴장을 무마하는 그런 부류였다. 보통 때 같
았으면 온화한 메릴랜드 말투(머레룬 말투)로 요령껏 자신의 견해를
비스듬히 조정했을 텐데, 이번 가을의 사태로 이렇게 느긋한 사람조
차 각을 세우게 된 모양이었다.

라이언이 말했다.

"도의적으로 나의 돈은 모두의 돈이에요. 자본이 생성되려면 국가

조직체 전체가 가동하여 재산권을 보호해주어야 하잖아요. 지적 재산권도 그렇고요. 민간 기업은 국가가 있어야 교육받은 인력과 교통망, 사회질서를 보장받을 수 있어요. 나라가 없으면 부도 없죠."

"따분한 얘긴 그만두죠. 《공정한 게임》은 다들 읽었으니까."

로웰이 말했다. (거짓말이었다. 에이버리의 남편은 그 책의 인기에 분개하며 서문 두세 쪽 이상 넘어가지 못했다.)

"그건 인정하겠습니다."

톰은 상냥한 태도를 유지하려고 무진장 노력하고 있었고, 에이버리는 그런 그가 고마울 따름이었다. 그가 말을 이었다.

"지난 몇 년 동안 인플레이션이 3~4퍼센트 정도였죠. 다들 전문가이시니 제 얘기가 삽자루만큼 멍청하게 들릴 겁니다. 하지만 요전 날저는 이 수치를 보고 충격을 받았거든요. 인플레이션이 3퍼센트이면 23년마다 달러의 가치가 절반이 된다는 겁니다. 연준에서 돈을 자꾸찍어내기 때문이죠. 내가 내 돈의 가치를 통제할 수 없다면 그 돈은처음부터 내 것이 아니잖아요. 기껏해야 대출에 불과하죠. 크루그먼이 내 주머니에 있는 돈을 태워버릴 수 있다는 말씀입니다. 슈퍼히어로처럼."

"그건 지극히 비전문가적인 해석인 것 같은데요, 톰."

아마추어가 자신의 영역을 침범할 때에는 오만하고 권위적으로 굴지 말고 겸허하고 수용적인 태도로 그 사람을 구슬리라고 에이버리가 경고했건만, 로웰은 좀처럼 그녀의 말을 들으려 하지 않았다. 그가 말을 이었다.

"그리고 지나친 단순화입니다. 디플레이션을 막기 위해서는 인플레이션이 계속되어야 하죠. 디플레이션은 정말 골치 아프거든요. 인플레이션 3~4퍼센트의 대부분은 느슨한 통화정책이 아니라 물가 상승에서 기인하는 겁니다. 사실 본원통화 증대는 우리 경제에 온갖 종류의 이익을 가져다주었어요. 2010년대의 양적 완화에 대해서도 다들 몹시 흥분했었죠. 하지만 어떻게 됐습니까? 끝내줬죠. 그 현금의 대부분이 신흥 시장으로 흘러 들어가서 모두가 이익을 봤단 말입니다."

"사실 저는 통화 공급에 대해 얘기하려는 게 아닙니다. 그쪽은 제가 이해할 수 있는 영역이 아니거든요."

톰은 이제 조금 짜증스러운 투로 말을 이었다.

"제가 짚고 넘어가려 했던 건 공항 수색이었어요. 예전만 해도, 그러니까 두 달 전만 해도 착각이었든 아니었든 대중적인 생각으론 '나의 돈'이라고 알고 있는 것을 얼마가 되었든 또 몇 번이 되었든 이 나라 밖으로 갖고 나갔다가 갖고 들어 올 수 있지 않았습니까. 그런데 왜 자신의 돈을 해외로 갖고 나가려 하는 기업인들을 뻔뻔하고 지독한 범죄자(지독한 범지라)라고 몰아세우는지 모르겠다는 겁니다. 10월에만 해도 그런 행위가 법적으로 전혀 문제 되지 않았었잖아요."

에이버리가 입을 열었다.

"그전에도 제한이 있었던 걸로 알고 있는데요. 세관 양식에도 있듯이……."

그러자 톰이 다시 말했다.

"많은 사람들이 그 부분에서 오해하고 있어요. 알바라도가 채무 포기 연설을 하기 전에는 세관신고서상에 1만 달러 이상의 금액을 신고하기만 하면 된다고 나와 있었어요. 그러니까 신고만 하면 1만 달러 이상을 갖고 국경을 넘는 게 불법이 아니었죠. 물론 그것을 압수하지도 않았고요."

"잠깐. 공항에 있는 그 현찰을 다 압수하는 거예요?"

그의 아내 벨이 경악하며 물었다. 그러나 벨 듀벌은 소행성 충돌이 일어나도 침착하고 절제된 태도를 유지할 사람이었으므로 놀란 기색을 최대한 억눌렀다. 그녀는 평소처럼 차분한 옷차림이었다. 연한 분홍빛이 감도는 크림색 상의와 베이지색 펜슬스커트를 입고 얇은 흰색 스카프로 은은한 포인트를 주었다. 조용한 목소리에 조용한 화장, 딱히 금발이라고 할 수 없는 머리칼은 최근에 하이라이트를 넣은 듯했지만 단정하고 깔끔한 스타일링으로 가급적 조용히 눌러주었다. 그러나 벨의 조용함은 현명한 것이었다. 그녀는 판단을 삼가기 위해 말을 아끼는 사람이었다.

로웰이 대꾸했다.

"그렇죠. 밀수품은 모두 압수하게 되어 있으니까. 현금 압수로 감정싸움도 막대하게 일어나겠는데. 기절하고. 소리 지르고."

그러자 라이언이 다시 입을 열었다.

"그보다 더했어. 어떤 남자는 바닥에 드러누워 울더라니까. 억지로 들어냈지. 우리 앞에 웬만해선 심기를 건드리지 않는 게 좋겠다 싶을 만큼 덩치 큰 여자가 있었는데, 직원 한 명하고 주먹다짐을 벌였어. 또 어떤 남자는 돈뭉치를 빼앗으려 하니까 돈을 불태우려고 하더라고. 옆 검색대에 있던 사람은 천 달러짜리 지폐를 박박 찢기도 했고. 그것도 연방법 위반이라 가중 처벌이 적용됐지."

"다른 사람은 갖는 꼴을 못 보겠다는 심산인 거죠. 아아, 그런 걸 보면 부가 사람들에게 유익한 영향을 미치지 않는 것 같아요."

린위의 말에 톰이 다시 말했다.

"현금 압수로 연방 정부만 돈 벌게 생겼네요. 기본적으로는 공항 출국세인데, 승객이 가진 액수만큼 부과한다는 게 문제죠. 물론 허용 한도 100달러는 빼주겠지만. 따뜻한 차 한 잔 마실 돈은 남겨주다니 어찌나 자애로우신지."

에이버리는 톰의 구수한 사투리를 음미했다. 공형, 칠국세, 뺙달라. 톰이 말하는 와싱톤에는 다른 곳에서 유입된 사람들이 워낙 많아서 현지 태생의 친구들이 오히려 즐겁게 살아갈 수 있었다. 톰 덕분에 그녀는 자신이 특별한 곳에 사는 느낌이 들었다.

린위가 말했다.

"그럼 세금이라고 치면 되죠. 그 오만한 부자들은 틀림없이 세금을 처음 내봤을걸요."

그러자 벨이 정중하면서도 단호하게 린위에게 말했다.

"린위는 경제학 박사 학위도 받았잖아요. 그럼 그렇지 않을 가능성이 높다는 점을 잘 알 텐데요. 재산이 있는 사람들은 연방 소득세의 상당 부분을 부담하고 있……."

"저는 예전부터 공항 출국세에 대한 로망이 있었답니다."

로웰이 대화의 분위기를 바꾸기 위해 끼어들었다. 그는 와인을 한 잔씩 더 따라주며 말을 이었다.

"아프리카에서 횡행하는 수작이잖아요. 돈을 내야 나라 밖으로 나갈 수 있죠. 인질이라도 되는 것처럼. 자기 나라의 상태를 건전하게 비하하는 셈이에요. '우린 당신이 이곳을 나가기 위해서라면 돈을 얼마든지 내리라는 사실을 알고 있다.' 이런 뜻이니까."

그러자 톰이 조용히 말했다.

"머지않아 우리도 기꺼이 큰돈을 내고 미국을 빠져나가려 할 수도 있어요."

남편에 이어 에이버리도 이른 저녁부터 분위기가 너무 어두워지는 것을 막으려고 끼어들었다.

"생각해보세요. 현찰이 그렇게 많이 쌓여 있으면 틀림없이 교통안전국 직원들도 가끔 바닥에서 20달러짜리를 하나씩 슬쩍하지 않을까요?"

그러자 로웰이 킬킬거렸다.

"20달러뿐이 아니겠지. 뉴욕 공항들에선 먹이 쟁탈전이 벌어진다 던데. 하지만 내가 불만스러운 건 100달러 한도액이야. 100달러 갖 고는 공항에서 집까지 택시도 못 탄다니까."

"그런데 왜 그렇게 많은 사람들이 몰수의 위험을 무릅쓰고라도 나 라 밖으로 돈을 갖고 나가려 하는 거예요?"

벨의 물음에 라이언이 대답했다.

"미국에서는 외국환 거래가 무기한 중지되었잖아요. 달러는 처음에 폭락한 이후로 계속 떨어지고 있어요. 매일 거의 0.2퍼센트씩 떨어지 는 것 같은데요. 그래서 갑부들은 런던이든 홍콩이든 어디로든 가서 가치가 유지되는 통화로 바꾸려고 안달하는 거죠. 대개는 방코르로 바꾸려 할 겁니다. 알바라도는 원통해하겠지만 어쨌든 방코르는 조금 씩 오르고 있거든요."

"하지만 이 나라 밖에서 달러의 가치가 그렇게 낮다면 왜 굳이 손 해를 보려 하죠?"

벨이 물었다.

"탐욕스러운 사람들이니까요. 다 잃는 것보다는 조금이라도 남기는 게 낫다고 생각하는 거죠."

라이언이 대꾸했다.

"힘들게 일해서 번 돈의 가치를 조금이라도 지키려 하는 게 어째서 탐욕스러운 겁니까?"

톰의 말에 린위가 입을 열었다.

"아이고, 우리가 말하는 사람들이 어떤 사람들인지 아세요? 힘들게 일한다고 해봐야 기껏 플렉스로 자기 헤지펀드를 확인하거나, 그보다 더 시시한 일, 이를테면 엄청 부자인 부모가 세상을 떠난 뒤에 돈을 송금하는 정도라고요. 도랑을 파는 사람들이 아니에요."

그러자 벨이 조심스럽게 말했다.

"중상류층과 갑부를 같은 부류로 취급하는 건 옳지 않을 수도 있어요. 조금 잘사는 사람들은 방금 얘기한 것처럼 도랑을 파진 않겠죠. 하지만 그런 사람들도 오랜 시간 일하면서 주택담보대출과 학비를 내느라 허덕이고……."

린위가 불쑥 소리쳤다.

"그 불쌍한 중상류층 이야기라면 그만두세요! 그런 눈물 폭탄 같은 이야기는 수도 없이 들었어요. 워싱턴 DC 곳곳에서 부유한 사람들이 보육비를 감당할 수 없게 되었다죠. 그 때문에 보육교사들이 일자리를 잃고 있어요. 어느 쪽을 동정해야 하는지 잘 판단해야죠."

톰이 에이버리의 귀에 대고 속삭였다.

"이 사람들은 부당함이 빈곤층에게만 적용된다고 생각하는 것 같지 않아요? 신발 한 켤레 이상 가질 수 있는 사람들에겐 부당한 일이 일어날 수 없는 줄 아나 봐요."

최근에 박사 학위를 받은 린위는 비영리 기관 리얼 아메리칸 웨이(애국심에 호소하는 단체들은 좌익이든 우익이든 모두 똑같은 것 같았다)에서 일하고 있었다. 안타깝게도 리얼 아메리칸 웨이는 돈을 내놓을 수 있는 사람이라면 누구든 펄쩍 뛸 만한 재분배 정책(재산세와 상속세와 상위 소득세 대폭 인상, 모든 현금 자산과 투자 자산과 유형 자산에 2퍼센트 부유세 전면 부과 등)을 장려했으므로 만성적으로 자금 조달에 어려움을 겪고 있었다. 그러므로 기껏해야 자선가 수준의 월급을 받는 린위는 지난 두 달 동안 순 자산의 대폭적인 삭감을 경험하지 않았을 가능성이 높았다. 톰과 똑같이 에이버리도 이런 무심한 견해, 즉 남들에

134

게만 적용될 뿐 그것을 옹호하는 사람들은 전혀 대가를 치르지 않는 그런 견해에 욕지기가 났다. 린위를 초대한 주인들은 수입산 비오니에 몇 병을 준비해두긴 했지만 사정이 달랐다. 사실 에이버리는 집안 사정이 얼마나 나빠졌는지 알지 못했다. 그 부분은 전문가인 로웰이 맡고 있었고, 그녀는 너무 두려워서 차마 구체적인 내역을 물어보지 못했다. 그러나 마치 엘리베이터를 타고 자유낙하를 하듯 귓전을 때리는 바람이 느껴지는 듯했다. 라이언과 린위를 초대한 것은 분명 잘못이었다고 자책하며 그녀는 슬쩍 생선을 구우러 나갔다.

"아까 초저녁에 에이버리에게도 얘기했지만, 시장이 바닥을 찍었다고 겁에 질려 빠져나가는 사람들을 보고 있자니 얼마나 안타까운지 모릅니다."

식탁의 상석에서 로웰이 말했다.

"그게 정말 바닥이라면 그렇지."

맞은편 자리에서 라이언이 반박했다.

로웰이 다시 말했다.

"그런 불안감 자체가 덫이야. 순진한 사람들은 시장이 부글부글 끓어오르면 철벅거리다가 시장이 무너지면 기겁하지. 평정심을 유지하는 게 열쇠야. 나중에 내가 옳았다는 걸 인정할걸, 비어스도퍼. 달러는 회복되고도 남아. 다우도 그렇고."

그러자 라이언이 말했다.

"한 세기 전에 다우지수는 26년 만에야 대공황 이전 수준을 간신히 회복했어. 그 정도 시간이면 우린 70대 중반이 되어 있을 텐데."

로웰이 다시 입을 열었다.

"역사가 딱 10년 주기로 반복된다는 미신은 지긋지긋하잖아. 경제의 각 부문이 탄탄한 데다 달러 가치도 크게 떨어졌으니 이제 우리의 수출이 베트남을 앞지를 거야."

에이버리는 남편이 저렇게 무심코 참다랑어를 찔러대지 않았으면 좋겠다고 생각했다. 생강 드레싱은 훌륭했다. 또한 그녀는 화제가 바뀌기를 간절히 바랐다. 그녀의 환자들, 그나마 아직 클리닉에 오는 몇 안 되는 환자들마저도 모두 자신의 투자 현황 얘기만 하려 들었다. 신물이 났다.

라이언은 마치 아버지처럼 고개를 저었다.

"착각하는 거야, 스택하우스. 주식은 계속해서 떨어지고 있어. 과거에도 다우지수는 꼬박 3년 동안 지속적으로 하락해서 결국 1932년 후반에 최저점을 찍었잖아. 381에서 41로. 기억 안 나? 잔돈푼이라도 건질 수 있을 때 빠져야 해."

"우울한 전망을 퍼트려줘서 고맙군, 비어스도퍼. 그렇다면 지금 주가는 무릎 높이까지 떨어졌으니 딱 매입해야 할 때지."

로웰은 고집스럽게 말을 이었다.

"난 요즘 폭락한 대기업주를 모조리 사들이고 있거든."

에이버리의 귀가 쫑긋 올라갔다.

"무얼 한다고?"

"세일 품목을 사들이고 있다고. 당신은 메이시스 백화점에서 절대 하지 않는 일이지."

'메이시스'가 혀짤배기소리로 나왔다. 그는 와인을 꽤 많이 마셨다. 모두 그랬다. 저녁 내내 세상이 끝난 듯한 불안감이 그들을 에워쌌다. 에이버리의 남동생을 글로버즈빌의 진흙밭으로 내몬 그 불안감을 평범한 사람들은 술로 해소하려 했다.

"난 우리 상황에 대해 구체적으로 알지 못하지만 그나마 남은 돈을 계속 곤두박질치는 주식에 투자하는 건 정신 나간 짓이야."

에이버리가 말했다. 참다랑어의 맛도 느낄 수 없었다.

맞은편 자리에서 벨이 에이버리와 눈을 맞췄다. 아무리 힘든 상황이라도 만찬 자리에서 부부간의 돈 문제를 들먹거리는 것은 점잖지 못한 일이리라.

에이버리도 질세라 친구를 노려보았다. 예의가 무슨 상관이람. 그녀와 로웰에겐 사립학교에 다니는 세 자녀가 있었고 그들 모두 아이비리그 교육을 기대하고 있었다. 그애들에겐 그럴 권리가 있었다. 이집의 담보대출도 적지 않았다. 모든 게 위태로운 상황에서 그녀의 남편은 무슨 짓을 하고 있단 말인가? 그는 낙관적인 기분을 느끼기 위해서 낙관적으로 행동하고 있었다. 마치 극단적 낙관주의의 피리 부는 사나이 역할을 자처하면 다른 모든 사람들을, 아니, 역사 자체를 꿈의 나라로 인도할 수 있다는 듯이. 평소에 그는 자존심을 위해서 자신이 옳다고 단정 지었다. 지금은 그들의 생존을 위해서 자신이 옳기를 갈망하고 있었다. 그러나 그저 옳기를 원한다고 해서, 아니, 반드시 옳아야 한다고 해서 진짜 옳게 되는 것은 아니었다. 그리고 그 옳음은 치명적으로 틀리는 것과 겨우 한 끗 차이였다.

"이미 하락 속도가 느려졌어."

로웰이 아내에게 말했다.

"정말 그렇게 상황이 핑크빛으로 드러날 거라고 확신한다면 지난 11월에 왜 나더러 체이스 은행 계좌의 예금을 모두 인출하라고 했어? 기억나지? 그 은행이 마침내 다시 영업을 재개했을 때 말이야."

로웰의 얼굴이 붉어졌다. 그녀는 공개적으로 그리고 의도적으로 그를 망신 주고 있었다.

"내가 기억하기로 당신은 내 말대로 하지 않았잖아."

"한 블록 전체를 에워싸고 구불구불 이어진 줄에 합류해 비를 맞으며 온종일 기다리고 싶지 않았거든. 어차피 내 차례가 되면 그 은행은 이미 현금이 모두 떨어졌을 테니까. 하지만 그 뒤에 당신은 그런 사람들을 비웃었잖아. 은행 앞에 비를 맞고 서 있는 사람들 말이야."

그러자 로웰이 냉담하게 대꾸했다.

"연준이 유동성을 제공하겠다고 약속한 뒤에도, 그리고 알바라도가 채권은 무효화되었지만 연방예금 보호는 여전히 유효하다고 확증한 뒤에도 돈을 인출하려고 줄 선 사람들을 비웃은 거지. 그렇게 단언하기 전에는 일부 은행들이 파산할까 봐 걱정하는 게 합리적이었다고."

톰이 누구에게랄 것도 없이 조용히 말했다.

"그들은 돈을 찍어서 유동성을 제공했죠. 연방예금보험공사의 배상금도 돈을 찍어서 해결할 겁니다."

벨이 은근슬쩍 화제 전환을 시도했다.

"루스벨트 시절엔 미국인들이 모두 합심했었는데 알바라도의 금 회수 명령에 대해선 대중의 반응이 완전히 다르다는 점이 저는 흥미롭더라고요. 사람들이 금을 내놓지 않으려고 하잖아요."

"제 환자 중 한 명은 너무 화가 난다며 어디 나가서 금을 몰래 사오고 싶다고 하더라고요. 그 명령에 거역하기 위해서 말이에요."

에이버리가 말했다.

라이언이 다시 입을 열었다.

"다행히 그런 법의 시행은 대부분 개인의 정직성과 애국심에만 의존하지 않죠. ETF, 광산주, 보관 금괴, 이렇게 기록상에 있는 것들은 재무부에서 일거에 깔끔하게 징발했답니다."

그는 미소 지으며 말을 이었다.

"보상은 고소할 정도로 미미했고요. 경제의 생존주의자들이 가장 안전한 베팅이라고 생각한 것을 어이없게 무너뜨린 셈이죠."

그러자 로웰이 말했다.

"맞아. 다윈 상 같았지. 인류는 곰 인형처럼 불가사의한 교환 수단을 움켜쥐고 있는 멍청이들을 제거한다. 아, 가엾은 멍청이 마크 밴더마이어도 쫄딱 망해야 하는데."

에이버리가 좌중에게 물었다.

"우리끼리 얘기지만, 혹시 반짝이는 무언가를 장미 화단에 몰래 숨겨두신 분 있어요?"

"난 이론상 부부의 결혼반지는 숨겨둘 수 있다고 생각하는데."

벨이 톰을 흘끗 보며 대꾸했다.

"나도 알바라도가 반지는 예외로 해줬어야 한다고 생각해요."

에이버리가 말했다.

그러자 로웰이 고갯짓으로 라이언과 린위를 가리켰다.

"그럼 좌파들은 스포츠 스타들과 월 스트리트의 마누라들이 볼링공만 한 약혼반지를 갖고 있다고 꽥꽥거렸을걸."

"하지만 우리가 공격을 당했다는 둥, 우리 모두 힘을 합쳐 희생을 해야 한다는 둥 하는 정부의 선전은 조금도 먹히지 않았어요. 어떤 놈이 금문교에서 보석을 내던지는 이너튜브 동영상, 저는 아주 마음에 들던데요."

톰의 말이었다.

"라틴계를 반대해서 저항하는 사람들도 있어요. 그런 동영상들은 전부 백인들이 만든 거잖아요. 알바라도의 정책이라는 사실이 문제인 거죠. 외국인에게 금을 주지 않겠다는 심보예요."

린위의 말에 톰이 다시 입을 열었다.

"알바라도가 취임하기 전부터 미국인들은 연방 정부를 경멸했어요.

중요한 차이가 있다면 이번엔 합당한 이유가 있다는 거죠. 우리 법무부에서도 금 회수 명령을 위반하는 사람들을 추적해야 하는데, 솔직히 말하면 저로서는 이런 일을 하는 게 편치 않답니다. 저는 금이든, 은이든, 진흙이든, 방코르든, 헤로인만 아니라면 원하는 건 무엇이든 소유할 수 있는 나라에서 자랐다고 생각했거든요. 사실, 진정 자유로운 나라라면 헤로인도 살 수 있어야 하죠. 이런 정책이 저로선 참 불편하네요. 강제로 그것을 집행해야 한다는 사실이 썩 유쾌하지 않다고요."

"미국은 소득세를 제정한 이후 대대적으로 자산을 몰수해왔잖아."

벨이 합리적인 반박을 내놓았다. 그녀는 확실히 다른 사람들만큼 취하지 않았다.

"그리고 그깟 돈을 가져가는 게 대수겠어? 과거에 미국 정부는 우리의 아들들을 징발해갔는데."

"말이 나와서 얘긴데, 소문이 돌더라고요. 여러 군데에서 들었어요. 정부에서 금을 회수하는 이유는 중국에 갖다 주기 위해서래요. 베이징을 매수하려는 거죠. 전쟁을 막기 위해서. 어쨌든 적어도 침략을 막으려는 거라고 하더라고요."

린위의 말이었다.

조금 부자연스럽게 느껴졌다. 린위는 미국에서 나고 자랐지만 적대적인 두 세력 모두에 충성하는 얼굴을 가졌다. 라틴계나 몸집 큰 사람들을 비하하는 것은 당연히 도리를 벗어난 일이었다. 그러나 중국이 미국으로부터 세계 최대 규모의 경제국 자리를 빼앗은 뒤로 중국인들을 의심하거나 노골적으로 혐오하는 일은 불편하게나마 용인할 수 있는 일이 되었다. 미국이 아무리 진보적으로 변해도 언제나 증오해도 괜찮은 대상이 한두 집단은 존재하는 듯했다. 여차하면 편견쟁이들에게 화살을 돌릴 수도 있었다(에이버리가 알바라도를 뽑지 않았다는 사실을 로웰에게조차 숨기려 하는 이유도 바로 이 때문이었다).

벨이 말했다.

"저는 외국에 진 빚에 대해서만 채무불이행을 선언하지 않은 것도 바로 그런 이유 때문이라고 생각해요. 미국 투자자들이 훨씬 더 큰 타격을 입는다면 3차 세계대전이 발발할 가능성이 낮아질 테니까요."

이번엔 로웰이 말했다.

"그 금에 대한 소문은 못 믿겠는데요, 린위. 베이징은 그렇게 대단한 상대가 아니에요. 방코르는 수년 동안 논의되었던 것으로 드러났잖아요. 그리고 참, 미국의 감시는 정작 필요할 때 다 어디로 갔었답니까? 그 때문에 베이징이 경상수지 흑자로 조용히 단기 증권을 사들이기 시작한 거라고요. 막판에 그들은 달러를 3개월짜리 재무부 증권으로 갖고 있었고, 그중 상당수는 만기가 지났어요. 중국 쪽에선 채무불이행을 대비하고 있었던 거예요. 그게 바로 그들이 달러 붕괴를 적극적으로 공모했다는 가장 확실한 증거란 말입니다."

그러자 톰이 말했다.

"하지만…… 진부한 얘기이긴 하지만, 베이징은 그래도 체면을 중시하잖아요."

로웰이 다시 말했다.

"금은 됐어요. 다 가지라고 해요. 중요한 건 방코르죠. 난 아직도 방코르가 결국 유로 꼴을 면치 못할 거라고 생각하거든요. 이런 이데올로기 기반의 화폐동맹은 절대 성공하지 못합니다. 2, 3년 안에 우리는 다시 세계 제일의 기축통화로 달러를 사용하게 될 거예요. 하지만 그때까지 미국 기업들이 방코르를 보유하지 못하게 하면 큰 골칫거리가 될 수 있어요. 대기업들은 페이퍼컴퍼니를 조직하면 되지만 작은 업체들은 아주 힘들 겁니다. 방코르로 책정된 상품을 어떻게 수입하겠어요?"

"알바라도는 벼랑 끝 전술을 쓰고 있는 거예요."

모두가 문 쪽을 돌아보았다. 구그였다.

"미국 동맹국들조차도 미국 시장에 접근하지 못하게 함으로써 아직 요람에 있는 이 아기 통화의 목을 조를 수 있다고 생각하는 거죠. 하지만 미국 시장은 예전에 비해 작아졌어요. 그러니까 문제는 우리가 그들 없이 살 수 있느냐가 아니라 그들이 우리 없이 살 수 있느냐하는 거죠."

로웰은 손뼉을 쳤다.

"브라보! 누굴 닮았는지. 조금 냉소적이구나, 아들. 그래도 '아직 요람에 있는 아기 통화의 목을 조른다'는 표현은 마음에 드는데. 멋져."

"토론 클럽에서 '미국 기업들의 방코르 거래를 허용해야 한다'는 주제로 토론을 하거든요. 저는 찬성 쪽이에요. 새해가 되면 '미국은 두 번 다시 돈을 빌릴 수 없다'라는 주제로 토론할 거예요. 아빠가 이건 반대하는 쪽을 택하래요. 아빠가 그러는데, 아르헨티나도 2001년에 채무불이행을 했는데 겨우 4년 만에 놀라운 성공을 거뒀대요. 아빠가 그러는데, 머지않아 너도나도 그들에게 돈을 빌려주려고 안간힘을 썼대요. 예전에 한 번 망한 은행과 헤지펀드, 회사들한테도 말이에요. 아빠가 그러는데, 미국은 훨씬 더 빨리 회복할 거래요."

"그래. 그런데 그 토론에서 이기고 싶으면 '아빠가 그러는데'는 빼는 게 좋겠다."

톰의 말에 라이언을 제외하고 모두가 웃음을 터트렸다.

구그 덕분에 분위기가 한결 편안해졌으므로 그들은 그애가 좀 더 과시할 수 있게 해주었다. 그러나 결국 로웰이 아이를 달래어 침대로 보냈다. 이유야 뻔했다. 다 안다는 듯이 떠들어대는 구그를 보면서 로웰은 아들이 자신과 똑같다는 사실을 깨닫고 문득 불편해졌을 것이다.

그날 저녁 대화의 분위기를 감안하면, 항생제가 듣지 않는 세상이 되자 간단한 수술조차도 무서운 일이 되었다는 벨의 화제 전환이 오히려 좀 더 편안하게 느껴질 정도였다. 항생제 내성균이 널리 퍼진 상황에서는 면역력을 약화시키는 화학요법이 오히려 위험할 수 있다고 그녀는 말했다. 게다가 이제는 약물을 개별 환자에게 완벽하게 맞춰 조제할 수 있다는 점도 문제라고 했다.

"그런 맞춤 약은 기적적인 효과를 낼 수도 있지만 값이 어마어마하거든요! 메디케어는 극심한 압박으로 신음하고 있어요. 알바라도는 초기화를 선언했지만 이런 사회보장 부담으로 인해 조만간 빚이 다시 쌓일 거예요."

벨의 말에 에이버리가 물었다.

"대출할 수도 없는데 어떻게 빚이 쌓여? 이 빚 떼어먹은 나라가 설사 몇 년 사이에 명성을 회복한다고 해도 당장은 아무도 미국에게 땡전 한 푼 빌려주지 않을걸. 그러니까 우리 세금이 두 배가 되지 않는 한, 뭐, 그러면 우리는 소득보다 더 많은 돈을 국세청에 갖다 줘야 한다는 의미이지만, 어쨌든 그러지 않는 한 그런 개인 맞춤 화학요법 치료제가 어디서 나올지 모르겠네."

"돈을 찍어내겠죠."

톰이 단호하게 말했다.

"톰, 계속 같은 얘기만 반복하는 것 같네요."

로웰은 이제 굳이 짜증을 숨기려 하지도 않았다.

톰은 와인 한 모금을 벌컥 들이켰다.

"제가 좀 생각해봤거든요. 아내분 말씀이 맞아요. 앞으로 수년 동안 아무도 우리에게 땡전 한 푼 빌려주지 않을 겁니다. 그럼 결손액은 마법처럼 만들어낸 돈으로 메워야죠. 외국인들은 달러를 전혀 원치 않으니 이 우스운 돈은 오직 우리나라에만 넘쳐흐를 거고요. 제 말이 틀렸습니까? 전문가이시잖아요."

이번엔 이 존경의 표현에 심통이 가득 배어 있었다.

로웰이 대꾸했다.

"뭐, 그게 연준이 택할 수 있는 유일한 방향이긴……."

"쾅! 인플레이션이 지붕을 뚫을 겁니다."

톰이 말했다.

"그건 중요하지 않아요."

식탁의 맞은편 끝자리에서 라이언이 말했다. 그는 약 30분 동안 그 자리에 말없이 우울하게 앉아 있었다.

톰이 요란하게 웃으며 대꾸했다.

"1920년대 독일인들한테 가서 한번 그건 중요하지 않다고 해보시죠……."

그러자 로웰이 말했다.

"톰, 이쪽 분야에서 그건 아주 진부한 얘기예요. 연준은 언제든 이 자율을 올릴 수 있고……."

"정말 피곤하네요."

사실 라이언은 피곤하다기보다는 몹시 취한 것이었다.

"경제를 그저 나사 몇 개 조이면 되는 기계장치로 생각하는 냉혈한 케인스주의자, 과학 기술 지지자 같으니. 경제는 사람들로 구성되는 겁니다. 그리고 그 사람들 대부분은 지금 이 식탁에 둘러앉은 응석받이 수다쟁이들보다 훨씬 더 쪼들리는 형편이에요. 다음엔 훈제연어를 어디서 구해야 할지, 값은 얼마나 될지 따위를 걱정하는, 곱게 자란 부자 백인들이 손을 떨며 징징거리고 트집 잡는 것도 저는 피곤해 죽겠습니다."

"오늘 애피타이저가 마음에 들지 않았다는 말은 아닐 거예요."

린위가 초조하게 웃으며 에이버리에게 말했다.

라이언이 식탁을 쿵 내리치는 바람에 은제 식기들이 덜덜거렸다.

"지금 일어나는 이 모든 일 말입니다. 채무 포기, 주식 시장 붕괴, 금 회수, 무자비한 대기업들의 방코르 보유 금지……. 배부른 자본가들의 연금이 날아가 버리고 갑부들의 두툼한 포트폴리오가 화형당하고……. 이 모든 게 지금까지 이 나라에 일어난 일들 가운데 최고의 일이라고요. 알아들어요? 이젠 통제할 수 없어요. 알아들어요? 잔뜩 멋을 부리고 아무나 맛볼 수 없는 고급 마티니를 홀짝거리며 아직도 부족한 게 과연 남았는지 고민하고 오늘은 또 어디에 10억 달러를 쓸까 골몰하는 지대추구자들. 누구는 이 나라의 단물을 쪽쪽 빨아먹고 있고 누구는 영하 10도의 날씨에도 난방을 켜지 못한 채 근근이 살아가고. 미국은 그런 나라로 건립된 게 아니었잖아요. 알아들어요? '우리는 모든 사람이 평등하게 태어났다는 진리를 자명한 것으로 받아들인다.' 모르겠어요? 부자들은 다 망해야 해요. 이 나라의 상류층은 제거되었어요. 끝났다고요. 난 이게 좆나 끝내주는 일이라고 생각한단 말입니다. 요즘 애들 말로 좆나 끝내준다를 뭐라고 하더라? 맞아, 끝장난다. 난 좆나 끝장난다고 생각해요."

"저도 라이언과 같은 생각이에요."

린위가 맞장구쳤다.

"놀랍기도 해라."

에이버리가 톰에게 속삭였다.

린위가 계속 말을 이었다.

"지금 이 순간은 아주 오랜 기다림 끝에 찾아온 훌륭한 평등의 기회예요. 사실 라이언과 저는 책 한 권을 더 공동집필하려고 생각 중이랍니다. 제목은 '교정'이라고 지었고 온라인으로 무료 배포하려 해요. 지금 우리가 겪는 이 상황, 이건 혁명보다도 나아요. 신의 개입이라고 할 수 있죠. 마침내 이 나라에 진정한 정의를 실현할 기회가 온 거라고요."

"나 참, 다 같이 가난해지는 방식으로 말입니까?"

톰이 어이없다는 듯이 되물었다.

"지난 30년의 터무니없는 경제적 불평등을 계속 참느니 다 같이 조금 덜 잘살게 되는 편이 낫잖아요."

린위가 설명을 이어갔다.

"우리 미국인들은 초창기 원칙으로 돌아가는 거예요. 재부팅, 재탄생의 기회죠. 변혁과 구원의 기회예요. 부패와 족벌주의, 불평등, 분열을 척결하고 이 나라를 근본적으로 다시 세울 수 있는 기회이고요. 다시 합중국이 되어 합일된 국가에 살 수 있어요. 이 나라를 건국의 아버지들이 꿈꾼 평등주의 유토피아로 재건할 수 있다고요. 이런 분기점에 우리가 참여하고 있다는 사실을 모두 자랑스러워해야 해요."

그녀의 맞은편에서 톰이 날카롭게 말했다.

"정말 참여하고 있습니까? 참여한다면 잃을 게 있어야 하거든요. 그것도 아주 많이 말입니다. 자고 일어나 보니 연금이…… 아니, '배부른 자본가의 연금'이겠군요. 소방관이나 학교 교사의 연금도 다 그런 것 같으니. 어쨌든 자고 일어나 보니 은퇴 이후를 위해 모아놓은 저축이 하룻밤 사이에 반 토막 나 있어야 하죠. 하지만 어차피 연금은 많지도 않았겠죠. 혹은 저축도요. 그보단 학자금 대출에 허덕이고 있을 가능성이 높으니까요. 그 학자금 대출은 곧 엄청난 인플레이션으로 인해 기적적으로 녹아 없어지겠죠. 당신이 투자의 타격을 입었다면 저기 있는 저 라이언의 재산이 타격을 입었다는 얘긴데……."

톰은 식탁 끝을 돌아보며 말을 이었다.

"저분은 이상하게도 자신을 부자라고, 아니, 갑부이겠군요. 부자는 오로지 갑부밖에 없는 것 같으니. 어쨌든 저분은 이상하게도 자신을 갑부라고 생각하지 않더라고요. 곤란한 주제를 꺼내서 죄송하지만 《공정한 게임》으로 돈을 엄청나게 버셨을 텐데요."

"내 재무 상황은 그쪽이 참견할 일이 아닌……."

"왜요? 그쪽은 다른 모든 사람의 재무 상황에 참견하잖아요. 사실 다른 사람들 은행 계좌에 참견해서 떼돈을 벌었죠."

라이언은 경멸 어린 말투로 대꾸했다.

"떼돈은 아니에요. 그땐 이미 인터넷의 해적질이 절정에 달했었죠. 정직한 사람들이 조금 남아 있긴 했지만 아마존도 70퍼센트 할인을 하고 있었어요. 그나마 얼마 안 되는 인세에서 절반은 전 부인이 갖고 갔고요. 나 같은 사람을 부자라고 하는 건 말도 안 됩니다."

그러자 톰이 말했다.

"저는 그 점이 마음에 들더라고요. 부자들의 악행에 대한 논문을 이용해 부자의 부류에 들어갔다는 점 말입니다."

"그만 좀 해, 여보. 글을 써서 부자가 되진 않아."

벨이 말했다.

"어쨌든 그런 구분법은 좀 애매하죠. 나보다 돈을 많이 버는 사람은 누구나 부자이니까요."

로웰의 말에 톰이 다시 대꾸했다.

"저 사람이 전용 제트기를 타고 다닌다는 뜻은 아니었어요. 중요한 건 우리 친구 비어스도퍼가 꽤 잘산다는 겁니다. 게다가 지난번에 우리가 다 함께 모여서 저녁 먹었을 때 말입니다, 저 친구가 시장에서 빠져나왔다는 얘기를 했거든요. 시장이 과열되었다고 했죠. 저 자식은 전부 임대 부동산에 투자했다고 했단 말입니다. 지금은 실물 자산이 안전하다면서요. 실물 자산은 통화 하락도 견디고 인플레이션도 견딜 거라고 말이에요. 틀림없이 저 친구는 재무부 증권을 전혀 갖고 있지 않았을 겁니다. 그걸 어떻게 아느냐? 화가 나지 않았잖아요. 라이언과 린위 부부가 이번 사태를 그렇게 끝내주는 일로 받아들이는 것도 당연하죠. 저들은 전혀 영향을 받지 않을 테니까요!"

"혹시 채권 갖고 있어요, 톰?"

로웰이 부드럽게 물었다.

"네, 우린 갖고 있었죠. 개인적으로 난 배신당한 기분이에요. 내 고용주에게, 내 조국에게 말입니다. 사람들을 꾀어서 돈을 빌리고 그저 겸연쩍게 웃으면서 빈 주머니를 내보이는 건 도저히 진정한 미국 정신의 환향이라고 볼 수가 없죠. 말이 좋아 채무 포기지, 보통 사람이 했으면 절도예요. 시장 손실은 5천 달러를 넘어가면 공제 대상이 되는데, 빌려주고 되돌려 받지 못한 원금은 세금 공제 대상도 되지 못한다는 거 아십니까?"

그러자 라이언이 으르렁거렸다.

"그야 당연한 거 아닙니까? 모든 투자에는 리스크가 따르게 마련이에요. 어떤 채권이든 채무불이행의 가능성이 있고요. 처음부터 알고 한 일이잖아요."

"미 재무부는 아니죠. 그래서 우리가 수십 년 동안 그렇게 적은 이자로 버텨온 거 아닙니까. 세상에서 가장 안전한 투자처이니까! 그런데도 갚지 않는 건 수치스러운 일이죠. 터키나 니카라과 사람들이 KFC

와 맥도널드를 불태운 일에 대해서도 뭐라고 할 수가 없어요. 우리들이 창피해해야 합니다. 워싱턴 몰 근처의 연방 건물 두 채가 폭격을 당한 것도 충분히 이해할 수 있는 일이라고요."

와인을 두 병이나 마신 탓에 '춘분이 이예할 수 있는 일'이라고 들렸다.

"이 도시 전체가 불타지 않은 게 이상할 정도죠."

"그건 말이지, 무일푼이 되어버린 가장 넓은 어깨를 가진 사람들이 폭동을 일으키는 부류가 아니기 때문이야."

벨의 말이었다. 그녀는 톰과 라이언을 가리키며 말을 이었다.

"두 사람만 봐도 그렇잖아요. 벌건 얼굴로 일어서서 손을 올리고 금방이라도 달려들 기세이지만, 둘 다 컵 하나, 주먹 한 번 날리지 않잖아요. 미국의 남성성을 걱정해야 할 것 같네요. 이젠 정말 제국의 종말이 온 모양이에요. 다 같이 에이버리가 치우는 거나 도와주죠."

에이버리는 침묵 속에서 요란하게 접시들을 모으면서 분통이 터졌다. 지금까지 손님들을 초대한 식사 자리가 이렇게 시끄러워진 적은 없었다. 그러나 훗날 그녀는 이 떠들썩한 저녁을 돌아보며 커다란 애수에 젖게 된다. 사실 그것은 지극히 예의 바른 만찬이었다. 불과 두세 달 뒤, 설사 무모하게 사람들을 식사에 초대한다고 해도 친구들이 정말 나를 보러 온 것인지, 아니면 그저 공짜 식사를 얻어먹으러 온 것인지 분간할 수 없는 지경에 이르게 되기 때문이다.

6장
수색과 압류

플로렌스는 자신이 금붙이를 가진 사람이라고 생각하지 않았으므로 수일이 지나서야 갑자기 무언가에 찔린 듯 자신이 금을 갖고 있다는 사실을 깨달았다.

그녀가 바너드 대학을 졸업했을 때 그랜드 맨은 자식들과 손자 손녀를 모두 불러 어퍼웨스트사이드의 꼭대기 층 레스토랑에서 성대한 오찬을 열었다. 디저트를 먹은 뒤 이 가장은 팅팅팅, 하고 잔을 두드렸다. 자신의 손녀가 그의 할아버지의 영지에서 나온 작은 징표를 소유하면 좋을 것 같다고 그는 말했다. 오하이오 주 마운트버넌에 있던 그랜드 맨의 할아버지의 영지는 현관 앞에 널찍한 유개 발코니가 딸린 제2제정 양식의 거대한 저택으로, 이 집에 대해 플로렌스는 세피아 색의 디지털 스냅사진 몇 장을 물려받았을 뿐이었다. 그녀의 상상 속에서 크리스털과 빳빳한 시트, 은제 포크 나이프 따위가 구비된, 오래전에 허물어진 이 인상적인 고조부모의 집은 그녀가 철학적으로 개탄하는 바로 그 사치의 상징과도 같았다. 그럼에도 스마트폰에서 태블릿으로, 스펙스로, 플렉스로 애지중지 옮겨진 이 빛바랜 풍요의 집 사진들을 보면 늘 쉽게 지워낼 수 없는 애도의 마음이 밀려들었다. 수년 동안 플로렌스는 커다랗고 푸른 수영장을 눈앞에 두고 거기에 닿지 못하는 꿈을 반복해 꾸었다. 수영장 앞에 자물쇠가 채워진 출입문이 가로막혀 있어 어마어마한 입장료를 내야만 들어갈 수 있거나 수영복이 없어서 수영장이 무용지물인 상황이었다. 잠에서 깨면 혼란스러우면서도 울적한 기분에 시달렸다.

수영장이 유혹하는 꿈에서는 한 번도 그 깊은 물에 뛰어들지 못했지만, 그날 오후 호탕한 할아버지의 선물을 보자 수영장 물을 발가락 하나로 달랑달랑 건드리고 있는 느낌이 들었다. 사람들이 감사 편지를 주고받던 시절에 편지지를 담아두던 크기의 상자였다. 딱딱한 마분지가 얼룩덜룩해졌고 귀퉁이는 다 헤져서 검게 변해 있었다. 새것이라고는 리본뿐이었다. 그랜드 맨은 실용적인 물건이 아니라서 미안하다고 했는데, 과연 그랬다. 바싹 말라서 누렇게 변한 공단 속에 약 10센티미터 길이의 작은 술잔 한 쌍이 들어 있었다. 슈납스나 포트와인잔인 듯했지만 둘 다 실제로 사용된 적은 없는 것 같았다. 술잔의 기둥은 유럽의 성당 창문에서나 볼 수 있는 짙은 청록색 유리였다. 하나에는 '엘리엇 아이라 맨디블', 또 하나에는 '도라 로즈 맨디블'이라는 글자가 새겨져 있고 잔 부분은 금색이었다. 그러나 도금이 아니었다. 금과 도금을 구분하는 법은 간단했다. 얇고 투박한 도금은 빛을 굴절시키고 버터 같은 금은 빛을 빨아들인다. 이 술잔이 어떤 의미를 가졌는지는 그랜드 맨도 알지 못했다. 결혼기념일을 축하하는 의미였거나 모종의 예의를 표하는 의미였을 것이다. 엘리엇 맨디블은 재산의 꽤 큰 몫을 사회에 내놓았다. 물론 가진 것에 비하면 미미한 수준이었지만.

정교하게 만들어진 이 한 쌍의 술잔은 플로렌스가 연결을 거부해 온 과거와의 유일한 유형적 연결고리였다. 부유한 자들이 제조하고 끌어모으는 수많은 부조리한 물건들과 마찬가지로 이 술잔들 역시 돈의 또 다른 형태에 불과했다. 겸허히 일상에 녹아들기 위해 탄생한 물건이 아니라 언제나 적극적으로 내놓아지는 대상이었다. 주는 사람의 허식을 보여주는 선물, 끊임없이 자신을 드러내는 선물이었다. 그 술잔들은 쓸모없었고 과시용에 불과했다. 그것들이 존재하는 세상은 그것들이 만들어지지 않은 세상과 조금도 다른 게 없었다.

그렇기 때문에 플로렌스는 더욱 그 술잔들을 흠모했다. 뼛속까지 현실적인 그녀는 굽 달린 이 작은 잔들이 누구에게도 실질적인 효용이 되지 않는다는 점 때문에 그것들을 소중히 했다. 10여 차례 이사할 때마다 이 술잔들을 오래된 제 상자에 조심스레 넣었고, 지금은 우습게도 주인용 침실이라는 거창한 이름을 붙인 방의 선반 맨 위 칸에 올려놓았다. 안전하게 보관하려고 벽에 바싹 붙여놓았으므로 의자에 올라서지 않으면 보이지도 않았다. 그녀는 이 술잔들의 금속적인 가치에는 전혀 관심이 없었다. 그 술잔들이 소중한 것은 그녀의 것이기 때문이었다. 따라서 장인정신이 깃든 이 가보가 미 재무부의 자루 속으로 들어가 청록색 기둥이 깨지고 잔 부분은 금덩어리로 제련되는 시련을 겪게 한다는 것은, 그것도 이른바 애국심에서 그렇게 한다는 것은 플로렌스에게 그저 내키지 않는 정도가 아니라 생각할 수도 없는 일처럼 여겨졌다.

그녀가 이 풍요의 집 술잔을 처음 기억해낸 것은 노숙자 보호소의 직원실에서였다. 싱크대 옆에 놓인 더러운 에스프레소 잔이 기억을 풀어내 주었다. 그 후 하루 종일 안절부절못하다가 근무시간이 끝나자마자 버스를 타러 달려갔다. 집으로 돌아온 그녀는 황급히 위층으로 가서 팔걸이의자를 밟고 올라가 선반에 놓인 그 유물을 꺼낸 뒤 먼지를 털고 화장대 서랍에 넣어둔 얼룩덜룩한 제 상자에 집어넣었다. 그러는 내내 이상하게 관찰당하는 느낌이 들었고, 환청인 듯 복도가 삐걱거리는 소리에 화들짝 놀라기도 했다. 당장 손에 잡히는 물건이 침대 밑에 넣어둔 여분의 담요였으므로 그것을 꺼내 상자를 여러 번 감은 뒤 침대 밑 한가운데로 밀어 넣고 그 주위에 이불과 남는 베개들을 쑤셔 넣었다.

이 이상한 광기는 결국 지나갈 테니까. 다시 높은 선반에 노랗게 빛나는 장신구 두어 개를 올려놓아도 25만 달러의 벌금이 부과되지 않는 날이 결국 올 테니까. 그 벌금 생각만 하면 맥박이 마구 뛰어 금방이라도 졸도할 것 같았다. 11월 30일 자진 양도 마감일이 무사히 지나고 나서야 그녀는 다른 생각을 할 수 있었다.

그러니까 윌링의 열네 번째 생일 며칠 뒤인 1월의 어느 주말에 누군가가 무례하게 현관문을 두드리기 전까지는 말이다.

"엄마, 군인들이 왔어요."

윌링은 그것이 늘 있는 일인 양 차분하게 말했다.

"설마."

집집이 개별 수색이 이뤄진다는 소문이 돌긴 했지만, 이 임무에 차출된 미 육군 부대와 주 방위군, 경찰들은 노력의 대가를 얻을 수 있는 부유한 동네에 주력할 거라고 플로렌스는 넘겨짚었다.

그들은 두 명이었다. 키와 몸집이 큰 백인은 정식 전투복 차림이었지만 불퉁한 태도 때문인지 지저분해 보였다. 퉁퉁한 얼굴은 멍청하면서도 교활해 보였다. 작은 눈 때문인 듯했다. 함께 온 왜소한 체격의 인도 아대륙계 군인은 위세를 부리며 똑바로 서 있었다. 두 사람모두 미안한 기색이 전혀 없었다. 흔히 하는 말과는 달리, 한눈에 보아도 좋은 경찰은 없는 듯했다.

"뭐 도와드릴 일이라도 있나요?"

플로렌스는 덧문을 닫은 채로 현관문만 살짝 열고 차갑게 물었다. 현관 앞에는 눈이 살짝 덮인 데다 기온이 영하 10도 이하로 떨어졌으므로 실내 온도를 15도까지 끌어올리느라 연료를 펑펑 쓴 터였다.

"도움은 필요 없어요."

덩치 사내가 말하며 목에 두른 빳빳한 신분증을 거만하게 휙 내보였다.

"들어가겠습니다."

그는 직접 덧문을 열었다.

플로렌스는 앞을 막아섰다.

"실례지만 수색 영장은 갖고 오셨나요?"

"영장보다 더 좋은 게 있죠. 법입니다. 들어가자고, 아제이."

덩치 큰 사내가 말했다.

"이 집에 총을 들이는 건 허락할 수 없어요."

플로렌스가 반박했다.

"안됐네요. 미 육군은 이슬람교 사원 앞에 신발 벗어놓듯 M17을 현관 앞에 놓고 들어가지 않거든요."

두 사람은 금속 탐지기까지 들고 부츠를 현관 매트에 털지도 않은 채 마구잡이로 들어와 러그에 시커먼 눈을 묻혀놓았다.

윌링이 계단에서 그들을 뜯어보며 물었다.

"여긴 나무도 없는데 왜 전투복을 입고 다녀요? 이 동네에서 사람들 눈에 띄고 싶지 않으면 알루미늄 벽널 같은 제복을 입어야죠."

"그렇게 건방 떨면 네 엄마한테 좋을 게 없다, 꼬마야."

덩치 큰 군인이 말했다.

"우리가 가택을 수색하기 전에 마지막으로 연방 정부에 미처 제출하지 못한 금을 자진 신고할 기회를 드리겠습니다. 커다란 물건에 조금 붙어 있어도 신고하셔야 합니다. 자진 신고하면 형량이 크게 줄어듭니다. 우리가 찾아내면 형사 소추를 면치 못할 겁니다."

왜소한 군인이 점잔 빼는 인도식 억양으로 설명했다.

"이 개자식들이 우리 집에서 뭐 하는 거야?"

에스테반은 권위를 못 견뎌했다.

"이 나라에 충성하지도 않을 것 같은 다혈질 라틴계가 미국 국인을 한 번만 더 '개자식'이라고 부르면 이 쓰레기장을 이 잡듯이 뒤질 줄 알아."

첫 번째 군인이 말했다.

"아예 집을 부숴보시지. 군인이고 뭐고 다 고소해버릴 테니까."

에스테반이 대꾸했다.

"내가 그런 얘길 얼마나 많이 듣는지 알아? 하루에도 백 번은 들을 걸. 잘해보시지, 멍청한 놈."

"인종차별로 고발할 수도 있어."

에스테반이 말했다.

"난 라틴계라고 했지, 스페인놈이나 멕시코 잡놈, 멕시코 놈팡이라고 하진 않았어."

"사용과 언급의 차이."

윌링이 말했다. 플로렌스는 그애가 도대체 무슨 말을 하는지 알 수 없었다.

"신고할 것 있습니까, 아주머니?"

아시아계가 다시 물었다.

"이 가택을 불필요하게 파괴하면 사진을 찍어서 신고해야겠죠."

플로렌스는 막연하게 자신을 용감한 사람이라고 생각했지만 손이 덜덜 떨렸다. 술잔이 아무리 매혹적이라 해도 징역 10년과 맞바꿀 만큼은 아니었다.

그녀가 집안의 오래된 장신구가 있다는 사실이 방금 떠올랐다는 얘기를 어떻게 해야 가장 효과적일까 고민하고 있을 때, 그들이 거실을 뒤지기 시작했다. 아시아계 사내가 그랜드 맨의 오이스터베이 집에서 가져온 와인색 소파의 가죽 쿠션들을 전부 끄집어내고 있었다. 세간을 통틀어 유일하게 값나가는 이 가구 때문에 군인들이 집안 형편을 오해할지도 모른다는 생각이 들었다. 아시아계 군인은 틈마다 일일이 손을 넣어본 뒤 불룩한 무언가를 발견한 척하며 커터 칼로 쿠션 하나를 갈랐다. 그저 이 집에서 가장 귀한 세간을 망가뜨리려는 심산인 듯했다.

"우리 정부가 소파 커버 수선비도 내줍니까?"

에스테반이 삐딱하게 물었다.

"덕트 테이프는 이런 데 쓰라고 있는 겁니다, 선생님."

군인이 대꾸하며 속을 빼냈다.

호화로운 소파가 쓸데없이 찢기고 나자 플로렌스는 묘한 분노가 일었다. 내놓아봐야 이득 될 게 없으니 입에 주먹을 물고 꾹 참아야 한다는 생각이 들었다. 어디 해보시지. 그녀는 이 군인들을 질책하지도, 불손하게 굴지도 않으리라 작정했다. 몸을 꼿꼿이 세우고 이를 악물었지만 애써 태연한 표정을 유지했다. 이제 금품 은닉으로 걸려 그들에게 보상을 안겨주는 일은 생각할 수도 없었다. 그녀가 사랑하는 졸업 선물을 저들이 갖고 가게 하지는 않으리라. 저 불쾌한 군인들이 그날 저녁 싸구려 위스키로 그녀의 수모를 기념하게 두지는 않을 작정이었다.

덩치 큰 사내는 공허한 소리가 나는 바닥 널을 찾으려는 듯 꼼꼼하게 발로 바닥을 굴려보았다. 그러나 엉성한 틀 위에 얇은 쪽모이세공 마루를 얹은 이 바닥은 어디서나 공허한 소리가 났다. 그들은 가구들을 이리저리 끌어 바닥을 얽어놓고 다시 제자리로 옮겨놓지도 않았다. 벽에 걸린 사진들을 떼어 찢어진 소파 위에 쌓아놓고 과학수사를 흉내 내며 석고보드를 두드려보기도 했지만, 벽면에서도 어디서든 공허한 소리가 났다. 그들은 책꽂이에 꽂힌 책들을 꺼내어 미심쩍은 얼굴로 책장들을 넘겨보았다. 안에 은닉처를 깎아 만들 용도가 아니라면 이런 물건을 갖고 있을 이유가 없다고 생각하는 것 같았다.

그들은 부엌으로 옮겨갔다. 덩치 큰 남자가 수제 파스타를 만들려는 사람처럼 밀가루 통을 조리대 위에 쏟아놓고 휘저었다. 거만한 아시아계 사내가 냄비들과 프라이팬들을 꺼내 바닥에 쌓아놓는 동안, 그의 동행은 싱크대에 놓인 통을 쏟아부어 발치에 있는 깨끗한 취사도구들 위에 기름 낀 재활용수를 튀어놓았다. 심지어 그들은 냉장고도 뒤졌다. 금도 냉장 보관하면 더 오래가는 모양이었다. 미다스가 채소 서랍은 건드리지 않은 듯 보였는지 그들은 차가운 닭다리 두 개를 만져보고 끝냈다. 뒷문으로 나간 그들은 금속 탐지기를 들고 플로렌스의 애처로운 텃밭으로 가더니 로즈메리 덤불 주위에서 몹시 흥분하기 시작했다. 그녀가 매서운 겨울 추위 속에서 유일하게 살려놓은 허브였다. 그들은 그녀의 삽을 들고 단단한 땅을 쳐서 기어이 이 식물의 뿌리를 잘라놓았지만 금속 탐지기를 울리게 한 것은 부식된 열쇠고리였다. 중국에서 대량생산된 열쇠고리보다는 좀 더 반짝거렸지만 국채를 해결하는 데에는 크게 도움이 되지 않을 듯했다.

이 자유 세계의 수비대가 2층에 이르자 플로렌스는 혼자 조용히 흥분하기 시작했다. 겁에 질린 그녀는 윌링의 손을 꼭 잡고 안방으로 향하는 두 사내를 따라갔다. 아시아 사내가 그녀의 화장대 위에 보석함을 쏟아놓고는 고장 난 손목시계와 머리끈, 챕스틱, 한때 잠시 즐겨 썼지만 이제는 착용하지 않는 라인석 액세서리 몇 개를 성마르게 뒤적거렸다. 색색의 양말과 브래지어, 팬티 들을 바닥에 던진 뒤("사람들이 '속옷 서랍'에 무언가를 숨겨놓은 경우가 얼마나 많은지 모릅니다" 하고 덩치 큰 군인이 경멸조로 말했다) 그들은 침대 밑에서 여분의 이불과 담요, 베개 들을 모조리 끄집어내며 펼쳐보기 시작했다. 플로렌스는 식은땀이 흘렀고 심장이 이에서 뛰는 것 같았다. 지금이라도 신고해서 징역형을 면하는 게 나을지도 모른다. 그들이 침대 밑 한가운데로 손을 뻗기 전에 그녀가 불쑥 내뱉었다.

"잠깐만요, 제가 미리 말씀드렸어야……."

"아니야, 엄마."

윌링이 끼어들어 그녀와 눈을 맞추며 고개를 저었다.

"그 목걸이, 엄마가 하도 걱정하기에 내가 확인해봤어요. 경찰들이 제이 가에 버리고 간 기구로 순도 검사도 해봤는걸. 그냥 쇠붙이야. 잘 보이려고 그런 거겠지만 어쨌든 에스테반 아저씨는 엄마 생일에 꼼수를 부린 것 같아요."

"무슨 목걸이 말이냐?"

덩치 사내가 잔뜩 경계하는 목소리로 물었다.

윌링은 아시아계 사내가 쌓아놓은 잡동사니 더미를 가리키고는 작은 오팔이 대롱거리는 예쁜 목걸이 하나를 찍었다.

"이거요."

덩치 큰 군인은 그것을 집어 들고 금속을 휘어본 뒤 다시 던져놓았다.

"네 말이 맞다. 싸구려야."

바로 그때 아시아계 사내가 침대 밑 한가운데 뭉쳐놓은 담요를 꺼내어 보란 듯이 펼치기 시작했다.

달그락거리는 물건은 나오지 않았다. 천만다행이었다. 플로렌스는 속을 게우기 일보 직전이었고, 한낮에 변기 물을 내리는 것은 큰 낭비였으니 말이다.

군인들은 쿵쾅거리며 집 안으로 들어올 때만큼이나 빠르게 이 강탈 행위에 흥미를 잃은 듯했다. 그들은 요란하게 아래층으로 내려가더니 그대로 밖으로 나갔다. 그들 뒤로 덧문이 쾅 닫혔지만 현관문이 아직 열려 있어서 실내 온도가 10도쯤 더 떨어질 것 같았다.

이상한 일이었다. 밀가루까지 샅샅이 뒤진 사람들이 다락을 들여다보지도, 커트의 지하 셋방을 건성으로 훑어보지도 않고 가다니. 두 곳 모두 투탕카멘의 무덤에 있는 금을 모조리 넣어둘 수 있을 만한 공간인데 말이다.

플로렌스는 아드레날린 과다 분비로 현기증을 느끼며 소파 속을 헤치고 나아가 문을 닫고 이중 잠금장치를 걸었다. 에스테반은 거실에서 씩씩거리며 가구들을 제자리로 밀어 넣고 있었다. 플로렌스는 그의 거친 성미가 군인들을 자극해 집이 더 파괴될까 봐 그를 거실로 쫓아낸 터였다. 앞쪽 창문으로 사내들이 다른 사람의 하루를 망치러 간 것을 확인한 그녀는 윌링을 돌아보았다. 윌링은 다시 세 번째 계단에 걸터앉아 있었다. 그애의 얼굴을 살필 때마다 그녀는 자신도 모르게 아이 아빠에 대한 단서를 찾아보곤 했다. 라인석 액세서리를 즐겨 착용하던 바로 그 시기의 일이었다.

"어떻게 알았어……?"

그녀가 속삭였다.

"난 알아야 할 건 다 알아요."

아이가 대답했다.

"너였구나. 내가 그걸 싸고 있을 때 삐걱거리는 소리를 냈던 게."

그녀가 말했다.

"엄마가 곤충 스낵바 같은 장소를 고르더라고요."

"그래서 네가 옮겨놨구나."

그는 고개를 끄덕였다.

"너무 위험한 일 아니야?"

"장소를 잘 골랐다면 그렇지 않죠. 엄마, 생각해보세요. 그 수많은 집들, 그 수많은 벽장들, 그 수많은 마룻널과 상자들. 게다가 금으로 된 물건들은 아주 작잖아요. 불가능한 일이에요. 집집이 돌아다니며 수색하는 건 말도 안 되는 일이라고요. 이건 진짜 수색이 아니에요."

"진짜 수색이 아니다……."

"그냥 겁을 주려는 거예요. 충분히 겁을 주면 자기들이 직접 찾을 필요가 없잖아요. 사람들이 그냥 내준다고요. 엄마도 거의 그럴 뻔했잖아."

에스테반이 바닥에 펼쳐진 채로 엎어진 존 스타인벡의 책들을 책꽂이에 꽂다 말고 물었다.

"케 에스타스 콘스피란도? 테네모스 무초 트라바오 아키.(스페인어로 '둘이 무슨 공모를 하는 거야? 우리 할 일 많거든.'—옮긴이)"

플로렌스보다 스페인어를 더 유창하게 구사하는 윌링은 에스테반과 자주 스페인어로 대화했고 언어적인 결속은 특별한 친밀감을 낳았다. 그러나 플로렌스와 윌링의 끈끈함은 5년 동거한 남자친구도 따라올 수 없는 수준이었으므로 에스테반은 가끔 질투하는 듯 보였다.

"에스 메호르 시 노 로 사베.(스페인어로 '모르시는 게 나아요.'—옮긴이))."

윌링이 대꾸했다.

"어디에 숨겼는지 엄마한테 알려줄 거지?"

플로렌스가 조용히 물었다.

"아뇨. 엄마도 모르는 편이 나을 것 같은데."

"엄마가 알아야 저 부모똥들이 다시 왔을 때 어딜 뒤지든 당황하지 않지."

그러자 월링은 확신에 찬 목소리로 말했다.

"그들은 다시 오지 않아요. 사람들을 협박해서 빼앗은 금으론 그 일을 맡은 군인들과 경찰들의 인건비도 나오지 않는다는 사실을 곧 정부도 알게 될 테니까. 이제 정부는 돈을 빌릴 수도 없어요. 그러니 현재로선 돈을 낭비하지 않을 거예요."

"현재로선. 뭐 이런 녀석이 있나 몰라."

"그보다 복잡하긴 하죠. 하지만 맞아요. 현재로선. 나중에는 또 다른 문제가 생기겠죠. 정부는 많은 돈을 갖게 될 거예요. 하지만 그 돈은 가치가 없어지겠죠. 그건 돈이 없는 것과 똑같고요."

평소에 잘 웃지 않는 월링이 희미하게 미소를 짓고 있었다. 뿌듯한 모양이었다.

"아들, 어설픈 인터넷 검색은 위험한 거야."

그러자 월링이 맞장구쳤다.

"맞아요. 어설픈 인터넷 검색은 막대하게 위험하죠. 충분한 인터넷 검색은 다른 면에서 위험해요. 다른 사람들에게 위험하거든요, 자기 자신이 아니라."

당시만 해도 군인의 급습이 엄청난 드라마처럼 느껴졌다. 머지않아 식료품점에서 그보다 더 극적인 장면이 펼쳐졌다.

플로렌스는 매주 일요일 오후에 일주일 치의 식량을 구비해두었다. 윌링이 낡은 쇠수레를 끌고 따라와 집으로 물건을 실어왔다. 몇 년 전까지만 해도 두 사람은 가게들이 늘어선 처치 가까지 한 블록 반을 여유롭게 걸어가 길거리 좌판에서 한 봉지에 2달러씩 할인 판매하는 시나몬스틱을 사거나 가슴 큰 자메이카 여자들이 입고 있는 요란한 무늬의 허리받이를 구경했지만 요즘에는 굳이 먼 길로 돌아가지 않았다. 이런 가게들이 사라지고 필라테스나 요가 스튜디오, 애견 미용실 등이 들어서자, 플로렌스는 수표 깡 딜러들과 아프리카 레게 머리 전문점, 전당포, 하나뿐인 병 바닥에 끈적거리는 시큼한 사탕 세 개가 들러붙어 있던, 코카인 밀매상이 분명한 사탕 가게 등이 그리웠다. 청록색과 연노란색, 진분홍색의 화려한 슬러시를 팔던 모퉁이 수레들이 오래전에 사라진 이후, 이 지역은 말 그대로 색깔을 잃어버렸다.

당연한 일이지만, 인플레이션과 흉작, 에너지 가격 폭등, 무서울 정도로 늘어가는 아시아의 수요 때문에 그녀가 슈퍼마켓에 들고 가는 현금은 해마다 늘어났다. 아델피의 월급에도 적게나마 물가상승률이 반영되었지만 급격히 늘어가는 식비를 따라가지 못했다.

그러나 이번엔 달랐다.

아, 오해하지 마시길. 크리스마스 무렵에 이미 플로렌스는 수입 상품을 무조건 제쳐놓아야 한다는 사실을 깨달았으니 말이다. 그렇지 않아도 그녀의 가족은 그리스산 올리브나 이탈리아산 파르메산 치즈, 일본산 쌀식초, 심지어 (에스테반에겐 애석한 일이지만) 멕시코산 건고추 같은 사치스러운 식재료를 자제하는 데 익숙했다. 어쨌든 곧 슈퍼마켓 선반에서 수입 상품들이 자취를 감추었다. 투자은행에서 일하던 (금융 산업 전체가 하루아침에 녹아 없어졌다) 그들의 이웃 브렌던의 말에 따르면, 이 나라의 국제 무역은 사실상 정지 상태였다. 수출업자들은 방코르를 미국 은행에 예치할 수 없어 번거롭게 국외의 중개인을 고용해야 했다. 자본 통제가 여전히 발효 중이었으므로 수입업자들은 해외로 달러를 송금할 때마다 상무부의 승인을 받아야 했고, 이 역시 보통 일이 아니었다. 그러나 2월이 되자 내수 상품에도 어이없는 일이 벌어졌다.

"내가 정확히 기억하는데, 지난 10월에 양배추 한 통이 20달러였거든."

플로렌스는 부실한 양배추 한 통의 무게를 가늠해보며 말했다.

"이건 더 작고 엉성한데 25달러야. 그것도 같은 슈퍼마켓에서. 계산해봐. 이런 비율로 오른다면 내년 10월엔 양배추 한 통이 얼마일까?"

윌링은 금세 답을 내놓았다.

"40달러. 하지만 걱정 마세요. 어차피 난 양배추에 질렸으니까."

"그건 나도 마찬가지야! 하지만 주위를 봐. 달리 무얼 사겠니?"

유티카 대로에 위치한 그린 에이커 팜은 도시 식료품점치고는 물건이 많은 편이었고, 물냉이와 고추냉이 세트가 예전 이 동네 주민의 큰 비중을 차지하던 카리브해 이민자들을 체계적으로 몰아내기 시작하면서 화려한 단장을 하기도 했다. 그러나 이제 주키니 호박(450그램 한 무더기에 24달러)과 200그램씩 묶어놓은 시금치(전에는 300그램, 한 단에 15달러), 완두콩(450그램에 31달러)은 그림의 떡이었다. 플로렌스는 추레한 케일 한 단(18달러)과 딱히 내키지 않지만 반짝세일 코너에 한 봉지 남아 있는, 끝이 누렇게 변한 보스턴 상추에 만족해야 했다.

4월이 되자 양배추 가격은 예상을 앞질렀다. 벌써 30달러가 된 것이다.

플로렌스의 노숙자 보호소 동료들은 식대에 민감해졌다. 직원실

냉장고에 넣어둔 샌드위치 봉투들에는 마스킹 테이프에 느낌표까지 찍어놓았는데도 도둑질이 횡행했다. 셀마는 호밀빵 볼로냐소시지 샌드위치 때문에 청소하는 직원을 때려눕히다시피 했다. 그리고 패스트 푸드 가격이 뜨거운 화젯거리가 되었다. 쉬는 시간이 되면 그들은 금주의 가장 가혹한 가격 인상을 놓고 경합을 벌였다.

마테오가 말했다.

"서브웨이 치킨 베이컨 랩 하나에 35달러 49센트야! 그 자리에서 봉지를 던지고 나와버렸다니까. 내가 무슨 하워드 버핏(세계적인 부호 워런 버핏의 장남—옮긴이)인 줄 아느냐고, 버핏은 랩을 먹지도 않는다고 쏘아줬지."

그러자 라스타가 말했다.

"타코벨은 계산대 뒤에 붙어 있던 플라스틱 메뉴판을 아예 치워버린 거 알아? 이제 전부 디지털로 나오더라고. 매주 사다리에 올라가지 않고도 엔칠라다/토스타다 콤보 가격을 올리려는 거야."

플로렌스의 찬장은 원래부터 검소했으므로 그녀는 어디에서 지출을 줄여야 할지 몹시 고민되었다. 그들은 가공식품을 먹지 않았고 탈모가 걱정될 만큼 고기도 많이 먹지 않았다. 엄밀히 말하면 이름 있는 개 사료를 사는 것도 엄청난 사치였지만 윌링은 마일로를 굶기느니 이 스패니얼의 밥그릇에 자기 음식을 긁어줄 아이였다. 그래서 그녀는 신선한 허브를 포기하고 양념과 소스도 끊었다. 슬프지만 아이스크림도 포기했다. 윌링의 아침 식사로 콘플레이크 대신 밥을 우유와 함께 먹였고 가공 곡류가 조금이나마 저렴했기 때문에 건강에 좋은 현미 대신 장립종 백미를 샀다. 파스타를 먹는 데에는 한계가 있다고 생각하겠지만, 꼭 그런 것 같진 않았다.

설상가상으로 그녀의 변동금리 담보대출이 2퍼센트 포인트 올랐고 따라서 월 불입금을 감당하려면 세입자의 월세를 올려야 했다. 지하실 임대는 불법이었다. 이 동네는 1주택 1가구 거주 구역이었다. 커트는 정식 임대 계약서도 쓰지 않았으므로 그녀는 마음이 바뀌면 언제든 임대료를 올릴 수 있었다. 지금까지는 월세가 꼬박꼬박 들어왔지만 그녀는 그가 꽃집에서 시간제로 일한다는 사실이 마음에 걸렸다. 이런 경제 상황에서 일일초 같은 꽃을 포기하지 않는다면 대체 무얼 포기하겠는가. 그녀는 자신이 물러터진 사람이라고 생각하지 않았지만 그가 갖고 있을 리 없는 돈을 더 요구하는 일은 하고 싶지 않았다.

5월의 어느 일요일 오후, 그들은 늘 그랬듯 그린 에이커 팜으로 향했다. 이제는 물건을 많이 사지 않았으므로 수레는 가져가지 않았다. 그들은 일주일에 한 번 장을 보러 갈 때마다 개를 함께 산책시켰지만 이번엔 윌링이 마일로도 데려가지 말자고 했다. 개를 가게 앞에 묶어놓으면 파렴치한 행인이 훔쳐가서 아주 잔혹한 짓을 할 수도 있다고 아이는 주장했다.

"누가 잡아먹을지도 몰라요."

그러나 플로렌스는 돌아오는 길에 윌링의 말을 듣고 더욱더 경악했다.

"엄마가 식탁에 놓아둔 통지서를 봤어요. 담보대출 불입금이 올랐던데요. 문제예요."

"어머, 아들……. 그건 엄마가 알아서 할 일……."

"우리의 일이죠. 나랑 에스테반 아저씨랑 커트의 일이기도 해요. 우리도 그 집에 살잖아요."

"내가 너만 했을 때는 담보대출이 뭔지도 몰랐어."

"말했잖아요. 난 알아야 할 건 안다고. 엄마는 열네 살 때 담보대출

이 뭔지 알 필요가 없었겠죠."

"널 걱정하게 하고 싶지 않아……."

쓸모없는 훈계였다.

"……하지만 그래, 좀 문제이긴 해."

"인플레이션에 따라 금리도 오르게 마련이에요. 엄마의 담보대출 불입금은 계속 오를 거예요."

"왜 그렇죠, 전문가 양반……?"

"비싼 돈을 빌려줘 놓고 싼 돈을 받고 싶어 하는 사람은 없을 테니까요."

윌링은 당연하지 않느냐는 듯 단조로운 투로 대꾸했다.

"하지만 어느 정도의 인플레이션은 항상 있잖아. 인플레이션 때문에 금리가 항상 오르지는 않아. 사실 인플레이션은 꼭 필요한 거야. 그 반대가 되면 끔찍한 상황이 되거든."

"그건 정부에서 주입시킨 생각이죠."

그녀의 하나뿐인 아들에 대해 걱정되는 몇 안 되는 점들 가운데 하나는 아이가 갈수록 거들먹거린다는 사실이었다.

"그래. 그렇다 치자. 어쨌든 나는 평생 꾸준한 인플레이션이 필요하다고 들었으니까. 적어도 2~3퍼센트씩."

"알고 있어요. 세뇌당한 거죠."

윌링은 몹시 즐거워하는 목소리로 말을 이었다.

"조금씩 꾸준히 일어나는 예측 가능한 디플레이션은 쉽게 적응할 수 있어요. 인플레이션은 세금이에요. 정부에 돈을 벌어주는 거죠. 사람들이 세금으로 보지 않는 세금. 정치인들에겐 최고의 세금이에요. 하지만 인플레이션이 꼭 불가피한 건 아니에요. 영국의 파운드 스털링은 1300년부터 600년 동안 그 가치가 큰 변화 없이 유지되었어요.

게다가 그 당시는 영국 사람들이 사실상 세계를 지배하던 제국 시절이었잖아요. 대 그랜드 맨은 파운드가 그렇게 된 건 비극이라고 하셨어요. 지금 우리가 쓰는 표현들은 전부 파운드 스털링에서 유래한 거잖아요. 1페니 빚지고 벌 받으나 1파운드를 빚지고 벌 받으나(In for a penny, in for a pound, '시작한 일은 끝을 보라'는 뜻—옮긴이), 페니는 신중하게, 파운드는 어리석게(Penny wise and pound foolish, '적은 돈 아끼려다 큰돈 잃는다'는 뜻—옮긴이). '스털링(sterling)'도 그래요. '훌륭한', '가치 있는'이라는 뜻으로 쓰이잖아요. 하지만 실제 파운드 스털링은 이제 우스운 것이 되었다고 하셨어요. 그건 인플레이션 때문이에요. 저는 대 그랜드 맨에게 제 생각엔 나의 돈이 우스운 것이 되면 사람들이 나도 우스운 존재로 생각하는 것 같다고 말씀드렸어요. 이제 달러도 우스운 것이 되었잖아요."

"달러의 가치가 떨어져서 사람의 가치도 떨어졌다고 생각하니?"

"어떤 면에선 그래요. 그 부분은 아직 확실하게 알아내지 못했어요. 하지만 지금 일어나는 일은 우리가 무엇을 구입할 수 있는가 하는 문제만이 아니에요. 우리가 어떻게 느끼느냐에도 영향을 미친다고요. 이를테면 더 작아진 느낌이 든다거나. 저는 작아진 것 같아요. 엄마도 자각하지 못할 뿐 더 작아졌다고 느낄걸요."

"난 식료품비 때문에 더 작아진 기분이야. 살이 빠지고 있다고!"

과장이 아니었다. 플로렌스는 자신이 살을 빼야 한다는 사실을 확실하게 인지하고 있었고, 거울 속에 보이는 파리한 모습을 볼 때면 조금 가벼워진 느낌이 들었다. 그녀의 아들도 같은 생각인 듯했다.

"자."

윌링이 의기양양하게 다시 운을 떼었다.

"이제 우리가 금을 죄다 중국에 뇌물로 갖다 바쳤으니 그들이 우리를 내버려둘까요?"

"베이징은 원하는 것을 얻었다고 생각하는데. 미국에게는 창피한 일이었지만."

"대 그랜드 맨은, 그 금이 수정 금본위제로 돌아가거나 방코르를 매입하는 데 사용되지 않는 한 그걸 내놓는 건 크게 쓸모가 없다고 하시더라고요. 그냥 놓아두면 그저 예쁘기만 할 뿐이라고 하셨죠."

"뭐, 나로선 그리 아쉽지 않아."

플로렌스가 말했다.

"저는 스페인어는 괜찮아요. 하지만 중국어는 배우고 싶지 않아요. 이상하잖아요. 너무 고음이고. 콧소리도 많이 들어가고."

"혹시라도 중국인들이 뉴욕을 침략할까 봐 걱정하는 거라면 그런 일은 없을 거야."

그러자 윌링이 대꾸했다.

"군대를 동원해 침략하진 않겠죠. 하지만 뉴스에서 못 보셨어요? 맨해튼 미드타운은 중국인 천지예요. 색스 피프스 애비뉴 백화점, 로드 앤드 테일러 백화점, 티파니 매장 앞에도 중국 사람들이 줄 서 있다니까요. 한국, 인도네시아, 베트남 사람들도 섞여 있고."

"그들에겐 좋은 값에 물건을 살 수 있는 기회야. 환율 때문이지."

"알아요."

윌링은 무시하는 투로 말을 이었다.

"제발 내가 아는 건 얘기하지 않았으면 좋겠어요. 내 말은, 점령할 수 있는 방법이 여러 가지라는 뜻이에요."

"그런 얘긴 조심해. 인종차별처럼 들릴 수 있어."

"대 그랜드 맨은 감사해야 한다고 하세요. 외국인 관광객들이 없으면 무언가를 사는 사람이 아무도 없을 테니까. 우린 이미 제2의 대공황에 들어갔어요. 대 그랜드 맨은 외국에서 온 사람들에겐 이곳의 모든 것이 사실상 공짜나 마찬가지라고 하시더라고요."

"그런데 우리한테는 공짜가 하나도 없어! 오늘만 해도 늘 쓰던 표백제 값이 기막히게 올랐잖아."

그들이 4리터들이 대용량 표백제를 허겁지겁 집어 든 것은 오로지 다음번엔 더 오를 것이 분명했기 때문이었다. 그 표백제가 든 봉지 때문에 그녀의 어깨가 빠질 것 같았다.

"가격은 오르지 않아요."

월링이 권위적으로 말했다.

플로렌스는 코웃음을 치며 대꾸했다.

"누굴 속이려고!"

"그들한테 속고 있는 거예요."

월링은 어느새 뻐기듯이 건들거리며 걷고 있었다.

"사람들은 늘 그 부분에서 착각을 하죠. 물건들이 점점 비싸진다고 생각해요. 사실 모든 것의 값은 일정해요. 가격이 오르는 게 아니라 화폐 가치가 떨어지는 거라고요."

"나 참. 환율 때문에 수입품이 비싸지는 건 이해하겠어. 하지만 여기 현지에서 우리가 만들거나 키우는 상품에는 영향을 미치지 않잖아."

이제 온전히 역할이 뒤바뀌어 월링이 어린아이를 대하듯 참을성 있게 엄마에게 얘기하고 있었다. 그녀는 자신이 아이의 이야기를 들어주고 있다고 생각했다. 아이는 자신이 엄마의 이야기를 들어주고 있다고 생각했다. 어쨌거나 대화는 이어졌다.

"미국인들은 아무것도 만들지 않지만 일단 그 점은 제쳐놓을게요. 세수는 낮아요. 결손이 심하죠. 정부는 이제 돈을 갚는다는 신뢰를 잃었기 때문에 어디서도 돈을 빌릴 수 없어요. 채무 포기로 단기적인 비용 절감이 되긴 했죠. 빚 갚는 비용이 절약되었으니까요. 하지만 작은 은행들의 파산으로 인해 연방예금보험공사는 막대하게 돈을 내놓아야 했어요. 대형은행들은 긴급 구제를 받아야 했고요. 많은 연금 손실은 연금보장공사가 메워야 했죠. 실업보험도 오르고 있고요. 여기에 메디케어와 메디케이드, 사회보장연금까지, 이런 것들이 이미 예산의 절반 이상을 차지하고 있다고요."

"겨우 열네 살짜리가 메디케어와 메디케이드의 차이를 알고 있다고? 우리 나이에도 그 두 프로그램에 대해 정확히 모르는 사람이 태반이야."

윌링은 거만하게 설명했다.

"케어(메디케어Medicare의 care, '보살핌'이라는 뜻 - 옮긴이)는 노인을 위한 거, 에이드(메디케이드Medicade의 aid, '원조', '지원'이라는 뜻 - 옮긴이)는 빈곤층을 위한 거죠. 그게 무슨 로켓 공학도 아니고. 어쨌든 엄마가 이해하고 싶다고 했잖아요!"

윌링은 자신이 논리를 전개할 때 누가 끼어드는 것을 좋아하지 않았다.

"지금 정부는 코너에 몰렸어요. 돈을 빌릴 수는 없죠. 세금을 올릴 수는 있어요. 하지만 부자들은 이미 높은 세금을 내고 있어요. 그런데 이제는 그들의 투자가 날아갔어요. 부자들은 부자가 아니에요. 그러니까 남은 과세 대상은 엄마랑 에스테반 아저씨 같은 사람들뿐이에요. 양배추도 못 사 먹는 사람들. 대 그랜드 맨의 표현으로는 돌에서 피를 짜내는 셈이에요. 그것 말고 또 어디서 돈을 끌어와야 할까요? 바로 찍어내는 거예요."

그녀는 아이를 보았다.

"정말 쉴 새 없이 얘기하는구나. 너 예전엔 내성적이었잖아."

"내성적인 게 아니었어요. 할 얘기가 별로 없었던 거죠."

그들은 이스트 55번가에 거의 다다랐지만 윌링은 보도에서 걸음을 멈추고 특유의 격식을 차리며 엄마를 돌아보았다.

"엄마, 엄마가 시에서 일하는 건 정말 다행이에요. 조사해봤거든요. 시는 연방 정부로부터 자금 지원을 받아요. 그 말은 곧 엄마의 고용주들이 그 가짜 돈에 접근할 수 있다는 뜻이죠. 3월에 엄마 월급이 크게 오른 것도 그 때문이고, 앞으로도 월급은 계속 오를 거예요. 그것도 문제의 일부죠. 급여, 연금, 복리후생 같은 정부 지출들은 대개 인플레이션에 따라 조정되거든요. 그렇다면 예산을 충당하기 위해 계속해서 돈을 더 찍어내야 한다는 뜻이에요. 그 이유는 바로 계속해서 돈을 더 찍어내고 있기 때문이에요. 대 그랜드 맨은 '되먹임 회로'라고 하시더라고요. 마치 살아 있는 눈덩이처럼 절로 불어나는 거예요. 아무도 따라잡지 못해요. 엄마의 월급도 그렇게 빠른 속도로 오르진 않을 거예요. 아까 그린 에이커에서 양배추 가격을 봤거든요. 이제 38달러가 되었더라고요."

"미쳤어."

플로렌스가 말했다.

"하나 더."

윌링은 마치 목록을 적어놓고 읽어 내려가듯 말을 이었다.

"엄마의 급여가 올라갈수록 세율은 훨씬 더 높아질 거예요. 세금 등급은 바뀌지 않을 테니까."

"하지만 그건 부당하잖아! 너무해."

윌링은 서글프게 대꾸했다.

"재정 장애라는 거예요. 사람들은 지금 일어나는 상황을 완전히 잘못 이해하고 있어요. 엄마처럼. 정부는 그렇게 발뺌하는 거죠. 물가가 너무 오르고 있다! 이러면 문제가 외부에서 오는 것처럼 보이잖아요. 정부가 통제할 수 없는 일처럼 보인다고요. 하지만 정부는 자기들이 통제하고 있다고 생각해요. 은밀하게 통제하는 건 정직하지 않은 일이죠. 하지만 아주 나쁜 일은 아니니까요. 저는 그렇게 생각하지 않아요. 7개월 만에 20달러짜리가 38달러가 되었어요. 무인 자동차에 타고 있는 거랑 똑같아요. 단, 컴퓨터가 없는 무인 자동차죠. 왜냐하면 진짜 큰 실수들은 오래전에 행해졌거든요. 그런 건 만회할 수가 없어요. 대가를 치러야 하죠. 알바라도는 바로 그 부분에서 틀렸어요. 연설 한 번으로 빚에서 벗어날 수는 없어요. 대가를 치러야 하죠. 어떤 식으로든."

월링의 목소리가 더욱 비통해졌다.

"우린 대가를 치르기 시작한 것 같아요."

그들은 남은 길을 다시 걷기 시작했다.

"그런데 대 그랜드 맨하고 언제 이런 얘기를 하는 거니?"

"얘기하진 않아요. 플렉스를 하죠. 그게 더 명확하거든요, 복잡한 사안에 대해서는. 아니, 실제로는 그렇지 않지만 복잡해 보이는 사안에 대해서는 말이에요."

플로렌스는 '부자들은 부자가 아니'라는 아들의 말에 여전히 동요하고 있었다. 그애의 다른 수많은 논설과 마찬가지로 이 일반화 역시 더글러스 맨디블에게서 나온 것이 분명하다는 점에서 더욱 그랬다. 이 부의 역전으로 인해 그녀의 집안 어른들이 말년에 낙을 잃고 살아야 하는 신세가 되었으니 도의적으로는 속상해야 마땅했다. 그러나 차마 그녀는 자신을 속일 수 없었다. 그녀는 전혀 속상하지 않았다.

"그 정보가 어디서 나왔는지 잊지 마, 아들. 네 증조할아버지께서 복음처럼 말씀하시는 것들을 전부 받아들여선 안 돼. 그분은 사회적인 쟁점들에 대해선 진보적인 입장이지만 부는 늘 사람들을 오른쪽으로 끌어당기게 마련이야. 재산을 지키고 싶어 하는 게 당연하잖아. 사심을 배제할 수는 없거든."

"바로 그래서 저는 삼각 측량을 하죠."

월링이 모호하게 말했다.

"엄마가 그동안 정신이 없어서 한참 연락을 못 드렸네. 대 그랜드 맨은 괜찮으시니?"

"좀 우울하시겠죠. 하지만 플렉스로 그런 얘긴 하지 않아요. 막대하게 나이가 많으시지만 플렉스할 때는 그렇게 느껴지지 않거든요. 그리고 시간도 많으시죠. 루엘라 할머니는 지능상 문 버팀쇠와 다를 바가 없으니까."

"못되게 얘기하지 마. 할머니 잘못이 아니잖아."

"저는 면전에 대고 문 버팀쇠라고 부를 수도 있어요. 그 할머니는 전혀 개의치 않을걸요. 그런 사람들을 왜 그냥 총으로 쏴버리지 않나 몰라. 그편이 더 나을 텐데."

"월링, 그렇게 말하면 못써."

월링은 한숨을 쉬었다.

"이런 상황이 벌어진 이유 중 하나가 바로 루엘라 할머니 같은 사람들이에요. 값비싼 문 버팀쇠 말이에요."

"너도 늙어서 정신없어져 봐. 너도 누가 그냥 쏴줬으면 좋겠니?"

"네."

"그래, 다들 그렇게 얘기하지. 하지만 진심은 아니야. 늙는 게 어떤지 몰라서 그래. '난 그냥 죽여줘!' 이런 건 상상력 없는 건강한 사람들이 생각 없이 떠들어대는 값싼 대사일 뿐이야."

"대 그랜드 맨은 루엘라 할머니처럼 되느니 죽는 편이 낫다고 하시던데요. 게다가 그분은 그 할머니보다 더 늙었잖아요."

"엄마가 그렇게 되어도 엄마를 쏠 거니?"

월링은 침울하게 말했다.

"엄마가 원한다면요. 쉬운 일은 아니겠죠."

"그렇게 얘기해주다니 마음이 놓이네."

그날 저녁을 먹기 전에 플로렌스와 에스테반은 그들의 방에서 빨래를 갰다. 그들은 스톤에이지가 시작된 날 에스테반이 맨해튼에서부터 들고 온 빨래바구니를 여전히 갖고 있었다. 빨래바구니를 그렇게 로맨틱한 물건으로 여길 수 있는 사람은 많지 않으리라.

플로렌스가 입을 열었다.

"월링이 얼마나 말이 많아졌는지 알아? 몇 년 동안 그렇게 입을 다물고 있더니, 이제 거의 예언자가 되었다니까. 훈계를 하더라고. 어찌나 떠들어대던지. 대단하긴 한데, 한편으론 좀 오싹해."

"감탄하는 거야, 불평하는 거야?"

에스테반은 이전 세탁물에서 한 짝뿐이었던 양말의 짝을 찾아 맞추며 뿌듯해했다.

"둘 다인 것 같아."

"집안의 자원으로는 나쁘지 않지. 전용 신탁이 있는 셈이잖아."

"그렇게 예언자 행세를 하고 다니면 학교 친구들과 잘 어울리지 못할 텐데."

그러자 에스테반이 대꾸했다.

"믿어봐. 틀림없이 학교에서는 내가 이러저런 소식을 알려줄게 하고 떠들어대지 않을 거야. 밖에서 이상하게 행동할 녀석은 아니라고."

"그건 모르는 일이지. 나한테 설교할 때는 이상하게 의욕이 넘치더라니까."

"그애가 무언가에 대해 의욕이 넘친다면 그건 바로 당신을 보호하는 일이야."

"무엇 때문에?"

"무언가를 예지하고 있는지도 모르지. 우리 라틴계 사람들은 신비로운 것, 보이지 않는 것을 감지하는 감각을 타고났거든. 당신은 지극히 현실적이고 냉철하잖아. 눈에 보이는 것만 믿고."

"감탄하는 거야, 불평하는 거야?"

"둘 다인 것 같아."

그는 그녀를 침대 위에 눕혔다. 빨래 더미가 헝클어졌다. 그의 정확한 성격 묘사를 확인해주는 셈이 될까 봐 그녀는 저항하지 않았다.

"엄마, 시간 있어요?"

문가에서 소리가 들렸다. 아무렴. 그들은 문을 닫지 않았다. 아직 진도가 많이 나가지도 않았다. 하지만 윌링은 당혹스러울 정도로 섹스 광경에 동요하지 않았다. 엄마의 지극히 현실적이고 냉철한 성교육 때문에 아무렇지 않은 일로 여기게 된 모양이었다.

플로렌스는 일어나 앉아 에스테반에게 나중을 기약하는 의미로 입맞춤한 뒤 아들의 방으로 이끌려 들어갔다. 방은 깔끔했지만 각종 방정식과 도표, 얼핏 보기엔 점성술표 같은 것들로 뒤덮인 종잇장들이 책상과 침대 위에 흩어져 있었다. 윌링 세대는 무언가를 읽어도 플렉스로 읽었다. 눈에 띄는 서가나 특정 분야의 잡지로 10대 자녀의 내적인 삶을 유추할 수 없으니 현대의 부모들에겐 참으로 안타까운 일이었다.

그녀의 아들은 방문을 닫고 진지하게 선언했다.

"마일로를 내보냈으면 해요."

"뭐라고?"

플로렌스가 소리쳤다.

"넌 마일로를 사랑하잖아."

"그래서 보내주고 싶다고요."

윌링은 군인 같은 분위기를 풍겼다.

"네가 유일하게 아끼는 소유물을 희생하려 하다니 엄마는 이해가 안 되는데."

"마일로는 제 소유물이 아니에요. 제가 말했던 거죠. 그러니까 마일로에게 이익이 되는 쪽을 택해야 해요. 장기적으로는 마일로를 다른 사람에게 맡기는 것이 저에게도 이익이 될 거예요. 기회가 있을 때 필요한 조처를 취하지 못해서 나중에 자책하는 일을 피할 수 있을 테니까."

"아들, 네가 요즘 모호하고 불길한 헛소리와 대 그랜드 맨의 지독한 예언에 빠져 있다는 건 알아. 대 그랜드 맨은 고령이라 정신이 아주 맑은 상태가 아닐 수도 있는데 말이야. 어쨌든 이건 중요한 결정이야. 그러니까 좀 더 정확한 해명이 필요할 것 같다."

윌링은 체계적으로 설명하기 시작했다.

"가능한 시나리오 몇 가지를 생각해봤어요. 전부 좀 질척거리긴 하죠. 윌링이 마일로를 프로스펙트 공원으로 데리고 간다. 마일로의 끈을 풀어준다. 마일로는 기대에 찬 눈으로 올려다본다. 어서 가! 윌링이 재촉한다. 마일로는 헉헉거리며 충성스러운 모습으로 서 있다. 윌링이 나무막대 하나를 던져준다. 마일로는 그것을 쫓아간다. 윌링은 괴롭지만 단호한 얼굴로 몰래 공원을 나선다. 마일로가 나무막대를 물고 따라온다. 윌링은 걷어찬다. 마일로는 서운한 얼굴을 한다. 배신당한 얼굴이다. 윌링의 얼굴에 눈물이 주룩주룩 흐른다. 윌링은 마일로를 더 세게 걷어차고 돌멩이를 던지기 시작한다. 결국 개는 주인의 의도를 알아차린다. 마일로는 고개를 늘어뜨리고 숲으로 향한다. 마지막으로 이해할 수 없는 얼굴, 그러나 여전히 애정이 가득한 얼굴로 주인을 흘끗 돌아본다. 컷. 다음 시나리오."

그는 계속해서 말을 이었다.

"윌링은 마일로의 마지막 식사에 독을 탄다. 스테이크 한 조각. 그의 엄마가 수년 만에 사 온 스테이크다. 마일로는 게걸스럽게 그 고기를 먹는다. 윌링은 애절하게 바라본다. 그 후 한 시간 동안 그는 낑낑거리며 경련을 일으키는 개를 안고 있다. 마침내 마일로는 윌링의 품에서 몸을 늘어뜨린다. 뒷마당에서 가슴 저미는 장면이 펼쳐진다. 윌링이 직접 구덩이를 파겠다고 우긴다. 다음."

윌링은 의기양양하게 마지막 시나리오를 펼쳐놓기 시작했다.

"이번엔 짧고 멋진 시나리오예요. 어느 평범한 여름날 저녁, 윌링은 아무런 경고도 없이 현관 앞 계단에서 마일로의 머리 위로 나무망치를 들어 올려 두개골을 후려친다. 묘하게도 그의 얼굴에서는 연민의 감정을 조금도 찾아볼 수 없다."

윌링은 공연을 끝마치고 박수갈채를 기대하는 사람처럼 눈을 들었다. 그러곤 덧붙였다.

"경고했잖아요. 좀 오글거릴 거라고."

플로렌스는 이 공연에서 무엇이 가장 불편했는지 판단이 서지 않았다. 자신을 3인칭으로 언급한 것? 폭력적인 이미지? 아니면 디즈니적인 감상주의?

그녀가 말했다.

"대체 어떻게 생각해야 할지 모르겠구나. 네가 약을 하는 건 아니라고 믿는데, 내가 너무 순진한 거니?"

"우린 마일로를 감당할 수 없게 될 거예요."

그녀는 부드럽게 타이르기 시작했다.

"아이고, 아무래도 넌 이제 엄마랑 같이 장을 보러 가지 말아야겠다. 우리 상황을 너무 심각하게 받아들이는 모양이야. 엄마 월급으로 한 달을 버티는 게 쉽진 않지만 그래도 아직 마일로를 감당할 수는 있어."

"알아요. 하지만 그럴 수 없게 되면 그땐 이미 다른 사람들도 반려동물을 감당할 수 없는 상태가 될 거예요. 그럼 누구한테도 개를 맡길 수 없게 된다고요."

"그런 얘긴 또 어디서 들었니?"

플로렌스가 물었다.

"저는 대 그랜드 맨하고만 상담하는 건 아니거든요. 엄마가 걱정하는 게 그거라면. 어쨌든 마일로를 아무한테나 주겠다는 게 아니에요. 동물 애호협회에 보내려는 건 절대 아니고요. 거긴 조만간 죽음의 수용소가 될 테니까. 브렌던. 앞집 아저씨 말이에요. 그 집에 어린애들이 둘 있거든요. 그 아저씨도 마일로를 좋아해요. 마일로는 어린애들한테도 순하잖아요. 다정한 녀석이죠. 거칠게 굴지도 않고. 물지도 않아요."

"왜 하필 브렌던이야?"

"그 아저씨는 돈을 갖고 있어요. 진짜 돈. 엄마가 그랬잖아요. 그 아저씨가 엄마한테 대비하라고 했다고. 그건 그 아저씨도 대비했다는 뜻이죠."

플로렌스는 너무 기가 찬 나머지 윌링에게 일주일 더 생각해보라고 권했다. 윌링은 일주일을 보냈다. 그애의 마음은 바뀌지 않았다. 결국 그녀는 윌링이 교훈을 얻는 기회가 될 거라고 결론 내렸다. 굳이 먹구름을 보고 불길한 징조를 환기해야 직성이 풀리는 비관론자라면 결국 비가 내리지 않았을 때 자신이 그 대가를 치러야 했다. 녀석은 후회하겠지만 개는 언제든 새로 들여올 수 있었다.

월링은 직접 마일로를 데려다주려 하지 않았다. 이번만큼은 정상적이고 건전한 감정 상태를 보여주는 듯했다. 플로렌스의 예상과 달리, 브렌던은 이토록 온순하고 다정한 개를 선물하는 것에 대해 고마워했을 뿐 아니라 그녀의 아들이 왜 다리가 넷 달린 이 식구를 처분하기로 결정했는지 묻지도 않았다. 게다가 얼마 후 브렌던은 가족을 데리고 이사했다. 이웃들에게는 형식적으로 작별인사를 하며 그저 해외로 간다고만 설명했다. 이해할 수 없는 일이었다. 여전히 나라 밖으로 100달러 이상 가져가는 것은 불법이었기 때문이다. 그 규제가 풀리기 전까지(이 규제는 곧 풀릴 것으로 예상되었다) 아무도 해외로 나가려 하지 않았다. 그들은 마일로도 함께 데려갔다. 월링은 교훈을 얻기는커녕 낙담하거나 후회하지도 않았고 오히려 안도하는 것 같았다. 적어도 마일로는 이제 안전하다고 그는 말했다.

7장
용맹한 여왕, 캐럴가든스에 도착하다

"오전 11시까지 부모님 체크아웃해주세요. 콤프렌데(스페인어로 '알았죠?'-옮긴이)?"

웰컴암스의 접수원은 이제 명찰도 착용하지 않았다. 소매는 팔꿈치 위로 걷어 올렸다. 그녀는 껌을 씹고 있었다. 그리고 무례했다.

카터는 뉴욕에서도 이와 비슷한 무례함을 감지했다. 경찰은 옷깃을 풀고 더러운 신발을 끌며 관할구역을 순찰했다. 도어맨들은 노약자 거주민들을 위해 문을 열어주거나 장바구니를 들어주지 않았고 제복 상태도 엉망이었다. 이러한 변화는 이를테면 식당에서 자리를 안내해주지 않고 아무 데나 앉으라는 듯이 짜증스럽게 고개를 돌리는 행위처럼 미묘하게 일어나기도 했지만 일상에서도 적지 않은 변화를 체감할 수 있었다. 일부 규범이 사라지면서 마치 수문이 열린 듯 모든 규범이 실종된 듯했다.

그가 되물었다.

"체크아웃? 여기가 무슨 호텔인가."

"사업체죠."

그녀는 혀를 차며 말을 이었다.

"영리 사업체요. 자선 단체가 아니랍니다. 솔직히 말씀드리면 이런 사실을 사람들에게 설명하느라 막대하게 피곤하거든요."

"우리 아버지가 쓰시던 곳에 대기자들이 줄을 서 있을 것 같지도 않은데, 안 그래요?"

카터는 펜을 획 집어던졌다. 이런 접수 절차도 이제는 부질없게 느껴졌다.

"우리 아버지처럼 오래 계신 분들한테 오히려 고마워해야죠. 그 덕에 아직 자리보전하고 있으면서."

상태를 보니 이미 감원이 시작된 듯했다. 굽도리널엔 시커멓게 먼지가 끼어 있었다. 대리석 복도를 걸을 때에도 카터의 신발이 쩍쩍 들러붙지 않았다. 사람들이 많이 빠져나가 복도에 이어진 방문들이 절반쯤 열려 있었는데도 지린내가 진동했다. 최고급 거주지로 이어지는 뒷문으로 나가자 잔디가 15센티미터쯤 자라 있었다. 작년 6월에 팬지와 천수국이 만발했던 경계선은 이제 흙밭으로 변했다. 말들의 소리도 들리지 않았다. 모두 총살당했다고 해도 놀라운 일은 아니었다.

더글러스와 루엘라가 생활하는 곳도 현관문이 조금 열린 상태였다. 놀랍게도 책 표지를 넣어놓은 액자들이 에어캡 포장지에 싸여 복도에 세워져 있었다. 그의 차에는 이런 장식품을 실을 자리가 없었다. 진홍색 카펫은 납작하게 다져지고 군데군데 잔디가 붙어 있었다.

이번에도 카터는 서재에서 아버지를 발견했다. 책장들은 텅 비었다. 더글러스는 높게 쌓은 마분지 상자들에 둘러싸여 멍한 눈을 하고 서 있었다. 크림색 정장은 구깃구깃했고 애스콧 타이도 두르지 않았다. 예전에는 그런 허식에 부아가 났지만 그것이 사라지고 나자 더 부아가 났다. 그는 세련되고 단정하다기보다는 힘없고 여위어 보였다. 자세도 구부정해졌다. 마침내 더글러스 엘리엇 맨디블은 아흔여덟 살 딱 그 나이처럼 보였다.

카터가 팔을 휘저으며 물었다.

"아버지, 이게 다 뭐예요?"

"서가에 있던 거."

"서가는 그대로 있는 것 같은데요."

카터가 참을성 있게 대꾸했다.

"난 아직 루엘라처럼 되지 않았다, 아들. 서가에 있던 장서들이야."

"아직 그렇게 정신이 좋으시다면 제가 말씀드린 것도 기억하셨어야죠. 옷 몇 벌과 약, 세면도구, 정 원하신다면 소장하고 싶은 물건 몇 개만 챙기시라고 했잖아요. 작은 물건을 말한 거예요. 트럭에 실을 물건이 아니라."

"난 네가 적당한 차를 빌려오는 줄 알았지."

"제 비틀을 몰고 왔어요. 아버지랑 루엘라, 그리고 약간의 짐을 실으면 꽉 찬다고요. 지금 같은 시기에 쓸데없이 돈을 쓸 필요는 없잖아요. 그리고 저희 집도 이미 잡동사니로 가득 찼어요. 이 상자들에 담긴 내용물은 전부 무당벌레만 한 칩에 다운로드할 수 있어요. 현대 세계에 합류할 수 있는 아주 좋은 기회죠."

"하지만 전부 사인을 받은 초판본이야! 돈이 필요할 때 이 장서들을 팔면 수백만 달러는 나올걸!"

"아버지, 뉴욕엔 고서들이 넘쳐나요."

카터는 상냥하게 얘기하려 했지만 짜증을 억누를 수 없었다.

"아버지 세대는 양장본을 수십 트럭 남겼는데 젊은 세대는 그걸 원하지 않거든요. 이미 수집가들은 원하는 대로 무엇이든 골라 가질 수 있다고요. 더 중요한 건, 수집가가 어디 있느냐는 거예요. 지금 같은 시기에 얼룩덜룩한 목재 펄프에 현금을 쓸 만한 사람을 한 명이라도 아세요? 그렇지 않다면 이 상자들은 전부 두고 가야 합니다."

그는 뻔뻔하게도 부모처럼 훈계하고 있었다. 그러나 마침내 온전한 성인 행세를 할 수 있게 되었음에도 기대했던 것만큼 흡족하지 않았다.

더글러스는 앉는다기보다는 쓰러지듯 퇴창 옆에 놓인 팔걸이의자 쪽으로 넘어가기 시작했다.

"이 훌륭한 장서들을 소각장에 던져 넣는 건 너무 야만적인 짓이라고."

카터는 아버지의 의자 앞에 무릎을 꿇고 앉았다.

"어차피 아버지는 이 책들의 내용을 전부 알고 있는데 이런 껍데기가 뭐가 중요하겠어요. 다 읽으신 거잖아요. 안 그래요? 아버지의 머릿속에 다 있다고요."

"내 머릿속에 남은 건 비탄과 혼란뿐이야."

카터는 금방이라도 눈물을 쏟을 듯한 아버지의 어깨에 손을 얹었다. 너무도 작고 너무도 뾰족한 어깨였다.

"이런, 식사는 나와요?"

"잘 나오진 않아. 퇴거통지가 나온 뒤로는. 아스파라거스와 베어네이즈 소스는 끝났어. 하드롤 빵 몇 개를 던져주다시피 하더구나. 개먹이 같은 햄이랑. 여기 직원들이 내 바를 건드리지만 않았으면 그럭저럭 참았을 텐데, 술 한 병만 달랑 남겨놓았더라고. 무슨 큰 자비라도 베풀듯, 짓무른 오렌지 껍질을 휘발유에 담가 만든 것 같은 술만 남겨놨어."

"언제부터 직원들이 여길 마음대로 들락거렸어요?"

"월급이 잘 나오지 않는다고 툴툴거리는 소리를 들었거든. 그래서 도둑질을 시작한 거지. 말 나온 김에, 네 그 꼬맹이 차에 맨디블 은식기는 꼭 실어야 한다."

더글러스는 긴 중앙 탁자에 놓인 네모난 마호가니 상자를 톡톡 두드렸다. 그 안에 들어 있는 물건은 카터도 익히 알고 있었다. 소용돌이 모양의 'M'자를 일일이 새겨 넣은, 육중한 포크와 나이프 등의 날붙이 세트였다.

"은만 해도 쏠모가 있을 거야. 정부 놈들이 은까지 압수하지만 않는다면. 몇 주 동안 한시도 눈을 떼지 않았다. 잘 때는 베개 밑에 넣어놨고. 얼마나 불편했는지 몰라."

"여기서 그렇게 수모를 당하셨다고 말씀하셨으면 진작 모시러 왔을 텐데요."

"널 생각해서 최대한 버텨보려 했지. 루엘라를 돌보는 일이 참신하긴 한데, 그 참신함이 오래가진 않거든."

"당신 또 미미를 만나고 있잖아. 미미, 만나니. 내가 모를 줄 알아!"

호랑이도 제 말 하면 온다던가. 루엘라가 한때는 세련되었을 법한 드레스를 입고 돌아다니고 있었다. 치맛단은 하도 뜯어대서 너덜너덜했고 하늘색 원단 곳곳에 음식물이 말라붙어 있었다. 불룩한 배가 성인용 기저귀 때문에 불룩한 엉덩이와 대칭을 이루었다. 아버지의 이두 번째 아내의 망가진 모습에 이제는 카터도 그럭저럭 적응되었지만 15년 전만 해도 적잖은 충격이었다. 물론 1992년에는 젊은 여자가 고용주에게 접근하여 자신을 모든 면에서 없어선 안 될 존재로 만들었다는 사실에 몹시 화가 치밀었다. 또한 당시에 루엘라가 스물두 살의 나이 차를 쉽게 극복할 수 있었던 건 아버지의 재정 상황 탓이 아닐까 의심하기도 했다. 그러나 정작 더글러스가 재혼하고 나자 이 여자가 너무도 매력적이라는 사실을 인정하지 않을 수 없었다. 178센티미터의 훤칠한 키에 호리호리한 몸매, 위엄 있고 꼿꼿한 자세, 흠잡을 데 없이 단정하게 꾸민 손톱, 뛰어난 패션 감각. 아버지를 원망하기가 어려울 정도였다(물론 원망하지 않은 것은 아니었지만). 일흔이 넘은 나이에도 그녀는 미모를 완전히 잃지 않았다. 미모를 제외하고 모든 것을 잃었을 뿐.

"그 여잔 너무 거만해."

루엘라가 덧붙였다. 그녀는 가끔 헛소리로 치부하기에는 당황스러울 만큼 설득력 있는 말을 내뱉었다.

"하지만 나는 아이보리코스트의 용맹한 여왕 나나 아베나 포쿠아의 후예야! 아칸족의 바울레 왕국을 30년 동안 통치한 그 여왕! 막강한 여왕! 난 왕족, 미미는 평민. 흔해빠진 천민! 장사꾼들, 가게꾼들, 돌격꾼들, 염탐꾼들, 모두 평민!"

그런 다음 원망 가득한 표정으로 몸을 숙여 더글러스에게 얼굴을 바싹 들이밀고 덧붙였다.

"내가 모를 거라고 생각하지 마."

그러자 더글러스가 설명했다.

"가끔씩 내가 네 엄마를 다시 만난다고 생각하더구나. 아주 기쁜 일이지. 그럴 때는 어쨌든 내가 누구인지 알아보는 셈이니까. 그것 말고는 각운을 맞추는 기본적인 어휘력만 온전히 남아 있더군."

카터는 가볍게 말을 건넸다.

"저 왔어요, 루엘라. 오늘 우린 먼 길을 갈 거예요."

"먼 길, 짧은 길, 분통 터지는 길. 가세, 만세!"

그녀는 소녀처럼 킬킬거리며 수줍게 뺨에 한 손을 얹고 파리를 잡으려는 듯 허공에 혀를 날름거렸다. 이렇게 빠르게 튕기며 핥는 동작은 루엘라의 틱 장애 행동 가운데 카터가 가장 싫어하는 것이었다.

"루엘라를 차에 잘 태울 수 있을까요?"

그러자 더글러스가 답했다.

"예고 없이 발작을 일으킬 수도 있어. 하지만 운이 따라줄 게다. 상
태가 저래서 미안하구나. 하지만 돈을 못 내니까 직원들이 바로 파업
을 하더구나. 난 이제 하루에 한 번 이상 루엘라의 옷을 갈아입힐 기
력이 없어. 제인이 정말 괜찮을까?"

"제인이야 믿음직한 사람이잖아요."

카터가 반사적으로 대꾸했다. 그러나 사실 그는 이렇게 말하고 싶
었다. 제인이 '괜찮을지'가 중요한가요? 괜찮지 않다면 어떡하시게요? 아
버지 마누라를 바구니에 넣어서 어디 집 앞에 놓고 가기라도 하시겠어요?

사실은 제인도 몹시 당황한 상태였다. 카터는 단번에 끝내자는 생
각에 2연타를 날렸다. 그들이 노후에 받게 될 거라고 기대했던 유산
은? 하나도 남지 않았다. 그의 아버지는 조금이라도 건질 만큼 시장
에서 빠르게 발을 빼지 못했다. 채권은 브루클린 교를 통째로 소유할
수도 있을 정도였다. 금과 금 관련 주는 몰수당했다. 현금은 대부분
빚에 흡수되었다. 더글러스는 수년 전에 어떤 바보의 꾐에 넘어가 신
용 투자를 했기 때문이었다. 얼마 남지 않은 유동자산은 한 달에
27,500달러로 오른 웰컴암스 이용료가 빨아들였다. 2연타 제2번: 집
에 누가 오기로 했는지 알아?

제인은 옹졸한 사람이 아니었지만 혼자 있는 것을 좋아했고 신경
쇠약에 시달리면서부터는 더욱더 다른 사람들과 함께 있는 것을 못
견뎌 했다. 즉흥적으로 화젯거리를 만들어내는 기능을 상실한 듯했지
만 사람들이 모인 자리에서 침묵이 흐르면 더욱 힘들어했다. 친구들
이 술 한잔 하러 온다고 하면 한 시간 전부터 무슨 이야기를 나누게

될까 하며 카터를 들볶았다. 그러나 사람들은 대개 준비된 이야기를 나누지 않았으므로 미리 계획한 화젯거리를 꺼내봐야 자연스러울 리가 없었다. 그녀는 잔뜩 긴장하고 있다가 생뚱맞게 준비한 대화거리를 꺼내어 그나마 자연스럽게 흘러가던 대화의 맥을 초기에 끊어놓기 일쑤였다. 이제 영구히 집에 들어와 사는 손님들과 상호작용해야 할 판이니 제인에게는 끔찍한 일이 아닐 수 없었다.

게다가 예순아홉의 나이에 제인 자신보다 겨우 몇 살 더 먹은 루엘라를 떠맡는다는 것은 자신의 미래에 대한 최대의 두려움을 매일 마주해야 한다는 뜻이었다. 더글러스로 말하자면, 그는 평생 제인의 존재를 딱히 의식하지 못했다. 제인은 예민하고 지적이며 직관력이 뛰어났지만 지금처럼 겁이 많지 않던 시절에도 그리 눈에 띄지 않았다. 더글러스가 보기에 제인은 너무도 소심했으므로 수십 년 동안 기분 좋게 그녀의 접대를 받고 기분 좋게 감사 편지를 보내면서도 정확히 누가 자신의 잔을 채워주고 자신이 누구의 잔을 채워주는지 자각하지 못했다. 아흔여덟 살에 무일푼이 된 그녀의 시아버지는 그 어느 때보다도 위화감 없는 존재가 되었지만 두 사람 모두 살가웠던 사이가 아니었기에 그 사실도 크게 도움이 되지 않았다.

요컨대 그들은 곧 참사를, 그것도 최악의 참사를 마주하게 될 것이었다. 2024년 같은 단발성 재난이었다면 온갖 사람들이 모여도 금세 회복할 수 있었겠지만, 이번 재난은 오로지 죽음에 의해서만 끝이 나는 길고 끝없는 악몽과도 같았다. 한 주도 지나기 전에 카터 자신이 가장 먼저 죽겠다고 아우성치게 될지도 모를 일이었다.

"메디케이드는?"

제인은 어떻게든 빠져나갈 길을 찾기 위해 바로 이렇게 되물었다.

"아버님이 극빈자라면 주립 요양원에 들어갈 자격이 되잖아."

카터가 답했다.

"6개월 전엔 그랬지. 하지만 얘기했잖아. 규정이 바뀌었다고. 재산을 가진 직계가족이 살아 있으면 메디케이드의 지원을 받을 수 없어. 우린 401(k)와 연금은 깎였어도 이 집을 소유하고 있잖아."

"놀리 형님은? 왜 당신 아버지와 그 정신 나간 아내를 온전히 우리가 떠맡아야 해?"

"누나는 프랑스에 있잖아."

"프랑스에서 돌아오라고 해. 수년 동안 뉴밀퍼드를 찾아간 것도 당신이었잖아."

"그야 그렇지. 원래 도리를 지키는 사람들이 늘 고생하게 마련이거든. 놀리 누나가 결국 유럽으로 간 건 허세 때문만이 아니야. 누나와 가족 사이에 가로놓인 바다는 방화벽인 셈이지. 수십 년 동안 결혼식, 장례식, 생일, 크리스마스 모두 면제받았어. 웰컴암스에 찾아가는 수고는 말할 것도 없고."

"하지만 틀림없이 재산을 숨겨놓았을 거야. 그 책이 국제적인 베스트셀러였다며? 오래되긴 했지만 요양원비 정도는 낼 수 있겠지. 호화로운 데는 아니더라도. 수많은 노인들이 파산했으니 전국 각지에 저렴한 시설들도 많이 비었을 거야."

"누나와 아버지 모두 인세가 어느 정도인지 도통 얘기하지 않아. 그래도 지금은 많이 들어오지 않을 거야. 소설은 무한 경쟁 상태잖아. 다들 쓰기만 하고 아무도 읽지 않지. 사는 사람은 전혀 없고. 오히려 자신이 빈곤층이라고 부르짖을지 어떻게 알아? 진짜 재무 상태가 어떻든 충분히 그럴 수 있다니까."

제인은 식기세척기에서 접시들을 꺼내어 정리하기 시작했다. 요란한 소리를 내기 위해서였다.

"난 전에 당신이, 아이도 없이 독신으로 사는 늙은 누이와 애 셋에 손자 손녀 넷인 남동생이 엄청난 유산을 50 대 50으로 나눠선 안 되는 것 아니냐고 드디어 아주 넌지시 조심스럽게 제안했을 때 놀리 형님이 대화를 완전히 끊어버린 일을 용서할 수가 없어. 아니, 대체 그 돈으로 뭘 하려고? 섬이라도 하나 사서 또 어린 애인을 데려다가 말라비틀어진 사타구니를 만지게 하려고? 우리 불쌍한 플로렌스는 세 입자까지 들이고……."

"이제 그런 건 중요하지 않잖아."

카터가 그녀의 말을 잘랐다. 사실 이 남매의 깊은 균열은 이제 오히려 원통한 일이 되었다. 어쨌든 그에겐 자식이 있고 놀리에겐 없으니 아버지가 세상을 떠나면 그가 누나보다 훨씬 더 많이 가져가는 것이 정당한가 하는 통렬한 논쟁은 이제 사악한 버전의 〈크리스마스 선물(The Gift of the Magi, 크리스마스 선물로 남편은 시계를 팔아 부인의 긴 머리에 꽂을 머리핀을 사고 부인은 긴 머리카락을 팔아 남편의 시곗줄을 산 가난한 부부의 이야기를 다룬 O. 헨리의 단편소설 – 옮긴이)〉처럼 느껴졌다.

"아버님이 유언장을 수정하셨어야 해. 형님이 애 못 낳는 노처녀로 늙을 게 분명해졌을 때……."

"그렇게 천박한 말은 당신답지 않아. 그리고 당신이 하도 얘기해서 아버지한테 그런 얘길 꺼냈을 때, 당신도 기억하잖아. 아주 불편해진 거. 아버지는 내 말을 일축해버렸어. 우리 애들과 손자 손녀들 학자금을 마련해줬고 집 계약금도 도와줬는데 누나는 그런 걸 하나도 받지 못했다고, 그런 얘기는 그만 하자고, 편애를 하는 게 아니라고 하셨다고. 우리도 이런 얘긴 지겹게 했고, 어차피 이젠 얘기할 필요도 없잖아."

"난 돈이 사라진 건 상관하지 않아."

제인은 포크와 나이프 따위를 서랍에 던져 넣으며 아랑곳하지 않고 계속 말을 이었다.

"조금도 타협하지 않는 당신 누나의 탐욕스러운 태도가 문제라고. 씩씩거리면서 '하지만 난 절반을 받고 싶어!' 하는 거 말이야. 자식은 네가 낳고 싶어서 낳았으니 본인이 '그에 대해 대가를 치러선 안 되는 거 아니냐'고 따지며 분개하는 거, 자기가 애를 낳지 않은 건 자기 자신만 중요하게 생각해서 그런 거면서……."

"그만!"

카터가 소리쳤다.

어차피 아무것도 남지 않은 마당에 누가 무엇을 가져갈지에 대한 원한이 여전히 남아 있다니 기가 찰 노릇이었다. 당황스럽게도 그의 유산 얘기가 나오면 늘 제인이 카터 자신보다 더 격한 감정을 내비쳤다. 한 다리 건너면 닿을락 말락 한 곳에서 애간장을 녹이는 노획물에 좀 더 예민해지는 모양이었다. 그러나 카터가 알기로 그의 아내는 다른 어떤 맥락에서도 욕심을 부리는 사람이 아니었다. 그녀가 유산을 그토록 표독스럽게 탐내는 것은 시아버지의 무관심 때문인 것 같기도 했다. 자신을 부족하고 재미없는 사람이라고 느끼게 만드는 관계로부터 무엇이든 얻어야 한다는 생각 때문이랄까. 어쩌면 그녀의 탐욕은 남편과 시누이 사이의 지속적인 갈등에 대해 갖고 있던 강한 당파심의 소산일지도 모른다. 안타깝게도 이러한 배우자의 편들기는 직설적이고 잔혹하며 뉘앙스를 모두 배제해버린다. 카터는 누나에 대해서 원망과 동경이 뒤섞인, 뭐라 형용할 수 없는 독특한 감정을 갖고 있었지만, 제인은 갈등을 겪는 미묘한 경쟁 관계에서 한쪽의 편을 들어 그것을 순전한 적대 관계로 축소해버렸다. 따라서 제인 때문에 그는 누나를 비난하고 싶은데도 어쩔 수 없이 옹호하게 되는 경우가 많았다.

그는 자신이 놀리와 더 열심히 싸워 유산을 좀 더 확보하지 못했고, 그로 인해 가족을 제대로 뒷바라지하지 못했다는 듯이 얘기하는 제인에게 화가 치밀었다. 제인은 여동생이 청소년기에 자살하는 바람에 외동딸이 되었다(여동생의 자살은 물론 비극적인 일이지만, 이제 그에 대한 정신적 공소시효가 끝날 때도 되었건만 그의 아내는 그 트라우마를 놓으려 하지 않았다. 그것은 마치 독특한 건축양식처럼 특별히 보호해야 하는 대상인 듯했다). 제인의 말에 따르면, 그녀의 부모님은 하나 남은 자식이 맨디블 엔진 덕분에 부족함 없이 살 거라고 믿었으므로 퇴직 후에 그동안 저축한 돈을 마음대로 써버려도 좋다고 생각했다. 이 부부가 자기들이 번 돈을 쓰겠다는데 딴지를 놓을 수는 없었기에, 그와 제인은 그들이 발리 여행을 하고 주택 연금을 받아 써도 입을 꾹 다물고 있었다. 그의 장인 장모가 몇 해 전 모로코에서 기구 사고로 사망했을 때 그들이 남긴 거라곤 빚뿐이었다. 어쨌든 이 역시도 카터의 탓이었다.

그와 제인은 43년간 부부로 살았고 손자 손녀도 있었다. 그건 그렇다 쳐도, 데이트 시절에 그는 맨디블 재산에 대해 넌지시 얘기를 흘린 적이 있었다. 무의식중에 돈을 미끼로 흔들었는지도 모를 일이었다. 두 사람은 세월을 견디고 해로했지만, 이따금씩 그는 아버지에게 공감이 되는 듯했다. 곁에 있는 사람이 실제로 자신의 어떤 점을 매혹적이라고 여겼는지에 대해 벌레 같은 물음표를 갖고 살아야 했으니 말이다.

"형님은 허영 덩어리인 데다 이기적인 여자야. 평생 한 번만이라도 협조를 해야지."

제인은 마지막 남은 납작한 냄비를 제자리에 던져 넣다시피 하며 간략하게 결론 내렸다.

그리하여 카터가 어떻게 하면 누나를 가족의 일원으로서 제 역할을 하게 할 수 있을까 고민하고 있는데, 바로 그날 저녁 그의 플렉스가 울렸다. 역시나 놀리는 문제 해결을 돕기는커녕 또 다른 문제가 되는 사람이었다.

그의 누이가 입을 열었다.

"이 나라의 반미 감정이 얼마나 심한지 말도 못 해. 전에도 심하다고 생각했거든. 내가 입을 여는 순간……."

"누이는 불어가 완벽해서 아무도 모르는 줄 알았는데."

카터가 건조하게 말했다.

한때 연갈색으로 염색하여 윤기가 흐르던 아름다운 머리칼은 이제 힘없이 처지고 숱도 적어져 군데군데 두피가 반짝거렸다. 일흔세 살이었지만 여전히 고압적인 태도와 젊은이 같은 활기가 엿보였다. 평생의 냉소주의로 인해 왼쪽 입가의 주름이 오른쪽보다 조금 더 깊었다. 그러나 호리호리하고 강단 있어 보이는 체격임에도 어머니를 닮아 늘어진 턱은 면치 못했다. 인체에서 절대 거짓말하지 않는다는 목에 줄이 생겼고 턱 밑이 불룩해지기 시작했다. 틀림없이 그의 누나도 비슷하게 동생의 모습을 평가하며 그와 똑같이 승리감과 서글픔이 뒤섞인 달곰쌉쌀한 감정을 느끼고 있을 것이다. 카터도 한창때는 그런대로 잘생긴 편이었다. 놀리는 굉장한 미인이었다. 우스운 일이었다. 그는 볼이 처지고 머리카락이 빠져가는 자신의 모습에 적당히 적응한 터였다. 그러나 거만한 누이의 외모가 망가져 가는 것은 충격이었다. 사람들은 우상이자 숙적이었던 존재가 몰락하면 고소한 마음이 들 거라고 생각하게 마련이다. 그러나 그런 생각은 틀리게 마련이다.

놀리가 말했다.

"난 그런 얘기 한 적 없다. 넌 단지 내가 파리에 산다는 이유로 항상 가식을 떠는 것처럼 얘기하더라. 내 발음은 보통 미국인보다 조금 더 나은 수준이야. 조금 덜 지독하다는 뜻이지. 난 여기 사람들이 내 국적을 모른다고 말하지 않았어. 그렇다면 좋겠지. 이 사람들은 늘 우리가 무신경하다고, 세계를 지배했다고 싫어했거든. 이젠 세계를 지배하지 않는다고 싫어해. 지금 우린 국제 통화 제도를 붕괴 직전으로 몰고 간 두 얼굴의 도둑이 됐어. 푸틴과 그의 동맹들이 그 용감한 방코르를 들고 구제에 나선 거지. 이런 일로 이상하게 개인에게 악감정을 품더라. 이제 바게트 하나가 미국 돈으로 무려 50달러라 미국인 관광객들이 다 사라졌다고 우리 이민자들한테 화풀이를 한다니까. 어젯밤엔 시페르마르셰(불어로 '슈퍼마켓'—옮긴이)에서 어떤 여자가 내 머리에 크렘 프레슈(프랑스의 유제품으로, 젖산을 첨가해 발효시킨 크림—옮긴이)를 부었어."

놀리는 늘 적극적으로 소신을 고집하는 사람이었으므로, 슈퍼마켓에서 자신의 생각을 담아두지 못하고 크렘 프레슈 세례를 맞았다고 해도 카터에겐 그리 놀라운 일이 아니었다. 전성기의 에놀라 맨디블은 단 한 번의 큰 성공에 이어 수많은 문학 축제에서 강연할 때 꽤 훌륭한 연기를 선보였다. 그는 누이가 92번가 와이홀에서 강연하는 모습을 본 적이 있었다. 청중은 굳이 정복할 필요가 없을 만큼 넘어와 있는 사람들, 이미 그 최고의 인기작에 푹 빠져 더 큰 기쁨을 갈망하는 사람들이었다. 따라서 그녀는 조금이라도 지적 능력을 갖춘 사람이라면 지극히 평범한 만찬 자리의 요소로 여길 법한, 그러나 그녀의 열성적인 팬들에게는 인생을 바꾸는 깨달음으로 가닿는 그런 통찰력을 마음껏 내던질 수 있었다. 같은 맥락에서 그녀가 고리타분한 농담을 던져도 작가들은 원래 답답하고 고루하다는 평판이 자자했으므로 이미 기뻐할 준비가 되어 있는 사람들은 그녀가 몹시 재미있다고 생각했다.

카터가 말했다.

"재미있는 얘기지만, 우린 아버지 얘기를 좀……."

"당연히 그래야지. 그런데 만나서 얘기하자. 그래서 연락했어, 카터. 나 집에 가려고."

놀리는 수십 년 동안 미국을 '집'이라고 부른 적이 없었다.

"어떤 집?"

카터가 경계하는 목소리로 물었다.

"뭐, 너희 집에 방이 남잖아……. 난 그냥 늘 그랬듯이 너희 집에서 지내면 될 거라고 생각했는데."

"안 돼요. 그렇지 않아도 그 얘기를 하려고 했어요. 아버지와 그 정신 나간 군식구가 이리로 들어오기로 했거든. 아버지는 이제 그 도둑놈 같은 사육장 이용료를 감당할 수가 없어요. 누나도 거기에 기대고 있었던 건 아니었으면 좋겠네요. 맨디블 재산은 이제 끝났으니까."

"어머머! 그러니까…… 줄었다는 얘기지?"

"사라졌다는 얘기예요."

놀리는 침묵의 소통 방식을 그리 선호하지 않았으므로 그녀의 침묵은 많은 것을 말해주었다. 그녀는 맨디블 재산에 기대고 있었던 것이다. 당연한 일이었다. 그들 모두 그랬으니까. 마침내 그녀가 침울하게 말했다.

"놀랄 일은 아니겠지. 우리 집이라고 뭐가 다르겠니."

질문이 아니라 단정이었다.

"세상에, 미국에 부자가 남아 있긴 해?"

"그렇다고 해도 잔뜩 고개를 숙이고 있겠죠. 그러니까 누이도 여기로 돌아오면 불평하지 말고 입 다물고 있어야 해요. 누이 성격엔 어려운 일이니 늘 조심해야겠죠. 갑부들이 다 털어갔다고 온 나라가 믿고 있거든요. 사실 강도를 당하려면 애초에 훔쳐갈 무언가를 갖고 있어야 하잖아요. 그러니 정말로 데인 사람들은 아무도 안타까워해주지 않을 만한 사람들이죠."

"우리도 동정을 기대해선 안 되겠지."

놀리가 그를 자극하기 시작했다.

"어차피 돈을 가질 자격이 있었던 것도 아니……."

"누이, 나한테 그런 경건한 헛소리는 안 먹혀요. 제인과 나는 맨디블 가의 돈이 들어오면 몬태나 주에 목장을 사서 떠날 생각이었어요. 그런데 이 캐럴가든스의 성냥갑 같은 집에 옹기종기 모여서 전업 노인병동 간호사로 제2의 경력을 쌓아야 할 판이거든요."

"그래도 방 두 개가 더 남잖아……."

"아버지는 루엘라랑 같이 못 주무세요. 루엘라는 혼자 재워야 해요. 야간 불안증이 있는 것 같거든요. 제인도 그 어느 때보다 더 고요의 방을 필요로 할 테고."

"아, 맞다. 잊고 있었네. 제인의 고요의 방."

"비꼬지 마요. 누이도 자리를 많이 차지하는 사람이니까. 잘 곳이 필요하다면 어머니랑 화해하는 게 어때요? 그 아파트는 축구장만 하니까."

이혼 합의를 할 때 더글러스는 풍요의 집에서 쏟아져 나온 각종 가구 및 세간을 가졌고 그들의 어머니는 부부가 함께 살던, 웨스트엔드 대로와 웨스트 88번가 교차점에 위치한 방 네 개짜리 집을 차지했다. 안타깝게도 미미는 놀리가 1992년 아버지의 '욕망 재발견'에 박수갈채를 보냈다는 사실에 분개했고, 그 분노의 유통기한은 방사능

195

폐기물만큼이나 긴 것으로 드러났다. 그에 대해 놀리도 냉담하게 반응했다. 게다가 지금도 인정하려 들진 않겠지만 어머니에게 의절당하고 자신이 자란 집에서 쫓겨난 일은 깊은 상처로 남았을 게 분명했다. 그로부터 몇 년 뒤에 그녀가 유럽으로 허겁지겁 떠나버린 것도 어느 정도는 이런 불화 때문이었다. 그것도 미미-루엘라-더글러스의 삼각관계를 재현한, 딱히 허구라 할 수 없는 소설 한 편으로 큰돈을 벌어 떠났으니, 그들의 어머니는 오랫동안 새록새록 분노를 다질 수밖에 없었다.

놀리가 말했다.

"그렇게는 안 될 거야. 그리고 설사 화해를 시도해도 엄마는 내가 그저 잘 곳을 마련하기 위해 꼼수를 부리는 거라고 생각하실걸. 노인네라고 바보는 아니거든."

"그럼 그냥 프랑스에 있는 게 낫겠네."

"안 돼. 미국인들은 유럽 어디서든 물리적으로 위험해. 우린 공격을 받고 있어. 그리고 크렘 프레슈만으로 공격하는 것도 아니야."

"그럼 밤에 나가지 마요. 잠깐 그러다 말겠죠."

"게다가 이 나라는 흥청망청 와인을 마셔대며 파티만 벌이는 곳이 아니야. 늘 인구의 절반은 파업을 하고 있다니까. 열차 시스템이 아무리 좋아도 운행을 안 하면 무슨 소용이니? 전부 쉰두 살에 은퇴하지 못해서 난리들이야. 거기에 육아수당을 달라, 연금 혜택을 올려라, 건강보험료를 눈곱만큼으로 줄여라, 주당 근무시간을 축소해라, 꼬박 2년 동안 변호사 소득도 넘는 실업 급여를 달라……. 이게 전부 인권이라는 거야. 못된 놈들, 휴일에다 휴가도 그렇게 많아서 1년에 3분의 1은 발을 올려놓고 쉬면서. 아, 그리고 누구나 정부에서 일하고 싶어 해. 대부분은 실제로 정부에서 일하고 있고. 마차는 많은데 말이 없는 셈이지. 나라 전체가 건초 수레에 뛰어들어서는 왜 움직이지 않지?, 하고 있는 꼴이라니까."

"그래도 여기보다 나을 거예요."

카터가 말했다.

"그뿐만이 아니야. 이슬람교도들도 통제 불가 수준이야."

놀리는 아랑곳하지 않고 계속 떠들어댔다.

"샹젤리제 거리를 걸으면 빚을 떼어먹었다고 두드려 맞아. 중심지를 벗어나면 쓰레기봉지를 입지 않았다고 두드려 맞을걸. 프랑스도 동화 정책은 포기하고 대신 비굴한 유화 정책으로 갈아탔어. 나라 전체가 진짜 프랑스인들에겐 사실상 접근 금지 구역이야. 이젠 유럽 전역이 다 마찬가지지. 그래서 달리 갈 데가 없어."

"거기서 누이가 얼마나 인기를 쌓아야 하는지 감이 좀 오네요."

"미국이랑 똑같아. 모두 포기했어. 이제 미국은 커다란 멕시코이고, 유럽 대륙은 중동의 연장이야."

"혹시 돈 있어요?"

"조금. 다행히 방코르야."

놀리가 조심스럽게 대꾸했다.

"이 나라에선 방코르를 갖고 있을 수 없어요."

"아아, 자유의 땅이여! 하지만 공식적으로는 할 수 없는 일이 엄청 많지. 적어도 지금 환율은 나한테 아주 유리한 편이야. 매일 점점 더 유리해지고 있고. 대체 뭐가 어떻게 되어가는 거니? 매번 확인할 때마다 달러가 떨어져 있더라."

"내가 하려던 얘긴……. 내가 대신 이런 얘길 하는 건 좀 그렇지만, 어쨌든 누이가 가진 게 좀 있다면 플로렌스네서 묵어도 괜찮을 것 같아요. 그 집 세입자가 내는 돈이 임대 시세에 턱없이 못 미치는 수준이라 그애가 거의 자선사업을 해야 할 판이거든요. 누이랑 플로렌스 는 꽤 잘 맞는 것 같던데."

나로서는 도무지 이해할 수 없는 일이지만, 하고 카터는 굳이 덧붙이지 않았다.

놀리는 생각에 잠겼다.

"난 그 윌링이란 녀석이 좋더라. 내가 원래 애들을 안 좋아하잖니. 재밌게도 몇 달 전에 그 녀석이 플렉스로 연락해왔어. 프랑스로 이민 가는 일이 얼마나 어려운지 묻더라고. 생각도 하지 말라고 했지만 그렇게 물어보다니 좀 이상하긴 해도 당돌하잖아. 어쨌든 여기서 이것저것 정리하려면 두세 달은 걸릴 테니까 그 사이에 가능한 선택지를 고려해봐야겠다."

"생각해보세요. 그리고……."

카터는 억지로 마음을 다잡고 덧붙였다.

"빨리 보고 싶네요."

요컨대, 그는 누나가 신의로든 물질로든 아버지와 그의 애완견 같은 아내를 지원하도록 꾀는 데 실패했다. 늘 그랬듯이. 놀리는 평생 자신이 원하는 대로 살았다. 그녀에게는 의무라는 개념이 생경했고, 의무는 그것을 인정하는 사람들, 그것을 중시하는 사람들만이 짊어지게 마련이었다.

카터는 아버지가 생활하던 집안을 마지막으로 거닐며 그가 어린 시절에 누렸던 수많은 가구들에게 작별을 고하고 조용히 플렉스로 기념사진을 찍었다. 곧 쓰레기 매립지로 가게 될 그 모든 장서에 오랜 시간 몰두한 탓에 시커멓게 변한 푹신한 4인용 가죽 소파와 그 짝인 팔걸이의자들, 그들이 뽐내는 장인적 솜씨를 이 세상은 두 번 다시 보지 못할 것이다. 갈고리발톱이 달린 파문 단풍목 식탁도 마찬가지였다. 어릴 때 그와 놀리는 당대의 현인들과 학자들이 모인 시끌벅적한 어른들만의 만찬이 있을 때마다 그 식탁에서 쫓겨났다. 필경 그렇게 뛰어난 현인들과 학자들도 다시는 나오지 않을 것이다. 누군가가 이 유복한 가족에게 선물한, 너무도 무용하고 값비싼 폐기물들, 그런 보물들이 곳곳에 점점이 놓여 있었다. 이를테면, 펼쳐놓은 책 모양의 화려한 시계. 자그마한 숫자들이 제 위치에 박혀 있지 않아서 시간을 읽을 수도 없었고 배터리는 이미 1980년대에 다 닳았다. 그의 아버지 같은 입주자들이 나가고 나면 직원들은 대대적인 벼룩시장을 열어 남은 물건들을 처분하는 듯했지만 그리 많은 돈이 모이지 않을 것 같았다. 카터는 아버지의 세간을 현금화하기 위해 몇몇 세간 정리 대리인에게 연락해보았지만 이미 비슷한 문의에 모두 익사해버렸는지 아무도 답신하지 않았다.

예전 같은 상황에서 일종의 감정 퍼즐 게임으로 더글러스가 하루아침에 극빈자가 되면 어떨지 상상해보았더라면, 카터는 이 부자 관계의 방정식에서 돈을 배제할 경우 막연히 그 효과가 '상당하다'고 추정했을 것이다. 그것이 '천지를 뒤흔드는' 일이 될 거라고는 예상하지 못했으리라. 더글러스가 잃어버린 재산은 그들이 서로를 대하는 태도에서 그저 큰 부분을 차지하는 요소가 아니었다. 사실상 모든 면에서 그것은 그들 관계의 유일한 요소였다. 무시무시하게도 그들 사이에 잠복해 있던 이 돈이라는 녀석은 그동안 카터가 아버지 앞에서 해온 모든 행동과 모든 말을 좌지우지하고 있었다.

갑자기 극빈의 상태가 되면서 찾아온 변화는 그 규모 면에서도 놀라웠지만 그 성격 또한 뜻밖이었다. 돌아보면 부는 더글러스 맨디블의 천성 자체를 비틀어놓았다. 그로 인해 그는 의심 많고 냉소적이며 냉담한 사람이 되었다. 비밀스럽고 교묘하며 우월감에 찬 사람이 되었다. 아버지가 고령이 될수록 무너져야 마땅한 부자간의 위계질서가 그로 인해 더욱 굳건해지기도 했다. 요즘 더글러스는 놀랍도록 표현에 솔직하고 굶주린 모습, 직설적인 모습을 보였다.

카터 자신으로 말할 것 같으면, 그는 그 엉큼한 요소가 사라지기 전까지 자신이 그것을 얼마나 원망하는지 전혀 알지 못했다. 수십 년 동안 그는 돈의 주위를 맴돌며 과도하리만치 예의를 차렸고, 돈에 대해 넌지시 암시해야 할지 교묘히 언급을 피해야 할지 고민했으며, 자신이 이따금씩 아버지가 세상을 떠나길 고대하면서도 꼬박꼬박 뉴밀퍼드를 찾아가는 이유에 대해 자문했다. 이 모든 것이 그에게는 타락한 기분을 안겨주었다. 저속한 사람이 된 것 같았다. 무가치하고 외설스러우며 도덕적으로 파멸한 기분이었다. 그리고 아버지가 원망스러웠다. 아버지는 카터 자신을 나약하고 가식적인 버러지로 느끼게 하는 데 공모했으며, 무자비하게 힘을 남용했다(채무 포기 연설이 있기 전에 보여준 그 가학적인 지연 전술만 해도 그랬다. 그때 더글러스는 자신의 투자가 얼마나 남았는지 처음부터 속 시원히 말해주지 않고 그를 갖고 놀다시피 했다. 틀림없이 즐기고 있었을 것이다. 그 일을 생각하면 또다시 환멸이 밀려들었다). 따라서 카터는 집 안의 돼지 저금통을 제대로 간수하지 못한 아버지에게 화가 치밀 거라고 예상했지만, 정작 그를 압도한 감정은 안도감이었다.

이 가엾은 노인에게 화를 낼 수는 없었기 때문이다. 막강한 재정적 무기를 잃은 더글러스 맨디블은 수많은 친구들을 저세상으로 떠나보내고 아무런 영향력도 없이 애처로운 허영만 붙잡고 있는 초고령의 노인일 뿐이었다. 카터는 난생처음으로 아버지를 분명하게 볼 수 있게 되었다고 느꼈다. 원망을 쏟아부을 위풍당당한 인물은 온데간데없었다. 그저 도움을 필요로 하는, 다소 무너진 사내의 모습만이 보일 뿐이었다. 물론 더글러스는 여전히 짜증을 돋우기도 했다. 그리고 아버지의 파산은 실질적으로 참담한 결과들을 가져왔다. 그러나 그의 아들 카터는 올해 이곳에 올 때마다 주로 마음이 약해지면서 애정이 밀려드는 것을 느끼고 스스로도 놀랐다. 때로는 눈물이 나오기도 했다. (이면의 동기가 사라졌는데도 그는 계속 이곳에 오지 않았는가? 얄궂게도 유산을 박탈당한 뒤 그에게는 선물이 주어졌다. 어느 날 아침 눈을 떴을 때 자신이 괴물이 아니었다는 사실을 깨달은 것이었다. 그전에는 자신이 스스로를 괴물로 생각하고 있다는 사실조차 자각하지 못했다. 그는 그렇게나 괴물로 변해 있었다.) 재산을 제대로 간수하지 못했다고 울면서 사과하는 아버지 앞에서 그는 지난가을의 사건들은 예측 불가한 것이었으며 미국의 다른 재산가들도 대부분 같은 운명을 맞이했다고, 재산이 사라진 것은 아버지의 잘못이 아니라고 여러 번 읊조려주었다. 이런 자장가 가사 같은 위로가 카터 자신의 진심이었든 아니었든 그는 드디어 아버지를 좋아하게 되었고 자기 자신도 좋아하게 되었다. 의도를 가진 친절은 친절이라 부를 수 없다. 마음껏 참된 친절을 베풀 수 있게 되면서, 그는 또한 진짜 인간처럼 불퉁거리고 짜증 내고 따분해하고 화내고 경솔하게 굴거나 무신경하게 굴 자유도 새삼 얻게 되었다. 비위를 맞추려고 노력하는 일이 얼마나 거리감을 주는지, 상대를 기분 좋게 하는 말이 100퍼센트 진심일 때에도 얼마나 가식이 되는지, 유머 감각을 얼마나 망쳐놓는지 그는 이제야 비로소 알게 되었다.

카터는 애정 어린 마음으로, 오래전에 문을 닫은 반스 앤드 노블의 낡은 캔버스 가방에 은식기가 든 마호가니 상자를 챙겨 넣었다. 그는 태연하게 그것을 뒷좌석에 실은 뒤 다른 짐을 가지러 가기 전에 잊지 않고 차 문을 잠갔다.

더글러스는 외국 여행지의 전사지들이 덕지덕지 붙은, 거대한 1940년대 가죽 여행가방을 여전히 사용하고 있었다. 카터는 망연자실했다. 그것은 짐꾼들이 몰려들던 시절의 원양 항해 여행에 걸맞은 가방이었다. 바퀴도 없었다! 짐꾼들도 없었다. 웰컴암스의 직원들은 이용료를 체납한 입주자들에게는 불통하기 짝이 없었다. 일흔 살의 카터가 이 무겁고 거추장스러운 짐을 끌고 가는 것도 말도 안 되는 일이었다. 게다가 그는 무릎관절이 시원치 않고 허리 디스크도 있었다. 그러나 근육질의 라틴계 직원들은 업신여기는 얼굴로 접수대 앞 계단에 서서 낑낑대는 그를 무심하게 지켜볼 뿐이었다.

마침내 이 망할 여행가방을 비틀 앞까지 간신히 끌고 왔지만, 그 가방은 트렁크에 들어가지 않았다. 몰인정한 직원들이 지켜보는 가운데 아버지의 짐을 분해하여 흰 정장과 애스콧 타이, 모노그램이 찍힌 사각팬티, 정교하게 바느질된 코도반 가죽 제품 등을 페어웨이 마트에 갈 때 쓰려고 조수석 밑에 넣어놓은 캔버스 장바구니에 나눠 담으려니 여간 창피하지 않았다. 아버지의 집 찬장에서 몰래 챙겨온 성인용 기저귀 사이에 이 세간들을 끼워 넣자 중고품 판매점에 기부하려는 물건들처럼 보였다. 제인이 저 모든 린넨 의류를 다려주리라고는 상상할 수 없었다.

그 사이 루엘라는 어디론가 사라졌다. 두 사내는 30분 동안 찾아다닌 끝에 집 주위 철조망에 걸려 훌쩍거리고 있는 그녀를 발견했다. 난감하게도 더글러스는 아내의 옷자락을 풀어주기는커녕 발을 끌며 차로 돌아가 버렸다. 카터는 열심히 옷을 풀어냈지만 번번이 그녀가 "기절시킬 수 있게 페이저 준비해, 선장!" 하고 소리치며 몸부림치는 바람에 다시 걸리곤 했다.

그녀가 완전히 풀려나자 카터는 손뼉을 치며 말했다.

"어서 가요, 루엘라! 여기예요, 여기, 움직여요!"

그녀가 휙 몸을 돌리자 그는 아버지가 어째서 이 애완견 놀이에 매료되었는지 알 것 같았다.

그러나 차에 이르러서 그녀는 갑자기 걸음을 멈췄다. 개가 아니라 도살장에 끌려가는 소 같았다.

"싫어, 안 해, 안 돼, 못 해!"

그녀는 두 팔을 마구 휘두르며 소리쳤다. 어린아이들과 똑같이 루엘라의 유일한 자발적 의지는 대개 부정이었다.

"지칠 때까지 내버려두는 게 상책이야."

조수석에서 더글러스가 조언했다. 아니나 다를까, 루엘라는 몇 분 더 몸부림치다가 자갈밭에 풀썩 주저앉았다. 카터는 팔다리를 늘어뜨린 채 눈동자를 뒤로 굴리는 그녀를 들어 뒷좌석에 태웠다.

카터가 시동을 걸며 물었다.

"최근에 예방주사 맞히셨어요? 녹슨 철조망에 긁혔던데. 파상풍 위험이 있을지도 몰라요."

"기도하는 수밖에."

더글러스가 대꾸했다.

침울한 분위기로 뉴욕을 향해 차를 몰면서 카터가 물었다.

"당장 고정 수입이 조금이라도 있으세요? 연금이나 연금 보험, 회사채라도?"

돈이 사라지고 나자 그들은 돈 얘기를 할 수 있게 되었다.

더글러스는 킬킬거리며 웃다가 기침을 했다.

"사회보장제도가 있잖아!"

"비웃지 마세요. 사회보장연금 덕분에 근근이 버티는 사람이 얼마나 많다고요."

"그런데 사회보장연금은 어디서 나오는 거냐? 납입금이 턱없이 줄었을 텐데."

"그래도 그건 챙겨줘야죠. 안 그러면 전국적으로 반란이 일어날 거예요."

"이 나이에 피켓 라인에 서서 관료들을 겁주지는 않을 것 같은데."

"그래도 투표는 하실 수 있잖아요."

그러자 더글러스가 대꾸했다.

"지금은 그렇지. 우리 늙은이들이 세상을 우울하게 보는 경향이 있다는 건 안다. 하지만 이젠 어디에도 기대를 걸지 않을 것 같구나. 제 역할을 못 하는 정치인들을 쫓아낼 권리도 포함해서 말이야."

미국 민주주의의 종말에 대해 절망하는 것이 우습게 느껴졌으므로 카터는 아무 대꾸도 하지 않았다.

브루클린-퀸스 고속도로가 부분적으로 폐쇄된 탓에 그들은 먼 길을 돌아 캐럴가든스에 들어섰다. 더글러스가 말했다.

"이 동네는 전문직 종사자들의 빛나는 성채가 된 줄 알았는데, 내가 기억하는 만큼 깔끔하진 않구나."

블록마다 문을 닫은 가게들 때문에 칙칙했다. 9개월 전만 해도 대기자들이 길게 줄을 섰던 고급 식당들은 이제 더러운 창문에 '임대' 표지판을 붙여놓았다. 가정용 풍경 따위의 고급 장신구들을 판매하던 상점들은 문을 닫고 널빤지를 덧대어놓았다. 시에서 환경미화를 삭감한 탓에 길가에 쓰레기가 즐비했다. 걸인들의 수가 늘었고 개중에는 더 늙고 더 좋은 옷을 입은 사람들이 많아졌다. 침체기에는 늘 구걸이 늘게 마련이지만 이번에는 독특한 플래카드들이 눈에 띄었다. 〈나의 정부 때문에 망했습니다. 알바라도가 내 재산을 쓸어갔습니다. 도와주세요. 나의 딸과 '메디케이드!!' 둘 다 나를 거두지 않습니다. 당신의 할머니

도 이렇게 될 수 있어요.〉

카터는 주차권을 갱신하지 않았고, 거리 주차장은 경찰들이 제때 견인하지 않은 버려진 차들로 복잡했다. 주차할 곳을 찾으려면 시간이 걸릴 것 같았으므로 그는 승객들과 그들의 짐을 집 앞에 내려주었다. 플렉스로 그들의 도착 사실을 통지받은 제인이 현관 앞 계단에서 기다리고 있다가 그들을 맞이했다. 잔뜩 긴장한 채 일그러진 환영의 미소를 짓고 있는 그녀의 얼굴은 공포 영화의 반응 쇼트를 보는 것 같았다. 신경쇠약에 시달리면서부터 줄곧 몸을 감싸는 데 사용한 짙은 색의 긴 드레스 차림이었다. 나이 많은 여자들은 주로 이렇게 풍성한 옷으로 불어난 살을 감췄지만 입맛이 까다롭고 예민한 제인은 안쓰러울 정도로 여위었다. 틀림없이 자신은 반가움과 환영, 기쁨의 표정이라고 믿고 있을 그 괴로운 얼굴은 누구에게든 고통스럽게 보였을 것이다. 칠흑처럼 새까맣게 염색한 머리가 기만적인 인상을 더하는 듯했다. 안타까운 일이었다. 제인 다클리는 아름다운 여인, 진솔한 여인이었으므로 이렇게 비치는 것은 부당했다.

그러나 그릇된 인상으로 말할 것 같으면, 루엘라는 맨 처음 그의 아버지를 매료시킨 그 고상함을 연상케 하는 모습으로 뜯어진 치맛단을 무릎 위로 우아하게 들어 올리고 당당하게 보도 위로 내려섰다.

"반가워요."

그녀는 두 손을 제인의 어깨에 살포시 얹고 이 여주인의 두 뺨에 스치듯 입을 맞추며 덧붙였다.

"번거롭게 해서 미안하지만 차 한 잔 들이켤게요."

제인이 어리둥절한 얼굴로 카터를 보자 그는 어깨를 으쓱하며 말했다.

"거기에 익숙해지면 안 돼."

8장
꼭 필요한 존재가 되는 기쁨

로웰이 가족회의를 소집했을 때 아이들은 그 말의 의미조차 알지 못했다.

"너희들 모두 같은 시간에 어떤 핑계도 대지 않고 조용히 거실에 모이는 거야."

지난 몇 달 사이에 로웰의 세심했던 양육 기술은 다 닳아 없어졌다.

"하지만 목요일 저녁엔 우리 토론 팀 전략회의가 있어요."

구그가 이의를 제기했다.

"난 너희 토론 팀 따위는 상관하지 않아. 그리고 곧……."

로웰은 회의 안건을 무심코 누설할까 봐 조심스레 말을 이었다.

"너도 상관하지 않게 될 거야."

스택하우스 집안에는 격식을 차리는 관습이 없었으므로 가족이 모인 자리에는 원망의 기운이 가득했다. 구그는 소파에서 잔뜩 인상을 쓴 채 팔짱을 끼고 있었다. 빙은 풋스툴을 반복적으로 걸어찼다. 서배너는 이곳에 자기 말고 아무도 없는 듯 컴컴한 전망창 쪽을 향한 채

바닥에 부루퉁하게 웅크리고 앉아 손톱을 다듬었다.

로웰과 에이버리는 누가 먼저 이야기를 꺼낼 것인지 미리 상의한 터였다. 고맙게도 에이버리는 자신이 먼저 하겠다고 했다.

"애들은 세부사항을 전달하는 사람을 미워할 테니까."

로웰은 이렇게 반박했다.

"어차피 애들은 곧 우리 둘 다 미워하게 될 거야. 남자답게 행동하는 편이 낫지. 나한테는 그럴 기회가 별로 없거든."

그리하여 로웰은 서 있고 에이버리는 아이들이 도망치려 하면 언제든 붙잡을 기세로 안락의자 팔걸이에 걸터앉았다.

"내가 어릴 때는 말이다……."

로웰이 입을 열었다. 딱히 훌륭한 도입부는 아니었다. 그가 어릴 때에도 '내가 어릴 때는 말이다'로 시작하는 이야기를 들으면 바로 딴생각에 빠지곤 했으니까.

"우리 부모님이 무엇으로 생계를 꾸리시는지 아주 막연하게만 알고 있었고 신경 쓰지도 않았어. 부모님이 어떻게 냉장고에 늘 먹을 것을 채워놓는지 상관하지 않았지. 중요한 건 내가 원하면 언제든 샌드위치를 만들어 먹을 수 있다는 사실이었어. 원하는 것을 뭐든지 하거나 뭐든지 살 수 있는 건 아니었지만, 합당한 범위 내에서는 혜택받은 축에 속했지. 그래도 너희 셋만큼 풍족하게 살지는 않았다. 하지만 이제 너희들도 지난가을부터 이 나라에 일어난 몇 가지 커다란 변화를 인지하고 있어야 해. 우린 너희들이 그런 일에 관심을 갖도록 키웠거든. 우리 집안에도 큰 변화가 있을 것 같구나. 엄마 아빠가 이러는 건 쩨쩨해서가 아니라는 사실을 너희들이 알아줬으면 좋겠다. 선택의 여지가 없기 때문에 이러는 거야."

구그가 말했다.

"무슨 얘긴데 그렇게 북을 쳐요? 대중연설 수업에선 과하게 설레발치지 말라고 가르치는데. 빰빠라밤! 이런 걸 너무 많이 하면 그다음에 무슨 얘기를 해도 청중은 실망한다고요."

그러자 로웰이 날카롭게 대꾸했다.

"너도 실망하긴 할 거야. 다음 학기부터 너와 빙은 공립학교에 다녀야 하거든. 우린 이제 게이츠 고등학교와 시드웰 프렌즈 스쿨의 학비를 감당할 수 없어. 구그, 넌 페트워스에 있는 시어도어 루스벨트 고등학교로 간다."

"하지만 페트워스는⋯⋯."

구그가 이의를 제기했다.

"페트워스는 뭐?"

로웰은 제 입으로 말하게 할 생각이었다.

"라틴 동네라고요."

구그가 웅얼거렸다. 적어도 겸연쩍은 말투였다.

"그게 어때서?"

로웰의 질문이 허공에 떠 있었다.

"빙, 너는 딜 중학교로 전학시키려고 했어. 더 가깝고 더⋯⋯ 비슷한 아이들이 많을 거야. 하지만 그 학교도 가을 학기에는 학생을 더 받을 수 없다는구나. 우리랑 처지가 비슷한 부모들이 너무 많거든. 그래서 내년에는 컬럼비아 하이츠에 있는 터브먼 초중등학교로 가야 해."

"터브먼에도 관현악단이 있나?"

빙이 자그마한 목소리로 물었다.

"아빠, 내 친구들은 다 게이츠에 있어요. 그리고 루스벨트는 완전 곤충 스낵바예요! 공립학교들은 학교 대항 토론 대회에 참여하지도 않는다고요! 루스벨트엔 라크로스팀도 없을걸요."

구그가 소리쳤다.

"맞아, 구그. 라크로스는 없어. 그리고 빙, 너도 포기해. 설사 그 학교에 관현악단이 있다고 해도 그 동네 사람들은 요즘 같은 시기에 악기 따위엔 동전 한 닢 쓰지 않을 테니까."

"엄마가 학교까지 차로 데려다주고 데려와야 할 거야."

에이버리가 빙에게 말했다. 빙은 여태 시드웰 프렌즈 스쿨까지 네 블록을 걸어 다녔다.

"안전을 위해서 말이야."

"어떻게 그래요? 엄만 일하는 줄 알았는데."

서배나가 여전히 가족을 등지고 앉은 채 손에 집중하며 차갑게 물었다.

에이버리는 왜인지 자신을 3인칭으로 지칭하기 시작했다.

"네 엄마의 클리닉도 문제거든. 네 엄마의 환자들은 이제 진료비를 감당할 수 없어. 그 말은 곧, 네 엄마가 클리닉 임대료를 감당할 수 없다는 뜻이지."

로웰이 처음에 말한 것처럼 아이들이 부모의 일에 대해 전혀 관심을 갖지 않는 현상이 이 거실에도 이미 뚜렷하게 드러나고 있었다. 부모가 두 아들을 사립학교에서 전학시킬 수밖에 없는 구체적인 이유는 관심 밖의 영역인 듯했다. 아이들은 보편적으로 그런 모양이었다. 오로지 자기 일만 중요했다.

서배너가 말했다.

"엄마가 애매하고 시시하지 않은 치료, 그러니까 정말 유용한 치료를 제공한다면 사람들이 계속 돈을 내고 오겠지."

"사람들에게 유용한 것이 바뀌고 있거든."

에이버리는 놀라운 자제력을 발휘하며 대꾸했다.

"너는 말이다……."

로웰은 딸에게로 몸을 돌리고 말을 이었다.

"우린 네가 리즈디에 들어간 게 아주 자랑스러워. 정말 대견한 일이야. 그런데 아무래도 입학을 미뤄야 할 것 같다. 그리고 내년에도 어떻게 될지 기약할 수 없을 것 같구나."

서배너는 몸을 돌려 그를 보았다. 그애가 그렇게 경멸 어린 눈으로 제 아빠를 본 것은 처음이었다. 여자아이로서 그애는 무턱대고 상냥했으므로 그 생경한 차가움에 로웰은 움찔했다. 뜻한 바를 저지당하기 전까지는 그 사람에 대해 깊이 알 수 없는 모양이었다.

"돈 때문이죠? 대충 감이 오는 것 같네. 그럼 지원금을 신청해볼게. 아빠가 그렇게 파산했다면 빈곤층으로 분류돼서 자격이 될지도 모르잖아."

"마음대로 하렴. 하지만 행운을 빈다. 전국적으로 대학의 기금이 엄청난 타격을 입었거든. 조지타운도 마찬가지야. 아빠는 이번 달 월급도 못 받았어. 뭔가 착오가 있었던 것 같지만 당장 생활이 더 어려워졌어."

로웰이 말했다.

"기금이 뭐예요?"

빙이 물었다.

"일종의 예금 계좌야. 정상적인 상황이라면 학교는 거기에서 이자와 배당금을 뽑아 쓸 수 있지."

구그가 따지기 시작했다.

"하지만 아빠가 시장이 곧 회복될 거라고 그랬잖아요! 사람들이 예상하는 것보다 더 빨리 회복될 거라고 아빠가 그랬잖아! 우리가 큰돈을 벌게 될 거라고 아빠가 그랬잖아!"

"멀리 보면 결국 아빠 말이 옳을 수도……."

"멀리 보면 결국 우리는 모두 죽는다."

구그가 인용문을 읊조렸다.

"존 메이너드 케인스. 먼 미래에 제대로 된 교육을 받는 건 도움이 되지 않아요."

로웰이 다시 입을 열었다.

"다른 아이들한테는 굳이 설명하려 들지도 않겠지만 넌 똑똑하니까 이해하겠지. 우리 담보대출 이자가 두 배로 뛰었어. 엄마의 수입은 클리닉 임대료 때문에 적자야. 아빠가 가르치는 대학의 학생들은 학교에 다닐 형편이 되지 않아. 솔직히 말해봐라. 게이츠에 다니는 네 친구들 중에도 전학하는 아이들이 있지 않니?"

"올리비아 앤드루스가 전학하려고 했는데 장학금이 나왔어요. 그애 아빠가 자살했기 때문이죠."

"지금 나한테 암시를 주는 거니?"

구그는 어깨를 으쓱했다.

"꽤 성공적인 방법이었죠. 어쨌든 효과가 있잖아요?"

그러자 에이버리가 끼어들었다.

"아들, 도를 넘었다."

이번엔 서배너가 입을 열었다.

"엄마 아빠 모두 내 재능을 믿지 않았어. 예전부터 내가 미대에 다니는 걸 원치 않았지. 그런데 이젠 실용적인 걸 배우라고 협박하네. 중국어과라도 가야 하나."

"대학에 가라는 얘기가 아니야. 아빤 네가 일을 했으면 좋겠다."

로웰이 말했다.

"어떤 일?"

"어떤 일이든 상관없어. 가계에 보탬이 되기만 한다면."

"난 버거를 굽는다고 해도 아빠한테 돈을 주진 않을 거야."

어떻게 이럴 수 있단 말인가? 그들이 뭔가를 잘못한 것일까? 막연히 성격 형성을 위해서라는 이유로 아이들이 원하는 일, 그들의 재능이 허용하는 일을 무엇이든 하게 해준 것이 잘못이었을까? 로웰이 말했다.

"만약 아빠가 버거를 구워야 하는 상황이라면 나는 너한테 돈을 주겠지. 이중 잣대라고 생각하지 않니?"

"어머, 죄송해요. 노역소가 부활된 모양이에요! 참 디킨스적이네."

"이건 어때요?"

구그가 제안을 내놓았다.

"아빠가 저 대신 대출을 받아서 저를 게이츠에 보내주는 거예요. 적당히 계산해서 졸업 후에 내 월급에서 얼마씩 떼어 갚을지 정하면 되잖아요. 월급이 오를 때마다 상환율을 올려도 되고요."

그러자 로웰이 대꾸했다.

"아들, 네 아빠한테 대출해주는 데가 없을 거야. 설사 해준다고 해도 가능한 조건은 11퍼센트 이상이지."

"그럼 지분 상황이 어떻게 되는데요?"

구그가 투지 있게 물었다.

"우린 이자만 내고 있어. 시도는 좋았다."

구그는 흥분하기 시작했다.

"이렇게 되다니 믿을 수가 없어요!"

"네가 믿지 않아도 상황은 달라지지 않아. 그런 면에서 현실은 참 재미있지."

로웰이 말했다.

구그는 제 아빠의 분야에 흥미가 있는 듯 보였지만 실제로 경제학을 최고로 여기진 않았다. 이러한 차이는 구그의 유별난 조숙함에서 오는 것이라고 로웰은 생각했다. 녀석은 많은 주제들을 건드리며 강력한 의견을 피력했지만 기본적으로 이는 연설을 위한 것, 즉 수사적인 것이었다. 정신 나간 균형예산법에 대해 고교 논전을 벌이고도, 주간도로 시스템에 충분한 자금이 편성되지 않은 탓에 I-85 주간도로의 도로 팸 현상으로 인한 연쇄 충돌 사고 사망자만 연간 수백 명에 달한다는 사실을 이와 직관적으로 연관 짓지 못했다. 이는 곧 자신이 그 사상자 가운데 한 명이 될 수도 있다는 실질적인 가능성과 직결되는데도 말이다. 구그 나이에 역시 유달리 조숙했던 로웰은 이처럼 자기 분야의 시급한 문제들을 순전히 수사적으로만 이용하려 하는 경향이 오늘날까지도 그 자신을 따라다니는 것이 아닐까 생각해보았다. 에이버리는 그가 옳은 판단에 너무 집착한다고 늘 잔소리했다. 그러나 어쩌면 그는 옳은 판단에, 진정으로 옳은 판단에 신경 쓰는 것이 아닐지도 모른다. 사실은 그것이 중요했을 텐데 말이다. 어쩌면 그는 그저 이기는 데만 급급했는지도 모를 일이었다.

서배너가 말했다.

"애들을 낳았으면 그냥 두 손 들고 '미안, 우린 이제 돈을 벌 수 없으니 너희가 벌어오렴!' 해서는 안 되는 거잖아. 우리 미술 선생님은 내가 막대한 재능을 갖고 있다고 했어. 엄마 아빠가 이렇게 내 인생을 망칠 수는 없다고!"

그러나 그애가 여봐란듯이 나가려고 일어섰을 때 로웰이 팔을 붙잡았고, 그애는 믿을 수 없다는 듯이 그 팔을 노려보았다.

"가족회의는 끝나지 않았다. 아직 중대 발표가 좀 더 남았거든, 얘들아. 이번 여름에는 토론 캠프도, 미술 캠프도, 현악 사중주 캠프도 없어. 알았지? 과학 캠프도, 수상 스포츠 캠프도, 야생 생존 캠프도 없어. 이 마지막 캠프는 사실상 이제 돈을 주고 참여할 필요가 없어진 것 같구나."

그가 놓아주자 서배너는 울음을 터트렸다. 에이버리는 그의 거친 행동을 책망했다. 그도 그럴 것이, 그의 공표에는 독기가 서려 있었다. 아이들의 장난감을 모조리 빼앗는 일은 이상한 짜릿함을 안겨주었다.

"당신은 자신을 벌하는 대신 아이들에게 화풀이하는 것 같아."

방으로 들어와 잘 준비를 할 때 에이버리가 조용히 말했다.

로웰이 대꾸했다.

"그게 아니지. 나 자신에 대한 처벌의 일부로 아이들에게 화풀이를 한 거야."

"나한테는 너무 난해한 논리네. 난 치료요법사인데 말이야."

지친 목소리였다.

"이봐, 나라고 짐승들이 우글거리는 공립학교에 애들을 던져 넣고 싶겠어? 당연히 아니지. 빙은 산 채로 잡아먹힐 거야. 구그? 그애는 상식이 풍부하고 명석하고 선생들을 주물러 교묘하게 환심을 사는 법도 꿰고 있어. 이런 점들 때문에 게이츠에서는 인기를 끌었지만 루스벨트에서는 오히려 왕따를 당할 거야. 그리고 서배너는…… 학교를 1년 휴학하고 유럽에 가서 이탈리아어를 배우는 거라면 모를까. 집에서 빈둥거리다 보면 못된 짓에 빠지고 의욕도 잃을 거고. 아까운 일이지. 우리가 수십만 달러를 들여 그애들 머릿속에 넣어준 것들이 순식간에 빠져나갈 거라고. 게다가 난 우리가 애들을 잘못 키우고 있는 것 같아. 당신이 생각하는 그런 방식으로 잘못 키운다는 얘기가 아니야. 그애들은 한 번도 안 된다는 말을 들은 적이 없잖아. 그런데 이제 와서 하룻밤 사이에 역경과 자제와 실망을 배우라고 해야 하니."

그러자 에이버리가 말했다.

"있지도 않은 역경을 겪게 할 수는 없었지. 돈이 있으니까 다 해준 거야. 이젠 그럴 수 없게 됐고. 사실 당신이 말도 안 되는 주식들을 사지만 않았어도……."

"1919년에는 코카콜라도 말도 안 되는 주식이었어."

로웰이 그녀의 말을 끊었다.

"투자든 재테크든 무수히 많은 우발적 사태들을 모두 예측할 수는 없어. 지난 10월 이후 이 나라의 부는 사실상 불가능한 수준의 규모로 무너졌어. 1년 전에 투자 자문을 찾아가서 그에게……."

"혹은 그녀에게."

에이버리의 지적에 로웰은 못마땅한 듯 말을 고쳤다.

"혹은 그녀에게 '우리가 아는 세상이 무너지더라도 내 포트폴리오를 보호할 수 있다면 좋겠어요. 최후의 심판일, 해수면 상승으로 인한 지구상의 모든 해안 도시의 침수 사태, 핵전쟁, 치료 불가한 전염병을 고려해서 투자할 수 있는 뮤추얼 펀드를 골라주세요'라고 했다면 그는, 혹은 그녀는 그 사람의 자산이 얼마이든 그 자리에서 쫓아냈을 거야. 어떤 경제에 어떤 식으로든 참여하는 것은, 하다못해 그저 급여를 받고 돼지고기를 사는 것만 해도 해당 경제의 규칙들이 뒤집히지 않는다고 믿는다는 뜻이야. 게임이 바뀌는 것에 대비하는 보험은 없어. 그러니까 무슨 일이 일어나든 계속 게임을 해야 하지. 애플이 곧 망해도 애플 주식을 사는 거야. 늘 해오던 대로. 그게 성공하지 못하면, 자신이 통제할 수 없는 이유로 인해 게임 전체가 사라져 버린다면 다른 어떤 방식을 썼어도 성공하지 못했어."

"그래도 그냥 현금을 좀 더 갖고 있었더라면……."

"현금도 일종의 투자야."

로웰은 무자비하게 그녀의 말을 일축하고 계속 설명을 이어갔다.

"역사적으로 아주 형편없는 투자지. 최악의 투자야. 자본을 갖게 된다면 어떤 식으로든 투자하지 않을 수가 없어."

"몇 가지 실수를 했다는 사실을 인정하면 의외로 마음이 편해질 텐데……."

"난 실수하지 않았어! 보통주 62퍼센트와 채권 27퍼센트 파이 차트의 연금 펀드들……. 성장과 이익이라는 대조적인 전략에 골고루 배분한 투자 계좌들……. 용인 가능한 리스크 정도를 평가하는 모건 스탠리의 세심한 질문지도 다 작성했다고. 그 질문지엔 '0'을 표시하는 칸이 없다는 점이 문제이긴 했지만. 어쨌든 대형주와 소형주, 신흥 시장을 따져보고…… '아무래도 에너지 부문으로 조금 더 옮기고 제약 쪽을 빼야겠어' 하며 요리조리 바꿔보기도 했어……. 하지만 그 모든 계좌가 다 폭삭 주저앉았지. 전략 따윈 중요하지 않았어."

"그게 무슨 헛수고람."

에이버리가 중얼거렸다.

"많은 사람들이 몰두해 있었지. 하지만 한 가지 위안이 되는 점이 있어. 아무도 맞지 않았지만 누가 틀린 것도 아니잖아. 무얼 했든 하지 않았든 다 같이 망했다면 누구의 잘못도 아닌 거야. 나를 포함해서. 안타깝게도 이런 논리는 한밤중에 뜬눈으로 깨어 있을 땐 그리 설득력이 없는 것 같더라고."

그러나 안방 문을 두드리는 소리가 들린 뒤, 로웰은 쩨쩨한 부모라는 새로운 역할을 그토록 열렬히 수행한 일이 몹시 멋쩍어졌다. 빙이 꼬깃꼬깃한 지폐들을 안고 들어왔기 때문이다. 새 바이올린 활을 사려고 모아둔 용돈이었다.

"나도 돕고 싶어."

아이가 자신이 모은 돈을 아빠에게 내밀며 말했다. 놀라웠다. 열한 살짜리 막내 아이만이 유일하게 상황의 심각성을 이해했다니. 그보다 더 놀라운 일이 있었다. 3백 달러가 조금 넘는 그 돈을 로웰이 받았다는 사실이었다.

로웰 자신이 너무 과민하게 구는 듯 보였다면, 사실 이는 그가 여러 방향으로부터 원망을 체감하고 있었기 때문이었다.

그의 부모님은 은퇴한 뒤 큰아들에게 투자 자문을 구했다. 그의 부모님은 진짜 과학자들이었다. 아버지는 미생물학자로 터프츠 대학에 재직했고, 어머니는 인기에 영합하는 동물학자로 한 건축 부지에서 빗영원(파충류의 일종—옮긴이) 일가족을 발견하고 100억 달러짜리 개발 사업을 중단시킨 바 있었다. 그는 도움이 되고 싶어서(혹은 과시하고 싶어서?) 여러 가지를 준비해주었다. 최소한 금에 대한 투자를 말렸으니 그 점은 인정해줘야 하는 것이 아닌가? 전혀 아니었다. 통곡물과 녹색 채소, 오메가3 고함량 생선 살로 영양의 균형을 맞춘 접시처럼 전략적 분산과 성장 및 이익 사이의 고른 배분 등을 고려한 완벽한 비율의 포트폴리오가 엎어져 버리자 그의 부모님은 몹시 당황했다. 둘 다 플렉스페이스로 그를 전혀 원망하지 않는다고 열심히 강조했지만 그는 아내의 전문적인 심리학 통찰력을 빌리지 않고도 그 말을 정확하게 번역할 수 있었다. 전적으로 그를 원망한다는 뜻이었다.

설상가상으로 그들은 가족이 함께 살았던 브루클린의 널찍한 집을 2년 전 로웰의 권유로 매각했다. 여기서 나온 돈과 그 투자이익은 해외로 유사 과학 여행을 다니는 데 사용할 예정이었다. 딱히 유의미한 데이터를 쌓지 못해도 이러한 여행은 그들이 아직 직업 생활에서 손을 떼지 않았다는 무해한 착각에 빠져 살도록 도와줄 것이었기 때문이다. 그러나 그들이 규모를 줄여 이사한 포트로더데일(미국 플로리다주 남동부에 위치한 휴양 도시 — 옮긴이)의 '아늑한' 아파트는 북극이나 러시아의 툰드라 여행을 다녀온 뒤에나 따뜻한 위안이 될 법한 곳이었다. 이제 그들에겐 그런 여행을 즐길 자금이 없었다. 그 비좁은 아파트가 유일한 고정자산이 되어 오도 가도 못 하는 신세가 되자 그들은 플로리다를 증오했다.

어린 시절 내내 그의 부모님 모두 돈에는 관심 없다고, 돈과 상관없이 흥미로운 일을 하는 것이 중요하다고 수없이 강조했지만, 이런 사실을 상기시켜봐야 도움이 되지 않았을 것이다. (로웰은 이 훈계를 뒤엎을 수밖에 없었다. 그에게 흥미로운 것은 바로 돈이었기 때문이다.) 그러나 그의 부모님은 늘 검소하게 생활했고, 바로 그런 이유 때문에 적은 월급으로 꽤 탄탄한 자금을 마련할 수 있었다. 따라서 돈에 무관심한 태도는 가식이었다. 그는 그들만큼 끊임없이 돈 얘기만 하는 부부를 알지 못했다. 이러저러한 물건이 세일이더라, 무언가의 가격이 무지막지하더라, 1년 내내 무사고였는데도 보험료가 폭등했더라……. 그들은 가늘고 연한 껍질 콩을 사느냐 퉁퉁하고 질긴 껍질 콩을 사느냐에 이르기까지 모든 것을 가격에 따라 결정했다. 결국 플로리다의 그 칙칙한 아파트도 그렇게 결정한 것이었다. 횡재와 다름없는 가격이었기 때문이다. 돈에만 치중한 그들은 결국 경품 응모권을 상금으로 착각한 셈이었다. 어차피 이 특가 사냥으로 따낸 것은 기껏해야 조금 더 많은 돈, 즉 퉁퉁하고 질긴 껍질 콩 대신 가늘고 연한 껍질 콩을 살 수 있는 돈이었으니 말이다.

대대적인 채무 포기가 있기 전에 로웰은 부모님을 모시고 외식을 하려면 말 그대로 머리에 총구를 들이대야 할 지경이었다. 그러다 두 아들 모두 잘살고 있다는 확신이 서자(IT 보안 업계에서 일하는 아론은 스토니지 덕분에 큰돈을 벌었다) 그의 부모님 데이브와 루스는 두 아들에게 유산을 물려주기 위해 절약하는 것이 아니라고 주장했다. 결국 목숨이 유한한 인간들에게 무기한 유예된 만족은 만족이 전혀 없는 것과 똑같았다. 따라서 그들처럼 노년에도 경제의 기어를 바꾸지 못하는 것, 언제 또 그럴 일이 있겠냐며 돈을 물 쓰듯 쓰지 못하는 것은 결국 영생을 꿈꾸고 있다는 의미로 해석해야 했다. 70대인 데이브와 루스는 죽을 날이 머지않았다고 생각했다면 매일 저녁 대하를 주문해 먹었을 것이다.

그의 부모님은 돈에 '신경 쓰지' 않는다고 했지만 최근의 사건들을 통해 그렇지 않다는 사실이 드러났다. 그들은 정신을 놓을 지경이었다. 하지만 그러고 보면, 액수에 상관없이 자신의 돈에 감정적으로 연연하지 않는 인간을 로웰은 한 명도 떠올릴 수 없었다. 당장 걸인의 모자에서 2달러만 빼앗아보아도 알 수 있다. 진정으로 돈에 초연해지기 위해서는 너무도 엄청난 에너지, 너무도 부자연스러운 관념적 열성을 쏟아부어야 하기에 그 무관심 자체가 관심의 대상이 될 정도였다. 그 역시 돈의 흥미로운 속성 가운데 하나였다. 돈은 열정을 자극했다.

그런 고로! 큰아들의 현명하고 너그러운 투자 상담에 의존했던 데이브와 루스는 이제 병적인 집착 때문이 아니라 어쩔 수 없이 퉁퉁하고 질긴 콩을 사 먹어야 했다. 로웰 자신이 죄책감을 느끼느냐고? 물론이다, 에이버리. 당연한 일이었다. 그러나 부모님이 곤경에 처한 것이 정말 그의 잘못인가? 조금이라도? 아니란 말이다! 당연히 아론 역시 형에게 투자 자문을 구했다. 형의 조언은 당시 대규모 금융기관들이 내놓은 표준 지침과 크게 다르지 않았다. 단, 금은 피하라고 귀띔해주었고 그것은 지극히 옳은 판단이었던 것으로 드러났다. (1977년에 제정된 국제비상경제권법이 여전히 유효하다는 사실은 밥값을 하는 금융 자문이라면 누구나 알고 있어야 마땅했지만, 정작 알바라도가 그 법을 이용하자 그들 모두 분개하는 척했다.) 아내와 어린 두 자녀가 있는 이 디지털 전문가가 눈 깜짝할 사이에 부자에서 극빈층으로 전락한 것도 로웰의 잘못일까? 아니란 말이다!

그보다 더 답답한 사실은 지금처럼 로웰 자신의 조언이 진정으로 중요한 시기에, 그의 부모님과 동생 모두 그것을 받아들이려 하지 않는다는 점이었다. 그는 현재의 통설(무조건 팔아라―이 말은 곧, '높은 건물을 찾으면 뛰어내리라'는 뜻이었다)과는 정반대를 지향했다. 결국 최후에 이익을 보는 투자자는 침착하게 행동하는 투자자이다. 가치 폭락에 대한 합리적인 대응 방법은 오로지 갖고 있는 것뿐이었다. 그러나 가족이 모두 나그네쥐처럼 벼랑에서 떨어져 손해를 굳히고만 있으니, 금욕적인 로웰 스택하우스로서는 울고 싶을 따름이었다.

무슨 상관이람. 그와 에이버리에겐 더 시급한 문제가 있었다.

사실 로웰도 늘 형편이 좋았던 것은 아니었다. 매사추세츠공과대학교(MIT) 대학원 재학 시절에는 조교 활동에 지원되는 눈곱만큼의 장학금으로 생활했다. 처음으로 애머스트 대학에 정식 교수로 임용되기 전에는 이상한 전문대학을 포함해 몇 군데에서 너저분한 비상근 교수직을 맡았었다. 이렇게 도랑에서 굴러본 탓에 그는 더더욱 자신이 밑바닥 생활을 맛보았다고 믿었다. 그러나 그곳은 진짜 밑바닥이 아니었다. 그저 상위층의 바닥일 뿐이었다.

따라서 로웰은 자신이 감당할 수 없는 청구서를 받아본 적이 없었다. 오래전부터 그는 계좌에 여유자금이 전혀 없는 사람들, 그저 주머니에 있는 돈을 다 써버리고 단기 소액 대출로 전기세를 내는 사람들, 늘 공과금이 밀려 있어 누가 문을 두드리지 않을까 조바심을 내며 사는 사람들을 가망 없고 무책임하며 나태한 부류, 자신과는 동떨어진 부류로 치부했다. 빚으로 말할 것 같으면, 로웰은 그것이 경제의 바퀴에 윤활제 역할을 한다고 여기며 이론적으로 크게 옹호하고 기업과 국가 들도 빚을 내는 것이 좋다고 선동했지만, 정작 자신은 비자카드 대금을 꼬박꼬박 갚았다. 그는 감정상의 이유로 신용 거래를 피했다. 신세 진 느낌, 다른 사람의 돈을 쓰고 있다는 느낌이 싫었다.

따라서 그는 거의 온 나라가 희희낙락 내팽개친 처량한 프로테스탄트 가치관을 붙잡고 있었다. 그의 직업 인생 전반에 걸쳐 국제 경제는 검소한 사람들을 벌하고 낭비하는 자들에게 보상을 주었다. 그의 직업을 감안할 때 그가 그런 교훈을 터득하지 못했다는 것은 참으로 이상한 일이었다. 남부 유럽을 보라. 유로존의 이 호화 휴양지들은 수조를 취하여 모조리 써버리고 갚지 않았다. 잘한 일은 아니다. 영리한 일이었다. 경제는 잘한 일에 보상하지 않는다. 영리함에 보상한다.

그래서 로웰은 바보가 된 기분이었다. 무결점의 신용을 가진 그는 미친 듯이 돈을 빌려 썼어야 했다. 그런 다음 채무 포기 때 손을 떼면 그만이었다. 정식으로 파산 신청을 하든 그저 조용히 잠수를 타든. 다른 사람들은 모두 그렇게 하고 있었다. 그가 2001년부터 갖고 다닌 퍼스트 USA 비자카드와 그의 지갑에 들어 있는 다른 모든 플라스틱 조각들이 무효화된 것도 이런 이유 때문이었다. 먹튀 국가의 파산한 시민들에게 돈을 빌려주는 일을 중단하지 않으면 카드회사들은 침몰할 수밖에 없었다. 구명밧줄이 또 하나 잘린 셈이었다.

한편, 조지타운 대학의 6월 급여 '연체'가 7월까지 연장되었다. 그의 상식으로는 도무지 이해할 수 없었다. 매달 특정일에 일정액의 돈을 주겠다고 법적으로 계약한 기관이 그렇게 간단히 그러지 않을 수 있다니. 그는 그 대학이 자신에게 급여를 줄 의무가 있기 때문에 당연히 줄 것이라고 믿었다. 이처럼 당위와 실행을 혼동한 것은 난독증과 다를 바 없었다. 그는 나름대로 자신의 생활에 대한 분석 시스템을 만들어 그것이 어떤 상황에서 제대로 작동하고 어떤 상황에서 제대로 작동하지 않는지 평가해왔다. 그것이 아예 작동하지 않는 상황에 대해서는 전혀 아는 바가 없었다.

따라서 여름 내내 로웰은 그들의 환금성 자원이 증발하다시피 하는 광경을 지켜보며 경악했다. 결국 그들은 에이버리가 캔털루프 멜론을 사지 않게 되는 상황에 빠르게 다가가고 있었다. 캔털루프 멜론이 먹고 싶지 않다거나 이 과일이 딸기보다 훨씬 더 치명적인 독소를 체내에 축적시킨다는 사실이 갑자기 밝혀져서가 아니었다. 차를 가져오지 않았는데 가방이 너무 무거워질까 봐도 아니었다. 그리고 그의 어머니가 그랬듯 현재 이 멜론의 가격이 그리 좋지 않아서도 아니었다. 그런 것이 아니었다. 곧 에이버리는 돈이 없어서 캔털루프 멜론을 사지 않게 될 것이었다.

조지타운 대학으로부터 영감을 얻은 로웰은 오래전 '가망 없는' 사람들을 보며 이해할 수 없었던 사실을 이해하게 되었다. 담보대출 불입금 납부일이 다가오는데 계좌에 돈이 없다면? 내지 않는다. 6월에 내지 않는다. 7월에도 내지 않는다. 8월에는 정해진 절차를 따르게 될 것이다.

전문가로서 에이버리는 정신적 고통과 육체적 고통을 분명하게 구분 짓는 것이 확연히 잘못된 일이라고 느꼈다. 환자 한 사람을 치료

하려면 그 사람이 느끼는 모든 감각을 다루어야 했다. 항암 화학요법을 이겨낸 사람들은 하나의 목표를 향해 강한 의욕을 갖고 매달려야 하는 그 힘든 치료를 끝마친 뒤에 우울증에 시달렸다. 평범한 삶을 살게 되면서 남들이 대단하게 여기는 일급 지령 이행자로서의 자격을 갑자기 박탈당했기 때문이었다. 죽음이 눈앞에 있음을 실감할 때 느끼는 공포는 모종의 활력을 주었고, 여기에 적응된 사람들은 때로는 아팠던 시절을 그리워하기도 했다. 관절염처럼 좀 더 가벼운 질병을 앓는 사람들은 무릎관절 수술로 인해 극한의 달리기를 마음껏 할 수 없게 되었다는 사실에 격한 감정을 느끼고 무려 80대에도 마라톤 100회를 완주하겠다는 야망을 포기해야 한다는 점에 대해 아쉬움을 토로하고 싶어 했다. 성별에 관계없이 그녀의 클리닉을 찾는 노인 환자들은 모두 자신이 늙었다는 사실에 놀라고 있었다. 에이버리는 내심 그것이 진지하게 관심을 기울이지 않은 탓이라고 생각했다. 피스헤드는 태극권과 각종 대화 요법, 요가, 꿈 분석, 근력 운동, 억지 울음 등 효과가 있는 것은 무엇이든 응용하는 절충적인 프로그램이었다.

그녀는 임상가 자격을 취득할 때 피스헤드가 메디케이드와 메디케어의 지원을 받을 수 있는지 여부를 전혀 고려하지 않았다. 이 일을 시작한 이후로 줄곧 그 두 프로그램에서 제외된 것은 오히려 축복이었다(정부의 변제 비율이 곤충 스낵바 수준이었으므로). 그러나 2030년에는 그런 점으로 인하여 그나마 피스헤드의 치료비를 감당할 수 있는 환자들조차 잃게 되었다. 환자들이 줄줄이 빠져나가는 것을 기분 나쁘게 여길 필요는 없었지만, 몇몇이 너무도 노골적인 태도를 보이는 바람에 결국 전문가답지 못한 행동을 하고 말았다. 한때 단골이었던 환자의 뒤에 대고, "그래도 고객님은 아직 다달이 와인 한 상자는 살 수 있을 테죠!"라고 소리친 것이다. 자신이 무엇을 중요하게 생각하는지도 여실히 폭로한 셈이었다. 환자는 나직이 대꾸했다.

"두 상자예요."

로웰은 워낙 고압적인 사람이라 에이버리는 그동안 배출구가 되어 준 일을 그만두면 결혼 생활이 위태로워지지 않을까 걱정했다. 그러나 그는 아주 다정하게, 그녀가 9년 동안 사용한 사무실의 짐 빼는 일을 도와주었다. 그러는 동안 두 사람은 그것이 최선이라고, 아이들도 나름대로 절망을 극복해야 하니 따뜻한 엄마의 손길이 필요할 거라고 긍정적으로 생각하기로 했다.

워싱턴의 여름은 덥고 불쾌했지만 로웰은 에어컨을 켜지 못하게 했다. 월 유지비가 어마어마한 모조도 꺼놓았는데, 묘하게도 친한 누군가를 잃은 기분이 들었다. 수제 브라우니를 만들라고 거만하게 소리칠 수 없게 되자 오랫동안 착취당한 가정부가 집을 뛰쳐나간 것 같았다. 아이들은 할 일이 없어 샐쭉했고 당연하게도 여름 방학 계획이 모두 취소되었다는 사실에 화가 나 있었다.

그녀는 작은 응접실에서 플렉스를 노려보고 있는 사내아이들에게 말을 걸었다.

"공립학교에서는 다른 애들을 앞지를 수 있는 기회가 더 많을지도 몰라. 게이츠와 시드웰 아이들은 선택받은 애들이라 그 속에서 두각을 드러내기가 어려웠지만……."

"난 게이츠에서도 이미 다른 애들보다 잘하고 있거든. 하수구에 던져지는 게 무슨 대단한 기회인 것처럼 포장하지 마세요."

구그가 투덜거렸다.

"하지만 지금은 예외적인 상황이잖아. 아빠가 말씀하시는 것처럼 불과 몇 달 뒤면……."

구그가 다시 그녀의 말을 잘랐다.

"플로렌스 이모가 그러는데, 이모도 곤충 스낵바 같은 해에 대학을 졸업했대요. 그때 같이 졸업한 사람들은 전부 인생이 꼬였는데, 2, 3년 뒤에 졸업한 사람들은 다 잘됐다던데."

플로렌스는 자신이 성공하지 못한 이유에 대해 끝없이 미심쩍은 이론을 떠들어댔다. 사실 진짜 문제는 자선사업이라도 할 것처럼 애매한 복수전공을 택한 탓이었는데 말이다.

"노숙자 보호소에서 일하는데 인생이 꼬였다고 할 수는 없을 것 같은데……."

"엄마라면 그런 데서 일하고 싶어요?"

"아니. 하지만 플로렌스 이모는 엄마보다 헌신적인 사람이거든."

"나라가 회복되어도 우린 낙인찍힌 세대가 될 거예요. 전부 카인처럼 이마에 낙인을 찍은 채로 돌아다닐 거라고."

"아빠한테 전해줘."

서배녀였다. 그애는 이제 영구히 떼어내지 않을 듯한 원망의 기운을 뿜어내며 초미니 반바지를 입고 지나가다가 말을 이었다.

"난 이제 그런 시시한 일자리에 지원하지 않겠다고."

그럴 만도 했다. 도시 전역에 외국인 관광객들이 넘쳐나는 덕분에 고급 호텔과 레스토랑 부문은 오히려 선전하고 있었다. 그러나 이제 10대 아이들은 서빙이라도 하겠다고 달려드는 마흔 살의 전직 헤지펀드 매니저들과 경쟁해야 했다.

에이버리가 제안했다.

"너랑 구그랑 글로버즈빌의 보루로 가는 게 어때? 지난주에 재러드 삼촌이랑 얘기했는데 채소를 수확하고 가축을 먹일 일손이 필요하대. 삼촌이 돈을 얼마나 줄지는 모르겠지만 여기 부엌에서 빈둥거리며 토스트를 만들고 엄마한테 받는 액수보다는 많을 거야."

"나 참."

서배너가 대꾸했다.

"대학도 못 들어가고 빈둥거리는 것도 모자라서 이제 나더러 농장
일을 하라고!"

그러자 구그가 거들었다.

"그래요, 엄마. 재러드 삼촌한테 그런 건 불법 이민자들이나 하는
일이라고 해요."

"사실 이민자들도 사면 이후로는 그런 일을 잘 안 하지."

에이버리가 말했다. 그러나 그녀의 논지에는 도움이 되지 않는 말
이었다.

"그걸 '사면'이라고 하진 않았죠."

구그가 말했다. 그애는 열세 살 때 드디어 성사된 2020년 이민 개
혁 법안에 대해 에세이 한 편을 쓴 적이 있었고, 그로써 전문가가 된
셈이었다. 2020년의 이 이민 개혁 법안은 명확한 선견지명의 상징으
로 홍보되곤 했다.

빙이 나지막이 말했다.

"난 보루에 갈래. 생물학 캠프에서 당근 뽑는 법을 배웠거든. 완전
싸했어. 그리고 누군가는 돈을 벌어야지. 그렇지 않으면 슈퍼마켓에
갈 수 없잖아."

에이버리는 아이의 머리카락을 헝클었다.

"넌 농장일을 하기엔 너무 어려. 아동 노동법 위반으로 엄마가 잡
혀갈 수도 있어. 그래도 태도는 마음에 든다, 아들."

그러자 구그가 못마땅한 얼굴로 말했다.

"겁쟁이 아첨꾼 마마보이. 어차피 엄마가 자기한테 감자 캐라고 하
지 않을 거라는 사실을 알고 저러는 거야. 엄마 듣기 좋으라고 저러

는 거라고요."

"겁쟁이 아첨꾼은 복합적인 비유네."

에이버리가 나무랐다. 두 사내아이는 서로 가까워지는 단계였지만, 어쨌든 에이버리는 두 아이에게 경쟁 관계인 검색엔진 이름을 붙여준 터였다. (물론, 그녀는 그애들의 이름에 애착을 갖고 있었다. 그녀와 로웰은 그 이름들을 선택할 때 아주 참신하고 특이하며 현대적이라고 생각했고, 이제 다른 이름으로 부르는 것은 상상할 수도 없었다. 그러나 현대성에 너무 치중한 산물들은 결국엔 낡은 것이 될 수밖에 없었다. 게다가 두 검색엔진 중 하나가 다른 하나를 철저히 무너뜨렸으므로 그녀는 두 아이도 그러한 지배 관계를 운명으로 내면화할까 봐 걱정되었다.)

예약이 넘치면 프리미엄이 붙는 동네에서 시간이 남아돈다는 것은 민망한 일이었다. 그래서 에이버리는 가끔 더위를 식힐 겸 아이들을 데리고 쇼핑을 갔다. 그러나 상점들도 에어컨 가동에 인색해졌으므로 그녀는 미국에서 7월에 쇼핑하려면 다운 패딩을 준비해야 했던 시절이 그리워졌다. 외국인들에게 인기 있는 명품 아울렛들만 북적거릴 뿐이었다. 메이시스와 여타의 엇비슷한 백화점들은 피서차 들어온 동네 주민들 몇몇을 제외하곤 황량했다. 쇼핑은 이제 관람 경기가 되었다. 스리랑카에서 만든 엉성한 반바지가 이번 주에는 얼마나 올랐는지 손에 땀을 쥐고 확인할 정도였다.

그나마 아이들이 이제 박물관을 따분해해서 다행이었다. 워싱턴 몰 산책로가 사라져 버렸기 때문이다. 이 상징적인 국립공원의 잔디밭은 생활비 인상에 항의하는 격한 시위에 수없이 점령당한 탓에 색이 누렇게 변하고 납작하게 짓눌렸다. 시 당국은 국회의사당 계단을 훼손한 낙서들(〈멕시코 놈팡이들이 우리를 내치고 있다〉)과 링컨 기념관이 비치는 호수 가장자리에 이어진 낙서들을 일일이 지우지 못했다. 〈책임은 여기에 있다.〉(The Buck Stops, 트루먼 대통령의 말로 유명하며 '달러가 멈추다'라는 뜻으로도 해석할 수 있다 - 옮긴이) 이 짧은 문구에 등골이 오싹해졌다.

워싱턴 몰에서 경합을 벌이는 집회들은 고전적인 모순의 전형을 보여주었다. 하루는 〈냄새나는 부자들은 이제 냄새만 풍길 뿐이다〉 또는 〈배부른 자본가들의 밥그릇이 비었네, 저런!〉 따위의 현수막을 내걸고 흥겹게 음주가무를 벌이며 보편적으로 미움받는 갑부들의 종말을 축하했다. 그러나 이튿날 똑같은 사람들이 다시 와서 부자들이 피해를 입지 않고 빠져나갔다며 분개하는 농성을 벌이고, 〈월가는 이 대대적인 사기에 대비하고 있었다. 국외의 보물 상자들을 본국으로 송환하라!〉 또는 〈은행가들은 케이크를 먹고 있다!〉는 플래카드를 흔들어댔다. 이런 이중적인 사고를 보면서 에이버리는 열네 살에 911테러가 일어났을 때 중동 사람들의 반응을 떠올렸다. 당시 여론조사에서 유대인들이 세계무역센터를 쓰러뜨렸다고 말한 이슬람교도들이 존경을 표하는 의미로 오사마 빈 라덴 티셔츠를 입고 있었다. 양다리를 걸쳐선 안된다고 누가 그러던가?

봄에 스미소니언 박물관에 쇄도하던 아시아 관광객들도 점점 줄고 있었다. 싸구려 부채를 든 게이샤처럼 100달러짜리 지폐를 펼쳐 들고 우스꽝스러운 신발을 신고 다니던, 소녀 같은 방문객들이 수없이 두들겨 맞았기 때문이었다. 중국인들이 이런 폭행범들의 주위를 돌리기 위해 현금 몇 움큼을 내던지면 현지인들은 그들을 걷어차느니 그 현금을 주우러 달려간다는 소문이 인터넷에 떠돌았고, 이 소문으로 인해 인종주의 공격으로 돈을 벌어보겠다고 혈안이 된 무뢰한들이 더욱 늘어났다.

에이버리는 클리닉을 접었지만, 그 작은 사업의 실패는 묘한 흥분을 불러일으키는 커다란 캔버스의 한 점을 이루는 듯 느껴졌다. 그렇지 않았더라면 더 쓸쓸한 기분에 시달렸을 것이다. 이런 격동의 시기는 결코 신나는 일이 아니었으므로, 그녀는 자신이 느끼는 흥분을 창피해하며 어떻게든 감추려 노력했다. 많은 미국인들이 가족의 식량조차 간신히 마련하고 있었다. 그런 상황에서 그녀는 자신의 환자들이 불치병과 맞서 싸울 때 느끼던, 활력을 주는 긴박감을 상기했다. 바로 그 활력, 위기 상황이 주는 바로 그 전율, 현실 안주에서 벗어났다는 바로 그 긴박감을 이용하는 특권을 얻은 기분이었다. 게다가 그녀는 머리카락이 빠지지도 않았다. 서배너의 대학 입학을 연기하고 두 아들을 공립학교로 전학시킨 것은 안타까운 일이었지만, 결국 구그와 빙은 좋은 시험 성적으로 주목을 받을 것이고 나라가 정상 궤도에 오르면 세 아이도 모두 정상 궤도에 오를 것이었다. 그 사이에 그들은 돈으로 살 수 없는, 아주 다른 종류의 교육을 누릴 수 있었다.

자랑스럽게도 에이버리는 자신을 기다리는 생득권을 안전장치로 여기거나 거기에 크게 의존하지 않았다. 오래전에 세상을 떠난 기업가의 공짜 지원금에 의존하기보다는 자신의 길을 스스로 개척하는 편이 더 훌륭한 일이었다. 스택하우스 가족의 자산은 언제나 도덕적 순결을 과시했고 재산 상속은 이 순결을 더럽힐 게 분명했으므로 그녀는 어차피 그 오염된 돈을 원치 않았을 거라고 자신을 다독였다. 그렇다고는 해도 저 앞 어딘가에서 그들을 맞이했을 커다란 변화의 덩어리가 부식해버리자 잘 맞지 않는 운동화로 인해 생겨난 물집이 터져버린 것만 같았다. 없어도 가까스로 견딜 수 있는, 그런 표피가 벗겨진 것만 같았다. 그 부분이 계속 쓸리면 그다음 표피도 쓰라릴 것이다. 배경에 자리했던 맨디블 가의 재산은 여분의 보호막과도 같았고, 그것이 사라진 지금 그녀의 가족은 조금 더 노출된 상태로 살아야 했다.

 문제없었다. 그들은 이제 참다랑어를 먹지 못하게 되었을 뿐 굶는 것은 아니었으니까. 머리 위에는 지붕이, 그것도 꽤 멋진 지붕이 있었다. 6월에 서배너가 했던 말, 엄마가 '유용한' 치료를 제공하는 사람이었더라면 클리닉이 살아남았을지도 모른다는 그 사무치는 말이 머릿속을 쉽게 떠나지 않았다. 그러나 어떤 면에서는 서배너의 말이 옳았다. 어제의 필수품이 오늘은 사치품이 되었다. 어려운 시기에는 삼두근 운동을 하지 않고도, 자기 탐구 상담을 받지 않고도 살아갈 수 있는 법이다. 게다가 얼마나 다행인가. 남편의 전문 분야에 걸맞은 혼란의 시대이니 말이다. 적어도 미국인들은 언제든 경제학 교수를 필요로 할 게 분명했다.

 8월에 총장의 부름을 받은 로웰은 총장 엘런 패커가 터무니없는 임금 체불에 대해 직접 사과하려는 모양이라고 넘겨짚었다. 궁핍한 시기에는 학생회관 예산을 줄이고 수영장 개장 시간을 단축해야 하는 법이다. 교수진에게 대가를 치르게 해선 안 되었다.

 빈틈없는 고층 토로는 영향력을 발휘하는바, 그는 이 여자에게 한바탕 꾸지람을 늘어놓을지 아니면 아량을 베풀지 미리 고민해보았다. 가벼워진 마음에 로웰은 분홍색 신발을 신었고, 바깥 사무실에서 패커가 부르길 기다리며 그 신발을 아래위로 까딱거렸다. 총장의 비서는 단 한 번도 그와 눈을 맞추지 않았다. 심지어 이 청년은 총장님이 들어오라 한다고 전할 때에도 그를 보지 않았다.

 엘런 패커는 뚱뚱했다. 땅딸막하거나 통통한 것이 아니라 아주 확실하게, 누구든 돌아보고 싶을 만큼 뚱뚱했다. 더군다나 그녀가 사과의 말조차 건네지 않자 그것만으로도 이 면담에 대한 그의 예상이 흔들리기 시작했다. 당연히 그는 다른 사람들 앞에서는 대놓고 뚱뚱하다는 말을 사용하지 않았다. 이 비판적인 형용사는 검둥이나 후레자식처럼 싸하지 않은 말로 간주되었다. 게다가 지난 15년 사이에 변한 것은 언어뿐만이 아니었다. 자기만큼이나 거대한 책상 앞에서 뚱땅거리는 패커의 비대한 몸은 일종의 정치 성명이 되었다. 비만 인구가 과반을 넘어가면서 몸집 큰 사람들은 좀 더 작은 동시대인들에 비해 교묘하게 더 유리한 입지를 차지하는 듯했다. 어쨌든 무게와 중량 같은 단어들은 중요성 또는 심각성의 의미로도 사용되지 않는가. 무게 있는 논문은 영향력을 발휘한다. 패커 같은 사람들은 무게를 이용해 자신의 권위를 강조했다. 플렉스 양옆으로 벌어져 있는 두툼한 팔을 마주한 지금 그가 느끼는 감정은 안타까움이 아니었다. 그는 위압감을 느끼고 있었다.

"스택하우스 교수님, 돌려서 얘기해봐야 좋을 게 없을 거예요."

그가 그녀의 책상 앞 가시방석 같은 자리에 앉자 그녀가 입을 열었다. 높고 음악적인 목소리는 들을 때마다 새삼 놀라웠다.

"이 대학에서 오랫동안 일해주셔서 감사해요. 교수님의 강의나 연구 방식이 만족스럽지 않아서 이런 말씀을 드리는 건 아니라는 점을 이해해주셨으면 합니다. 아무래도 교수님과의 계약을 종료해야 할 것 같네요."

로웰은 너무도 기가 찬 나머지 돌아오는 심장박동이 한 박자 느려지는 듯했다.

"그럴 수는 없죠. 저는 종신 교수인데요."

"어젯밤 늦게 이사회에서 조지타운 내규 개정에 대한 투표가 진행되었어요. 이번 9월부터 우리 대학은 종신 재직권을 주지 않기로 했고, 이전의 영구 고용 계약들도 곧 해지됩니다. 교수 급여가 예산에서 차지하는 비율이 용인할 수 없는 수준에 달했거든요."

"하지만 종신 재직권은 학문의 자유를 보호하고……."

"종신 재직권은 시대착오적인 관습이에요. 이렇게 평생 고용을 보장하는 직업이 또 있던가요?"

그녀가 그의 말을 끊었다.

"종신 교수를 내보내는 절차가 있죠."

로웰은 자칫하면 자기희생을 불러올 수도 있는 분노를 최대한 억누르며 말을 이었다.

"하지만 까다로울 텐데요. 총장의 사무실에 딱 한 번 불려오는 것보다는 훨씬 더 복잡하다고 알고 있습니다. 게다가 아주 드문 일로, 대개는 성희롱이나 경솔한 인종차별 혐의가 있는 경우이죠. 저는 그런 일을 저지르지 않았습니다. 혹시 총장님께서 또 다른 기쁜 소식을 전하려 하시는 게 아니라면 말이죠."

"소송을 걸어도 좋아요."

그녀가 태연하게 말했다. 이 오후 4시의 약속 이전에도 여러 차례 이런 대화를 나눈 모양이었다.

"하지만 본인의 입장을 고려할 때 돈을 주고 변호사를 고용하는 일은 다시 한 번 생각해보셔야 할 거예요. 우리 대학도 변호인단과 협의했답니다. 허점을 찾기 힘들 거예요. 당장 이 대학의 존속이 위기에 처했어요. 교수님과 다른 해임 교수들이 법정에서 승리한다면 대학은 남아나지 않겠죠. 그럼 교수님의 복직도 날아갈 테고요."

"하지만 종신 재직권은 둘째치더라도…… 너무 부당한 해고입니다."

"자리 자체가 없어진 경우에는 부당 해고가 적용되지 않아요. 비공식적으로는 저 역시 법을 떠나서 이런 식으로 일자리를 잃는 것은 부당하다고 생각합니다. 하지만 이 도시를 둘러보면 곳곳에서 이와 유사한 부당대우를 목격하실 수 있을 거예요."

"현재 일어나는 사건들의 속성을 고려하면 어떻게 경제학과 사람을 해고할 수 있는지 모르겠네요."

그러자 그녀는 단조롭게 대꾸했다.

"아이러니라는 건 인정해요. 하지만 교수님의 과목이 좀 더 확실한 자연과학이었다면 현재 일어나는 사건들이 다르게 펼쳐졌을지도 모르죠."

"경제학 분야에 몇몇 예외적인 얼간이들이 있긴 하지만 그렇다고 우리 모두가 틀리기만 하는 건 아닙니다."

이런 신랄함은 사치였다.

"얘기가 나온 김에, 우리 과 교수들 가운데 또 누가 해고되는지 말씀해주실 수 있습니까?"

"원래 안 되는 일이에요. 기밀 사항이거든요. 하지만 곧 모두 알게 될 테니까."

그녀는 그의 동료 교수들의 이름을 줄줄이 읊었다.

학과의 절반이 해고 대상이었다. 그러나 로웰이 주목한 것은 언급되지 않은 이름들이었다.

"마크 밴더마이어는 그냥 두는 겁니까? 그 사람은 대중을 선동하는 포퓰리스트 얼간이란 말입니다!"

"전부 어렵게 결정한 일이고, 어떻게 그런 결정들이 내려졌는지 일일이 해명하진 않겠어요. 하지만 금 회수와 중국과의 채무 조정을 고려할 때 밴더마이어 교수의 귀금속 연구는 타당성이 있다고 보는데요."

"그러니까 이번 감원에는 이데올로기가 작용했군요. 학문의 자유는 끝났네요."

패커는 플렉스를 아래로 스크롤했다.

"교수님은 미국이 GDP의 290퍼센트에 달하는 국채를 쉽게 해결할 수 있다고, 지금 같은 추세라면 2050년에는 그 정도 GDP를 달성할 수 있다고 발표하지 않으셨나요? 연준은 사실상 화폐 정책을 충분히 활용하지 않았다고, 그것을 십분 활용하면 더 큰 팽창주의도 감당할 수 있다고 하지 않으셨어요? 인플레이션은 부채액을 완화하여 빈곤층을 돕는 사회적 선이라고, 건전화폐는 그저 부유층의 집착에 불과하다고 하지 않으셨나요? 결코 부유하지 않은 저의 이웃들이 그 의견에 동의할지 모르겠네요. 지금 그들은 툿시 롤 캐러멜 한 알을 사려 해도 20달러를 내야 하거든요."

"지금 인용하신 자료들, 밴더마이어한테 받으신 거죠?"

그 족제비 같은 작자가 수개월 동안 걸고넘어졌던 로웰의 이론들이었다.

"하지만 저는 그 모든 이론을 고수할 겁니다. 지금 이 상황은 국채나 화폐 정책 때문이 아니라 전적으로 방코르 때문에 일어난 것이거든요! 그리고 라이언 비어스도퍼는요? 그 친구를 자르지 않는 건 금융 붕괴가 서리 끼지 않는 냉장고의 발명 이후로 미국에 일어난 가장 좋은 일이라는 그의 관점을 이 학교가 지지하기 때문이라고 하실 겁니까?"

"우리끼리 얘기지만 개인적으로 저는 그분의 인습 타파적인 주장이 너무 극단적이라고 생각해요. 하지만 그분의 논문 〈교정〉이 국제적으로 큰 인기를 끌고 있고, 따라서 조지타운 대학에 해외 자금을 끌어오는 데 도움이 되고 있어요. 적어도 어떤 사람들은 그분의 관점에 만족하는 것 같더라고요."

"이제는 그런 식으로 교수진을 선발하는군요. 학생들을 만족시키는 학문을 기준으로 말입니다."

"스택하우스 교수님, 미안하지만 저는 그쪽 분야의 내부 갈등에 개입할 생각이 없었어요. 그만 나가보시는 게 좋을 것 같네요."

로웰은 당황하기 시작했다. 이렇게 대립각을 세우려던 의도는 아니었다.

"총장님, 그냥 감봉으로 대신하면 어떨까요?"

"그럼 교수님이 그리 뛰어난 경제학자가 아니라고 말씀드려야 할 것 같네요. 이 나라는 연간 인플레이션이 80퍼센트에 달했어요. 그것도 공식적인 수치로 말이죠. 저한테 재량권이 있다고 해도 지금은 임금을 삭감할 때가 아니죠."

"그럼 제 체불 임금은 어떻게 됩니까?"

로웰은 보챈다는 인상을 주고 싶진 않았지만 담보대출과 아이들 생각을 하자 머릿속이 복잡했다. 젠장, 에이버리에게 이 소식을 어떻게 전한단 말인가?

"그 부분은 확실하게 주장하실 권리가 있죠. 저희 대학은 떠나는 교수진에게 보상하기 위해 힘닿는 데까지 노력하고 있답니다."

총장은 제왕처럼 느릿느릿 의자를 뒤로 밀고 형식적으로 자리에서 일어섰다.

"이렇게 불편한 소식을 부하 직원에게 떠넘기지 않고 제가 직접 전해드렸다는 점을 알아주셨으면 좋겠네요. 그리고 학기가 시작되기 바로 직전에 해고 소식을 전하게 되어서 죄송해요. 이사회는 아시아와 인도 아대륙의 지원자들이 국내 등록률의 급감을 상쇄할 수 있기를 간절히 기대했답니다. 하지만 시내의 폭력 사태들이 대대적으로 보도되고 있고, 그중에는 인종차별 사건도 많아서 훨씬 더 높은 등록금을 지불하는 외국인 학생들이 갑자기 대거 빠져나갔어요. 이제 그들은 좀 더 안전한 델리나 베이징, 자카르타에서 아이비리그 위성 캠퍼스를 이용하는 쪽을 선호한답니다. 조지타운에서도 유일하게 흑자를 내는 부문은 위성 캠퍼스들뿐이에요. 하지만 그것만으로는 이곳 현지 캠퍼스의 결손이 상쇄되지 않는답니다. 방코르를 본국으로 들여오는 일이 쉽지 않기 때문이죠. 그 부분에 대해선 교수님이 누구보다도 잘 아시겠지만."

그렇게 딱 한 번 그의 능력을 인정해주는 것으로 그녀는 그와의 면담을 마무리 지었다.

9장

더러운 문제들*

* foul matters, 출판업에서 교정이 끝나 필요 없게 된 조판,
즉 '폐판'을 가리키는 foul matter의 복수로, 중의적인 의
미로 사용되었다.─옮긴이

플로렌스 다클리는 늘 빈곤의 언저리를 맴돌았지만 여기에는 언제
나 약간의 허위가 가미되어 있었다. 교육 수준에 맞지 않게 보잘것없
는 일자리들을 전전하는 내내 그녀는 늘 유사시엔 그랜드 맨에게 의
존하면 된다는 생각을 갖고 있었다. 그녀의 할아버지는 인색한 면이
있긴 해도 생일에는 너그럽게 베풀었고, '좋은 투자'에 대한 합당한
호소에 늘 마음을 열어두었다. 재러드도 바로 이러한 호소를 통해 뉴
욕 주 북부의 망해가는 농장을 손에 넣은 것이었다. 이 농장은 이제
막 괴기스러운 모습을 벗어내기 시작했다. 그랜드 맨이 없었더라면
플로렌스는 이 집의 계약금도 마련할 수 없었으므로 아델피의 동료
들에게는 셋집이라고 거짓말했다. 최하위층의 사람들을 돌보다 보니
도움을 받은 사실이 부끄러웠다. 특권은 이간을 부추겼다. 두 세대 위
의 재산을 제한적으로나마 이용할 수 있는 그녀는 비밀 병기를 가진
셈이었다. 슈퍼히어로는 늘 외로운 법이었다.

그러나 지난 7월 그녀의 부모님은 플렉스페이스로 회의를 소집해

세 자녀 모두에게, 아버지가 그저 자신의 아버지인 더글러스 맨디블과 말년에 좀 더 많은 시간을 보내기 위해서 그랜드 맨과 루엘라를 캐럴가든스로 모셔왔다는 소식을 전했다. 에이버리는 어둡고 침착하게 소식을 들은 뒤 재산 증발의 진짜 피해자인 부모님을 몹시 걱정하는 척 호들갑을 떨었다. 어머, 어쩜, 몬태나에 목장을 사시려고 했던 건 어쩌고요? (이 과한 연기 때문에 플로렌스는 자신이 주로 맡아온 사려 깊은 맏이의 역할을 빼앗겨버렸다. 플로렌스에겐 꿈에서나 가능할 정도로 유복한 생활을 해온 에이버리로서는 '젠장, 부엌 확장은 물 건너갔네요' 하는 반응을 억누르기가 좀 더 쉬웠을 것이다.) 재러드는 늘 그랬듯이 정부의 기만이 어떠니 하는 실없는 이야기를 늘어놓았다. 그것도 우스웠다. 그는 이미 농장을 낚지 않았는가. 세속적인 부에는 눈곱만큼도 관심이 없다고 알려진, 전설적인 대인배 플로렌스만이 눈에 띄게 애석해했다. 하지만 정확한 액수는 오직 신만이 아는 그 엄청난 돈이 증발해버린 것이 조금은 우울한 일이라고 누군가는 인정할 필요가 있었다.

갑자기 보통 사람이 된 그녀는 뉴밀퍼드의 부유한 할아버지라는 은밀한 안식처를 누려보지 못한 그녀의 공동체 사람들과 더 가까워진 기분을 느껴야 마땅했다. 그러나 그녀는 겁에 질려 있었다. 모두와 한 배를 탔다 해도 그 배가 가라앉고 있다면 어찌 위안을 느끼겠는가. 도움의 손길에 대해 떠들어대는 이야기, 즉 어려운 시기에는 서로 의지하라는 둥의 이야기는 어려움에 처한 사람이 매주 달라지는 경우에만 적용된다. 모두 한꺼번에 위기에 처한 상황에는 적용되지 않는단 말이다. 이런 경우, 공동체는 그저 같은 곳에 존재하는 수많은 사람들의 집합체로 전락해버리고, 이 사람들은 모두 같은 것을 원하고 필요로 하기 때문에 그것을 가질 수단이 없으면 기만이나 폭력으로 필요한 것을 차지하려 들기도 한다. 전국적으로 도시 범죄율이 치솟자 플로렌스는 지금까지 지갑을 들고, 또는 좋은 시계를 차고 거리를 걸을 수 있었다는 사실에 경탄했다. 사람들이 식료품 봉지를 버젓이 내보이고 자동차 열쇠를 딸랑거려도 당장 공격받지 않던 그 기적 같은 문명에 그녀는 뒤늦게 감사했다. 브루클린 다운타운의 걸인들도 마찬가지였다. 그들은 그저 애원할 뿐이었다.

원하는 일이 아니라 필요한 일을 해야 하는 삶, 그것이 진정 빈곤한 삶이었다. 플로렌스는 프랑스에 사는 고모를 집에 들이면 어떻겠냐는 아버지의 제안을 듣고 썩 내키지 않았지만, 윌링의 예상이 적중하고 있었다. 담보대출 이자는 계속 치솟았고 월급의 물가 수당이 올랐지만 실제 물가 상승 속도를 따라가진 못했다. 그런 에이커 팜에 갈 때마다 트라우마가 생길 지경이었다. 전기세 때문에 다림질도 하지 않았다. 샤워를 건너뛰려고 매일 머리에 장식인 양 해적 스타일의 두건을 두르고 출근했다. 커트는 한동안 꽃집에 붙어 있는가 싶었다. 아시아 관광객들의 달러가 브루클린으로 쏟아져 들어오면서 식당들이 계속해서 꽃을 사들인 덕에 꽃집은 한동안 유지되었다. 그러나 강도와 인종차별 살인 등에 대한 뉴스가 퍼지면서 돈을 가진 여행객들이 현저히 줄어들었고, 그로 인해 식당들이 고전하자 결국 꽃집도 문을 닫았다. 커트는 눈곱만한 월세를 두 달째 내지 않았지만 그녀는 차마 아무 얘기도 하지 못했다. 게다가 이 세입자가 월세를 밀리지 않고 낸다고 해도 2027년에 정한 그 임대료는 이제 그가 사용하는 전기와 수도 요금조차 상쇄하지 못하는 액수였다.

아무래도 커트를 내보내고 자원을 가진 친척을 들여야 했다.

"난 모르겠다."

덕트 테이프로 적당히 수선한 소파에서 에스테반이 조용히 말을 이었다.

"커트는 아첨이 심하긴 해도 조용히 혼자 지내잖아. 친척은…… 여기저기 참견하기 마련이야. 당신 고모님이 위에서 들리는 발소리와 웃음소리, 텔레비전 소리를 모두 참으며 지하실에 조용히 틀어박혀 계시진 않을 것 같은데."

에스테반은 하루 종일 집에 들어앉게 된 이후로 프라이버시를 중시했다. 오버더힐 일자리를 잃었을 때 그는 오히려 안도하는 듯했다. 봄에 트레킹 여행을 인솔하던 중 파산한 한 은행가가 팰리세이즈 협곡에서 몸을 던져 100여 미터 아래로 떨어졌고, 그나마도 허드슨 강을 비껴가는 바람에 끔찍하고 요란한 소리를 들어야 했다. 게다가 모든 것을 잃고 남은 저축을 긁어모아 멋지게 여행이라도 하려고 찾아오는 수많은 노인 고객들 때문에 여행 인솔의 스트레스가 이만저만이 아니었다. 노인들이 산에서 미끄러질까 봐 노심초사하는 것만도 힘들었는데 이제는 일부러 몸을 던지지나 않을까 걱정해야 했다. 오버더힐의 평판이 나빠졌고, 고객들이 스스로 사라지는 사업체는 오래갈 수 없었다. 게다가 그 고객들이 자살 성향이 있는 데다 파산한 상태라면 더더욱 당해낼 재간이 없었다.

그 후 에스테반은 맨해튼에서 임시 주방 일을 시작했다. 이 역시 특가를 노린 외국인 관광객들 덕분에 가능한 일이었다. 그들에게는 온전한 한 끼 식사가 고국의 음료숫값도 안 되었기 때문이다. (그 후에 이어진 폭력 가운데 일부는 무분별한 관광객들이 자행한 것이라고 했다. 그들은 술에 취해 6번 대로를 걸어가면서 미국의 국가를 이상하게 변형해 큰 소리로 불러댔다.) 에스테반은 그 일을 싫어했다. 그의 민족은 볼로네즈 소스가 묻은 도자기 그릇을 치울 만큼 치웠다. 그의 세대에 이르러 다시 아무도 알아주지 않는 지저분한 일을 하게 되다니, 커다란 퇴보처럼 느껴졌을 것이다. 그러나 그는 빈둥거리는 것을 더 싫어했다. 결국 어쩔 수 없이 더 밑으로 내려가 그의 아버지처럼 길모퉁이를 어정거리며 일용직을 구하기 시작했지만, 이제 백인놈들까지 가세해 경쟁이 더 치열해진 데다, 건설업체 직원들이 사람을 구하러 와도 그는 좀처럼 선발되지 않았다. 에스테반은 그의 아버지 세대 이주민들이 피력한, 무엇이든 하고 아무것도 요구하지 않는 비굴한 태도를 갖추지 못했다. 그는 너무 꼿꼿이 서 있었다. 상대와 똑바로 눈을 맞췄다. 인건비를 약속한 대로 주어야 하고 부당대우를 받으면 소란을 피울 사람처럼 보였다. 그런 사람을 누가 고용한단 말인가?

플로렌스가 말했다.

"고모는 작가야. 어쨌든 작가였지. 그러니까 혼자 있기를 좋아하실 거야. 나도 고모를 잘 몰라. 1990년대 후반에 유럽으로 이주해서 북투어가 있을 때만 미국에 들어오셨거든. 소설가들이 이제 인세를 벌지 못한다는 사실에 너무 화가 나서 지난 10년 동안 파업을 하셨지. 우리 아버지조차도 작가들이 흔히 겪는 슬럼프라고 생각하진 않으시더라고. 하지만 3년쯤 전에 그냥 별 이유 없이 뉴욕에 오셨거든. 자긴 여행 인솔하러 가고 없었어. 고모랑 윌링이 맨해튼까지 함께 걸어갔더라고. 단둘이. 의외였어. 아버지는 놀리 고모가 애들을 싫어한다고 하셨거든. 예전부터 고모와 아버지 사이엔 갈등이 좀 있었는데 어릴 때 난 고모가 꽤 시원시원하다고, 그러니까 싸하다고 생각했어. 아버지는 안전한 쪽을 선호했고 놀리 고모는 용감한 편이었지. 자기주장이 강하고 모험을 좋아하고 늘 격정적인 로맨스를 즐겼어. 소리 지르고 이것저것 파괴하는 그런 로맨스 말이야. 미모도 굉장했지. 날씬했고. 하지만 뭐, 지금은……. 일흔세 살인가? 그래도 자기가 상상하는 그런 일흔셋은 아니야."

"오버더힐에서 일한 뒤로 난 어떤 일흔셋이든 상상할 수 있어. 누구든 그저 늙기 전의 상태로 보이거든.”

에스테반이 말했다.

“나도?”

“당신은 하루빨리 열여섯 살이 되었으면 좋겠어.”

그는 그녀에게 입을 맞추며 말을 이었다.

“그래야 내가 건드려도 잡혀가지 않지. 그나저나 정말 소심하고 말썽 없는 아첨쟁이를 내쫓고 열두 살 때 이후로는 거의 본 적도 없는 이상한 할머니를 들이고 싶어?”

“난 이 집에 우리 셋 말고는 아무도 들이고 싶지 않아. 하지만 우리에겐 돈이 필요해.”

그녀는 커트를 내쫓기가 두려웠다. 처음 세입자를 들일 때만 해도 양심 있는 집주인에게 임대는 돈벌이라기보다는 양육 위탁에 가깝다는 생각을 하지 못했다. 갈 곳 없는 사람을 내쫓기란 너무도 힘든 일이었다.

다음 날 저녁 플로렌스는 부엌에서 마음을 다진 뒤 조심스레 지하실 문을 두드렸다. 커트가 월세를 밀리고부터는 그를 쳐다본 적도 없었다. 그도 민망해하고 있을 게 분명했다.

“내려가도 돼요?”

“그럼요. 집주인이시잖아요, 플로렌스!”

그녀가 아래층에 이르자 그는 황급히 양말 한 켤레를 빨래바구니에 쑤셔 넣었다.

“아이고, 정말 죄송해요. 내려오실 줄 알았더라면 좀 치워놓았을 텐데.”

“뭘 더 치워요?”

플로렌스는 게르만족의 질서를 갖춘 듯한 그의 생활공간을 훑어보며 되물었다. 침구는 모서리를 맞춰 매끈하게 정돈해놓았다. 얄팍한 데다 묘하게 우울한, 탁한 청색의 카펫에는 얼룩 한 점 없었다. 스토브 옆 조리대에 흩어진 알갱이들이 유독 두드러졌지만, 그것은 단지 나머지 표면들이 티 없이 깔끔한 탓이었다.

그녀의 시선을 좇던 커트는 얼른 조리대를 닦기 시작했다. 그러고는 다시 사과했다.

"죄송해요. 토르티야 만드는 법을 익히고 있었거든요."

집주인이 불평할 사항은 아니었지만 이 지하실은 너무 깨끗했다. 부엌 찬장에는 옥수숫가루 한 봉지와 소금 한 통을 제외하곤 아무것도 없었다. 그녀는 불길한 예감이 들어 옆걸음질로 작은 냉장고로 걸어갔다. 아니나 다를까, 수돗물을 채운 작은 주스 병과 구깃구깃한 포일에 싸인 마가린만 덩그러니 들어 있었다.

"커트, 이렇게 먹고 살면 안 돼요."

"아, 장보기가 귀찮아서 미루고 있었어요."

그는 더 여위었다. 치아도 이상한 데다 두 뺨이 움푹 들어가 좀비처럼 보였다.

플로렌스가 말했다.

"그리고 여기 너무 썰렁하네요! 11월이잖아요. 위층에서 온기가 스며들긴 하지만 그래도 실내 난방기를 마음껏 써도 된다고 했잖아요. 효율이 아주 좋고 화재위험도 없어요. 그리고……."

그녀는 코를 킁킁거리며 덧붙였다.

"창피 주고 싶진 않지만, 화장실 물을 좀 내려야겠네요."

커트는 얼굴을 붉히며 얼른 조치를 취했다.

"저도 알지만, 물이……."

"비싸죠. 하지만 꼭 필요한 거잖아요. 불법 임대라고 주의를 주긴 했지만 그건 내가 법을 어기고 있다는 뜻이에요. 커트에게 권리가 없다는 뜻은 아니라고요."

커트는 머리를 숙이고 두 손을 깍지 끼었다. 그러고는 바닥에 대고 말했다.

"저기, 진작 찾아오실 줄 알았는데 이제야 오시다니 몸 둘 바를 모르겠네요. 정말, 정말, 이루 말할 수 없이 좋으신 분이에요. 여기저기 일자리를 구하러 다녀봤는데……."

"다들 마찬가지죠."

그녀는 작은 합판 탁자 앞에 앉으며 나지막이 말을 이었다.

"꽃집에서 시간제로 일했으니 실업 급여도 받지 못할 텐데. 친척은 있어요?"

"그게, 연락이 끊어졌어요."

"사실 나한테는 친척이 있거든요. 해외에 계신 고모님이 들어오시려고 하는데 지내실 곳이 필요해요."

놀리가 '자원'을 갖고 있다는 얘기는 생략했다.

커트는 황급히 대꾸했다.

"충분히, 충분히 이해합니다. 당장 나가드릴게요. 내일 당장이요. 그리고 다시 자립하게 되면 월세를 꼭 갚겠다고 약속……."

"어디로 가려고요?"

"혹시 천막을 빌려주신다면, 프로스펙트 공원 야영지가 끝장난다고 하더라고요."

그는 억지로 쾌활한 척하며 말을 이었다.

"다들 노래하고 연주하고 이야기를 나누고 그런대요. 우드스톡 축제처럼요! 멋진 경험이 될 거예요. 손자 손녀에게 들려줄 이야깃거리가 생기겠죠."

플로렌스는 속으로 생각했다. '그런 치아로는 손자 손녀를 갖지 못할 거예요.'

"내가 듣기로 그 야영지는 그렇지 않다던데. 끝장나는 게 아니고 그 냥 끝장인 거겠죠. 센트럴파크는 훨씬 더하고요. 게다가 겨울이 다가 오고 있잖아요."

"어딘가에 정부 지원…… 임대주택이……."

"공공지원주택 대기자가 거의 백만 명에 육박해요."

플로렌스는 자신이 대화의 방향을 잘못 잡았다는 사실에 부아가 나서 다시 적절한 쪽으로 방향을 틀려 노력했다.

"하지만 시영 보호소들이 있긴 하죠."

미리 연습하긴 했지만 솔직하지 못한 제안이었다. 보호소들은 이 미 신청자들을 감당할 수 없었다. 마치 1년 전 은행들 앞에 그랬듯 아침마다 줄이 길게 늘어서 있었다. 아델피는 한 가족이 아니더라도 작은 거주구역을 함께 쓰게 하는 방식으로 수용 인원을 두 배로 늘렸고, 그것도 모자라서 사실상 영구 거주자들이 모든 방을 차지하고 있다는 소문을 퍼트리려 애썼다. 옛날처럼 탐사 기자들이 있었다면 혹독한 비판이 담긴 폭로 기사가 나왔을 법한 상황이었다. 직원들은 방에서 음식 섭취하는 행위를 규제할 길이 없어 아예 포기해버렸다. 쥐와 바퀴벌레 들이 복도를 기어 다녔다. 변기들이 넘쳤다. 배수구가 역류했다. 식당에서는 충분한 음식을 배식하지 못했다. 디너롤 빵을 놓고 싸움이 벌어졌다. 그런데도 사람들은 계속 찾아왔다. 그러나 예전과 다른 사람들이었다. 옷이 지저분했지만 LL빈 브랜드 제였다. 유모차들은 널찍한 몸체에 궂은 날씨를 위한 탈착식 비닐 커버, 그리고 장 본 물건과 간식을 넣을 수 있는 확장 가능한 사이드포켓이 달린 제품이었고, 아기 담요는 캐시미어였다. 이런 유모차들은 한때 수천 달러를 호가했고, 집을 압류당한 뒤 보도에서 노숙하던 후줄근한 사람들 중에는 고가의 이동수단 때문에 강도를 당한 이들도 한둘이 아니었다. 그녀는 이런 사람들을 돌려보낼 때마다 자신이 세금을 얼마나 냈는지 아느냐고 길길이 날뛰는 소리를 들어야 했다. 이런 최신 부류의 노숙인들은 브롱크스의 노숙자복지국에 먼저 등록해야 한다고 일러주어도 귀를 닫은 채 꿋꿋이 자리를 지키고 서 있었다. 플로렌스는 예전에 핵물리학자였다는 노숙인들의 이야기를 수도 없이 들었다. 이런 사람들 가운데는 교육수준이 높은 진짜 교수 출신으로, 한동안 신경쇠약에 시달리며 사회에서 완전히 잊혀 마음의 병을 얻은 사람들도 있었지만, 대개는 정신 나간 몽상가들이었다. 그러나 새로운 노숙인들은 바로 지난주까지만 해도 멀쩡하게 생활하던 진짜 핵물리학자들이었다. 이런 사람들이 이성을 잃으면 거기에는 분노가 뒤따랐다.

플로렌스는 그대로 서서 손으로 머리카락을 빗어 내렸다. 커트는 너무도 순순히, 캔버스 장바구니에 몇 안 되는 세간을 챙겨 들고 밖으로 나가 프로스펙트 공원으로 향할 사람이었다. 그러나 노숙자 보호소에 비하면 이 집은 널찍했다.

그녀가 머뭇거리며 입을 열었다.

"다락이 있어요. 훌륭하진 않지만 매트리스 하나와 서랍장을 놓을 공간은 되죠."

"아이고, 플로렌스, 아무래도 좋습니다. 약속할게요. 없는 사람처럼 다락에서 조용히 지낼 수……."

플로렌스는 손을 들어 올렸다.

"그런 뜻이 아니에요. 키가 180센티미터 넘지 않아요? 다락에서 지내면 5분도 안 되어 출혈로 죽을 거예요. 우리 고모를 다락으로 모시면 될 것 같아요. 고모는 기껏해야 150센티미터 조금 넘거든요. 커트는 그냥 여기서 지내요. 단, 위에 있는 잡동사니를 치우고 먼지나 쥐를 몰아내어 살 만한 공간으로 만드는 일을 도와줘요. 그리고 혹시 그중에서 보관해야 하는 물건이 나오면 여기 지하실에 넣어놓아야 할 거예요."

그녀는 그에게 호의를 베풀면서 양해를 구하고 있었다. 커트는 울음을 터트렸다. 에스테반은 그녀를 가만두지 않을 것이다.

"파리에서는 제대로 된 다락방을 가져보지 못했어."

놀리가 흡족한 듯이 말했다. 이 새로 온 손님이 예의를 차리는 탓이기도 했지만, 일부러 간접 조명으로 따뜻함을 더하여 새로 단장한 목제 다락방은 실로 아늑했다.

작고 마른 놀리는 애들처럼 옷을 입고 있었다. 낡고 해진 청바지와 빨간색 컨버스 올스타 스니커즈, '맛없는 와인을 마시기엔 인생이 너무 짧다'라는 문구가 찍힌 티셔츠, 세계를 두 바퀴쯤 돈 듯 낡고 해진 커다란 가죽 재킷 차림이었다. 하나로 넘겨 묶은 머리카락은 길게 두기엔 숱이 너무 적었다. 얼굴에는 주름이 졌지만, 스스로 아직 젊고 신랄하며 거만한 여인이라고 믿고 있음이 엿보였다. 돌연하고 힘 있게 움직이는 모습에서 권위 의식이 묻어났다. 그녀는 제멋대로 구는 데 익숙해져 있었다. 어쨌든 아버지가 경고하지 않았던가.

이 70대 여인은 사다리의 마지막 가로장 세 개를 민첩하게 올라가 매트리스에 재킷을 던져놓았다. 민소매 티셔츠를 입은 탓에 에스테반이 오버더힐에서 일할 때 조롱하던 모양의 팔이 드러났다. 힘들게 노력해서 얻은 대단찮은 근육과 힘줄이 튀어나와 있음에도 이두박근 밑에는 베이비붐 세대들이 그토록 절실히 피하려 하는, 쪼글쪼글한 피부가 늘어진 팔이었다. 그녀는 다락방 한가운데 서서 두 팔을 양옆으로 탁 내렸다가 다시 포물선을 그리며 머리 위로 올려 두 손을 맞붙였다. 지붕보에 닿을락 말락 했다.

"좋아!"

그녀가 선언하듯 말했다. 플로렌스는 도무지 무슨 뜻인지 알 수 없었다.

놀리가 엄청난 짐을 갖고 온 것은 괴로운 일이었지만 따로 돈을 내고 이 많은 짐을 부쳤다면 실제로 모은 돈이 꽤 많다는 의미이기도 했다. 윌링이 들창문으로 짐 올리는 일을 도왔다.

"저녁 식사거리를 좀 가져왔어."

그들의 새 입주민은 이렇게 말하며 윌링에게 꾸러미 하나를 건네주었다.

"하지만 그전에 밥값을 좀 해야겠다. 여독도 풀고."

그녀는 성마른 미소를 보이며 그들을 다락에서 쫓아내고 사다리를 거둬들였다.

플로렌스는 부엌으로 가서 풍성한 선물 꾸러미를 풀었다. 소시지와 도토리를 먹여 키운 돼지고기 햄, 무려 훈제 말고기, 이국적인 프랑스 치즈도 있었다. 오랜만에 포식을 즐길 판이었다.

"젠장, 케 에스 에소(스페인어로 '저건 뭐야?'―옮긴이)?"

에스테반이 소리쳤다. 집의 뼈대가 흔들리기 시작했다. 쿵, 쿵, 쿵.

플로렌스와 윌링은 살금살금 위층으로 걸음을 옮겨 천장을 올려다보았다.

"뭐 하시는 걸까요?"

그녀의 아들이 이 율동적인 소음 위로 목소리를 높여 속삭였다.

"벌써 개조를 하시나? 공사하는 소리 같은데."

플로렌스가 추측을 내놓았다.

두 사람은 어깨를 으쓱하고는 다시 아래층으로 내려왔다. 쿵쿵거리는 소리는 약 30분 동안 이어졌고, 그 시간이 너무도 길게 느껴졌다. 정체를 알 수 없다는 점 때문에 더욱 거슬렸다. 플로렌스가 중얼거렸다.

"아이고, 내가 무슨 짓을 한 걸까?"

때가 되자 놀리가 다시 아래층에 나타났다. 두 뺨은 붉게 달아올랐고 아까와 비슷하지만 좀 더 새것 같은 저가 브랜드의 옷을 입고 있었다. 나이에 걸맞은 옷을 입었다면 일흔세 살치고 관리를 잘했다고 봐줄 수도 있었다. 그것은 그 세대 특유의 무모함이었다. 젊은 사람들은 잘 맞지 않는 후줄근한 옷도 세련되게 소화할 수 있었다. 플로렌스의 조카딸 서배너는 종이봉투를 입어도 매력적으로 보일 것이다. 과거 사람들은 예순 살이 넘으면 가급적 말쑥한 옷을 걸쳐야 초라해진 몸을 보완할 수 있다는 사실을 알고 있었다. 미미 할머니는 우체국에 갈 때에도 실크 옷과 스타킹을 착용하고 고상한 펌프스를 신었다. 그러나 그다음 세대는 처음엔 일종의 정치적 성명으로, 그다음엔 게으름 때문에, 그리고 최근에는 착각으로 인해 늘 형편없는 옷차림을 했다. 베이비붐 세대들은 노령이라는 것을 마치 국방부 비밀 보고서처럼 폭로해야 하는 모종의 음모로 여기는 듯했다.

플로렌스는 차려놓은 음식을 가리키며 말했다.

"고모, 정말 잘 먹을게요. 그런데 이 많은 걸 갖고 어떻게 세관을 통과하셨어요?"

그러자 놀리가 대꾸했다.

"아, 미국에서 무언가를 갖고 나가는 게 골치 아프지. 들여오는 건 문제없어."

그녀는 레드와인 세 병과 1리터들이 브랜디를 과시하듯 내보였다.

그들은 이미 군식구에서 슬금슬금 가족의 일원이 되어가고 있는 커트도 초대했다. 그가 도우려 하는 것도 주인에게는 부담이 되었다. 고기도 다 잘라놓은 냉육이었으므로 할 일이 전혀 없었다. 플로렌스는 이제 노숙자 보호소에서 일하기만 하는 것이 아니라 노숙자 보호소에서 살기 시작했다.

알코올 기운이 돌면서 식사 자리는 떠들썩해졌고 놀리가 판을 주도했다. 플로렌스는 고모의 공격적인 관점들이 만들어내는 활기를 즐기려고 노력했다. 금세 식상해질 게 분명했기 때문이다. 그녀는 좀 더 형식적인 자선, 돈을 대가로 받는 자선과는 달리, 진정으로 베풀어야 한다는 압박을 느끼기 시작했다. 진정한 베풂에는 보상이 수반되지 않는다. 그보단 자신이 아주 소중히 여기며 무엇으로도 바꿀 수 없는 것들을 희생해야 한다는 의미이다. 이 경우에는 프라이버시와 가족 간의 친교, 조용한 삶이 희생물이었다. 이 가족의 공간에 수다스러운 할머니와 한때 세입자였던 아첨꾼이 합류하자 자신의 집을 돌아다니는 일도 완전히 다르게 느껴졌다. 드물게 두 사람이 입을 다물고 있는 경우에도 그랬다. 새삼 시선을 의식하게 된 플로렌스는 관찰당하고 평가받는 기분이었다. 월링에게 놀리의 수건을 갖다 드리라는 아주 일상적인 심부름을 시킬 때에도 '제 아들은 이렇게 엄마를 도와주는 아이로 컸답니다' 하고 양육 퍼포먼스를 하는 듯한 분위기가 더해졌다. 각자 음식을 가져다 먹는 편안한 분위기의 식사 자리였음에도 그녀는 차마 커피 탁자에 놓인 고기와 치즈 접시에 굶주린 듯 달려들지 못했고, 손님들부터 프로슈토 햄을 충분히 즐기도록 물러나 있었다. 그것이 가장 큰 변화였다. 플로렌스는 자신의 말과 행동이 예의에 맞는지 일일이 확인했다. 분명 자기 집에 있는 것과는 정반대의 느낌이었다.

놀리가 석 잔째의 와인을 마시며 장황하게 말을 늘어놓았다.

"국채는 결국 곪아 터질 수밖에 없었어. 정확히 언제가 될지 예측하기 어려웠을 뿐이지. 너무 앞서가는 예언자들은 늘 웃음거리가 되게 마련이야. 인구만 봐도 그렇잖아. 내가 10대였을 때는 인류의 생식 수준이 멸종 위기를 야기할 정도라고 했거든. 요전에 확인해봤더니 인류는 아직 존속하더라고. 이제 90억에 육박했잖아. 70년 사이에 세 배가 되었어. 그렇다면 인구 과잉에 대해 그렇게 열을 올린 사람들이 옳았던 것 아닐까? 그저 너무 일렀을 뿐? 빚도 마찬가지야. 20년 전 비관주의자들은 과도한 차관에 대해 거품 물고 떠들어댔어. 그런데 아무 일도 일어나지 않았지. 그러다 1년 전에 일이 터진 거야. 복잡성 이론이라고 들어봤나? 모든 것이 그렇게 오랫동안 멀쩡하게 유지되다가 갑자기 한꺼번에 무너져 내리는 이유를 그 이론으로 설명할 수 있거든."

"우리 모두가 복잡성 이론 박사 학위를 받았다고 해도 어차피 설명해주실 거잖아요."

에스테반이 말했다. 놀리는 에스테반이 못 견뎌 하는, 거들먹거리는 유형이었다. 오버더힐에서 일한 뒤로 그는 나이가 많다는 이유만으로 봐주려 하지 않았다.

놀리는 미끼를 물지 않고 유쾌하게 말을 이었다.

"복잡성 이론 자체는 그리 복잡하지 않아. 모든 시스템은 복잡해질수록 기하급수적으로 불안정해지지. 덜덜거리면서 점점 뒤죽박죽되다가 아주 작은 장애물이 끼어들면 와르르 무너지는 거야. 카드 한 벌로 탑을 쌓다가 하트 퀸 하나를 올리는 순간 갑자기 52장이 와르르 흩어지는 것처럼 말이야. 혹은 공 열 개로 저글링을 하는 사람이 열한 개로는 못 하듯이. 점점 불어가는 90억 명의 먹을 것과 마실 것, 일자리를 마련하는 일은 궁극의 복잡계지. 그러다가 사내아이 하나가 더 태어나는 순간 허공에 있던 공들이 전부 바닥으로 떨어질지도 모른다니까."

"황당무계한 얘기네요."

에스테반이 말했다.

"그럴까?"

놀리는 온화하게 말을 이었다.

"지푸라기 하나가 낙타의 등을 부러뜨린다. 복잡성 이론을 한 문장으로 요약하면 이거야. 경제도 마찬가지야. 아주 복잡하고 아주 불안정하지. 금방 무너질 수 있다고. 그리고 또 하나의 규칙. 복잡계가 무너지면 대참사가 일어난다. 창밖을 봐."

"이 정도는 아무것도 아니에요."

월링이 말했다.

모두가 아이를 돌아보았다.

"설명해줄래?"

놀리가 물었다.

"아뇨."

아들의 애매한 대답에 당황한 플로렌스는 때마침 자신의 플렉스가 울리자 마음이 놓였다.

"아빠! 놀리 고모한테 인사하시려고 연락하셨나 봐요. 바로 옆에 계시거든요."

"그래, 그런데 그보다 혹시 미미 할머니와 연락한 적이 있니?"

그녀의 아버지는 괴로운 얼굴이었다. 하긴, 그렇지 않은 적이 있었던가.

"한동안 못 했어요. 왜요?"

"연락이 안 돼. 그럴 수는 있지. 플렉스를 해드렸는데 켜시질 않으니. 하지만 우리 어머니는 거의 마지막 남은 유선 전화 사용자잖아. 몇 주 동안 전화를 안 받으시더라고. 집을 비우셨을 수도 있고, 음성 메시지가 꽉 찼는데 모르고 계실 수도 있지. 그런데 이제 그 전화도 끊어졌어."

"하지만 유선 전화는 대부분 끊어졌어요. 통신사들이 유선망을 유지하지 않으니까요. 걱정하지 않으셔도 될 텐데. 입주 도우미가 있잖아요."

"마가리타도 처음 들어왔을 때는 활기 넘치고 빠릿빠릿했지만, 그것도 벌써 15년 전이야. 그 여자도 꽤 늙었어."

"그렇게 걱정되시면 한번 들러보세요."

"그럴 수가 없어. 그래서 연락한 거야."

그녀의 아버지는 짜증이 가득한 목소리로 말을 이었다.

"우리 상황이 어떤지 네가 몰라서 그래. 말이 좋아 우리지, 네 엄마는 하루 종일 고요의 방에 틀어박혀서 내가 잠깐 우유 사러 갈 때마다 나와서 보모 노릇 좀 하라고 애원해야 한다니까."

"할아버지가 부인을 돌보면 되잖아요?"

"기력이 달리셔. 루엘라가 난폭하게 굴기도 하거든. 그리고 할아버지는 아주 소극적으로 변하셨어. 관리할 투자가 몽땅 없어지고 나니까 목적의식을 잃으신 모양이야. 플렉스도 하시고 인터넷도 들여다보시긴 하는데 좀처럼 의자에서 일어나시지 않아. 우리가 오후 반나절 동안 두 분만 남겨놓고 나갔다 왔더니 토네이도가 휩쓸고 간 것처럼 집안 꼴이 엉망이 되더구나. 너도 저녁 한번 먹으러 오라고 여러 번 얘기했잖아. 우리가 왜 못 간다고 생각하니?"

플로렌스는 슬그머니 부엌으로 들어갔다.

"저도 하루 종일 밖에서 일하고 아이와 실직한 남편, 무일푼의 세입자를 책임져야 해요. 아빠 누님은 말할 것도 없고요. 알고 보니 공간을 꽤 많이 차지하시네요. 집 전체를 장악하신 것 같아요. 저도 또 누군가를 돌볼 시간을 내기는 어려울 것 같아요. 놀리 고모가 가보시면 안 돼요?"

그녀의 아버지는 비꼬는 투로 대꾸했다.

"픽이나 그러겠다! 두 사람은 35년 동안 연락도 안 했어."

플로렌스는 누구든 미미 할머니를 들여다보게 하겠다고 약속했다. 전화를 끊고 나서야 그녀는 아버지가 누이와 통화하려 하지도 않았다는 사실을 깨달았다. 그녀의 아버지는 자신의 아버지와 계모를 모셔온 이후로 지속적인 분노의 상태에서 허우적거렸고, 그 분노의 일부는 놀리를 향한 것인 듯했다. 피해의식 가득한 그 태도가 안타까웠다. 자기 삶을 제쳐놓고 노부모를 돌보면서도 못된 사람으로 비치고 있으니 말이다.

다시 식사 자리로 돌아가 보니 윌링이 불안할 정도로 열을 올리며 고모할머니에게 말하고 있었다.

"그게 진짜 이유는 아니겠죠. 단지 거기 사람들이 싫어한다고 프랑스를 떠나지는 않아요. 오히려 적응해야죠."

그러자 놀리가 말했다.

"하! 네 말이 맞다. 단순히 그것 때문만은 아니었겠지. 난 뭔가 사건이 일어나는 현장에 있는 걸 좋아하거든. 난 작가잖아. 이야기를 좋아하지."

"엄마는 할머니가 이제 글을 쓰시지 않는다고 하던데요."

놀리는 미소 지었다.

"너도 굳이 환심 사려고 애쓰는 아이는 아니구나. 그렇지? 글은, 맞아, 왜 써야 하나 싶다. 그래도 특정한 성향은 잃지 않는 법이지."

"미국은 있을 곳이 못 돼요. 가능한 한 멀리 가서야 했는데."

월링이 슬프게 말했다.

"난 오랫동안 외국에 나가 있었어."

놀리는 곰곰 생각하며 말을 이었다.

"내가 굳이 프랑스 시민권을 얻으려 하지 않는 건 그런 요식적인 일에 뛰어드는 게 너무 귀찮아서라고 늘 생각했지. 달러가 붕괴됐을 때에야 깨달았어. 내가 프랑스에 충성을 맹세하길 그토록 망설인 데에는 게으름보다 더 깊은 이유가 있다는 걸 말이야. 이상하지. 난 애국주의를 믿지 않았거든. 애국심은 늘 맹목적이고 어리석은 응원 정도로 치부했지. 여기 미국에는 친구도 많지 않고 난 그동안 가족과 가깝게 지내지도 않았어. 하지만 뭔가 끌어당기는 것 같더구나. 신경이 쓰였지. 지난해부터 지금까지 상황을 지켜보면서 견딜 수가 없었단다."

"미국인이라는 뜻이죠."

월링이 해석해주었다.

"난 유럽인들에겐 언제까지고 미국인이지. 그 사실과 싸우는 데에도 지친 것 같아."

월링은 그런 설명에 만족하지 못하는 듯했다.

"제 생각엔 미친 짓이에요."

그는 카망베르 치즈를 한 조각 더 썰며 말을 이었다.

"이 치즈도 곧 다 없어질 텐데. 그다음엔 어쩌시려고요?"

다음 날 오후 플로렌스가 퇴근하고 돌아와 보니 집 앞에 커다란 밴 한 대가 병렬 주차되어 있었다. 건장한 중앙아메리카계 사내가 보도에 짐을 내리는 중이었다. 윌링이 이 물건들을 집 안으로 날랐다. 가로등 불빛에 의지해 살펴보니 상자마다 '플로렌스 다클리의 집 에놀라 맨디블 앞'이라는 주소가 찍혀 있었다. 맨 위 상자의 옆면에는 'BLT, PB-UK'라고 적혀 있었다.

"이게 다 뭐예요?"

플로렌스가 이 작업을 감독하고 있는 놀리에게 물었다.

"처음엔 치즈더니, 이번엔 베이컨, 양상추, 토마토, 땅콩버터예요(영어로 Bacon, Lettuce, Tomato, Peanut Butter의 앞글자를 따면 BLT, PB—옮긴이)?"

놀리는 킬킬거리며 대꾸했다.

"《늦게라도(Better Late Than)》야. PB는 영국 문고판(British Paperback)이라는 뜻이고."

플로렌스는 그 책을 읽지 않았다. 그녀가 10대 초반이었을 때 그녀의 가족을 제외하곤 모든 사람이 이 에놀라 맨디블의 베스트셀러를 읽는 것 같았다. 얼핏 보기에 이 선적물의 대부분이 BLT인 듯했다. BLT, HB-포르투갈어, BLT, TRD-세르비아어, BLT, BK CLB-플라망어.

플로렌스는 조심스럽게 말했다.

"고모, 그렇지 않아도 집이 복잡한데."

"아, 의자나 그런 건 전부 놓고 왔어. 옷도 대부분 두고 왔고. 하지만 이 책들은 놓고 올 수가 없었어."

"전부 다 책이에요?"

플로렌스는 이렇게 쓸모없는 물건을 수송하는 데 돈을 썼다는 사실에 기가 찼다. 그랜드 맨이 구시대의 유물이 된 물건들을 아들이 모두 받아줄 거라는 터무니없는 기대를 안고 서가의 책을 모두 싸놓았더라는 아버지의 이야기가 떠올랐다. 그러나 검은 마커펜으로 적은 라벨들을 해독하면서 그녀는 더욱 놀라지 않을 수 없었다. VF =《가상 가족(Virtual Family)》, AO =《애드아웃(Ad-Out)》, C2G =《요람에서 무덤까지(Cradle to Grave)》, TIM =《시간은 돈(Time Is Money)》. 같은 책의 다양한 판본들, 그것도 대개는 이 집안에서 놀리 자신을 포함해 아무도 알지 못하는 언어로 된 판본들이었고, 추정컨대 그 수신인은 그 책들을 저술한 사람이므로 이미 다 읽은 책들이나 다름없었다. 믿기 힘들 만큼 허영 가득한 화물이었다.

"다락에 다 넣으셔야 해요. 내드릴 수 있는 공간은 거기뿐이니까."

플로렌스는 어른에게 명령하는 일이 영 어색하게 느껴졌다.

"할 수 있을 거야. 아하! 저건 내가 직접 가져가야지."

놀리는 '폐판'이라고 적힌 상자 하나를 집어 들고는 낑낑거리며 현관 앞 계단을 올라갔다. 그 많은 책들 가운데 '폐판'이 유일하게 좋은 제목이었으므로 플로렌스는 알아보고픈 마음이 들었다.

"최초 원고와 출간 전까지의 조판들을 가리키는 업계 용어야. 문학 평론가들과 전기 작가들, 전공 학생들에겐 아주 귀중한 자료지. 대학 도서관에 팔면 꽤 좋은 값을 받을 수 있어."

놀리가 설명했다.

윌링과 그애의 고모할머니는 처마 밑에 이 수십 개의 상자들을 기적적으로 열 맞춰 모두 들여놓았지만, 플로렌스는 자신이 아늑하게 단장한 공간이 이제 구질구질하고 비좁아 보인다는 사실에 의기소침해졌다. 그러나 그녀의 고모가 미국의 상황을 제대로 파악하지 못한 듯 보인다는 점이 그녀를 더욱 우울하게 했다. 아무래도 이 여인은 이 나라를 가까이에서 제대로 맛보아야 할 것 같았다. 10명 이상이

다운로드한 조금 긴 글이 보이면 무조건 비판해대는 온라인 괴짜들이나 가명으로 자신의 글을 호평하는 자비 출판 작가들이 '문학평론가'가 되어버린 나라, 모두가 꿈을 접고 그저 꿈을 실현할 수 있었던 시절에 태어난 운 좋은 선조들의 전기를 읽어야 한다는 사실에 분개하는 나라, 대학들은 부동산을 팔아치우는 데 혈안이 되었고, 애초 그 부동산에는 일회성 베스트셀러를 남기고 프랑스로 떠나버린 고령 작가의 따분한 초고를 수용할 자리도 없었을 게 분명하며 그나마 형편이 되어 학교에 남아 있는 학생들은 문학처럼 하찮은 학문에 등록금을 낭비하려 들지 않는 그런 나라를 진정으로 체감해볼 필요가 있었다.

플로렌스는 워싱턴 DC에 사는 여동생의 고충에도 꾸준히 관심을 기울였지만 그것들을 심각하게 받아들이기가 어려웠다. 에이버리의 삶은 늘 즐거워 보였다. 그녀의 여동생은 돈을 좋아하는 물질주의자이자 순응주의자였으며, 갈수록 정치적 성향이 더 오른쪽으로 기울어져가는 보수주의자였다. 그리 열심히 일하는 것 같지 않았지만 노력하지 않아도 젖과 꿀을 절로 얻는 듯했다. 타운하우스와 값비싼 자동차들, 호화로운 만찬 파티, 적당히 공상적이고 예술적 재능이 넘치는 건방진 세 자녀까지 갖추었다. 이상한 치료 클리닉을 운영하긴 했지만, 그래도 워싱턴 주류 사회의 심장부 교육기관에서 확실한 교수직을 갖고 있는 남편이 든든한 버팀목 역할을 했다. 에이버리는 안전한 길, 매끈하게 포장된 탄탄대로를 택했다.

요컨대, 그녀의 동생은 부자였다. 플로렌스의 계층에서 그것은 영구적인 직함, 너무도 축복받은 자들이라 연민을 누릴 자격이 없음을 의미하는 직함이었다. 플로렌스는 매달 간신히 생계를 꾸리는 반면,

로웰 같은 사람들은 집 안 곳곳의 단지 안에 돈을 넣어놓고 살았다. 로웰이 실직하긴 했지만 그런 사람들은 금세 다시 일자리를 구하곤 했다. 플로렌스는 마침내 동생도 여러 가지 문제를 겪게 되었다는 사실에 조금은 흡족한 마음을 숨기려고 애썼다. 그러나 그보다 더 어려운 일은 그 문제들이 실질적이라는 사실, 작지 않다는 사실, 쉽게 해결할 수 없다는 사실을 인정하는 것이었다.

"우리 집 팔려고."

에이버리가 인사도 없이 대뜸 선언하듯 말했다. 방금 다락에 놀리의 터무니없는 선적물이 채워진 터라 플로렌스는 플렉스페이스 화면에서 동생이 바로 본론으로 들어가자 조금 서운했다. 명망 있는 대학 도서관에서 자신의 초고를 구입할 거라 기대하는 고모의 뻔뻔한 망상에 대해 에이버리에게 얘기하고 싶어 미칠 지경이었다.

플로렌스는 넘겨짚기 시작했다.

"뭐, 좀 줄이는 것도 나쁘지 않지. 안 그래? 곧 서배너도 집을 떠나 대학에 들어가야 하고……."

"서배너는 대학에 가지 않아."

"입학을 연기했다고 했잖아."

"입학 연기는 허위야. 그리고 우린 줄이는 게 아니야."

예전에는 사색적이고 반추적이었던 에이버리의 말투가 날카롭고 단호하게 바뀌어 있었다.

"그런 게 아니라면 왜 이사를……."

"이. 집을. 팔지. 않으면. 압류를. 당하게. 생겼거든. 그래서 나가려는 거지."

에이버리는 단어 하나하나를 끊어서 발음했다.

동생의 답답한 사정을 듣고 플로렌스는 자신이 재미있는 이야기를 털어놓고 싶은 마음에 너무 속없이 들떠 있지 않았나 걱정되었다. 동생의 입에서 압류 같은 단어가 나오리라고는 전혀 예상하지 못했다. 당황한 그녀는 중립적인 질문을 던졌다.

"계획은 있어?"

"다행히 부동산 시세는 올랐잖아. 하지만 시세차익을 제외하고 우리의 지분은 늘지 않았어. 그 시세차익 가운데 상당 부분은 체납 이자를 갚는 데 들어갈 거고."

"하지만 남는 돈으로 계약금을 내고 좀 더 싼 집을 사면 되잖아?"

"언니, 무슨 답답한 소리야! 담보대출을 받지 못하면 계약금이 있어도 소용없지!"

그들이 한 공간에 있었더라면 플로렌스는 한 걸음 물러섰을 것이다. 그녀가 하는 모든 말이 동생을 화나게 하는 듯했다. 그다음 질문도 결국 다르지 않았다.

"왜 담보대출을 못 받아?"

"난 직업이 없으니까! 내 남편도 직업이 없잖아! 로웰의 꼴같잖은 실업 급여를 제외하고는 둘 다 수입이 없어! 어떤 은행이 우리한테 돈을 빌려주겠어? 그것도 백만 달러씩이나?"

"너도 실업 급여를 받을 수 있는 거 아니야……?"

"자영업자는 실업 급여를 못 받아! 언니, 제발 좀 집중해서 들어! 난 애가 셋이야. 우린 싸구려 저민 고기로 버티고 있어. 구그는 학교에서 맨날 맞고 들어와. 스페인어를 못 해서 왕따를 당한다고."

"진작 스페인어를 배우게 했더라면 좋았을 텐데……."

"행복했던 옛 시절에는 그 대신 독일어를 배우는 게 불법이 아니었거든. 괴테와 귄터 그라스, 베르톨트 브레히트의 언어이고, 구그도 좋아하는 언어이지. 어쨌든 루스벨트에서는 가르치지 않는 언어이지만.

내가 아는 한 루스벨트에서는 아무것도 가르치지 않아. 기껏해야 〈관타나모의 여인〉 가사, 그리고 애를 두들겨 팰 때 그애가 내일 또 와서 맞을 수 있을 만큼 적당히 패는 방법만 가르칠 뿐이야."

이번만큼은 동생의 무신경한 인종차별을 나무랄 때가 아니라고 플로렌스는 결론 내렸다.

"그럼 당분간 집을 빌릴 수는 있어?"

"집주인들도 실직한 부부에게 임대를 주려 하진 않겠지. 집 팔고 남은 현금을 흔들어대면 모를까. 하지만 그것도 오래가진 않을 거야. 요즘 임대료가 천문학적이잖아. 경기가 회복될 때까지 한숨 돌릴 수 있다면 좋을 것 같아."

에이버리는 좀 더 합리적인 말투, 심지어는 애원하는 말투를 단련한 듯했다.

"이를테면 어디서?"

플로렌스가 조심스럽게 물었다.

"도심 쪽이 좋긴 하겠지. 그래야 대학에 자리가 나도 로웰이 바로 지원할 수 있으니까."

"로웰의 취업 전망은 어때?"

"지금?"

에이버리는 이를 가는 듯했지만 계속 자제하려 애쓰며 말을 이었다.

"최악이야. 난 경제학자들이 경제적인 용도로는 쓸모가 아주 제한적이라는 얄궂은 사실을 뒤늦게야 깨달았어. 이이는 다른 면에서도 도움이 되지 않더라고. 전부 다 내가 해야 해. 이 집 구매자를 찾은 사람도 나야."

"그런 집을 살 수 있는 사람이라면 달러가 붕괴되기 전에 뭔가 손을 쓴 거 아니야? 의회에 연줄 있는 거물들이 떼돈을 벌었다고 들었는데."

"미안하지만 언니의 좌익 음모론에는 동조해줄 수가 없어. 좋은 미국 집을 손에 넣을 사람이 누구겠어? 상하이 사람이야. 아시아인들이 전부 다 사들이고 있다고. 주거용 부동산뿐 아니라 기업들, 지형지물까지. 조만간 워싱턴 몰 한가운데에 중국 기념비가 세워질 거야."

플로렌스는 한숨을 쉬었다.

"그것도 음모론이야! 아버지가 그러시는데, 1980년대에는 일본인들이 그런다고 했대. 아아, 저 동양인들이 다 사버릴 거야. 저들이 록펠러 센터도 매입할 거라고. 이렇게 말이야. 그런데 지금 봐."

"언니."

뒤이은 침묵은 일종의 물밑 작업이었다.

"혹시 말이야. 아주 잠깐일 거야. 우리가 언니네 집에서 지내면 안 될까?"

플로렌스의 침묵은 경악이었다.

"돈을 낼게."

에이버리가 계속 말을 이었다.

"짐이 되진 않을 거야. 생활비에 보탬이 될걸. 다른 일도 도울 거고. 그리고 세상이 점점 흉흉해지잖아. 함께 뭉치면 좋지. 가족으로서 결집해야 해. 언니, 아빠한테 캐럴가든스에서 지내면 안 되겠냐고 여쭤봤는데……."

에이버리는 이제 목이 메는 듯했다.

"안 된다고 하셨어. 루엘라 할머니 얘기만 끈질기게 늘어놓으시더라고."

플로렌스는 머릿속이 복잡했다. 바로 그날 아침 놀리가 생활비를 분담하자며 슬쩍 돈 봉투를 건네주지 않았더라면 돈 얘기에 좀 더 혹했을 것이다.

"하지만 이 집엔 방이 두 개뿐이고 벌써 사람이 가득 찼어. 명목뿐인 세입자, 그리고 놀리 고모까지……. 꼭 도시에서 살 필요는 없지 않아? 재러드는 어때?"

그러자 에이버리는 침울하게 대답했다.

"재러드한테도 물어봤어. 여름에 진작 물어보지 그랬냐고, 그 사이에 임시 농장 일꾼들을 고용했는데 이제 나가려 하질 않는다고 하더라고. 가족과 함께 세간까지 다 들고 들어왔대. 좀 오싹하더라. 그앤 그럴 생각이 아니었나 보던데. 농노인지 인질범인지 모르겠어. 실제로 그 사람들한테 소총을 겨눠보기도 했는데 그냥 웃더래. 걔가 쏘지 않으리란 걸 알았겠지. 설사 재러드가 사람이 많을수록 좋다고 했어도 애들을 데리고 그리로 갈 수는 없어. 안전하지 않을 것 같아."

"제부네 가족에게 연락해보면 어때? 이게 전적으로 맨디블 집안의 문제는 아니잖아?"

"우리 시댁도 포트로더데일에서 방 두 개짜리 집에 살아. 게다가 시동생 부부가 애 둘을 데리고 얼마 전에 그리로 들어갔어. 그 집도 이번 채무 포기 때 전부 날렸거든. 내 남편의 비할 데 없는 투자 자문 덕분에."

"그렇게 남편 탓을 하면 결혼생활이 힘들어져."

플로렌스는 시간을 끌고 있었다.

"로웰이 국채를 갚지 않은 건 아니잖아."

"미안. 하지만 옆에 있는 사람을 탓하게 되는 건 어쩔 수가 없어. 요즘 로웰의 건설적인 기능이라곤 세상의 모든 죄를 짊어지는 것뿐이거든."

이따금씩 커다란 위기가 닥치면, 예를 들어 작고 조용했던 악몽이 통제할 수 없이 커다란 악몽으로 변해버리면 뇌가 실제로 돌아가기 시작한다.

"참! 미미 할머니한테 연락해보는 게 어때?"

그 생각을 떠올리자 너무도 마음이 놓여서 플로렌스는 실제로 몸이 늘어지는 듯했다.

"하지만 난 할머니를 잘 알지도 못하는데……."

에이버리는 머뭇거리며 말을 이었다.

"할머니는 늘 거리감이 들고……."

"네가 말한 것처럼 이럴 때일수록 가족이 뭉쳐야지. 그 집엔 방 두 개가 놀고 있어. 할머니가 지금 아흔다섯? 아흔여섯이신가? 그래도 아직 정신은 꽤 맑으셔. 지금 상황을 어느 정도 인지하고 계실 거야. 혼자 지내시길 좋아하긴 하지만 아주 무리한 부탁은 아니잖아."

그 제안에 대해 좀 더 논의하면서 두 자매 모두 마음이 편해졌다. 훌륭한 계획이었다. 스택하우스 가족에겐 조용히 지낼 공간과 적절한 대우가 필요했다. 관리인 마가리타는 마음씨 좋은 여자이고, 간병인이라기보다는 말동무에 가까웠으며, 틀림없이 지금은 맨디블 집안의 비상 상황이라는 사실도 이해할 것이다.

그러나 플로렌스가 저녁 식사 자리에서 이 이야기를 꺼냈을 때 윌링은 회의적인 반응을 보였다.

"그 할머니가 왜요?"

"할머니도 가족이니까."

플로렌스는 같은 말을 되풀이했지만 그런 감상주의는 자신에게조차 썩 설득력 있게 느껴지지 않았다.

"손녀와 증손자 증손녀 문제잖아."

"그 할머니는 우리를 가족으로 느끼는 것 같지 않던데. 늘 저를 전기스탠드 보듯이 하세요."

그러자 놀리가 말했다.

"월링 말이 맞아. 우리 어머니는 가게 손님하고 다를 게 없어."

월링이 다시 말했다.

"저랑 얘기도 안 하세요. 기껏해야 '쿠키 먹을래?', 이 정도라고요."

미미 할머니는 해마다 크리스마스이브에 의무적으로 칵테일 파티를 열어 가족을 초대했지만, 아이들이 집에 가려고 부모들 옆에 붙어서면 그제야 기분이 좋아지는 듯 보였다. 미미는 성인이 된 손자 손녀에게도 그리 살갑지 않았다. 하물며 그다음 세대에까지 신경 쓰는 것은 너무 먼 얘기였다.

커트가 말했다.

"아무래도 제가 나가는 게 좋겠어요. 가족에게 자리를 내드려야죠."

"설사 내가 커트를 거리로 쫓아낼 마음이 있다 해도 한 명을 내보내고 다섯 명을 들이는 건 나한테 그리 도움이 되지 않아요."

플로렌스가 말했다.

"우리한테 도움이 되지 않지."

에스테반이 노여운 투로 말했다. 그는 여전히 플로렌스 명의로 된 이 집에 대해 이야기할 때면 늘 대명사에 예민해졌다. 그들의 식사 자리에는 이제 그가 좋아하지 않는 사람 두 명이 끼어 있었으므로 어쨌든 이미 예민한 상태였다.

플로렌스가 애원하듯이 말했다.

"고모? 아빠가 고모께서 미미 할머니를 들여다보셨으면 했는데, 제가 말씀드렸을 때 내켜하지 않으셨잖아요. 이제 구실이 생겼어요. 무엇보다도 이기적인 이유가 아니잖아요."

"누구 때문에 가든 그 노인네한테 나는 최악의 특사일걸."

플로렌스는 계속 밀어붙였다.

"고모가 가시면 충격이 더해지겠죠. 그럼 이례적인 상황엔 이례적인 대응책이 필요하다는 사실이 더 강조될 테고요."

놀리는 불안한 듯 몸을 움츠렸다. 일흔세 살의 여자가 자기 엄마를 그토록 겁내다니 참으로 기이한 광경이었다. 그러나 일생에서 가장 용감한 행동이 될 거라는 교묘한 호소로 충분히 주무른 결과, 그녀는 결국 누그러졌다.

놀리는 투지 넘치는 결의를 보이며 행동에 돌입했다. 전날 아침에 내민 두둑한 봉투를 감안하면 충분히 택시를 탈 수도 있었으련만, 용감무쌍하다는 칭찬에 힘입어 제이 스트리트 지하철역까지 버스를 타고 가겠다고 고집했다. 토요일 오후였다. 플로렌스는 고모에게 길을 알려준 뒤 이번만큼은 이 여인이 허름한 옷을 즐겨 입는다는 사실에 안도했다. 대중교통은 점점 위험해지고 있었다. 흔해빠진 운동화와 청바지 차림이라면 표적이 될 가능성이 낮았다. 플로렌스는 에스테반에게 호위를 부탁하려다가 무시하는 느낌을 줄까 봐 그만두었다. 게다가 모녀가 서로 마음을 터놓기라도 하면 몇 시간 기다려야 할 수도 있었다.

그러나 놀리는 예상보다 훨씬 더 빨리 돌아왔다. 올 때에는 택시를 이용했고 불안한 모습으로 택시에서 내려 황급히 거리를 좌우로 살피며 거스름돈을 받아 주머니에 넣었다. 플로렌스가 창문에서 막 몸을 돌릴 때 놀리가 집 안으로 들어와 문을 잠그고 체인을 걸었다. 그러곤 곧장 코냑으로 달려갔다.

"고모……."

플로렌스가 말했다.

"어떻게 됐어요?"

놀리는 소파로 파고들어 가 두 발을 허벅지 밑에 끼워 넣고 주스 잔을 끌어안았다. 조로증(早老症)에 걸린 여섯 살짜리 아이 같았다.

"할머니가 쌀쌀맞게 대하셨어요? 아니, 수십 년이 지났는데 아직도 《늦게라도》에 대한 앙금이 남아 있대요?"

"그건 나도 몰라."

놀리는 로봇처럼 대꾸했다.

월링이 살그머니 내려와 세 번째 계단에 앉아서 엿듣기 시작했다.

"너무 빨리 오셨는데. 혹시 안 계셨어요?"

플로렌스가 다그쳤다.

"안 계셨어."

놀리의 뻣뻣한 태도로 보아 단순히 허탕만 치고 온 것 같지는 않았다.

"그럼…… 다시 가보실 거죠? 에이버리네 가족은 며칠 내로 집을 비워야 한다고……."

"다시 가볼 순 없어."

"고모, 무슨 일이 있었던 거예요? 정말 답답하네요."

월링이 문가로 왔다.

"고모할머니는 이야기를 좋아하신다고 하셨잖아요. 이야기의 핵심은 무슨 일이 일어났는지 알려주지 않는 거죠. 결말을 다 얘기해버리면 그건 이야기가 아니에요."

놀리는 조카손자를 보았다.

"내가 정말 이야기를 좋아하는지 모르겠구나. 진짜 이야기, 그러니까 실화는 모르겠어. 아무래도 난 지어낸 이야기만 좋아하는 것 같아. 아니면 다른 사람의 실화나."

윌링은 엄마를 돌아보았다.

"봤죠? 지금도 이야기를 하고 계시잖아요. 카터 씨는 놀리 할머니가 통속적인 글쟁이라고 하시죠. 그 옛날 문학계가 존재하던 시절에 모든 것을 까발려 딱 한 번 성공작을 썼을 뿐이라고. 하지만 할머니는 이야기에 아주 능숙하신 것 같은데요. 진짜 요령을 아세요."

플로렌스는 얼굴이 화끈거렸다.

"고모, 아버지 말씀은 너무 담아두지 마세요. 윌링이 무슨 뜻인지도 모르고 떠드는 거예요."

그러자 놀리가 말했다.

"난 무슨 뜻인지 아주 잘 알겠는데. 카터가 내 작품을 어떻게 생각하는지는 나도 알아. 만약 몰랐다면 알려준 윌링에게 고마워해야지."

벌써 두 사람 사이에는 모종의 결속이 생긴 듯했다. 플로렌스는 에스테반이 가끔 느끼는 감정을 이제야 이해할 수 있었다. 질투심.

"계속해보세요."

윌링이 말했다.

"난 맨해튼을 보고 기겁했다."

놀리는 독한 술을 들이켜고는 말을 이었다.

"온통 걸인들이었어. 게다가 아주 공격적이었지. 위협적이고. 내가 어퍼웨스트사이드에 살 때 부랑자들은 대개 미치광이였어. 이제 정신은 멀쩡한데 앙심을 품고 있더구나. 정말 놀랐어. 앙심이 더 지독하거든. 미친 사람들은 자신만의 세상에 갇혀 있기 때문에 그들의 에너지는 기껏해야 그들 주위에서만 빙빙 돌지. 마치 믹서 안에서처럼. 그런데 증오는 직선 운동을 하거든. 증오는 다른 사람을 겨냥하지.

너희들은 이제 익숙할 거야. 하지만 난…… 가족들이 브로드웨이 한가운데 나앉아서 야영을 하더구나. 수많은 가게들이 문을 닫았고.

아직 영업하는 식당들도 셔터를 내려놓고 있었어. 유럽에서 뉴스로 볼 때는…… 그 거리를 걸을 때의 느낌이 어떤지 얘기해주지 않았지. 뉴욕이 아니라 라고스 같더구나.

난 한 정거장 못 가서 79번가 역에서 내렸어. 제이바에 들러서 화해의 선물로 어머니가 좋아하시는 훈제 은대구를 사 갈 생각이었거든. 제이바는 81번가와 브로드웨이가 만나는 모퉁이에서 100년 동안 영업한 가게야. 난 어릴 때부터 그곳으로 홀그레인 머스터드와 스펀지 심부름을 다녔지. 그런데 그 가게도 엉망이 되었더구나. 누군가가 합판에 낙서를 해놓았더라고. 〈너의 연어를 먹어라.〉 꽤 재치 있는 말이라고 생각했지. 선물은 생략하기로 했어.

어머니의 아파트 건물 앞에 갔는데 이제 도어맨도 없더라고. 다행히 나는 열쇠를 갖고 갔어. 1996년부터 유럽 전역을 돌아다니면서도 그 열쇠를 가지고 있었지."

놀리는 고개를 돌렸다.

"플로렌스, 내가 이번 일에 대해선 완강하게 거절하지 않았잖니. 정말 어머니를 다시 보지 않을 생각은 아니었거든. 우리 둘 다 워낙 고집이 세서 오랫동안 마음을 풀지 못했지. 하지만 그렇게 화를 내는 것도 해가 갈수록 지치더구나. 그리고 이젠 그런 원망이 나를 소진시키기만 하는 게 아니라 다 소진되어버리기도 했고. 얼마 전부터는 어리석게 느껴지더라고."

"일흔세 살에 철이 드셨나 보네요. 그럼 우리 모두에게 희망이 있는 것 같은데요."

플로렌스가 말했다.

"바닥이 흙투성이였어. 우편함들은 열려 있고. 58호 우편함에는 〈파운데이션 저널〉 한 부가 꽂혀 있었는데, 지난 9월호였어. 엘리베이터가 고장이라 걸어 올라갔지. 어떤 남자가 내려오다가 나와 세게 부딪혔어. 일부러 그런 것처럼. 옷은 후줄근한데 유독 티 한 점 없는 흰색 중절모를 쓰고 있는 거야. 참 이상하다고 생각했지. 내가 어릴 때 우리 아버지가 똑같은 중절모를 갖고 계셨거든.

초인종을 울리는데 떨리기 시작하더구나. 연락도 없이 그렇게 불쑥 찾아간 나를 보고 어머니가 어떻게 반응하실지 모르니까. 심장마비가 올 수도 있잖니. 그리고 다른 걱정도 있었어. 혹시라도 건강상의 위기로 전화를 안 받으신 건 아닐까 하는 생각이 들었지."

플로렌스가 말했다.

"만약 미미 할머니가 병원에 계셨더라면 누군가가……."

"그런 위험을 말하는 게 아니야. 사실 내가 떨었던 건 어머니가 아직도 나를 만나지 않으려고 하면 어쩌나, 혹시 몸이 안 좋으시면 어쩌나, 그런 이유만이 아니었어. 느낌이 안 좋더라고. 초인종을 울렸더니 문구멍의 뚜껑이 올라갔어. 눈이 보였지. 어머니의 눈이 아니었어."

플로렌스가 다시 입을 열었다.

"그럼 마가리타……."

"뚜껑이 다시 내려가더니 돌아가더구나. 누가 돌려 닫은 것처럼. 아무도 문을 열지 않았어. 다시 초인종을 눌렀더니 안에서 웃음소리가 들리는 거야. 젊은 사람들의 목소리였지. 그때 계단에서 마주쳤던 남자가 진 한 병을 들고 돌아오더군. 어깨로 나를 밀치면서 "무슨 일이시죠, 할머니?" 하고 묻는 거야. 그러곤 열쇠꾸러미를 꺼냈지. 나는 한눈에 알아봤어. 빨간색 장기 기증자 딱지가 달린 열쇠꾸러미. 어머니의 것이 틀림없었어. 그 남자는 장기 기증자처럼 보이진 않았거든. 다른 사람의 장기를 기증한다면 모를까."

플로렌스가 말했다.

"할머니가 세입자를 들이셨을 수도⋯⋯."

놀리는 조카의 터무니없는 추론을 무시하고 다시 말을 이었다.

"나도 내가 문제를 자초한다는 건 안다. 좀 다혈질이지. 지난번 남자친구 제라드도 나한테 성질을 죽여야 한다고 했어. 내가 얼마나 작고 늙었는지 모르는 것 같다고, 내가 생각하는 것만큼 힘이 세지도 않다고 했지. 겁을 낼 줄도 알아야 한다고 하더구나. 하지만 내게 겁내는 재주는 없어. 그 사내가 문 앞에서 위협하기에 내가 다그쳐 물었지. '미미 맨디블은 어디 있지? 여긴 내 어머니의 집이고 난 어머니가 괜찮으신지 확인해야겠어.' 그놈은 미미 맨디블이 세상에서 가장 우습고 이상한 이름이라는 듯이 되뇌더구나. 대체 여기서 무얼 하는 거냐고 다그쳤더니 '저리 꺼져, 할망구야', 이런 말을 지껄여댔어. 그러곤 날 밀어서 쓰러뜨렸지."

"다친 데는 없으세요?"

플로렌스가 물었다.

"좀 아프긴 하지만 어디가 부러지진 않았어. 내가 바닥에 쓰러져 있는데 그 사내가 기사 흉내를 내며 모자를 벗고는 '미미 맨디블! 미미 맨디블!' 하면서 안으로 들어가는 거야. 우리 어머니 이름을 그렇게 재미있어하는 사람은 처음 봤다.

지금 생각하면 그때 그냥 나왔어야 했어. 그런데 너무 화가 났지. 그 아파트 58호는 내 집이야. 게다가 30년 넘게 그 집에서 쫓겨났던 탓에 더 집착이 생기더구나. 이미 이 집에서 한 번 쫓겨났는데 또 쫓겨날 수는 없다는 생각이 들었어. 어릴 때 카터와 나는 그 계단에서 경주를 벌였지. 난 그 문 안에서 자랐고 그 안에는 내 어머니의 물건, 어머니의 보석, 어머니의 향수, 어머니의 아름다운 신발들이 가득했어. 우린 발 사이즈가 똑같았거든. 그것들은 모두 언젠가 나의 것이 되어야 했지. 내 어린 시절과 내 어머니를 추억하는 기념품으로 말이야. 수십 년 동안 나는, 어머니가 먼저 싸움을 시작했으니 어머니가 내게 사과해야 한다는 생각을 버리지 못했어. 아버지랑 그렇게 오래 사셨으니 누구보다도 엄마는 책의 중요성을, 감정보다는 예술이 더 먼저라는 사실을 알아야 한다고 생각했지."

놀리는 코웃음 치는 듯했지만, 그것은 자신을 향한 비웃음이었다.

"어쨌든 갑자기 그 모든 게 너무도 부질없이 느껴졌어. 나조차도 내 책이, 아니 그 어떤 책도 중요치 않다는 생각이 들더구나. 그저 들어가야 할 것 같았어. 들어가서 어머니의 이름을 조롱한 그 못된 사내로부터 어머니를 구하는 상상을 했지. 그러면 어머니는 나를 끌어안고 고마움의 눈물을 흘리며 나를 용서해줄 거라는."

"열쇠로 문을 여셨군요."

윌링이 말했다.

"모든 게 아주 순식간이었지만 볼 만큼 봤어. 차라리 보지 않았더라면 좋았을 텐데. 집 안이 난장판이더구나. 쓰레기와 말라비틀어진 샌드위치, 주사기 들이 바닥에 나뒹굴었지. 복도에 깔린 어머니의 페르시안 카펫 위에서 누군가가 자는 건지 약에 취한 건지 굴러다니고 있었고, 아랫도리를 홀딱 벗은 여자애가 어머니의 밍크코트를 걸치고 지나갔어. 그 여자는 나를 똑바로 보았지만 내가 보이지 않는 것 같았어. 집 안이 얼음장이었지. 전기나 난방이 다 끊어졌을 거야. 냄새도 지독했어. 우리 부모님의 결혼을 기념하는, 은테가 둘린 청자가 산산이 부서져서 곳곳에 뒹굴고 있더구나. 엄마가 수집하던 예술적인 꽃병들로 축구 연습을 했는지 복도 곳곳에 그 조각들도 널브러져 있었어. 입구를 지나 거실로 들어가 보니 젊은 사람들이 더 있더구나. 대부분은 제정신이 아니었어. 크림색 덮개들은 토사물 따위로 뒤덮여

있었고. 카터와 나는 그 위에서 초콜릿만 먹어도 호되게 야단맞았는
데 말이야."

"그러고 그냥 나오신 거죠?"

플로렌스가 물었다.

"그 문가에 몇 초 동안 서 있었어. 그때 그 중절모 사내가 진을 병
째로 벌컥벌컥 들이켜면서 어슬렁어슬렁 식당 옆 복도로 오더구나.
눈을 번뜩거리며 나한테 달려드는 거야. 나는 발치에서 꽃병 조각 하
나를 집어 들었어. 뾰족뾰족한 크리스털로 장식된 투명한 아르데코풍
이었는데 난 예전부터 그 꽃병이 별로라고 생각했거든. 어쨌든 그걸
던졌어. 겨우 사내의 무릎을 맞췄지만 다쳤을 거야. 그러곤 도망쳤어.
카터랑 계단 내려가기 경주를 하면 늘 내가 이겼거든. 그 사내가 쫓
아오는지 확인하지도 않고 냅다 브로드웨이로 가서 택시를 잡았지.
50년 동안 지겹게 해온 운동을 드디어 어딘가에 써먹은 것 같아."

그녀는 그 달리기보다 자신의 이야기에 지친 듯 보였다.

"경찰에 연락해야겠어요."

플로렌스가 말했다.

"내가 벌써 했어."

놀리는 건조하게 대꾸하고는 말을 이었다.

"근처에 있는 누군가를 보내겠다고 했는데 난 못 믿겠다. 전화를
받은 여자는 그런 불법 점거 사건이 횡행한다고 했거든. 그리고 어머
니가 아흔여섯 살이라고 했더니 시큰둥한 목소리였어. 경찰 인력이
달린다고 하더구나. 그러니 급한 일부터 처리해야 한다고."

월링이 입을 열었다.

"학교 친구들 얘기를 들어보면 경찰에 연락하는 건 시간 낭비예요.
대개는 자기 몸 사리느라 바쁘대요."

"그 사람들이 미미 할머니와 마가리타를 어떻게 한 걸까요?"

플로렌스가 물었다.

"그런 건 차마 생각할 수도 없을 것 같구나."

놀리가 대꾸했다.

"하지만 모르는 사람들이 어떻게 들어갔을까요?"

놀리는 어깨를 으쓱했다.

"장 보러 나온 노인네 둘을 쫓아가는 건 어려운 일이 아니지. 넌 현관에 열쇠를 꽂으면서 불안한 적이 없었니? 난 지금부터 그럴 것 같구나."

그러자 윌링이 말했다.

"할머니 말씀이 맞아요. 거긴 다시 가면 안 돼요. 총 없이는."

"윌링! 우리 집 안에서 총기 소지는 절대 안 돼!"

플로렌스가 따끔하게 말했다.

놀리가 다시 입을 열었다.

"90년대에 내가 자존심을 꺾고 어머니와 화해해야 했는데. 나는 그게 예술성의 문제라고 생각했어. 그래서 나를 유명하게 만들어준 그 소설에 대해 후회하지 않으려고 했지. 하지만 쓸데없는 고집이었어. 사실 《늦게라도》에서 어머니를 그리 좋게 묘사하진 않았거든. 전 세계 사람들이 읽은 책에서 '나'에 대해 '성적 매력이 죽은 고등어 수준'이라고 했다면 나 같아도 기분이 좋지 않았을 거야. 그렇다고 이미 쓴 책을 없애버릴 필요는 없었지. 그건 어차피 불가능한 일이니까. 그냥 사과해서 엄마의 마음을 풀어드리면 되는 거였어. 그래 봐야 나한테 해가 되는 것도 아니었는데."

그녀는 술 한 잔을 더 따르려고 일어나며 덧붙였다.

"내가 큰 실수를 했다."

그러자 윌링이 말했다.

"진짜 실수는 총을 가져가지 않은 거예요."

10장
퇴보는 결코 좋은 면을 끌어내지 않는다

에이버리는 물질적인 재산이 비상시에는 하찮은 것이며 가장 중요한 문제는 가족의 안전이라는 사실을 이론적으로는 잘 알고 있었다. 재난 영화의 멋진 주인공들은 건물이 불타는 상황에서 소파를 어떻게 건질지 고민하지 않는다. 그렇다고는 해도 플렉스의 설정 메뉴로 들어가 '완전히 다른 사람이 될 것'을 선택할 수 있다면 모를까, 하나에 6천 달러씩 주고 산 팔걸이의자를 아무렇지도 않게 포기하기란 쉽지 않았다.

그래서 그녀는 같은 자리를 맴돌았다. 트럭 한가득 고급 가구를 싣고 플로렌스의 좁고 우울한 집으로 들어갈 수는 없었다. 보관소에 맡기자니 월 이용료가 엄청났고 계속 올라갈 게 분명했다. 인근의 어느 집도 어쩔 수 없이 기회주의적인 납작코에게(속으로야 얼마든지 인종차별적인 표현을 쓸 수 있는 것 아닌가) 집을 판 뒤 복잡한 절차를 거쳐 보관소에 짐을 맡겼는데, 그 과정이 이사 못지않게 골치 아팠으며 결국 이용료를 감당하지 못해 전부 다 잃고 말았다는 소문을 들은 터였다.

대대적인 알뜰 시장을 열거나 세간 정리 업체에 연락하는 방법도 있었지만 이 동네에는 온갖 종류의 물건들이 쏟아져 나왔으므로 수요에 비해 엄청난 공급 과잉 상태였다. 쌀 2킬로그램이라면 귀가 번쩍 뜨일지 몰라도 망고목 협탁 세트를 원하는 사람은 아무도 없었다. 포토맥 강변에서 야영하는 노숙자들도 이제는 길에서 주워온 최고급 포스처페딕(기능성 침대 브랜드명—옮긴이) 매트리스에서 잠을 청했다. 이들은 또한 싸구려 술을 구하긴 어려워도 술을 따라 마실 워터퍼드 컷글라스 하이볼 잔은 마음대로 골라 가질 수 있었다. 도시 곳곳에서 열리는 대대적인 즉석 벼룩시장에서 온전한 크리스털 잔 한 세트가 단돈 10달러였다. 예전에 벨 듀벌이 풍족하게 살게 된 이후로 불편한 사실을 깨달았다고 말한 일이 떠올랐다. 원시적인 필요의 경계는 놀랍도록 낮으며 그것을 제외하면 딱히 '살 것이 많지 않다'는 논지였다. 부유한 사람들은 무분별하게 물건을 사들였고, 이제 미국의 도시마다 넘쳐나는 최고급 쓰레기가 벨의 논지를 강조하는 듯했다. 우리의 배를 불려주거나 우리를 악천후로부터 보호해주는 것이 아니면 전부 쓰레기에 불과했다.

그렇다면 현명한 방법은 보잘것없는 액수로 '집기'를 인수하겠다는 집 구매자의 제안을 받아들이는 것뿐이었다. 그렇지 않으면 돈을 내고 가구를 처분해야 할 수도 있다고 부동산 중개인은 조언했다. 두 개가 한 쌍인 협탁을 하나만 가져가고 하나는 남겨두느니 둘 다 두고 가는 편이 감정적으로도 수월했다. 그저 문을 닫고 몸만 떠나게 되면 적어도 그녀의 아이들 역시 자신의 물건에 대해 괴로운 선택을 할 필요가 없었다. 빙에게는 가족이 다 함께 모험을 떠난다고 거짓말했지만 안타깝게도 첫째와 둘째는 그런 말에 넘어가기엔 세상을 너무 많이 알았다.

그러나 거의 통째로 매각해야 한다는 사실을 받아들이고 나자 에이버리는 놀랍도록 강해진 느낌이 들었다. 더 가볍고 홀가분해졌을 뿐 아니라, 실제로 힘이 더 세진 것 같았다. 마치 지진을 겪고 살아남은 사람처럼 아드레날린이 솟아 어깨너머로 책상과 침대 프레임 따위를 내던진 기분이었다. 그녀는 소유라는 말의 이중적인 의미에 대해 다시 한 번 생각해보았다. 그것은 내가 갖고 있는 동시에 나를 붙잡는 망령을 의미했다. 그녀가 정말 망고목 협탁들을 소유했던 것일까? 혹시 그것들이 그녀를 붙잡고 있었던 것은 아닐까?

한편, 로웰은 구제 불능이었다. 그는 모든 것을 그녀에게 맡겼다. 남은 세제를 버리는 일. 서랍의 양말 서른 켤레 중 가장 좋은 것 다섯 켤레를 고르는 일. 역사적 동란이라 해도 세금을 위해 7년간의 재무 기록은 보관해야 한다는 점을 상기하는 일. 전기와 수도 등을 해지하는 일. 마지막으로 구세군을 찾아가 자선단체에도 각종 가재도구와 주방용품, 원예용품, 이불, 크리스마스 장식품 등의 기증품이 넘쳐나며 따라서 그들의 옷은 대부분 쓰레기장으로 갈 거라는 사실을 확인하는 일. 아직 영업하는 몇 안 되는 충전소를 찾아 그들의 SUV에 뉴욕까지 갈 연료를 채우는 일까지. 그러는 내내 그녀의 멋지고 당당했던 남편은 누군가가 라이언 비어스도퍼에 대해 '반론'을 제시하여 '확신을 되찾게' 해야 한다고 주장하며 가운 차림으로 서재에 틀어박혀 플렉스를 두드리고 있었다. 그러나 일자리를 잃고 흐트러져 있는 교수는 그녀뿐만 아니라 누구의 확신도 되찾아줄 수 없었다. 지금은 글을 쓸 때가 아니었다.

전반적으로 에이버리는 자신이 좀 더 실의에 빠져 있지 않다는 사실에 놀랐다. 필요는 자기 재발견의 어머니이기 때문일까. 그녀는 알람을 맞추지 않고도 일찍 일어났다. 36번가 노스웨스트에서의 마지막 나날 동안 그녀를 움직이게 한 동력은 두껍게 썬 송아지 고기를 찾아내리라고 결심했을 때 느낀 동력과는 달랐다. 성공적인 클리닉과 고소득 배우자 덕분에 오랫동안 불행과 담을 쌓고 살아온 그녀는 자신이 그동안 지나치게 따뜻한 집에서 이불을 차내며 잤다는 생각이 들었다. 성인이 된 뒤로는 줄곧 따뜻함에 숨이 막혔는데, 갑자기 11월 말의 찬 공기가 살갗을 날카롭게 파고들었다. 이러저러한 것들이 다시 중요해진 듯했다. 자신이 시간을 어떻게 쓰는지, 아이들에게 어떤 말을 해주는지 따위가 중요해진 듯했다. 스택하우스네 같은 사람들이 풋스툴에 회갈색 커버를 씌울지 연보라색 커버를 씌울지 한가로이 고민하는 사이, 빠듯한 사람들이 진짜 삶을 살고 있진 않았는지, 진짜 중요한 일로 고민하진 않았는지, 갈등과 고함, 긴요함으로 가득 찬 진짜 인간관계를 이어가고 있진 않았는지, 그러니까 지금까지 내내 빈곤한 사람들이 그 모든 재미를 누리고 있었던 것은 아닌지 알아보고픈 마음이 들었다.

이들 가족이 지프 전트에서(살림을 줄이기 위해 로웰의 매끈한 GM포드 캐트워크는 처분했다) 줄줄이 내리자 유쾌한 분위기가 감돌았다. 따뜻한 포옹과 즐거운 인사말이 오가면서 아이들이 더 어릴 때 뉴욕 시에 사는 이모와 사촌을 만날 생각에 잔뜩 들떠 찾아오던 추억이 되살아나는 듯했다. 언니와 기분 좋게 포옹을 나누고 나자 에이버리는 자기 가족이 손님이 아니라 기약 없는 빈대 신세라는 사실을 잠시 내려놓을 수 있었다. 게다가 로웰과 결혼한 뒤로 줄곧 삼 남매 가운데 가장 편하게 산다는 낙인이 찍혀 있었으므로 그 역할이 뒤바뀌자 묘한 해방감이 들었다. 그녀가 기억하는 한 이 나라에서는 늘 혜택받은 사람들이 사회적으로는 유독 불리한 입장이 되었다.

그들은 현관을 통과해 무일푼의 세입자가 생활하던 컴컴한 지하실로 짐을 옮겼다. 에이버리로서는 이해할 수 없는 일이었지만, 이 세입자 사내는 쫓겨난 것이 아니라 위층 거실로 거처를 옮겼다. 지하실은 눅눅했다. 바닥에 더블 매트리스 하나와 공기 주입식 싱글 매트리스 두 개가 나란히 놓여 있었다. 무엇과도 어우러지지 않을 법한 파란 색조의 카펫은 두께가 매우 얄팍했다. 욕실에는 욕조도 없었다. 조그만 부엌에는 작은 싱크대와 스토브가 갖춰져 있고 미니 냉장고에는 흰색과 노란색의 너저분한 꽃들이 전사되어 있었다. 벽에 가죽이 둘려 있고 모조가 치킨 카차토레를 만들어주던 널찍한 워싱턴 DC의 부엌과 비교하면 엄청난 퇴보였다. 에이버리의 들뜬 기분은 어느새 멀리 날아가 버렸다.

아울러 그 실망감을 감춰야 했다.

"봤지?"

그녀는 기가 찬 얼굴로 새 보금자리를 살펴보는 아이들을 향해 쾌활하게 덧붙였다.

"꼭 캠핑 온 것 같잖아."

"난 캠핑 싫어."

구그가 말했다.

"엄마! 여기 벌레 있어!"

무언가가 황급히 기어가자 빙이 몸을 움츠리며 소리쳤다.

"냄새도 나."

서배너의 말이었다.

"습기가 좀 있어."

플로렌스가 건조하게 말했다.

"아, 서배너 얘긴 신경 쓰지 마. 지하실은 어디나 조금 퀴퀴하다는 걸 몰라서 그래."

에이버리가 말했다.

"우리 지하실은 안 그랬어. 그리고 우리 지하실에는 당구대가 있었어요."

구그였다.

"안타깝네. 가져왔으면 좋았겠다. 그 위에서 잤어도 됐을 텐데."

플로렌스가 말했다.

에이버리는 언니가 침착한 태도를 단련했음을 알아차렸다. 쉽사리 흥분하지 않는 것은 새로운 모습이었다. 예전에는 정의감에 불타는 다혈질이었다. 플로렌스는 노숙자 보호소에서 지속적인 포위 공격에 시달린다고 말한 적이 있는데, 그곳에서 이런 덤덤한 태도를 단련한 모양이었다.

플로렌스가 에이버리에게 말했다.

"2년 전에 지하실 방습 공사를 했거든. 5년 동안 보장해준다고 해서 다시 수리를 받으려고 했는데 그 업체 웹사이트가 폐쇄되었어. 폐업한 모양이야."

"그렇더라고. 나도 로봇 진공청소기를 가져오려고 했거든. 그런데 중요한 플라스틱 고리가 부러져서 알아봤더니 제조사가 없어져서 부품을 구할 수가 없더라고."

에이버리가 대꾸했다.

"그런 게 진짜 미국의 비극이죠."

지하실로 이어지는 계단에서 윌링이 말했다. 단조로운 말투라 비꼬는 것인지 아닌지 구분되지 않았다.

"진짜 미국의 비극은 우리가 결국 이런 거지 소굴에서 살게 되었다는 거야."

구그가 받아쳤다.

"고맙다."

플로렌스가 말하며 동생을 흘끗 보았다. '애들 교육 잘 시켰네' 하는 것 같았다.

"피난처를 내줄 너그러운 친척조차 없어서 결국 거리에 나앉는 거, 그런 게 비극이야."

에이버리가 날카롭게 말했다.

"여기가 피난처라면 우린 난민이에요?"

서배너가 무심한 구경꾼처럼 가족과 멀찍이 떨어져 선 채로 건조하게 물었다.

"맞아. 어떤 면에선 난민이지."

에이버리가 대꾸했다.

"말도 안 되는 소리."

로웰이 외부로 통하는 출입구 계단에서 가장 큰 짐가방과 씨름하며 말을 이었다.

"여긴 미국이야. 예멘이 아니라고. 조만간 그렇게 호들갑 떤 일을 돌아보며 기막혀할 거야."

구그가 다시 징징거렸다.

"그냥 괜찮은 집에 세를 살면 왜 안 되는지 모르겠어요. 우리 파산한 건 아니잖아요. 집을 팔아서 이익을 남겼다면서."

에이버리는 이를 악물고 대꾸했다.

"소득이 없으면 임대도 담보대출도 불가능해. 엄마가 이미 열 번이나 얘기하지 않았어도 경제학에 밝은 아이라면 그 정도는 알아야지."

로웰은 짐을 버려둔 채 인상을 쓰고 지하실을 정찰하고 있었다. 작은 탁자의 안정성을 시험해본 뒤 램프의 선을 빼내어 저쪽으로 끌고 가더니 무릎을 꿇고 벽을 훑어보았다.

"당신 지금 뭐 하는 거야?"

에이버리가 물었다.

"콘센트 찾잖아. 작업 공간을 마련하려고. 차 몰고 오면서 몇 가지 아이디어가 떠올랐거든. 정리해둬야 해."

그동안 에이버리는 '자신의 일'만 중요하게 여기는 남편을 그런대로 참아주려고 노력했다. 그의 일은 세상이 무너지지 않도록 지탱하는 데 꼭 필요한 경제 분석이었다. 그러나 세상은 이미 무너졌고, 그녀의 용인은 멸시로 바뀌었다. 돌아보면, 온 가족이 에이버리의 피스헤드 클리닉을 돌팔이 의료라고 노골적으로 무시하던 일이 참으로 어처구니없게 느껴졌다. 로웰의 분야는 그 자체로 훨씬 더 미심쩍은 사기인 것으로 드러나지 않았는가. 에이버리의 치료는 나빠 봐야 과한 희망을 안겨주는 정도였지만, 로웰 같은 사기꾼 무리는 나라 전체에 피해를 입혔다. 그럼에도 그녀는 혼자 묵묵히 짐을 싸고 청소를 하고 아이들의 불안과 분노를 달래주었다. 그녀 혼자 뛰어다니며 집을 매각하는 데 필요한 요식적인 절차를 밟는 동안, 로웰은 플렉스 앞에 인상을 쓰고 앉아서 열심히 키패드를 두드리고 이따금씩 신파적인 혐오를 쏟아내며 몇 초 동안 연달아 맨 오른쪽 삭제 버튼을 누르곤 했다. 그런 그를 볼 때면 에이버리는 네 살 때 미미 할머니의 집에서 비지박스라는 아버지의 옛 장난감을 갖고 놀던 일이 떠올라 마음이 편치 않았다. 그 장난감은 크랭크를 돌려도 아무것도 움직이지 않고, 전화 다이얼을 돌려도 전화가 걸리지 않았으며, 서랍을 열어도 아무것도 들어 있지 않고, 시계를 맞춰도 시간을 알 수 없었다.

플로렌스가 물었다.

"제부, 차 문 잠갔어요? 여긴 그냥 뉴욕이 아니라 극한의 뉴욕이거든요. 그 무엇도 그냥 두어선 안 돼요."

로웰은 요란하게 한숨을 쉬며 터덜터덜 밖으로 나갔다.

플로렌스가 다시 말했다.

"남는 매트리스는 이게 다야. 어차피 놓을 데도 없지만. 구그는 위층에서 윌링과 함께 지내면 어떨까 싶어. 싱글 침대이긴 한데, 윌링이 마른 편이라 괜찮을 거야."

그러자 구그가 말했다.

"이런! 게이가 되는 건 별론데. 난 차라리 차에서 잘래요."

"넌 괜찮겠니, 윌링?"

에이버리는 세력권을 중시하는 10대 사내아이들을 잘 알았기에 굳이 물어볼 필요도 없었다.

"제가 괜찮은지는 중요하지 않잖아요."

윌링이 말했다. 민망하게도 사실이었다.

플로렌스가 동생에게 나직하게 말했다.

"네가 살던 곳과 너무 달라서 미안해. 비좁을 거라고 했잖아."

에이버리도 조용히 대꾸했다.

"사과해야 할 사람은 나지. 애들이 너무 부머똥처럼 굴어서……."

그러자 플로렌스가 다시 입을 열었다.

"애들도 충격이 컸겠지. 한두 번 겪은 게 아니야. 원래 사람들은 출세하면 자연스럽게 적응하지. 형편이 나아지면 충분히 그럴 만하다고 생각하고. 하지만 반대로 가게 되면 자연스러운 일이 아니라고 생각해. 더 해로운 건 심지어 그것이 부당하다고 느끼는 거야. 다른 계층의 사람들은 늘 힘들게 살면서 그런 역경을 당연하게 받아들이거든. 운이 따라주지 않는 게 자기 탓이라고 생각하진 않아도 어쨌든 그 상황을 받아들이고 거기에 적응하지. 신을 원망하지도 않고. 하지만 갑자기 형편이 어려워졌을 때 그런 운의 역전을 당연하게 받아들이는 사람은 지금껏 한 번도 본 적이 없어. 분개하고 낙담하고 분노하고, 그래 봐야 소용없는데. 퇴보는 결코 좋은 면을 끌어내 주지 않아."

로웰이 고개를 절레절레 흔들며 돌아왔다.

"콘칩을 훔쳐가다니 믿어지지가 않는군."

"이 요란하게 쿵쿵거리는 이 지겨운 소리는 뭐야?"

그날 저녁 에이버리가 불 앞에서 쿠스쿠스 수프를 젓고 있는 플로렌스에게 물었다.

"결국 제가 여쭤봤죠."

부엌 문가에서 윌링이 말했다.

"팔벌려뛰기예요. 놀리 할머니는 매일 팔벌려뛰기를 3천 번씩 하신대요."

"32분 걸린다고 하는데, 그 시간이 마치 영원 같아. 아들?"

플로렌스는 윌링을 보며 다시 말했다.

"접시가 부족하네. 놀리 할머니가 다락에 하나를 갖고 올라가신 모양이야. 하지만 운동 끝날 때까지는 절대 방해하지 마. 내가 한번 그런 적이 있거든. 어찌나 역정을 내시던지."

"하지만 고모는 일흔세 살이잖아!"

에이버리가 소리쳤다.

"베이비붐 세대가 어떤지 알잖아."

플로렌스는 도마로 고개를 숙인 채 말을 이었다.

"다 이상해. 아버지도 온화한 기자에서 살인광으로 변했어. 엄마는 알카에다가 집을 점령하기라도 한 듯 고요의 방에 틀어박혀 있고. 루엘라 할머니가 계속 실내장식을 바꾸는 모양이야. 지난주에는 위층 욕실의 벽지를 다 뜯어놨대. 그래서 내일 저녁엔 엄마가 대표로 혼자 오실 거야. 그렇지 않으면 네 분이 다 같이 와야 하는데 그럼 너무 힘들 거라고 하시더라고. 내가 힘들까 봐 그러는 거라면 감동이겠지. 그보단 엄마가 너무 번거로워서 그런 것 같아."

"미미 할머니 일은 어떻게 됐어?"

"공식적으로 실종 상태인데 실종자가 어디 한둘이어야지."

에이버리의 언니는 실력에 비해 과하게 도마에 집중하고 있었다. 플로렌스는 자면서도 토마토를 썰 수 있을 만큼 요리에 능숙했다. 그럼에도 그녀는 눈을 맞추지 않았다. 불편해진 에이버리는 이 불편함을 누군가가 유발하는 것은 아닐까, 고의는 아니라고 해도 언니가 미처 억누르지 못한 분노 때문에 자신이 불편해지는 것은 아닐까 하는 의심이 들었다. 불청객이 된 기분이었다.

에이버리는 언니의 소매를 살짝 건드렸다.

"언니, 이렇게 돼서 미안해."

그러자 플로렌스가 말했다.

"나도 마음이 안 좋아. 그래도 네가 더 속상하겠지. 전부 다 잃었으니까."

진심인 것 같지 않았다.

"그냥 놀러 오는 것과는 다르니까."

에이버리는 바닥을 보았다.

"그럼. 그냥 놀러 오는 것하고는 너무 다르지!"

커다란 웃음이 흐느낌처럼 들렸다.

"그런데 싱크대에 있던 재활용수는 어디 갔지?"

"플라스틱 통에 있던 거? 내가 버렸어. 더럽던데."

언니의 턱 근육이 떨렸다.

"앞으론 그러지 마. 설거지용이야."

그렇다면 에이버리는 방금 자신의 가족을 콜레라의 위험에서 구제한 셈이었다.

"저기…… 내가 저녁 준비 도와도 돼?"

플로렌스는 그녀의 제안을 무시하고 소리쳤다.

"에스테반! 미 케리다? 식탁엔 여덟 명밖에 못 앉아! 자리를 더 마련해야 해!"

"난 꼬마 식탁에 앉기 싫어!"

빙이 거실에서 소리쳤다.

아이들은 모두 텔레비전을 보고 있었고, 벌써부터 비즈니스 뉴스를 좋아하는 윌링의 특이한 성향 때문에 티격태격하는 소리가 들렸다. 그녀의 아이들은 그 우울한 지하실에서 많은 시간을 보내려 하지 않을 게 분명했다. 에이버리는 플로렌스의 삶을 방해하지 않겠다고 약속한 자신이 원망스러웠다. 데이지 꽃이 전사된 그 장난감 같은 부엌에서 가족 식사를 준비하는 일은 상상할 수 없었다. 그 생각을 하자 불쑥 거짓말이 튀어나왔다.

"언니한테 계속 우리 식사까지 맡길 생각은 없어."

"살아보면서 형편 되는 대로 해보자, 알았지?"

플로렌스는 많은 것을 억누르고 있는 듯 특유의 무거운 분위기를 풍겼고, 이번만큼은 에이버리도 언니의 머릿속에서 소용돌이치는 것들이 그 안에 머물러 있다는 사실에 안도했다.

에이버리는 할 일이 생겼다는 사실에 반가워하며 자진해서 에스테반을 도와 거실 탁자를 옮겼다. 플로렌스는 동생이 쓸모 있는 존재가 되면 조금이라도 마음의 부담을 덜 느낄까 봐 작은 일조차 시키려 하지 않는 것일까? 마치 중고품 판매점에 온 듯, 술 달린 전등갓과 바구니, 코바늘뜨개 쿠션, 작은 거울, 빛바랜 동양풍의 러그 들이 너저분하게 뒤섞여 있는 거실은 에이버리의 취향에 맞지 않았다. 그런 것은 중요치 않았다. 중요한 것은 가족의 안전이니까. 그래도 그녀는 수년에 걸쳐 디자인한, 부드럽고 유연하면서도 심플한 실내장식이 그리웠다. 이 공간은 그나마 아늑해 보일 수도 있었지만, 한 귀퉁이에 쌓아놓은 군식구의 잡동사니 때문에 교회 바자회 분위기를 풍겼다. 게다가 그로 인해 다른 사람들이 이 집의 유일한 공용 공간을 침범한 기분에 시달려야 했다.

그들은 거실 탁자를 식탁 옆에 붙여 자리 세 개를 더 마련했지만 탁자의 높이가 너무 낮았다. 커트와 월링이 이 초라한 자리에 앉겠다고 자원했고, 마지막으로 서배너가 사람들과 최대한 떨어져 앉기 위해 이 두 사람과 함께 맨 끝자리에 앉았다. 에이버리가 계단을 달려 내려가 저녁 식사가 다 되었다고 알렸다. 로웰은 임시 사무실에 웅크리고 앉아 중요한 단락을 마무리한답시고 모두를 10분 동안 기다리게 했고, 그 사이 쿠스쿠스 수프는 차갑게 식었다.

마침내 모두 모인 자리는 즐거운 가족 모임으로 이어질 수도 있었지만, 스택하우스 가족이 무기한 체류할 수도 있다는 사실이 저기압처럼 모두의 머리 위에 낮게 걸려 있었다. 저기압이란 원래 하늘이 잔뜩 찌푸려 있는 탁하고 무거운 날씨, 수일간 지속되다 그 모든 것을 씻어주되 때로는 격렬한 폭풍우를 몰고 올 수도 있는 그런 날씨가 아닌가. 이 모임을 더욱 불순하게 만드는 것은 바로 이상한 세입자, 정확히 말하면 전 세입자였다. 그는 말이 거의 없었고 굽실거리는 태도로 모두를 숨 막히게 했다. 그 치아만 봐도 에이버리는 입맛이 떨어졌다. 플로렌스는 왜 이 남자를 내보내지 않았을까? 정말 마음이 약해서일 수도 있지만 자신이 마음 약한 사람이라는 생각을 즐기기 때문인지도 모른다. 그런 경우라면 그 때문에 그들 모두가 대가를 치르는 셈이었다. 친척도 아닌 저 식객만 없었어도, 그리고 놀리 역시 조카 집에서 사는 것보다는 그들의 아버지에게 가는 편이 더 합당하니 그렇게만 된다면(에이버리는 이 노인네가 고압적인 데다 말도 함부로 한다고 생각했다) 이 식탁 하나에 모두가 둘러앉을 수 있을 뿐 아니라, 그녀와 로웰은 다락에서 평화롭고 조용하게 생활하고 아이들은 저희끼리 아래층에서 어울릴 수 있었다. 이런 그림이 너무도 현실 가능해 보여서 에이버리는 더욱 짜증이 났다. 이 나머지 사회적 폐물들 때문에 그녀의 가족이 더욱 짐짝처럼 보이는 것이었다.

"언니, 맛있겠다."

에이버리는 자신의 그릇을 뒤적이며 닭고기가 너무 적게 들었다는 사실에 실망했다. 알코올까지 부족하지 않았더라면 단백질 부족쯤은 무시하고 넘어갈 수도 있었을 것이다. 그녀와 로웰이 가져온 와인 두 병은 빵 세 개와 물고기 다섯 마리로 5천 명을 먹인 기적까진 아니더라도 꽤 큰 기증물이었다. 플로렌스가 주스 잔에 따라 어른 여섯 명에게 돌린 양은 입가심 수준이라 아예 마시지 않느니만 못했다. 고지식하게도 나머지 한 병은 높은 찬장으로 치워졌다.

"너무 매워! 입이 아프잖아!"

빙이 소리쳤다.

"할라페뇨는 특별히 넣은 거야. 많이 사지 않아서 맛을 낼 때만 쓰거든."

플로렌스가 말했다.

"화끈한 걸 먹으니 위안이 되는데. 이거 끝장난다."

에스테반이 말했다.

"엄마! 꼭 악마가 쇠스랑으로 내 혀를 찌르는 것 같아!"

빙이 끙끙거렸다.

"우린 매운 음식을 좋아해."

윌링이 말했다. 그애는 빙과 똑바로 눈을 맞춘 채 이런 메시지를 전달하는 듯했다. 이제부터 네가 원하는 것을 가끔, 또는 자주, 또는 전혀 얻을 수 없는 삶의 국면이 시작되었어. 그런 삶이 무한히 지속될 수도 있지. 빙은 그 눈길에 겁을 먹고 몸을 움츠렸다.

처음부터 병 하나를 들고 식탁에 나타난 놀리는 자신의 음식에 고춧가루를 뿌리고 있었다. 강철 같은 체력을 과시하는 청소년기는 이미 지났을 텐데 말이다. 빨갛게 변한 쿠스쿠스는 먹을 수 없는 음식처럼 보였다. 놀리가 말했다.

"이 사람들 다 먹이려면 정말 힘들겠다, 플로렌스. 아무래도 내가 쿠키 병에 돈을 더 넣어야겠는데."

에이버리도 입을 열었다.

"나도! 언니 혼자 이 많은 사람들을 책임져야 한다고 생각하진 마."

그러자 에스테반이 말했다.

"내가 롱아일랜드에서 자랄 때는 방 두 개짜리 집에서 겨우 열 명이 살았다면 대궐처럼 느껴졌을 겁니다. 노스 벨포트에 살 때 우리 앞집은 30평쯤 됐으려나? 그런 집에 라틴계 사람들이 최대 예순다섯 명 살았어요. 교대로 잠을 잤죠. 우리 집에도 식구가 항상 열다섯 명은 넘었답니다."

"그러니까……."

놀리는 고갯짓으로 사람들을 가리키며 말을 이었다.

"우리가 불법 이민자들을 동화시킨 게 아니고 불법 이민자들이 우리를 동화시킨 거야."

무안한 침묵이 흐르자 플로렌스가 낮은 목소리로 말했다.

"고모, 오랫동안 나가 계셔서 잘 모르시겠지만 이제 불법이라는 말은 아무도 쓰지 않아요. 싸하지 않거든요."

에스테반이 열을 올리기 시작했다.

"저는 어쨌든 법을 어기지 않았어요. 뉴욕 패초그의 브룩헤이븐 메모리얼 병원에서 태어났단 말입니다. 저도 똑같은 미국인이에요, 미티아(스페인어로 '고모'-옮긴이)……."

"우리의 관대한 헌법 덕분에 확실히 미국인이긴 하지."

놀리는 눈을 빛내며 말했다. 이 여인은 싸움 걸기를 좋아했다.

"그런데 미국인치고는 너무 다혈질이네."

에스테반은 노여운 눈빛으로 이 노인을 뜯어보았다.

"다행히도 플로렌스는 예외죠. 이 집안의 나머지 사람들은 모두 태도에 문제가 있어요. 고모님은 여전히 본인이 특별하다고 생각하시잖아요."

놀리는 차분하게 받아쳤다.

"이 나라 전체의 태도에 문제가 있어. 미국이 특별하다는 생각을 안겨준 건 바로 자기네 라틴아메리카 사람들이야. 자기가 봉이 된 게 우리 집안 탓은 아니라고."

로웰이 입을 열었다.

"저는 아직 미국이 끝났다고 보진 않습니다! 다우지수가 다시 오르는 거 봤지, 구그? 아빠가 뭐라고 하던!"

"달러로만 오르고 있죠."

낮은 탁자에서 윌링이 말했다.

"그럼 뭐로 올라야 하는데?"

구그가 비꼬는 말투로 물었다.

"초인플레이션 경제에서는……."

"워워, 잠깐만, 윌링."

로웰이 끼어들었다.

"초인플레이션은 전문 용어야. 우리 분야에서는 필립 케이건의 정의가 널리 사용되고 있지. 적어도 다달이 50퍼센트. 지금 우린 그 근처에도 가지 않았어. 1920년대에 독일의 인플레이션은 3만 퍼센트였고 세르비아의 인플레이션은 3억 퍼센트였어. 2차 세계대전 후의 헝가리는? 10의 16승의 1.3배. 말 그대로 상상 초월이었지. 비교가 안 된다고."

"미안, 로웰은 강의가 그리운가 봐."

에이버리가 언니에게 속삭였다.

"그럼 높은 인플레이션 경제에선……."

윌링이 고쳐 말했다. 누가 누구를 어르는지 구분하기 어려울 지경이었다.

"……주식을 포함해 모든 자산의 가치가 오르는 듯 보이죠. 하지만 이런 수익은 허위예요. 방코르로는 시장이 계속 하락하고 있으니까요."

조금 못된 생각이었지만 에이버리는 남편이 열네 살짜리에게 밀리는 모습을 즐기고 있었다. 그는 그들의 큰아들을 훈련시켜 입심 좋은 자신의 복제판으로 만들었다. 그러나 윌링은 대본을 암기한 것이 아니었다. 뭐, 틀림없이 그녀의 조카는 자기가 무슨 이야기를 하는지도 모를 것이다. 여기저기서 주워들은 지식은 아예 모르느니만 못할 수도 있었고, 독학자의 열성만큼 맹목적인 것은 없는 법이었다. 하지만 그애는 로웰이 정성 들여 고르는 깃털을 헝클어뜨리는 일만큼은 기막히게 해내고 있었다.

로웰이 말했다.

"자국의 통화가 있다면 이익을 다른 통화로 환산할 필요가 없단다.

일종의 폐쇄계니까."

"폐쇄계가 된 건 미국이 세계 무역에 거의 참여하지 않기 때문이잖아요."

월링이 대꾸했다.

"우린 어떤 통화가 세계를 장악할 것인가를 놓고 긴 줄다리기를 하고 있는 거야. 달러와 방코르의 결전인 셈이지."

구그의 말에 월링이 침착하게 다시 대꾸했다.

"경쟁이 없다면 결전이라고 부를 수 없어."

구그는 두 살 아래 사촌에게 밀리려 하지 않았다.

"달러는 백 년 이상 국제 경제를 안정시킨 역사 깊은 통화야, 월버. 방코르는 실행 불가할 정도로 제약이 엄격한 건방진 반란군과 다름없다고. 우린 그냥 침착하게 기다리면 돼. 비트코인이 결국 어떻게 됐는지 생각해봐."

그러자 월링이 말했다.

"역사가 깊다고? 달러의 역사라고 해봐야 체계적으로 그 가치가 떨어진 게 전부야. 종이 한 뭉치와, 밀이나 석유, 금, 희토류 따위로 바꿀 수 있는 약속어음 중에 하나를 고르라면? 난 지갑에 어떤 화폐를 넣어야 하는지 분명하게 알 것 같은데."

"지갑에 방코르를 넣어두는 건 반역죄야, 월버."

구그가 그날 오후에 만들어낸 이 별명은 처음엔 애칭처럼 들렸다. 그러나 아닌 모양이었다. 구그가 다시 말했다.

"그 방코르는 휴짓조각이 될걸. 넌 남북전쟁이 끝날 때 남부 연합군 지폐를 잔뜩 갖고 있던 그 어수룩한 얼간이들과 다를 게 없어."

"내가 어수룩해?"

월링은 매서운 눈으로 로웰을 흘끗 본 뒤 그의 사촌에게로 몸을 기울이며 다시 물었다.

"누가 누구 집에 있는데?"

"얘들아!"

에이버리와 플로렌스가 동시에 외쳤다.

플로렌스가 접시들을 치우자 에이버리는 도우려고 벌떡 일어났다. 그녀는 자기 아이들이 음식을 거의 건드리지 않았다는 사실에 당황했다. 그러나 언니가 남은 음식을 쓰레기통에 넣지 않고 유리로 된 냉장 보관 용기에 담자 더욱 당황했다. 비위생적이었다!

그들이 2리터들이 통에 남아 있는 아이스크림을 갖고 다시 식탁으로 왔을 때 민망하게도 구그와 빙은 두 스쿱을 받고 한 스쿱을 더 달라고 했다. 월링은 아예 사양했다. 에이버리는 월링이 아이스크림을 원치 않는다고 생각할 수 없었다. 남아 있던 600밀리리터는 열 사람이 먹기엔 턱없이 부족한 양이었다.

커트는 서배너에게 열심히 의견을 피력하고 있었다.

"공화당원들이 사악한 외세 탓을 하고, 게다가 대통령 자질까지 탓하는 건 정말 너무하는……."

"공화당원들이 뭘 하든 누가 신경이나 쓴대요? 차라리 조로아스터교를 걱정하겠네요."

서배너는 몹시 따분해하는 얼굴로 늘어져 있었다.

이번엔 놀리가 입을 열었다.

"공화당이 땅속 깊숙이 빨려 들어가면 가장 아쉬워할 사람들이 누구인지 알아? 바로 민주당이야. 영구 집권하면 모든 죄를 뒤집어쓰게 되어 있거든."

마치 평결을 내리듯 권위적으로 단호하게 말하는 놀리의 태도를 에이버리는 싹둑 잘라버리고 싶었다.

플로렌스가 말했다.

"공로를 인정받기도 하죠. 이를테면, 사회보장연금의 생계비 수당을 연간 조정에서 월간 조정으로 바꾼 점. 우리 부모님에겐 아주 큰 영향을 미쳤거든요. 그랜드 맨과 루엘라 할머니한테도 그렇고요."

"공화당에서 필사적으로 막았던 일이죠."

커트가 말했다.

"공화당은 무엇보다도 메디케어를 없애고 싶어 해요!"

플로렌스가 열정적으로 말을 이었다.

"실업 급여도 삭감하려 하고! 메디케이드 명부도 줄이려고 한다니까요! 대체 무슨 정당이 그래요? 임기 중에 대거 잘린 것도 놀랄 일은 아니죠."

그러니까 그 옛날의 피켓라인 플로렌스가 어딘가에 여전히 남아 있다는 뜻이었다. 부당함을 비판하는 무용한 폭언이 에이버리는 지긋지긋했다. 이 집에서는 공화당에 투표한 사실을 절대 털어놓지 말아야겠다고 다짐했다. 지금은 그러기 위해서 입에 주먹을 쑤셔 넣어야 할 것 같았지만 말이다. 와인이 턱없이 부족해서 오히려 다행이었다.

로웰이 말했다.

"흔히 있는 공화당의 긴축 경제 실책이라고 봐야죠. 지금이야말로 정부 지출을 늘려야 할 때거든요. 인프라에 투자하고, 말하자면 제2의 뉴딜정책을 단행해야 합니다. 미국의 산업 기반을 활성화해서 수입 의존도도 낮춰야 하고요."

문득 에이버리는 남편이 좀 더 자주 밖에 나가봐야 한다는 생각이 들었다. 그가 늘 떠들어대는 상투적인 경제학 논리는 워싱턴 몰에서 날뛰는 무리들과 포토맥 강변의 노숙자들, 현대판《분노의 포도》처럼 지붕 위에 매트리스와 옷가지를 싣고 주간도로를 달려 뉴욕으로 들어오는 수많은 차량들과 전혀 연결되지 않았다. 백악관의 기자회견을 들을 때에도 그녀는 똑같은 감정을 느꼈다. 행정부는 미국 정부처럼 행동하고 미국 공직자처럼 이야기했지만 그러한 활동은 그저 흉내 내기에 불과한 듯했다. 진흙으로 파이를 만드는 어린아이들처럼 학습된 진지함을 보여줄 뿐이었다.

윌링이 발표했다.

"자, 여러분, 우리 엄마는 금요일에 급여를 받는답니다. 그건 곧 우리가 장을 보러 가야 한다는 뜻이죠. 지금 당장."

"뭐가 그렇게 급해?"

로웰이 물었다.

"다음 급여일이 되면 물가가 더 오를 테니까요."

"한두 주 사이에 그렇게 크게 차이가 있을까? 너무 과장하는 거 아니야?"

로웰이 물었다.

"안 봐도 알겠네요. 그 집에선 에이버리 이모가 장을 보시겠죠."

에이버리는 노래하듯 대꾸했다.

"그렇단다! 다른 것도 다 내가 했단다!"

윌링이 다시 말했다.

"물가는 매주 올라요. 어떨 땐 매일 오르기도 하고요. 게다가 예측할 수가 없어요. 어떤 물건은 똑같고, 갑자기 지퍼락 봉지가 두 배로 오르기도 해요. 우린 이제 지퍼락도 쓰지 않아요. 유리를 쓰죠."

구그가 손님이라는 이유로 가장 먼저 위층 욕실에 들어갔을 때 윌링은 고정불변의 팩트들을 마치 블록 쌓기 하듯 자기 앞에 쌓아 올렸다. (1) 지금까지 꾸준히 모종의 통합된 문화를 따르는 이 나라의 관

296

습에 의하면, 가족을 돌보는 것은 의무이다. 이런 결속의 끈은 수년에 걸쳐 해졌을지 몰라도 아직 끊어지진 않았다. (2) 서로 '사랑하는지'의 여부는 중요하지 않다. (3) 스택하우스 가족은 달리 살 곳이 없다. (4) 지하실에는 그 집 식구 다섯 명의 매트리스를 놓을 자리가 충분하지 않다. (5) 모두가 희생해야 한다면 윌링 자신도 희생해야 한다. 그 말은 곧, 그의 작은 2층 왕국을 구그가 침입한 것이 참을 수 없는 일이지만 그 사실은 번호를 붙일 수도 없을 만큼 중요하지 않다는 뜻이었다.

여기가 '그의' 방이라고 생각하는 것은 자만에 불과했다. 그런 자만을 갖기엔 그는 너무 커버린 것 같았다. 이 집은 그의 엄마의 소유였다. 그는 여기서 자도 좋다는 허락을 받았고, 이제 그의 엄마는 그의 사촌에게도 그것을 허락했다. 그렇다고는 해도 그는 닫을 수 있는 문을, 다른 사람이 그 문을 열기 위해서는 노크를 해야 한다는 다소 인위적인 규약을 중시했다. 혼자만의 공간은 그의 연구에 필수적인 요소였다. 허세처럼 들리겠지만 어쨌든 그러했다.

구그에 대한 그의 반감은 그리 뚜렷하지 않았고, 따라서 그리 큰 즐거움을 주지도 않았다. 구그의 몸은 둥글둥글했다. 비대하진 않았지만 팔다리에 관절도, 움푹 팬 곳도, 뾰족한 곳도 없었다. 그가 하는 이야기는 전부 어디선가 주워들은 것이었다. 그래서 윌링은 구그 역시 흉내 내기를 하는 것은 아닌지 걱정되었다. 윌링 자신도 사회적 통념을 암송하고 있었으므로 자신과 똑같은 아이를 보고 본능적으로 뒷걸음질 치는 것인지도 모른다. 물론 윌링 자신은 자랑스럽게도 삼각 측량을 하고 있었다. 그러나 삼각 측량도 어디선가 얻어들은 개념일 가능성이 높았다. 그는 이에 대해 생각해볼 예정이었다. 그리고 이에 대해 생각해보았다. 지금은 독창성이 조금도 중요하지 않은 시기라는 결론에 도달했다.

월링은 엄마를 속상하게 하지 않겠다고 결심했다. 그러나 두 팔 벌려 환영하는 것이 속 편하다고 해서 사촌을 자신의 방에 들이고픈 마음이 절로 생겨나는 것은 아니었다. 벌어진 여행가방 안에 들어 있는, 갈 곳 없는 옷과 세면도구 들이 체계 잡힌 이 공간에 혼란을 유발했다.

그의 사촌이 매서운 눈을 하고 욕실에서 느릿느릿 돌아왔을 때 가장 견디기 힘든 것은 이 새 룸메이트의 포유류적인 신체적 특징이었다. 신발을 벗자 양말에서 지독한 냄새가 풍겼고, 아침에만 이를 닦는 얼간이 부류가 분명한 듯 시큼한 입 냄새가 났으며, 팬티는 기저귀처럼 보였고 앞 구멍으로 삐져나온 털을 보지 않기 위해 고개를 돌려야 했다. 이러한 혐오는 동물적인 것이었다. 월링은 마일로를 내보내고 그 대신 길들지 않은, 더 크고 더 멍청한 동물을 들인 듯한 불쾌한 기분에 시달렸다.

월링은 나머지 공간을 포기하고 고집스럽게 매트리스 끝부분에 아래층 소파에서 가져온 허름한 덮개를 덮고 누웠다. 그들은 얘기를 나누지 않았다. 구그 역시 자신이 월링의 공간을 침범했다는 사실에 월링 못지않게 분개하는 것 같았다. 그러나 어차피 구그도 사촌을 좋아하지 않았다. 이 정도의 공통점이라면 협력 관계의 기반으로 충분하지 않을까 하고 월링은 생각했다.

다음 날 아침 로웰은 아내가 다클리네 예산의 첫 지원금을 제안했을 때 터무니없는 액수라고 생각했다. 고마움을 표하는 것도 좋지만 너무 과하게 빚을 진 듯 행동하면 실제로 빚이 늘어나는 법이었다. 게다가 그는 심통이 나 있었다. 물컹한 매트리스 때문에 허리가 아팠고 650수 시트가 그리웠다. 이곳 베개는 너무 납작했다. 프라이버시도 보장되지 않는 탓에 열두 살 때부터 알몸으로 자던 그는 다시 티셔츠와 사각팬티를 입고 자야 했고, 양쪽에서 아이들이 선잠을 자고 있어서 에이버리와 다시 관계를 가질 수 있을지도 미지수였다. 위층에는 토스트 말고는 먹을 것이 전혀 없었다. 계란도, 베이컨도, 커피비슷한 것도 없었다. 심지어 90퍼센트 보리를 섞은 커피도 없었다. 그는 가끔 자기 가족과 함께 있는 것도 참기 힘들었는데, 이제는 매일 눈을 뜨면 무차별적으로 초대장을 보내어 오합지졸이 되어버린 콘퍼런스에 와 있는 것 같았다. 앉을자리도 충분하지 않았다. 따라서 '아침'은 바닥에 부스러기를 흘려가며 부엌에 서서 해결해야 했다. 그는 얼른 다시 지하실로 내려갔다.

가장 시급한 일은 교수 자리를 알아보는 것이었다. 처음에는 자신이 몸담을 곳을 일류 대학으로만 한정했다. 당연히 아이비리그 대학들, 그리고 시카고 대학과 스탠퍼드 대학, MIT 정도만 고려 대상에 넣었다. 그러나 이제 그물망을 좀 더 넓게 던져야 했다. 에머리 대학이나 채플힐 대학도 나쁘지 않다. 그럭저럭 괜찮은 사택에서 온전한 와인 한 잔을 즐기며 경기 침체가 끝날 때까지 기다릴 수 있을 것이다. 오래지 않아 규칙적인 시장의 힘들이 다시 나타나면 고전적인 케인스주의 경제학자들이 새로이 인정받을 게 분명했다. GDP는 다시 지속적이고 예측 가능한 성장세를 보이고 (촛대 따위를 합리적인 교환의 매개로 삼는 것이 타당한 일임을 방코르가 입증했다고 터무니없이 착각하고 있는) 밴더마이어 같은 한심한 금본위제지지자들과 비어스도퍼 같은 자극적인 선동가들은 사장될 것이다. 이 분야의 가두연설자들은 '회개하라!'고 소리칠 것이다. 로웰은 자신의 옛 총장이 비하했듯 그의 과목이 확실한 '자연과학'이 아니라는 점을 인정하고 싶지 않았지만,

사실 경제학은 불안정한 과학이었고 따라서 경제학자들은 히스테리에 사로잡히면 기본적인 원칙들을 쉽게 망각하곤 했다.

"뭐?"

그의 임시 책상 앞에 에이버리가 팔짱 끼고 서 있었다.

"당신이 플로렌스 언니랑 같이 장을 보러 갔으면 좋겠다고."

"당신이 차를 가져가면 내가 짐을 들어주지 않아도 되잖아."

"당신의 그 강인한 이두박근 때문이 아니야."

그녀는 비난 조로 말을 이었다.

"경제학에 관심 있다는 사람이 내가 언니에게 주자고 한 액수가 너무 많다고 했잖아. 그러니까 가보라고. 현장 학습을 해봐."

"다음에."

"지금 해. 난 우리가 우리 밥값을 한다는 사실을 증명하지 않고는 이 집에 단 하루도 더 있을 수 없어."

그녀가 단단히 화난 얼굴로 꼼짝도 하지 않자 그는 어쩔 수 없이 고집을 꺾었다. 이 짜증 나는 장보기를 재빨리 해치우고 돌아오는 편이 나을 것이다. 필요한 물건을 비축하는 일은 여자들이 알아서 하면 된다. 적어도 그가 따라가면 오늘 저녁엔 닭고기 30그램으로 때우는 일을 면할 수 있었다. 여섯 개들이 캔맥주와 비오니에 와인 두세 병을 집어올 수도 있었다. 어른 여섯 명이 모두 그와 비슷한 양을 소비한다면 와인이 나흘에 한 상자꼴로 필요할 테지만. 다 같이 나눠 먹는 건 어리석은 짓이었다. 아무래도 에이버리만 따로 보내어 그들만의 몫을 챙겨놓아야 할 것 같았다.

이 일에서 가장 짜증 나는 점은 그의 처형 무리와 어울려야 한다는 사실이었다. 로웰은 확실하게 좋고 싫음을 결정할 만큼 그들을 잘 알지 못했고, 그런 문제는 빨리 해결하는 쪽을 선호했다. 플로렌스는 고귀한 소명을 이행하고 있음에도 신랄한 면을 보여주어 쉽게 파악이 되지 않았다. 그는 막연히 박애 정신을 멍청함과 연관 지었지만, 환경 정책을 공부해놓고 정작 노숙자 보호소에서 일하는 이 여자는 흔히 예상하듯 호락호락한 감상주의자가 아니었다.

그러나 어제저녁 식사 자리에서 나눈 괴로운 대화를 통해 플로렌스의 아들에 대해서만큼은 확실한 결론을 내린 터였다. 자신을 재무 예언가로 착각하고 있는 건방진 애송이. 물론 구그처럼 조숙했다. 그러나 로웰 자신도 어릴 때 조숙한 편이었으므로 원소 주기율표 따위를 줄줄이 외는 10대 아이들에게 별 감흥이 일지 않았다. 그는 그런 아이들의 문제를 잘 알았다. 조숙함은 영리함과 다르고 지혜로움과는 더욱 거리가 멀며 정보에 밝은 것과는 정반대였다. 자신이 이미 많이 안다고 자부하면 남의 말을 듣지 않고 배우려 하지도 않기 때문이다. 설상가상으로 이러한 논리를 좀 더 응용해보면, 청소년기가 지날 무렵에는 언변을 타고나지 못한 또래 아이들이 영재들을 따라잡거나 추월해버리고, 그에 반해 모든 것을 너무도 쉽게 익힌 아이는 오로지 노력만으로 공부하는 법을 익히지 못한다. 그는 구그에게 늘 이 점을 주지시켰다. 어쨌든 그의 큰아들이 루스벨트 고등학교의 레오네스 (스페인어로 '사자들'—옮긴이) 속에 비극적으로 던져지기 전까지는 그랬다.

그러나 이 월링이라는 아이는 새로운 차원의 헛소리를 떠들어댔다. 어제저녁 그애의 퍼포먼스가 자기 집에 온 친척들에게 과시하기 위한 일회성 공연이 아니라면 로웰은 그 주가 끝나기도 전에 그 애송이의 목을 조를 수도 있었다. 이 녀석은 자신이 마치 작고한 〈월 스트리트 저널〉 편집장과 개인 직통 연락을 취할 수 있는 영매라도 되는 듯 신적 영감을 빛냈다. 식사 후에 에이버리가 상 치우는 것을 돕는 동안 할 일이 없었던 로웰은 그의 조카를 뜯어보았다. 녀석은 너무도 편안하게 침묵을 지키고 있었다. 사람을 뚫어져라 응시하는 경향이 있었고 상대에게 걸려도 당황하지 않았다. 대개는 아무것도 하지 않았다. 그러나 자신만의 세계에 빠져 있거나 멍하니 있지 않았다. 어디에도 홀리지 않고 정신을 똑바로 차리고 있었다. 그 맛없는 쿠스쿠스 요리를 먹으며 대화할 때 그랬듯이, 근거도 없이 무조건 자신 있게 단언했고 엄마에게서 물려받은 것이 분명한 끈기와 소신을 드러냈다. 동요하게 만들기 어려웠고 쉽게 상대를 모욕하지도 않았다. 그 나이에 상대로부터 감정을 다친 사실을 그렇게 잘 숨길 수 있다는 것은 자연스러운 일이 아니었다. 그런데 정말이지, 녀석은 경제학에 관한 그 모든 헛소리를 어디서 주워들었을까? 누군가가 줄을 대주고 있는 것이 분명했다.

따라서 이 잘난 척하는 꼬맹이도 함께 간다는 사실에 로웰은 말할 수 없이 짜증이 났다.

"사야 할 물건은 다 적어놨어요?"

전트의 운전석에서 그가 물었다.

"적어봐야 소용이 없어요."

로웰은 플로렌스에게 물었건만 뒷자리에서 윌링이 대꾸했다.

"무엇을 살지 적어 갖고 가야 나중에 집에 와서 아차, 파르메산 치즈를 깜빡했네, 하는 일을 막을 수 있단다. 그리고 충동구매도 줄일 수 있고……."

"치즈는 없을 거예요."

오라클이 예언했다. 마치 구약성서의 한 구절을 외는 듯했다.

"치즈는 보관이 용이하잖아요. 그리고 어차피 충동구매만 할 수 있답니다."

"없는 게 너무 많아서 목록을 적어가 봐야 사고 싶은데 살 수 없는 물건들만 떠오를 뿐이에요. 더 괴롭죠."

플로렌스가 설명했다.

이곳이 부상하는 동네라니, 아니, 이미 부상한 동네라니 로웰은 머릿속이 복잡했다. 거리에 늘어선 주거용 건축물들은 그렇게 흉할 수가 없었다. 터무니없이 폭이 좁고 작은 사각형의 건물들. 어떤 것은 벽돌, 어떤 것은 석조 무늬 외장재, 또 어떤 것은 말려 올라간 타르지였고, 페인트칠을 한 쇠창살 문과 줄무늬 알루미늄 어닝, 파르치시(인도식 윷놀이를 응용한 미국 보드게임의 일종—옮긴이) 게임판만 한 앞마당 등이 딸려 있었다. 고급화를 위해 현관 앞 베란다를 막고 천창을 설치한 집도 있었지만, 집들을 아무리 개조해도 이 동네에 깊이 배어 있는 허름한 영혼을 감출 수는 없었다. 이스트 플랫부시의 정신을 계승하는 장식에 대해서는 기존 거주자들이 훨씬 더 정통한 듯했다. 플라스틱 꽃과 땅 신령 석고상, 홍학, 닭 볏 풍향계 따위가 그 답이었다.

유티카 대로는 타이어 가게와 자동차 정비소들만 가득할 뿐 풀 한 포기 보이지 않는 황량한 땅이었으므로 '그린 에이커 팜'이라는 이름은 참으로 부적절했다. 주차장이 가득 찼지만 운 좋게도 그는 빠져나가는 차를 발견했다. 슈퍼마켓 안으로 들어가자 적군이 잠시 휴전을 선언한 군대 주둔지에 온 것 같았다. 손님들은 마치 적의 약탈을 막기 위해 군대 물자 수송 트럭을 지키는 사람들처럼 손마디가 하얗게 변하도록 카트를 단단히 움켜쥐고 절대 방치해두지 않았다. 끊임없이 곁눈질을 했지만 서로 눈을 맞추지 않고 다른 사람들의 카트에 담긴 물건들을 흘끗거리느라 바빴다. 식재료 구입 내역이 국가 기밀이라도 되는 듯 카트를 방수포로 덮어놓은 사람들도 있었다. 손님들은 낮은 목소리로 경계하며 이야기를 주고받았다. 아이들은 특별 지령을 받고 세 통로 너머로 출격하여 최전선으로 암호문을 전달하는 사람처럼 진지하게 임무를 수행했다.

플로렌스가 속삭였다.

"어머, 월링, 계란이 있어! 빨리!"

월링은 사람들과 카트들 사이를 헤집고 가서 여섯 개들이 계란을 자랑스럽게 들고 돌아왔다.

로웰이 이의를 제기했다.

"우린 열 명분을 사야 해. 여섯 개로는 부족하지 않겠니?"

그러자 월링이 대꾸했다.

"한 팀당 여섯 개들이 한 통으로 제한되어 있어요. 지키는 사람들도 있고요."

"그러네. 왜 이렇게 경비가 많아?"

통로마다 제복 차림의 사람들이 서 있었다. 이 건장한 사내들이 무장했다는 사실에 로웰은 경악했다.

월링이 말했다.

"좀도둑이 엄청나거든요. 학교에 가면 애들이 전부 경비와 카메라가 있는데도 외투 속에 콩 통조림을 슬쩍해왔다고 자랑한답니다."

흥미가 생긴 로웰은 어슬렁어슬렁 탐색을 시작했다. 그는 바닥부터 천장까지 유혹적인 상품들이 가득 쌓여 있는, 널찍한 미국의 대형 상점에 익숙했다. 어려운 일이라고 해봐야 집에 토마토가 여섯 통이나 쌓여 있는 걸 모르고 더 갖다 쌓아두지 않는 것, 뱃살을 두둑하게 만드는 과자와 초콜릿을 피하는 것, 마흔다섯 가지 맛의 수프들 사이에서 결정 장애에 빠지지 않는 것 정도였다. 그러나 이곳에는 상품들이 뭉텅이로 비어 진열대가 휑했다. 치즈는 '보관이 용이하다'는 월링의 말을 떠올리자 한 가지 패턴이 눈에 띄었다. 말린 콩류와 곡류, 냉동식품, 통조림 제품(특히 칠리나 비엔나소시지처럼 육류가 들어간 통조림) 코너는 모두 황폐했다. 남아 있는 제품들의 경우(19.99달러 하는 통조림 그레이프프루트는 수요가 많지 않은 듯했다) 가격표를 다시 출력하기도 번거로웠는지 대개는 대여섯 번 기존 가격을 긁어내고 볼펜으로 새 가격을 휘갈겨놓았다.

다시 일행을 찾은 로웰이 물었다.

"왜 이렇게 보존 식품에 달려드는 거지? 다들 재러드 처남처럼 종말을 대비하나?"

"비축이 시작된 거죠."

윌링이 거들먹거리며 말했다.

"대체 왜 그래야 하는데?"

로웰은 굳이 짜증을 감추지 않았다.

"불가피한 일이에요. 저는 몇 달 전부터 엄마한테 사재기를 시작해야 한다고 했거든요. 엄마는 듣질 않았죠. 이제 밀가루 스무 포대 사기가 훨씬 더 어려워졌어요. 규정이 생겼다고요. 방법이 아예 없는 건 아니죠. 학교의 어떤 애들은 주말 내내 브루클린 전역의 가게들을 돌아다니며 여기서 하나 저기서 하나 이렇게 사기도 하더라고요. 그러면 제한된 양을 초과해서 살 수 있으니까요."

"윌링, 그 얘기로 엄마를 괴롭히는 건 그만 좀 했으면 좋겠다. 어쨌든 밀가루를 스무 포대씩 사서 어디다 쓰니?"

플로렌스가 물었다.

"거래를 할 수 있어요. 진짜 통화를 갖게 되는 거라고요. 엄마 월급보다도 나을걸요. 파워를 갖게 됐을 텐데."

"밀가루 파워(1960년대 반전의 상징으로 사용된 꽃을 의미하는 'flower'

가 밀가루를 의미하는 'flour'와 발음이 같은 것을 이용한 말장난 – 옮긴이)."

로웰이 말했다. 그러나 두 사람 모두 이 농담을 이해할 만큼 1960년대에 관한 다큐멘터리를 많이 보지 않은 듯했다.

"그러니까 지금 이런 물자 부족이 인위적인 거란 말이니? 사람들이 예전처럼 마요네즈 한 병만 사면 식량은 충분한데……."

그들은 카트를 등지고 있었다. 윌링은 뒤로 돌아 카트를 살핀 뒤 케이커 오츠(Quaker Oats, 오트밀 상표명 – 옮긴이) 한 통을 들고 성큼성큼 통로를 걸어가는 50대 남성을 쫓아 달려갔다. 그러곤 남자의 앞을 가로막고 다짜고짜 요구했다.

"그거 돌려줘요."

"무슨 말인지 모르겠구나."

남자가 말했다.

"우리 카트에서 훔쳤잖아요. 하나 남은 거였어요."

"내가 돈을 내지 않고 여기서 나가야 훔치는 거지. 그전까지는 '장을 보고 있다'고 한단다. 저리 비켜."

남자가 아들을 지나쳐 가자 플로렌스가 말했다.

"이로써 또 한 번 돌아올 수 없는 강을 건넜네. 전에는 창피를 주면 효과가 있었는데."

로웰은 자기가 나서야 하지 않을까 생각했지만 오트밀 때문에 주먹다짐을 벌이고 싶진 않았다.

계산대 앞에 길게 줄 선 손님들도 서로의 노획물을 훔쳐보았고, 가끔 아이들을 보내 깜빡한 물건을 찾아오게 하기도 했다. 그들의 카트에는 로웰의 식욕을 돋우는 물건이 거의 없었지만 다른 두 사람은 전리품을 보며 자축했다. (분쇄한 양고기, 윽. 닭 모래주머니? 아아, 제발. 게다가 비트는 너무 오래돼 보였다.) 처형의 눈총에 시달리던 그는 자기가 계산하겠다고 제안하고 나서야 편안한 마음으로 블라섬 힐 샤르도네 와인 두 병을 밀어 넣었다. 그러나 경솔한 짓이었다. 실망스럽게도 그가 가져온 돈 1,100달러로는 충분하지 않았기 때문이다.

식료품을 컨베이어 벨트에 올리던 플로렌스가 케이커 오츠 통을 집어 들었다.

"월링! 너 괜히 생사람 잡았네. 여기 있잖아!"

"그 사람이 가져간 거 맞아요. 아까 시리얼 코너에 아내랑 같이 있더라고요. 발뒤꿈치를 들고 코코아 퍼프(Cocoa Puff, 시리얼 제품명-옮긴이)를 싹쓸이하는 데 정신이 팔렸기에 내가 슬쩍 빼냈어요."

플로렌스는 고개를 저었다.

"아들, 넌 오트밀을 좋아하지도 않잖아. 이런 건 포기할 줄도 알아야지."

그러자 월링이 대꾸했다.

"이런. 엄마는 포기하지 않을 줄도 알아야 해요."

"난 상황이 이렇다고 해서 옹졸하고 탐욕스럽고 개념 없는 동물이 되고 싶진 않아."

"옹졸하고 탐욕스럽고 개념 없는 동물이 아침을 먹는답니다."

월링이 말했다.

11장

비통 원통 오물통

플로렌스와 그녀의 고모는 쌤통 심보의 외신들이 시사하는 것처럼 미국의 상황이 아주 나쁘지는 않다는 사실에 함께 분통을 터트리곤 했다. 유럽의 각종 웹사이트에 올라오는 감상주의적인 보도들은 미국의 도시들이 영화 〈살아 있는 시체들의 밤〉을 방불케 하는 것처럼 묘사하고 있었다. TV는 있어도 그것을 연결할 전기가 없고, 노인들은 가구로 불을 피워 자기가 키우던 고양이를 잡아먹으며, 광란의 약탈꾼들이 거리를 파괴하고 있는 것처럼 말이다. 뭐, 어느 정도 약탈이 일어나긴 했다. 특히 식료품점과 주류 판매점에서 횡행했다. 어느 정도 물자가 달리기도 했지만, 국제 언론들이 암시하는 것처럼 9백만의 굶주린 뉴욕 시민들이 서로를 난도질하여 토막 난 시체를 나중에 누에콩과 맛 좋은 키안티 와인에 곁들여 내기 위해 냉장고에 넣어놓는 정도는 아니었다.

독일 언론이 열을 올리는 인플레이션으로 말할 것 같으면, 로웰은 1차 대전 이후 게르만 민족이 겪은 인플레이션과는 전혀 닮지 않았다고 주장했다. 당시 독일에서는 식당에 들어갈 때와 식사가 끝난 뒤에 가격이 달라지기 때문에 들어가면서 식사비를 미리 지불할 정도였다. 그러다 결국엔 조폐국의 잉크가 다 떨어져서 지폐가 한 면만 인쇄되어 나왔다. 그러나 미국 지폐가 조금이라도 달라졌는가? 달러의 경우, 여전히 한 면에는 역대 미국 대통령들이, 그리고 다른 한 면에는 〈우리는 신을 믿는다〉는 문구가 찍혀 있지 않은가?

이러한 위안을 제외하곤 그들 모두가 딜레마에 직면해 있었다. 로웰의 실업 급여는 끝나가고 있었다. 에스테반은 계약직이었으므로 아예 실업 급여를 받지 못했다. 커트는 생활 보호 대상자가 될 수도 있었다. 게다가 온갖 종류의 복지 수당은 다달이 미친 듯이 올라갔다. 어차피 연준이 계속해서 정신없이 돈을 찍어낼 예정이라면 사나운 사람들에게 뇌물을 먹여 이들이 집에 들어앉아 발 올리고 쉬게 만드는 것보다 더 좋은 용처가 무엇이겠는가? 그러나 새로운 수당 청구자들에게는 새로운 장애물이 있었다. 이들 대부분은 얼마 전까지만 해도 지불 능력이 있었던 고분고분한 시민들, 시청에 불을 놓을 가능성이 희박한 시민들이었다. 커트는 플로렌스의 애원에 못 이겨 수당을 신청했지만 자신을 이 나라의 하층민으로 생각하지 않았으므로 인터뷰에서 실수하고 말았다. (아아, 그에겐 살 곳이 있었다. 그리고 집안의 누군가가 일을 하고 있었다.) 그리하여 결국 이 집안에 남은 수입은 놀리의 사회보장연금과 플로렌스의 빠듯한 급여뿐이었다.

한편, 로웰과 에이버리는 집을 매각하고 남은 목돈을 갖고 있었다. 놀리는 정확한 규모를 알 수 없는 '자원'을 갖고 있었다. 그러나 이러한 돈으로 살 수 있는 물건은 시간이 갈수록 점점 줄게 마련이었다. 이 점에 대해 플로렌스는 말할 수 없이 화가 치밀었지만(지금이야말로 비상시를 위해 돈을 아껴두어야 할 때가 아닌가) 당장 가장 현명한 정책은 가진 돈을 가급적 빨리 써버리는 것이었다.

에이버리는 유형 상품이 새로운 통화가 될 거라는 윌링의 이야기를 듣고 이 전략에 과한 열의를 보이기 시작했다. 플로렌스에게는 장보기가 집안일이었지만 에이버리에게는 일종의 오락이었다. 결국 플로렌스는 동생에게 가게 싹쓸이 전권을 위임해선 안 된다는 사실을 힘들게 깨달았다.

19번가 홈데포(미국의 가정용 건축자재 체인─옮긴이)에 다녀온 에이버리는 두 팔 가득 무언가를 들고 현관문을 열어젖혔다. 동공이 풀어지고 마치 고혈압 환자처럼 안색이 울긋불긋했다.

"그게 다 뭐야?"

플로렌스가 불룩한 캔버스 장바구니들을 고갯짓으로 가리키며 물었다.

"나 정말 많이 건졌어!"

에이버리는 짐을 들고 들어와 거실 바닥에 전리품을 쏟아놓았다. 장바구니 하나에서 고릴라 글루(접착제 제품명─옮긴이)─〈말라붙지 않는 새로운 뚜껑! 두 배 높아진 건조 속도!〉─여러 병이 달그락거렸다.

"잠깐, 또 있어. 구그가 차를 지키고 있거든."

에이버리가 짐을 다 내려오자 플로렌스는 쭈뼛쭈뼛 이 노획물들을 살펴보았다. 방충망 고정용 틀이 여러 봉지 있었지만 왜 방충망을 여러 차례 갈아야 하는지는 아무도 알 수 없었고, 게다가 에이버리는 그 안에 끼울 방충망을 사 오지 않았다. 그 밖에도 문풍지와 양면테이프, 코멧 세제가 스무 통쯤 들어 있었다.

"에이버리, 이 L자 브래킷을 다 어디에 쓰려고? 그리고 이 잡동사니들을 어디에 넣어둘 거야?"

"잡동사니?"

그녀의 여동생이 발끈하며 되물었다.

"이것들은 진짜 재화야. 금속을 비롯해서 가치가 오래도록 지속되는 재료로 만들어진 물건이라고. 무언가를 만들고 고치고 붙이는 데 쓰이는 것들이야. 종잇장도 아니고 추상적 개념도 아니야. 달러보다 훨씬 낫다고. 기막히게 운이 좋았지. 게다가 내가 머리를 써서 발 빠르게 움직였고. 홈데포 창고의 재고가 풀릴 때 수백 명의 손님들을 물리쳤거든. 전부 채무 포기 이전에 들여온 물건들이야. 중국은 이제 진짜 재화를 우리 돈과 교환하지 않을 테니까. 이걸 낚아채느라고 얼마나 힘들었는지 몰라. 나한테 고마워해야 해. 이웃집에 깡패가 찾아와 현관문을 부수기라도 해봐. 멸균 우유 한 통을 걸고 새 경첩을 구하러 다닐걸. 그럴 때 이 동네에서 그런 철물을 갖고 있는 집은 우리밖에 없는 거지."

플로렌스는 미리 준비한 연설일 거라고 추론했다.

그녀의 동생은 결국 이 가당찮은 노획물들을 수용하기 위해 자신의 가족이 사용하는 비좁은 지하실 공간을 희생해야 했고, 그렇다면 이제 이런 쪽의 매입은 하지 말아야겠다고 마음먹을 법도 했다. 이러한 구매를 부추기는 만일에 대비해서, 언젠가 필요한 날이 올지 몰라서 하는 식의 사고방식, 이는 활자 매체의 종말이 수집가들의 전통적인 둥지 건축 재료를 박탈하기 전까지 이 괴짜들을 숨 막히는 폐신문 및 잡지 더미에 파묻어버린 주범이 아니었던가. 그러나 순전히 자신이 사 온 물건들이 2주 후에는 얼마나 올랐는지 확인할 목적으로 또 한 번 홈데포에 간 에이버리는 이런 무절제한 쇼핑을 계속 이어나갔다. 월그린스(미국의 식품 및 잡화 프랜차이즈 소매점─옮긴이) 원정에서는 발톱 진균 치료 키트 여러 개와, 집 안에서 아무도 쓸 일이 없는 의치 세정제 여러 상자, 그리고 이런 부조리한 소비재의 범람이 플로렌스에게 미치는 영향을 감안하면 곧 필요해질 수도 있지만 그 효능은 확신할 수 없는 우울증 한방 치료제를 쓸어왔다. 이제 그들의 집에는 매니큐어도 없이 매니큐어 제거제가 구비되었고, 애초에 내성 강한 슈퍼박테리아의 분노를 잠재우지도 못했을, 게다가 오래되기까지 한 항생제 연고가 갖춰졌다. 구그의 말에 따르면, 그의 엄마가 마지막 남은 종합 고무밴드 한 봉지를 놓고 치열한 격투를 벌이는 등의 엄청난 활약을 한 끝에 놀랍도록 큰 결실을 얻는 광란의 스테이플스(미국의 문구 프랜차이즈 소매점-옮긴이) 원정 덕분에, 그들은 이제 포스트잇 메모지 수만 개와 사인펜 수백 자루, 특대형 마닐라 봉투 몇 상자, 그들의 집에는 있지도 않은 3D 프린터용 카트리지를 갖게 되었다.

공정하게 말하면 에이버리만 그런 것은 아니었다. 뉴스 보도에 따르면 전국적으로 이처럼 과도한 구매 열풍이 일어 심지어 2, 3주 동안 미국 경제는 약간의 GDP 상승을 기록하기도 했다. 그러나 치아 건강에 아무리 신경 쓰는 사람이라도 매끈하게 빠지는 스피어민트 치실을 쟁여두는 데에는 한계가 있었으므로 GDP 상승은 오래가지 않았다.

비좁은 거처에서 친척들과 함께 살게 된 플로렌스는 자신의 어머니처럼 살지는 않겠다고 에스테반에게 다짐했다. 그녀의 어머니는 불만이 있어도 드러내지 않고, 마치 식중독균으로 부풀어 오르기 시작한 식품 저장고의 오래된 통조림처럼 말없이 속을 끓이는 사람이었다. 그러나 소비 문제를 결정적인 국면으로 몰아넣은 것은 갈등을 터놓고 해결하겠다는 추상적인 정책이 아니라 아스토 와인 및 주류 판매점의 배달트럭이었다. 퇴근길에 플로렌스는 열 걸음 거리에서 이 트럭의 로고를 발견했고, 그 순간 무언가가 툭 끊어졌다.

"이게 뭐야?"

죄 없는 배달부가 아직 지하실 계단에서 서명을 받고 있을 때 플로렌스는 보도에서 폭발해버렸다.

"생필품 비축."

에이버리가 간결하게 대꾸하는 사이, 배달부는 황급히 차로 돌아갔다.

플로렌스가 말했다.

"치약이 생필품이지. 톡 쏘는 맛이 놀랍도록 입에 착 붙는 카버네 시라 와인이 아니라!"

에이버리는 마지막 상자를 안으로 밀어 넣으며 차갑게 대꾸했다.

"사실 우리는 주로 화이트와인을 마셔. 그런데 설사 이게 언니가 상관할 일이라고 해도, 그런 것 같진 않지만, 어쨌든 길거리에서 이러지 않으면 안 될까?"

"몇 달 동안 페인트 통들 옆에 놓아둔 저 상자들 안에 뭐가 있는지 내가 모르는 줄 알았니?"

플로렌스는 계단 아래쪽에 대고 계속 소리쳤다.

"좀 더 잘 숨겼어야지. 오래된 샤워커튼으로만 덮어놓으면 날 무시한다는 뜻이잖아. 너희 부부가 왜 저녁만 먹고 나면 사라지는지 내가 모를 거라 생각했어? 너희가 지하실에서 시간을 보내는 건 그때뿐인데? 나눠 마시지도 않잖아! 둘이 몰래 숨어서 코가 삐뚤어지게 마시고!"

"몰래 마신 건 아니야. 그렇게 마시고 싶으면 언제든 문을 두드리면 돼."

"난 그렇게 미치도록 마시고 싶어 하는 사람이 아니거든. 오히려 지금이야말로 정신을 똑바로 차려야 한다고 생각하지. 그 사이 담보대출이 천정부지로 올랐어. 공과금 때문에 미칠 지경이고. 그런데 넌 눈곱만한 우리 자원을 비밀 와인 바에 쏟아붓고 있다니!"

브루클린에서는 가로등 불빛 아래서 가족이 서로 소리를 질러대는 일이 오랜 전통이었으므로 이웃들은 눈도 깜빡하지 않을 게 분명했다. 그래도 귀를 기울일 것이다. 다른 오락거리가 흔치 않으니까.

에이버리는 지하실 문을 닫고 계단 통에서 나왔다.

"로웰과 내가 공동 비용을 내고 있긴 하지. 하지만 우리 돈이 모두의 돈이 되었는지는 몰랐……."

"에이버리…… 너 알코올중독이니?"

"무슨 말을!"

"너 알코올중독이야? 그게 아니라면 도무지 설명이 안 되잖아……."

"우리의 우둔한 프레시덴테(스페인어로 '대통령'―옮긴이)가 국채를 포기했다고 해서 우리가 전시처럼 먹고 살아야 하는 건 아니야. 내게는 하루 일과를 끝내고 마시는 와인 한 잔이……."

"에이버리, 난 네가 열네 살 이후로 와인을 한 잔만 마시는 걸 본 적이 없어."

"인생의 모든 낙을 빼앗기면 무슨 이유로 살아!"

"술을 빼앗기면 살아갈 이유가 없다. 알코올중독자들의 사고방식이지. 내 말이 틀렸다면 증명해봐. 저 와인을 돌려보내라고."

"그건 좀 아니죠."

로웰이 지하실 출입구에서 느릿느릿 올라오며 말을 이었다.

"처형 동생과 저는 미성년자가 아닙니다. 우리가 돈을 쓰는 방식이 못마땅할 수도 있겠지만 우리가 이 집에 얹혀산다는 이유로……."

플로렌스가 그의 말을 잘랐다.

"제부는 직업상 이번 경기 침체가 일시적이라는 이론에 많은 것을 걸고 있죠. 하지만 우리는 이 악순환이 얼마나 지속될지, 얼마나 깊어질지 몰라요. 게다가 총 네 명의 아이들을 먹여 살려야 한다고요!"

그러자 에이버리가 말했다.

"달러를 물물교환에 쓸 수 있는 실물 자산으로 바꿔야 한다고 종알거리는 건 바로 언니의 아들……."

"아아, 제발 솔직해지자고!"

플로렌스의 목소리는 어느새 그리 매력적이지 않은 고음이 되었다.

"그래, 저쪽 공원에서는 술과 고니코틴 전자담배가 돈 대신 사용된다는 얘길 나도 물론 들었어. 하지만 너는 통화를 마시고 있잖아."

이번엔 로웰이 입을 열었다.

"처형, 이 공동생활이 원활히 돌아가려면 어느 정도의 선은 지켜줘야……."

"아, 그래요? 내가 놀리 고모와 커트, 그리고 제부의 가족 전체에게 공동 출자한 주요 자산이 나의 집인데 선을 어떻게 그어야 하죠?"

그러자 에이버리가 소리쳤다.

"결국 그런 얘기였어? 우리가 언니의 집에서 하는 모든 일은 전부 언니가 통제해야 한다? 언니가 엄마 곰이고 우린 모든 걸 허락받아야 한다는 거야? 술 마시는 것도, 욕하는 것도, 비유기농 닭을 먹는 것도?"

"어떤 닭도 마찬가지야. 그게 핵심이야! 어떤 닭도 마찬가지라고!"

에스테반이 시끄러운 소리에 이끌려 현관문을 열고 나왔다.

"어어, 내가 살던 노스 벨포트에서도 이 정도 고성으로 싸우면 아주 하류들이라고 생각했는데. 프로블레마(스페인어로 '문제'—옮긴이)가 뭡니까, 아미고스(스페인어로 '친구들'—옮긴이)?"

분위기를 바꿔보려는 의도로 스페인어를 섞은 것이라면 실패였다.

플로렌스가 말했다.

"자기하고 나는 지난 몇 달 동안 내 삽입형 피임기구의 살정제를 아끼려고 2주에 한 번만 관계를 가졌어. 자기는 지난주에 근육통이 있었는데 근육통 진통제가 거의 다 떨어져 가서 먹지도 않았고. 그런데 이 사람들은 마음을 안정시킨답시고 자가 치료를 하고 있어! 그래 놓고 둘이 퍼마신 무한정의 샤르도네 생필품에 돈을 쓴 일이 내가 상관할 바가 아니라고 하잖아."

플로렌스는 좀처럼 이성을 잃는 법이 없었으므로 에스테반은 그녀를 달래어 진정시키는 법을 모르는 듯했다.

그가 손을 흔들며 말했다.

"음. 이게 우리가 상관할 일인지는 좀 애매하네."

그러자 플로렌스가 다시 말했다.

"저 부부가 모아둔 돈을 다 써버리는 순간, 우리가 상관할 일이 되지. 그 시점이 되면 저 두 사람이 우리에게 의지하게 되기 전에 돈을 어떻게 썼는지 소급적으로 상관할 일이 된다고!"

"누구에게든 배출구는 필요한 법이야."

에스테반이 인정했다. 그 자신도 도스 에퀴스 맥주를 그리워하고 있었다.

"작은 사치 말이야."

"작은? 비행기에서 주는 미니어처 와인 얘기가 아니야. 몇 상자씩 들여놓고 먹는다고!"

"두 상자야."

에이버리가 경멸하는 투로 말했다.

"사치?"

플로렌스는 씩씩대며 말을 이었다.

"나라고 보통 사람처럼 가끔 애인과 외식하거나 영화 한 편 보고 싶지 않은 줄 알아? 지난 1월에 아들의 열다섯 번째 생일에 허접한 카드 한 장이 아니라 제대로 된 선물을 사주고 싶지 않았겠어? 왜 나는 초콜릿과 베이컨, 진짜 커피를 마시지 못해도 괜찮다고 생각하지? 나라고 가끔 와인 한 잔 하고 싶지 않을까? 내가 파티의 흥이나 깨는 샌님인 줄 아는 모양인데, 나도 예전엔 코카인을 즐겼어. 그런데 이젠 그것도 사지 않아! 이탈리아 여행을 가기 위해 저축을 하지도 않지. 내 이름이 플로렌스인데, 거기에도 못 가볼 거야. 안 그래? 평생 못 갈 거라고! 왜냐면 내가 버는 돈을 몽땅 긁어서 다른 아홉 사람이 굶어 죽지 않게 부양해야 하니까! 나라고 조금은 엉뚱하게, 조금은 가볍게, 조금은 즉흥적으로 살고 싶지 않은 줄 알아? 내가 이런 삶을 택했다고, 내가 흥을 깨는 사람이라고, 내가 즐길 줄 모른다고, 내가 천성적으로 우울해서 노숙자 보호소에서 일한다고 다들 나를 빡빡하고 쩨쩨하고 못되고 인색한 사람으로 여기는 게 지긋지긋해. 나도 내 일이 싫어, 알아들어? 그만두고 싶은데 그럴 수가 없어. 왜냐면 나는 무슨…… 모성이 충만한 얼간이가 틀림없으니까!"

에이버리가 말했다.

"아무래도 우리가 나가야겠다. 이렇게 화를 참고 있었다니. 언니가 속내를 드러내지 않는 건 알았지만……."

"웃기지 마."

플로렌스는 발을 구르며 말을 이었다.

"공상에만 빠져 사는 남편하고 애들 셋을 데리고 어디로 가겠다는 거야?"

"생각해봐야지."

에이버리가 중얼거렸다.

"그렇게 생각해볼 곳이 있었다면 여기로 오지도 않았겠지."

플로렌스가 팔짱을 끼고 노려보는 사이, 에이버리는 머리를 숙이고 울음을 터트리기 시작했다. 밖에서 소리를 지르자 카타르시스가 밀려들었지만 계속 화를 낼 수는 없었다. 어릴 때부터 플로렌스는 늘 동생의 눈물에 지고 말았다. 그녀는 한숨을 쉬며 보도블록 세 칸을 건너가 두 팔을 벌리고 에이버리를 품에 안았다. 결국 네 사람은 지하실에서 뉴욕 주 북부산 셰닌블랑 와인을 마시며 화해했다. 몇 달 동안 술을 마시지 않은 플로렌스는 이 와인 한 잔에도 몹시 취했다. 이것은 그들의 첫 싸움도 아니었고 마지막 싸움일 리도 없었다. 그러나 그들 모두 아찔할 정도의 분노와 혹평을 쏟아낼 수는 있었지만 그 후 싸움의 장본인들은 그저 그 자리에 서 있다가 적당한 시간이 되면 각자의 매트리스로 돌아갈 수밖에 없었다. 맨디블 가족이 더는 누릴 수 없게 된 또 하나의 사치는 바로 영구히 등을 돌리는 일이었다.

플로렌스는 특히 외국의 웹사이트들이 단수에 대해 대대적으로 떠들어대는 것을 보고 부아가 났다. 오히려 이 도시는 그 어느 때보다도 급수 트럭을 자주 보냈고 채무 포기 이후에 단수 빈도가 그전보다 늘어난 것도 아니었다.

그렇긴 해도 단수는 전보다 더 곤혹스러운 일이 되었다. 식구가 열 명인데 욕실이 두 개뿐이다 보니 석유통들에 받아놓은 빗물로는 이틀 이상 때맞춰 변기를 씻어 내릴 수 없었다. 따라서 품위가 신선한 파슬리만큼이나 불필요한 것으로 입증된 이후로 그들은 모두 소변을 뒷마당에서 해결했다. 좀 더 묵직한 볼일에는 모종삽이 필요했다. 그러나 겨울이었으므로 맨 엉덩이에 닿는 바람이 손바닥만큼 매서웠고 땅도 단단했다. 에이버리는 자신과 서배너 둘 다 정신력이 허용하는 한 자체 저장하는 쪽을 택한다고 털어놓았다.

물이 나올 때면(교활한 외신의 보도와는 반대로 대개는 물이 제대로 나왔다) 윌링은 스택하우스네 아이들이 샤워하는 아래층 욕실 앞에서 습관적으로 보초를 서며 그들을 자극했다. 스택하우스 가족은 물 절약에 익숙하지 않았으므로 무한정 즐기는 샤워를 기본적인 인권으로 여겼다. 그들이 온 뒤로 수도요금이 세 배로 늘었다. 따라서 플로렌스는 저녁을 준비하면서 아래층에서 다음과 같은 대화가 여러 가지 변주된 형태로 오가는 것을 자주 듣게 되었다.

"저리 좀 가, 이 변태 자식아!"

구그는 주로 이렇게 소리쳤다.

"4분이야."

윌링은 단조로운 말투로 선언하듯 말했다.

"내가 딸딸이 치는 소리 듣고 싶어서 귀를 대고 있는 모양이네."

"물만 잠그면 자위는 얼마든지 해도 돼. 비누 거품이 씻겨 내려가지 않아야 윤활제 효과가 제대로 나지."

"서배너 누나는 10분 동안 샤워해도 내버려두잖아. 내가 시간 쟀거든! 너 누나 젖꼭지 훔쳐보려고 그런……."

"5분."

그럼 다음 윌링은 냉정하게 덧붙였다.

"난 충분히 경고했다."

그러고 나면 부엌에서 파스타 냄비를 채우던 물줄기가 점점 느려져 똑똑 떨어지기 시작했다.

"월버, 이 개자식! 머리에 샴푸 중이었다고!"

윌링은 수도 차단 밸브를 조작해 효과적으로 처벌하는 방법을 익힌 터였다. 의도는 좋았지만 이러한 물 사용 감시 활동은 사촌들과의 관계 개선에 도움이 되지 않았다. 아무래도 자신의 지위를 조금 과하게 즐기고 있는 듯했다.

뒤이어 두루마리 화장지 문제로 감정이 격앙되었다. 대부분의 주요 도시에서는 화장지 사재기가 만연했고, 이는 만성적인 물자 부족과 가격 폭등으로 이어졌다. 노숙자 보호소에서는 화장실에 화장지를 비치하는 일이 불가능해졌다. 입주자들이 화장지를 통째로 가져가는 일이 비일비재했기 때문이다. 노숙자 복지국에서 화장지 비용 지원을 전면 중단한다는 전언을 보내면서 아델피는 후각 손상에 시달려야 했다. 백화점과 박물관 같은 공공시설들도 손을 씻은 뒤 정리를 도와주는 물품을 비치하지 않았다. 추정컨대 좀 더 높은 계층의 고객들도 같은 방식으로 물건을 빼돌리는 모양이었다.

처음에 플로렌스는 두 화장실의 휴지걸이 위에 〈두 칸씩만 사용하세요〉라는 문구를 붙여놓았다. 정중한 요청이었지만 지하실에서 이 귀한 자원이 계속해서 고갈되는 것을 보면 대체로 무시되는 듯했다. 그녀는 슬쩍 동생을 불러 아무래도 소변을 너무 자주 보는 것 같다고 에둘러 말했다. 물이 나오지 않을 때 장을 조절할 수 있다면 방광도 비슷한 수준의 투지를 발휘하도록 조정할 수 있는 것이 아닌가. 이게 웬일, 에이버리는 발끈했다. 플로렌스는 또한 휴지통에 붉은색과 미색의 물질이 묻은 뭉치가 버려진 것을 보고 서배너를 불러 꾸중하기도 했다. 화장 지우는 데 휴지를 낭비하고 있었던 것이다. 이렇게 사소한 수준까지 손님들을 감시하는 것은 민망한 일이었지만 비용뿐만 아니라 이용 가능한 재고의 양도 문제가 되었으므로 선택의 여지가 없었다. 탈지면과 종이 타월, 냅킨 등의 대체물은 배관을 막기 일쑤였고, 곧 이런 대체물들도 화장지만큼이나 구하기 어려워졌다.

결국 플로렌스가 그토록 걱정하던 불가피한 일이 터졌다. 몇 차례

장을 보러 가서 보급품을 찾지 못한 끝에 두루마리 화장지가 달랑 두 개 남은 상황에 이른 것이다. 인터넷에 올라오는 격앙된 글들을 통해 뉴저지와 롱아일랜드, 코네티컷도 같은 품귀 현상을 겪고 있다는 사실이 확인되었다. 이웃들이 그동안 비축한 두루마리 화장지를 붉은 고기나 닭고기와 하나씩 조용히 교환하고 있음을 그녀는 감지했다. 갈취와 다를 바 없는 행위였다. 그녀는 윌링에게 연구조사를 맡기고 가족회의를 소집했다.

플로렌스가 말했다.

"모두에게 힘든 일이라는 거 알아요. 하지만 상황이 호전되기 전까지 화장지는 포기해야 할 것 같아요. 윌링?"

윌링이 입을 열었다.

"실내 화장실이 생기기 전까지 미국인들은 신문지나 시어스(미국의 통신판매 회사−옮긴이) 카탈로그 따위를 사용했어요. 하지만 이제 잡지나 신문도 없어졌죠."

그러자 에이버리가 말했다.

"아버지가 아주 뿌듯하시겠네. 드디어 〈뉴욕 타임스〉의 몰락을 아쉬워할 만한 구실이 생겼으니."

윌링이 다시 말했다.

"고대 로마 사람들은 식초 먹인 해면을 꼬챙이에 끼워 썼어요. 그리고 인도에서는 오른손으로만 음식을 먹는 전통이 있잖아요? 그건 단순한 의례가 아니라 생물학적인 필요를 충족시키는 일이기도 하죠. 저는 그 사람들이 왼손으로 뒤를 닦는 걸 알고 있었거든요. 몰랐는데, 화장지를 쓰지 않고 닦더라고요."

"윽, 더러워!"

빙이 투덜거렸다.

"그건 좀 아니지. 난 차라리 침대 시트를 뜯어 쓰겠어."

로웰의 말에 플로렌스가 대꾸했다.

"우리가 하려는 것도 그와 비슷해요. 나한테 깨끗한 헝겊 한 보따리가 있고 옷장을 뒤지면 쓸 만한 게 더 나올 거예요. 여러분이 입지 않는 옷도 작게 잘라서 쓰도록 하죠. 변기 옆에 식초도 놓아두면 위생을 한 단계 높일 수 있을 거예요."

"하지만 천은 변기에 넣고 내릴 수 없죠."

윌링이 말했다.

"리우데자네이루나 베이징 같은 거대 도시에서도 수년 동안 화장지를 변기에 넣고 내리지 않았어. 하수관이 너무 약하거든. 변기 옆에 있는 쓰레기통에 버리지."

놀리의 말이었다.

"적응하면 돼요. 뭐든 적응하기 나름이죠."

윌링이 말했다.

"글쎄, 난 적응할 수 없겠는데."

에이버리가 일어나며 말을 이었다.

"난 미국식 해결책을 택하겠어. 사 오겠다고."

"나도 엄마 편이에요. 다들 야만인이야."

서배너가 말했다.

에이버리와 그녀의 딸은 여봐란듯이 전트로 향하더니 몇 시간 동안 보이지 않았다.

그러나 그들은 결국 백기를 들고 돌아왔다. 롱아일랜드와 뉴저지를 샅샅이 뒤지며 역시 터무니없이 비쌀 뿐 아니라 구하기도 힘든 자동차 연료를 거의 다 써버린 끝에, 종이 타월 한 팩(수제 탐폰을 만들기 위해 넣어두었다)과, 패배를 인정하는 의미의 백식초 두 병을 구해왔다. 그 사이 나머지 식구들은 찢어진 시트와 낡은 수건, 해진 양말, 커튼 단을 만들고 남은 자투리 헝겊, 플로렌스가 중고용품점에서 사온 정체불명의 물건들을 잘라 '밑닦개'를 만들며 떠들썩하게 오후를 보냈다. 어릿광대의 옷처럼 알록달록한 사각형 조각들이 쌓여 마치 퀼트처럼 생기 넘치는 탑을 이루었다. 플로렌스는 다시 슈퍼마켓에서 아홉 개들이 부드러운 화장지를 살 수 있게 되면 묘한 상실감에 빠질 것 같았다.

월링은 대수학이나 각 나라의 수도처럼 쓸데없는 것만 가르치는 학교에 더는 나가지 않을 수도 있었다. 만약 그에게 권한이 있었다면 실용적인 지식을 가르쳤을 것이다. 물 정화하는 법이나 식용 식물 채집하는 법. 성냥이 젖었을 때 불 피우는 법. 텐트 치는 법 또는 우비로 텐트 만드는 법, 매듭 묶는 법, 감자 키우는 법. 다람쥐를 잡아 가죽 벗기는 법. 총 장전하는 법.

오바마 고교의 학생들은 생물학을 배웠지만 선생들은 그 수업을 적절한 환경에 응용하지 않았다. 도시 생태계는 극도로 취약한 법이다. 끔찍하리만치 상호의존적이다. 한 도시가 제대로 돌아가기 위해서는 너무도 많은 것들이 작동해야 한다. 대개는 많은 것들이 작동하지 않는다. 그러다 보면 작동하는 것도 믿지 않는다.

채무 포기가 처음 그 이빨을 드러내기 시작했을 때 소셜 미디어에서 사람들은 어느 쓰레기장을 뒤지는 것이 가장 좋은지, 어느 슈퍼마켓에 가야 아침 식사용 소시지를 구할 수 있는지 등을 공유했다. 그러나 도시 거주자들은 곧 그런 정보를 숨기기 시작했다. 패스마크 슈퍼마켓에서 살짝 퀴퀴해진 슬라이스 스위스치즈를 내다버려도 그 사실을 절대로 남들에게 알리지 않았다.

따라서 윌링이 계속 학교에 나가는 것은 반 친구들이 훌륭한 정보원이기 때문이었다. 부모들이 알면 기겁할 일이었지만 아이들은 주책없이 지껄여댔다. 그들은 집안 비축물을 자랑하지 않고는 못 배겼다. 다른 아이들이 이렇게 떠들어대는 덕분에 윌링은 틸든 대로에 사는 로잰젤네가 고야 브랜드의 거친 옥수숫가루 두 상자를 비축해놓았다는 사실을 알았다. 그들은 장 보러 갈 때마다 횡재한 덕분에 물건을 비축할 공간이 부족했고, 따라서 이 두 상자의 옥수숫가루를 집 뒤쪽 테라스에 쌓아놓았다. 손쉬운 먹잇감이었다. 고급화의 물결을 타고 이 동네에 들어온 그 앞집 브라운네는 아직 '락토스 민감증' 같은 허영을 버리지 못해 지하실에 트레이더조 바닐라 맛 쌀 우유를 잔뜩 쟁여놓았다. 세탁기 위에 있는 작은 창문은 절대 잠그는 법이 없었다. 모퉁이의 개리슨네는 뒷마당 공구창고에 병아리콩 통조림 수백 개를 숨겨두었다. 제대로 된 자물쇠를 채워놓았지만 문의 경첩들이 밖에 붙어 있었다. 그것들을 빼내는 일은 식은 죽 먹기였다. 무엇보다도 경첩을 다시 조여놓기만 하면 침입의 흔적이 남지 않았다. 일반 지하저장고에 쌓아놓은 도리토스와 다른 짭짤한 스낵들을 윌링은 그냥 두었다. 봉지들이 부스럭거리면 들킬 위험이 있었기 때문이다.

　당연히 그의 엄마는 그에게 도둑질하지 말라고 가르쳤다. 따라서 마음만 먹으면 윌링은 자신의 채집 활동을 합리화할 방법을 수도 없이 생각해낼 수 있었다. 대부분의 가정들이 패닉에 빠져 물건을 과도하게 비축해놓았다. 제대로 싸놓지 않은 음식물은 쥐와 곤충 들의 먹잇감이 되었다. 3월에 한 번 정전이 일어난 뒤 이스트 플랫부시의 거리마다 냉장고에 잔뜩 비축해두었던 악취 나는 고기들로 쓰레기통들이 넘쳐났다. 윌링은 많은 양을 훔치지 않았다. 신중한 판단에 토대한 감축은 절도라기보다는 세금에 가까웠다.

그러나 윌링은 합리화의 필요성을 느끼지 못했다. 그는 물 정화 방법 또는 불 피우는 방법 같은 기술을 연마하고 있는 셈이었다. '도둑질하지 말라'는 금언이 락토스 민감증처럼 시대착오적인 것이 될 때 유용하게 쓸 수 있는, 그런 기술을 연마 중이었다. 윌링이 절도범으로 전락한 것이 광범위한 미국 풍기의 부패를 암시하는 것이라면, 그 풍기는 그와 관계없이 어쨌든 부패할 것이었다. 그의 행실 악화는 그저 최신 동향에 발맞추는 일이었다. 플렉스에 최신 운영체제를 다운로드하는 것과 다를 바 없었다.

지금까지 그의 엄마는 정체불명의 식료품이 어디에서 오는지 의문을 제기하지 않았다. 모두가 십시일반으로 돕고 있었으므로 그녀는 공짜로 생겨난 캘리포니아 장립종 한 봉지의 출처를 굳이 캐려 하지 않았다. 사실은 알았을 것이다. 그것을 디소난시아 코그니티바(스페인어로 '인지 부조화'—옮긴이)라고 한다. 페레스 선생님이 사회과학 시간에 이 개념을 소개했을 때 다른 아이들은 아무도 관심을 갖지 않았지만 윌링은 자신 기만에 그런 근사한 이름을 붙였다는 사실이 마음에 들었다.

사람들은 지독한 상황을 개탄하기 바빴다. 그러나 윌링은 지금이 좋은 시기임을 알고 있었다. 무언가가 필요한 시기. 할 일이 많은 것도 좋았다. 그가 아직 열다섯 살이며 몸집이 작고 타고난 관찰력을 가졌다는 점은 매우 유용했다. 잠행에 꼭 맞는 조건을 갖췄으므로 조용히 울타리를 뚫고 창문 방충망을 찢을 수 있었다. (거의 어느 집이든 무척이나 쉽게 접근할 수 있었다. 특히 에이버리가 홈데포를 싹쓸이해왔을 때 그가 신중하게 골라 가져온 도구가 유리 자르는 칼이었기에 더욱 그랬다.) 게다가 그가 주워오는 물건들 가운데에는 쓰레기장이나 쓰레기통에서 가져오는 것들이 많았다. 그는 밑닦개로 쓸 만한 천을 끊임없이 집으로 가져왔다. 천연가스를 아끼기 위해서 프로스펙트 공원까지 나가 뒷마당에서 바비큐를 굽고 몸을 데우는 데 쓸 만한 나무막대와 작은 통나무 들을 주워왔다. 그해 봄에 엄마가 뒷마당에 채소를 심겠다고 했을 때, 그러니까 무나 상추처럼 쓸데없이 수분만 가득한 채소 말고 호박처럼 영양가 있는 작물을 심겠다고 했을 때 그는 그 작은 텃밭이 변소로 사용되던 곳임을 엄마에게 상기시켜야 했다. 그래서 그는 꼬박 일주일 동안 자전거 짐바구니에 성십자가 공동묘지의 흙을 실어 와 텃밭에 쏟아놓는 방식으로 인분에 오염되지 않은 흙을 약 15센티미터쯤 덮었다. 그런 다음 이제 단수가 되면 들통을 사용하라고 모두에게 사정했다. 그는 파종하고 물을 주었다. 뉴스 보도에 따르면 전국적으로 주택지의 마당이 텃밭으로 개조되고 있다고 했다. 채무 포기이전에 미국 최대의 작물은 잔디였다. 옥수수의 세 배, 뉴욕 주 전체면적에 달하는 규모였다. 그러나 잔디는 먹을 수 없었다. 비트 재배로추세가 바뀐 것은 대단히 합리적인 일이었다.

활력 넘치는 시기, 근면한 시기였다. 나중에 비해 훨씬 나은 시기였다.

한편, 뉴스 자체도 흥미로운 연구 대상이었다. 지금까지 수개월 동안 앵커들은 현재 상황을 위기(crisis), 참사(catastrophe), 대재앙(cataclysm), 재해(calamity) 같은 단어로 언급했지만 이제 C로 시작하는 표현이 다 떨어져 갔다. 재난(disaster), 낭패(debacle), 참화(devastation)처럼 D로 시작하는 표현은 그전에 이미 다 써먹었다. 곤란, 역경, 비극, 시련, 고난 같은 표현도 더는 의미가 없었다. 별다른 감흥을 불러일으키지 못했다. 그리 대단치 않은 일을 말하는 듯했다. 언어도 인플레이션을 겪고 있었으므로 상황이 열 배쯤 악화되면 뉴스진행자들은 좌절할 게 분명했다. 다음 국면을 지칭할 표현이 남지 않았다. CBS 뉴스는 오히려 절제된 표현 속으로 대피할지도 모를 일이었다. 미국에 일어난 일은 참으로 안타깝습니다, 다소 부끄럽습니다, 아까운 일입니다, 불행한 일입니다, 실망스러운 일입니다 등등.

물론 이미 어려운 일이 한두 가지가 아니었다. 그의 엄마는 우유를 넣은 홍차를 좋아했으므로 1리터들이 신선한 우유를 구했을 때 아껴 두었다가 홍차에 넣어 마시겠다고 했지만, 너무 오래 보관한 탓에 대부분이 멍울지고 말았다. 컵에서 덩어리들이 넘실거리자 그녀는 울음을 터트렸다. 빙은 집 안에서 음식을 훔쳤고, 이는 다른 데서 먹을 것을 찾아오는 것과는 사뭇 다른 문제였다. 게다가 이 좀도둑질은 점점 더 확연하게 드러날 수밖에 없었다. 집안 식구들 가운데 이 열두 살짜리만 살이 찌고 있었기 때문이다. 로웰은 하루 종일 지하실에서 플렉스를 두드리며 '논문' 쓰는 일 외에는 아무것도 하지 않았다. 윌링은 이모부가 미쳐가는 것이 아닐까 생각했다. 에스테반은 성질이 고약해졌다. 임시직 노동자로 선발되길 기다리고 서 있는 것은 그의 아버지가 했던 일과 너무도 비슷했기 때문이었다. 그는 윌링의 엄마에게 전처럼 자주 입맞춤하지도 않았고, 싱크대 앞에 있는 그녀를 껴안는 일도 줄었다. 커트는 행여나 폐를 끼칠까 너무 걱정한 나머지, 하루 중 대부분 종적을 감추었다. 돌아올 때면 춥고 핼쑥한 모습이었다. 몇 시간씩 푸드트럭 앞에 줄 서 있는 것을 제외하곤 그저 걸어 다니는 게 분명했다. 정처 없이. 그리고 하염없이 말이다.

구그와 빙은 스페인어로 진행되는 수업에서 그리 많은 것을 얻지 못했지만, 정상적인 상태를 가장하기 위해서는 학교에 다녀야 했다. 집에서 못되게 구는 구그는 학교에 가면 번역 때문에 월버에게 의지해야 했다. 그는 이러한 의존을 혐오했다. 귀한 백인 자녀를 사립학교에 보낼 수 없게 된 집이 많았으므로 이제 오바마 고등학교에도 백인

놈들이 좀 더 많아졌지만 스페인어를 모르면 얻어터지기에 십상이었다. 윌링은 구그에게 동사 몇 개라도 가르쳐보려 했지만, 그의 사촌은 여전히 제2의 언어로 독일어를 고집했다. 막대하게 한심한 일이었다. 심지어 독일에서도 의사소통을 하려면 터키어를 배우는 편이 나았으니 말이다.

가엾은 얼간이 빙은 그가 다니는 중학교의 작고 형편없는 관현악단에서 연주를 한답시고 바이올린을 들고 다니는 통에 더욱 표적이 되었다. 어느 날 오후, 평소 그애를 쫓아다니던 무리가 바이올린을 생울타리 너머로 집어던져 줄받침대를 부러뜨리는 일이 발생하자, 윌링은 이 막내 사촌을 다그쳤다.

"어차피 모든 연주곡은 이미 최고 바이올리니스트들의 연주로 녹음되었는데 왜 바이올린을 배워?"

빙은 사려 깊게 말했다.

"그야 누가 새로운 곡을 만들지도 모르고, 그럼 누군가는 그걸 연주해야 하잖아."

"하지만 컴퓨터가 연주하면 돼. 지금 네 수준으로 봐선 아무리 해도 컴퓨터를 따라가지 못할걸."

윌링이 말했다.

빙은 훌쩍거리기 시작했다. 윌링은 한숨을 쉬며 에이버리가 사 온 고릴라 접착제로 줄받침대를 붙여주었다. 그러나 그것은 사실상 그애를 돕는 일이 아니었다.

서배너는 자주 사라졌고, 그때마다 윌링은 무얼 하러 갔을까 하는 의문과 그녀가 없다는 사실에 불안해졌다. 생각해보면 서배너는 모든 면에서 짜증 나는 여자였다. 내숭이 심했고 까닭 없이 골이 나 있었다. 자신이 우월하다고 생각했으며, 뭐라도 훔쳐와서 생산적인 사회

구성원이 되기는커녕 집에서 무기력하게 빈둥거렸다. 그러나 그녀에겐 비밀스러운 삶이 있었고, 이는 거부할 수 없게 매혹적이었다. 그녀는 예뻤고, 그 점이 영향을 미친다는 사실에 그는 무력감을 느꼈다. 집에 왔을 때 그녀가 없으면 김이 새는 기분이었다. 게다가 그녀의 입장에 공감하지 않을 수 없었다. 그녀는 대학에 갈 예정이었다. 답답한 부모님과 짜증 나는 남동생들을 떠나 새로운 삶을 시작할 예정이었다. 그랬다면 테킬라를 너무 많이 마셔선 안 된다는 사실을 어렵게 배우기도 하고, 알고 보니 자신이 섬유디자인에 관심이 없었다는 사실을 깨닫고 전공을 바꾸기도 하고, 나쁜 남자에게 빠져보기도 했을 텐데. 대신 그녀는 친척들이 북적거리는 집에 가족과 함께 발목 잡혀 있었다. 마치 대학의 남학생 클럽하우스 같은 집. 단, 이곳에선 술조차 제공되지 않았다. 환멸을 느끼는 게 당연했다. 재치 있는 열다섯 살짜리 사촌과 거의 말을 섞지 않는 것도 이상한 일은 아니었다.

그래서 드물게 거실에 아무도 없는 시간에 둘이 마주쳤을 때 그는 신이 났다. 이렇게 북적거리는 집에서는 이처럼 잠깐이라도 단둘이 있는 시간을 소중히 여겨야 했다.

서배너가 소파에 나른하게 누운 채로 말했다.

"우린 망했어. 우리 세대 전체가 끝났다고."

그녀는 담배에 불을 붙였다. 진짜 담배였다.

"왜 전자담배를 피우지 않고?"

그가 조심스럽게 물었다.

"그건 피워도 죽지 않으니까."

이런 염세는 허식이었다.

"냄새 때문에 걸릴 텐데."

"그런다고 어떻게 하겠어? 내 방에 가둬? 어떤 방? 대학 등록금을 안 주려나? 저녁을 굶기고 재워? 어차피 꿀꿀이죽을 먹어야 한다면 차라리 그편이 고맙지."

그녀는 아름다웠지만 공허한 눈이 그 아름다움을 퇴색시켰다. 무슨 돈으로 담배를 샀을까 그는 궁금했다. 게다가 화장도 하고 있었다. 대부분의 여자들은 포기한 사치였다. 윌링은 자신이 그녀의 흥미를 자극하지 않는다는 점은 받아들일 수 있었다. 그러나 전도유망한 열아홉 살의 여자가 그 어느 것에도 혹은 그 누구에게도 흥미를 갖지 않는 것은 속상한 일이었다.

윌링의 여러 가지 의무 가운데 가장 힘든 것은 아무도 하지 않으려고 해서 어쩔 수 없이 떠맡은 일이었다. 다른 사람들은 모두 바쁘다거나 다음 주에 가겠다거나 편치 않은 시간에 방해하고 싶지 않다고 했다. 그러나 실상은 가고 싶지 않아서 가지 않는 것이었다. 인지부조화. 놀리는 자신이 환영받지 못한다고 거부했고 그의 사촌들도, 에이버리 이모도, 심지어 그의 엄마도 가지 않으려 했다. 특히 그의 엄마가 가지 않는 건 좀 이상한 일이었다. 하지만 노숙자 보호소의 상황이 너무도 암울했다. 아델피에서 하는 일은 주로 그곳에 들어오고 싶어 하는 수많은 노숙자들 가운데 적법한 입주자들을 보호하는 것뿐이라고 그의 엄마는 말했다. 진짜 방을 가진 노숙자는 이제 선택받은 자가 되었다. 요즘에는 '아무도 전망이 안 좋다고 불평하지 않는다'고 그의 엄마는 말했다. 그 이상의 우울한 일을 도맡는 것은 불가능한 모양이었다. 어느 날 그녀는 이렇게 솔직한 심정을 털어놓았다.

"내가 전부 다 떠맡을 수는 없잖아."

그래서 윌링은 2주에 한 번 자전거에 올라 이웃들이 이 노인들을 위해 기부한 몇 가지 식량을 골라 싣고 캐럴가든스로 향했다. 가끔은 이 시간을 이용하여 권고에 의해, 아니, 강요에 의해 할아버지 할머니를 '제인 씨와 카터 씨'라고 부르는 것이 그들을 보는 자신의 관점에 어떤 영향을 미쳤는지 생각해보았다. 더 날카롭고 덜 푸근한 존재가 되었다고 할까. 따뜻하고 정감 어린 평범한 호칭은 보호받는 느낌을 주었을지도 모른다. 그러나 그는 그들을 더 임상적으로 보게 되었다. 남들과 똑같이 개별적인 인간으로 보았고, 이런 뚜렷한 관점이 그들에게 이익이 되는 것만은 아니었다. 예를 들어, 학교의 다른 아이들은 모두 조부모를 할머니와 할아버지, 아부엘라와 야야(스페인어로 조부모를 일컫는 말—옮긴이)라고 불렀다. 그가 에세이 과제에서 가족 관계를 설명하며 할머니를 '제인 씨'라고 언급한 것을 보고 반 아이들은 기이하고 한심하다고 여겼다. 불합리한 일인 듯했지만 그는 상실감을 느꼈다. 전통적인 호칭을 박탈당한 탓에 사실상 그는 할아버지 할머니가 아니라 그와 공통점이 거의 없는 두 명의 노인 친구를 갖게 된 듯했다.

어쨌든 그들은 그리 잘 지내지 못했다. 그가 충분히 여러 번 찾아간 끝에 그들은 이제 모두가 괜찮은 척하는 단계를 넘어섰지만, 가끔 그는 그들이 다시 용감한 척하던 시절로 돌아간다면 좋겠다는 생각이 들었다. 가장 큰 문제는 디펜스였다. 이 성인용 기저귀는 이미 오래전에 떨어진 상태였다. 윌링이 압류당한 집의 쓰레기 더미에서 낡은 이불과 침대 시트, 해진 옷가지 등을 자주 주워다 주었지만 이렇게 빼돌리는 헝겊에도 한계가 있었다. 그의 할아버지 할머니는 불가피하게 루엘라의 기저귀를 빨아 써야 했다. 유쾌하지 않은 일이었다.

제인과 카터는 루엘라를 묶어놓고 살았다. 의자에 묶어두거나 탁자 다리에 짧은 가죽끈을 걸어 연결해놓았다. 윌링의 엄마는 그가 이 결박에 대해 얘기했을 때 경악을 금치 못했다. 그러나 그는 그 방법이 합당하다고 생각했다. 루엘라는 한번 발작을 일으키면 집을 엉망으로 만들 수도 있었다. 사실 지금도 이 집이 엉망이 아니라고는 딱히 말할 수 없었지만 말이다.

아무래도 치매는 전염되는 듯했다. 아무도 침대를 정리하거나 집을 치우거나 쓰레기를 내놓지 않았다. 요리도 거의 하지 않았고 정해진 식사 시간도 없었다. 그저 각자 아무 때나 수프 통조림을 따서 그릇에 담지도 않고 그냥 퍼먹었다. 물론 루엘라는 수저를 사용할 수 없었지만 나머지 세 사람도 이제 손가락으로 먹을 때가 많았다. 그보다 더 안타까운 일은 대화의 개념을 상실한 것이었다. 그들은 그저 같은 말을 무작위로 되풀이할 뿐이었다. "스미스 가에 새로 양로원 난민 수용 시설이 생겼어" 하고 카터가 말하면 그다음엔 제인이 "우리 관절염 연고가 거의 다 떨어져 가는데" 하고 말했다. 그러고 나면 대 그랜드 맨이 "알바라도는 계속 이렇게 방코르를 쓰지 않겠다고 버티면 32년 대선에 나오지도 못해" 하고 선언하듯 말했다. 다음으로 루엘라가 "뭐든 내 남편이 다 지불할 거예요" 하고 끼어들었다. 이런 생뚱맞은 발언이 이제는 제법 적절해 보였다.

루엘라는 자신이 납치당했으며(어떻게 보면 사실이었다) 미미 증조할머니가 이 유괴를 계획했다고 믿었다. 그러나 "아니에요. 이분이 더글러스잖아요. 기억 안 나세요? 여긴 그분의 아들이자 제 남편인 카터이고 지금 저희 집에 계시게 된 건……" 하고 바로잡아주는 일에 모두 지친 모양이었다. 대신 그들은 장단을 맞춰주었다. 게다가 거의 가학적인 수준이었다. 제인은 이렇게 말했다.

"우리가 요구 조건을 보냈는데 남편께서 파산하셨네요. 당신을 구해줄 사람은 아무도 없답니다."

그러면 대 그랜드 맨이 장난스럽게 받아쳤다.

"아니야. 아니야. 몸값이 오고 있어, 여보. 두둑한 사회보장연금 네 봉투. 하나에 수천 달러씩이지! 샌드위치 하나씩은 살 수 있어."

월링은 여전히 대 그랜드 맨(줄여서 GGM, Great Grand Man. 아흔아홉 살에 최신 유행하는 별명을 얻기란 흔한 일이 아니었으므로 이 어르신은 이렇게 줄여 부르는 것을 무척 좋아했다)과 이야기 나누는 것이 좋았다. 그러나 그는 플렉스로 토론하는 쪽을 선호했다. 얼굴을 맞대고 들으면 떨리는 주장도 플렉스상으로는 팔팔하게 느껴졌기 때문이다. 그해 봄에 그들은 주로 '미국의 실험'이 실패했다는 우세한 관점을 주제로 토론을 벌였다. 그래서 6월에 그들을 찾아갔을 때 월링은 또 한 번 그 주제를 꺼내놓았다. (이제 아무도 이 6월이 '계절에 맞지 않게 쌀쌀하다'고 하지 않았다. 어른들을 살피는 일의 한 가지 이점은 몸을 데울 수 있다는 것이었다. 이제 그 '두둑한 사회보장연금 네 봉투' 덕분에 그들은 난방을 돌리고 있었다.) 최신 동향에 거의 관심 없는 세 명의 친척 어른을 집중적인 의견 교류에 억지로라도 참여시키면 왠지 치료 효과가 있을 것 같아서였다. 임상의들이 100 곱하기 7을 한 뒤 거꾸로 세라고 하는 것처럼 말이다.

"하지만 나라가 무슨 사업체라도 되는 듯 문을 닫아버리는 건 좀 아니죠."

월링이 운을 뗐다. 그들은 끈적거리고 얼룩덜룩하며 더러운 접시들이 너저분하게 널려 있는 식탁에 둘러앉아 있었다. 맨디블 은식기 세트에 들어 있던 훌륭한 날붙이들은 여기저기 변색되고 버터가 덕지덕지 묻었다. 그의 물 잔에 들어 있는 레몬 한 조각은 그나마 제인이 접대의 노력을 보였다는 뜻이었다.

"그냥 두 손 들고 미안하지만 이 실험은 성공하지 못한 것 같네요, 이렇게 말해선 안 된다고요. 제 또래 아이들은 아직 살 날이 많이 남왔잖아요."

"잿더미에서 일어서는 건 너희 세대가 알아서 할 일이지."

GGM이 잠긴 목소리로 말했다.

"저는 열다섯 살이에요. 나라를 처음부터 새로 만들 수는 없어요."

"나라는 아무 데도 가지 않아. 그냥 돌이킬 수 없이 부서진 경제만 다시 손보면 돼."

"아, 그럼 전혀 문제없겠네요."

카터는 무례하고 건방지게 변했다.

"알바라도의 문제는 자기가 아직 미국의 대통령인 줄 안다는 거야."

GGM은 '미국의 대통령'을 낭랑하게 발음한 뒤 계속 말을 이었다.

"수행단과 함께 성큼성큼 들어오면 모두가 벌벌 떠는 존재인 줄 안다고. 라틴아메리카계 사람들은 이 자유의 땅 미국이 특별하다는 생각, 애국심을 선동하는 그런 예외주의에 큰 기여를 했지. 그걸 제외하고는 그저 스페인어를 쓰는 제3세계 쓰레기장에서 스페인어를 쓰는 또 다른 제3세계 쓰레기장으로 이주했을 뿐이야. 뭐하러 그런 짓을 해?"

그러자 제인이 말했다.

"많은 라틴계 사람들이 다시 돌아가고 있어요. 장담하는데, 우린 그들이 그리워질 거예요."

월링이 다시 입을 열었다.

"모두들 지금이 침체기라고 하잖아요. 하지만 감정적으로도 침체되어 있어요. 이 집만 봐도 그래요. 미국이 이제 세계 최강대국이 아니라는 이유로 미국의 실험이 끝났다고 생각할 이유가 있나요? 미국은 어차피 세계 최강대국이 아니었을 수도 있어요. 한때 수많은 나라들이 제국이었죠. 이제는 아니에요. 그곳에 사는 사람들은 아무렇지 않게 생각하잖아요. 다들 너무 어린애처럼 구는 것 같아요."

루엘라가 윌링의 귀에 대고 모두에게 들리도록 속삭였다.

"저들이 나를 죽일 거야. 가서 미미한테 전해. 더글러스는 우리가 만나기 전에도 결혼 생활에 만족하지 못했다고. 내 잘못이 아니라고 말이야!"

"사랑에 빠지는 건 누구의 잘못도 아니에요."

윌링이 진지하게 그녀에게 말했다.

제인은 윌링이 제기해온 논리적인 대화에 목말라 있었는지, 윌링이 루엘라를 상대해주자 화가 치미는 듯 보였다. 제인이 다시 말했다.

"미국인들은 침체되어 있는 게 아니야. 부정하고 있지. 다들 이 위기가 일시적인 거라고, 곧 우리는 다시 카페에서 라테를 홀짝거리게 될 거라고 생각해. 지금까지 일어난 경제 위기는 전부 끝이 있었거든. 그래서 기껏해야 잃어버린 10년을 걱정하지. 모든 것을 상실했다는 개념, 영구적으로 돌이킬 수 없이 쇠퇴해버렸다는 그런 개념 자체가 이 나라의 정신에는 너무도 생경한 거야."

이번에는 카터가 입을 열었다.

"왜인지 모르겠다니까. 내가 기억하는 한 이 나라는 계속 무너지고 있었는데 말이야. 부서지는 고속도로들, 끊어지는 다리들, 노후한 열차 선로들. 버스 정류장 같은 공항들. 왜 외국인들이 끊임없이 들어왔는지, 왜 다시 생각해보고 돌아가기까지 그렇게 오랜 시간이 걸렸는지 참 알다가도 모를 일이야."

윌링이 슬프게 대꾸했다.

"미국인들의 태도가 문제예요. 충분히 합당한 결과일 수도 있는데 말이에요."

그러자 GGM이 말했다.

"그와 똑같이 생각하는 사람들이 있지. 우리가 자초한 거라고 말이야. 빵 양면에 모두 버터를 발라 먹었다고. 아이들을 무르게 키웠다고. 쥐뿔도 없으면서 패권을 당연하게 여겼다고. 중서부의 복음주의자들은 심판의 날이 온 거라고 주장하고 있어. 단, 하나님의 오른편으로 선택받을 사람은 아무도 없지. 우린 모두 쭉정이야."

"난 쭉정이야! 난 쭉정이야! 당신도 알잖아!"

루엘라가 마이클 잭슨의 〈배드(Bad)〉 가락에 맞춰 노래했다.

월링은 이 기막힌 광경을 살펴보았다. 꾀죄죄한 줄무늬 잠옷 차림으로 곧은 등받이 의자의 양쪽 팔걸이에 덕트 테이프로 두 손목이 묶인 루엘라는 초창기 전기의자의 희생자를 연상케 했다. 게다가 진짜 전류가 흐르기라도 한 듯 커다란 눈에 흰자위가 과하게 자리 잡았다. 복막염의 영향인 듯 잇몸이 말려 올라갔고 이는 길고 누렜다. 동화에 나오는 마녀처럼 바닥까지 끌리는 긴 검은색 가운을 입은 그의 여윈 할머니는 또 손톱에 올라온 살을 뜯다가 피가 흐르자 냅킨으로 붉은 핏방울을 닦아냈다. 예전에 월링은 그의 할아버지에 대해 몸이 탄탄한 편이고 따분할 만큼 정상이라고 생각했다. 누이인 놀리와는 딴판으로 사려 깊고 겸손한 사람이었다. 그러나 지금 카터는 오로지 적대감으로 몸을 다지는 듯했다. 그는 두툼한 두 팔을 팔짱 끼고 양손으로 이두박근을 움켜쥔 채 매서운 눈을 하고 앉아 있었다. 손에는 테니스 라켓 줄 같은 힘줄이 튀어나왔다. 그의 눈을 보면 산탄총의 두 총신을 보고 있는 기분이었다.

GGM은 적어도 예전처럼 크림색 정장을 입고 있었다. 여전히 조금 닳아 해진 고결함을 풍겼지만 그의 옷은 이제 구깃구깃했다. 빗질을 하지 않아 제멋대로 뻗친 흰 머리칼은 헤어스타일이라기보다는 숙명을 보여주는 듯했다. 크러뱃과 매니큐어, 그 밖에 크리스털 디캔

터와 재킷 주머니에 말쑥하게 꽂은 백금 몽블랑 만년필 등의 소품을
빼앗긴 순간 이 가장이 이토록 초라해졌다는 사실은 참으로 실망스
러웠다. 이제는 전자담배에 넣는 전자 토바코조차도 소독약 냄새가
나는 싸구려로 바꾸었다. 그러나 대대적인 채무 포기 이후 2년 가까
운 세월이 지나도록 한 가지 변하지 않은 것이 있었다. 바로 대 그랜
드 맨은 그것을 즐기고 있다는 사실이었다. 마치 어른들이 에스프레
소에 맛을 들이듯 다소 혼란스러운 방식으로 말이다. 윌링은 진짜 커
피를 한 모금 마셔본 적이 있었다. 넌더리 나는 맛이었다. 그러나 그
것이 바로 이 시커먼 액체를 그토록 사랑받게 하는, 이 음료의 가장
끔찍한 속성인 듯했다.

이 집의 부엌에서도 그런 현상이 엿보였다. 노인들이 너무 많았다.
그들은 모두 태도에 문제가 있었다. 모두 이 지속적인 재앙을, 그 내
파와 흡입력 강한 소용돌이를, 그 현기증을 즐기고 있었다. 파라오들
이 보물과 함께 묻혔듯 그들도 모든 것을 가져갈 수 있다고 그들은
생각했다. 윌링은 자리에서 일어났다.

"저는 쭉정이가 아니에요."

"윌, 착각하지 마라."

카터가 말했다. 그러나 윌링은 자신이 착각하지 않았다고 확신했
고, 게다가 윌이라는 애칭도 마음에 들지 않았다.

"나도 내가 70대에 이렇게 될 거라고 생각하진 않았어."

그러자 제인이 말했다.

"여보, 솔직하게 말해. 당신은 자신의 70대를 아예 생각해보지 않
았잖아."

윌링이 다시 입을 열었다.

"먹을 수 있다는 거, 그게 중요하죠. 살 곳이 있다는 것도. 지금 가

질 수 없는 것 가운데 달리 중요한 게 또 뭐가 있겠어요? 다들 너무 원통하게만 생각하는 것⋯⋯."

"원통은 물통보다 화통. 원통 화통. 비통 원통 화통."

루엘라가 지껄여댔다.

"적어도 이렇게 서로가 있잖아요."

월링이 말을 마저 끝냈다.

"그게 문제일 수도 있어."

제인이 또 손톱 밑에 올라온 살을 뜯으며 짤막하게 대꾸했다.

GGM이 입을 열었다.

"강탈당하는 건 감정적인 경험이야. 그저 갑자기 배를 살 수 없게 되는 게 문제가 아니라 감정에 큰 상처를 입는 게 문제지. 게다가 우린 외부인들에게 강탈당한 게 아니고 우리 정부에게 당했어. 채무 포기는 정부와 미국 국민들 사이의 유대, 애초에 그리 탄탄하지도 않았던 그 유대를 결딴낸 거야."

월링은 어깨를 으쓱했다.

"모든 정부는 국민들의 재산을 빼앗아요. 그게 정부가 하는 일이죠. 왕이든 뭐든 그들도 다 그랬어요. 이번에 대통령은 한꺼번에 한 것뿐이에요. 어쩌면 야금야금 강탈하는 것보다 더 나을 수도 있어요. 적어도 자신이 지금 어디에 있는지는 알잖아요."

"오물통이지."

GGM이 말했다.

"비통 원통 오물통."

루엘라가 지껄였다.

월링이 다시 GGM에게 말했다.

"하지만 전에 저한테 그러셨잖아요. 국채는 이미 오래전부터 갚지 못할 만큼 커졌다고. 외국 채무자들이 방코르로 상환하라고 요구하지 않았더라면 정부는 인플레이션을 통해 빚을 밀어내는 방법을 썼을 거라고. 그래 봐야 똑같다고 하셨잖아요. 어차피 빚을 갚지 않는 셈이라고. 그것도 채무불이행의 한 형태라고. 그 역시 사기라고. 그래 봐야 무책임하고 부정직한 나라가 되기는 매한가지라고. 채무 포기는 어차피 일어날 일이었다고 하셨죠. 수년에 걸쳐 야금야금 일어날 일이었는데, 빨리 감기를 한 것처럼 하루아침에 일어났을 뿐이라고 하셨잖아요. 보세요. 그럼 이미 이런 상황을 예측하셨다는 뜻이에요. 그런데 왜 그렇게 역정을 내시는지 모르겠어요."

"열차가 달려오는 게 보인다고 그게 내 차를 들이받지 않는 건 아니잖니."

GGM이 말했다.

짓궂게도 윌링은 로웰에게도, 엄청난 부채를 인플레이션으로 뭉개는 인습적인 방식을 '부정직한' 것으로 묘사하며 이모부의 얼굴이 보랏빛으로 변하는 광경을 즐겁게 지켜보았다. 로웰은 냉혹하게 설명했다. 돈은 덕성을 가진 존재가 아니라 그저 '연료'일 뿐이라고, 경제와 관련해 중요한 것은 바로 그 엔진이 돌아가는 것이라고. 경제는 제대로 돌아가거나 제대로 돌아가지 않는 일련의 '기계장치'일 뿐이며, 따라서 '정의'니 '정직성'이니 '공정성'이니 하는 무관한 개념들에 자꾸 얽매이면 이 기계장치는 더욱 제대로 돌아가지 않게 된다고. 존재하는 유일한 '선'은 보다 커다란 선, 즉 모든 톱니바퀴를 이롭게 하는 효율적인 기계뿐이라고 그는 말했다. 그때만 해도 로웰은 지금에 비해 나았었다. 정부와 자본주의 모두 기본적으로는 부도덕하다는 의미로 이 장광설을 해독하자 이모부의 논지도 일리 있는 듯 느껴졌다.

GGM이 계속해서 말을 이었다.

"내가 좀 더 분명하게 얘기했어야 했겠구나. 알바라도는 저축을 가진 미국인들만 털었으니 이 나라의 절반은 강탈당하지 않았지. 그러니 그래, 나는 원통한 기분이야. 기회가 있었을 때 가산을 전부 탕진하지 않아서 손해를 본 셈이니까. 끼니마다 3천 달러짜리 라피트 로칠드 와인을 마시지 않았기 때문에, 절약해서 너 같은 아이들에게 혜택을 주려 했기 때문에 손해를 본 셈이라고."

"아버지, 오이스터베이의 그 집을 생각하면 아버지가 한없이 금욕하며 사셨다고 말하기는 힘들죠."

카터가 투덜거렸다.

"공짜로 들어온 돈다발은 저한테 그리 좋지 않았을 거예요."

월링이 말했다.

"그래도 대학은 갈 수 있었지."

GGM이 반박했다.

"대학에 가서 공학 같은 것을 공부해봐야 도움이 되지 않아요. 지금은 그보다 텃밭 가꾸는 법을 배우는 게 더 중요하겠죠."

"그럼 내가 원예 학교에 보내줄 수도 있었지."

GGM은 답답하다는 듯이 말을 이었다.

"내가 들어본 부의 정의 가운데 최고는 이거야. 돈은 저장된 에너지이다. 다시 말하면, 2029년부터 온 나라가 창문을 활짝 열고 에어컨을 돌리고 있는 셈이지."

월링이 대꾸했다.

"하지만 맨디블 집안의 재산은…… 선조 한 분이 디젤 엔진 설계에 뛰어났기 때문에 생겨난 거잖아요. 여기 계신 분들이 노력해서 번 게 아니라고요. 다들 운이 좋으셨죠. 그러다 2029년에 운이 나빠진 거예요. 하지만 운이 좋은 것과 나쁜 것은 옳고 그름과는 상관없어요. 게

다가 여전히 운이 좋으시잖아요. 사회보장연금이 있으니까. 그것도 인플레이션에 따라 조정되고요. 게다가 메디케어도 있잖아요. 더 젊은 사람들에겐 그것도 없어요. 68세 이상은 모두 보호받고 있다고요. 우리 집에선 놀리 할머니를 제외하곤 아무도 보호받지 못해요."

그러자 카터가 투덜거렸다.

"놀리 누이는 내 손이 닿는 곳에 있으면 보호받지 못할걸. 턱을 한 대 맞고 말 거야. 프랑스에 산다는 핑계로 아무것도 하지 않았잖아. 이제 겨우 10킬로미터도 안 되는 곳에 살면서 하루 이틀 교대해주지도 않아."

윌링이 말했다.

"놀리 할머니는 우리 집에서 도움을 주고 계세요. 거기도 엄청 혼란스럽거든요."

그러자 GGM이 입을 열었다.

"에놀라는 자유로운 영혼이야. 그리고 카터, 네가 그저 공짜 도우미를 필요로 하는 게 아니라 정말 그애를 보고 싶어 하는 것처럼 행동하면 좀 더 오고 싶은 마음이 생길지도 모르지. 나는 그애가 미국으로 돌아온 김에 여기서 영감을 얻어 다시 글을 썼으면 좋겠구나. 이런 격변의 시기에는 훌륭한 책이 나오게 마련이지. 그애는 이 시대를 기록할 작가로 아주 이상적이야. 늘 그런 안목을 갖고 있었어. 보통 사람들 눈에는 저 문밖에서 일어나는 일이 비극으로 보이지. 에놀라에겐 그게 소재야."

카터가 대꾸했다.

"그럼요. 이 시대 최고의 미국 소설을 쓰기에 완벽한 작가는 바로 얄팍한 로맨스를 연막으로 모든 것을 까발리기로 유명한, 수십 년 동안 이 나라에 살지도 않은 황갈색 머리의 라이트급 작가죠."

"하지만 아까 네가 얘기한 거 말이야, 월링."

제인이 끼어들어 몇 주 만에 해보는 대화다운 대화를 다시 궤도에 올려놓았다.

"도덕적 해이에 대해선 아버님 말씀이 맞는 것 같다. 미국인들 가운데 가장 손해를 많이 본 사람들은 미래를 생각하고 성실하게 살아온 사람들이잖아. 미래를 위해 저축한 사람들. 미래를 믿은 사람들. 자기 자신을, 그리고 미래에 닥칠 모든 것을 책임질 생각으로 저축을 해둔 사람들이라고. 월링, 네가 못마땅해하는 비관주의는 그런 배신감에서 나온 거야. 미래를 믿었던 사람들이 이제는 사기당한 기분을 느끼고 있거든. 거대한 몹쓸 장난에 당한 기분이라고."

그의 조부모는 카터의 유산이 날아간 일에 대해서 돈을 갖지 못해 분노하는 평범한 욕심쟁이처럼 보이지 않도록 포장하는 방법을 열심히 모색했다. 어차피 진보적인 민주당 지지자들이 스스로 벌지도 않은 돈뭉치를 갖게 되는 것은 그들의 정치적 관점에서 부당한 일이었으리라. 이제 그들은 '미래를 믿었던 사람들'을 대표하여 분개하는 길을 찾았다. 영리한 전략이었다. 그는 그 지적 묘기에 감탄했다. 다만, 그 묘기의 주체는 바로 돈을 가질 수 없게 되어 분개하는 평범한 욕심쟁이들이었을 뿐.

"정부의 주요 책임 가운데 하나는 기능 통화를 제공하는 거야."

GGM이 선언하듯 말했다. 제인과 카터가 시선을 피하는 것으로 보아 이런 이야기를 한 번 이상 들은 모양이었다.

"기능 통화가 되려면 세 가지 기준을 충족시켜야 하지. 먼저 거래의 수단이 되어야 해. 누가 누구에게 무엇을 빚졌는지 추적할 수 있어야 하지. 그건 일단 빼야 할 것 같군. 요즘 인플레이션으론 빚이 엄청난 사람도 사실상 잔돈푼으로 천 달러 빚을 갚을 수 있으니까. 둘째, 통화는 교환의 매개야. 달러는 이 구실을 거의 못 하고 있어. 아침에 벌어서 그날 오후까지 써버린다면 모를까. 왜냐하면 세 번째 통화의 목적은 가치의 저장고 역할이거든. 내 평생 달러는 견실한 가치의 저장고였던 적이 없어."

GGM은 나이가 들수록 더 완고해져서 이제는 끼어들기가 불가능한 수준이었다.

월링은 손바닥을 들어 올리며 난색을 표했다. 그가 선교사 역할을 할 필요는 없었지만 누군가는 얘기해주어야 했다.

"방법은 모르겠지만 그걸 극복하셔야 해요. 약탈당했다는 사실에 사로잡혀 계시잖아요. 그러면 정부에 두 번 패하는 거라고요."

GGM은 껄껄 웃었다.

"그렇게 생각하면 이 녀석 말도 일리가 있네."

"넌 어쩜 그렇게 똑똑하니, 월링."

제인의 말에 월링은 소름이 돋았다.

"뻔한 사실을 얘기하는 건 똑똑한 게 아닌데."

월링이 중얼거렸다.

바로 그때 루엘라가 표정을 일그러뜨렸다가 뒤이어 더없이 행복한 미소를 지었다.

"난 쭉정이야! 난 쭉정이야! 너도 알잖아!"

집 안에 늘 배어 있던 냄새가 더 강렬해졌다. 나머지 세 사람은 눈길을 주고받으며 한숨을 쉬었다.

제인이 기운 없이 말했다.

"내 차례야. 하지만 카터, 당신도 같이 있어줘. 지난번에도 납치당했느니 어쩌니 하며 내 정강이를 걷어찼거든."

"애야, 가기 전에 잠깐 나 좀 볼래?"

GGM은 비밀스럽게 윌링을 불러내더니 목소리를 낮췄다. 앞으로 수년 동안 증손자에게 길이 남을 마지막 지혜를 전수해주려는 사람처럼. 그 나이에는 이별할 때마다 마지막이 될 수 있었다.

"설사약을 구할 수가 없구나. 혹시 보게 되면 한두 상자만……."

말 그대로 똥의 세계였다. 윌링은 처참한 마음으로 약속했다.

"구해볼게요."

윌링이 집에 돌아와 보니 거실에서 대립이 벌어지고 있었다.

"난 열아홉 살이야. 그리고 이건 내 일이야."

서배너가 엄마에게 말했다.

"이게 네 일이 된 거, 엄마는 그걸 걱정하는 거야."

에이버리가 격앙된 목소리로 말했다.

서배너는 자신의 사촌을 흘끗 보고는 뻔뻔해지기로 결심한 듯했다.

"그럼 내가 일로서가 아니라 그냥 공짜로 내준다면 괜찮겠어, 엄마? 지금 형편에 그건 그리 현명한 일이 아닐 텐데."

"지금 형편에서도 우린 그럭저럭 버티고 있어. 그러니까 그렇게 스스로를 망가뜨릴 필요는 없다고!"

그러자 서배너가 대꾸했다.

"우린 잘 버티고 있지 않잖아. 식구들한테 얘기했어?"

그의 이모는 얼굴이 빨개졌다.

"무슨 얘긴지 모르겠구나."

"엄마랑 아빠가 얘기하는 거 다 들었어. 그 지하 안방에 벽이 있는 건 아니니까. 다 썼다며?"

그녀의 엄마는 팔짱을 끼고 바닥을 흘끗 보았다.

서배너는 윌링을 돌아보며 설명하기 시작했다.

"집 판 돈 말이야. 끝났어. 결딴났다고. 파산도. 생활비 분담금은 끝장났고 비참한 의존만이 남았어. 물론 경첩과 면봉은 쌓여 있지. 아참, 와인도 조금 비축해놓았어. 하지만 그건 두고두고 먹어야 할 거야, 엄마. 플로렌스 이모는 우리 똥구멍 닦을 식초도 간신히 사는 판에 비오니에 와인까지 사주진 않을 테니까."

"아빠가 대학 일자리를 찾으려고 백방으로 뛰어다니고 있어. 그리고 엄마도…… 엄마도 집에서 일을 해볼까 생각 중이야. 피스헤드 같은 클리닉은 아니더라도 요리나 아니면 빨래라도 받아오려고!"

에이버리가 말했다.

"엄마, 정신 차려! 만찬도 열리지 않는 판에 누가 요리 의뢰를 하겠어. 게다가 대부분의 사람들은 한 달 동안 같은 옷을 입고 다녀!"

"내가 자존심을 버리고 끝까지 할 수 없는 일은 바로 네가 하는 일뿐이야."

"엄마는 이 일을 하기엔 너무 늙었지. 그리고 플로렌스 이모 말고도 누군가는 이 집에 조금이라도 보탬이 되어야 해. 인플레이션 덕분에 그나마 우리한테 이득이 되는 게 뭔지 알아? 내 몸값이 오른다는 거야."

서배너는 외투를 집어 들고 쿵쾅거리며 밖으로 나갔다.

"너도 알고 있었니?"

에이버리가 그에게 물었다.

"짐작은 했어요."

"품위는 제쳐놓더라도 위험해. 병에 걸릴 수도 있고. 항생제로 낫지 않는 병도 있어."

윌링은 조심스럽게 의견을 내놓았다.

"딱히 할 줄 아는 게 많지 않잖아요. 그리고 누나 말이 맞아요. 우리 엄마 혼자서 열 명을 먹여 살릴 수는 없어요. 하지만 서배너 누나가 택한 진로에는 한 가지 중요한 문제가 있어요. 제가 거리에서 본 바에 따르면……."

"그게 뭐야?"

"경쟁이 치열하다는 점이죠."

12장

행동력과 보상과 희생

플로렌스가 100달러 지폐를 처음 불빛에 비춰본 것은 2031년 7월쯤이었을 것이다. 그녀가 소리쳤다.

"제부? 잠깐 올라와 볼래요?"

로웰은 어기적어기적 지하실에서 올라왔다. 이제 노숙자 보호소에서 흔하게 볼 수 있는 옷차림을 하고 있었다. 여러 달째 드라이클리닝을 하지 못해 구깃구깃한 고급 맞춤 정장. 그는 언제부턴가 면도를 하지 않았고, 더부룩이 자란 턱수염을 가위로 들쭉날쭉 잘라놓았다. 이런 고르지 않은 수염은 '자체' 이발만큼이나 유행이 되었다. 주먹으로 움켜쥐고 욕실 거울을 보며 댕강 잘라낸 결과물이었다. 셀프 이발이 인기를 끌면서 미용실들도 대부분 문을 닫았다.

플로렌스는 그에게 지폐를 건넸다.

"지폐가 달라졌어요."

로웰은 빳빳한 100달러 지폐를 손으로 만져보았다.

"위조 같은데요. 속으신 모양이에요."

"저도 처음엔 그렇게 생각했어요. 그런데 여기저기서 전부 이런 지폐를 주더라고요. 보세요."

그녀는 지갑에서 돈뭉치를 꺼내 부엌 조리대 위에 펼쳐놓았다. 이제 평소에 장을 보러 갈 때에도 일반 지갑에 수납되지 않을 만큼 현금을 잔뜩 가져가야 했으므로 그 지갑도 반으로 접히지 않았다.

"종이 질이 달라요. 잉크도 이상하고요. 더 밝아졌어요. 더 초록색이랄까. 원색적이에요."

"뭐, 위조를 예방하려고 디자인을 자주 바꾸잖아요."

"하지만 홀로그램을 추가한 것도 아니고 인쇄가 더 정교해진 것도 아니에요. 내 눈에는 벤저민 프랭클린도 지저분해 보이는데. 더 싸 보여요."

"그런데 왜 저한테 얘기하시는 거죠?"

"제부가 전에 얘기했었잖아요. 여러 전조 가운데 하나가 독일 마르크화의 물리적인 퇴보였고……."

"제가 연방 조폐국을 운영하는 건 아니잖아요. 그들이 생산비용을 절감하기로 했다면 잘된 일이죠. 이렇게 허리띠를 졸라매는 시대에 하찮은 교환 매개에 자원을 낭비하는 건 불합리하니까. 어차피 그 자체로 가치 있는 것도 아니고, 그저 가치를 표시하는 수단에 불과한데."

슬그머니 사라지는 그의 뒤에 대고 그녀가 소리쳤다.

"이게 위조지폐가 아니라는 걸 어떻게 알았는지 알아요? 이제 아무도 굳이 돈을 위조하지 않을 테니까요!"

그녀 자신도 그에게서 무엇을 원하는지 알 수 없었다. 사과? 그가 무언가를 잘못하지도 않았는데? 혹은 그의 터무니없는 낙관주의를 좀 더 원했던 것일까? 곧 아보카도 색의 보송보송한 달러가 돌아올 거라는 확언? 플로렌스는 애석한 마음으로 다시 지폐들을 살피며 구권과 빳빳하고 투박한 신권을 분리했다. 신권은 교묘하게 '이 멍청이들은 알아차리지 못할 거야' 하고 놀리기라도 하듯 크기도 더 작아졌다. 2리터들이 아이스크림이 점점 증발해 0.5리터가 되어버린 것처럼. 스스로를 돈에 크게 신경 쓰지 않는 사람이라고 여겼던 그녀는 자신도 놀랄 만큼 깊은 슬픔에 빠졌다.

그녀가 태어나서부터 지금까지 1달러 지폐의 디자인은 바뀌지 않았다. 재미있는 일이었다. 매일 다루는 사물을 유심히 들여다본 적이 한 번도 없다니. 마흔여섯이라 이제 눈이 침침해진 그녀는 돋보기를 찾아 자신과 함께 자란 그 지폐를 살펴보았다. 정말이지, 터무니없는 디자인이었다. 네 귀퉁이의 숫자 '1' 주위에 그리고 조지 워싱턴 초상 밑에 돋아난 월계수 잎들. 가장자리를 에워싼 방사상의 십자 무늬와 미세한 소용돌이 들. 'THE UNITED STATES OF AMERICA(미합중국)' 글자의 미세한 음영. '이 지폐는 모든 공적, 사적 채무에 사용될 수 있는 법정화폐이다'라는, 이제는 다소 의심스러운 작은 활자의 성명. 그 목적을 정확히 알 수 없는 다양한 숫자들과 글자들과 서명들. 뒷면은 훨씬 더 거창했고 십자 무늬도 더 무성했다. 네 귀퉁이의 숫자 1 위에 글씨 '일(one)'까지 찍어놓은 것은 조금 과한 듯했다. 왼쪽에 자리한 피라미드와 그 위에 마치 공중 부양으로 띄워놓은 듯한, 깜박이지 않는 '삼각형 속의 눈'은 신비로운 분위기를 더했다. 마치 이 지폐가 마법의 힘을 갖고 있기라도 한 듯이 말이다(실제로 그럴 수도 있었다. 모르는 사람에게 녹색 지폐 한 다발을 주었을 때 그 사람이 도넛 하나를 내준다면 정말 기적과도 같은 일이 아닌가). 그 오른편에서 한 발에는 화살을, 다른 한 발에는 올리브 가지를 가득 들고 있는 흰머리독수리는 미국 시민들에게나 외국인들에게나 역사적으로 어느 쪽의 발톱이 더 설득력 있었는지를 상기하게 할 뿐이었다.

라틴어를 가득 넣으면 허세의 느낌이 날 뿐 아니라 모호성의 의도가 가미되기도 한다. 그녀는 몇십 년 동안 이 지폐를 계산대 앞에서 세어 누군가의 손바닥에 놓아주었고, 삐걱거리는 지하철 카드 자판기 주둥이에 밀어 넣었으며, 때로는 청바지 주머니에서 구깃구깃한 상태로 찾아내기도 했지만, 이제야 난생처음으로 거기에 찍힌 라틴어의 의미를 온라인에서 찾아보았다. 'NOVUS ORDO SECLORUM'은 '시대의 새 질서'라는 뜻으로, 이 나라의 건립이 미국인들뿐 아니라 전 세계에도 혁신적인 시대가 될 것임을 암시했다. 이 허풍을 한층 더 끌어 올린 'ANNUIT COEPTIS'는 '그는 우리의 일을 지지하노라'라는 뜻이었다. 물론 여기서 '그'는 '신'을 의미했다. 'E PLURIBUS UNUM'은 '여럿이 모여 하나'라는 뜻임을 그녀도 이미 알았지만, 그녀의 생애 동안 늘 파벌을 나누어 싸워온 미국을 생각하면 'E PLURIBUS PLURIBUS', 즉 '여럿이 모여 여럿'이 더 적절한 슬로건인 듯했다. 피라미드 하단에 찍힌 약 1밀리미터 높이의 로마 숫자를 해독하면 1776이었다. 동그란 원 옆쪽으로 줄줄이 이어진 채 점점 작아지는 방울들이 열세 개의 진주라는 사실도 플로렌스는 처음 알았다. 13은 미국에서만 행운의 숫자였다. 피라미드도 13층이었고 독수리 위에서 반짝이는 별들도 열세 개였으며 이 새의 가슴에 있는 문장이 새겨진 방패에도 열세 개의 줄이 그어져 있었다. 이 가엾은 종이쪽지 한 장에 상징이 너무 가득 담겨 있어서 그것을 바닥에서 들어 올릴 수 있다는 사실이 놀라울 정도였다. 그러나 이 대단한 화폐를 구멍가게에 끌고 가도 풍선껌 하나 살 수 없었다.

플로렌스는 이 1달러 구권을 신권과 비교하기 위해 지갑에서 두둑한 돈뭉치를 꺼냈다. 두 번 훑어보았다. 1달러짜리 신권은 하나도 없었다. 엄밀히 말하면 순환하고 있어야 하지만 점점 쓰레기가 되어가는 금속 주화처럼 1달러 지폐도 이제 주조되지 않았다.

100달러짜리 지폐만 비교해봐도 충분하리라. 100달러 지폐는 그녀가 20대 때 새로 바뀌었지만 그때는 100달러를 손에 쥐어볼 일이 거의 없었다. 당시 그녀는 일자리를 구하지 못하고 부모님과 함께 살았다. 그러나 아버지가 재러드와 플로렌스 자신에게 보여주려고 신권을 집에 가져왔다. 새로 바뀐 100달러짜리 지폐는 위조 방지를 위한 독창적인 장치들을 가득 담고 있어 훨씬 더 거만한 분위기를 풍겼다. 돈이라기보다는 장난감처럼 보였다. 마치 크리스마스 선물처럼 보라색 리본이 세로로 종이에 엮여 있었기 때문이다. 가까이서 보면 이 리본에서 작은 자유의 종들이 어른거렸고 한쪽으로 움직이면 이 종들이 대각선 방향으로 이동하다가 반대쪽으로 움직이면 100이라는 숫자들로 바뀌었다. 그녀의 지갑에 들어 있는 낡은 100달러짜리 지폐들은 그때 그 신권처럼 눈부시진 않았지만 홀로그램은 여전히 제대로 기능했다. 잉크 통 안에 들어 있는 자유의 종은 움직임에 따라 구릿빛에서 초록색으로 바뀌었다. 불빛에 비춰보면 오른쪽 보기 드문 빈 공간에 벤저민 프랭클린의 유령 같은 초상이 나타났다. 왼쪽 면에는 희미한 노란색의 자그마한 숫자 100이 불규칙적인 낙서처럼 점점이 어른거렸다.

최신 100달러짜리 지폐에는 리본이 없고 매직펜으로 그은 듯한 보라색 줄 하나가 찍혀 있을 뿐이었다. 인쇄의 질이 떨어져서인지 부드러운 결의의 인상을 쓰고 있는 벤저민 프랭클린이 냉소적인 조소를 띤 듯 보였다. 복잡한 위조 방지 장치들은 생략되었다. 종이는 얇고 매끄러웠다. 마치 조폐국이 성가신 상징들을 모두 넣을 수 없어서 그저 100달러짜리 지폐를 비슷하게 그린 뒤 고갯짓으로 가리키며 '내가 뭘 말하는지 알지?' 하는 것 같았다. 이 지폐는 무가치하게 보였고 무가치하게 느껴졌다.

이전까지 플로렌스는 자신이 조국의 돈에 대해 갖고 있는 어울리지 않는 애정에 대해 한 번도 생각해보지 않았다. 그녀의 동포들은 무례하기로 악명 높았지만 그래도 미국 지폐는 좀 더 현란한 화폐들에 비해 확연히 위엄 있고 점잖은 디자인이었다. 신권은 놀랍게도 모노폴리 보드게임에서 사용하는 돈과 비슷한 크기로 줄었지만 기존 지폐의 크기가 보기 좋을 만큼 수수했다. 아직 젊은 나라인데 비해 그 지폐는 답답하고 고풍스러운 느낌을 풍겼다. 마지막 호까지 지조 있게 구식을 고집한 〈뉴욕 타임스〉 1면의 신문 이름 서체처럼, 혹은 변치 않는 병 모양으로 위안을 주는 타바스코 핫소스처럼, 달러는 유명하고 확고하며 시간을 초월한 느낌을 갖고 있었다. 반면, 유로 붕괴 이후에 다시 살아난 유럽 각국의 지폐들은 끝내 그 위엄과 독특성을 되찾지 못했다고 그녀의 고모는 주장했다. 플로렌스는 놀리가 여행지에서 남겨온 지폐들을 본 적이 있었다. 돌아온 페세타(유로화 이전의 스페인 화폐─옮긴이)와 드라크마(유로화 이전의 그리스 화폐─옮긴이), 리라(유로화 이전의 이탈리아 화폐─옮긴이)는 골자만 남은 듯 밋밋하고 대체 가능해 보였다. 부끄러워 보였다.

그녀는 자신의 지갑에 들어 있는 이 보송보송한 구권 지폐들에 대해 의외로 감정적 애착을 갖고 있었다. 그것들은 그녀의 행동력과 보상, 희생의 첫 경험과 근본적으로 연관되었다. 초등학교 때 소중하게 모은 돈다발을 워크맨과 교환한 일은 중대한 의지의 행사였다. 열여섯 살 때에는 매일 방과 후에 친구들이 신나게 커널 진스 중고용품점으로 달려가는 사이 6주 동안 캐럴가든스의 집 내부 전체를 페인트칠하고 상으로 이 네모난 종잇장들을 받았다. 허둥거리다가 보도에 20달러짜리 지폐를 흘린 경험으로 부주의의 대가를 알게 되었고, 핸드백에 처박혀 있던 5달러짜리 지폐를 찾았을 때에는 뜻밖의 기쁨을 느꼈으며, 어머니의 생일에 이 화폐를 계획보다 더 많이 떠나보낸 뒤 베풂에 뿌듯함이 따른다는 사실을 배웠다. 이 부드러운 초록색 통화는 손해와 이익, 성취와 무능, 주의와 경거망동, 계산과 방종, 자비와 악의, 착취와 피착취에 대한 그녀 자신의 경험과 불가분의 관계로 묶여 있었다. 따라서 최근에 그린 에이커 팜에 갔다가 이 조잡하고 가짜 같은 지폐를 거슬러 받았을 때 플로렌스는 약탈당한 기분이 들었다. 개인적으로 모욕당한 기분이었고 미국이 걱정되었다. 그저 가치의 상징에 불과한 종잇장의 완전성을 타협함으로써 나라 전체의 가치가 하락하기라도 한 듯이 말이다.

지금 로웰은 그의 인생을 통틀어 자신의 직업에 가장 몰두하는 시기를 보내고 있었다. 그러나 에이버리는 그의 늘어가는 논문을 어린 아이의 모래 장난처럼 여겼다. 사실 그는 퇴보에 대해 기록하고 있고, 그중 하나가 바로 그 모든 지적 노력이 어쩌다 그 관련성을 완전히 상실했는가(그리하여 어쩌다 결국 문명을 워프 속도로 후퇴시켰는가) 하는 것이었다. 남편이 조지타운 대학에 재직할 때 에이버리가 남편의 논문을 이렇게 무시한 적이 있었을까? 천만에! 그녀는 조심스럽게 서재 문을 두드린 뒤 수프 한 그릇 하겠느냐고 물어보고 방해해서 미안하다고, 정말 미안하다고 아낌없이 사과하곤 했다. 요즘 그녀는 그가 플렉스 앞에 앉아 한창 영감을 떠올릴 때마다 최소한 아이들과 같이 거리에 나가 장작으로 쓸 만한 폐가구라도 구해오라고 바가지를 긁었다. 그녀가 그의 지력의 흐름을 잔인하게 차단하여 미국 학계의 미래를 위험에 빠뜨리게 하느니 차라리 남편이 빈둥거린다고 생각하게 두는 편이 나았다.

로웰은 아내에게 무척 놀랐다는 사실을 인정하지 않을 수 없었다. 지금과 같은 부의 역전이 일어나기 전까지 그는 그녀를 응석받이라고 생각했다. 사실 우아한 삶을 꾸려갈 돈만 있다면 응석받이로 사는 것도 나쁘지 않았다. 우아한 삶을 위한 요소들이 어느새 필수품이 된다는 점, 그 역시 우아한 삶의 속성이었다. 풍요의 관점에서 보면 그녀의 방종은 품위 유지의 한 형태인 듯 보였다. 언제나 그의 소득이 그들의 수입에서 더 큰 부분을 차지했으므로 내심 그는 그녀의 클리닉을 그저 여성 전용 북클럽에서 겨우 한 단계 발전된 형태로 생각했다. 귀엽게 여겼다는 얘기다.

이스트 플랫부시에서 시작된 이 욥의 고행 초창기에 에이버리가 취한 태도는 그가 생각하기엔 투덜대는 쪽에 가까웠다. 그러나 그와 에이버리가 애석해하며 마지막 남은 슈냉 블랑 와인을 마저 비운 직후 무언가가 일어났다. 동음이의어의 효력인지 그들의 저녁 시간에서 와인이 빠지고 나자, 그녀의 낮 시간대 성향도 이 단어와 발음이 같은 '와인'(whine, '징징거리다', '투덜대다'라는 뜻−옮긴이)으로 묘사할 수 없게 되었다. 그녀는 의식적으로 결심한 듯했다. 금욕적이고 투지 넘치며 이타적인 사람이 되기로. 처음에는 화장지 없이는 살 수 없다는 지극히 합당한 주장을 펼치며 위생에 광적으로 집착하던 그의 아내가 놀랍게도 두세 달 뒤에 플로렌스가 이제 헝겊마저 다 떨어져 가서 더는 낡은 옷과 이불 따위를 자를 수 없다고 발표했을 때 자신의 언니에게 조금도 반발하지 않았다. 게다가 한술 더 떠서 에이버리는 주말마다 자발적으로 양쪽 화장실에서 한 번 쓴 헝겊 조각들이 들어 있는 봉지를 수거해 이 유독한 '밑닦개'들을 세탁한 뒤 보송보송해진 깨끗한 천들을 변기들 옆에 다시 쌓아놓았다! 처음 아이라이너를 그리지 않고 밖에 나가야 했을 때 눈물을 쏟았던 바로 그 여자가 말이다!

로웰에게 힘든 점은 함께 사는 여자가 알아볼 수 없을 만큼 변했다는 사실이 아니었다. 그것은 오히려 삶에 흥취를 더하는 요소였다. 그보다는 음양의 문제였다. 말하자면, 에이버리가 '역경 앞에서 도전에 맞서며 지금까지 알지도 못했던 자신의 용감한 면을 발견한 용맹스러운 생존자 유형'이라는 이름의 하나뿐인 의자를 선취하는 바람에 그 남편은 유일하게 남은 의자, 가혹하게도 '다 큰 아기'라는 이름이 붙은 의자를 선택할 수밖에 없었던 것이다. 에이버리는 바쁘게 돌아다니며 '모든 이들의 필요를 살피고' 있었다. 이것저것 고치고 썰고 가져오고 빨았으며, 정작 자신은 더 먹고 싶어도 먹지 못하면서 좋아하지도 않는 이른바 세입자 커트에게 창백해 보인다며 폴렌타(옥수수와 보릿가루 따위로 만든 이탈리아식 죽―옮긴이)를 더 먹으라고 권했고, 색소폰과 바이올린의 합주는 말도 안 되는 조합일 뿐 아니라 커트의 색소폰 연주는 그녀를 미치게 했음에도 커트와 빙에게 거실에서 저녁 합주회를 열라고 부추기기도 했다. 그러면서도 불만스러운 기색이나 피곤한 기색은 조금도 내비치지 않았고, 이 비좁고 흉측한 집에서 갈수록 참기 힘든 사람들과 함께 사는 것을 저주하고 있다는 내색조차 전혀 하지 않았다⋯⋯. 어쨌든 '평정심을 유지하고 제 할 일을 하라'는 금언을 실천하듯 섬뜩하리만치 평온한 이 태도에 누군가는 약간의 짜증을 불어넣어야 하지 않겠는가. 누군가는 제대로 분개해야 했다. 타버린 저녁 식사에서 피어오르는 연기처럼 그들의 주위를 가득 메운 걷잡을 수 없는 분노에 목소리를 부여해야 했다. 에이버리의 지칠 줄 모르는 선행과 마찬가지로, 그 역시 꼭 해야 할 일이었다. 그도 그녀 못지않게 자신을 희생해가며, 사람들에게 현실을 상기시키는 일, 거지 같다고, 엉망이라고, 부당하다고 상기시키는 그리 멋지지 않은 일을 떠맡고 있었다! 서배너는 리즈디 대학 2학년에 재학 중이어야 했고 구그는 MIT에 지원해야 했으며 로웰 자신은 제네바에서 강연하고 있어야 했다. 로웰은 공식적으로 투덜이이자 불평쟁이이자 불만분자이자 깽판쟁이이자 비관주의자였다. 그가 열과 성을 다해 이 역할을 떠안았기에 다른 사람들이 덕을 베풀고 고매한 위치에 서서 '이역시 지나가리라' 하는 태도를 견지할 수 있는 것이었다. 그의 부지런한 체증 덕분에 그 모든 지긋지긋한 선이 가능한 것이었다.

그럼에도 그는 그런 공로를 인정받지 못했다. 오히려 함께 사는 사람들은 이 엉망진창의 상황을 그의 탓으로 돌리는 듯했다. 그러나 인플레이션에 대해 글을 쓴다고 해서 인플레이션을 통제할 수 있는 것은 아니었다. 사실 연준을 포함해 아무도 경제학자들의 말을 듣지 않았다. 정부는 자기들에게 유리한 행동을 취했다. 그러니까 이직률 높은 선거 민주주의 행정부에서 자기들에게 유리한 행동을 취했다는 말이다. 설교하기 좋아하는 애송이 월링 다클리는 이모부를 늘 단순한 사람으로 몰아가려 했지만, 로웰 자신은 중앙은행과 국고의 분리가 인위적인 것임을 충분히 인지하고 있었다. 따라서 제멋대로 (그러니까 어느 정도는 제멋대로) 돈을 찍어내는 연준 의장은 대통령의 명령을 따르는 것이 분명했다. 전반적으로 알바라도는 대부분의 유권자들이 피하고 싶어 하는 것을 이용하고 있었다. 바로 주권국은 '사실상무엇이든 할 수 있다'는 전략이었다. 준비통화 쿠데타, 채무 포기, 방코르 거부, 이 모든 것이 정치적인 책동일 뿐 경제와는 거의 상관없었다. 경제학자들은 '현대의 주술의사'라는 말이 인기를 끌고 있었지만, 다음번에 이런 말을 하는 부머똥을 만나면 흠씬 두들겨 패줘야겠다고 그는 생각했다.

더군다나 기계적 신 데우스 엑스 마키나, 즉 '개똥 같은 짓을 벌이는 시스템 외부의 사람들'의 우연한 도착을 설득력 있게 다룬 학문적 이론은 아무도 내놓지 못했다. 이 방코르 수작은 말하자면 혜성에 맞은 것과도 같았다. 걸출하고 탁월한 이 분야가 우주의 소멸을 참작하지 못했다고 해서 케인스가 틀렸다고 몰아갈 수는 없었다. (존 메이너드 케인스가 엉뚱하게도 이 어쭙잖은 단어 '방코르'를 직접 만들었다는 사실을 알고 로웰은 뺨을 얻어맞은 기분이었다.) 게다가 빌려준 돈을 다른 통화로 갚으라고 요구하는 경우가 어디 있단 말인가? 그것도 방금 만들어낸 통화로 말이다.

사실 로웰 스택하우스는 아직 무엇에 대해서도 틀린 것으로 드러나지 않았다. 그는 여전히 미국이 미래의 어느 막연한 시점까지 계속해서 한 발로 이자율을 누른 채 조용히 국채를 쌓아갈 수도 있었다고 믿었다. 이자율은 너무도 오랫동안 너무도 낮아서 이미 한참 전부터 은행들이 현금을 쟁여놓는 성가신 사람들에게 막대한 수수료를 부과하는 것이 표준 관행이 되었을 정도다. 빚은 성장의 엔진이며 모두의 파이를 부풀려주는 법. 현금을 들고 가야만 집을 살 수 있는 세상을 상상해보라. 중산층은 여든 살이 되어서야 집 한 채를 살 수 있을 것이다. '돈은 빌리지도 말고 빌려주지도 말라'는 신조는 나무에 매달려 다니던 원시인들의 표어이다. 로웰이 평생 빚을 피하며 살아온 것은 심리적인 문제였다. 아마도 어릴 때 검소한 부모님에게서 받은 보살핌을 어린 소년으로선 절대 갚을 수 없는 빚이라 여기고 쌓여가는 부채감에 마음이 불편했기 때문이리라. 이론상으로 그는 빚, 고상하게 말하면 차관의 힘을 믿었다. 그것은 시대를 거치면서 억울하게도 오명을 쓰고 있었다. 빚이 죄라도 되는 것처럼 부채 탕감에 대해 '면제'라는 표현을 쓰는 것도 그는 못마땅했다. 지금 미국의 문제는 무엇인가? 부채가 아니라 차관 불가능이었다. 즉, 부채의 결여가 문제였다. 일시적으로나마 미국은 집 한 채도 살 수 없는 신세였다.

로웰의 합리적이고 노련한 입장은 인기가 없다는 점에서 더 용감한 것이었다. 아무리 그래도 자신의 집이라는 곳에서도 인정받지 못했다. 경제학자들조차 삶의 모든 것을 금전으로 환산하려 하지 않는데 오히려 일반 사람들은 돈이 되는 일만을 숭배했다. 지금은 머리를 쓰는 일이 돈이 되지 않았다. 2031년의 미국에서 과학자들과 교수들, 공학자들은 성스러운 농부보다 지위가 낮았다.

증거 : 8월에 로웰의 무모한 처남 재러드가 글로버즈빌의 괴상한 농장에서 수확한 과일과 채소를 픽업트럭에 잔뜩 싣고 이곳 뉴욕으로 왔다. 이 퇴행적인 농사 프로젝트를 처음부터 비웃었던 에이버리조차도 브루클린에 온 남동생을 재림한 예수처럼 대했고, 아이들은 몹시 흥분하여 나이에 걸맞지 않게 껑충껑충 춤을 추었다. 누가 보면 그애들이 토마토를 난생처음 본 줄 알았을 것이다. 그렇다고 그애들의 삼촌이 오직 가족에게 베풀기 위해 뉴욕 주 북부에서 여기까지 행차한 것도 아니었다. 재러드는 자기 혈육에게 토마토 몇 개와 새물사과, 약간의 케일을 나눠주었을 뿐 가져온 물건의 대부분은 그랜드아미 플라자 시장에 내다 팔려 했다. 그 시장의 물가도 도둑놈 수준으로 올라가고 있었다. 농부들이 그 돈을 씨앗과 장비, 누군가의 저당잡힌 부동산 같은 실물자산으로 바로 전환할 수만 있다면 농업 부문전체가 폭리를 취하고 있는 셈이었다.

집과 신용카드를 몽땅 잃은 로웰은 솔직히 배가 아팠다. 달러 가치가 하락한 덕분에 그의 책임감 없는 허풍선이 처남은 이른바 보루의 고정금리 담보대출금을 꼬박꼬박 어렵지 않게 갚고 있었고, 그전에 엉뚱한 짓거리를 하느라 떠안았던 빚도 떠나보냈다. 조지타운 대학에서 학생들에게 인플레이션의 가장 놀라운 힘 가운데 하나는 빚을 증발시키는 것이라고 가르친 로웰은 시스템 보정에 도움이 되는 거시 경제적인 불평등에 대해선 전혀 마음이 불편하지 않았다. 자신의 신조를 개인적 감정에까지 적용하지 못하는 것은 필경 지적 결함을 의미하리라. 직접적이고 개인적인 미시경제적 불평등에 대해서는 그 역시 다른 이들과 똑같이 괴로웠다.

반면, 로웰은 그들의 친구인 톰 포트넘과 벨 듀벌이 그럭저럭 잘살고 있다는 사실에 대해선 진심으로 마음이 높였다. 톰은 그에게, 벨은 에이버리에게 플렉스로 연락할 때마다 부정적인 면을 강조하며 낙담하는 모습을 보이긴 했지만 말이다. 채무 포기가 있기 얼마 전에 벨의 부모님은 건강할 때 조기 퇴직을 하겠다며 은퇴했다. 그러곤 2000년대에 앱 신생 기업에서 얻은 투자수익으로 최고급 전기 레저 차량을 구입한 뒤 세계 여행을 계획했다. 결론부터 말하면 그들에게 남은 것은 이 전기 레저 차량뿐이었고, 지금 그것이 톰과 벨의 집 진입로에 영구 주차되어 있었다. 그러나 모든 비극은 상대적인 것, 캐럴 가든스에 있는 로웰의 처가 식구들과 달리 벨의 어머니는 적어도 아직 머리빗과 땅돼지를 구분할 줄 알았고 게다가 부모님이 정확히 집 안에 사는 것도 아니었다. 톰과 벨의 자녀들은 이류 대학에 다니고 있었지만 어쨌든 곰팡내 나는 이모 집 지하실에서 빈둥거리거나, 심지어 에이버리가 서배너에 대해 주장하는 것처럼 창녀로 용돈벌이에 나선 것도 아니었다. (로웰 자신도 딸이 숫처녀일 거라는 터무니없는 착각에 빠져 있진 않았지만, 그렇다고 이 아이가 제멋대로 몸을 팔고 돌아다닌다고 에이버리처럼 생각하는 것은…… 그건 좀 아니었다. 아름답지만 나이를 먹어가는 엄마가 매력적인 딸을 질투하는 이야기……. 그의 가족은 좀 더 참신한 소재를 떠올릴 수 없을까?) 결론 : 톰은 법무부에서 일하고 있고 벨의 환자들은 주로 메디케어의 보장을 받는 사람들이었다. 통화 완화 정책이 시행될 경우, 정부 지출은 맨 처음 소비될 때 그 가치가 가장 높다. 자금 투입이 보다 큰 경제로 퍼져나가기 전까지는 높은 인플레이션이 톰과 벨의 수입을 침식하지 않는다. 정부 급여와 메디케어 배상률 모두 이제는 의회의 개입을 필요로 하지 않는 인플레이션 알고리즘과 연결되어 있었다. 결국 스니커즈 초콜릿 바 하나의 가격이 50억 달러가 되어도 그들은 안전했다.

얄밉게도 라이언 비어스도퍼와 그의 조수 린위 하우스맨은 그저 안전한 수준이 아니었다. 〈교정〉으로 그 옛날의 양장본처럼 인세를 긁어모을 수는 없었지만 비어스도퍼는 돈 있는 외국 구매자들이 굳이 해적판을 찾을 필요성을 느끼지 않도록 다운로드 가격을 교묘히 낮게 책정했고 이 적은 돈이 점점 쌓여갔다. 그보다 더 알짜배기가 있었으니 수익성 좋은 국제 순회강연의 수요가 높아졌다는 점이었다. 이는 그가 (틀림없이 해외 유령 회사를 통해서) 방코르를 벌어들인다는 뜻이었고, 이 통화는 혼란스럽게도 점점 가치가 오르고 있었다. 방코르를 본국으로 송환하려면 해외 수입을 달러로 바꿔야 했지만, 알려진 바에 따르면 비어스도퍼는 그 대신 파리와 토스카나, 하노이, 자카르타에 부동산을 매입하고 있었다. 조국의 붕괴를 마땅한 응보라 주장하며 사회주의의 부활을 약속하는 미국인이라면 해외에서는 당연히 귀한 서커스 곰이었다. 어차피 본국에서 열리는, 시답잖은 경제학자들 간의 진지한 학문적 대결들은 비행기 삯조차 대주지 못했으니 말이다. 유럽인들은 해외여행을 허락받은 이 희귀한 양키에게 매료되었다. 그러니까 그들은 멍청하게도 자본 통제와 이동의 자유에 대한 통제를 혼동하는 것이었다. (생각해보면, 어디든 갈 수 있는 자유가 있어도 그곳에서 돈을 쓰지 못한다면 사실상 가택연금 신세를 면할 수 없는 법이니까.) 비어스도퍼와 그의 섹시한 아시아계 예스우먼은 요즘 거의 미국에 머물지 않았다. 이런 점 때문에 그들이 이곳의 실상을 다른 나라에 설명하기에 이상적인 강연자가 되는 모양이었다.

로웰은 남자다움에 집착하는 사람이 아니었지만, 새 립밤을 사야
한다고 처형에게 돈을 요구했다가 돼지기름을 바르라는 얘기를 듣는
것은 사나이로서 마냥 편한 일이 아니었다. 따라서 2031년 10월에
드디어 조지타운 대학이 해고 전 여름의 체불 임금을 내놓았을 때 그
는 말 그대로 얼굴이 붉어지는 것을 느꼈다. 혈관이 확장되고 두 뺨이
불그레해지고 손끝이 저릿저릿했다. 이번만큼은 집안에 자산이 되리
라 결심하고 이번 주에 자기가 장을 보겠다고 화통하게 제안했다.
그는 바지와 세련된 셔츠를 털었다. 둘 다 세탁하고 열흘밖에 입지
않았다. (세탁 경쟁이 치열했으므로 그는 1인당 두 벌로 제한된 허용치를 대
개 가없은 서배너에게 양보했다.) 그러곤 호기롭게 전트의 연료 탱크를
가득 채웠다. 요즘 브루클린에는 형편상 차를 굴리는 사람이 드물었
으므로 그린 에이커 팜에 수월하게 주차할 수 있었다. 휘파람을 불며
여유롭게 출입구 안으로 들어서면서 로웰은 자신의 자세가 한결 나
아진 기분을 느꼈고, 그제야 처음으로 그동안 잔뜩 움츠려 있었다는
사실을 깨달았다. 분홍색 스웨이드 로퍼는 군데군데 얼룩졌지만 여전
히 멀리서도 사람들의 시선을 끌었다. 수개월 만에 남자가, 진짜 남자
가 된 기분이었다. 놀랍게도 그것은 돈뭉치로 두둑해진 바지 주머니
가 좌지우지하는 일이었다.
수입 상품은 여전히 찾아볼 수 없었지만 지난해 미국의 물자 부족
은 결국 소득 부족에 굴복하고 말았다. 이제는 계란과 브로콜리, 심지
어 고기도 살 수 있었다. 돈을 두둑하게 내기만 한다면 말이다. 그날
아침에야 결제가 되어 인출할 수 있게 된 예금 덕분에 대담해진 로웰
은 손으로 휘갈겨 쓴 가격표도 확인하지 않고 사고 싶은 것을 모두

쓸어 담았다. 남자라면 이렇게 쇼핑해야 했다. 그득한 카트는 분홍색 로퍼보다도 더 부러움의 눈길을 끌었다.

마지막 물건이 계산대를 통과했을 때 로웰은 얼음이 되었다. 이제는 절도가 사회적으로 용인 가능한 일이 되다시피 했으므로 신뢰를 기반으로 한 셀프서비스 계산기는 종적을 감췄다. 그는 두둑한 양쪽 주머니에 두 손을 얹은 채로 계산대의 여자에게 다시 한 번 확인해달라고 청해야 했다. 여자는 짜증스럽게 다시 확인해주었다. 고소하겠다는 그의 으름장에 못 이겨 엘런 패커가 마지못해 돈을 내준 이유를 이제야 알 것 같았다. 이 나라의 일류 대학에서 재직한 명망 있는 인재의 4개월 치 체불 임금으론 이제 연료 한 탱크와 일주일 치 식량도 감당할 수 없었다.

로웰은 최대한 요란스럽게 분노를 한껏 끌어모은 뒤, 물건들을 도로 갖다 놓는 일은 직원들에게 맡기고 발을 쿵쾅거리며 초연하게 그 가게를 나왔다. 이 멋진 탈출을 위해 양지 스테이크가 담긴 캔버스 장바구니들을 희생해야 했다. 플로렌스가 알면 야단할 게 분명했다. 그나마 주차 공간은 굴욕 없이 누릴 수 있었으므로 그는 텐트를 그대로 세워두고 유티카 대로를 따라 내려갔다. 빈손으로 돌아갈 수는 없었다. 포스터 대로에 있는 퀴키 마트에서 이삼일 치의 식량은 살 수 있으리라.

"잔돈 좀 나눠주시죠."

머리에 기름이 흐르고 면도도 하지 않은 젊은 남자를 흘끗 곁눈질하여 그가 알아낸 사실이라곤 조지타운 재직 마지막 해에 그 자신이 맵시 있어 보인다고 즐겨 입었던, 깃 없는 긴 정장 재킷을 입고 있다는 점뿐이었다. 사내는 옆걸음질로 소매가 로웰의 팔에 닿을 만큼 바싹 다가와 있었다.

"됐습니다."

로웰은 정면을 보고 뻣뻣하게 걸으며 조금 무신경하게 대꾸했다.

"신발 좋네요, 아저씨."

반대편에서 칭찬이 들려오더니 제대로 썻지 않은 또 다른 신사가 그의 반대편 팔을 건드렸다. 그는 이 두 사내가 슈퍼마켓에서 그의 주위를 어슬렁거리며 괜히 양갈비를 들었다 놨다 하는 것을 알고 있었다. 로웰 자신도 풋내기는 아니었기에 이들이 뭔가 수작을 벌이고 있음을 감지했다. 그러나 양옆에서 그를 죄어오는 이 백인 사내들이 협잡꾼이 아니라 폭력배라는 사실을 인지하기까지는 좀 더 시간이 걸렸다. 한심하리만치 우둔한 이 광경을 아무도 보지 못했지만 그럼에도 로웰은 무엇보다도 더 빨리 알아차리지 못했다는 사실이 창피했다. 칼이 들어왔다면 보지 않고도 알아차렸어야 했다.

그냥 부엌칼이었지만 아주 질 좋은 제품이었다. 예전에 그의 아내가 구입했다가 불명예스럽게 클리블랜드 파크를 떠날 때 모두 버리고 온 칼 세트에 들어 있을 법한, 그런 독일제 부엌칼 말이다. 그 상자에 찍힌 상품 목록에 따르면 전문가용이 아닌 다용도 칼, 그런 칼이 로웰의 배를 겨눴다. 하, 정말 다용도인 듯했다.

두 사내는 이미 이런 일에 너무도 익숙해져 오히려 따분해하는 듯했다. 로웰의 이 새 친구들은 당면 과제에 집중하기보다는 농업 관련 뮤추얼펀드가 말도 안 되게 잘 되고 있다는 대화를 나눈 뒤 로어 맨해튼 리버티 가에 있던 그들의 단골 초밥집이 결국 문을 닫다니 참으로 안타깝다는 이야기를 주고받았다. 그들이 정말 전직 월 스트리트 금융가들이라면 그저 절도의 방법만 바꿨을 뿐이었다. 두 번째 사내가 그의 갈비뼈 바로 아래 칼끝을 대고 있었다. 그 상태로 그들은 표적을 양옆에서 단단히 호위한 채 애비뉴 D에 올라 이스트 49번가를 따라 올라갔다. 굳이 중심가에서 벗어날 필요도 없었다. 행인들은 햇살에 반짝이는 이 칼날을 보고도 그저 빛을 받은 룸미러를 볼 때처럼 크게 의식하지 않았으니 말이다. 그의 호위자들은 대문을 통과해 풀이 무성하게 자란 앞마당으로 들어간 뒤 덥수룩한 들장미 덤불 위에 그를 내동댕이쳤다. 이 깡패들은 평소보다 수월하게 건수를 올릴 수 있었지만, 로웰은 주머니를 비워내면서 미국 연방준비은행이 이 돈다발을 그저 화려한 초록색 단열재로 퇴보시켰다는 사실이 그 어느 때보다도 다행스럽게 느껴졌다.

그보다 더 안타까운 일은 그들이 로웰의 왼쪽 로퍼 안에 숨겨놓은 플렉스를 찾아냈다는 사실이었다. 그보다 더 안타까운 일은 그들이 그 플렉스를 찾아낸 것이 신발도 가져가 버렸기 때문이라는 사실이었다. 들장미에 찢어진 뺨의 핏방울을 닦고 양말 바람으로 그린 에이커 팜까지 절뚝절뚝 걸어가면서 로웰은 다클리의 집에 돌아갔을 때 한 가지 감사한 점을 강조해야겠다고 생각하며 연습하기 시작했다. 그가 퀴키 마트까지 걸어간 덕분에 그들이 차를 가져가지 않았다는 것은 천만다행이었다.

"그저 사물일 뿐이에요."

윌링이 참을성 있게 말을 이었다.

"할머니는 사물 자체와 그것이 가진 의미를 혼동하고 계세요. 사물은 언제든 그 의미를 잃을 수 있어요. 그럼 다시 빈껍데기가 되어버리죠. 그냥 직육면체예요. 엄청난 공간을 잡아먹는 무거운 직육면체."

그들은 윌링에게만 출입이 허용된 다락방에 있었다. 이 방은 집 안에서 가장 따뜻했지만 정말 따뜻하다고 말할 수는 없었다. 천고는 낮았지만 바닥 면적으로 따지면 그의 고모할머니는 집안 식구들 가운데 가장 넓은 개인 공간을 장악하고 있었다. 이에 대해 아무도 이의를 제기하지 않았다. 놀리는 그의 엄마를 제외하고 유일하게 그들의 작은 경제에 기여하는 식구였기 때문이다. 사회보장연금은 그녀의 통큰 기여를 설명하기엔 액수가 너무 적었지만, 달리 어떻게 돈을 조달하는지 그는 확신이 서지 않았다. 놀리의 돈이 얼마나 남았는지, 그것이 어디에서 나오는지 전혀 알 길이 없었다. 그러나 당연히 그는 관심이 있었다. 돈이 재로 변하기 전에 가급적 빨리 써버리려 하지 않는 사람은 놀리뿐이었다. 그럼에도 그녀의 돈은 마르지 않았다. 이 역시 흥미로운 점이었다. 그러나 그녀는 자신이 무엇에 대해 대가를 지불하는지에 대해 매우 까다로웠다. 반드시 필요불가결한 것이어야 했다.

"그냥 직육면체가 아니야. 내 평생의 작업이라고."

놀리가 반박했다.

그녀는 아이처럼 매트리스 위에 웅크리고 있었다. 테니스화의 끈은 군데군데 끊어져 여러 차례 매듭지어 이어놓았다. 두툼한 붉은색 스웨터는 몸에 비해 너무 컸다. 장갑도 끼고 있었지만 그들은 모두 집 안에서 장갑을 착용했다. 에이버리가 월그린스에서 샀어야 할 물건은 다름 아닌 장갑이었다. 그의 장갑 손가락에는 구멍이 여러 개나 있었다.

"날이 점점 추워져요."

그는 천천히 그리고 분명하게 말할 생각이었다. 그녀를 구슬려야 했다.

"겨우 12월이잖아요. 더 추워질 거예요. 천연가스는 너무 비싸서 겨우내 쓸 수 없어요. 비상시에 대비해서 아껴놓아야 해요. 누가 아플 수도 있잖아요. 그러니까 평소엔 뒷마당에 있는 석유통에 불을 피워

요리해야 해요. 공동묘지와 공원에는 눈이 덮였어요. 어차피 땔감은 이미 다 주워갔겠죠. 설사 찾는다고 해도 젖어 있을 테고요. 할머니가 도와주세요."

그녀는 부루퉁하게 대꾸했다.

"책을 태우는 건 문명이 끝났음을 의미하는 거야."

"할머니의 소설은 전부 온라인으로 읽을 수 있어요."

"해적판이지."

"해적판이 있다는 건 기분 좋은 일이죠."

"미안하지만 그런 말엔 안 넘어간다."

그는 좀 더 모험을 감행했다.

"저 책들은 전부 똑같은 내용이에요. 같은 책을 몇 상자나 갖고 계시잖아요."

"특별한 친구들에게 주려고 아껴둔 거야. 다시는 인쇄되지 않을 테니까."

윌링이 다시 말했다.

"그런 생산 방식은 구식이에요. 그 특별한 친구들은 대부분 그런 선물을 짐으로 여긴다고요. 집에 가져가서 석유통에 넣고 태울걸요."

"너한테 내 소설 한 권을 주면 너도 얼른 내려가서 태우겠구나."

"네."

그는 단호하게 대꾸했다.

"넌 내 소설에 조금도 관심을 보이지 않았지."

그녀가 심통 가득한 목소리로 말했다.

"맞아요. 나중에 볼 수도 있죠. 이 상황이 지나가면."

그가 대꾸했다.

"이 상황이 지나가긴 할까?"

"그야 모르는 일이죠."

그가 수긍하고는 다시 말을 이었다.

"하지만 지금은 소설 읽을 때가 아니에요. 꾸며낸 이야기보다 실제로 일어나는 일이 훨씬 더 흥미진진하잖아요. 우린 소설 속에 살고 있어요."

그녀는 그 말이 마음에 드는 모양이었다.

"할머니는 말하자면 노인이시잖아요."

윌링이 말했다. 그러곤 얼른 자신의 말을 고쳤다.

"하지만 막대하게 노인은 아니에요. 그러니까 끝장나게 건강하시잖아요. 팔벌려뛰기도 매일 하시고. 일흔네 살로 보는 사람은 아무도 없을 거예요."

그녀의 세대에겐 형식적인 아부였다. 베이비붐 세대는 이런 칭찬을 들으면 경계해야 마땅했다. 진부한 칭찬을 퍼부으며 살살거리는 아첨꾼은 원하는 게 있다는 뜻이었으니까. 그럼에도 그것은 언제나 효과가 있었다.

"하지만 할머니는 과거에 머물러 계시지 않아요. 제가 좋아하는 점이기도 하죠. 할머닌 다른 사람들보다 훨씬 더 맥락을 잘 파악하시는 것 같아요. 멍청하게 플렉스를 신발 속에 숨긴 로웰 이모부. 식료품을 전부 온라인으로 주문하던 시절이 얼마나 쌌는지 푸념하는 에이버리 이모. 두 분은 이해하지 못해요. 하지만 할머니는 아시는 것 같아요. 저런 책들을 쓰셨기 때문일 거예요. 한 발짝 물러서서 더 커다란 포물선을 그리며 대단원을 향해가는 데 익숙하기 때문이겠죠. 그러니까 파스타 삶는 데 필요한 저 구식 양장본들을 붙잡고 있는 건 할머니답지 않아요."

그는 그녀가 누그러지고 있음을 감지했다. 다행이었다. 저 상자들을 강제로 빼앗아가고 싶진 않았으니까.

"우리 아버지가 알면 기겁하실 거야. 책을 태우는 건 맨디블 집안의 가치관에 완전히 반하는 일이거든."

"하지만 저 책들의 중요한 실체는 손상되지 않아요. 글은 불타지 않죠. 인터넷에 영원히 살아 있어요."

월링이 말했다.

"인터넷이 존재하는 한은 그렇겠지."

그녀가 반론을 제기했다.

그들은 같은 사고 방식을 가졌다. 두 사람 모두 덧없는 세상에 살고 있었다. 영원히 무른 땅 위에. 그런 유동성은 월링을 유연하게 해주었다. 균형 잡는 근육을 다져주었다. 흔들리는 배 안을 걸어 다니는 능력, 그는 육지에서 그런 능력을 갖고 있는 셈이었다.

그가 말했다.

"게다가 우린 언젠가 죽어요. 내가 이 세상에 없으면 누가 내 작품을 읽는지 신경 쓰지도 않겠죠. 심지어 내가 살아 있을 때 누가 그 책을 읽었는지의 여부도 상관하지 않게 돼요. 그게 비존재의 좋은 점이죠. 사실 그냥 상관하지 않는 게 아니에요. 여전히 느낄 수 있지만 심드렁해지는 게 아니라고요. 상관할 수 없게 되는 거죠. 상관할 게 아무것도 없게 되는 거예요. 그러니까 맨디블 집안에 대해서도, 그 집안이 지향하는 바에 대해서도 상관하지 않게 돼요. 맨디블 집안은 여느 집안과 똑같아지겠죠. 돌멩이나 먼지 입자, 타지마할, 권리장전, 피타고라스의 정리, 이런 것들과 똑같아져요. 더는 맨디블의 일원이 아니고 맨디블이 무엇인지도 알 수 없게 돼요."

그가 열쇠를 돌린 듯했다. 그녀는 경박하게 말했다.

"네 말이 맞다. 내가 죽어버리면 저 상자들은 처분할 쓰레기가 되겠지, 위(프랑스어로 '그렇지'─옮긴이)?"

"위. 하지만 지금은 유용하게 쓸 수 있어요."

그가 대꾸했다.

"한 가지 조건이 있어."

놀리가 말했다. 그녀는 힘을 과시하듯 〈《도취된 자들》, MM PB, 헝가리어〉라고 적힌 상자를 들어 올리며 덧붙였다.

"'폐판'은 건드리지 마라."

그가 아래층으로 내려와 놀리가 그날 저녁 식사를 조리할 수 있도록 책들을 내놓기로 했다고, 그러나 낱장 원고는 건드리지 말라 했다고 전하자, 에이버리와 플로렌스는 서로 뒤엉켜 웃음을 터트렸다. 웃을 일이 흔치 않은 시기였다.

에이버리는 다락에 들리지 않도록 목소리를 낮춰 말했다.

"아직도 어떤 허세 충만한 대학 도서관이 자기 원고를 사 갈 거라고 생각하다니 참 기가 막힌다. 아니, 어떤 대학 도서관? 어떤 대학? 대학들은 전부 도산했어!"

그녀는 의미심장한 눈으로 남편을 흘낏 보며 덧붙였다.

"자존심은 쉽게 꺾이지 않는다는 증거지."

부엌에서 침울하게 담요를 뒤집어쓰고 있던 로웰은 성난 얼굴로 아내를 노려보며 대꾸했다.

"그래도 최고 수준의 학문 연구 시설들을 유지하는 건 꼭 필요한 일이야. 원고를 보호하는 것도 충분히 이해할 수 있는 일이지. 단, 저 징글징글한 노인네가 훌륭한 작가이기나 하다면 말이야."

책들은 잘 탔지만 재가 많이 나왔다. 곧 놀리가 내려와서 눈치 없게 노골적으로 즐거워하는 에스테반을 단호하게 밀어내고 직접 석유통에 문고판을 넣겠다고 고집했다. 요령을 익히고 나자 그녀는 그 일을 즐기는 듯 보였다. 애착물을 태우는 일에는 다소 신나는 구석이 있었다. 불의 심판. 이런 말도 있지 않은가. 유리를 아주 뜨겁게 가열하면 더 강해진다고. 윌링은 불 옆에서 얼굴이 벌겋게 달아오른 고모할머니를 뜯어보았다. 흥분한 모습이었다. 울화를 불로 단련하는 것이리라. 그것은 진짜 운동이었다. 팔벌려뛰기보다 더 나은.《그레이》,《특파원》,《애드아웃》,《요람에서 무덤까지》,《글렌곰리의 성자》,《가상 가족》을 모두 석유통에 던져 넣고 나면 그녀는 더욱 강해질 것이었다.

그 불빛 속에서 흙덩이들이 가물거리자 윌링은 비좁은 뒷마당의 불모지를 애석하게 바라보며 자신도 같은 교훈을 배우려 애썼다. 봄과 여름 내내 그는 그들의 작은 농작물을 돌봤다. 감자와 토마토, 양파, 완두콩. 재배 비용이 수확물의 가치를 초과하지 않도록 건기에도 물을 꼭 필요한 만큼만 주었다. 어린 채소들이 커가기 시작하자 그는 애정을 쏟기 시작했다. 애정을 쏟는 일은 대개 실수였는데 말이다. 토마토 하나와 콩 한 병을 제외하고 수확물은 모두 도둑맞았다. 밤늦게 일단의 무리들이 밭을 헤집고 작물들을 짓밟아놓았다. 고의적인 파괴였다. 그는 같은 학교 학생이 아닐까 의심했다. 그는 여전히 정보를 얻기 위해, 스파이처럼 첩보를 얻기 위해 오바마 고교에 다녔다. 다른 학생들도 각종 소문에 촉각을 곤두세우고 있었을 것이다. 그도 언젠가 텃밭에 대해 언급했을 것이다. 그러지 말았어야 했다.

크리스마스는 아무도 신경 쓰지 않았다. 2032년 1월 윌링의 열여섯 번째 생일에 그의 엄마는 마분지로 케이크를 만들어주었다.

그로부터 오래지 않아 그는 엄마가 위층의 안방 화장대 위로 몸을 숙이고 있는 광경을 보게 되었다. 그녀는 이미 부엌을 한바탕 뒤진 터였다.

대대적인 채무 포기 이전에 그의 엄마와 에스테반은 저녁마다 먹을 게 없다며 낙담하던 날이 많았다. 월링은 그것이 무슨 뜻인지 알고 있었다. 에스테반이 깜빡하고 냉동 치킨버거를 꺼내놓지 않았다는 뜻이었다. 혹은 아델피에서 고된 하루를 보내고 온 엄마가 그 주에 이미 세 번쯤 먹지 않은 참신한 메뉴를 떠올릴 수 없다는 뜻이었다. 그러나 이제 식품 저장실 안쪽에 처박혀 있던 파인애플 설탕 시럽 통조림조차 남지 않았다. 고기도 들어가지 않은 볼로네즈 스파게티에 껍질 벗겨 넣을 플럼 토마토조차 없었다. 반쯤 쓰고 냉동고 구석에 처박아놓은 옥수수도, 포장을 뜯고 오래 방치해두어 말라비틀어진 돼지고기 소시지도 없었다. 스토브 옆에 놓인 통들에는 이제 밀가루와 설탕, 옥수숫가루가 가득 들어 있지 않았다. 찬장에 넣어둔 쌀과 쿠스쿠스, 메밀가루도 다 떨어졌다. 그의 엄마는 이제 '유통기한'이라는 정책을 비웃으며 날짜 지난 음식도 버리지 않았다. 유통기한 지난 스튜 통조림을 과감하게 따는 것은 이제 용기의 문제가 아니었다. 아예 스튜가 없었다. 월링은 일말의 책임을 느꼈다. 최근 불신의 기류가 강해지면서 집주인들이 보안을 강화한 탓에 그의 조용한 동네 털이가 거의 성과를 거두지 못했다. 그러나 부엌에는 그 어디에든, 어떤 종류든 먹을 것이 전혀 없었다.

좀 다르지만 무관하지 않은 문제는 바로 돈도 없다는 것이었다. 월말이었고, 대개 이맘때면 엄마의 월급이 떨어졌다. 놀리는 퀸스에서 옛 남자친구를 만나고 있었지만, 그의 엄마는 고모의 물건을 뒤져 돈을 찾는 일은 하지 않으려 했다. 그것은 도둑질이었다. 에스테반은 몇 주째 날품팔이 일을 구하지 못했다. 지금까지 에이버리는 잔뜩 쟁여놓은 발톱진균치료제나 문 경첩, 다양한 폭의 방충망 고정용 틀을 사거나 교환하려는 이웃을 찾지 못했다.

사실 전문 증권거래원들에게 돈은 늘 추상적인 존재였다. 개념으로만 존재하는 무엇, 비디오 게임의 점수처럼 쉽게 왔다 쉽게 가는 무엇이었다. 월링의 엄마 같은 임금 노동자들은 돈을 실물로 여겼다. 노역은 실질적인 것이었다. 시간도 실질적인 것이었다. 따라서 노역 그리고 시간과 맞바꾼 무엇이 덧없는 것이라고는 상상할 수 없는 듯했다. 그들은 노역과 시간을 비축해두면 나중에 교환할 수 있다는 약속, 다른 사람의 노역, 다른 사람의 시간으로라도 바꿀 수 있다는 약속을 믿었다. 그러나 돈은 개념에 불과했고 대부분의 사람들은 자연력들이 추상적으로도 작용할 수 있다는 사실을 이해하지 못했다. 증발. 홍수와 불과 부식, 침투와 누수와 부패. 대부분의 사람들은 정의가 있다고 믿고 싶어 했고 믿고 싶은 것과 실제로 가능한 것을 혼동했다.

그의 엄마는 수년 동안 자신의 화장대 위에서 점점 가득 채워져 가던 병 안의 동전들을 쏟아놓았다. 그러곤 1센트짜리와 5센트짜리, 10센트짜리, 25센트짜리를 열심히 분리해 10개씩인 듯 보이는 더미로 쌓고 있었다. 그 광경을 보고 월링은 서글퍼졌다. 엄마의 절박한 모습 때문만은 아니었다. 동전들 자체도 서글펐다. 그가 어릴 때 25센트짜리 동전 한 무더기는 아주 소중하게 느껴졌다. 단단하고 반짝거리며 묵직하고 불변하는 금속의 속성 때문인지 늘 동전이 지폐보다 더 가치 있고 더 실속 있게 느껴졌다. 엄마의 화장대에 놓인 저 병은 마치 땅에 묻힌 궤에서 꺼낸 보물처럼, 혹은 도르래와 잠수부들에 의해 난파선의 재목 속에서 수면으로 떠오른 보물처럼 빛났다. 어릴 때 호주머니에 동전을 불룩하게 채워 넣고 거리를 걸으면 그 무게로 인해 청바지가 한쪽만 흘러내리고 동전들이 허벅지를 때려대곤

했다. 초등학교 시절에도 그는 반대쪽 주머니에 들어 있는 5달러짜리 지폐가 동전보다 더 가치 있다는 사실을 알고 있었다. 그러나 축 늘어진 채로 흔들거리는 구리와 니켈과 은과 주석은 어쩐지 부자가 된 기분을 안겨주었다.

이제 동전은 동그란 원반에 불과했다. 금속 돈의 주조가 중단되었으므로 티들리윙크(한쪽 끝을 눌러 튕겨 멀리 있는 컵에 넣는 원반 모양의 장난감—옮긴이)처럼 역사적인 유물이 되었다. 그의 엄마가 열심히 분리하고 있는 저 잔돈은 아무런 가치도 없었고, 따라서 그것은 어리석은 짓이었다. 한 시간 동안 그 일을 해봐야 코카콜라 한 캔이라도 살 수 있는 법정 통화가 모이면 다행이었다.

월링은 손으로 엄마가 쌓은 동전 더미들을 휘저어 무너뜨렸다. 동전들이 요란하게 바닥으로 떨어지고 침대 밑으로 굴러 들어갔다. 그 자신도 놀랐다. 분노 어린 행동이었다. 그는 좀처럼 분노를 허용하지 않았으므로 대체 그런 행동이 어디서 나왔는지 알 수 없었다.

"뭐 하는 짓이야?"

그의 엄마가 소리쳤다. 그녀가 무릎을 꿇고 먼지 속으로 굴러 들어가는 동전들을 쫓아가지 않기를 그는 바랐다. 품위 없는 짓이었다. 이젠 길거리에서도 허리 굽혀 동전을 줍는 사람이 없었다.

"처음부터 다시 해야 하잖아."

"쓸데없는 짓이에요."

월링은 에스테반의 서랍에서 양말 한 짝을 꺼내 뚫어진 곳이 없는지 확인했다. 그러곤 동전을 한 움큼씩 양말 속에 넣기 시작했다. 어린 시절 그의 호주머니처럼 발가락 부분이 축 늘어질 때까지. 그런 다음 잔돈의 위쪽을 묶어 매듭지었다.

그의 엄마가 말했다.

"그러면 그린 에이커에서 받아주지 않아. 종류별로 묶어놓은 동전만 받는다고."

"돈치기라는 게 있다던데."

윌링은 그것을 추처럼 휘둘러 자신의 반대편 손바닥을 때렸다. 꽤 강력했다. 가속도가 느껴졌다.

"이런 거겠죠?"

그는 쇠붙이가 잔뜩 담긴 양말을 뒤로 넘겼다가 안방 문틀을 후려쳤다. 우지끈하는 요란한 소리가 들렸다. 목재가 움푹 팼다.

그의 엄마는 겁에 질린 얼굴이었다.

윌링이 설명했다.

"훌륭한 무기네요. 무기는 이 고철로 살 수 있는 그 어떤 물건보다 더 값어치가 있죠."

"너도 변하는구나."

그녀가 말했다.

"적응하는 거예요."

그가 말했다.

"적응하지 마."

그녀가 말했다.

"적응하지 않는 동물은 죽어요."

그가 말했다.

"그 가방 이리 내."

그가 슬픔이 밴 목소리로 부드럽게 말했다. 소년은 기껏해야 열 살 아니면 열한 살쯤이었다. 적어도 백인이었으므로 좀 더 수월할 것 같았다.

그들은 그린 에이커 팜에서 두 블록 떨어진 옆길 이스트 52번가에 있었다. 늘 그랬듯 보도에는 인분이 널려 있었다. 같은 종의 자취는 아주 쉽게 눈에 띈다는 점이 재미있었다.

"안 돼요."

소년은 겁을 먹고 울타리에 붙어 서서 캔버스 시장 가방을 가슴에 끌어안았다. 저녁 찬거리 심부름을 나온 모양이었다. 붉은 머리칼에 왜소한 몸집. 경계하며 얼굴을 움찔 일그러뜨리는 버릇이 몇 년 뒤에는 영구적으로 자리 잡을 듯했다. 외투가 날씨에 비해 너무 얇았다.

"혼난단 말이에요."

"가방 이리 내."

윌링은 엄마의 방에서처럼 양말로 반대편 손바닥을 때리고 있었다. 윌링 자신도, 소년도 그 동작에 최면이 걸리는 듯했다.

"그러지 않으면 더 혼날 거야."

소년은 거리를 좌우로 살폈다. 북적거리는 길은 아니었지만 황량하지도 않았다. 그들은 어느 집 앞에 있었는데, 그 집에서 누군가가 밖을 내다보고 커튼을 닫았다. 소년은 저편에 보이는 나이 많은 여인과 눈을 마주쳤지만 여자는 몸을 돌리고 서둘러 반대편으로 걸음을 옮겼다. 이제 모두들 이런 식이었다.

아이는 도망치기 시작했지만 그전에 단서를 주었다. 순간적으로 자신이 내달릴 방향을 흘끗 보았던 것이다. 덕분에 윌링은 소년의 팔을 잡을 수 있었다. 그 접촉에 둘 다 화들짝 놀랐다.

"알았어요, 알았다고!"

소년이 울부짖었다. 그러곤 엄숙하게 가방을 내주었다. 마치 공물을 주듯. 윌링은 놓아주었다. 그의 먹잇감은 고문자의 오른손에서 축 늘어진 채로 느슨하게 달랑거리는 양말을 한 번 더 보고는 내달렸다.

월링은 내용물을 살펴보았다. 인공 감미료를 넣은 체리 맛 음료수, 다 떨어진 스펀지류, 하얀 샌드위치 빵. 기름기 많은 분쇄 고기 500그램. 기름기가 많으면 좋았다. 기름기가 많으면 열량이 높으니까. 다 합쳐도 얼마 되지 않았고 엄마의 취향에도 맞지 않았지만 그래도 그들은 배를 곯지 않을 것이다. 재미있는 일이었다. 엄마의 화장대 위에 있던 잔돈으로는 저녁 비슷한 것도 사지 못할 줄 알았는데 방금 저녁거리를 구하지 않았는가.

처음에 그는 서배녀가 오늘 밤엔 집에 들어오길 바랐다. 그러면 그의 흔해빠진 깡패 짓이 기사도로 통할지도 모르니까. 그것은 여자들을 매료시키는 장난이었다. 그러나 떠벌려선 안 되었다. 나중엔 자신의 귀에도 어리석게 들릴 것이고 엄마의 귀에도 들어갈 것이다. 그가 어릴 때 익힌 기술 가운데 가장 유용한 것은 입을 다무는 기술이었다. 열여섯 살이 되자 이 재주를 계속 유지하기가 힘들어졌다.

약탈한 물건을 들고 집으로 걸어가는 사이, 우울감이 성공의 짜릿함을 짓눌렀다. 이전의 착취에 대해 그는 절도를 일컫는 표현을 피했다. 뒤 베란다에 쌓아놓은 비축물은 압수 또는 습격 또는 세금 징수를 당한 것이었다. 그러나 이러한 방식으로 이웃에게 설탕 한 컵을 빌리는 것은 다르게 느껴졌다. 월링은 자신이 선을 넘었음을 자각했다. 어차피 다른 사람들도 그 선을 넘을 것이다. 그러나 어떤 사람들은 너무 오래전에 선을 넘어 선을 볼 수 없는 지경에 도달했으므로 이제 선이 존재하지 않았다.

그리하여 분쇄한 소고기와 기름에 흠뻑 적신 빵 두 조각씩으로 저녁 식사를 하면서 월링은 이렇게 발표했다.

"우리도 총이 필요해요."

"너 돌았니?"

그의 엄마가 소리쳤다. 엄마의 예측 가능한 분노를 들어줄 수는 있었지만 너무 따분했다.

"이 집에 총을 들여놓는 건 절대 안 돼. 난 총을 믿지 않아. 그 몹쓸 물건을 소유하는 사람 중 절반은 총을 맞는다고. 대체 왜 우리에게 총이 필요하다는 거니?"

"우릴 보호하기 위해서죠."

그런 다음 월링은 덧붙였다.

"저 같은 사람들로부터."

13장
카르마의 응집 II

카터는 철학적으로 인간의 목숨이 신성하다는 사실을 인정하는 바였다. 또한 이 나라의 모든 인간이, 더 엄밀히 말하면 남녀 모두가 평등하게 태어났다는 점을 인정하는 바였다. 물론 교육수준이 높고 그의 아버지가 생각하는 것보다 승리욕이 강한 사람으로서 늘 이 주장이 너무 낙관적이라고 생각했지만 말이다. 어쨌든 그는 독립선언문의 진정한 의미를, 그것은 모든 사람이 수학을 잘한다는 뜻이 아니라 모두가 똑같은 권리를 갖고 있다는 뜻임을 알고 있었다. 그런 고로, 루엘라 와츠 맨디블에게도 생존권과 자유권, 행복추구권이 있었다. 이 가운데 가장 필수적인 것은 첫 번째였다. 루엘라의 자유는 그와 제인이 너무도 확실하게 부인하고 있었고, 행복은 설사 루엘라 자신이 추구하려 한다고 해도 60초 안에 그 사실을 까먹고 대신 파스닙을 들고 돌아오기 일쑤였기 때문이다. 뭐, 그의 의붓어머니의 머릿속 깊은 곳 어딘가에, 어지럽게 뒤엉킨 운율 강박 속 어딘가에 우아하고 아름다우며 언변 뛰어난 여인, 까무잡잡하여 이국적으로 보이지만 사실상

겉모습을 제외하곤 편안하게도 백인과 다를 바 없는, 1992년에 아버지의 마음을 훔친 그 요부가 콩알보다도 작게, 팝콘 알갱이보다도 작게 남아서 깜부기불처럼 깜빡거리고 있을지도 모른다고 믿어줄 수도 있었다. 그로서는 그 팜프 파탈을 전혀 찾아볼 수 없었지만 말이다. 이론상으로도, 자신의 잘못이 아닌 다른 이유로 '망할 놈의 정신이 완전히 나가버리고' 그저 '똥오줌을 싸며 소리소리 지르는 껍데기'로 전락해버린 이 여인을 안쓰럽게 여기고 예를 갖춰 매일 돌봐주는 일에서 중히 여겨야 할 점은 단지 피보호자의 정신적 안정과 자존감, 물리적인 평안만이 아니었다. 그보다 더 중요한 쟁점은 아마도 인류애일 것이다. 사회의 최약자 시민을 어떻게 대하는가 하는 것이 그 사회를 평가하는 잣대인 듯 보이니까. 따라서 그의 영혼을 구제하고 진정한 미국인의 최고 가치를 보여주기 위해서는 그의 망할 놈의 여생을 매일 밤낮으로 모조리 희생해야만 했다.

아아. 그의 차분하고 사려 깊고 합리적이며 진보적인 관용에도 한계가 있으리라. 아내와 가사 일을 분담한 미국 남성 1세대에 속한 카터는 이미 자신이 계획한 수천 번의 기저귀 교체를 이행했고, 적어도 그의 어린 자식들은 그 과정에서 그를 물지 않았다. 그러나 그의 아버지는 절대 거들려고 들지 않았다. 더글러스는 너무도 수동적으로 변한 탓에 과거의 그가 지금 그들의 집에 있는 이 존재와 조금이라도 연관 있는 사람이 맞을까 하는 의심이 들 정도였다.

이 어려운 상황을 이용해 부부 사이의 결속을 다지고자 카터와 제인은 침대로 가기 전에 부엌에서 단둘이 시간을 보냈다. 루엘라가 야경증으로 울부짖기 전까지 오붓이 누릴 수 있는 귀중한 시간이었다. 그들은 작은 잔에 포트와인을 따라놓고 함께 한 모금씩 홀짝였다. 더 좋았던 시절의 상징이랄까. 그 제한적인 사치 덕분에 그들은 제정신을 유지할 수 있었다. (몇 가지 사치를 누릴 수 있게 된 것은 비틀을 판 덕분이었다. 이제 그들은 아무 데도 가지 않았으므로 차가 짐이 되었고, 경찰은 절도와 강도, 살인 수사에선 손을 뗐어도 교대주차 위반 딱지를 발행해 수입을 올리는 일에는 그 어느 때보다도 열심이었으므로 골칫거리이기도 했다.) 이들 부부는 조금이나마 로맨틱한 분위기를 흉내 내기 위해 늘 천장의 불을 끄고 양초 하나를 켰다. 그러곤 지친 상태로 마치 의식을 치르듯 그날그날 겪은 치욕을 나누었다.

그럼에도 제인은 그를 원망했고(그들의 평생 손님은 그의 가족이었으므로) 그를 탓해선 안 된다는 사실을 알기에 그 원망을 더 깊은 곳에, 원망이 가장 맹렬하게 타오르는 더 본능적인 감정의 층에 묻었다. 카터 역시 제인이 두 손을 올리며 의사들이 스트레스를 조심하라 거듭 강조했다고 상기시킨 뒤 고요의 방으로 들어가 문을 잠가버리면 부아가 치밀었다. 이제 주의력결핍과잉행동장애이니 글루텐 불내증이니, 정서적 지주 동물이니 하는 시시한 이야기를 모두 창밖으로 내던져야 하는, 냉혹한 미국 문화의 시대에 들어섰다는 그의 선포에도 그녀는 귀를 닫았다.

그러나 그의 증오의 주요 표적은 아내가 아니라 루엘라 본인이었다. 카터는 그녀의 정신이 멀쩡했을 때에도 그녀를 그리 좋아하지 않았다. 연습을 통해 단련한 듯한, 흐느적거리고 하늘거리는 몸가짐, 과하게 세련된 태도, 지나치게 정확한 발성, 그는 그런 것에 넘어가지 않았다. 루엘라의 모든 특징은 인위적인 구조물이었던 탓에 이제 그 공들인 포장이 모두 벗겨지고 실체가 드러난 것이라고 그는 믿었다. 그 안에 숨어 있던 그녀는 심술궂고 교활하며 탐욕스러운 동물이었다. 어떻게든 모든 것을 제멋대로 하려 들고, 남들을 의심했다. 이처럼 계산적이고 자기중심적인 책략가들은 남들도 모두 자신과 똑같다고 상정하기 마련이었다. 눈치는 빠르지만 아주 영리하진 않았다. 자극이 가해지기만 하면 각운이 맞는 헛소리를 쏟아내는 것도 그에겐 전혀 놀라운 일이 아니었다.

또한 억지로 식도 안에 밀어 넣지 않아도 그녀가 잘 먹는 음식이 설탕 덩어리뿐이라는 사실도 시사하는 바가 크다고 그는 생각했다. 한창때 루엘라는 단것을 좋아하지 않는다고 주장했는데, 이는 패션 모델 같은 몸매를 유지하려는 구실에 불과했다. 그녀의 머릿속에 들어찬 야비한 포식성 기회주의 쟁탈전에 단백질 플라크와 몇 차례의 미니 뇌졸중을 추가하자, 짜잔!, 단것에 대한 식욕이 폭발하기 시작했다.

루엘라도 카터를 좋아하지 않았다. 그녀는 그를 시시한 사람으로 치부했다. 그녀가 더글러스에게 그의 하나뿐인 아들이 자기 남편의 에스프리(불어로 '정신', '기지'-옮긴이)와 조아 데 비브르(불어로 '삶의 기쁨'-옮긴이)를 좀 더 물려받지 못했다고 푸념하는 것을 엿들은 적이 있었다. 그러나 그녀가 의붓아들을 불편해하는 진짜 이유는 카터 자신이 그녀의 본심을 간파하고 있기 때문이었다. 루엘라는 가식 덩어리에다 야심가로, 처음부터 더글러스가 죽은 뒤에 재산을 상속받을 작정으로 결혼했으므로 결국 그녀가 50대 후반에 꿈의 나라로 떠났다는 사실이 드러났을 때 카터는 그것이 일생을 통틀어 최고의 뉴스라고 생각했다. 그러나 이제 그 복수가 부메랑처럼 그에게로 돌아왔다. 그녀는 일부러 보란 듯이 그의 집에 들어앉은 것 같았다. '자, 진짜 루엘라를 보고 싶었지? 이게 진짜 루엘라야, 이제 만족해?' 하는 것 같았다.

루엘라가 이제 침을 질질 흘리는 큐피 인형의 모습으로 그의 친어머니 자리에 들어앉아 있다는 사실도 도움이 되지 않았다. 그의 어머니는 무작위적인 살인과 실종이 난무하는 맨해튼의 혼돈 속으로 흔적도 없이 사라져버렸고, 그 때문에 그는 정식으로 어머니를 애도하지도 못했는데 말이다. 자선기금 모금의 막강한 실세였던 어머니의 죽음은 3년 전만 해도 유력 인사들의 조문 행렬이 잇따르는 그해의 주요 추모식이 되었을 것이다. 마침내 진정으로 필요해진 자선단체들 대부분이 중도에 문을 닫았고, 그가 상상했던 유명 인사들의 축제는 열리지 않았다. 돈을 가진 사람이라면 아무도 이를 비웃지 못하리라.

카터는 이제 자신을 속일 이유가 없었다. 그는 루엘라가 죽었으면 좋겠다고 생각했다. 실제로 그녀의 목을 조르진 않았지만 그만의 〈환상특급〉 속에서는 지독히도 말 안 듣는 이 골칫덩어리 여자를 깔끔하게 옥수수밭으로 데려가 기꺼이 범죄를 저지르곤 했다. 치매 환자들도 여전히 기쁨을 느낄 수 있으며 여전히 인간으로서의 가치를 가졌다고 하지만, 그는 그들의 피보호자에게서 어떠한 기쁨도 감지할 수 없었다. 집 안에서는 거짓 활력을 주는 요양원처럼 신나는 노래교실과 창의적인 공예 활동을 주최하지 않았으니까. 그리고 평생 진보주의자였든 아니든 그는 인간으로서 가치를 가진 존재가 되려면 다른 누군가에게 조금이라도 실질적인 쓸모가 되어야 한다는 관점으로 가차없이 입장을 바꾸고 있었다.

적어도 카터는 아버지까지 죽기를 바라진 않았다. 그들의 관계를 오염시킨 숨은 동기가 제거된 뒤로 카터는 계속해서 아버지에 대해 탄탄한 호감을, 큰 보상이 기다리던 시절에는 결코 믿지 않았던 그런 호감을 느끼고 있었다. 늘그막에 찾아온 빈곤을 통해 그의 아버지가 양파 두 개를 넣은 호화로운 마티니에 연연하는 사람이 아니라는 사실도 확인되었다. 물론 그는 자신의 계층에서도 최고에 속했었지만 결국 생활방식의 강등을 의외로 침착하게 받아들였다. 따라서 액상 니코틴을 채워주기만 하면 거의 불평도 하지 않았다. (굶주리는 시대가 되자 피와 살이 되는 맛의 전자 토바토가 새로 나왔다. 속 채운 그레이비 칠면조 맛, 졸인 햄과 붉은 양파 처트니 맛, 이런 식이었다.) 이제 참기 힘든 것은 똑같은 얘기를 되풀이하는 버릇뿐이었다. 카터는 기능 통화의 세 가지 요건을 한 번만 더 들으면 소리를 지를 것 같았다. 이를 제외하면 더글러스는 전자책을 읽는 데 조용히 적응했고 TV도 많이 보았다.

2032년 3월 7일 오후에도 그는 바로 그렇게 자신의 3층 방에 들어앉아 있었다. 더글러스는 다가오는 대선에 몰두해 있었고, 특히 그 달에는 텍사스 주와 플로리다 주에서 예비선거가 있을 예정이었다. 두 개 주 모두 라틴계의 비율이 높아 재임 중인 대통령이 유리한 입장이었다. 당연히 공화당 후보들은 지지부진했다. 공화당의 주요 후보는 단테 알바라도를 에르베르토 후베로('허버트 후버'를 스페인어 식으로 비튼 것 – 옮긴이)라고 불러 널리 인종주의자로 매도되었다. 그러나 현직 대통령은 좌익 고관인 존 스튜어트의 후보 등록 덕에 큰 도전에 직면해 있었다. 존 스튜어트는 방코르에 백기를 들겠다는 공약을 내걸었다. 갈수록 견고해지는 국제통화에 대한 불매운동이 미국에 참사가 되었음은 아주 어린 아이도 알 수 있었으므로 예비선거는(생존 가능한 반대당이 없는 상황에서는 사실상 선거와 다름없었지만) 인종 차별 해소의 강화와 경제를 내세우는 전략 간의 대결이었다. 라틴계 사람들과 알바라도에게 투표한 백인 진보주의자들은 미국 최초의 멕시코 태생 대통령이 한 번의 임기로 물러나는 것을 원치 않았다. 카터 자신도 둘 사이에서 갈팡질팡하고 있었지만 제인에게는 얘기하지 않았다.

사실 카터는 누가 차기 미국 대통령이 될 것인가 하는 하찮은 문제에 에너지를 쏟을 형편이 아니었다. 그보다는 더 기념비적인 문제, 즉 루엘라에게 점심을 먹이는 문제에 완전히 몰두해 있었다. 루엘라는 이틀 연속 결박되어 있었고, 이곳은 관타나모 수용소가 아니었다. 근경축과 욕창을 막기 위해서는 의자 결박을 120센티미터 길이의 끈으로 바꿔주어야 했다. 이렇게 끈으로 묶어놓는 날에는 그녀의 목구멍으로 단백질을 밀어 넣기가 더 어려웠다. 제인은 루엘라에게 치즈를 먹이지 말라고 애원했다. 그의 의붓어머니가 변비에 걸리면 구하기 힘든 관장기나 설사약을 대신해 둘 중 한 사람이 손가락으로 그녀의 항문에서 똥을 파내야 했기 때문이다. 그러나 억지로 씹게 하기에는 닭고기보다 치즈가 수월했다. 제인이 고요의 방에 틀어박히고 나자 심술이 발동한 카터는 체더 치즈를 골랐다.

그러나 이번만큼은 루엘라도 셀렉시옹 드 프로마주(불어로 '선별된 치즈'라는 뜻—옮긴이)가 당기지 않는 듯 처음 한 덩어리를 입에 넣었다가 질척해진 액체 상태가 되자 부엌 곳곳에 뱉어놓고 카터의 뺨에도 튀어놓았다. 그러고는 만찬 석상에라도 온 듯 깔끔한 척하며 잠옷에 묻은 조각들을 떼어냈다.

"넌 네 아버지 손끝만큼도 못 따라가."

그녀가 분명하게 말했다.

이렇게 잠깐씩 정신이 돌아올 때면 그는 늘 당황스러웠다. 그녀가 좀 더 좋은 감정을 드러냈다면 그도 좀 더 부드러워졌을지 모른다. 그러나 그는 치즈 한 덩어리를 다시 먹인 뒤 뱉어내지 못하도록 손으로 그녀의 입을 막았다. 루엘라는 사정없이 손을 뻗어 얼마 남지 않은 그의 귀중한 머리칼을 움켜쥐고는 있는 힘껏 잡아당겼다.

좋다. 더는 참을 수 없었다. 카터는 침이 덕지덕지 묻은 손바닥을 행주로 닦으며 쿵쾅쿵쾅 부엌을 나갔다. 루엘라가 굶든 말든 상관없었다. 그는 계단 위쪽에 대고 소리쳤다.

"제인! 루엘라 좀 봐. 난 머리칼을 다 뜯겼거든. 바람 좀 쐬고 올게."

극심한 고생 뒤 산책을 통해 조금이나마 마음을 가라앉힌 카터는 약 한 시간 뒤 무릎 통증을 위해 애드빌 두 알을 먹을 요량으로 집에 돌아왔다. 문을 여는 순간 탄내가 코를 찔렀다. 제인이 냄비를 태웠나? 그녀는 한때 열정적으로 조리법을 스크랩하기도 했지만 이제 계란 하나 삶는 일도 드물었다. 복도가 뿌옇게 흐려 있고 탁자 다리에 끈으로 묶여 있는 루엘라는 너무 조용했다.

부엌으로 달려가 보니 부부가 포트와인을 마시며 하루 일과를 나눌 때 사용하는 양초에 불이 켜져 있었다. 루엘라가 눈을 빛내며 불붙은 종이 냅킨을 열린 쓰레기통에 넣고 있었다. 맨 위에 있던 치즈 포장지에 불이 붙었다. 루엘라는 손이 닿는 것은 무엇이든 양초에 대어 발사체로 만든 뒤 사방으로 던져댄 모양이었다. 카터는 얼른 양초를 껐지만 미봉책에 불과했다. 커튼이 불타고 있었다. 쓰레기통이 불타고 있었다. 루엘라가 묶여 있는 탁자 다리 옆 리놀륨 바닥 한 조각이 불타고 있었다. 삽시간에 연기가 자욱해지면서 선택지가 분명해졌다. 이 집을 구할 것인가, 그 안에 있는 사람들을 구할 것인가. 아아, 그 모든 진보적 훈육이 결국 무언가에는 쓸모가 있었다.

제인이 힘없이 물었다.

"내가 안 넣어놨나? 내가 안 넣은 것 같아."

그러자 카터가 대꾸했다.

"누가 했든 내가 알아차렸어야지. 하지만 우리 팔자야. 포크는 거꾸로 쥐면서 성냥 긋는 법은 기억하고 있다니."

그들은 카터가 화상을 피하려고 집어 든 담요를 뒤집어쓴 채 길 건너편에 웅송그리고 있었다. 뉴욕 경찰은 뜸을 들였지만 이런 시기에 소방대가 존재한다는 사실이 카터는 놀라웠다. 화염은 잦아들지 않았다. 그 번쩍이는 불빛 속에서 루엘라는 토속 신앙인처럼 희희낙락 춤을 추었다.

"저 사람을 구할 필요는 없었는데."

더글러스가 무겁게 말했다.

"저도…… 어, 잠깐 망설였어요."

카터가 솔직히 말하고는 덧붙였다.

"오싹해지더라고요."

지난해 내내 에이버리는 줄곧 고된 일에서 위안을 찾았다. 쓸고, 닦고, 설거지하고, 고치고, 썰고, 세탁했다. 동네 사람들끼리 아이들의 옷을 교환하는 행사를 열기도 했다. 빙의 폭로성 체중 증가를 막기 위해 아이에게 팔벌려뛰기를 하게 했다(놀리에게서 아이디어를 얻었다). 식품 저장실 도둑질은 왕따가 되는 완벽한 공식이었기 때문이다. 울화를 삼켜가며 구그에게 스페인어를 공부하게 하기도 했다. 할 일이 없어지면 몹시 불안해졌다. 고된 일에는 치료 효과가 있었다. 언젠가 다시 클리닉을 열게 된다면 환자들에게 진료실 바닥을 닦게 해야겠다고 생각했다.

게다가 그녀는 철저한 계산을 통해 페르소나의 일신에 전념해왔다. 더는 언니에게 도덕적 우위를 빼앗기지 않겠다는 계산이었다. 그렇지 않으면 그녀의 언니는 계속해서 유능함과 투지, 효율성, 금욕, 이타성, 그리고 그 유명한 현실성을 독차지할 것이고, 그러면 모두가 플로렌스에게 고마워할 것이며, 에이버리의 아이들은 플로렌스를 존경하고 플로렌스에게 고민을 털어놓을 게 분명했다. 그녀의 남편조차 자신이 왜 불굴의 투지를 가진 이 여인을 두고 나약한 울보를 택했을 까 생각할지도 모를 일이었다. 또한 심술을 부려봐야 화장지가 생기는 것도, 식량이나 프라이버시가 생기는 것도 아니었다. 이러한 성향이 남들에게 얼마나 한심하게 보이는지 뼈저리게 자각하게 되자 심통 자체가 작은 고문이 되었다. 그것은 얄팍하고 껄끄러우며 거슬리는 감정이었고, 결국에는 자학의 한 형태가 되기도 했다. 요컨대, 에이버리는 어차피 역사를 통제할 수 없었다. 역사가 발버둥 치는 동안 자신의 기질을 통제할 수 있을 뿐이었다. 공주처럼 구는 것은 누구에게도 도움이 되지 않았다. 고소하게도 플로렌스는 가끔 여동생이 성자가 되었다는 사실에 몹시 약올라 하는 듯 보였다. 이 무렵 에이버리는 이 이스트 55번가의 자선가 홍보 대사보다 더 성자 같은 성자가 되어 있었다.

따라서 이번에도 에이버리는 대대적인 공동 저녁 식사의 뒷정리를 혼자 도맡고 있다가 황급히 손의 물기를 닦고 문으로 달려나갔다. 작은 구멍에 눈을 대보니 그녀의 부모님과 그랜드 맨, 루엘라의 굴절된 상이 보였다. 모두들 방금 탄광에서 나온 듯 얼굴에 검댕이 묻었고 인디언처럼 담요를 두르고 있었다.

"젠장, 뭐예요!"

문을 열고 놀란 나머지, 그녀는 그랜드 맨 앞에서 미처 말조심을 하지 못했다.

그녀의 아버지는 묘하게도 의기양양하게 발표했다.

"루엘라가 집을 태워버렸어."

삽시간에 소식이 퍼졌고, 엄마로선 생각하고 싶지도 않은 일을 하러 나가 있는 서배너를 제외하고 모두가 거실에 모였다. 모두들 "세상에!"를 연발하며 경악하고, 재해 피해자 네 사람이 모두 괜찮은지 황급히 묻고, 모두 무사히 빠져나왔으니 그걸로 됐다고 위로하고 있었지만, 에이버리는 이런 허식의 바로 이면에서 소곤거리는 집단적인 걱정의 목소리를 감지할 수 있었다. 이 예기치 못한 사건의 전개로 인해 이미 터지기 일보 직전인 이 집의 인구가 열네 명으로 늘었다. 아니, 루엘라 한 사람만 해도 제정신인 사람 스무 명과 맞먹는다던 아버지의 말이 사실이라면 서른세 명으로 불어난 셈이었다.

그들은 새로 온 손님들에게 자리를 내주었다. 그랜드 맨은 자신이 어릴 때 썼던 쨍한 와인색 소파에 앉으면서 애석한 얼굴로 덕트 테이프를 흘끗 보았다.

플로렌스가 아리송하게 말했다.

"우리의 용맹스러운 군대가 브루클린에서 금을 캤거든요. 고모? 차를 내오려고 하는데 고모는 생략해도 괜찮으시다면……."

"차는 무슨."

놀리는 플로렌스와 함께 부엌으로 향하며 말을 이었다.

"나한테 뿅 가는 독주가 하나 있거든."

"뭔가 건지신 건 있어요?"

에이버리는 이렇게 묻고는 어린 시절 그들의 다락에 있던 유물들을 열거했다.

"싱크대에 넣어둔 것 몇 개는 빠졌을 거다."

아버지가 담요를 젖히고 무릎에 올려놓은, 흠집투성이의 장엄한 목제함을 드러내며 덧붙였다.

"어쨌든 이 은식기를 갖고 나왔어."

그랜드 맨은 울음을 터트렸다.

"나한텐 얘기하지 않았잖아!"

에이버리는 그랜드 맨이 우는 모습을 처음 보았다.

"아껴뒀던 거죠. 이런 밤에는 즐겁게 놀래켜 드릴 일이 많지 않을 테니까요."

아버지가 말했다. 그러곤 디너 나이프 하나를 꺼냈다. 아래쪽에 소용돌이 모양의 커다란 M자가 새겨져 있는 칼날에 빛이 반사되었다.

"정말 아름답네요!"

커트가 소리쳤다. 그는 이데올로기적인 이유로 계급의식을 반대할 만한 사람이었지만, 이 명문의 부적을 가졌다는 이유로 그들 가족을 본능적으로 더 높이 평가하는 듯했다. 에이버리 자신도 미국의 귀족 개념을 온전히 믿지는 않았지만, 그녀의 언니는 엘리트주의에 반감을 갖고 적극적으로 이를 거부했다. 그러나 스택하우스 가족이 이 집에 처음 들어왔을 때 에스테반이 했던 말이 옳았다. 맨디블 가 사람들은 모두 특권 의식을 갖고 있었고, 플로렌스의 경우에는 오히려 특권 의식을 거부하는 것에 대해 특권 의식을 갖고 있었다. 미국의 예외주의라는 더 커다란 논쟁거리와 마찬가지로 우리가 특별한가 아닌가 하는 이 집안의 긴장도 지금은 접어둘 수 있으리라. 마운트 버넌 풍요의 집에 있던 그 모든 호화롭고 훌륭한 장식과 소품들, 무늬를 새긴 오크재 패널과 굽이치는 모양의 난간들, 민화가 담긴 동양풍의 카펫들, 그랜드 피아노, 50인용의 본차이나 세트가 모두 사라지고 이제 공식적으로 남은 것은 불완전한 은식기 세트와 덕트 테이프를 붙인 소파뿐이었다. 이 정도면 카를 마르크스조차도 조금은 서글프다고 생각했을 것이다.

커트가 자진해서 나섰다.

"혹시 내일 아침에 캐럴가든스에 다시 가서 건질 만한 것들을 찾아보실 생각이라면 제가 도와드릴게요. 불길이 잡히고 나면 당장 사람들이 눈에 불을 켜고 돌아다니며 싹쓸이할 겁니다."

"보험 처리는 되는 거죠?"

에스테반의 물음에 아버지는 목을 문지르며 대꾸했다.

"모르겠어."

"모르겠다니 그게 무슨 말이야?"

엄마가 물었다.

"보험료는 계속 냈지. 그런데 지난주에 타이탄 사가 파산했다는 뉴스가 나오더라고. 회생 불가야. 우린 어떻게 되는 건지 모르겠지만 보험금 받기가 아주 골치 아플 거야."

아버지의 말에 로웰이 입을 열었다.

"그래도 정식 해지 통보를 받지 않으셨다면 권리를 주장할 수는 있습니다. 하지만 타이탄은 파산법 제7장 완전한 청산에 속하는 경우이니 채권자들이 문 앞에 줄을 서겠죠. 처리가 된다고 해도 실제로 돈을 보게 되기까지는 수년이 걸릴 수도 있습니다."

"인플레이션이 반영되지도 않을 테고요."

계단에서 윌링이 말을 이었다.

"그럼 3개 층 전체의 재산 피해 보상금을 받아봐야 싸구려 정장 한벌 살 수 있을걸요."

"넌 그거 하나로 엄청 우려먹는구나."

로웰이 조카에게 퉁명스럽게 말했다.

"우리 보험회사가 파산했는데 왜 나한테 얘기하지 않았어?"

엄마가 소리쳤다.

"더 알아보려고 했어."

아버지는 사람들 앞이라 소리 지르고 싶은 것을 애써 참는 듯한 얼굴로 계속 말을 이었다.

"당신이나 내가 익사하지 않고 루엘라를 목욕시키고 나서, 내 눈알이 할퀴어져 뽑히지 않도록 루엘라의 손톱을 깎아주고 나서, 우리가 루엘라의 손이 닿지 않을 거라 생각하고 선반에 얹어놓은 토스카나 기념품 접시의 깨진 조각들을 치우고 나서 말이야. 얘기 나온 김에 누가 가서 루엘라 좀 찾아봐라."

에이버리는 자리에서 빠져나와 가장 먼저 지하실을 살펴보았다. 얼마 남지 않은 자기 가족의 세간이 키 178센티미터의 아이에게 끔찍하게 유린당하는 것은 원치 않았기 때문이다. 에이버리 자신도 피스헤드 클리닉에서 치매 환자들을 치료한 적이 있었다. 그들은 혼란스럽고 불안해하긴 했어도 대체로 상냥하고 고분고분했으며, 간혹 고집을 부리는 경우도 있었지만 말로만 들은 루엘라의 경우처럼 폭력적이거나 파괴적이지 않았다. 그래서 에이버리는 부모님의 이야기를 썩 믿지 않았다. 이제 자신의 옷이 갈가리 찢길 위험에 처했으니 부모님이 들려준 사건들을 곧이곧대로 믿는 편이 현명할 것 같았다.

그녀는 위층 욕실에서 의붓할머니를 찾았다. 루엘라는 샴푸를 짜서 욕조와 벽, 바닥을 장엄한 소용돌이무늬로 장식하고 있었다. 그녀에게서 샴푸 병을 빼앗는 일은 로트와일러(대형 사역견의 일종—옮긴이)의 주둥이에서 테니스공을 빼앗는 것과도 같았다. 그동안 에이버리는 부모님이 이 환자를 끈으로 묶어놓는 행위가 한 성인의 시민적 자유를 지독하게 유린하는 일이라고 생각했었다. 그러나 그 나일론 끈은 이 여인을 아래층으로 끌고 내려가는 데 매우 유용했다.

"모험가가 돌아오셨답니다."

에이버리는 애써 쾌활한 목소리로 이렇게 말한 뒤 거의 비어버린 샴푸 병을 자신의 막내에게 건넸다.

"빙? 이 병의 뚜껑을 열고 루엘라 할머니가 실수로 쏟은 샴푸를 잘 긁어 넣어봐."

샴푸를 구제하는 일은 그녀의 열세 살짜리 아들에게 완벽한 과제였다. 샴푸는 먹을 수가 없으니까.

"윽, 이게 무슨 냄새야?"

물러나 있던 구그가 도끼눈을 하며 물었다. 살이 찌진 않았지만 들창코에 어깨가 처져 두루뭉술한 구그는 모든 면에서 둔했다.

"기저귀를 갈아야 할 것 같은데요."

에이버리가 자신의 엄마에게 속삭였다.

"그런 것 같네. 그런데 방금 우리 집이 불탔거든. 왜 나한테 그런 얘길 하니?"

엄마가 대꾸했다.

"놀리 누이도 한번 해봐야지."

아버지는 누이로부터 스크루드라이버를 흉내 낸 칵테일을 받아 들고는 고맙다는 인사도 없이 덧붙였다.

"누이의 의붓어머니이기도 하잖아."

"난 어떻게 하는지 모른다."

놀리가 무덤덤하게 말했다.

"나도 2년 전에는 몸부림치는 성인 여자에게 낡은 침대 시트 조각 채우는 방법을 몰랐답니다. 누이는 뭐든 빨리 배우잖아요. 다들 그러던데."

아버지의 말에 플로렌스가 나섰다.

"아, 제가 할게요. 우리 모두 잊어선 안 돼요. 루엘라 할머니의 잘못이 아니라는 거. 몇 년 뒤에 우리 중 누군가도 똑같이 될지 모르니까……."

"난 수백 번 했어! 네 고모도 한 번은 할 수 있잖니!"

아버지가 딸의 말을 잘랐다.

뒤이어 누가 어디에서 잘 것인가를 놓고 설전이 벌어졌다. 커트는 이 집안의 어른에게 소파를 양보하고 팔걸이의자에서 자겠다고 자원했다. 윌링은 자기 방을 할머니 할아버지에게 내주겠다고 하고 구그에게는 지하실 서배너의 매트리스에서 자라고 제안했다. 엄마가 자신의 손녀딸은 대체 왜 밤새 집에 안 들어오느냐고 물었지만 에이버리는 못 들은 체했다.

"우리의 로체스터 부인께서는 다락에서 주무셔야 하지 않나."

아버지가 말했다. 그는 유독 누이에게만 분풀이를 하고 있었다. 누가 보면 놀리가 그의 집을 불태운 줄 알 것 같았다.

"제가 놀리 할머니랑 잘게요."

윌링이 끼어들었다. 현명한 제안이었다. 놀리는 자신의 내실에 윌링 말고는 아무도 들어오지 못하게 했기 때문이다. 그러나 로체스터 부인을 어디에서 재울 것인가 하는 문제가 여전히 남아 있었다. 이 하녀 게임에서 루엘라는 아무도 엮이고 싶어 하지 않는 카드였다. 에이버리 자신도 열정과 광기 사이를 오가는 이 오줌싸개 환자를 지하실에 들이고 싶진 않았다. 그 성질 나쁜 여자가 이 집에 들어온 지 불과 두어 시간 만에 그녀는 이스트 플랫부시에서 늘 세탁을 하겠다고 나서는 자신의 비겁함이 오히려 감사하게 느껴졌다. 부모님이 하룻밤이라도 편안히 보낼 수 있도록 루엘라를 돌보는 일만 아니라면 무엇이든 상관없었다. 지금도 노인 아기 돌보기를 피한다는 죄책감이 계속해서 그것을 피하겠다는 결의에 제압당하고 있었다.

그러나 결국 이 모든 자리 및 베개 교섭이 무의미했던 것으로 드러났다.

초인종이 울렸다. 집 안은 북적거렸지만 모두 아는 사이였고 (단언하기는 어려워도) 어느 정도는 서로 사랑하는 사이였으므로 1층은 커다란 파티라도 열린 듯 활기가 넘쳤다. 그래서 에이버리는 문을 열러 가면서 와자지껄한 잡음 위로 소리 높여 말했다.

"우리가 잊고 있던 일가친척이 또 추위에 떨고 있나?"

그녀는 명랑하게 물었다. 그게 꼭 맞는 표현이었다. 명랑하게.

작은 구멍으로 내다보니 두어 골목 떨어진 곳에 사는 이웃들이 보였다. 웰링턴 가족이던가? 워버턴 가족? 어쨌든 'ㅇ'으로 시작하는 이름이었다. 여자는(태라였나? 아니면 틸리?) 지난번 에이버리가 헌 옷 교환 모임을 열었을 때 참석하여 빙의 청바지를 받고 고마워했었다(슬프게도 빙은 옆으로 퍼져서 못 입는 것이었다).

"여보세요!"

태라인지 틸리인지 하는 여자가 세 살배기 아기를 품에 안고 현관 앞 계단에서 울부짖다시피 말했다.

"좀 도와주세요! 급한 일이에요!"

안 좋은 일은 한꺼번에 몰려드는 법. 루엘라를 어떻게든 지하실에서 재우지 않으려고 꼴사납게 이면 공작을 벌이던 에이버리는 무언가를 베풀 수 있다는 생각에 반가워하며 문을 열어주었다.

아이 엄마가 아이를 흔들면서 말했다.

"우리 딸이 많이 아파요. 병원에 데려가야 해요. 택시도 없는 데다, 킹스카운티 병원 응급실은 납치될 우려가 있다며 이 동네로는 구급차를 보내지 않겠다고 하네요. 저녁 시간을 방해해서 정말 죄송하지만 차를 갖고 계신 걸로 아는데……."

에이버리는 인상을 썼다.

"정말 딱 맞춰 오셨네요. 방금 저희 부모님의 집이 불탔거든요."

천성적으로 승리욕이 강한 에이버리는 더 센 재난으로 그들의 괴로움을 짓밟았다.

"나쁜 일은 늘 한꺼번에 일어나는 것 같습니다."

아이 아빠가 투지 있게 말했다.

"그렇죠."

에이버리는 짧게 미소 지으며 덧붙였다.

"제 남편은 카르마의 응집이라고 부른답니다."

"바쁘시면 그냥 전트를 빌려주시기만 해도 돼요."

아이 엄마가 초췌한 얼굴로 말했다.

이 이웃이 차종을 언급했다는 사실이 에이버리는 꺼림칙했다. 아이가 심하게 아픈 상황에서 그런 세부사항을 떠올린다는 점이 이상했다. 그러나 차가 바로 집 앞에 주차되어 있었으니 차 이름을 알아차린 것도 그리 대수로운 일은 아닌 듯했다.

에이버리가 말했다.

"아뇨. 제가 운전할게요. 열쇠 가져올 테니 잠깐 기다리세요."

"저기 혹시……?"

아이 엄마가 애원하듯 말을 이었다.

"엘리에게 물 한 잔 먹일 수 있을까요? 몸이 불덩어리예요."

"그럼요. 드릴게요."

에이버리는 망설였지만 그들의 면전에 대고 문을 닫아버릴 수는 없었다.

"잠깐 들어오세요. 이렇게 추운 날씨에 문을 열어둘 수는 없으니까요."

가족이 줄지어 현관 안으로 들어왔다.

"타냐예요. 기억하시죠?"

여자는 한 팔로 아이를 안고 에이버리와 악수를 나눴다. 주근깨는 늘 친근한 느낌을 주었다.

여자의 남편은 오른손을 외투 주머니에 넣은 채 고개만 까딱했다.

"샘입니다."

이탈리아인처럼 잘생긴 외모에 몸이 탄탄했지만 팔다리가 가늘었다. 이전 만남에서 보았던 공손한 태도는 온데간데없고 단호하게 이를 악물고 있는 모습이 누구에게 어떤 폐를 끼쳐서라도 딸이 치료를 받게 하겠다고 다짐한 듯 보였다.

"이 녀석은 제이크이고요."

열한 살쯤 되어 보이는 붉은 머리 소년이 움찔하며 아빠의 바짓자락 속으로 몸을 숨겼다. 에이버리에겐 낯익은 청바지를 입고 있었다.

"사람이 많네요."

타냐가 말했다. 그녀의 가족은 거실 입구에 모여 섰다.

"즉석 가족 모임을 열기에 어린 시절의 집을 잃는 것만큼 좋은 구실은 없죠."

에이버리가 말했다.

타냐는 손을 뻗어 남편의 왼손을 꼭 잡았다. 윌링은 평소처럼 계단에 걸터앉아 이 일련의 행위들을 지켜보고 있었다. 그가 사내아이와 눈을 맞추자 아이는 아빠의 다리에 더 꼭 달라붙으며 노려보았다. 부모님이 부탁하러 온 상황에서 그리 예의 바른 표정은 아니었다.

에이버리가 물을 갖고 돌아오자 타냐는 그 잔을 들고 서서 내려놓을 곳을 찾는 듯 보였다. 엘리가 목이 마르다고 하지 않았나? 에이버리는 열쇠를 흔들었다. 샘이 외투 주머니에서 오른손을 빼며 총을 꺼내 들었다.

에이버리는 왜 화기를 겨눌 때 "꼼짝 마!" 하고 소리치는지 이해할 수 없었다. 어차피 본능적으로 꼼짝할 수 없게 되는데 말이다. 에이버리가 조용히 말했다.

"그러지 않아도 돼요. 내가 태워다주겠다고 했잖아요."

"우린 아무 데도 가지 않아요."

샘은 그녀의 가슴에 권총을 겨누며 다시 말했다.

"그쪽이 가야죠."

"무얼 원하는 건지 모르겠네요. 따님은 어쩌고……?"

에이버리가 말했다.

"괜찮을 거예요."

타냐가 대꾸했다.

에이버리는 바보가 된 기분이었다. 그동안 고난을 마주하며 세상 물정에 밝아졌다고 자부했다. 그러나 손수 청소를 하느라 깨진 손톱 밑에서는 워싱턴의 사교 여왕이 나비처럼 팔랑거리고 있었다. 남들에 대해 예상하는 수준을 보면 그녀는 여전히 점심 약속과 커피 모임, 유방암 환우를 위한 자선 활동의 세상에 살고 있는 듯했다. 내 집에 서 일어나는 최악의 일이라고 해봐야 만찬 손님이 싸구려 레드와인 을 들고 와서 모욕감을 안겨주는 것이 전부인 그런 세상. 결정적인 사실은 샘과 타냐 아무개 부부 역시 얼마 전까지만 해도 그런 세상에 살았다는 점이었다. 거실 입구에 서 있는 이 악당들은 지난 10년 사 이에 이 동네를 강타한, 돈 많은 주택구입자들의 물결을 타고 들어온 이른바 상류층 사람들이었다.

"그건 받아두죠."

샘이 열쇠 꾸러미로 손을 뻗으며 말했다.

"아무 데도 가지 않는 줄 알았는데요."

에이버리가 대꾸했다. 윌링이 일어섰다. 거실에서 거품처럼 부글거 리던 대화 소리가 어느새 사그라졌다.

"혹시 모르니까요."

샘이 말했다.

"강도인 건가요?"

에이버리는 최대한 목소리를 높였다. 다른 사람들도 무슨 일인지 알아야 했다. 그러곤 교만하게 말을 이었다.

"전트 말고는 가져갈 게 별로 없을 텐데. 혹시 경첩 필요하세요? 경첩이 많거든요."

그러자 샘이 말했다.

"큰 거 하나를 갖고 계시잖아요. 때로는 방 안의 코끼리가 방 자체가 되기도 하죠."

"그런 물건을 휘두르면서 그렇게 모호하게 얘기해선 안 되죠."

에이버리가 받아쳤다.

"미안하다는 말은 한 번만 하겠습니다."

샘은 무기로 거실을 빙 둘러 훑으며 말을 이었다.

"더 좋은 시절이었다면 집에 초대해서 같이 술 한잔 할 수도 있었겠죠. 하지만 우리 집이 넘어가서 쫓겨났습니다. 열쇠를 바꾸고 경보 장치를 달고 암호도 바꿨더군요."

"그럼 경찰이 쫓아내러 왔을 때 그 사람들을 쏘지 그랬어요?"

에이버리가 무기를 노려보며 물었다.

샘이 다시 입을 열었다.

"경찰! 무슨 경찰이요? 이젠 은행들도 전부 사설 경비를 고용합니다. 눈알까지 무장을 하고 있죠. 깡패입니다."

"그럼 그쪽은 뭐죠?"

"뭐라고 부르든 상관없습니다. 우리 가족의 머리 위에 지붕을 덮을 수만 있다면 못할 짓이 없거든요. 이 집 지붕 말입니다. 여러분이 모두 나가주셔야 할 것 같은데요."

거실에서 일제히 헉하는 소리가 들렸다.

그랜드 맨이 입을 열었다.

"우리 때만 해도 멀쩡한 미국 사내들은 파멸을 마주하면 자기 가족을 쐈어. 그런 다음 자신을 쏘고. 옛날 방식이 효율적이었지. 자동세척식 오븐 같잖아."

"보세요. 여긴 노인들이 계세요. 노쇠한 분들. 이런 분들을 거리로 내쫓을 순 없겠죠."

에이버리가 말했다.

"그럴 수 있고 그렇게 할 겁니다."

총신이 가늘게 떨렸다. 이 무모하고 우스꽝스러운 일이 성공할 거라고 믿기엔 썩 단호한 말투가 아니었다.

에이버리의 엄마가 소리쳤다.

"세상에, 우린 방금 모든 걸 잃었어요! 난 임상적 방해 불안을 앓고 있어요. 스트레스가 심하면 부정맥과 심실세동, 과호흡이 올 수 있다고요!"

"엄마."

에이버리가 조용히 말했다.

"네, 저도 강박 장애와 하지불안증후군, 아황산 알레르기 진단을 받았답니다. 그러고 나서 진짜 문제가 생겼죠. 같은 치료법을 사용하셔야 할 것 같네요."

샘이 말했다.

"여긴 내 집이에요."

플로렌스였다. 그녀는 자신을 보호하고 있는 에스테반의 품에서 나오며 말을 이었다.

"셋집이 아니라고요. 나의 집이에요. 법적으로."

"갖는 사람이 임자죠."

샘이 말했다.

"우리가 총을 갖고 있지 않다고 어떻게 확신하죠?"

플로렌스가 분개한 목소리로 물었다.

"그럴 사람 같지 않은데요."

그가 대꾸했다.

"여보, 당신도 그럴 사람이 아니었어."

타냐의 말이었다.

"지금은 그런 사람이지."

설득력 없는 허세였다.

구그가 흥분하기 시작했다.

"이런 짓을 하고 무사하진 못할걸요! 우리 아빠가 신고하면 둘 다 백열 살까지 갇혀 있을 거라고요!"

그러자 샘이 지겹다는 듯이 대꾸했다.

"요즘 뉴스를 안 보는 모양이구나, 그렇지? 경찰도 포기했어. 도시 곳곳에서 주거 침입이 일어나고 있지. 우리가 어디서 아이디어를 얻었겠니?"

난간 아래쪽에 끈으로 묶여 있던 루엘라가 입을 열었다.

"주거 난입, 난처한 일. 나불나불! 음모 수립!"

한때 그녀는 대단한 어휘력을 자랑했다.

"하지만 이분들은 좋은 분들이에요."

커트가 코러스 위로 목소리를 높여 말했다.

"너그러운 분들이죠. 저는 엄밀히 말하면 세입자인데, 여기 플로렌스와 에스테반은 18개월 동안 월세를 전혀 요구하지 않으셨어요. 친

척들도 모두 받아주고 노부모님까지……. 플로렌스는 노숙자 보호소
에서 일하고 있답니다. 부디……."

"그렇군요. 난 뉴욕 과학 아카데미에서 기후 변동 모델을 만들었
죠. 지금 주일학교 선행 대회를 하는 게 아니거든요."

샘이 날카롭게 말했다.

"살 곳이 절실하게 필요하다는 건 알겠어요."

플로렌스는 엄청난 자제력을 발휘하는 듯 보였다. 어느새 아델피
에서 단련한 게 분명한, 차분하고 덤덤한 태도로 돌아가 다시 말을
이었다.

"응급 상황이 맞는 것 같네요. 그렇다면 우리가 그쪽 가족에게도
자리를 내드리지 못할 이유가 없죠. 여긴 아직 물도 나오고 심지어
뜨거운 물도 나온답니다. 난방도 되고요……. 모두 샤워를 하셔도 좋
아요. 오랫동안 느긋하게 샤워를 즐기세요. 배도 고플 텐데, 우리도
먹을 게 많진 않지만 그래도 두 분과 아이들이 먹을 만한 게 있을 거
예요. 그 총은 내려놓으세요. 같이 문제를 해결해보죠. 생각해보니까
에스테반과 제가 그쪽 가족에게 안방을 통째로 내드릴 수 있을 것
같……."

"방금 전까지 총구를 들이대고 자기 집에서 쫓아내려 한 사람하고
평화롭게 사시겠다? 설마. 호시탐탐 망치로 나를 내리치려고 하겠죠."

샘의 말에 타냐가 속삭였다.

"생각해봐, 여보. 애들이 하루 종일 아무것도 못 먹었……."

"저 여자가 이 집 부엌에서 뭔가를 만들 수 있다면 우리도 그럴 수
있어. 집 전체와 방 하나 중에 고르라면? 난 크게 고민되지 않는데."

"연좌 농성이라고 들어보셨나?"

아버지가 영화 〈십계〉에 나오는 엑스트라처럼 검댕이 묻은 담요를

뒤집어쓴 채 으르렁거리며 말을 이었다.

"내가 젊었을 때 대학생들은 의로운 분노로 몸부림치는 사람들이 여럿 버티고 있으면 내쫓을 재간이 없다는 사실을 깨달았지."

"맞아요. 그런 멍청한 시위자들 가운데 일부는 총에 맞았죠."

샘은 점점 인내심을 잃고 있었다.

"지금부터 몇 가지 짐을 챙길 수 있도록 15분을 드리죠. 그럴 필요는 없지만 외투는 챙기게 해준다고요. 칫솔도 가져가세요."

"커트 말대로 내 조카는 마음이 아주 너그럽지만 그애 고모는 못된 구석이 있지."

놀리가 마치 생강 쿠키로 어린 소년을 꾀는 미친 노파처럼 으르렁거리자 제이크는 기겁하며 움츠러들었다.

"난 플로렌스에게 수도와 난방부터 끊으라고 조언할 거야. 샤워는 물 건너갔어."

"좋으실 대로."

샘은 이렇게 받아쳤지만 당황한 듯 보였다.

"어차피 전부들 수도와 전기를 몰래 연결해서 쓰고 있고 가스도 공짜로 쓰거든요."

"당신들은 네 명뿐이잖아, 옴브레(스페인어로 '이 사람아'–옮긴이)."

에스테반이었다. 그는 샘 같은 인간들이 무서워하는 멕시코 하층민의 억양으로 말을 이었다.

"게다가 둘은 니뇨스(스페인어로 '아이들'–옮긴이)이고. 야밤 산책을 원치 않는 인질 열세 명을 어떻게 통제하려는 거야?"

"좋은 지적이네요. 아주 유용했어요. 스페인어로 무이 우틸이라고 하죠?"

그의 발음은 흠잡을 데 없었다. 가엾은 빙이 눈을 크게 뜨고 유혹하듯 손 닿는 거리로 들어오자 샘은 이 겁에 질린 소년의 팔을 단단히 잡았다. 에이버리는 경악을 금치 못했다.

"누구든 허튼수작 부리면 이 아이를 쏘겠어. 내가 못 할 것 같아? 날 시험하지 마."

샘은 오히려 자신을 설득하는 듯했지만, 에이버리로서는 그가 성공적으로 그 일을 해낼 가능성을 배제할 수 없었다. 그들은 몇 가지 짐을 챙길 수 있도록 풀려난 상태였지만 모두 그대로 서 있었다.

샘이 말했다.

"빨리 움직여. 그렇지 않으면 그 제안을 취소하고 양말 바람으로 린든 대로를 걷게 할 테니까."

다른 사람들이 최면에 걸린 듯 서서히 흩어지자 에이버리가 타냐에게 물었다.

"왜 우리를 택한 거죠? 이 집엔 열네 명이 사는데."

타냐가 설명했다.

"우릴 들여보낸 준 게 이 집뿐이거든요."

14장
복잡한 시스템, 불균형에 접어들다

월링은 이런 일을 예상했다고 주장할 만큼 오만하진 않았다. 그러나 어느 정도 짐작하긴 했다. 따라서 그의 침대 밑에는 필요한 물건들을 챙긴 배낭이 준비되어 있었다. 확인 사항 : 신분증, 생수, 등산용에너지 바, 구급약, 그래핀 담요, 주머니칼, 성냥, 라이터, 장갑, 유리커터, 크고 튼튼한 방수포, 그보다 저렴한 비닐 시트, 집 열쇠 복사본, 세면도구. 이런 생필품을 모두 확인한 뒤 여유로워진 그는 스웨터 두 벌을 더 껴입고 작게 뭉친 플렉스가 호주머니에 있는지 확인했다. 위성 서비스 요금은 연체되었지만 손전등으로라도 쓸 수 있었다. 구그가 진저리 난다는 듯이 "뭐야, 우리 집안 천리안께서는 벌써 짐을 싸놓으신 거야?" 하며 어이없어했지만 그는 못 들은 체하고 침착하게 정식 요청을 하기 위해 아래층으로 내려갔다.

샘은 빙의 팔을 잡고 있느라 몸이 뻐근한 듯했다. 빙도 겁에 질린 표정을 짓는 데 지친 듯 문설주에 기대서 있었다. 총은 무거웠다. 샘은 월링이 다가오는 것을 발견하고 그제야 다시 총구를 올렸다.

윌링은 계단참 중간에 멈춰 섰다.

"괜찮으시다면 제 자전거를 가져가고 싶은데요."

그러자 루엘라가 여전히 난간에 묶인 채로 중얼거렸다.

"두발자전거, 세발자전거, 네발자전거, 인력거, 햄버거, 과거, 철거……."

"저 사람 좀 조용히 시킬 수 없어?"

샘이 간청했다.

"저보다 대단하신 분들이 다 해봤답니다."

윌링이 대꾸했다.

"나보다 잘나신 분들이 묶어놨답니다."

루엘라가 읊조렸다.

윌링은 부드럽게 다그쳤다.

"자전거 가져가도 돼요? 아저씨에겐 SUV가 있잖아요."

감정을 드러내지 않는 것이 중요했다. 이 남자는 마음이 불편할 테고 그 불편한 기분이 싫을 것이다. 그러면 화가 치밀게 마련이었다. 따라서 어떤 협상을 하건 판단을 배제해야 했다. 두세 골목 떨어진 곳에 사는 낯선 사람에게 나의 자전거를 가져가도 되느냐고 묻는 것이 세상에서 가장 합당한 일인 것처럼 물어야 했다.

"안 돼. 나 그 자전거 가질래."

붉은 머리 소년이 제 엄마의 옆에서 팔짱을 끼고 말했다.

윌링은 흔들림 없는 시선으로 소년을 보며 침착하게 다음과 같은 메시지를 전했다. 멀쩡한 자전거 한 대를 겨우 햄버거나 체리 음료와 맞바꾸는 건 공정한 거래가 아니야.

"하지만 넌 자전거 타지도 않잖아."

소년의 엄마가 말하자 제이크가 다시 말했다.

"우리 아빠는 총을 가졌어. 우린 원하는 건 무엇이든 가질 수 있다고. 쓰든 안 쓰든 상관없어. 그냥 부숴버려도 되잖아. 그래야겠다."

그러곤 윌링을 보며 덧붙였다.

"난 그 자전거를 가져다 부숴버릴래."

윌링은 이 소년의 경고가 역효과를 내고 있음을 알 수 있었다. '우리가 아이에게 어떤 영향을 미쳤는지 봐' 하는 메시지인 셈이었다.

"그래, 좋다. 자전거는 가져가."

샘이 말했다.

"에에, 옳다, 장난을 만들어봐."

루엘라가 말했다.

"고맙습니다."

윌링이 말했다. 그만 가보겠습니다, 대장님. 그는 하마터면 경례까지 할 뻔했다.

위층에 올라가 보니 안방에서 그의 엄마와 에스테반이 옷을 잔뜩 꺼내놓고 있었다. 에스테반이 중얼거렸다.

"몸집이 그렇게 크지도 않잖아. 내가 제압할 수 있다니까. 닝군 프로블레마(스페인어로 '문제없어.'—옮긴이)."

그러자 그의 엄마가 나직이 대꾸했다.

"물론 그렇겠지. 하지만 누가 다칠지도 몰라. 자기가 영웅이 되지 않는 건 용서할 수 있어. 애들 중 하나가 총에 맞으면 자길 용서할 수 없을 거야."

"저 샌님은 아무도 쏘지 못해."

에스테반이 말했다.

플로렌스는 윌링을 돌아보았다.

"우리도 모의를 해야 하니? 저 사람들을 우리 집에서 쫓아낼 기발

한 계획을 갖고 온 거야? 영화에서 보면 그러던데."

윌링은 사무적인 말투로 대꾸했다.

"우리도 이 집에 불을 놓으면 되겠죠. 그럼 저들은 나가야 할 거예요. 하지만 우리도 나가야 하죠. 불이 크게 번질 수도 있고요. 그럼 양쪽 가족 모두 살 곳을 잃게 돼요. 그저 보복으로 끝나는 거죠. 전에 우리 텃밭을 망쳐놓은 침입자들처럼."

"그럼…… 어떻게 해?"

에스테반이 말했다.

"우리가 정말 저 카브론(스페인어로 '나쁜 자식'-옮긴이)한테 집을 빼앗기고 내쫓기면 아델피에서 지내면 안 되나? 당신의 그 우울한 일을 어떻게든 써먹어 보자고."

그의 엄마가 대꾸했다.

"보호소는 이미 200퍼센트 찼어. 다른 직원들도 몰래 가족을 들이려고 했었지. 그러다 해고됐어."

"제 잘못이에요."

윌링이 말했다.

"무슨 말인지 모르겠구나, 무차초(스페인어로 '소년'-옮긴이)."

에스테반의 말에 윌링이 대꾸했다.

"우린 진작 떠났어야 했어요. 제가 계산을 잘못했죠. 이 도시. 이건 복잡한 시스템이고 이미 불균형 상태에 접어들었어요. 불안정해요. 그러니까 모의할 이유도 없어요. 우린 어차피 떠나야 해요. 아래층에 있는 저 사람들도 잘 살지 못할 거예요. 놀리 할머니의 협박대로 엄마가 각종 서비스를 끊지 않더라도 어차피 저 사람들은 공과금을 내지 못해요. 수도, 가스, 전기가 모두 끊어지겠죠. 그리고 저 사람은 컴퓨터 모델링을 하던 사람이에요. 가스관에 불법 접근하는 법을 전혀 모를걸요. 이 블록 전체를 날려버리지나 않으면 다행이죠. 게다가 저들이 이 집을 얼마나 쉽게 빼앗았는지 생각해보세요. 다른 사람도 그렇게 쉽게 저들을 쫓아낼 수 있어요."

"그러니까 우리가 나가야 한다는 얘기구나. 그런데 어디로 가니?"

그의 엄마가 물었다. 그녀는 몹시 당황하고 있었다. 침착해져야 했다.

"그랜드 맨은 거의 백 살이야! 루엘라 할머니는 아주 좋을 때도 골칫덩어리이고 우리 부모님도 썩 젊진 않다고!"

월링이 대꾸했다.

"우선 야영장으로 가요. 프로스펙트 공원 야영장이요. 위험하지만 고립되는 것만큼 위험하진 않아요. 물물교환을 할 수 있잖아요. 야영장은 자급자족 경제 단위이거든요."

그의 엄마가 물었다.

"무얼 무엇으로 교환해? 월링, 그렇게 잘난 척하더니! 기껏 내놓은 제안이 우리 모두 노숙자가 되자는 거잖아! 난 노숙자를 지겹게 봤어. 전혀 낭만적인 일이 아니라고."

엄마의 폭언을 기분 나쁘게 받아들여선 안 되었다.

"준비하는 동안에만 잠깐 머물 거예요."

"아이고, 준비? 무얼? 휴거? 들판에서 두 팔 벌리고 신의 구원을 기다리면 되니? 아니면, 우주선이 착륙하기를?"

이럴 시간이 없었다. 월링이 지시했다.

"따뜻한 옷을 챙기세요. 들고 가지 말고 여러 겹 껴입으세요. 방수되는 옷도 잊지 말고 챙기시고요. 예전 재활용 통에 들어 있는 플라스틱병들에 수돗물을 채우세요. (시에서는 1년 반 동안 재활용품을 수거하지 않았다. 재활용 자체가 옛일이 되었다.) 밑닦개도 챙겨야 해요. 많이.

거기선 빨아 쓸 수 없을 테니까요. 부엌에서 식량을 챙겨올 거라면 몰래 하시고요. 트렁크보다는 배낭이 좋아요. 트렁크는 주목을 끌기 쉽고 훔쳐가기도 쉽거든요. 현금이 있다면 그중 일부를, 꽤 설득력 있는 액수를 주머니나 배낭 앞주머니에 넣으세요. 나머지는 신발이나 속옷에 넣거나 접은 양말에 돌돌 말아 넣으시고요. 혹시 나가기 전에 저들이 우리에게 돈을 요구하면 보이는 데 넣어둔 것만 내주면 돼요. 그리고 무슨 일이 있어도 샘과 타냐에게 화내지 마세요. 우리가 화를 내면 저들은 섣부른 짓을 해도 괜찮다고 느낄 거예요. 무모하게 보여선 안 돼요. 우린 어차피 떠나려 했다는 점을 잊지 마세요. 저들이 우릴 도와주는 거예요."

지하의 창고 공간에서 윌링은 자전거 바퀴에 바람을 넣었다. 그가 공구와 자전거 안장 가방, 고무 끈 따위를 챙기는 동안, 로웰은 뒷마당에서 '사유 재산을 보호하는 것은 국가의 주요 책임!'이라고 떠들어댔다. 윌링은 웃음이 나왔다. 어떤 사람들은 자신의 패러다임을 영영 바꿀 수 없는 모양이었다.

전에 해놓은 일을 처리하고 나서 윌링은 기분이 한결 나아졌다. 한동안 화로 뒤의 돌무더기를 확인하지 못했는데, 모두 안전했다. 자신이 생각해도 아주 훌륭한 은닉처였다. 재미있게도 그의 엄마는 그것들에 대해 한 번도 물어보지 않았다. 그녀는 체포될까 봐 두려웠던 것이다. 그들이 아직도 그런 짓을 할까, 그러니까 그들이 아직도 사람들을 체포할까, 윌링은 궁금했다.

집 앞 주차 표지판에 자전거를 고정해 잠그면서 윌링은 할아버지가 몸을 숙이고 지하실 계단으로 들어가는 것을 보았다. 카터는 계단에 무언가를 놓고 담요를 든 채 그 위로 몸을 숙였다. 고개를 들면서 그는 손가락을 입술에 갖다 댔다.

카터가 무슨 일을 꾸미는지는 알 수 없었지만 화재를 겪은 뒤로 줄곧 그의 얼굴에 엿보인 광기 어린 표정이 더욱 거칠어져 있었다. 윌링은 샘의 주의를 끌고 싶지 않았고, 지금은 할아버지에게 복잡한 시스템이 불균형 상태에 들어섰다고 강의할 때도 아니었다. 그저 열심히 고개를 저어 이 노인의 어설픈 계획을 저지하는 데 만족해야 했다. 그러면서 입 모양으로 '안 돼요, 하지 마세요'를 연발하고 두 손을 펼쳐 십자가 모양으로 교차한 뒤 앞뒤로 흔들었다. '그만둬라!'는 만국 공통 신호였다. 그러나 윌링은 여느 열여섯 살짜리들과 다를 게 없어 보이는 손자일 뿐이었고 카터 E. 맨디블은 꼬박 2년 동안 살인 욕구를 참아온 사람이었다.

윌링은 얼른 다시 계단으로 달려가며 집 안을 가리켰다. 다시 안으로 들어가라는 뜻이었다. 카터는 담요를 목으로 바싹 끌어올리며 노려보았다. 들어갈 생각이 없어 보였다.

윌링은 편치 않은 마음으로 사람들이 모여 있는 거실로 들어갔다. 샘은 지친 듯 보였다. 집에 찾아온 손님들이 너무 오랫동안 눌러 있기라도 한 듯이, 이제 그만 부엌을 치우고 평화롭게 나이트캡을 쓰고 뉴스를 볼 수 있도록 전부 가췄으면 좋겠다는 듯이 고단한 모습으로 모두 떠나기를 바라고 있었다.

"돈."

샘이 말했다. 그들은 바람잡이 주머니들에 넣어놓은 돈을 몽땅 내놓았다.

"집 열쇠."

다음으로 샘은 이렇게 말하며 거실 탁자에 있던 바구니를 마치 교회 헌금 접시처럼 내밀었다. 그러곤 덧붙였다.

"다시 찾아오지 않았으면 좋겠네요."

퇴거당하는 사람들이 현관 앞에 줄지어 서자 샘은 건성으로 그들의 가방을 수색했다. 마치 일에 물린 박물관 경비처럼 지퍼가 열린 칸들에 총구를 대고 대충 들여다보았다. 윌링의 엄마가 부엌 보초 타냐를 피해 가져온 빵 조각은 안타깝게도 압수당했다. 그러나 그는 커트에게 색소폰을 가져가게 해주었다. 가진 것을 전부 잃은 제인은 소지품이 없었으므로 다른 사람들이 한 명씩 맥없이 나가는 동안 담요를 뒤집어쓴 채 계단 옆으로 빠져 있었다. 따뜻한 곳에 가급적 오래 있으려는 심산이리라. 긴 하루를 보냈으니까.

"그건 대체 뭡니까?"

놀리가 문에 이르렀을 때 샘이 물었다. 일흔다섯의 정점에 이른 여자에겐 상자가 너무 무거워 보였다.

"폐판."

놀리가 말했다.

"예판, 출판, 철판, 칠판, 막판, 피리 부는 피터가 든 건 맥주 한 판⋯⋯."

놀리의 뒤에서 루엘라가 지껄여댔다.

"누가 저 할망구 좀 데리고 나가."

샘이 거칠게 말했다. GGM이 말뚝에 묶인 아내의 고삐를 풀더니 루엘라를 문 밖으로 끌고 나갔다.

놀리가 설명했다.

"내 책들의 원고야. 다른 사람들한테는 무가치하겠지만 나한테는 소중하지."

샘은 상자의 위쪽 날개들을 젖혀 열었다. 아니나 다를까, 고무 밴드로 묶은 인쇄물이 가득 들어 있었다.

"이야, 정말 세상엔 별별 사람이 다 있다죠?"

샘은 이제 부모가 볼일이 있어 아이를 끌고 갈 때처럼 습관적으로 빙을 붙잡고 있었고 제이크는 질투하는 듯 보였다. 에이버리는 둘째 아들의 외투와 배낭을 들고 있었다. 막내를 두고 나가진 않을 것이다. 그들을 제외하고 윌링과 제인만 남자 샘은 남은 사람들을 날카롭게 살펴보았다.

"그런데 연좌농성을 벌이겠다고 협박하던 그 불퉁한 영감은 어디 갔어?"

윌링의 시선이 이 억류자의 뒤쪽에서 일어나는 소요로 향했다. 이 폭로성 시선을 감추기 위해 윌링은 얼른 추측을 내놓았다.

"카터, 아니, 제 할아버지는 화장실에 가셨을 거예요."

카터가 문이 열려 있는 현관 앞에 나타나 샘의 등 뒤에서 두 손을 높이 올렸다. 그의 담요가 뒤로 날아가고, 그는 30센티미터쯤 되는 반짝이는 도구로 침입자의 어깨를 찔렀다. 샘은 비명을 질렀다. 그와 동시에 제인이 타냐와 엘리의 머리 위로 자신의 담요를 뒤집어씌운 뒤 어린아이를 감싸 안은 이 젊은 여자의 두 팔을 붙잡았다. 총이 발사되었다. 빙이 울부짖었다.

샘은 오른쪽 어깨에서 이질적인 물건을 빼내고 비틀거리며 가해자에게 권총을 겨눴다. 타냐는 바닥으로 몸을 던진 뒤 제인을 걷어차고 담요를 벗어냈다. 그러곤 엘리를 들어 올려 남편 뒤로 숨었다. 에이버리는 아들에게로 달려가 그의 발을 살폈다. 드잡이는 몇 초 만에 끝이 났다.

"대체 이게 뭐야?"

끝이 두 갈래로 갈라진 은제 무기를 휘두르며 샘이 물었다. 정교하고 뾰족한 두 갈래의 끝부분에는 이제 짙은 액체가 묻어 있었다. 우

아한 식기였지만 그는 그 훌륭한 디자인을 감상할 기분이 아닌 듯
했다.

"아스파라거스 집게."

카터가 시커먼 두 눈을 크게 뜨고 뻔뻔하게 대꾸했다. 그러곤 고갯
짓으로 총을 가리켰다.

"어서 쏴. 할 테면 해보라고."

"여보, 그건 개자식한테 죽여 달라고 애원할 때 쓰는 말이 아니야!
매그넘을 든 더티 해리라면 모를까 아스파라거스 집게를 든 노인네
가 쓰면 재미없거든!"

제인이 울면서 몸을 추슬렀다.

"나가. 다들 당장 나가."

샘이 총을 움직였다.

"당신이 우리 아들 신발을 쐈잖아요."

에이버리가 원망 어린 목소리로 말을 이었다.

"이대로 나가면 발이 얼고 말 거예요. 밑에서 신발 한 켤레만 가져
올게요."

"이제 마음씨 좋은 아저씨는 없어. 나가."

샘의 어깨에서 피가 흐르고 있었다. 그는 통증을 못 느끼는 신비의
냉혹한은 아닌 듯했다.

제인과 에이버리, 빙, 윌링은 줄지어 밖으로 나가 보도에 있는 나
머지 식구들에게 합류했다. 그들의 현관문이 딸깍 잠기고 덜커덕 체
인이 채워지는 소리가 들렸다. 곧 지하실 출입구에서도 같은 소리가
들렸다.

에이버리가 훌쩍거리는 막내를 팔로 감싸며 입을 열었다. 그애의
왼쪽 테니스화가 찢어져 너덜거렸다.

"아버지, 좋은 의도였다는 건 알아요. 하지만 대담한 행동치고는 너무 위험했어요. 총알이 빙의 발을 빗나간 게 기적이었다고요. 이 녀석 발가락에 화상을 입은 것 같아요."

그러자 놀리가 말했다.

"아스파라거스 집게라고? 카터, 빌어먹을 나이프는 어쩌고?"

"그 은식기 세트에 들어 있는 나이프는 전부 날이 무뎌요. 그리고 여자가 부엌에 있었잖아요."

카터는 땅에 떨어진 담요를 집어 탁탁 털며 덧붙였다.

"그래도 시도는 했어요."

제인은 남편의 전투 가운 깃을 매만져주었다. 그들의 위업은 별다른 성과를 내지 못했지만 그럼에도 그 모험은 헛되지 않은 듯했다. 가로등 불빛 아래 자랑스러운 모습으로 꼿꼿이 서 있는 그의 할아버지 할머니는 몇 년 더 젊어진 듯 보였다. 에스테반이 윌링의 엄마에게 속삭였다.

"난 삽으로 저 톤토(스페인어로 '바보'—옮긴이)를 납작하게 만들 수 있었는데 그러지 말라는 명령을 받았지."

놀리가 계속 동생을 다그쳤다.

"그럼 나이프 말고 망치를 쓰지 그랬어? 지하실에 공구함이 있고 때마침 우리의 친구 샘이 아이디어를 주기도 했잖아!"

(카터 맨디블이 망치로 샘의 두개골을 으스러뜨리는 광경은 상상이 되지 않았다. 재미있게도 윌링은 놀리가 그러는 모습을 쉽게 그려볼 수 있었다.)

카터가 되받아쳤다.

"적어도 그 은제 집게는 허접한 초고 상자보다 훨씬 더 치명적으로 보이죠."

그러자 로웰이 물었다.

"어떻게 가져가려고 그러세요, 고모님? 거추장스러운 데다 엄청 무겁잖아요. 그 빌어먹을 상자를 끌고는 이 블록도 못 벗어날걸요."

"두고 봐."

놀리가 음산하게 말했다. 에놀라 맨디블의 운동신경을 의심하는 것은 현명한 일이 아니었다.

카터가 누이에게 말했다.

"난 누이의 그 병적인 자기 중심주의를 평생 참았어요. 하지만 이게 한계야. 이런 상황에서 자기 오-오-오-오에브르(한 예술가의 전 작품을 일컫는 불어 '외브르'를 비꼬는 표현-옮긴이) 원본을 챙기다니 설사 누이가 톨스토이라고 해도 기가 막힐 노릇이지. 기껏 통속적인 글쟁이에 불과한 주제에. 〈타임스〉에 실린 〈특파원〉 감상평을 읽어보니까 '밋밋하면서도 과한, 참으로 기적 같은 문체'라고……."

그러자 놀리가 말했다.

"적어도 이 오-오-오-오에브르는 해치백이 어떠니, 콘도가 어떠니 하는 한 줌의 기사보다 나을……."

"얘들아!"

GGM이 소리쳤다.

"그만! 카터, 네 누이는 좋은 평가도 많이 받았어. 소설을 여러 편 내면 당연히 이상한 인간들이 따라붙게 마련이야. 에놀라, 콘도에 관한 기사도 멋지게 쓰기만 했다면 무시할 이유가 없어. 이런 말다툼을 평생 들었는데 이 나이까지 애들처럼 주먹다짐하는 걸 참아야겠니."

윌링의 엄마가 말했다.

"하지만 고모, 짐이 너무 많으면 표적이 될 거예요. 이런 늦은 시각엔 이 동네에 깡패들이 날뛰거든요."

그러자 에이버리가 말했다.

"누가 건드리려고 하면 '폐판'으로 위협하면 되지."

부당했다. 그들은 샘과 타냐, 혹은 연방준비제도, 혹은 대통령에 대한 울분을 놀리에게 풀고 있었다.

"일단 제가 들고 갈게요."

에스테반이 마지못해 제안했지만 그는 이미 가장 큰 배낭을 짊어지고 있었다.

"하지만 가면서 쓰레기장이나 잘 찾아보세요."

"아니에요."

윌링이 말했다. 그는 놀리의 상자를 받았다. 주춤할 정도로 무거웠다. 아무래도 그의 고모할머니는 정말 건강한 모양이었다. 그는 배낭에서 비닐 시트를 꺼내 상자를 찬 서리에 젖지 않도록 감쌌다. 그런 다음 자전거 뒤에 싣고 고무끈으로 걸쇠에 고정했다.

"윌링."

카터가 지하실 계단에 놓아두었던 상자를 가져오며 물었다.

"이것도 실어줄 수 있겠니?"

다른 고무끈으로 묶은 이 은식기 세트는 안장 가방 하나에 꼭 들어맞았다. 귀금속은 교환의 매개로 가치가 있을 테지만 윌링은 이미 이 기능 통화에 감정적 애착을 갖고 있었다. 그래서 그들의 목숨이 걸려 있지 않은 한, 글씨가 새겨진 이 식기를 덧없는 식량이나 거처와 맞바꾸지 않겠다고 맹세했다. 이 은식기 세트는 그들의 유산이었다. 소파는 샘과 타냐가 차지했다. 맨디블의 재산, 그 전설적인 풍요의 집의 세간은 모두 사라지고 이 상자만이 남았다.

프로스펙트 공원까지의 거리는 기껏해야 5, 6킬로미터였지만 실제로 그곳에 닿기까지는 여러 시간이 걸렸다. 처음에는 커트가 루엘라를 맡았다. 그러나 플로렌스는 그가 너무 온순하다는 사실을 인정하지 않을 수 없었다. 루엘라가 다른 방향으로 튀어나가도 그는 그것을 막을 정도로 무자비하게 끈을 잡아당기지 못했다. 루엘라가 보도에 앉아 일어나지 않으려 하자 커트는 허리를 숙이고 설득하며 보상을 제안했다. 어린아이들에겐 통하지 않는 합리적인 호소였다. 에스테반이 책임을 인계하여 루엘라를 어깨에 들춰 멨다. 그러나 그녀가 몸부림치고 발길질하며 물어뜯는 바람에 결국 그는 진저리를 내며 내려놓았다. 루엘라를 다루는 일은 플로렌스의 엄마가 남자들보다 나았다. 그녀는 수 세기에 걸쳐 여자들이 목적을 추구할 때 그랬듯이 끈기 있고 무덤덤하고 무자비한 결의를 보였다. 플로렌스의 아버지는 자기 집을 잃은 것에 대해서도, 딸의 집을 잃은 것에 대해서도 한동안 아무런 슬픔을 내비치지 않았다. 그저 자신은 단 1분도 더 루엘라를 돌보지 않겠다고 한 번 이상 맹렬하게 선언했을 뿐이었다.

그랜드 맨은 100세 가까운 노인치고는 정정한 편이었지만 화재를 겪고 유일하게 남은 피난처에서도 참혹하게 쫓겨난 뒤라 기력이 소진된 터였다. 주차요금 징수기에 기대거나 넘쳐나는 공공 쓰레기통(쓰레기 수거는 기껏해야 아주 간헐적으로 이뤄졌다) 가장자리에 걸터앉아 쉬는 일이 잦았다. 지팡이가 도움이 되었지만 그래도 고령인 데다 몹시 놀란 상태였다. 맨해튼 출판계에서 큰돈을 주무르며 모험을 즐기던 멋지고 당당한 활동가 겸 선동가였다가, 은퇴 후 숨은 실력자 겸 주식투자자로 전향하여 국내 최고급 요양 시설에서 생활한 뒤 결국 보잘것없는 사람이 되어 살 곳을 잃고 쓰레기가 널린 컴컴한 이스트 플랫부시를 걷고 있었으니, 여간 괴롭지 않았을 것이다. 그러나 플로렌스는 아무리 공감과 연민을 끌어모으려 해도 너무 느린 걸음에 부아가 났다.

구그는 배낭이 너무 무겁다고 끊임없이 투덜거렸고 빙은 울음을 그치지 않았다. 그애의 너덜거리는 왼쪽 신발 밑창이 콘크리트 바닥에 닿는 소리는 모두의 신경을 긁었을 것이다. 에이버리는 계속 걸음을 멈추고 아직 계약이 끊어지지 않은 그들의 유일한 플렉스로 아이들 가운데 유일하게 자신의 플렉스 요금을 내고 있는 서배너에게 연락을 시도했다. 그러나 번번이 음성메일로 넘어갔다. 에이버리는 또한 남편의 성화에 못 이겨 주거 침입을 신고하기 위해 911에 전화했지만 통화량이 많으니 나중에 다시 걸라는 메시지만 반복해 나왔다. 로웰은 체제 지지자의 분노를 쏟아내고 있는 반면, 커트는 프로스펙트 공원 야영장으로의 이주가 이렇게 미뤄졌으니 운이 좋았다고 생각하고 있을 게 분명했다. 이슬비가 굵어져 가랑비로 바뀌었고, 눅눅한 추위는 더없이 비참했다.

윌링은 맨 뒤에서 자전거를 끌고 따라오며 자주 어깨너머를 흘끗거렸다. 이제는 분별 있는 사람이라면 절대 산책을 나오지 않을 시각이었다. 린든 대로에 드문드문 보이는 차량들은 이 지역을 최대한 빨리 지나쳐 갔으므로 그들의 동지라곤 지갑보다 더 유혹적인 슈퍼마켓 카트를 끼고 방어적으로 노려보는 외로운 노숙자들, 그러니까 같은 처지의 노숙자 무리들뿐이었다. 지저분하고 고약한 동물들이 총총히 지나가자 플로렌스는 화들짝 놀랐다. 아들의 선견지명을 인정하려니 선뜻 내키지 않았다. 그녀는 마일로를 브렌던의 집으로 보내는 일이 정신 나간 짓이라고 생각했으니까. 그러나 당연히 이제는 반려동물을 먹일 수 있는 사람이 거의 없었다. 고양이와 개 들이 수천 마리씩 풀려나와 스스로 살길을 찾고 있었다.

플로렌스는 속을 끓여야 할 상황이었지만 속을 끓일 여유가 없었다. 대신 식구들이 무사히 밤을 보내는 일에 주력해야 했다. 윌링에게 방수포가 있었고, 플로렌스 자신도 지하실 방수 공사를 맡았던 그 쓸모없는 업체가 두고 간 방수포를 찾아냈다. 담요도 두세 장 있었다. 방수포 하나를 깔고 모두 옴닥옴닥 올라앉은 뒤 나머지 방수포 하나를 위에 치면 비를 피할 수 있을 것이다. 체온으로 온기도 어느 정도 얻을 수 있다. 그녀는 식품 저장실에서 땅콩과 건포도 몇 봉지를 챙겨왔고, 바라건대 시 당국은 이 공원에 물을 공급할 정도의 지각을 갖고 있을 것이다. 이것이 바로 가난한 사람들이 사고하는 방식이었다. 장기적인 관점은 번영의 특징이다. 궁핍한 사람들은 그저 한 걸음 앞을 계획하며 살아간다.

마침내 그들은 공원 내부의 이스트 드라이브 차도를 따라 이어진 긴 언덕을 올라 야영장 경계에 이르렀다. 도시의 빛이 만들어내는 샐쭉한 광채 속에서 저 아래 드넓게 펼쳐진 롱메도 벌판이 보였다. 서글프게 변한 약속의 땅 같았다. 한때 피크닉장이자 얼티미트 프리스비 원반 경기가 열리던 부지에는 이쪽 끝에서 저쪽 끝까지 비닐 천막과 널판, 판지, 석고보드, 골진 철판 등이 빼곡히 들어차 있었다. 이 임시 거처의 재료들은 대부분 뉴욕의 다섯 개 자치구 곳곳에 버려져 있는 공사장에서 주워온 것이었다. 금속판을 때리는 빗소리가 흡사 평화로운 분위기를 자아냈다.

짐작건대, 좋지 않은 상태로나마 잠에서 깨기 위해서는 일단 잠이 들었어야 한다. 로웰은 13인용 임시 침상에서 에이버리 옆에 자리를 잡았지만 그녀의 반대편에는 두 아들이 누워 있었으므로 그는 놀리에게 코를 박고 있어야 했다. 다른 식구들도 모두 마찬가지일 테지만 며칠 동안 목욕하지 않은 할머니와 붙어 있는 것은 유독한 일이었다. 그리고 그녀는 코를 골았다. 게다가 날이 밝고 보니 야영장 가장자리의 이 자리가 왜 비어 있었는지 알 것 같았다. 나무 밑이라 적어도 루엘라를 묶어놓기에는 편리했다. 그러나 비가 그쳤는데도 나뭇가지에서 그의 이마로 물이 떨어졌다. 그들의 공동 침구 자리는 움푹 팬 불모의 땅으로, 쿠션이 될 만한 풀 한 포기조차 없었다. 우묵한 곳에 물이 고여 방수포에 질척하게 진흙이 묻었고 그 진흙이 한 벌뿐인 그의 바짓단을 타고 올라왔다. 그는 판자촌에서 새벽 3시에 생수로 이를 닦으려 하지 않은 탓에 텁텁한 이에서 싸한 냄새가 풍겼다.

간신히 일어난 로웰은 처음에 신발을 찾지 못해 몹시 당황했다. 아아, 이런. 유리 조각이 흩어져 있는 이 돌밭에서는 신발을 도둑맞기만 해도 끝장날 수 있었다. 발가락 사이가 균에 감염되는 한이 있어도 밤새 신발을 신고 잔 것은 잘한 일이었으리라. 옷은 퀴퀴하고 축축했으며 면도하지 않은 턱이 가려웠고 머리카락도 축축 늘어졌다. 으스대는 워싱턴 타운하우스 소유주들과 처형의 포트그린 노숙자 보호소 주민들 사이의 경계는 그가 예전에 생각했던 것만큼 뚜렷하지 않은 듯했다.

그를 더 언짢게 하는 것은 그의 거만한 조카가 벌써 유일하게 요금을 낸 그들의 플렉스를 갖고 사라졌다는 사실이었다. 로웰은 적절한 경로를 통해 플로렌스의 재산을 되찾는 방법을 모색할 생각이었고, 그러려면 인터넷을 사용해야 했다. 그녀가 그 집을 소유했다는 사실은 공식적으로 기록되어 있었다. 식구들이 표준 절차를 너무도 쉽게 포기했다는 사실에 화가 치밀었다. 시스템을 믿지 않고 그 시스템의 도구들을 사용하지 않으면 해당 시스템은 영원히 파괴되어버린다. 통화정책보다 훨씬 더 인플레이션을 부추긴 요소가 무엇이었던가. 달러는 무가치하며 내일은 더 무가치해질 것이라는 사회의 자기충족적 추정이 아니었던가. 놀랍게도 세상은 우리의 상상에 따라 형태를 바꾸기도 한다. 무법 도시에 사는 것처럼 행동하면 실제로 무법 도시가 되어버린다.

이것도 적어놓아야 하리라.

자전거가 있는 것을 보니 녀석은 멀리 가지 않은 모양이었다. 자전거에는 자물쇠가 채워졌고, 그 말도 안 되는 원고 상자가 실려 있었으며, 안장 가방에는 어울리지 않게도 은식기 세트가 숨겨져 있었다. 놀리가 보초를 서는 중이었다. 틀림없이 원고가 먼저이고 은식기는 뒷전일 것이다.

그로서는 놀라운 일이었지만 어쨌든 플로렌스는 출근을 했고, 그에 앞서 아침 식사로 땅콩을 자그맣게 한 줌씩 나눠주며 건포도는 다 떨어졌다고 사과했다. 빙이 먹어치우는 것을 우연히 보았다고 했다. 모두가 빙을 나무랐다. 나이가 어리고 한창 자랄 때라 배가 고픈 것이 그리 큰 잘못은 아니지 않은가. 커트는 자칭 이곳의 기도라는 사내가, 루엘라의 야경증 때문에 근처 불법 거주자들이 잠을 이루지 못한다며 벌써 그들을 내쫓겠다고(판자촌에서!) 협박했다는 소식을 가져왔다. 커트는 더글러스의 허락을 받아 자발적으로 자신의 하나뿐인 여벌 양말 한 켤레를 재갈로 쓰라고 내놓았다. 뭐, 선량한 행동이었다. 그렇다고는 해도 로웰은 왜 2년 동안 월세도 내지 않은 이 세입자가 여전히 이 집안의 문제로 남아 있는지 이해할 수 없었다. 누군가를 떠맡으면 지금까지 줄곧 그래왔다는 이유로 계속해서 그 사람을 떠맡아야 하는 듯했다. 따라서 추론컨대, 아무나 떠맡아선 안 되는 법이었다. 그랬다간 영영 그 사람을 떨쳐낼 수 없었다.

로웰은 밑닦개를 집어 들고 현지 안내소를 찾았다.

"안녕하세요?"

그는 가장 가까이에 있는 이웃에게 정식으로 인사를 건넸다. 머리칼이 반백이고 지저분한 노파였다. 그러나 조야하지만 튼튼한 목재 구조물에 고리들을 걸어놓고 냄비와 프라이팬 들을 매달아놓은 것으로 봐선 이곳의 터줏대감인 듯했다. 악수를 나누기는 불안했으므로 그는 고개를 까딱하는 것으로 만족했다.

"로웰 스택하우스입니다. 조지타운 대학의 경제학과 교수이죠."

그녀는 일그러진 미소를 지었다.

"명예교수겠죠? 항공 교통 관제사 디어드리 히샴이에요. 저도 조기 퇴직 했답니다."

로웰은 명예교수의 뜻을 아는 이 여자를 좀 더 면밀히 뜯어보았다. 이 노파는 쉰 살도 안 된 듯했다.

"항공 여행이 반으로 줄었다고 하더군요."

그가 위로를 건넸다.

"반도 더 줄었죠. 저 같은 사람들이 필요 없다고 쫓겨나긴 했지만 제가 그쪽이라고 해도 하트퍼드까지 여행을 다닐 것 같진 않네요."

그는 이곳에 온 지 얼마 안 되었다고 설명하고 자신이 하려 하는 일을 조심스럽게 묘사했다.

디어드리가 경고했다.

"이동식 화장실은 근처에도 가지 마세요. 1년 동안 비우지 않았거든요. 저쪽 숲으로 가보세요. 하지만 발밑을 잘 살펴보셔야 해요. 그쪽이 처음은 아닐 테니까. 무슨 말인지 아실 거예요."

진흙보다 더한 무언가의 바다에서 역겨워하며 돌아온 로웰은 잃어버린 자신의 플렉스가 몹시 아쉬웠다. 읽을거리도 없었고 논문에 몰두할 수도 없었다(이를 위해선 다양한 서버가 필요했다. 그래도 로웰은 마침내 이 시대의 당위와 실행 사이의 중대한 차이를 분석한 터였다. 그는 활자를 보고 있어야만 마음이 편해졌다). 그날 오후 플로렌스가 아델피에서 평소보다 일찍 돌아오자 그 소요가 반갑게 느껴졌다.

"어떻게 된 거야?"

에스테반은 플로렌스의 턱에 길게 난 붉은 상처로 손을 뻗었지만 차마 건드리지 못했다. 한가운데 물집이 잡혀 있었다.

"두건을 쓰고 있었던 게 천만다행이야."

플로렌스가 왼쪽 귀 옆 갈색으로 그을린 부분을 만지며 떨리는 목소리로 말을 이었다.

"그렇지 않았으면 머리칼에 불이 붙었을걸. 두건 덕분에 빠져나온 몇 가닥만 탔어. 냄새가 어찌나 지독하던지."

그녀는 사건을 되짚어 올라갔다. 한 정신 나간 백인 남성이 아델피 직원들의 '방 없어요' 하는 선언에도 굴하지 않고 그곳에 입주하기 위해 토치를 들고 플로렌스를 볼모로 잡았다. 크림 브릴레 윗부분을 노릇하게 구울 때 쓰는 고급 스테인리스스틸 토치였다고 그녀는 말했다. 그는 실제로 부탄가스가 충분히 들어 있다는 사실을 보여주려고 결국 그 토치를 켰다.

"다시는 가지 마."

에스테반이 말했다.

"하지만 내 급여가 우리의 유일한 수입이야."

플로렌스가 힘없이 말했다.

"절대 가지 마."

에스테반이 말했다.

"아저씨 말이 맞아요. 엄마는 할 만큼 했어요."

윌링이 다시 나타났다. 그는 아리송한 눈길로 놀리를 흘끗 보고는 선언하듯 말했다.

"우린 이제 대단원에 도달했어요."

진저리 나는 애송이 자식 같으니. 녀석은 사촌들과 어른들을 불러 모아 나무 옆에서 회의를 열었다. 그의 이모부로서는 이해할 수 없는 이유로 이 열여섯 살짜리 불량 청소년이 이제 그들의 대장님이었다. 조만간 귀 위로 머리칼을 바짝 깎아 올리고 코냑을 들이켜며 일가친척을 모조리 처형할지도 모를 일이었다.

"우리의 보호 수단을 구했어요."

윌링이 낮은 목소리로 말했다. 그러곤 자신의 십이사도들 속에 몸을 숨기고 재킷 속에서 무언가를 반쯤 꺼냈다. 쇠붙이에 햇빛이 반사되었다. 아아, 세상에.

"그거 어디서 났어?"

플로렌스가 경악하며 물었다. 바로 어제까지만 해도 그녀는 그것을 왜 구했냐고 물었을 것이다.

"훔쳤니? 다른 것들처럼?"

이 모자 사이에 흐르는 밀도 높은 무언가가 로웰의 호기심을 자극했다.

"저 자식은 자기가 완전 싸한 줄 알아."

구그가 자기 동생에게 말했다.

"샀어요."

윌링이 말했다.

"하지만 우린 돈이 거의 없는데……."

플로렌스가 입을 열었다.

"가치를 가진 수단으로 샀어요. 그렇다면 달러는 아니겠죠."

윌링이 말했다.

플로렌스는 "술잔" 하고 중얼거렸지만 로웰은 도무지 무슨 뜻인지 알 수 없었다.

윌링이 다시 말했다.

"아직 하나 남았어요. 하지만 여기선 얘기도 꺼내지 마세요. 속삭이는 것도 안 돼요."

로웰은 공원에서 술잔 얘기를 꺼내는 것이 왜 위험한지 알 수 없었으므로 총 얘기를 꺼내지 말라는 의미일 것이라고 넘겨짚었다. 굳이 이렇게 쉬쉬할 필요는 없었다. 이런 야영장에서 완전 무장을 하는 것은 널리 알려진 사실이 아닌가. 그가 따지듯이 물었다.

"어떻게 쓰는지는 알아?"

그러자 윌링은 쾌활하게 대꾸했다.

"공부했어요. 복잡하지 않더라고요. 그러니까 수 세기 동안 멍청한 인간들이 이걸 제멋대로 휘둘렀겠죠."

에스테반이 말했다.

"네가 잘못 배웠을 거라고 생각하진 않아. 그래도 우리 중에 누군가가 무장해야 한다면…… 기분 나쁘게 듣지 마라. 성인이 해야 해."

"이걸 갖고 있을 사람은 이걸 사용할 윌링(willing, '의지'라는 뜻—옮긴이)이 있어야 해요."

이 녀석은 정색하고 말장난하는 재주가 뛰어났다.

"그러다가 네가 위험해질 수도……."

카터가 입을 열었지만 윌링이 그의 말을 잘랐다.

"이건 과시용이에요. 우리 같은 일을 당한 이야기, 아니, 더한 일을 당한 이야기가 인터넷을 도배했어요. 우린 그나마 가볍게 당한 편이에요. 정부가 쓰는 '시민의 동요'라는 말은 터무니없이 온화한 표현이에요. 지금 무슨 불면증이 퍼지고 있는 게 아니라고요. 그리고 이 동요는 주로 뉴욕 같은 대도시에서 일어나고 있어요. 우린 여길 나가야 해요."

"네 전문가적 소견으로 더 나은 곳이 어디냐?"

로웰이 코웃음 쳤다.

"당연히 글로버즈빌이죠."

그러자 구그가 말했다.

"아, 그러셔? 누가 너한테 세계 대통령직을 줬지?"

윌링은 늘 그랬듯 사촌의 말을 무시했다.

"거긴 식량과 거처, 그리고 우물도 있어요. 제가 재러드 삼촌하고 얘기했거든요. 믿을 만한 인력이 딸린대요. 절실하게 일자리를 구하는 사람을 찾기란 어렵지 않죠. 하지만 식량은 품귀 상태라 웃돈이 붙잖아요. 사람을 쓰면 도둑질을 하려고 든대요. 조직적인 범죄가 농산물 암시장에 심각하게 퍼지고 있어요. 우리가 일할 생각만 있다면 삼촌은 우리 모두를 받아줄 거예요. 그러려면 밤에 무장하고 보초도 서야 하고요. 농부들이 자는 사이에 도둑놈들이 농작물을 전부 거둬 가거든요. 재러드 삼촌은 우리에게 방을 내줄 수도 있어요. 지난 두 해 동안 겨우내 버티고 있던 멕시코 이주민 노동자들이 떠났거든요."

"글로버즈빌이 그렇게 오아시스 같은 곳이라면 그 사람들은 왜 떠났지?"

에스테반의 물음에 윌링이 대꾸했다.

"당연히 멕시코로 돌아갔죠. 멕시코는 방코르 사용에 동의했거든요. 미국이 잃어버린 무역 가운데 상당수를 멕시코가 가져갔어요. 거긴 경제 붐이 일고 있다고요."

그러자 카터가 입을 열었다.

"이 녀석 말이 맞아. 요즘에는 팩트와 허구를 구분하기가 힘들지만……."

"아버지, 그만! 그런 얘긴 그만 하세요!"

에이버리와 플로렌스가 동시에 말했다.

카터는 날카롭게 받아쳤다.

"내 말은, TV 뉴스들과 웹진들이 전부 보기 드물게 같은 소식을 전하고 있다는 거야! 이민자들이 뒤바뀌었어. 멕시코는 국경에 대규모 주둔군을 배치했지. 자국민들은 다시 들여보내 주지만, 백인 미국인들은 대부분 비자 발급을 거부당하고 있어. 단기 관광 비자도 안 내준다는군. 북쪽의 불법 이민자들이 떼 지어 강제 추방되고 있고."

놀리가 입을 열었다.

"나 원 참, 라틴아메리카계가 하면 밀입국이고, 백인들이 하면 불법이고."

"위선자들."

에이버리가 중얼거렸다.

"난 위선이라고 생각하지 않아요. 그보단 보복이죠."

에스테반이 말했다.

"하지만 멕시코 국경 경찰은 3세대, 심지어 2세대 라틴계들에게도 호락호락하지 않다던데."

카터가 경고했다.

"혹시 멕시코 여권 갖고 계세요?"

윌링이 물었다.

"그런 게 왜 있겠니? 나도 여기 있는 사람들과 똑같은데?"

에스테반의 대꾸에 윌링이 다시 말했다.

"안타깝네요. 지금은 미 국무부에서 발행한 여권보다 훨씬 더 가치가 있을 텐데."

그러자 에스테반이 말했다.

"나로선 축배를 들고 싶은 반전이네. 이제 백인놈들도 그저 우연히 특정한 국가에서 태어났다는 이유로 마치 주의 부름을 받은 듯 귀중한 여권을 뻐겨대는 사람들을 볼 때 어떤 기분이 드는지 비로소 알게 되겠지. 아, 지금 여기가 국경이라면 호탕하게 웃어줄 텐데."

"빨리 무얼 어떻게 할 것인지 의논하면 안 될까?"

제인이 사정하듯 말했다.

월링은 야영장을 가리키며 대꾸했다.

"우린 여기 있는 사람들에 비해 운이 좋은 편이에요. 갈 곳이 있잖아요. 한 가지 문제가 있다면 거길 어떻게 가느냐는 거죠."

"몰래 가서 전트를 가져와야겠다. 그 사람들은 내 열쇠만 빼앗았잖아."

에이버리의 말에 로웰이 침울하게 고백했다.

"아니야. 당신보다 한 수 위였어. 내 것도 달라고 하더라고. 그리고 스페어 열쇠도."

월링이 다시 말했다.

"우리가 가진 현금을 세어봤어요. 뉴욕 주 북부로 가는 버스표나 열차표를 한 장도 끊을 수 없더라고요. 그리고 설사 돈이 있다고 해도 이너튜브에 따르면 뉴욕항만관리청, 그랜드 센트럴 터미널, 펜 역 모두 사람들이 떼 지어 몰려 있대요. 떠날 때가 되었다고 생각하는 게 우리만이 아닌 거죠."

로웰이 입을 열었다.

"그럼 어쩌자는 거냐? 우리가 다 함께 네 자전거에 겹쳐 탈까? 1950년대에 공중전화박스를 갖고 곡예를 하던 사람들처럼?"(놀리려고 한 말이었지만 호응을 얻지 못했다. 월링은 공중전화박스가 무엇인지도 모를 것이다.)

"우린 걸어가야 해요."

월링이 말했다.

"뉴욕 주 북부까지?"

로웰이 소리쳤다.

"차로 312킬로미터예요. 비포장도로로 가면 좀 더 멀고요. 에스테반 아저씨가 예전에 여행사에 다닐 때 팰러세이즈 협곡 트레킹을 인솔했었거든요. 그러니까 길을 안내할 수 있을 거예요."

"아이고, 우리의 주인이자 왕께서 다른 사람에게 왕권을 내주시다니 믿어지지 않는군."

로웰이 말하자 에이버리가 그를 걷어찼다.

월링이 말을 이었다.

"초반에는 단순해요. 플랫부시를 따라가다가 브루클린 교를 건너 웨스트사이드 자전거로를 따라 조지워싱턴 교로 가면 돼요. 이런 출구들은 모두 붐빌 테니까 차보다 걷는 게 더 빠를 수도 있어요. 그래도 재난 영화 같진 않겠죠. 거리에 좀비들이 날뛰지 않는다고요. 5번 대로에 거대한 도마뱀이 버티고 있지도 않을 거고. 엠파이어스테이트 빌딩도 멀쩡히 서 있겠죠. 미드타운이 불타지도 않을 테고요."

더글러스가 방수포 위에 쌓아놓은 배낭 더미에 몸을 기댄 채로 입을 열었다.

"얘야, 우린 어젯밤에 여기까지 5킬로미터를 걸어오는 데도 네 시간이 걸렸어. 내 나이에 하루 동안 멀쩡하게 걸을 수 있는 거리는 기껏해야 그 정도란다. 당장 대충 계산해봐도 그럼 우리는 두 달 넘게 거리를 헤매며 친절한 낯선 이들의 먹잇감이 될 거야. 좀 더 젊은 사람들은 승산이 있을지도 모르지. 하지만 루엘라와 나를 끌고 글로버즈빌까지 가진 못한다. 우린 두고 가거라. 알았지? 우린 살 만큼 살았어. 좋은 시절을 살았지. 지금 내가 앉아 있는 곳을 생각하면 너희보다 더 좋은 세상을 누린 것 같구나."

그러자 윌링이 단호하게 말했다.

"우린 두 분을 두고 가지 않아요. 두 달이 걸리면 그렇게 가면 되니까요."

제인이 물었다.

"그런데 보급품은 어떡하니? 당장 오늘 하루를 버틸 식량도 충분하지 않아. 남은 돈으로 버스표 한 장 살 수 없다면……."

윌링이 대꾸했다.

"야영장에선 현금을 쓰지 않아요. 전부 물물교환이죠. 외상을 지기도 하지만 빚도 현물로 갚아야 해요. 전체 여정에 필요한 식량을 전부 준비해갈 수는 없어요. 그래도 시작은 할 수 있죠. 왜냐하면, 에이버리 이모? 여기 사람들은 그나마 남은 세간이라도 필사적으로 지키고 싶어 한답니다. 그러려면 덧문을 달아야 하겠죠."

그는 자신의 배낭에서 홈데포 라벨이 붙은 작은 투명 비닐봉지 한 움큼을 꺼냈다.

"그럼 무엇이 필요할까요?"

에이버리는 미소 지으며 대꾸했다.

"경첩이지."

정신 나간 계획이었다. 그렇긴 해도 로웰은 이 똥구덩이에서 벗어날 구실을 반기며 에이버리와 사내아이들을 데리고 가장 가까운 3번대로 슈퍼마켓에 가서 남은 현금의 일부로 보존 기간이 길고 중량 대비 칼로리가 높은 식품들을 샀다. 퍼지, 살라미, 할바. 조지타운에서 흔히 즐기던 초소형 녹색 채소와 참치 카르파초와는 너무도 대조적인 메뉴였다. 돌아오는 길에 윌링은 경첩을 현지 별미인 미국 너구리 육포로 교환했다.

한편, 플로렌스는 로웰을 거들어 에이버리가 서배너에게 메시지를 보내는 짓을 그만두도록 설득했다. 이 플렉스의 데이터 잔여량을 아껴야 했다. 그들의 세 자녀 가운데 이 딸아이는 나름의 기지로 살아가는 데 가장 소질이 있음을 입증해 보이지 않았는가. 그 아이는 맨해튼에 친구들이 있었고, 부모 곁에 있고 싶어 할 나이도 아니었다. 그들은 그저 믿음을 갖고 잘되길 바라는 수밖에 없었다. 에이버리는 재러드의 주소와 지금 그들이 있는 프로스펙트 공원의 소재지를 남겼다. 그것을 보면 그들의 딸은 조만간 가족과 재결합하지 않을 게 분명했다.

아니나 다를까, 서배너는 그날 오후 늦게 플렉스로 답장을 보내왔다. 〈난 농장 따위에선 살지 않을 거야.〉

이 오합지졸의 선민들이 미성년자 모세의 지시에 따라 바로 다음 날 출애굽을 시작한다 해도 더글러스와 루엘라를 끌고 가는 것은 자폭 행위나 다름없다고 로웰은 남몰래 생각했다. 이 허세 가득한 노인네와 그의 미치광이 아내는 절대 300킬로미터를 걸어갈 수 없었다. 게다가 그들은 아무 데서나 자고 그때그때 식량을 구해야 했으며 틀림없이 많은 시간을 굶은 채로 여행해야 했다. 물론 아내의 조부모님이긴 했지만 어차피 죽을 때가 다 된 노인들에게 그저 신의를 보이기 위해 이 모험을 확실한 실패로 몰고 가는 것은 너무 감상적인 일인 듯했다. 두 사람은 이 야영장에 두고 가는 편이 나으리라. 잘사는 사람들보다 무일푼인 사람들이 더 쉽게 자비를 베푸는 경우도 많으니까. 그러나 로웰은 곧 그런 생각을 입 밖에 내지 않아서 다행이라고 생각하게 된다.

나중에 윌링에게 들은 이야기에 따르면, 이 맨디블 집안의 어른은 전성기 시절 오이스터베이에 살 때 사냥과 스키트사격으로 사교 생활을 즐긴 탓에 화기에 익숙한 편이었다. 그날 저녁 더글러스는 가물거리는 모닥불의 불빛 속에서 월링이 그날 아침에 구해온 보호 장비를 볼 수 있느냐고 물었다. 증손자가 안전장치와 장전 방법을 제대로 이해하고 있는지 확인하고 싶다고 했다. 순식간에 일어난 일이었다. 더글러스는 아내의 가슴을 쏘고 자신의 머리를 쐈다. 그 두 발의 총성에 건너편 디어드리 히샴조차도 덧문을 달았다.

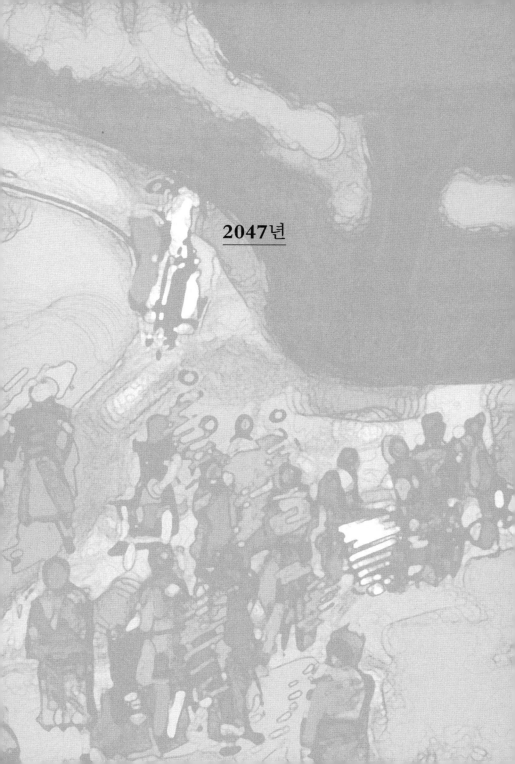

2047년

1장
체제에 순응하는 일

먼 길을 돌아 결국 이스트 플랫부시로 돌아온 것은 흐뭇한 일이 되었어야 마땅했다. 윌링은 이곳에서 자랐다. 그의 어머니는 이 집을 사기 위해 열심히 일했다. 정치인들은 여전히 기근이라고 인정하지 않는 2030년대 중반 시기에 그의 어머니는 식량 재배를 도우면서 충분한 돈을 벌어 담보대출을 모두 갚았다. 귀양살이 중인 뉴욕의 법정 부동산 소유자들은 주 정부에 재산을 몰수당하지 않으려면 정해진 날짜까지 소유권을 확인해주어야 했다. 주 정부는 온 지역을 휩쓸며 집과 트레일러, 반려동물, 아이 들을 닥치는 대로 집어삼키는 사이클론 같았다. 차라리 진짜 사이클론이 나왔으리라. 진짜 기상이변이었다면 그는 좀 더 침착하게 대처할 수 있었다.

어릴 때 살던 집의 소유권을 되찾는 일은 생각만큼 간단하지 않았다. 윌링은 외할머니 제인으로부터 물려받은 성을 몇 년 전에 맨디블로 바꿨다. 이 개명은 점점 깊어지는 도시 싱크홀로부터 그들이 무사히 탈출할 수 있도록 자신을 희생한 대 그랜드 맨을 기리기 위함이었

434

다. 무언가를 기리는 일이 늘 그렇듯 이 역시 그 명예의 대상이 헌사를 받아들이기엔 너무 늦은 일이었지만 말이다. 그러나 관공서식상 그의 어머니의 부동산을 상속할 수 있는 사람은 윌링 다클리뿐이었는데, 그의 뉴욕 주 신분증에는 다른 이름이 찍혀 있었다. 이 골칫거리를 해결하는 데에는 인내심이 필요했다. 그러나 윌링은 인내심이 강했다.

이스트 55번가 335번지 부동산의 소유권을 주장하려면 또한 현재 살고 있는 사람들을 내보내야 했다. 이제 막강한 방코르와 연계된 돌라르 누에보스(스페인어로 '새로운 달러'라는 뜻—옮긴이)로 꽤 많은 돈을 받는 뉴욕 시경은 이 일을 무서울 정도로 즐겁게 떠맡았다. 이 폭력적인 팔매질의 선동자로서 옆에 서 있으려니 여간 불편하지 않았다. 그의 어머니는 월세가 밀린 세입자를 끝까지 내쫓지 않고 가족으로 받아들이지 않았던가. 물론 샘과 타냐, 엘리, 제이크는 오래전에 다른 점유자들로 바뀌었다. 집 상태로 짐작하건대, 최근 거주자들은 그리 고상한 사람들이 아니었던 듯했다(그에겐 고마운 일이었다. 이 파괴적인 점유자들이 부동산 가치를 크게 떨어뜨린 덕분에 상속세 소급 적용 하한선 바로 아래로 분류되었기 때문이다). 너그럽게도 놀리를 브루클린으로 함께 데려온 것은 어쩌면 이 무자비한 퇴거를 상쇄하기 위해서였을 것이다. 처음 돌아왔을 때 여든네 살, 이제 아흔 살이 된 그녀는 요양원이라면 치를 떨었다. 게다가 그는 그의 엄마와 달랐다. 그는 도둑이었다. 거리에서 한 아이를 협박해 물건을 빼앗았다. 2032년에 북부로 향하는 긴 여정에서 비참한 식구들을 먹이기 위해 텃밭을 습격하고 과수원 서리를 했으며 총을 들고 편의점을 털기도 했다. 그는 착한 소년이 아니었다. 그러니 필경 착한 남자도 아닐 것이다.

글로버즈빌을 떠나기는 아쉬웠지만 막판에는 그리 아쉽지 않았다.

연방 정부가 농장들을 국유화한 뒤로는 보루에서 일하는 것도 예전 같지 않았기 때문이다. 맨디블 가는 소작인으로 전락했다. 생산량 가운데 극소량만 개인이 가져갈 수 있었다. 나머지 육류 및 유제품, 농산물은 미국 농무부가 몰수해갔다. 심지어 주인은 돼지의 부위 가운데 어깨살과 엉덩잇살만 가질 수 있다는 규정까지 생겨났다. 농부들은 폭리를 취하는 사람들로 비쳤다. 많은 농부들이 실제로 그래 왔기 때문이다. 따라서 이 정책은 도입 당시 널리 인기를 끌어 2036년에 민주당의 압도적인 득표를 도왔다. 그러나 농부들에게는 그리 인기를 끌지 못했다. 많은 이들이 농작물을 불태우고 가축을 학살했다. 애초에 경제를 짓밟은 정부에게 노동의 결실을 내주지 않겠다는 결의의 표현이었다. 그러나 시골 지역의 양심을 산 이 홍보 전략은 굶주린 도시 거주자들의 기대마저도 꺾어놓았다. 도시 사람들은 이런 국유화를 통해 발할라를 꿈꿨다. 즉, 합리적인 가격의 물건이 가득 들어찬 슈퍼마켓을 마주할 수 있을 거라 기대했다. 그러나 연방 정부에서 거둬들인 농축산물은 대부분 수출되었다. 워싱턴은 경상수지 적자를 해결해야 했고, 중국은 돼지고기를 원했다.

그나마 윌링은 합리적인 중재를 통해 다혈질인 외삼촌 재러드가 땅을 불태우는 것을 간신히 막았다. 그렇다고는 해도 매일 재러드의 분노를 마주하는 일은 진이 빠졌다. 새까만 머리칼에 움푹 팬 눈, 맹렬한 기질을 가진 재러드를 보면서 윌링은 좌와 우의 정치적 구분이 기하학적으로도 타당성이 있지 않을까 생각하게 되었다. 왼쪽으로, 또 왼쪽으로, 또 왼쪽으로 돌면 결국 오른쪽으로 돌았을 때와 똑같다. 재러드는 급진적 환경주의자로 출발했다. 이는 생존주의에서 겨우 90도 틀어진 방향이었다. 같은 방향으로 조금 더 마지막 조정이 가해지자 그는 광적인 자유지상주의 총기 소지 옹호자로 변했다. 윌링 자신은 이러한 범주 구분에 크게 흥미가 없었지만 다른 사람들에게는 그것이 의미 있는 모양이었다. 윌링에게 중요한 것은 삼촌의 분노가 에너지 낭비라는 사실이었다. 정치적 조정이 일어날 때마다 재러드는 적을 필요로 하거나, 적이 필요하다고 생각했다. 이런 전쟁으로 그는 지쳐갔다. 그러나 존재 여부조차 확실치 않은 그의 적은 조금도 동요하지 않았다. 그 적은 재러드의 존재조차 몰랐다.

윌링은 재러드에게 고마웠다. 그는 그의 목숨을, 그리고 온 가족을 구했다. 보루의 주인이 국가의 농노로서 농장을 돌보게 된 일을 그토록 야비하고 억압적이며 원통하게 생각하다니, 참으로 안타까울 따름이었다. 예전에 에이버리가 어느 정도 마음을 잡은 뒤에 그랬듯, 윌링도 그저 밭을 갈고 씨를 뿌리고 케일을 자르는 고된 일에 몰두할 수 있었다. 그는 무언가가 되고 싶지도, 성공하고 싶지도 않았다. 이룰 수도 없는 환상적인 미래를 왜 꿈꾼단 말인가? 어쩌면 그는 천성적으로 야망이 없기 때문에 그렇게 살 수 있는 것이리라. 야망 없는 사람이 모두 그렇듯.

이 나라는 개인이 자신의 운명을 결정할 수 있는 곳임을 그는 이해하고 있었다. 그러나 속수무책의 비관주의, 구체적으로 앞서 말한 것처럼 굳이 지향점이나 목표, 가야 할 곳 등을 정할 필요가 있는가 하는 비관주의가 그의 세대 전체를 아우르는 특징이 되었다. 철저히 재무부 증권이 되어버린, 악의로 도금한 구그를 제외하고 그의 사촌들은 일찌감치 지친 듯했다. 피로로 따지면 거의 노인이 된 듯했다. 윌링의 여자친구 피파도 마찬가지였다. 그녀는 나른하고 무심하며 기력 없고 느렸다. 그는 그녀의 그런 점이 좋았다. 너덜너덜해진 채로 서글프게 남은 대 그랜드 맨의 와인색 소파에 털썩 널브러지는 그녀는 게을러 보였지만, 이처럼 기력을 아끼고 비축하는 데에는 다른 이유가 있었다. 일종의 전쟁이랄까. 옛 노조들이 말하는 태업, 일터에서 그녀는 그것을 단련했다고 했다. 그녀는 정확히 질타받지 않을 만한 속도를 계산했다. 그녀는 주어진 일을 하고 있었다. 꼭 필요한 만큼만. 이렇게 양보 없는 태도가 점점 일반화되어갔다. 삶의 무수히 많은 감시자들이 너무도 많은 것을 빼앗아갔지만 무언가는 지켜야 했으므로. 그러지 않으면 자기 자신마저 지킬 수 없었다. 피파는 자신을 지켰다. 굳이 생각해보면 윌링도 자신을 지키고 있다고 믿고 싶었다. 그러나 확신할 수 없었다. 그는 존재하지 않는 사람일 수도 있었다. 누군가가 그를 훔쳐갔을지도 모를 일이었다.

세상을 떠난 어머니의 집에서 다시 살게 된 일이 그리 흐뭇하지 않았던 것은 바로 그 점 때문이었다.

이 도시로 돌아오려면 제대로 된 직업을 가져야 했다. 2041년도에 보루에서 짐을 싸면서 그는 직업을 가지려면 칩을 이식받아야 하지 않을까 생각했다. 그것은 아주 당연한 일이었다. 모두가 그렇게 말했다. 사회보장번호를 신청하는 것처럼. 요식적인 일, 비교적 괴롭지 않은 현대의 형식적인 규약이었다. 따라서 윌링은 이 절차의 불가피성에 대해 충분히 진지하게 숙고해보지 않았다. 그저 통상적인 일, 모두에게 기대되는 관례적인 일이기에 그리 불안해하지 않았다. 분명히 어떤 시대에든 나름의 당연한 일, 즉 당시에는 아무도 다시 한 번 생각해보지 않는 그런 일이 있게 마련이다. 거머리와 방혈이 그러했고, 동성애 치료가 그러했으며, 아동 노역소와 채무자 감옥이 그러했다. 널리 받아들여지는 현재, 그 존재 속에 몸을 담그고 있으면 그러한 차이를 알아차리기가 어렵다. 이를테면, 죽은 자를 매장하거나 저녁 8시에 식사하는 전통과, 그 당시에는 최면에 걸려 표준으로 인식되었지만 나중에 후대가 보면 인류 전체에 대한 모욕이 되는 관습을 구분하기가 어려운 법이다. 어쩌면 그는 피할 수도 있었다. 어쨌든 의혹과 염려를 품었으니까. 그러나 선택의 여지가 없다고 확실하게 주지된 상황에서는 다른 쪽을 선택하는 일이 큰 도전이 될 수밖에 없었다.

월링이 어릴 때 사람들은 소아성애와 여타의 성적 학대에 대해 수선을 떨었다. 그가 네댓 살 때 그의 엄마는 평소와 달리 엄숙하게 그를 불러냈다. 그러곤 무릎을 꿇고 닭살이 돋을 만큼 감상적으로 타일렀다. 한껏 낮춘 목소리는 엄숙하면서도 간지러웠다. 절대로 어른들이 그의 은밀한 곳을 만지게 해선 안 된다고 했다. 그 표현도 그녀답지 않았다. 그녀는 늘 직설적으로 말하는 사람이었다. 그의 성기나 밑구멍을 언급하고 싶으면 정확히 그렇게 말했다. 그로써 그는 엄마의 정신이 전염성 바이러스에 감염되었음을 알아차렸다. 은밀한 곳에 관한 훈계는 역겨웠다. 그는 더러워진 기분이었다. 본능적으로 기묘한 혐오감이 밀려들어 엄마에게서 움찔 물러났다.

그 시절에는 밖에서 노는 것이 금지되었다. 어린이집에서 일하려면 범죄기록 확인이 필수 요건이었다. 보이스카우트 단장들은 모두 용의자였다. 살인자는 아무도 상관하지 않는 듯했다. 살인자들은 감옥에서 나와 곧바로 어느 동네에 들어가 살아도 티가 나지 않았다. 그들은 원하는 곳 어디서든 살 수 있었다. 성범죄자들은 평생 동안 낙인찍혔다. 호스텔과 굴다리를 전전했고 소재지를 알려야 했다. 그리고 그것이 웹에 게재되었다. 해당 지역 부모들이 이 쓰레기 같은 인간을 쫓아내기 위해 피켓 시위를 벌일 수 있도록. 학교와 놀이터 주위의 접근 금지 반경은 해마다 넓어졌다. 살인범의 삶보다 강간범의 삶이 더 힘들었다. 미루어 짐작건대, 강간을 당하느니 죽는 편이 낫다는 뜻이었으리라.

월링은 은밀한 곳에 다시 사로잡히고 싶지 않았다. 성교가 부차적인 것이 되었다는 사실이 그에겐 전혀 거슬리지 않았다. 그와 피파도 성교를 즐겼지만 한때 왜 그렇게 야단을 떨었는지 알 수 없었고 대개 그들은 너무 피곤했다. 그 일은 혼자 해결하는 편이 더 효율적이었다.

그러나 마치 구름이 다른 지역으로 옮겨간 듯 전반적인 사회적 담화가 새로운 문제들로 옮겨가고 한참 뒤에야 그는 마침내 그가 어릴 때 사람들이 하던 이야기를 이해하게 되었다. 그로서는 살해당한 경험이 없어서 확실하게 말할 수 없었지만 어쨌든 필경 살해당하는 것만큼 나쁘진 않을 것이다. 그러나 끔찍하기는 마찬가지였다. 살해당한 뒤에 그것을 이겨내고 살아가는 것과 같았다. 게다가 살해당한 사실뿐 아니라 죽어가는 부분까지 기억할 수 있었다. 죽음을 이겨내고 살아남았지만 그래도 어쨌든 죽었고, 살아 있으니 죽지 않았다는 뜻이었다. 어릴 때 그의 어머니는 바로 이런 점 때문에 목소리를 낮추고 무릎을 꿇고 심각하게 경고하는 이상한 행동을 보인 것이라고 그는 확신했다. 그 후 수년 동안 그녀는 그를 안전하게 지켜주었지만 이제 세상을 떠났으니 그를 보호할 수 없었고, 결국 그가 스물다섯 살 때 그 일이 일어났다. 그 모든 선생님들과 상담교사들, 학교 회의 중재자들이 했던 이야기는 결국 과장이 아니었던 것으로 드러났다. 윌링은 강간당했다.

그에게는 그것을 표현할 수 있는 말이 그 단어뿐이었고, 따라서 다른 누구에게도, 심지어 피파에게도 그에 대해 얘기하지 않았다. 그 경험을 일컫는 이 단어는 그 경험에 대한 기억과 더불어 은밀한 곳에 저장되었다. 그로부터 6년이 지난 지금 그가 겪고 있는 이 정체 상태, 설사 갑자기 어딘가에 도달하고픈 야망을 발견하게 된다 해도 그럴 만한 곳이 있을까 의심하는 이 비관주의, 운동성을 상실한 채 머물러 있는 이 묵직한 단조로움, 이 모든 것이 강간당한 일과 관련 있지 않을까 그는 의심하지 않을 수 없었다. 그전에 자신이 어땠는지 확신이 서지 않았다. 임상적으로는 확실한 인물 정보 가운데 하나로 자신이 보루에서 느낀 깊은 소속감을 기억할 수 있었다. 커다란 원탁에서 즐긴 저녁 식사. 소젖을 짜고 돼지를 먹인 뒤에 밀려오는 흙 내음 가득 밴 피로. 일단의 사람들에 대해 점점 커져가던 애정. 그중 자신과 매우 다른 사람들에 대해서도 애정을 느끼게 된 후에 찾아온 모종의 뿌듯함. 서로에 대한 사랑의 총합보다도 컸던, 그들 모두를 함께 있게 해준 그 무언가에 대한 애정. 그러나 마비된 듯한 이 얼얼함이 자리 잡은 뒤로는 그저 그 따뜻함을 팩트로만 기억할 뿐 그 온기 자체를 느낄 수 없었다.

그는 그것을 기억하지 않으려고 노력했다(그러나 잠들 무렵 또는 잠이 덜 깬 무방비 상태일 때 그 기억이 그를 침입하곤 했다). 그는 이제 그 이야기를 꺼내지 않도록 더 단련되었다. 다른 사람들도 거의 모두 똑같은 일을 겪었다. 따라서, 혹은 논리상, 얘기거리조차 되지 않았다. 이 작디작은 의학적 수모는 시련이라기보다는 치아 스케일링에 가까웠다. 조금이라도 괴로움을 드러내면 윌링 맨디블은 다 큰 아기 취급을 받을 게 분명했다. 사실 이제는 신생아들도 세상에 나온 지 한 시간 만에 동일한 시술을 받았다. 당연히 일부 부모들은 영아들이 이 시술을 괴롭고 무례한 침입으로 느끼고 트라우마를 갖게 될지도 모른다는 우려를 표했다. 그러나 의사들은 대중을 안심시켰다. 정확히 표적을 겨냥한 국소마취가 이뤄진다고. 이 이질적인 물질은 기껏해야 핀 대가리만 한 크기라고. 살짝 찌르는 것, 심지어 꼭 잡는 것보다도 아프지 않다고. 차라리 이제는 대체로 권하지 않는 포경수술을 걱정하라고 그들은 말했다. 윌링은 신생아들이 부러웠다. 진짜 트라우마는 육체적인 고통에서 기인하는 것이 아니었다. 아기들의 텅 빈 머리에는 이 이질적인 물질의 용도를 두려워할 이유가 들어 있지 않았다.

월링은 여덟 살 때부터 줄곧 대부분의 시스템이 제대로 작동하지 않는다고 알고 있었다. 청년이 된 그는 시스템이 또한 아주 제대로 작동할 수도 있다는 사실을 깨닫고 경악을 금치 못했다.

그가 이스트 55번가로 돌아온 지 얼마 안 됐을 때였다. 돌아와 보니 또 하나의 방해물이 기다리고 있었다. 이 집은 9년 동안 낯선 사람들에게 점령당했다. 그들의 생경한 잔류물이 곳곳에 남았다. 더러운 셔츠와 빈 술병, 주사기. 그보다 더 마음을 뒤흔드는 것은 낯익은 물건들이었다. 수년 동안 그의 어머니가 플라스틱 통에 받아둔 재활용수로 애정을 담아 씻었던 컵들은 이제 이가 빠지고 손잡이가 떨어져 나갔다. 그가 어릴 때 쓰던 접시나 그릇 가운데 깨지거나 금 가지 않은 것은 하나도 없었다. 우습게도 에이버리가 월그린스와 스테이플스, 홈데포에서 쓸어온 물건들이 남아 있었다. 짝이 맞지 않는 L자 브래킷 다발과 쓰다 만 고릴라 접착제가 끊임없이 나왔고, 지하실에는 색색의 클립들이 흩어져 있었다. 발톱 진균 치료제의 포장이 뜯긴 것으로 봐서 누군가가 실제로 유용하게 사용했음을 알 수 있었다. 벽장들도 엉망이었다. 어머니의 옷장에 남아 있는 약간의 천 조각들에는 흰곰팡이가 피었다. 에스테반의 헌신을 기리는 상징물로 어머니가 아끼던 베드배스 앤드 비욘드의 빨래바구니는 부엌으로 옮겨져 쓰레기통으로 사용된 탓에 고약한 냄새를 풍겼다. 청소만 해도 몹시 힘들었고 쓰레기와 먼지 밑에 더 깊은 구조적 문제들이 숨어 있었다. 구석구석 기분 나쁜 눅눅함이 배어 있었던 것이다. 아아, 플로렌스 다클리, 그 형편없는 방수 작업이 얼마나 당신 속을 썩였던가.

처음부터 그는 자신이 주로 어떤 일자리에 지원할 수 있는지 알고 있었다. 가정 방문 요양사, 건강보험 및 청구서 발부, 보건 관련 웹사이트 디자인 및 유지 관리, 보건 상담 응대, 의료기기 제조, 의료기기 서비스, 의료 수송, 의료 관련 조사, 제약, 제약 관련 조사, 제약 광고, 병원 세탁, 병원 급식, 병원 행정, 병원 건축, 그리고 가벼운 장애부터 빈사 상태에 이르기까지 모든 수준의 장애 노인들을 돕는 노인 원호 시설 근무. 그 또래의 많은 이들이 그렇듯 그도 고등학교를 중퇴했다. 따라서 신경외과 수술은 할 수 없었다.

월링은 자전거를 타고 이스턴 공원 도로를 따라 조금만 가면 나오는 엘리시언 필즈라는 요양 시설의 구인 공고를 온라인으로 찾아냈다. 요강 비우기, 걸레질 등 아무도 하지 않으려 하는 이런 시시한 일의 자격 요건은 신체 건강한 젊은이가 전부였다. (판매자 시장이 존재하는 분야의 경우, 그의 작은 동년배 집단이 가진 유일한 자원은 젊음이었다.) 따라서 면접에서 그는 자동으로 고용되는 듯 보였다. 그러다 막판에 그가 아직 칩을 이식받지 않았다고 털어놓았다. 그 점이 문제가 된다면 그 자리에서 얘기하는 편이 나았기 때문이다.

이 소식을 듣고 방 안에 있던 사람 모두가 눈썹을 치켜세웠다. "그런 경우는 흔치 않은데" 하고 면접관 한 명이 중얼거렸다. 다른 면접관은 "이젠 불법 아닌가?" 하고 속삭였다. 마치 그가 회색다람쥐 독감 보균자라고 폭로하기라도 한 것처럼. 그들은 본능적으로 이 피면접자에게서 2, 3센티미터 물러났다. 그는 이곳에서뿐 아니라 뉴욕 주 어디서든 칩 이식이 고용의 타협 불가한 전제조건이라는 통보를 받았다. 그 시술을 받는다면 일자리를 얻을 수 있었다. 그중 한 사람은 이렇게 그를 안심시켰다.

"5분이면 돼요. 성인의 경우에는 영아들보다 좀 더 따끔하지만 다음 날이면 아무렇지도 않을 거예요."

또 다른 관료가 첨언했다.

"개인병원이나 응급실 어디서든 예약 없이 받을 수 있고 게다가 무료랍니다! 난 너무 초창기에 받아서 200누에보나 냈거든요."

어쨌든 그는 일을 하고 있었다.

집에 와서 얘기하자 놀리는 극구 반대했다. 68세 이상 시민들은 면제 대상이었으므로 그녀로서는 반대 입장을 취하기가 쉬웠다. 그녀는 이렇게 말했다.

"말도 안 되는 짓이야. 넌 그들의 동물이 되는 거야."

그러나 노인들은 늘 혁신을 꺼리는 법이었다. 늙다리들이 계속해서 책임자 자리를 맡았더라면 사람들이 모두 여전히 당나귀 수레를 타고 다닐 게 분명했다.

물론 대신 월링은 최대한 집을 치운 뒤 이 이스트 플랫부시의 누추한 부동산을 시세보다 싸게 매각해버릴 수도 있었다. 놀리와 함께 보루로 돌아가면 그만이었다. 그러나 재러드는 걸핏하면 화를 냈다. 최악의 식량난이 누그러진 뒤로 농장들은 점차 다시 사유화되고 있었지만, 그는 자기 땅을 되사야 한다는 사실에 대해서도 노여워했다. 그의 젊은 시절을 유머와 결속으로 채워준 든든한 대가족 가운데 그의 곁에 남은 사람은 커트뿐이었다. 놀리의 경우, 자신은 그렇게 생각하지 않을지 몰라도 글로버즈빌보다 더 양질의 의료 서비스에 더 쉽게 접근할 수 있는 곳에 살아야 했다. 현대 세계의 삶이 요구하는 단순한 전제조건에 저항하는 것은 아이 같은 일인 동시에 노파 같은 일인 듯했다.

만두 2인분을 먹은 듯 속이 답답했지만 월링은 모른 체하고 아주 태연하게 킹스 병원 응급실로 성큼성큼 들어가 자신의 목적을 설명했다. 간호사가 소리쳤다.

"어머, 그 나이까지 안 받았다니! 지금까지 어떻게 버텼어요? 혹시 파업자는 아니죠? 부모님 집 소파에서 빈둥거리는?"

"아니에요."

그가 대꾸했다. 그의 어깨에 손을 얹고 안내하는 그녀의 태도가 마음에 들지 않았다. 그것은 소유권 주장이요, 가축 몰이이며, 결탁의 포용이고 가입 인사였다. 그러나 때는 늦었다. 그녀는 말 그대로 이미 그에게 손을 댔다.

그 간결하고 하얀 방에서 그는 엎드리라는 지시를 받았고, 그 사이 그들은 면봉에 그의 침을 묻혀 DNA 염기서열을 분석했다. 칩은 영구히 그의 DNA와 연계되는 것이었다. 그가 패드 깔린 틀에 이마를 맞춰 넣자 간호사는 각 지점이 그의 머리에 닿도록 고정 나사들을 조였다. 기구를 보자 재러드가 성빈우로 키울 가치가 없을 만큼 보상이 적은 식육용 송아지를 끌고 갔던 도축장이 떠올랐다. 좁다란 홈이 그의 두개골을 고정하고 관자놀이의 볼트가 제자리에 맞아 들어가도록 잡아주었다. 윌링은 머리털 하나 움직여선 안 되었다. 그게 핵심이었다. 그를 보호하기 위해서라고 간호사는 다정하게 설명했다. 아주 조금만 움직여도 하반신 마비가 올지도 모른다고 했다. 그녀는 웃음을 터트렸다.

그는 엎드려 있는 것이 싫었다. 성적인 자세, 복종의 자세였다. 간호사가 그의 뒤에서 기계를 움직여 그의 두개골 아래쪽, 무방비 상태의 부드럽고 무른 함몰 부위에 갖다 대자 그는 밀려드는 두려움을 억눌렀다. 유리와 크롬인 듯했지만 그 기기는 총처럼 보였다. 그녀가 그것을 쏘자 새하얀 통증 속에서 대 그랜드 맨의 얼굴이 번쩍 나타났다. 불 옆으로 쓰러지기 직전, 그 수척하고 창백하며 한쪽만 붉은 얼굴이 보였다.

킹스 병원에 다녀온 그날 이후로 윌링의 자아감이 작아지고 둔해졌다. 그는 늘어지고 흐리멍덩하고 멍청해진 기분이었다. 초조했다. 주변 시야에서 숫자들이 깜빡거려서 그쪽으로 고개를 돌려보면 아무것도 없었다. 한동안은 하루에도 여러 차례 수건으로 목덜미를 문질러 닦았다. 훼손되고 오염되고 침범당한 기분이었다. 그의 목 안에 침입한 존재가 칩이 아니라 촌충인 것 같았다. 감시당하는 기분이었다. 수치스러웠다. 자신이 예전에 쓰던 방에 혼자 있을 때에도 자신을 가려야 할 것 같았다. 한동안 놀리조차도 그와 거리를 유지했다. 입을 꾹 다물고 웅얼거릴 뿐 자신의 생각을 털어놓지 않았다. 그녀는 조심스레 물었다.

"그거 혹시 들을 수도 있니?"

누군가에게 노골적으로 얘기한 적은 없었다. 그는 자신이 앞날을 내다보는 사람이라고, 비범한 석학이라고 생각하진 않았다. 그가 정확히 미래를 예측할 수 있는 것도 아니었다. 그러나 열네 살 무렵부터 마치 조가비를 줍듯 무심코 주워 모은 다양한 조각들과 파편들이 어느새 논리로 바뀌었다. 남들이 끼워 맞추지 못한 팩트들이 하나의 패턴을 형성하곤 했다. 그는 이러저러한 것들을 알았고, 그가 아는 것들은 사실이었거나 사실이 되었다. 칩을 이식받은 뒤로 그의 머리에서 그토록 분명한 인지력을 자랑하던 이 부분이 죽어버렸다.

그렇다고 인터넷에 떠도는 너저분한 이론들을 믿는 것은 아니었다. 연방 정부가 그의 정신을 조종한다는 얘기를 그는 믿지 않았다. 칩은 애초에 의도한 기능만을 수행한다는 사실을 받아들였다. 그가 급여를 받으면 그 액수가 바로 칩에 예치되었다. 그가 무언가를 구매하면 그 액수가 칩에서 빠져나갔다. 공과금도 칩에서 인출되었다. 윌링은 경험해보지 않았지만 투자도 칩에 기록되었고, 국가 보조금도 칩으로 들어왔다. 지방세, 주세, 연방세, 모두 합쳐 그의 급여의 77퍼센트에 달하는 세금이 칩에서 빠져나갔다. 2039년까지 국세청이라고 알려져 있던 기관으로 그의 모든 구매 내역이 칩을 통해 고지되었다. 물품의 가격과 구매 시점 및 장소, 모델명이나 일련번호 또는 유통기한에 이르기까지 제품의 정확한 명세가 모조리 전달되었다. 크래커 한 봉지를 사도 칩을 통해 미국 조세 당국에 통보되었다. 칩에 재정 준비금이 초과되어 쌓이면, 즉 그가 한 달 비용을 충당하는 데 필요한 평균 액수 이상의 금액이 쌓이면 그 초과분에 대해 -6퍼센트의 이자율이 부과된다는 독촉을 받았다. 잔액이 다양한 상한선을 넘어설 경우 이자율은 최대 -21퍼센트까지 올라갔다. (저축은 이기적인 것이었다. 저축은 경제에 나쁜 영향을 미쳤다. 마이너스 이자율은 또한 미국인들에게 짧게나마 수학을 공부할 기회를 주었으므로 교육수준이 낮은 대중에겐 확실히 도움이 되었다. 복리로 연이율이 -21퍼센트이면 100누에보가 5년 뒤에 30.77누에보가 되었다.) 생일 쿠폰과 소유물을 전당 잡히고 얻은 수입, 자선기금 모금용 빵 판매 행사 수익금, 사적인 포커 모임에서 딴 돈을 포함해 모든 추가 소득 또한 칩에 기록되었고 여기에도 77퍼센트의 세금이 부과되었다. 칩 이식은 해킹과 절도의 위험이 있는 데다 오랫동안 제대로 기능하지 않은 신용카드 문제를 해결해주었다. 칩을 이식받으면 사람 자체가 신용카드가 되었다.

신생아 칩 이식 시술에 대한 부모들의 항의는 주 정부가 모든 영아의 칩에 무려 2,000누에보의 영아 채권을 예치해주기 시작하면서 완전히 사그라졌다. 일반 대중에게 칩 삽입은 궁극의 편의, 궁극의 재정적 안전으로 홍보되었다. 이제 길거리에서 도둑맞기 쉬운 지갑이나 기기를 들고 다닐 필요가 없었다. 셀프 계산대에는 머리를 스캔하는 단말기가 설치되었다. 핀 넘버도, 숫자와 문자와 기호를 혼합한 스물다섯 자리의 암호도 필요치 않았다. 디지털화된 것은 무엇이든 복제 가능하므로 지문이나 안면 인식, 동공 스캔 등 새로운 인증 방식이 나오기 무섭게 해커들이 복제 방법을 찾아냈지만 이제 이런 생체 인식 확인도 필요치 않았다. 은행 계좌와 그 교묘한 수수료가 사라지고 개인 칩의 웹사이트, 즉 칩 사이트를 통해 송금 따위를 처리할 수 있게 되었다. 칩은 GPS 좌표를 밀리미터 단위까지 정확하게 계산하여 그 사람의 DNA와 교감하고 그 사람의 맥박을 인식했다. 칩에 인식된 맥박과 심장박동이 완벽히 일치하지 않는 누군가가 그 사람의 칩 사이트에 접속하면 자금거래가 차단되었다. 따라서 개인 사칭이 불가능했으며 계좌는 항상 당사자를 따라다녔으므로 포식자들로부터 안전했다. (연방 정부는 초기 버전에서 이 기능을 다소 과대 선전했다. 사실 총으로 위협해 강제로 온라인 송금을 하게 하는 이른바 '칩 납치'가 유행했기 때문이었다. 그 후 코르티솔과 에피네프린 같은 스트레스 호르몬의 과다 분비, 또는 이러한 호르몬을 억제해주는 안정제 과다 복용까지 칩이 감지하여 송금을 막는 기능이 추가되었다. 이 생체 감지 기능으로 인해 도박꾼들이 술에 취해 무모한 베팅을 할 수도 없게 되었으므로, 카지노 산업도 크게 침체되었다.)

물론 사람들은 안전해졌지만 예외적인 포식자 하나가 남았다. 말할 것도 없이 모든 거래는 국세청의 새 이름, 즉 사회공헌지원국에 통보되었다. (왜 굳이 이름을 바꿨는지 월링은 이해할 수 없었다. 사실 토끼강아지국이라고 바꿨어도 어차피 약자로 줄여 부르면 똑같은 공포를 불러일으켰을 텐데 말이다.) 이제 연방 슈퍼컴퓨터들의 데이터 저장 용량은 무한대였으므로 예전의 예치금 신고 하한선 1만 달러가 무모하리만치 높게 느껴지는 지경에 이르렀다. 조세 당국은 여섯 살짜리 아이가 곰돌이 젤리를 사기 위해 엄마에게 돈을 받아도 즉각 알 수 있었다. 두 봉지라는 것도 말이다.

칩을 이식받은 사람들은 납세 신고를 할 필요가 없다는 사실에 신이 난 듯 보였다. 세금 납부도 아주 수월해졌다. 그러나 이는 납세 신고와 관련해 속임수를 쓸 수 없다는 뜻이기도 했다. 교묘하게 반올림하거나 개인 사치품 구입비를 사업비용처럼 속일 수 없었다. 이러한 사실은 또한 정치적으로도 적당히 이용되었다. 수십 년 동안 대중은 저 멀리 어딘가의 상류층 인사가 세금을 전혀 내지 않고 무위도식한다고 믿었다. 이상하게도 월링은 그런 사람을 한 번도 만나보지 못했다. 아무래도 다른 세계에 살고 있는 모양이었다.

2042년에 현금 돌라르 누에보가 완전히 사라진 것도 대략 이와 같은 논리로 설명할 수 있었다. 현금은 구식 가치 보유 수단이었다. 중심가의 작은 점포들에겐 현금을 수송하고 관리하는 일이 여간 어렵지 않았다. 위조의 우려도 있었다. 가장 손쉽게 훔칠 수 있는 부의 형태였다. 범죄자들은 오랫동안 지폐를 다발로 쌓거나, 서류 가방에 불룩하게 담거나, 여행용 트렁크에 가득 채워서 거래해왔지만 이제 영화에 자주 등장하는 이 방식은 구시대의 유물이 되었다. 현금은 또한 사법권을 벗어날 수 있는 유일한 부의 형태였기 때문이다. 월링은 그의 어머니가 20달러짜리 지폐를 바스락거리며 배관공을 부릴 때 감돌던 그 은밀한 분위기를 기억하고 있었다. 마치 물리적인 돈을 용역과 교환하는 일이 불법이라도 되는 듯한 분위기였다. 현금은 추적하기도, 흔적을 남기기도, 세금을 부과하기도, 통제하기도 어려웠다. 월링은 정부가 현금을 없애기까지 그렇게 오랜 시간이 걸렸다는 사실이 오히려 놀라웠다.

반면 언어는 이러한 결정에 순응하지 않았다. 미국인들은 이제 이치에 맞지 않은 표현들을 계속 사용하고 있었다. 가령 칩의 잔액이 떨어지면 사람들은 여전히 현금이 없다고 말했다. 사업이 잘되면 돈을 마구 찍어내고 있다고 표현했고, 그 소유주는 조폐국을 차렸다고 표현했다. 이제 조폐국은 모두 문을 닫았는데 말이다. 피파는 말수가 적은 남자친구에게 생각을 얘기하면 1센트를 주겠다(a penny for one's thoughts, 조용한 사람에게 생각을 얘기하라고 독려하는 표현–옮긴이)고 제안하곤 했다. 세금 환급은 실제로 받는 사람이 있는지 몰라도 여전히 하늘에서 떨어진 동전이었다. 분한 마음으로 재산을 몽땅 사회에 환원하는 기부자들은 자손들에게 땡전 한 푼 물려주지 않았다고 했다. 하지만 땡전 한 푼의 유산에도 엄청난 상속세가 적용되었으므로 자식들에게 수집한 단추라도 물려줄 수 있으면 다행이었다. 재러드는 완전히 자동화된 농업 장비가 가짜 동전만큼의 값어치도 없다고 생각했지만, 최신 안전 기능으로 인해 무인 전기 수확기는 동전 한 닢 위에서도(on a dime, '바로', '즉시'라는 뜻의 관용 표현–옮긴이) 멈출 수 있게 되었다. 민주당 지지자들은 종종 2040년대의 경제적 안정과 정치적 무력화가 동전의 양면 같다고 묘사했다.

디지털 돈은 쌓을 수 없음에도 소수의 낙관론자들은 여전히 미국이 다시 세계 최고의 자리에 오를 거라는 데 동전 한 푼도 남김없이 모두 걸었다. 수사적 관습은 끈질기게 남았지만 이제는 떼돈을 버는 것이 불가능했다. 부동산 소유자는 구매자의 지불 능력에 확신이 서지 않으면 여전히 그 사람의 돈 색깔을 확인하고(see the color of his money, '지불 능력이 있는지 확인한다'는 뜻의 관용 표현–옮긴이) 싶겠지만 2042년부터 미국 통화에는 색깔이 없었다. 100누에보는 C–노트(백 달러짜리 지폐를 일컫는 속어 'note'에는 '음'이라는 뜻도 있다–옮긴이)였지만 이 속어는 이제 음악과 관련된 것으로 착각하기 쉬웠다. 돈의 질량은 공기와 같아졌지만 이 나라의 언어적 러다이트는 돈을 벌어 올 수 있는 것, 던질 수 있는 것, 남아돌면 태워버리거나 (종이돈 시절에도 황당한 광경이었겠지만) 하수구로 쓸어내릴 수 있는 것으로 간주해야 한다고 고집했다.

에이버리는 안전한 칩 덕분에 온라인 시장이 복원되었다고 기뻐했다. 집 밖에 나가지 않고도 다시 토스터를 살 수 있다고 좋아한 그의 이모는 얼리어답터였다. (첫 실험 대상으로 몰려든 사람들에게 돈을 내고 칩 이식 특권을 누리도록 한 것은 영리한 수였다. 높은 시술비 때문에 칩은 지위를 말해주는 품목이 되었다.) 안타깝게도 윌링이나 그의 사촌들 같은 사람들에게는 인터넷 쇼핑의 활성화가 대체로 공론에 불과했다. 그들은 융통할 수 있는 소득이 너무 적어서 많은 것을 살 수 없었다. 경제는 압도적으로 은퇴자들의 기분에 따라 돌아가고 있었다.

사회에서 윌링은 칩 이식에 대한 의구심을 아무에게도 털어놓지 않았다. 이 속 시원한 재정 규약을 폄하하는 사람들은 괴짜라는 빈축을 샀다. 정부가 개인의 정확한 위치를 지속적으로 파악할 수 있다는 것은 시민의 자유를 침해하는 일처럼 보였지만 대부분의 미국인들은 오래전부터 구글 맵 같은 상업기관들에게 활동을 추적당하는 데 익숙했다. 수십 년 동안 자전거에도 칩이 사용되었다. 반려동물에게도 칩이 사용되었다. 사람들에게도 칩이 사용되는 것은 불가피한 수순처럼 보였다. 단말기를 두드려 물건을 구매하는 일은 스마트폰 시대부터 가능했으므로 기술적인 도약은 미미했지만 보안은 크게 강화되었다. 이제는 누가 목을 베어가지 않는 한 아무도 이 편리한 구매 수단을 도용할 수 없었고, 당사자가 죽지 않는 한 무엇으로도 칩의 기능을 파괴할 수 없었다. 그러나 윌링은 칩 삽입 위치에 대해 충분히 납득할 수 없다고 느꼈다. 칩을 팔 위쪽에 삽입해도 그 생체 보안 기능은 똑같이 유지될 것이다. 척추 바로 위에 삽입한 것은 제거를 방지하기 위해서였다. 몇몇 반항자들이 미심쩍은 외과 의사를 고용해 제거하려고 시도한 적이 있었다. 그들이 발각된 것은 몸이 마비되었기 때문이었다.

놀리가 순순히 그들의 동물이 되어버린 조카손자에게 실망한 것은 너무 가혹한 일인 듯했다. 놀리 자신은 구식 은행 계좌를 갖고 있었고, 오래된 플렉스로 물건을 구매할 수 있었다. (이러한 구매는 자동 신고가 되지 않으므로 납세 신고도 구식으로 해야 했다. 이 미심쩍은 구시대적 서류들은 체계적으로 속속들이 철저하게 회계감사를 받았고, 이로 인해 자살하는 노인들도 많았다.) 그러나 칩 없는 사람들은 소수였고, 그나마도 점점 줄고 있었다. 노인들, 오지나 시골에 사는 사람들, 얼마 안 되는 해외 거주자들. 이런 시대착오적인 사람들에 대한 의심과 경멸은 점차 가속화되었다. 그들은 모종의 기기를 주섬주섬 꺼내지 않고는 우유 한 통 살 수 없었다. 윌링은 슈퍼마켓에서 놀리의 뒤에 줄 선 손님들이 안달하는 것을 알아차리곤 했다. 칩 없는 사람들은 예전에 플렉스나 그 조상인 스마트폰을 거부하던 완고한 고집쟁이들처럼 널리 짜증을 불러일으켰다. 머지않아 전체 인구가 칩을 이식받은 상태가 될 것이고, 저축 계좌와 당좌 예금 계좌, 투자 계좌는 완전히 사라질 게 분명했다. 그 시점이 되면 목덜미에 박힌 핀 대가리만 한 스파이 없이는 무언가를 사고팔 수도, 금전적 부를 소유할 수도 없게 된다. 틀림없이 그것이 그들 계획이었고, 의회는 이런 의도에 대해 미안해하지 않았다. 이는 마치 1960년대의 전국적인 소아마비 예방접종에 준하는 박애 행위로 묘사되었다.

자연히 웹에는 피해망상 괴짜들의 과열된 상상이 부글거렸다. 칩이 미국인들을 워싱턴의 미친 독재자 지시에 무조건 복종하는 로봇 군대로 전락시킨다는 주장이었다. 실제로 뇌 자체를 인터넷에 직접 연결함으로써 칩의 용도를 확대하는 연구가 시행되고 있었다. 이 숨

막히게 기대되는 인지적 접근이 현실화되면 칩 사이트가 사라지고 그저 자신의 재무 상태를 떠올리기만 해도 잔액을 확인할 수 있으며 뇌에 내장된 계산기로 거래할 수 있었다. 가까운 미래에는 그저 머릿속으로 웹진을 읽고 게임을 하고 고양이 동영상을 보게 될지도 모를 일이었다.

그러나 현재 상황을 보자면, 2030년대에 급락했던 기대 수명이 회복되었을 뿐 아니라 전보다 더 높아졌다. 미국인들의 평균 수명은 92세였다. 미국의 노인층 집단은 전례 없이 커졌다. 선거 참여율이 낮은 수동적인 윌링 세대와 반대로 늙다리들은 거의 모두가 투표에 참여했으므로 이들의 재정 지원 혜택을 제한하는 것은 정치적 금기가 되었다. 메디케어와 사회보장연금이 연방 예산의 80퍼센트를 잡아먹었다. 노동 인구는 감소했다. 피부양자들, 즉 초고령자와 장애인, 실업자, 미성년자의 수가 윌링 같은 노동인구의 수를 2 대 1로 앞질렀다. 돌라르 누에보를 방코르와 연계시키는 협약에서 의회는 결국 균형예산 수정안을 통과시켰다. 마인드 컨트롤이라고? 워싱턴 사람들은 개인이 무슨 생각을 하는지 전혀 상관하지 않았다. 그들은 그저 개인들의 돈을 원할 뿐이었다.

따라서 윌링이 이스턴 공원 도로 요양원의 지시에 따르지 않고 보루로 도망쳐버렸다고 해도 결국 짧은 유예에 불과했을 것이다. 조만간 칩 이식 거부는 범죄까진 아니더라도 위법으로 분류될 게 분명했고, 그 시점이 되면 재러드처럼 무장한 반체제자들조차도 일망타진되어 조직화될 수밖에 없었다. 그림이 생생하게 그려졌다. 키 크고 마른 인습타파주의자가 사나운 눈빛으로 몸싸움을 벌이다 땅으로 내리눌려 거세한 수소처럼 묶이고 낙인찍히는 광경. 심지어 윌링의 귀에는 소의 울음소리, 말없이 무력한 저항을 쏟아내는 그 울음소리가 들리는 듯했다. 흔히 하는 말처럼 그는 전 재산을 걸고, 아니, 농장을 걸고 맹세할 수 있었다. 재러드는 칩을 이식받느니 차라리 죽음을 택하리라는 것을.

그럼에도 윌링은 자신의 특이한 이름이 비정상적인 완고함을 뜻하는 것인지, 아니면 비정상적인 순응을 뜻하는 것인지 확신할 수 없었다. 슬프게도 그가 자발적으로 킹스 병원 응급실로 걸어 들어간 것은 분명히 순응에 가까웠다.

2장
오늘 밤 우리는 2047년식 파티를 즐기리

"정말 미안."

맥스플렉스에서 서배너가 사과했다.

"내가 정말 빡이야. 걔가 안부를 묻는데 생각 없이 그 얘기가 튀어 나왔어. 이제 빙과 내가 간다는 걸 알았으니까 걔한테도 물어봐 줘야 해. 그애한테 밉보이면 안 되잖아."

"그래, 밉보이면 안 되지."

윌링은 무겁게 대꾸했다.

기존의 플렉스크린은 개인 디지털 기기로서 문제없이 기능을 수행 했다. 따라서 제조업자들은 고객들이 끊임없이 기기를 최신 모델로 바꾸게 하기 위해 오랜 세월 동안 그 유효성이 입증된 해법을 다시 적용하기 시작했다. 기기의 성능을 떨어뜨린 것이다. 기능상 맥스플 렉스는 작은 영화관의 화면 크기로 펼칠 수 있었다. 그러나 그 기능 을 사용하는 사람은 거의 없었다. 그러면 입자의 밀도가 더욱 낮아졌 기 때문이다. 뭉칠 수 있는 기능을 자랑하는 이 기기에는 쉽게 영구 주름이 잡혔다. 서른다섯 살인 서배녀는 여전히 허영이 많은 여자였다. 코 옆에 가혹하게 드리워진 시커먼 선을 보았더라면 절대 좋아하지 않았을 것이다. 그로 인해 그녀는 열 살쯤 더 늙어 보였다.

그녀가 말했다.

"농담이 아니야. 그애는 네 삶을 무너뜨릴 수도 있어. 그러니까 작은 대가를 치르는 게 나아. 그애도 초대해야 해."

윌링은 간절히 물었다.

"그냥 취소하면 안 될까? 모임이 완전 개짝이 될 거야. 다들 불안해할 거라고. 나도 마찬가지고. 재무부 같은 얘기만 하게 될걸."

"내가 또 이렇게 떠벌려서 네가 그애를 초대하지 않으려고 모임을 취소했다는 걸 눈치채면 어쩌려고. 과장이 아니야. 너흰 원래 사이가 안 좋았잖아. 벌써 네가 나와 빙한테만 물어보고 자기한테는 얘기하지 않았다고 이상하게 생각하고 있어."

"금요일에 구그도 초대해야 해요."

로그아웃한 뒤 그가 놀리에게 말했다.

"걔는 왜 오고 싶어 한다니? 널 싫어하잖아."

놀리가 말했다.

"저를 싫어하는 걸 즐기거든요. 그리고 여기저기 참견하는 걸 좋아하잖아요. 그 직업의 매력 가운데 하나죠. 유리한 입지에 서는 것."

"그 직업의 매력은 사방팔방 권력을 휘두르며 모두를 진땀 빼게 하는 거야."

놀리가 대꾸했다.

땀 얘기가 나온 김에 덧붙이자면, 놀리는 방금 팔벌려뛰기를 끝낸 터라 운동복을 입고 있었다. 그동안 끊임없이 아래위로 뛰어댄 탓에 키가 5센티미터쯤 더 줄었고, 세 번째로 넣은 인공 무릎관절이 마모

되고 있었다. 젓가락처럼 가늘고 쭈글쭈글한 그녀의 다리에서 유일하게 매끈한 부분은 관절의 흉터뿐이었다. 사실 윌링은 고모할머니가 운동하는 이유를 이해할 수 없었다. 대개는 외모를 더 매력적으로 가꾸기 위해서가 아닌가. 그렇게 될 가능성은 희박했다.

"어릴 때 완전 아첨꾼이었는데."

윌링이 말했다.

"지금도 아첨꾼이지. 틀림없이 자기가 쓰러뜨린 시민들의 늘어진 사체를 상관들한테 갖다 바칠걸. 고양이가 주인에게 쥐를 갖다 바치듯이 말이야. 10대 때에도 그 녀석은 늘 권력을 추종했어. 전형적인 유형이지. 권력의 편에 서서 사회적 통념을 기계적으로 뇌까리는 유형."

"뭐, 권력의 편에 선 게 구그에겐 효과가 있었죠. 별 볼 일 없는 트레이닝 코스 하나를 밟았다고 우리 중 누구보다도 노력 대비 많은 돈을 벌잖아요."

"그게 중요하니?"

"스캡에서 일하는 사람들이 돈을 그렇게 잘 번다는 점은 생각해볼 일이죠."

윌링이 대꾸했다.

"철자법 연습을 좀 해야겠구나. B를 앞으로 끌어와야지. 그렇게 부르면 구그가 노발대발하는 거 알잖니."

놀리가 충고했다.

사회공헌지원국(Bureau for Social Contribution Assistance)은 모두가 그저 스캡(SCAB, '건달' 또는 '노조의 파업을 파괴하는 노동자', 그 밖에 '상처의 딱지'라는 뜻이 있다—옮긴이)이라고 불렸다. 'Bureau'를 맨 끝으로 옮겨 이런 별명을 탄생시킨 것은 불가피한 일이었다. 워싱턴 DC

의 빠들도 그 정도는 충분히 예상했어야 한다.

"제가 국세청 이름을 말라붙은 피딱지로 바꾼 건 아니잖아요."

그가 투덜거렸다.

"스캡에는 파업 파괴자라는 뜻도 있어. 하지만 그건 이전 세대 얘기지."

"제가 기막히다고 생각하는 건 사회공헌지원국이 연방 정부의 가장 큰 부문이라는 사실이 아니에요. 정말 기막힌 건 그곳이 연방 정부의 가장 큰 부문이 아니었던 때가 있었다는 사실이죠."

윌링이 말했다.

"그래……."

놀리는 눈살을 찌푸리며 말을 이었다.

"무슨 말인지 알 것 같구나."

"나도 격식을 중시하는 사람은 아니야."

금요일에 그의 사촌들이 올 시간이 되자 놀리가 말했다.

"그래도 바닥에 그릇 몇 개를 놓고 둘러앉아 다같이 퍼먹게 하는 건…… 그건 개들을 먹일 때 하는 짓이지."

"이제 만찬을 여는 사람은 없어요."

피파였다. 그녀는 긴 팔다리를 소파에 늘어뜨린 채 말을 이었다.

"만찬은 징글게 짜증 나죠. 아, 우리 엄마는 그런 걸 어떻게 참았는지 모르겠어요. 잔과 숟가락을 있는 대로 꺼내놓고."

윌링은 강낭콩과 병아리콩 통조림 몇 개를 스테인리스스틸 믹싱볼에 쏟아붓고 소금을 넣었다. 이 혼합물을 각자 알아서 밀가루 토르티야에 싸 먹게 하고 일회용 플라스틱 컵에 보드카를 따라 마실 계획이었다. 어릴 때 무엇이든 먹을 수만 있으면 감사하게 여겼던 윌링의 세대는 음식에 과하게 집착하는 부모 세대의 성향을 못마땅해했다. 윌링은 그릇 옆면에 지저분하게 콩물을 튀어놓는 것도 잊지 않았다. 표현 형식에 얽매이지 않는 것은 그 자체로 하나의 표현 형식이 되었다.

그는 분위기를 돋우기 위해 레트로테크 음악을 틀어놓았다. 과거의 기계 소리들을 혼합해 만든 이 음악의 소절들은 놀리의 도움을 받아야만 제각기 무슨 소리인지 구분할 수 있었다. 띠리링 하는 다이얼식 전화기 소리, 이이이 치직 이이이 치직 하는 팩스 연결음, 위이위이위이…… 띠리띠리띠리…… 츠크츠크츠크 하는 PC 통신 연결음, 물을 수십 리터씩 잡아먹은 세탁기의 철썩철썩, 윙윙하는 파도 소리, 수신 상태가 안 좋았던 두툼한 브라운관 TV의 요란한 백색소음. 끊긴 유선 전화에서 끊임없이 반복되는, '끊고 다시 걸어주세요' 하는 녹음 목소리. '치키 치키 치키 땡!' 하는 수동 타자기 소리에, 금전등록기가 열릴 때 나는 팅 소리와 문자메시지의 도착을 알리는 핑 소리, 이메일의 도착을 알리는 '딩동댕!' 소리, 더 흥미로운 소리를 구할 자신이 없을 때 사용하는 아이폰의 기본 마림바 벨 소리가 어우러졌다. 각 소리들이 적절하게 믹스되어 교향악처럼 한껏 부풀어 오르면서 여기에 규칙적인 비트가 가미되었다. 한때는 너무도 태평스럽게 일상의 소음을 구성하던 소리들, 그러나 사라진 뒤에는 거의 아무도 기억하지 못하는 이런 소리들의 어우러짐은 익숙하고 매력적이면서도 어딘지 애절하게 느껴졌다.

가장 먼저 온 사람은 서배너였다. 윌링은 최신 유행인 붕대 스타일을 따라 가느다란 천으로 온몸을 미라처럼 칭칭 감싸는 여자들의 인내심을 도무지 이해할 수 없었지만, 그 사이로 조금씩 보이는 살이 유혹적인 것은 사실이었다. 서배너의 젖가슴을 가로지른 띠는 그녀의 데콜타주 스타일(목과 어깨, 가슴을 드러내는 네크라인 스타일-옮긴이)에 인상적인 효과를 더했다. 그러나 얄궂게도 그녀는 빨간색과 흰색, 파란색(미국 성조기를 구성하는 색상들-옮긴이) 띠를 선택했다. 그는 이 모임의 날짜를 정할 때만 해도 다음 금요일이 7월 4일 독립기념일이라는 사실을 미처 깨닫지 못했었다. 중부의 일부 작은 도시들에서는 여전히 늙어가는 성조기를 기리는 불꽃놀이가 열렸다. 과거에 얽매여 사는 이들은 여전히 보라색 산의 위엄이니, 이른 새벽의 여명이니, 영광, 영광, 할렐루야, 모두를 위한 자유와 정의이니 하는 노래를 불러 댔다. 뉴욕처럼 좀 더 진보적인 연안 도시들에서는 독립기념일이 그저 성가신 일이 되었다.

항생물질 내성균으로 인한 사망률이 높아진 탓에(윌링의 어머니도 이로 인해 세상을 떠났다) 사회적 의례들도 좀 더 거리를 두는 방식으로 바뀌었다. 손을 뻗어 악수하려 하는 행위는 아무것도 모르고 과거 속에 사는 빡이라는 표시였다. 뺨에 입을 맞추는 것도 그에 못지않게 으스스하지 않는 일이었고, 친한 사람이라도 바로 입맞춤으로 인사하려 했다간 얻어맞기에 십상이었다. 윌링은 사촌 누이의 어깨를 가볍게 건드렸고, 그녀도 윌링의 어깨를 건드렸다. 그가 물었다.

"이 붕대는 샀어? 아니면 밤마다 누워서 시트를 찢었나?"

"내 시트를 찢기엔 거기 누워서 버는 돈이 너무 많거든."

서배너가 대꾸하며 라이트 화이트닝 한 병을 들고 뽐내는 걸음걸이로 거실로 들어갔다. 2030년대 야영장에 활기를 불어 넣어준 조야한 수제 양조주에 대한 향수 때문에 상용 밀주가 유행하고 있었다.

피파는 소파에서 나른하게 고개를 까딱했다. 그녀는 서배너를 질투했다. 윌링의 마음 한구석에 여전히 서배너에 대한 불씨가 남아 있었기 때문이다. 그러나 피파는 염려할 필요가 없었다. 물론 자극 컨설

턴트라는 서배너의 일이 이제 합법적인 직업이 되었다는 사실은 그도 인정했다. 그녀의 용모나 태도, 또는 정신에서 뻔한 천박함이 묻어날 거라고 예상했지만 그런 것은 전혀 찾아볼 수 없었다. 공인받고 정식 등록되었으며 규제받을 뿐 아니라 무엇보다도 세금을 내고 있는 서배너는 어엿한 전문직 여성이었다. 그녀는 명함을 갖고 다녔다. 에스콧이니 뭐니 하는 터무니없는 완곡어법 뒤에 숨지도 않았다. 그녀는 고급이었다. 갈수록 창의성을 발휘할 뿐 아니라 값이 저렴하며 추가 요금을 내지 않아도 삼켜주도록 프로그래밍된 롭들에게 전혀 뒤지지 않았다. 그러니 틀림없이 아주 노련할 것이다. 그렇다고 해도 그랬다. 월링은 보수적인 면을 갖고 있었다. 아무리 합법화되었다고 해도 몸서리나는 혐오까지 떨쳐낼 수는 없었다.

"미술을 다시 해보는 것도 좋을 텐데."

부질없다는 사실을 알면서도 그는 이렇게 운을 뗐다.

"예술은 이제 더 전위적이잖아. 채무 포기 이전에 예술가들이 만든 건 재무부 같았지. 공허한 사기였어. 요즘 작품은 비싸게 팔리진 않지. 하지만 소호에 가서 미국 노예무역을 주제로 한 공연을 한번 봐봐. 징글게 으스스하다니까. 19세기 얘기도 아니고."

"맞아. 아무도 오늘날의 젊은이들이 할 얘기가 없다고 주장할 수는 없을 테니까."

피파가 분명치 않은 발음으로 말했다. 이미 한두 잔을 마신 터였다.

"그렇다고 누가 들어준다는 뜻은 아니지."

놀리가 콩을 들고 들어오며 말했다.

150센티미터도 안 되는 키에 주름이 쪼글쪼글한 놀리는 여전히 평생 여름마다 즐겨 입었던 티셔츠와 반바지, 테니스화 차림이었다. 이제는 영화 〈호빗〉에 나오는 난쟁이 엑스트라처럼 보였다. 물론 월

링은 놀리의 합류가 반가웠다. 그는 놀리가 좋았다. 그의 눈에는 그
구겨지고 일그러진 모습 뒤에 숨어 있는 50, 60년 전의 짓궂고 심술
궂은 선동가의 모습이 보였다. 그러나 놀리는 자식을 가져보지 않았
고 자식의 자식의 자식들에게 증조할머니가 되어보지도 못했다. 자신
에 대한 관점도 전혀 바뀌지 않았다. 따라서 젊은 사람들이 저희끼리
저녁을 즐기도록 자리를 피해줘야 한다는 생각은 전혀 하지 못하는
듯했다.

"값싼 공감은 사양이에요, 놀리 할머니."

피파는 지독히도 신랄하게 말을 이었다.

"우리는 옛날 대농장의 노예들처럼 뼈 빠지게 목화를 수확하는데,
할머니 세대는 사회보장연금을 받고 무슨 수제 맥주처럼 특별 조제
한 맞춤형 화학요법 치료를 누리고 있잖아요. 얼굴을 갈아치우고 뇌
를 갈아치우고 욕망과 동기, 사랑, 희망을 갈아치우고……. 사실 우리
가 우리의 여가 시간에 어떤 예술작품을 만드는지 구세대는 상관하지
도 않죠. 솔직히 난 어릴 때 아빠가 퇴근하고 돌아와 달리기를 하러
나가던 일을 생각하면 웃음이 난다니까요."

피파는 세 가지 일을 하고 있었다. 베이리지의 성미 고약한 장애인
의 집에서 집안일을 해주고 그저 그런 식사를 만들었다. 꽤 잘 되는
온라인 소매점 집안에서해결해닷컴(stayinyourownhome.com)에서 가정
집의 샤워기 및 난간 설치하는 일을 하기도 했다. 그리고 일주일에
세 번 야간에 어느 미얀마 거물이 운영하는 윌리엄스버그의 샌드위
치 공장에 아삭한 토마토 슬라이스를 납품했다. 기술을 요하지 않는
이런 노동은 언제나 롭보다 저렴해야 했으므로 급여는 기막힌 수준
이었다. 피파는 외국인들이 원치 않는 일을 하고 있었다.

그래도 그렇게 신랄하게 굴기엔 시간이 너무 일렀다. 때마침 소심

하게 덧문 두드리는 소리가 들렸다.

"완전한 신뢰와 신용(미합중국 헌법이 규정하는 의무의 하나—옮긴이)."

빙이 친근감의 표시로 윌링의 어깨를 툭 치며 말했다.

"완전한 신뢰와 신용."

윌링도 같은 말을 되풀이하며 가볍게 빙의 어깨를 쳤다. 노인들은 이 의례적인 인사를 이해하지 못했다. 노인들도 가끔 으스스하게 보이려고 이런 인사말을 도용했지만 그 분위기를 제대로 흉내 내지 못했다. 완전히 정색하는 얼굴로 그 저변의 신랄함을 아주 미묘하게 드러내는 것이 열쇠였다.

스물여덟 살의 빙은 체격이 좋았다. 키가 컸고 그만큼 옆으로도 퍼져 있었다. 먹을 것이 부족한 시절에 사춘기를 보낸 그는 늘 끼니를 거르게 될까 봐 걱정했지만 또 한 번의 기근을 예상한다 해도 대비가 조금 과한 듯했다. 그러나 보루에서 농장 일을 한 덕분에 커다란 체구가 꽤 탄탄하게 다져진 편이었다. 천성적으로 선하고 너그러운 그는 조금 어수룩해 보이면서도 묘하게 사랑스러운 면을 잃지 않았다.

이 새로 온 손님이 작은 비닐봉지를 흔들었다.

"혹시나 해서 이따 하려고 헤로인을 가져왔어."

"무슨 돈이 있어서 그런 걸 샀어?"

서배너가 물었다.

"월그린스에서 독립기념일 세일을 했거든. 대마초를 사려고 갔는데 다 떨어졌더라고. 참내, 혹시 칩 사이트에서 자세히 보기 눌러봤어? 헤로인 자체는 원래 더럽게 싸더라고! 제품 가격이 아니라⋯⋯."

"세금이지."

나머지가 일제히 암송했다.

서배너가 말했다.

"그 얘긴 좀 기다려봐. 구그가 오면 하라고. 뭐, 과다 복용할 만큼 많이 샀다면 말이야."

빙의 얼굴이 어두워졌다.

"구그 형이 온다고 아무도 얘기하지 않았잖아."

"네가 꽁무니를 뺐을 테니까. 그리고 그 건달이 오면 날 보호해줄 사람이 필요하거든."

서배너가 말했다.

그들은 바닥에 자리를 잡고 앉았다. 이러한 관습이 유행하게 된 까닭은 아마도 이제 가구를 살 수 있는 청년들이 거의 없기 때문이었을 것이다. 그래도 다행스러운 풍습이었다. 윌링은 어릴 때부터 바닥에 앉는 것을 가장 좋아했으니까.

"지하실 다시 세줄 생각 없어?"

서배너가 물었다.

"난 예전에 거실을 걸어 다닐 때마다 커트 아저씨의 머리 위를 돌아다니는 코끼리가 된 것 같아서 불편했어. 그리고 어차피 월세를 받아도 내가 다 가질 수 없는데…… 뭐하러 세를 줘?"

윌링이 대꾸했다.

"혹시…… 비밀 거래는 어때?"

아직 구그가 도착하지 않았는데도 그녀는 속삭이는 목소리로 덧붙였다.

"방코르로 세를 받는 거야."

"너무 위험해. 걸리기라도 하면…… 생각하고 싶지도 않아. 게다가 국제 통화에 접근할 수 있는 사람이 왜 저런 눅눅하고 컴컴한 곳에서 살겠어?"

윌링도 본능적으로 자그맣게 웅얼거리고 있었다. 말도 안 된다고 생각했지만 6년 전 놀리의 질문이 머릿속을 떠나지 않았다. 그거 들을 수도 있니?

서배너가 다시 말했다.

"깜짝 놀랄걸. 네가 모르는 또 다른 경제가 있어. 내가 시트를 찢지 않고 어떻게 이렇게 유행을 따르겠니? 어쨌든 그냥 생각해보라고. 내가 도울 수 있을지도 몰라. 하지만 물론 맥스플렉스로는 이런 얘길 하면 안 돼."

이 논의에 모두가 초조해졌다. 윌링은 화제를 바꾸었다.

"놀리 할머니가 다시 글을 쓰기 시작했어. 나한테 딱 걸렸지."

놀리가 노려보았다.

"나의 그 유명한 자만 때문은 아니야. 달리 할 일이 없어서라고."

윌링이 다시 대꾸했다.

"저는 기뻤어요. 요즘 공짜이긴 해도 온라인에 제법 으스스한 글들이 있거든요. 예술처럼 말이에요. 사람들이 더 좋은 소재를 갖고 있다고요. 실화죠. 예전에 다른 사람의 실화라면 좋아할 수 있을 거라고 하셨잖아요."

"누가 얘기한 걸 그대로 기억하다니 좀 오싹한데."

놀리가 말했다.

"저, 《늦게라도》 읽었어요."

윌링이 말했다.

그의 고모할머니는 당황한 얼굴이었지만 즐거워 보였다.

"해적판이었겠지."

"당연하죠. 양장은 다 태웠잖아요. 어떤 부분은 아주 좋았어요."

"뭐라고 말해야 할지 모르겠구나."

놀리가 말했다.

그는 놀리가 그렇게 감동할 줄 몰랐다.

"사실 그게 막대하게 오래된 이야기는 아니잖아요. 그런데 꼭 고대 역사처럼 느껴지더라고요. 인물들에게 공감하기가 어려웠죠. 그들은 경제적 진공 상태에서 살고 있잖아요."

"부자라는 얘기니?"

"부자인지 아닌지조차 알 수 없어요. 그들은 사랑에 빠졌다는 이유로, 혹은 화가 난다는 이유로, 혹은 모험을 하고 싶다는 이유로 결정을 내려요. 그들이 집값을 감당할 수 있는지 어떤지는 전혀 알 수 없다고요. 돈이 너무 많이 든다는 이유로 무언가를 하지 않겠다고 결정하는 법이 없어요. 인물들이 세금을 얼마나 내는지는 한 번도 언급되지 않고요."

그러자 놀리가 말했다.

"알았다. 다음 소설은 세금에 대해 써야겠군."

"좋아요."

월링은 그녀의 비꼬는 태도를 모른 체했다. 오늘 저녁, 그는 무언가를 성취했다. 놀리도 저 서운함을 떨쳐내고 나면 이해할 것이다.

"참, 엘리시언은 어때?"

빙이 물었다.

"괜찮아. 어차피……."

월링은 고갯짓으로 놀리를 가리키며 말을 이었다.

"난 거의 평생 노인을 돌보며 살았잖아."

그러자 놀리가 날카롭게 말했다.

"네가 맡은 노인들 가운데 하루에 팔벌려뛰기 3천 번씩 하는 사람은 없을걸. 네가 내 밑을 닦아준 것도 아니잖니."

예상한 반응 그대로였다. 그는 그녀를 놀리는 것이 좋았다.

"맞아요. 놀리 할머니 같은 사람을 그곳 직원들은 걷는 늙다리라고 불러. 화장실까지 걸어갈 수 있으니까. 엘리시언 직원들한테는 그게 중요하거든. 그다음은 치매에 걸린 태평이 무리야. 그리고 침대에 누워 있거나 혼수상태이거나 식물인간 상태인 죽음 나팔 무리가 있지."

"썩 다정한 명칭은 아니네."

서배너가 말했다.

"맞아. 그건 아니지."

월링이 대꾸했다.

"그럼 주로 용변을 봐주고 시트를 갈아주는 거야?"

서배너는 애써 질문거리를 찾았다. 그들 모두 우울하고 반복적인 일을 하고 있었다. 자기 일이 흥미롭지 않으면 남의 일에도 흥미를 갖기 어려운 법이었다.

"응. 그리고 롭들이 놓친 틈이나 구석을 청소하지. 하지만 가장 중요한 일은 얘기를 들어주는 거야. 특히 걷는 늙다리들. 그들은 100살 아닌 누군가와 대화하는 일에 목말라 있거든. 자기가 늙었다고 똑같이 늙은 사람들과 얘기하고 싶어 하는 건 아니야. 마음은 우리랑 똑같아."

그러자 피파가 말했다.

"아아, 나도 알 것 같아. 이번 주에 버스에서 내 옆에 어떤 할머니가 있었는데 자꾸 말을 거는 거야. 내 팔을 꼭 잡고 손톱을 박아 넣다시피 하더라니까. SF에서처럼 손톱으로 내 생명력을 쪽쪽 빨아들이는 것 같았어. 버스에서 내리니까 기운이 빠지더라고."

"그리고 계속 쳐다보지."

서배너가 말했다.

"그건 너희가 예뻐서 그러는 거야."

놀리는 보기 드물게 애석한 표정을 지으며 말을 이었다.

"아름답기 때문이지. 우리도 예전엔 그랬을 텐데, 그때는 우리가 아름다운 줄 몰랐거든."

"난 아름다운 것 같지 않은데."

월링이 말했다.

"넌 끝내주게 멋진 남자잖니. 아름답다고 생각해야 해."

놀리가 말했다.

월링은 뺨이 달아올랐다. 놀리는 그의 고모할머니인 데다 아흔 살이나 되었는데 그에게 추파를 던지는 듯했다.

"거기서 일하기 전에는 이리로 보내지는 중국인 노인들이 이렇게 많은지 몰랐어. 거기 노인들 가운데 적어도 3분의 1이 동양인이야. 그쪽 인건비가 비싸서 미국인들에게 맡기는 게 더 싸게 먹히거든."

그러자 놀리가 말했다.

"중국도 80세 이상 노인 집단이 엄청나지. 한 자녀 정책 때문이야. 연령 구성을 보면 꼭 버섯 같다니까."

월링이 다시 입을 열었다.

"그런 노인들은 영어도 못 해. 그래도 어쨌든 나는 얘기를 들어줘. 미국 노인들은 짜증도 내고 까다롭기도 하거든. 지금 젊은 동양인들이 그렇잖아. 하지만 엘리시언의 중국 노인들은 다른 시대에 살았던 사람들이야. 조용한 사람들이지. 늘 웅크리고 있고. 오히려 아무것도 요구하지 않는 게 문제야. 그래서 일일이 확인해야 해. 그렇지 않으면 몇 시간이고 자기 배설물을 깔고 앉아 있거든. 지난주에는 중국인 한 명이 탈수증으로 죽었어. 혼자 힘으로 물 잔도 들 수 없었는데 물을 달라고 하지 않았던 거야."

빙이 물었다.

"요즘 요양원도 점점 위험해지지 않아? 총기 사건이 많던데."

윌링이 대꾸했다.

"아직 엘리시언에는 아무 일 없었어. 그래서 보안이 좀 느슨한 편이야. 엑스레이도 없고 탐색도 하지 않고. 하지만 네 말이 맞아. 요즘 유행이잖아. 계속 퍼지고 있고. 지난번 애틀랜타의 그 미치광이가 얼마나 죽였더라?"

"스물두 명."

빙이 대꾸하자 서배너가 말했다.

"스물네 명이었어. 아흔 몇 살의 퇴역 군인이 그 살인마와 몸싸움을 벌이다가 수치료 풀에 빠져 둘 다 익사한 데가 거기잖아."

"그 총잡이는 쓸모없고 멍청한 늙은이들을 도와준 셈이야. 그들뿐만 아니라 모두를 도운 거지."

피파가 말했다.

"네 여자친구는 노인 차별주의자구나."

놀리의 말이었다.

"걱정 마. 나한테는 예방책이 있거든. 광고할 일은 아니지만 그때 그 프로스펙트 공원에서 갖고 있던 총을 늘 지니고 있어."

윌링이 말했다.

정확히 말하면 그의 믿음직한 보호책은 X-K47 블랙 섀도라고 불리는 44구경 스미스 앤드 웨슨이었다. 윌링에게는 말 그대로 섀도, 즉 그림자였다. 황갈색 자루가 달린 이 고전적인 권총은 그 별칭에 걸맞게 그가 가는 곳이면 어디든 함께했다. 그의 어머니는 기겁했을 것이다. 그 점도 그는 마음에 들었다.

"녹슬지 않았어?"

빙이 물었다.

"대 그랜드 맨이 관리하는 법을 가르쳐주셨거든. 사용법을 알려주시고 나서."

월링은 그들이 공유한 과거에서 이 부분만큼은 늘 거침없이 드러내려고 노력했다. 대 그랜드 맨은 이타 정신을 발휘해 세상을 하직했으므로 그들이 이러한 언급을 피하지 않기를 바랄 것이다.

"진짜 문제는 내가 엘리시언에서 끝없이 일할 수도 있다는 점이지. 너희들과 똑같이. 우린 모두 정체되어 있잖아. 궤도도 없고. 우리 중 누구도 끝내 자식을 키울 형편이 되지 않을 거야. 우린 같은 순간에 냉동되어 있는 셈이야. 죽어 있는 것일 수도 있고."

"죽었다는 얘기는 하지 말자! 미합중국의 신체 건강한 청년들은 살아 있는 것처럼 보여야 하거든! 우리가 송장을 꼬챙이에 끼워 세워놓아야 하는 한이 있어도 어쨌든 매일 아침 출근은 해야 해!"

월링은 기겁하며 자리에서 일어나 문 걸쇠를 풀었다. 그의 동시대인들은 대부분 확신 없이 말끝을 흐리는 경우가 많았다. 그러나 구그의 목소리는 쩌렁쩌렁했다.

"언제부터 엿듣고 있었어?"

서배너가 물었다.

"이게 개짝 같은 모임이라는 걸 알 만큼. 여기 계신 이 재판관 양반한테 또 재무상의 아마겟돈 예언을 듣고 있는 거야? 우리 주술사 양반이 민망하게도 결국 모든 게 호조를 보이고 있잖아."

구그는 알현식을 하려는 듯 바닥을 거절하고 쇠진한 안락의자를 택했다. 그러곤 진짜 코냑 한 병을 거창하게 내려놓았다. 호화로운 특전이긴 했지만 이 저녁을 망칠 것을 감안하면 충분한 보상이 되진 못했다. 월링은 제자리 달리기를 하는 듯한 느낌에 대해 좀 더 얘기하고 싶었다. 뜻밖에도 끔찍하지 않은 무언가가 일어날 수도 있을지 사촌들의 의견을 구하고 싶었다. 이제는 부질없는 일이 되었다. 모두 눈치를 볼 게 분명했다.

구그가 말했다.

"윌버, 난 우리 중 누구도 자식을 키우지 못할 거라는 네 주장에 이의를 제기해야겠는데. 개인적으로 나는 스택하우스의 씨를 뿌릴 계획이거든. 아직 결정하지 못한 건, 파란 눈과 높은 아이큐 따위를 계산해서 배우자를 고를 것인지, 아니면 그냥 구식으로 갈 것인지 하는 문제야. 후자의 경우에도 후보자가 없진 않으니까!"

턱수염을 기른 데다 가슴이 탄탄하여 처음 만나는 사람들에겐 실제보다 좀 더 키가 커 보이는 구그는 가까스로 잘생긴 축에 속했다. 단, 여자들이 그의 직업을 알아야만 그 경계를 넘을 수 있었다.

서배너가 윌링의 귀에 대고 속삭였다.

"가엾은 녀석. 아직 태어나지도 않은 누군가가 이렇게 안타깝기는 처음이네."

빙은 공손하게 말했다.

"새로운 소식이네. 정말 기대된다. 곧 가족을 이룬다고?"

마치 형이 아니라 학교 선생님에게 얘기하는 것 같았다.

구그가 대꾸했다.

"빠를수록 좋겠지. 누군가는 해야 하잖아. 넌 여자들한테 별로 관심이 없고. 우리 누나는 구멍이고."

"내가 그 말 싫어하는 거 알잖아."

서배너가 말했다.

"나도 스캐비라고 부르는 거 싫거든. 나도 나름대로 고심한 거야. 설마 내가 정색하며 자극 컨설턴트라고 부르길 기대하진 않겠지."

"난 학위도 땄어."

그녀가 조용히 우겼다.

"구멍이 있고 누울 수 있으면 누구나 받을 수 있는 전문대학 학위 잖아. 그런데 좀 과한 요구인 건 알지만, 진짜 유리잔 좀 주면 안 돼?"

나머지 사람들은 코냑을 병째 돌려가며 마시고 있었다. 빙이 부엌 으로 달려갔다.

"아까 하던 얘기로 돌아가자. 아무래도 정력제를 갖고 다녀야겠어. 그것도 하나 이상. 자식을 낳는 건 애국적인 일이니까."

그러자 놀리가 말했다.

"그래, 이 나라의 인구 구성을 개선하기 위해선 자식을 낳아야지."

구그가 물었다.

"그게 왜 그렇게 설득력이 없을까요? 이 세대는 생식 부분에선 징 글게 게을러요. 30년대 출산율 급감은 그렇다 쳐도 지금쯤은 회복되 어야 했잖아요. 진짜 문제라니까요."

그러자 피파가 말했다.

"그래, 우리가 게으르긴 하지. 개짝 같은 일을 열다섯 시간씩 죽어 라 하고 기껏 버스비를 건져서 집에 와서도 밤새 열심히 빡쳐야 하는 데 말이야. 차세대 납세자를 생산하기 위해서."

그녀는 취했다. 그러나 피파는 맨정신에도 두려울 때면 반항으로 대응했다. 윌링은 그녀를 잘 지켜봐야 했다.

"부모님은 어떠셔?"

윌링이 중재에 나섰다.

"아버지는 2년만 더 있으면 68세야. 그럼 여유로워지겠지."

구그가 말했다.

예전에 사람들은 은퇴를 두려워했다. 요즘에는 수급권 자격 때문 에 모두들 늙지 못해 안달이었다.

구그가 덧붙였다.

"그리고 채무 포기 때 했던 투자 말이야. 엄마가 그렇게 말렸는데도 갖고 있던 거. 그게 징글게 올랐어."

"이 나라엔 아주 좋은 일이네."

윌링이 말했다.

"우리 아버지한테는 좋은 일이 아니고?"

구그가 날카롭게 물었다.

"자본 이득세가 85퍼센트잖아."

윌링은 활짝 웃었다.

"뭐, 그래. 누구나 공평하게 분담해야 하니까, 안 그래?"

"그럼. 공평하게."

윌링이 맞장구쳤다.

구그는 사촌의 얼굴을 뜯어보며 비꼬는 신호를 찾아보았다. 유쾌한 윌링의 표정은 도무지 꿰뚫을 수 없었다.

구그는 다시 안락의자에 몸을 기댔다.

"아버지는 조지타운 대학으로 돌아가서 아주 즐거운 것 같아. 명예직인 데다가 수업도 일주일에 하룻저녁뿐이지만. 문제는 아버지의 전문 분야, 그러니까 부채와 인플레이션과 통화정책 따위가 싹 죽었다는 거지. 빌어먹을 신 IMF가 이제 모든 것을 좌지우지하잖아. 연방준비제도도 없어졌고. 무슨 놈의 나라가 이젠 통화정책도 없고……."

"빚도 없지. 인플레이션도 없고."

윌링이 덧붙였다.

"중요한 건 아버지 잘못은 아니라는……."

"틀린 게 이모부의 잘못은 아니지."

윌링은 그만 입을 다물어야 했다.

"그런 사건들에 피해를 입은 게 아버지의 잘못은 아니잖아."

구그가 말했다.

"미국이 처음부터 방코르를 받아들였다면 2034년도에 그렇게 절박한 입장으로 협상할 필요도 없었을 테고, 그럼 우리는 불황을 피할 수 있었을지도 몰라."

"불황은 그저 표현에 불과해."

"굶어 죽은 사람들은 그렇게 느끼지 않았을걸."

"그러니까 아빠가 다시 학생들을 가르치게 돼서 좋아하신다고?"

서배너가 평화 유지에 나섰다.

"응."

구그는 흥분을 가라앉히며 말을 이었다.

"한직이나 마찬가지야. 그래도 아버지 마음은 그렇지 않겠지. 우리끼리 얘긴데, 내 입김이 좀 작용한 것 같아. 내가 그쪽 해외 자본 조달의 특이점 때문에, 왜 거긴 납작코 학생들이 득실거리니까 거의 중국 때문에 먹고 살잖아, 아무튼 그런 이유로 세금 감면을 못 받을 수 있다고 통보했거든. 그랬더니 행정 쪽에서 어떻게든 도움을 주려고 법석을 떨더라고."

"나한텐 그런 얘기 안 했잖아."

서배너가 말했다.

"지금 얘기하잖아. 하지만 어디 가서 얘기하면 똥구멍까지 회계감사를 받을 줄 알아."

구그는 익살스럽게 말했다. 그를 제외하곤 아무도 그 경고를 재미있어하지 않았다.

"어머니는 어떠셔?"

윌링은 지난주에 에이버리와 맥스플랙스로 연락했다. 그녀의 근황에 대해선 꽤 잘 알고 있었다. 그러나 서배너의 생각이 옳았다. 안전한 주제에 머무를 것.

구그는 눈을 굴렸다.

"사실 우린 연락을 자주 안 해."

"엄마는 네가 스캡에 들어가는 걸 원치 않았지."

서배너가 말했다.

"아니, 엄마는 내가 사회공원지원국에 들어가는 것을 원치 않았지. 그러니까 엄마가 징글게 빡이지. 내가 살면서 제일 잘한 일인데 말이야. 이제 엄마 말은 못 듣겠어. 어쨌든 요즘 자선사업에 빠져 있더라. 너희 엄마가 죽고 나선 점점 더하다니까, 월버. 그 개짝 같은 전통을 계승하려는 모양이야. 그쪽 지역 청소년 푸드뱅크를 시작했어. 징글게 잘못 생각하는 거지."

"왜?"

서배너가 묻자 구그는 거만하게 대꾸했다.

"의욕을 꺾는 일이잖아. 우리가 장애인 복지를 제외하고 나머지를 모두 없앤 이유가 뭐겠어? 장애인도 절반은 기피자들이야. 일부러 새끼손가락을 접지른다니까."

"장애 판정 검사가 얼마나 지독한데."

놀리가 말했다.

구그는 손을 저어 놀리의 말을 일축하고 잔에 담긴 술을 한 모금 마셨다.

"파업자들은 또 어떻게 해야 하나 몰라. 매년 점점 늘어나거든. 고약한 수면자들도 그렇고. 내 피가 끓어요. 법으로 금지해야 한다는 얘긴 아닌데……."

"법으로 금지해야 한다는 얘기네."

서배너가 말했다.

"아무래도 스캡은 이제 커다랗고 긴 배에 아프리카의 흑인들을 잔뜩 수입해와야 할 것 같네. 숫자는 충분할 거야. 25억만 명이거든! 라고스에선 아무도 그들을 아쉬워하지 않을 텐데."

피파의 말이었다.

"태도 문제가 아주 심각한 것 같은데."

구그가 말했다.

"그럼 태도 문제도 법으로 금지해야겠네."

피파가 대꾸했다.

"그만하시지."

구그는 피파의 얼굴 쪽으로 바싹 몸을 숙이고 말을 이었다.

"미국은 경찰국가가 아니야. 여긴 자유국가이고, 좆나 원하는 대로 지껄일 수 있지. 너처럼 압제가 어떠니, 정복이 어떠니, 폭압이 어떠니 투덜대는 사람들한테 완전히 질렸어. 자기 몫을 하라는 건데, 경제가 돌아가게 도우라는 건데, 그게 뭐가 잘못됐어? 68세 이상 노인들이 의료 혜택을 받거나 퇴직 제도를 통해 얼마 안 되는 보조금을 받는 게 뭐가 잘못됐냐고? 그들은 평생 그 퇴직 제도에 돈을 냈고……."

그러자 피파가 말했다.

"그들이 실제로 일한 기간보다 더 오랫동안 빈둥거리면서 망가져 가는 걸 상쇄할 만큼 내진 않았잖아……."

구그는 단호하게 말했다.

"그 시스템에 기여해야 한다고 해서 다리를 뻣뻣이 펴고 행진하는 나치의 압제 속에서 사는 건 아니야. 알겠어?"

피파는 부드럽게 대꾸했다.

"잘하면 정말 속겠네. 좀 전에 서배너한테 똥구멍까지 회계감사를 받을 줄 알라고 협박하지 않았나? 해보시지. 내 엉덩이까지 감사해보라고. 내 칩에선 디지털 먼지 뭉치 말고는 아무것도 안 나올 테니까."

"칩을 바꿀 수도 있어. 기존 칩이 해킹당했다고 하고……."

"이 칩은 해킹이 불가능한 줄 알았는데."

"옛날 의미의 해킹('hack'의 원래 의미는 '난도질하다'–옮긴이) 말이야. 잘라낼 수 있다고. 유쾌하진 않을걸."

"아, 그래, 어디 해봐."

피파는 그들의 퀴퀴한 프랑스 빵을 썰기 위해 내놓은 톱날 모양의 칼을 구그에게 내밀었다.

"완전 취했군."

구그가 멸시하는 투로 말했다.

"거나하게 취했지."

피파는 구그가 가져온 코냑을 병째로 한 모금 더 마시며(위생상 그리 으스스한 일은 아니었다) 말을 이었다.

"진짜 언론의 자유가 뭔지 보여줘? 난 파업자들이 영웅이라고 생각해. 나도 배짱만 있으면 베이 리지의 그 고약한 년한테 냄새나는 슬리퍼를 갖다 주는 일도, 다른 노동자들의 비참한 샌드위치 재료를 나르는 일도, 좀비들을 위해 난간을 설치하는 일도 때려치웠을 거야. 나도 발 올리고 쉬었을 거라고. 당신 같은 스캐비들을 위해 짐마차를 끄는 말이 되진 않았겠지."

그러자 구그가 말했다.

"파업자들은 그런 얘길 들으면 엄청 비웃을걸. 그들은 어떤 원칙을 위해서 희생하고 있는 게 아니야. 부모 집에서 뒹굴면서 할머니 할아버지의 사회보장연금에 빌붙어 사는 거라고. 게다가 파업자와 수면자가 늘면 어떻게 되는지 알아? 너희 세금만 더 올라가. 지금 속고 있는 거라고."

"그러니까 넌 월급의 23퍼센트만 받고 일하길 거부하는 것도 법으로 금지해야 한다고 생각하는 거네?"

서배너가 물었다.

"그래, 아마도. 그런 것 같아."

구그가 걸걸하게 인정했다.

월링이 말했다.

"수면자도 같은 범주로 구분하는 게 옳을까? 그들은 돈을 모았잖아. 어떻게 모았는지는 몰라도. 어쨌든 수면자에겐 비용이 거의 들지 않고 그마저도 선불로 다 지불한다고."

월링은 국세청이 사면초가에 몰려 자금 부족에 시달리는 기관에서 지금과 같은 새로운 이름의 거대 조직체로 바뀌기까지 왜 그렇게 오랜 시간이 걸렸는지 이해할 수 없었지만, 수면이 왜 몇십 년 더 일찍 인기를 끌지 못했는지도 이해할 수 없었다. 기분 전환용 약제들은 합법화되어 조직화되고 세금이 부과되면서 하룻밤 사이에 따분한 것으로 전락했다. 사람들은 그제야 최고의 마약은 오래전부터 누구나 무료로 이용할 수 있었다는 사실을 깨달았다. 바로 잠이었다. 의약의 도움을 받아 무기한 혼수상태에 빠지는 방법은 저렴했고, 적은 양의 꾸준한 투약을 통해 반복적으로 꿈을 꾸는 것도 가능했다. 비활성 상태의 신체는 에너지 소비량이 아주 미미했으므로 영양분과 수분을 자주 보충해줄 필요가 없었다(수면자들은 필요한 요소들이 갖춰진 거대한 통에 연결되었다). 욕창 방지를 위해 주기적으로 몸을 돌려줘야 했으므로 숙련된 기술이 필요치 않은 반가운 일자리가 창출되었다. 수면자들은 집을 필요로 하지 않았다. 맥스플렉스나 새 옷은 말할 것도 없었다. 그들에게 필요한 것은 그저 잠옷과 매트리스 교체뿐이었다. 최근 부활한 이름 '휴양소'는 몽유병 환자들의 창고를 뜻했다. 선납금이 소멸된 입소자는 강제로 깨워져 쫓겨났다. 이전 세대들은 부동산을 사려고 돈을 찾아다녔다. 월링의 또래들 가운데에도 이와 유사하게 비상금을 모으는 데 집착하는 이들이 많았지만, 그 돈으로 그들이 구매하려는 것은 가급적 오랜 세월 동안 잠잘 수 있는 권리였다.

"수면자들은 생산성을 깎아 먹지."

구그가 말했다.

"나도 생각해봤는데 돈을 모을 수 있다면 1년쯤은 괜찮지 않을까? 새벽 5시 30분에 알람이 울릴 때마다 차라리 그게 행복하겠다는 생각이 들어."

월링이 말했다.

"월링, 안 돼!"

놀리가 기겁했다.

이번에는 서배너가 피파에게 투덜거렸다.

"난 빌어먹을 한국 TV드라마를 또 보느니 차라리 내 꿈을 보는 게 나을 것 같아. 쌍둥이가 통일 후에 재회한 이야기, 북한 쪽에 살던 사람이 헤어드라이어를 바주카포로 오인하는 이야기…… 엄마 아빠는 미니애폴리스 배경의 시트콤을 즐긴 게 얼마나 행운이었는지 모르더라고."

빙이 입을 열었다.

"엄마가 그러는데, 수면에서 깨어난 뒤에 물리치료 받는 것도 쉽지 않대. 그래도 엄마가 부업으로 새로 차린 기립 재활 클리닉이 꽤 잘되더라고. 수면자들은 깨고 나면 근육이 젤리 같대. 휴양소에서 들것에 실려 나온다고 하던데. 영안실의 시체를 옮기듯이 말이야. 실제로 깨어 있는 것이 무서운 일이 되기도 하고. 자살하는 사람도 많잖아.

난 차라리 이민을 가겠어."

"어디로?"

서배너가 놀라서 물었다.

"IBM 경영진 가운데 자바 섬 사람들을 보면 꽤 문명화된 것 같더라고. 거기로 가면 어떨까 싶어."

빙이 말했다.

이 스택하우스 가의 막내는 제조공정 감독용 롭을 생산하는 인도네시아 비즈니스 머신(Indonesian Business Machines, IBM) 뉴저지 공장에서 제조공정 감독으로 일하고 있었다. 윌링은 빙이 왜 다른 계획을 세우려 하는지 알 것 같았다.

서배너가 물었다.

"자바 섬엔 어떻게 가게? 아무한테나 비자를 내주지 않을걸. 특히 미국인들에겐 더더욱 그렇고."

"그래도 뭔가 방법이……."

빙은 초조한 눈으로 형을 흘끗 보았다.

"아시아 쪽으로 불법 이주하는 건 못할 짓이야."

서배너는 사랑하는 막냇동생이 달아나는 것을 막겠다는 의지에 불타서 빙이 구그 때문에 초조해한다는 사실도 알아차리지 못한 채 계속 말을 이었다.

"인권이나 정당한 절차, 망명 요청 따윈 없어. 그냥 여기서 일해선 안될 것 같다고 부드럽게 경고하면서 주급을 쥐여주거나 숙소에서 재워주거나 하지도 않아. 무료 변호사를 알선해주지도 않고, 거부당하면 몇 번이고 항소할 수 있는 그런 예의 바른 재판도 없어. 워낙 체계가없는 데다 애초에 외국인을 내쫓을 권리에 대해 정치적으로 반감을갖고 있기도 해서, 그리고 솔직히 말하면 이미 파산 직전의 상태라

비행기 삯도 대줄 수 없기 때문에 있어선 안 되는 외국인들에게 신경 쓰지도 않는, 그런 일도 없을 거야. 정말 그렇다니까. 그들은 제대로 추적하고 절대 자체 정찰에 맡겨놓지 않아. 아, 지금으로부터 18개월 뒤 재판일에 나타나 주시면 좋겠습니다, 이러지 않는다고. 쥐들이 우글거리는 곳에 즉결로 구류한 뒤 쓰레기 같은 식사를 주고, 그러다 그런 사람들이 왕창 모이면 본국으로 돌려보내지도 않아. 아무 데나 갖다 내던지지. 시베리아나 프랑스나 나이지리아나, 어디든 자기들 편한 곳에. 특히 중국이 그래. 중국은 징글게 재무부 증권이야. 다시는 집에 오지 못할지도 몰라."

그러자 피파가 말했다.

"에이, 그렇게 심하진 않을 거야. 중국에나 인도에나 불법 이민자들이 넘쳐나. 아프리카에서 온 사람들도 많고. 아프리카 사람들은 확연히 티가 나잖아."

빙이 다시 서글프게 말했다.

"하지만 뭐라도 해야 해. IBM에서 계속 일할 수 있을지도 모르겠고, 설사 일하게 해준다고 해도 어쨌든 윌링 형이 말한 엘리시언의 상황과 똑같아. 발전이 전혀 없어. 높은 자리는 다 동남아 사람들이 차지하고 있어. 그렇다고 공평하게 분담하고 싶지 않다는 얘긴 아니야."

그는 카펫에 오줌을 싸놓은 강아지처럼 잔뜩 긴장한 얼굴로 또 한 번 자신의 형을 흘끗 보며 말을 이었다.

"그건 개의치 않아. 전혀. 경제를 돌아가게 하는 거 말이야…… 늙다리들을 돕는 것도 좋아. 아니, 죄송해요, 할머니. 장수자들. 장수자들은 징글게 의료 혜택을 받을 자격이 있잖아. 그렇지? 그래도 그래. 원래 월급이 많지도 않아. 그런데 칩이 한 번 씹어 삼키고 나면 아무것도 남지 않는다고."

그는 이제 구그를 보려 하지도 않고 덧붙였다.

"적어도 이민을 가면……."

그러자 구그가 입을 열었다.

"동생아, 네 꿈을 깨고 싶진 않다만, 미국 세법 가운데 남북전쟁 이후로 바뀌지 않은 부분이 있어. 미국인들은 세계 어디서든 들어온 소득에 대해서는 세금을 내야 하지. 국외 거주자들도 예외는 아니야. 외국에서 납부한 세액에 대해선 일부 감면해줘. 하지만 자카르타가 네 칩에 있는 돈을 완전히 다 빨아먹지 않는 이상 나머지는 우리 차지야. 그러니까 네가 네 몫을 내는 것을 개의치 않는다니 참 다행이다, 동생. 네가 몽골의 툰드라를 달리고 있대도 사회공헌지원국은 위성을 통해 합당한 몫을 빼낼 수 있어. 설마 네 조국인 미국 정부를 속이려는 건 아니겠지만, 이제 칩 이식은 국제적으로 인기를 끌고 있거든. 우리가 소수점 두 자리까지 알지 못하게 돈을 만질 수 있다고 생각했다면, 글쎄. 거의 불가능한 일이야."

"와. 굉장한 파티네."

피파가 등을 대고 누운 채로 말했다.

윌링이 제안했다.

"멕시코는 어때? 거기서는 승진할 수 있을지도 몰라. 제조 부문이 엄청나잖아. 미국보다 GDP도 높아졌고……."

"미국이 워낙 낮으니까."

놀리가 빈정거리자 윌링이 말했다.

"하지만 에스테반 아저씨는 승승장구하고 있어요. 황야 탐험 회사를 운영하는데……."

"그게 어떻게 가능한지 모르겠구나. 멕시코엔 황야가 없는데."

놀리가 말했다.

"뭐, 어디에도 없잖아요."

피파는 천장에 대고 짜증스러운 어조로 말을 이었다.

"주차장으로 데려가겠죠. 빈자리가 남아 있는 주차장."

그에겐 아버지나 다름없는, 너무도 그리운 에스테반이 2039년 남쪽 국경으로 향할 때 윌링은 이 라틴계 사내가 마음 깊이 조국이라고 여기는 나라를 떠나고 싶어 하지 않는다는 사실에 가슴이 뭉클했다. 에스테반은 진정한 미국의 애국자였다. 반면, 북동부 진보 성향의 맨디블 집안은 조국을 증오할수록 더 나은 사람이 되기라도 하는 듯 미국에 대해 나쁜 말을 퍼붓기 일쑤였다. 물론 에스테반은 자기들이 아량을 베풀었다고 허세를 부리면서도 그가 이 땅에 사는 것을 못마땅해하는 사람들, 자기들이 모든 것을 좌지우지했던 옛 시절을 그리워하는 늙은 백인놈들을 경멸했다. 그러나 그는 한 번도 이 나라를 욕한 적이 없었다. 이 나라의 이상과 그 작동 방식을, 심지어 그것이 제대로 작동하지 않을 때에도(거의 항상 그랬지만) 욕하는 법이 없었다. 제인과 카터, GGM, 놀리, 그리고 그의 어머니는 가끔 미국의 몰락을 고소해하는 듯 보였다. 에스테반에게는 진심으로 지상 최고라고 믿었던 국가의 쇠락이 그저 한없이 슬픈 일이었다.

에스테반 같은 수많은 라틴계 사람들이 선조들의 땅으로 돌아갔다. 그것은 단순히 수적인 상실만이 아니었다. 그들은 열성적으로 귀화하고 싶어 하는 미국인들이었다. 이민자의 비율이 항상 높았던 미국에서 역사상 처음으로 인구 감소가 일어나고 있었다. 남은 사람들은 갇힌 기분이었다. 오갈 데 없이 버려진 기분이었다. 그들은 대개 줄지어 국경을 넘어오는 외국인들을 욕하던 사람들이었다. 이제 외부인들이 목숨 걸고 미국에 들어오려 하지 않자 본토박이들은 버림받은 기분을 느꼈다. 분개하던 일을 그리워했다. 사랑받지 못하는 기분이었다. 어차피 아무도 갖고 싶어 하지 않는 것을 놓치지 않으려 방어하는 일은 그리 만족감을 주지 못했다. 윌링은 그의 어머니 세대와 그 윗대의 백인 미국인들이 어째서 침략당한 기분을, 혹은 소외감을, 혹은 빼앗긴 기분에 시달렸는지 이해할 수 있었다. 물론 스페인어를 배우기만 했어도 그러한 위협감을 크게 덜었을 테지만 말이다. 그러나 전 세계의 모든 사람들이 살고 싶어 하는 나라에 사는 것보다 더 지독한 상황이 하나 있다면 그것은 바로 모두가 떠나고 싶어 하는 나라에 사는 것이었다.

에스테반은 개인적인 인간관계에서도 충성스러운 사람이었다. 글로버즈빌에서 땅을 일구는 일은 그의 아버지와 할아버지 세대가 해온 단순 육체노동으로, 그 자신은 이제 그것을 탈피했다고 생각했었다. 그럼에도 그는 보루에서 가족의 곁을 지켰다. 그러나 그 모든 역경을 함께 이겨낸 뒤 그는 플로렌스를 손가락 자상으로 잃고 말았다. 성만 다를 뿐 온전히 그의 아들이었던 아이는 성인이 되었다. 그가 떠난 것은 결코 탈주라고 부를 수 없으리라.

서배너의 목소리가 윌링의 몽상을 깼다.

"멕시코라고 더 쉽게 들어갈 수 있겠어?"

"에스테반 아저씨는 국경을 넘어갔잖아. 밀입국 안내인들을 고용하긴 했지만 아주 어렵진 않았어. 라틴계 사람들을 북쪽으로 보내주던 사람들이 이제는 그들을 반대쪽으로 보내주는 일을 시작했거든."

윌링의 말에 서배너가 다시 입을 열었다.

"에스테반 아저씨는 방벽이 완성되기 전에 넘어갔잖아. 태평양에서 멕시코만까지 전기가 흐르는 방벽이 설치되었고, 전산화를 통해 100퍼센트 감시가 이뤄지고 있어. 그 아저씨는 그쪽 혈통이기도 하고, 그러니까 귀화할 수도 있었겠지. 비라틴계 백인을 아무나 귀화시켜주진 않아. 우린 일종의 해충이야. 빙이 기적적으로 리오그란데 강을 건넌다고 해도 차별 때문에 살 수 없을걸. 그냥 하는 얘기가 아니야. 내 고객들이 주는 정보가 웹보다 정확하거든. 빙은 미국 쓰레기가되어 징글게 멸시받을 거야. 그 정도가 아니지. 예전에 썼던 멕시코 놈팡이라는 말 기억나? 이젠 양키 놈팡이야. 그들은 우리를 그렇게 부른다고. 우습게도, 여기 피파 같은 사람들은 일을 세 가지나 하고 있는데 그들은 우릴 게으르다고 생각해. 그리고 확실히 우릴 멍청하다고생각하고."

"그렇게 큰 힘을 쥐고 있다 잃었다면? 그럼 꽤 멍청한 거지."

놀리의 말이었다.

"힘은 사라지게 마련이에요. 자기가 놓든 말든."

월링의 말에 놀리가 다시 고쳐 말했다.

"그럼 그렇게 많은 돈을 갖고 있다가 잃은 일. 그렇게 많은 돈을가졌는데 가진 것보다 더 많이 소비한 일. 그건 멍청한 일이지."

"지난 20년을 통틀어 그 일을 그렇게 어이없게 해석하는 건 처음들어봤네요."

구그의 말이었다.

"그만하면 안 될까?"

서배너가 말했다. 어떻게 된 일인지, 왜 그렇게 되었는지, 특히 누구에게 그 일이 일어났으며 그것이 어떤 의미인지 알아내려고 애쓰는 대화가 어딜 가나 끊이지 않았다. 서배너가 얼마나 질렸는지 월링은 알 것 같았다.

빙이 슬프게 말했다.

"난 중국이 일본을 먹었을 때 우리가 아무것도 하지 않았다는 사실이 아직도 속상해. 난 예전부터 왜인지 일본 사람들이 좋았거든. 행동이 좀 특별하잖아. 다른 점들도 그렇고. 그래서 참 안타깝더라고."

"일본이 중국 구축함을 침몰시켜서 먼저 싸움을 걸었잖아."

구그는 당시 대통령이 미국인들에게 말한 내용을 그대로 전했다.

"내가 보기에 일본은 침략당하길 바란 거야. 어차피 망할 거였으니까. 어서 날 쏴줘, 하는 대규모 자살 가미카제였던 셈이지."

그러자 서배너가 대꾸했다.

"그래, 일본 민족 전체가 사실상 증발하다시피 했어. 난 그 옴닥옴닥 이론이 꽤 설득력 있다고 생각했지. 아프리카에서 쇄도해오는 사람들과 그 수중전의 난민들 때문에 중국은 거의 폭발하고 있잖아."

"그래도 우리가 어릴 때 중국이 미국의 동맹국을 공격했다고 생각해봐. 중국 함대가 얼마나 큰 타격을 입었겠냐고."

구그가 허황된 회상에 잠기며 말을 이었다.

"그 엄청난 광경을 보지 못한 게 징글게 아쉽다니까. 우리가 베이징을 완전히 파묻어버려 오마하 저편으로 자금성의 망루들만 삐죽빼죽 나와 있었을 텐데."

서배너는 다른 의견을 내놓았다.

"재무부 같은 소리 하네. 우리가 개입했으면 엉망이 됐을걸. 늘 그랬듯이. 대만도 그랬잖아. 결국 우리가 그럴 수 없는 형편이 된 게 천만다행이지."

이번엔 놀리가 입을 열었다.

"베트남, 이라크, 뉴질랜드……. 그렇게 많은 실책이 있었으니 나도 네 의견에 동의해야 하겠지. 하지만 우리가 손 놓고 앉아 있는 것, 손 놓고 앉아 있을 수밖에 없는 구실을 만든 것…… 그건 참 불명예스럽더구나."

놀리의 세대뿐 아니라 플로렌스의 세대도 대부분 그와 같은 수치심을 느꼈다. 그러나 윌링은 그 부분에 대해 이렇다 할 감정을 느끼지 않았다. 그의 호주머니에 든 미국 돈이 한낱 휴짓조각으로 변했을 때 그는 자신에게서 용케도 무언가를 분리해냈다. 그가 우연히 이 나라에 태어났다는 이유로 끌렸던 추상적 개념이 이제는 자신과 무관하게 느껴졌다. 그는 미국 국적을 가졌을 뿐이었다. 이제는 딱히 미국인의 정체성을 갖고 있지 않았다. 미국이 대중국 전쟁 선포를 하지 않은 것에 대해 왜 유감스러워해야 하는지 그는 이해할 수 없었다. 그 덕분에 자신이 낙하산 부대원으로 강제 징용되어 청두의 고층 건물 옥상에 상륙하는 일을 면했다면 그것은 좋은 일이었다. 그가 무력감을 느낀다면 그러한 감정의 원천은 주로 집에 있었다. 이를테면, 좋아하지도 않는 사촌을 어쩔 수 없이 저녁 식사에 초대하는 일. 그런 것이 무력함이었다. 대만이나 일본에 대해서는 아무런 감정도 들지 않았다. 그의 나라가 돕지 않은 것은 도울 수 없었기 때문이다. 그럴 돈이 없었기 때문이다. 속 편한 일이었다. 어딘가에서 일이 터질 때마다 미국이 폭격기와 전투함과 군대와 공수 물자를 보내던 시절, 다른 대부분의 나라 국민들도 틀림없이 이처럼 속 편하게 살았을 것이다. 마다가스카르에서 집단 학살이 일어나도 아르헨티나 사람들은 그에 대해 아무 일도 하지 않고 자책하지도 않을 것이다. 그것이 더 나은 삶이었다. 윌링이 어릴 때 선을 넘는 사람들은 대개 골칫거리였다. 선을 넘는 친구들은 상대를 당황케 했다. 그들은 도무지 모른 체하고 넘어갈 줄 몰랐다. 어쩌면 한 나라에 속해 있어서 좋은 점 한 가지는 바로 그런 선을 갖게 되는 것인지도 모른다. 내가 상관할 일의 경계가 정해지는 것. 그런 경계가 있어야 내가 상관할 일들을 지켜나갈 수 있었다.

서배너가 화제를 돌렸다.

"참, 너희들 혹시 캐럴가든스의 제인 씨와 카터 씨네 부지에 새로 세워진 유리 집 봤어? 어떤 베트남 사람의 저택이라던데, 어쩌나 번쩍거리던지."

"그 집뿐만이 아니야. 브루클린의 갈색 사암 건물이 반쯤은 사라졌어. 납작코들은 도무지 보존이라는 걸 모른다니까."

구그의 말에 서배너가 꾸짖었다.

"구그, 그렇게 멸시하는 건 시대에 안 맞아. 요즘 나 같은 여자들이 눈을 더 작게 만들고 코를 낮추려고 성형하는 거 몰라?"

놀리가 입을 열었다.

"지난주에 카터와 제인에게 연락했거든. 제인은 여전히 보험료를 못 받았다고 투덜거리더구나. 하지만 하노이에서 온 그 부부가 땅값을 꽤 많이 쳐줬어. 우리 어머니의 아파트는 상속세와 소급 유지보수비를 제하면 되찾을 가치도 없었는데 그걸 상쇄하고도 남을 만큼 받았지. 두 사람은 어쨌든 원하던 것을, 아니, 원한다고 생각하던 것을 샀잖아. 아무래도 그게 문제인 것 같아."

그러자 빙이 말했다.

"몬태나의 목장에서 두 분만 사시기엔 연세가 너무 많으세요. 제가 도우미 롭 고르는 걸 도와드리긴 했어요. 그런데 워낙 최고급이라 대화가 참 개짝이에요. 저렴한 건 자꾸 엉뚱하게 알아듣거든요. 그런 게 더 신나고 재미있는데."

이번엔 피파가 입을 열었다.

"롭의 문제가 뭔지 알아? 롭한테 냄비를 집어던져 봐야 결국 자기 돈만 나간다는 거야. 내 베이리지 환자년도 다섯 배는 비싼 1등급 도우미 롭을 살 수 있거든. 그런데 롭은 달달 볶거나 기분을 잡쳐놓지 못하잖아."

놀리가 다시 말했다.

"난 보루에서 워낙 옴닥옴닥 살았으니 두 사람이 저희끼리 살고 싶기도 하겠다 생각했어. 사실 제인은 그 농장을 떠날 때 거의 정상인이었잖아. 이제 그 드넓은 부지 자체가 커다란 고요의 방이 된 모양이야. 제인은 다시 이상해졌어. 카터도 안 좋아졌고. 아이고, 나는 우리가 보루에서 다 풀었다고 생각했거든. 그런데 그애는 루엘라와 함께한 그 잃어버린 몇 년을 다시 회상하면서 거품을 물더라니까. 정말이지, 부부가 그렇게 단둘이 들어앉아 있는 건 치명적이야. 할 얘기가 많지 않잖아. 그러니까 옛날 일을 들추며 그 지긋지긋하고 이기적인 에놀라 얘기만 끊임없이 파는 거지. 안 그러면 서로를 걸고넘어져야 하잖아. 하루 종일 먹고 있을 수는 없으니 식간에는 분통으로 잔칫상을 차리는 거야. 솔직히 우린 그렇게 화기애애한 대화를 나누지 못했어. 게다가 그 부부가 풍요의 집 은식기를 통째로 꿀꺽했는데도 난 아무 얘기도 하지 않았잖아. 버터나이프 하나 달라고 하지 않았다고."

"예전에 캐럴가든스에 좀 더 자주 들르셨으면 그 은식기가 보상으로는 턱도 없다는 사실을 이해하셨을 거예요."

윌링이 말했다.

"난 견딜 수 없었어."

놀리가 솔직하게 시인했다.

"누구도 견딜 수 없었어요."

윌링이 말했다.

정말로 제인이 다시 노이로제에 시달리고 카터가 원한을 불태우고 있다면 두 사람은 예외적인 사례였다. 전국적으로 미국인들의 정신 건강과 신체 건강은 크게 개선되었다. 뚱뚱한 사람은 거의 찾아볼 수 없었다. 알레르기도 드물어졌고 이제 누군가가 글루텐을 피하고 있다고 말하면 정말 빵 한 조각도 먹을 수 없다는 뜻이었다. 거식증이나 폭식증 같은 섭식 장애도 사라졌다. 친구가 우울하다고 말하면 실제로 슬픈 일을 겪었기 때문이었다. 생사를 넘나드는 수준의 공포를 연쇄적으로 겪고 나자 이제 아무도 거미나 폐쇄된 공간, 집 떠나는 일 따위를 두려워하는 데 기운을 빼지 않았다. 2030년대에 대체로 불법 약물 살 돈을 마련할 수 없었던 데다 약탈당한 약국들이 도매금으로 파산하고 나자 전국의 약물중독자들은 단번에 약을 끊었다. 스포츠센터들은 문을 닫았고 퍼스널 트레이너들은 백열등의 전철을 밟았다. 그러나 손수 집을 수리하고, 정원을 가꾸고, 연료를 아끼려고 걸어 다니고, 야구 방망이로 침입자들을 때려잡으면서 미국인들은 놀랍도록 튼튼해졌다. 성전환 수술도 대부분의 사람들은 그 비용을 감당하기 어려웠고, 성별 불쾌감 진단도 무의미해졌다. 남성적 성향을 가진 여자는 거칠고 딱딱한 동작을 익히고 다리를 꼴 때 발목을 무릎으로 올리면 누구나 그 의미를 알아차렸다. 게다가 이런 방식으로 신호를 보내는 것이 더 고상했다. 꿈이 마약을 이겼듯, 성적 환상 역시 애써 불완전하고 조야한 방식으로 실현하려 하느니 그저 품고 있는 편이 나았다. 다스리기 힘든 성향을 충족시키는 방법으로는 그편이 더 깨끗하고 더 매력적이며 무엇보다도 더 저렴했다. 누구든 종류를 막론하고 어떤 병이든 갖고 있을 시간도, 돈도, 인내도 없었다. 그렇다고 미국인들이 별스러운 점들을 모두 타파한 것은 아니었다. 그저 바로잡을 필요를 느끼지 못하는 것뿐이었다.

빙이 말했다.

"있잖아, 윌링 형. 형은 늘 보루에 있을 때가 으스스했다고 하잖아. 엘리시언이 그렇게 개짝 같다면 다시 보루로 돌아가는 게 어때? 형은 우리들에 비해 그 농장을 훨씬 더 좋아했잖아."

윌링이 대꾸했다.

"생각은 해봤지. 그런데 몇 달째 재러드 삼촌하고 연락이 안 돼. 결국 그 옆 농장의 돈 호지키스한테 플렉스로 연락해봤거든. 재러드 삼촌이 떠났다고 하더라고. 보루는 연방 정부에 넘겼대. 다 때려치운 모양이야."

"어디로 갔을까?"

빙이 물었다.

놀리가 눈을 굴렸다. 서배너는 마지막 남은 토르티야로 열심히 그릇에 묻은 콩을 싹싹 닦았다.

"내가 어떻게 알아?"

윌링은 누구와도 눈을 맞추지 않았다. 그는 구그를 보지 않으려고 조심했고, 구그를 보지 않는 것처럼 보이지 않으려고 조심했다.

구그가 말했다.

"뻔하지 않아? 다들 그렇게 모르는 척하지 않아도 돼. 이 집안의 진짜 정신병자가 누구야? 타고난 선동자가 누구냐고? 권위를 눈곱만큼도 존중하지 않는 몹쓸 변절자가 또 있어? 2030년대 내내 바가지 요금을 씌우던 기회주의자가 누구였더라? 2038년도에 무기 자진신고를 완전히 무시한 게 누구냐고?"

그러자 빙이 말했다.

"완전히 무시하진 않았지. 정부에서 헌법 수정 제2조를 폐지했을 때……."

"헌법 수정 제2조를 폐지한 게 아니야, 빡아. 명확히 한 거지. 현대 헌법학자들의 해석에 따르면, 그 법은 애초에 개인들에게 적용하려고 했던 게 아니야. 적절하게 조직된 의용군은 경찰과 무장 세력을 뜻하는 거야. 쇼핑몰에서 AK 소총을 휘두르는 미치광이를 말하는 게 아니라고."

구그의 말에 빙이 다시 입을 열었다.

"재러드 삼촌은 양심상 권총 한두 개는 내놓았어. 다른 사람들은 죄다 자진 신고를 무시했는데도. 총기 소지를 무조건 안 된다고 하는 건⋯⋯."

"그 꼴같잖은 농장을 보루로 생각하는 건 또 어떻고? 거기가 외딴 요새나 영토라도 돼?"

구그는 계속해서 말을 이었다.

"이 나라에 눈곱만큼도 충성하지 않는 사람이니 틀림없이 그 대가를 치르지 않았겠어?"

그러자 서배너가 중얼거렸다.

"삼촌이 어디로 갔는지 확신할 수는 없지. 게다가 칩이 자폭하니 어쩌니 하는 소문 말이야, 난 그것도 못 믿겠던데."

"아, 그건 사실이야. 날 믿어."

구그가 불길하게 대꾸했다.

하마터면 윌링은 불쑥 내뱉을 뻔했다. 자신이 아는 한, 재러드는 칩을 이식받지 않았다고. 그러니 그가 가서는 안 되는 곳에 발을 들여놓는 순간 스캡 위성이 그것을 감지하고 그의 뒤통수가 산탄총을 맞은 호박처럼 폭발하는 일은 없을 거라고. 윌링은 간신히 입을 다물었다. 그의 사촌은 그 사실을 알면 사악한 만족감을 누리지 못할 것이고, 구그 스택하우스의 만족감을 빼앗는 일은 어떤 식으로든 그들에게 이롭지 않았다.

빙이 말했다.

"그 사람들은 짐승처럼 산대. 인터넷도 없고. 스토니지와 똑같겠지. 영원한 스토니지야. 다들 흙집이나 천막에서 산대. 전기도 없고 TV도

492

없고 라디오도 없어. 미국이 다 막아놨거든. 먹을 게 없어서 곳곳에서 식인이 자행된다고 하는 웹진도 많아."

그러자 구그가 말했다.

"완전 거지 소굴이겠지. 세계 무역이 완전히 차단되었잖아. 미국의 제재를 어기면 오랫동안 감옥 생활을 해야 하니까 칩 없는 머저리들도 위험을 무릅쓰고 밀수를 감행하진 못할걸. USN을 인정하는 나라는 에리트레아뿐이야. 국경의 경비들과 지뢰를 모두 통과해 넘어간다고 해도, 사실 이런 것도 불가능한 일이지만 말이야. 어쨌든 이런 체제 전복적인 미치광이 나라로 망명하는 건 반역으로 간주되거든. 반역은 연방 법령집에 유일하게 남은 사형 죄야. 그러니까 여기 있는 사람들은 부디 재러드 삼촌처럼 헛바람 들지 않길 바란다. 사회공헌 지원국에 아예 전담반이 있거든. 전원이 최고 수준의 기밀 정보 취급 허가를 갖고 있고 언제든 버튼을 누를 수 있는 권한도 위임받았어."

당연히 월링은 구그 앞에선 관심을 보이지 않을 생각이었다. 그러나 대부분의 사람들과 마찬가지로 그 역시 기존의 정치 조직체에 인디언 부족 여러 개를 통합한 네바다 합중국(United States of Nevada, USN), 속칭 자유주(1864년부터 이 이름의 소유권을 주장한 메릴랜드 주는 이에 몹시 분개했다)에 지대한 관심을 갖고 있었다. 그 블랙박스 같은 나라, 아무것도 그리고 아무도 나올 수 없고 적어도 공식적으로는 아무것도 그리고 아무도 들어갈 수 없는 이 사다리꼴 모양의 나라에 어찌 흥미가 일지 않겠는가? 2042년 네바다 주가 분리 독립한 이후로 이 탈퇴 공화국에 대한 정보는 올라오는 즉시 차단되었다. 이 신생 연합에 대해 검색하려면 '고위험 도박'처럼 아리송한 완곡 어구를 사용해야 하고, 그마저도 며칠 뒤에는 또 다른 어구로 바뀌는 것을 보면 국가안보국이 인터넷 필터를 설치한 게 분명했다. 월링은 제2의 남북전쟁이 일어나지 않은 것을 다행으로 여겼다. 미국이 일본을 구할 수 없었던 이유들, 즉 대중의 기력 상실과 극한의 빈곤, 오기 부리기식 펑계 대기 등으로 의회가 이 배은망덕한 서부 건조지대를 그저 없어도 그만인 변절자로 치부해버린 것은 다행이었다. (이제 미국은 자국 내에 구멍처럼 자리한 이 접근 금지 지역보다 쿠바와 더 적극적으로 교역했다. 심술궂게도 현대 미국 지도에는 네바다 주가 공백으로 표현되어 있었다.) 물론 국경은 그 너머를 모두 크게 상관하지 않게 해주는 존재였다. 그러나 네바다 합중국은 여전히 월링 자신과 관계가 있는 것 같았다. 재러드가 군사화되었다는 그 국경을 넘으려다 미국 쪽에서 총에 맞지만 않았다면 거기가 바로 그의 삼촌이 도망친 곳이라고 그는 확신했다. 네바다 합중국이 머릿속에 떠오르는 순간은 월링이 하루 중 유일하게 살아 있다고 느끼는 순간이었다.

국경을 넘을 수 없다는 얘기는 필경 사실일 것이다. 기적적으로 국경을 넘는 데 성공하더라도 칩에 내장된 프로그램 때문에 머리가 폭발한다는 얘기도 필경 사실일 것이다. 그렇다고 해도 네바다는 스캡으로부터 도망칠 수 없다는 구그의 호언장담에서 유일하게 예외인 곳이었다. 지구상에서 유일하게 수백만 명의 미국인들이 연방세를 내지 않는 곳. 월링의 권위적인 만찬 손님이 이 반역적인 지역이 언급되는 순간 노발대발하기 시작한 것은 바로 그 때문이었다. 화제를 바꾸는 것이 현명했다.

"요즘 지원국은 어때?"

월링이 구그에게 밝게 물었다.

"뭐야, 내 일에 관심을 보이는 거야?"

구그가 미심쩍다는 듯이 물었다.

"미국에 사는 사람이라면 누구나 그 일에 관심이 있지."

월링은 사춘기 때 이미 포커페이스에 통달했다. 그의 조롱과 진심 어린 존경은 아무도 구분할 수 없었다.

구그가 말했다.

"얘기가 나와서 말인데, 놀리 할머니, 지금 우리가 도입하려 하는 새로운 신고 제도는 할머니한테도 영향을 미칠 거예요. 어쨌든 국민 대부분이 수입과 지출 내역을 모조리 전송하고 있는데, 어떤 사람들 만 많은 것을 감추거나 대충 넘어갈 수 있다면 공평하지 않잖아요, 그렇죠?"

"그래, 나의 요실금 팬티라이너 구입 내역을 감추는 게 계급적인 불평등처럼 보이긴 하지."

놀리가 대꾸했다.

"내년 1월부터 비이식자들도 그날그날 구매 내역과 예치금을 보고 하게 하는 법이 시행될 거예요."

구그는 몹시 즐거운 목소리로 말을 이었다.

"온라인 양식이 이미 나왔는데 아주 상세해요. 판매자의 주소와 연 방 세금 등록 번호, 시간과 날짜, 시리얼 넘버나 제품 번호, 구매 목 적 등등⋯⋯."

"내가 요실금 팬티라이너를 왜 샀는지 연방 정부에서 알아야 한다 는 얘기구나."

놀리가 말했다.

"무엇보다도 이 양식엔 복사해서 붙이기가 안 돼요."

구그는 미소를 참을 수 없는 듯했다.

"칩을 이식받지 않은 사람들은 엄청난 고생과 대가를 치러야 할 거 예요."

"골치 아프겠구나."

놀리의 말에 구그는 역시 즐거운 목소리로 대꾸했다.

"한쪽에서만 보면 모든 정부가 일종의 골칫거리죠. 하지만 그런 식으로 보시진 않잖아요, 안 그래요?"

서배너가 물었다.

"그냥 노인들도 다른 사람들처럼 칩을 이식받으면 안 돼?"

구그가 설명했다.

"강압은 잔인할 뿐 아니라 화를 돋우거든. 이렇게 하면 결국 장수자들도 아부그라이브 수용소에 준하는 서류를 제출하느니 칩을 이식받는 편이 차라리 속 편하다는 사실을 깨닫게 되겠지. 생각해봐. 내가 누나를 곤봉으로 그냥 때리면 누나는 화를 내겠지. 나를 다시 때릴 수도 있고. 그런데 내가 핀으로 누나를 계속 찌르다 그만두면 고마워할걸."

"진저리 나는 놈."

놀리가 말했다.

구그는 자애롭게 고개를 끄덕이며 그 칭찬을 받아들였다.

"아, 그리고 의회에서 우리의 호기심에 대해 임의로 정했던 7년 규정을 폐지해서 이제 예전 파일들도 파헤치기 시작했어요. 2030년대에 부정이 워낙 많았잖아요. 자신의 정부 때문에 파산당했다고 징징거리며 세금 신고를 거부하던 납세 불매운동 엄살쟁이들도 많았고요. 복리이자에 수수료까지 붙으면 이런 사기꾼들은 가진 걸 몽땅 내놓아야 하겠죠. 달러를 누에보로 환산하려면 좀 복잡하겠지만 그래도 공식을 만들었답니다."

"마지막으로 갈수록 달러 가치가 매일 바뀌었잖아. 심지어 매시간 바뀌었지. 공식이 아주 복잡할 텐데."

월링이 말했다.

"대충 우리한테 유리하게 만들었지. 그런 뜻으로 얘기한 거라면."

구그가 솔직하게 시인했다.

"그래, 그런 뜻으로 얘기한 거였어."

월링이 대꾸했다. 그러곤 주의 깊게 덧붙였다.

"그게 더 애국적인 길이잖아. 모두에게 더 좋은 거고. 나라 전체에 말이야."

구그는 다시 한 번 사촌의 얼굴을 살피며 조롱의 기색을 찾아보았다. 그러나 그는 일반인들의 비굴한 동조에 익숙해졌을 것이다. 월링의 동조는 형식적이었다.

구그가 계속해서 말을 이었다.

"또 어떤 사람들은 백지장이 된 재무부 증권 때문에 손해 본 금액을 공제받을 수 있을 거라는 멍청한 생각을 하더라고. 정부의 금 보상액과 공개시장에서의 그 엄청난 과평가 사이의 차액에 대해 세금을 감면해줘야 한다고 뻔뻔하게 생각하는 사람들도 있고. 우리 아버지가 늘 얘기했듯이 그건 어리석은 투자였어. 멍청하게 행동했으니 그 대가로 타격을 입어도 싼 거지."

월링은 애써 다정한 어조를 유지하려 애쓰며 대꾸했다.

"나는 결국 그게 얼마나 멍청한 투자였는지 모르겠는데. 2029년도에 그 반짝이는 물건을 전부 갖고 있었던 사람은 오늘날 꽤 큰 이익을 보았을 테니까. 85퍼센트 자본 이득세 공제 후에도."

그러자 구그가 날카롭게 말했다.

"그런 사람들에게 남은 건 구형뿐이야. 이 나라의 금은 여전히 모두 미국 정부의 재산이라고. 혹시 주위의 누군가가 아직도 비축하고 있는 건 아니겠지?"

비축은 여전히 자기 재산을 보유하는 것의 관료 친화적 유의어였다.

월링은 가까스로 겸연쩍은 미소를 지었다.

"그냥 가정해본 거야."

예전에는 테러리스트들에게 적합했지만 이제는 사실상 세금 사기에만 적용되는 지독한 수준의 취조에서 용의자들이 가장 흔하게 저지르는 실수는 강렬한 감정을 드러내는 것이었다. 분통을 터트리거나, 눈물을 흘리며 질척하게 뉘우치거나, 발끈하거나. 사실 구그를 상대할 때 가장 효과적인 방어책은 언제나 싱겁고 싹싹한 태도를 유지하는 것이었다. 침착하게 환한 표정을 지으면 이 스캐비는 부아가 나더라도 딱히 이의를 제기할 수 없었다.

월링이 예의 바르게 덧붙였다.

"그런데 금이 그렇게 빡스러운 투자라면 정부는 왜 금을 원하는 거야?"

구그는 멸시하는 투로 대꾸했다.

"방코르의 조건은 미국이 정한 게 아니거든. 얘기가 나와서 말인데, 지금 논의 중인 개혁에 대해 한 가지 고급 정보를 줄게. 우리 지원국 사람들의 삶을 징글게 더 수월하게 해줄 만한 일이지. 행정부에서 수년 동안 로비를 했는데 드디어 시행하게 됐어. 그러니까 여기 있는 사람들이 최초로 소식을 접하는 셈이야. 신 IMF에서 현금 방코르를 없애기로 했어."

소파에 앉은 놀리가 평소와 달리 얌전하고 여성스럽게 다리를 꼬았다. 서배너는 핼쑥해진 얼굴로 간신히 내뱉었다.

"왜?"

구그가 대꾸했다.

"머리를 좀 써. 암시장이 전부 방코르로 돌아가잖아. 하지만 전 세계적으로 현금 없는 경제가 유행하고 있어. 곧 신발 상자든 어디든 유동자산을 숨겨놓을 수 없게 될 거야. 칩 없이 사는 건 파산한 것과 다름없겠지. 전 세계적으로 현금을 완전히 없애버리면 부패와 탈세, 공갈, 거의 모든 종류의 위법 행위가 사라질 거야."

"궁금한 게 있는데……."

윌링이 방금 생각났다는 듯이 입을 열었다. 그러나 사실 그는 재러드와 이 문제에 대해 길게 논의한 적이 있었다.

"진정으로 자유로운 사회는 몰래 나쁜 짓을 할 수 있는 곳이라는 명제에 대해 어떻게 생각해?"

"자유를 그렇게 정의하는 건 위험하지, 윌버. 법은 법이야. 법은 정확하게 따라야 해. 그 나머지, 그게 자유야. 법이 금지하지 않는 것을 할 수 있는 게 자유라고."

윌링은 혼란스러운 표정을 지었다.

"나는 자유가 나머지라는 생각에 동의할 수 없어. 우리 엄마가 커튼을 만들고 남은 천 조각과 똑같다는 거야? 자유는 느끼는 거 아니야? 어쨌든 연습해야만 가질 수 있는 건 아니잖아. 난 지금 굳이 물을 마시려고 일어나지 않아도 되지만, 똑같이 앉아 있다고 해도 내가 일어날 수 있다는 사실을 알고 있으면 그렇지 않을 때와는 상황이 다르잖아."

그러자 구그가 말했다.

"재무부 같은 소리 하네. 자유로운 사회라면 누구나 법을 어기고 그 대가를 치르지 않아도 된다고 주장하는 것 같은데. 그럼 너의 그 비정상적인 머리로는 자유가 범죄의 만연이라고 생각한다는 뜻이잖아."

"나는 가끔 신호를 어기고 길을 건너."

윌링은 그만할 수도 있었지만 그러고 싶지 않았다. 비위 맞추기가 너무도 지겨워졌다.

"차가 오지 않으면 그냥 건넌다고. 내가 틀렸다면 얘기해줘. 어쨌든 그건 일종의 비행이라고 생각해. 난 아무도 해치지 않았고 누군가의 통행권을 침해하지도 않았어. 하지만 그래도 법을 어겼지. 신호를 어기고 길을 건널 수 있다는 게 나한텐 중요한 일이야."

"아아, 윌버. 슬퍼서 미치겠군."

구그가 말했다.

"그런 자유를, 그리고 시키는 대로 하지 않을 수 있는 다른 모든 기회를 내게서 빼앗는다면 나는 자유롭게 할 수 있는 즐거운 일이 아무리 많다고 해도 자유롭다고 느끼지 못해. 내가 자유롭다고 느끼지 못하면 자유롭지 않은 거야."

윌링이 말했다. 난 자유롭다고 느끼지 못하고 너와 스캡 사람들이 내 목덜미에 이 쇳조각을 박아 넣은 뒤론 한 번도 자유롭다고 느끼지 못했어, 라고 그는 차마 덧붙이지 않았다.

"미국 정부가 왜 네 감정을 신경 써야 하냐?"

구그가 따져 물었다.

"그럼 다른 것들을 왜 상관하는데?"

윌링이 반박을 이어갔다.

"여기서 사는 게 개짝같이 느껴진다면 우리가 보존하고 보호하는 건 대체 뭐야? 나라가 왜 있는 거냐고?"

"그렇게 멍청한 질문은 세상에 처음 듣는다. 파티는 끝났네. 난 그만 가야겠다."

구그가 말했다.

"그런데 방코르 말이야, 정확히 언제부터 현금이 없어져?"

서배너가 물었다.

"다음 주에 발표가 날 거야. 우리 사무실 사람들에겐 기쁜 날이 되겠지. 샴페인과 케이크로 축배를 들 거야."

서배너가 다시 물었다.

"그럼 발표가 나는 대로 하루아침에 현금이 휴짓조각으로 변하는 거야?"

"돌라르 누에보가 도입될 때와 똑같아. 한 달쯤 전환 기간을 주겠지. 그다음엔, 그래, 현금 방코르는 법정 통화가 아니야. 어디에서도. 얼마나 재미있을까. 이전까지 쪼들리던 사람들의 칩에 갑자기 돈이 막 불어나겠지. 수수료에, 벌금에, 체납 세금까지 합치면 지원국엔 뜻밖의 소득이 엄청나게 들어올걸. 아니, 월버가 고귀하게 말씀하셨다시피 그건 모두의 소득, 이 나라의 소득이지."

"하지만 너희가 그렇게 다 가져간다면 누가 암시장의 방코르를 칩에 넣겠어?"

서배너가 물었다.

"몽땅 잃느니 콩알만큼이라도 건져야 하잖아. 그리고 내 직업적인 경험에 의하면, 누나 같은 하층민 납세자들은 손에 넣을 수 있는 건 어떻게든 탐욕스럽게 긁어모으려 하거든. 그런데 왜 그렇게 관심을 보이는 거야?"

구그가 물었다.

"그런 거 아니야!"

서배너는 두 팔로 가슴골을 감싸 안았다.

"이 도시엔 유흥을 찾는, 돈 잘 쓰는 외국인들이 많이 들어오잖아. 가끔 국제 통화로 돈을 받고 그러는 건 아니지?"

구그가 물었다.

"설사 그런다고 해도 당연히 바로 칩에 넣지!"

서배너는 숨쉬기가 힘들어 보였다. 그녀는 거짓말에 젬병이었다.

구그가 말했다.

"당연히 그렇겠지. 난 급여를 꽤 많이 받지만 100퍼센트 정당한 돈이야. 내가 일하는 곳은 나 자신만 깨끗해서 되는 곳이 아니지. 내 가족 전체가 아주 깨끗해야 해. 그러니까 누나의 칩에 경보를 설정해 야겠다. 갑자기 소득이 올라가면 주시할 거야."

그 즐거운 통지와 함께 구그는 그들을 떠났다. 그는 남은 코냑을 가져갔다.

3장
특별함의 귀환 :
누군가를 쏘거나 다른 곳으로 떠나거나, 혹은 둘 다거나

바닥에 그릇을 놓고 파티를 즐긴 터라 치우는 데 5분밖에 걸리지 않았다. 피파는 카펫 위에 기절하다시피 했다. 월링은 담요를 덮어주었다. 그녀는 세 시간 뒤에 일어나 윈저테라스에 샤워실 보조 손잡이를 설치하러 가야 했다.

"말씀이 없으시네요, 구그가 가고 나선."

월링이 말했다.

"음."

놀리는 신음 비슷한 소리를 내뱉으며 스테인리스스틸 믹싱볼의 물기를 닦았다.

"할머니는 처음 이스트 플랫부시에 오셨을 때부터 돈이 떨어진 적이 없었죠."

"음."

놀리가 다시 신음했다.

"검색을 좀 해봤거든요. 다른 책들은 그저 그렇더라고요. 그래도

《늦게라도》는 수백만 부 팔렸잖아요."

이번엔 신음조차 없었다. 믹싱볼은 몹시 반짝거렸다.

월링이 말했다.

"프랑스에서 방코르를 들여오셨죠. 플러싱으로 찾아가시는 그 옛 남자친구라는 분, 누군지 몰라도, 남자인지 여자인지도 모르지만 암시장에서 돈을 바꿔주는 사람이잖아요."

놀리는 그릇 닦던 손을 멈추고 눈이 튀어나올 듯이 노려보았다.

월링이 소리쳤다.

"이거, 못 들어요! 제가 실험해봤다고요! 제 방에서 큰 소리로 '난 스캡이 모르는 비밀 소득원이 있다'고 말해봤는데 아무 일도 없었다니까요!"

놀리는 마지못해 입을 열었다.

"그래, 좋아. 하지만 내 재무 상태는 비밀이야."

"저는 도우려는 거예요. 얼마나 남았는지 몰라도 어쨌든 예치하면 그들은 엄청난 세금을 부과하고 취조할 거예요. 기소될 수도 있어요. 지금은 방코르 소지가 합법이죠. 하지만 할머니가 세관을 통과해 들여올 때는 방코르를 소유하는 게 범죄였어요. 그걸 핑계로 엄청나게 몰수해갈 수도 있어요. 그렇다고 예치하지 않으면, 구그 얘기 들으셨잖아요. 예정된 날짜가 오면 현금은 하룻밤 새에 휴짓조각이 되겠죠."

"그럼 어떻게 할까? 햄스터 집에 깔아줘야 하니? 다락에 단열재로써?"

"얼핏 생각하면 좀 이상하게 들릴 거예요. 알아요. 하지만 비이식자를 대상으로 하는 새로운 지출 신고 제도는 1월이나 되어야 도입된다잖아요. 방코르 현금 폐지가 공식적으로 발표되면 방코르가 쏟아져 나오고 현금 거래 환율도 떨어지겠죠. 그러니까 그전에 써버려야 해요."

놀리는 마침내 믹싱볼을 내려놓았다.

"지금까지는 어떻게든 잘 피했어. 이제 궁지에 몰린 기분이구나. 몰래 나쁜 짓 하는 걸 즐기는 사람은 너뿐만이 아니거든."

"그럼 몰래 나쁜 짓 하는 데 쓰세요."

놀리는 초조하게 두 손을 비틀며 행주에 닦았다.

"젊은 사람들은 무언가를 사기 위해서 돈을 갖고 싶어 하지. 옷과 액세서리, 그리고 경험과 전율을 사기 위해서 말이야. 늙은 사람들이 돈을 갖고 싶어 하는 이유는 한 가지야. 안전하다는 느낌을 갖기 위해서지."

월링은 나지막이 말했다.

"돈이 아무리 많아도 안전해질 수는 없어요. 돈 자체가 안전하지 않죠. 그건 아시잖아요."

그녀가 맞장구를 쳤다.

"물론이지. 하지만 어차피 아흔 살엔 삶 자체가 안전하지 않아."

"그렇죠. 부에 대해 사람들은 그것만 있으면 원하는 건 무엇이든 살 수 있다는 망상을 갖고 있어요. 그럴 수도 있죠. 원하는 게 예쁜 옷이라면. 할머니는 예쁜 옷을 원하는 게 아니잖아요. 늙지 않기를 원하겠죠. 우리가 이런 얘기를 나눈 적은 없지만 그동안 만났던 격정적인 남자친구들 중 하나라도 곁에 남아주었다면 좋았을 텐데, 하는 생각도 하지 않으세요? 여전히 유명한 작가로 살고 싶으실 테고요. 그것 역시 돈으로 살 수 없죠. 이제 유명한 작가는 없잖아요. 어쩌면 《늦게라도》를 쓰기 시작했을 때처럼 열정을 갖고, 누구도 꾸준히 유지하기 힘든 그런 불같은 열정을 갖고 글을 쓰고 싶으실 수도 있고요. 예전 스냅사진을 보면 그때처럼 머리숱이 많았으면 좋겠다 하시겠죠. 그리고 아닌 척하시지만 사람들이 자신을 좋아해주길 원하고요. 또 암에 걸리지 않기를 원하겠죠. 할머니에게 중요한 것들을 위협하는 요인은 방코르 현금 폐지나 화폐 가치의 하락, 채무 포기, 경제 붕괴, 이런 것들이 아니라 할머니 자신이 무너지는 거잖아요. 좋은 와인 한 병, 혹은 닭 한 마리를 고를 수는 있지만 그런 걸 제외하면 원하는 건 아무것도 살 수 없어요."

그러자 놀리가 받아쳤다.

"너희 젊은이들은 우리 베이비붐 세대들이 망상 속에서 살고 있다고 생각하지. 내가 늙었다는 사실을 충격으로 받아들일 것 같니? 난 바보가 아니다. 난 지금 네 나이 때부터 자기 집에서 강간당하고 강탈당한 노파들의 사례를 읽었고, 머릿속 한구석에서 '곧 너도 그렇게 될 거야' 하고 속삭이는 소리를 수없이 들었어. 난 늘 표적이 될 것을 예상하며 살았어. 무방비 상태로 힘없이 혼자 살 거라 생각했지. 우리 부모님도 예상했던 모양이야. 왜인지 알아? 에놀라(Enola)는 거꾸로 읽으면 '혼자(alone)'라는 뜻이잖아. 40대에 내겐 일시적으로나마 만일에 대비해 자금을 떼어둘 기회가 있었어. 그 만일이 수십 년 지속될지도 모를 일이었고. 그냥 한 번의 비로 그치는 게 아니라 나의 기후가 영원히 우기로 바뀔 수도 있었다고. 나는 머릿속으로 진짜 물리적인 요새를 쌓고 있었어. 돈을 충분히 높이 쌓으면 야만인들이 넘어올 수 없잖니. 너무 비유적으로 얘기했나? 하다못해 그들에게 돈을 주면서 가라고 할 수도 있다는 얘기야."

윌링이 다시 입을 열었다.

"하지만 그게 바로 망상이에요. 그 나이에 주로 위협이 되는 건 강간범이나 강도, 혹은 제2의 암흑시대에 몰려올 약탈자들, 그런 외부의 적이 아니에요. 그 나이엔 매일 내면의 적을 마주한다고요. 그러니까 다른 무엇보다도 징글게 돈 주고 살 수 없는 한 가지가 있다면 바로 안전이에요. 왜 거기에서 벗어나지 못하세요? 어차피 잃을 거라면 그렇게 붙잡으려고 애쓰지 않아도 되잖아요. 그럼 용기를 낼 수 있을 텐데."

"네가 용기를 운운하다니."

놀리가 씁쓸하게 말했다. 그녀의 어조가 바뀌자 그는 몹시 무안했다. 그는 방금 전의 독백에 꽤 공을 들였고, 나름대로는 제대로 설파했다고 생각하고 있었다.

"아까 그 헛소리, 재미로 한 거니? 아니면 정말 진지하게 수면을 생각한 거야?"

"네, 진지하게 생각했어요."

그가 말했다.

"그럼 내가 지금 가진 방코르로 너를 5년 동안 자발적인 코마 상태에 넣어주겠다고 제안하면 넌 받아들이겠구나."

사실 그 제안은 듣는 순간 유혹적으로 느껴졌다.

"정나미 떨어지죠? 하지만 5년 동안 엘리시언 필즈에서 남의 뒤를 닦아주는 게 자는 것보다 나을까요? 차라리 자는 게 낫죠."

"월링."

그녀는 팔짱을 낀 채 조리대를 등지고 그를 정면으로 마주 보았다. 그는 스토브에 붙어 꼼짝없이 그녀의 눈초리를 마주해야 했다. 그녀는 그보다 키가 훨씬 더 작았다. 그럼에도 그녀가 위압적으로 보인다는 사실에 그는 넌더리가 났다.

"난 어른 노릇을 잘 안 하는 편이야. 윗사람의 시각에서 비판하지도 않고. 그러니까 이번 한 번만 내 얘길 들어. 2030년대 초반에 넌 능글맞은 아이였어. 기지가 넘쳤지. 독창적이고. 반항적이고. 겁을 먹지도 않았어. 난 네가 나이를 세 배쯤 더 먹은 천치 로웰 스택하우스 앞에서 네 주장을 고집하는 모습이 좋았어. 네겐 특별한 무언가가 있었지. 미안. 내가 예전에 비해 표현력이 떨어지는구나. 뇌세포가 너무 줄었어. 수제 밀주를 너무 마신 탓이지. 하지만 그 특별함, 그건 나 같은 소설가들, 아니, 예전 소설가들, 어쨌든 우리가 늘 어떻게든 지면으로 끌어내 보려고 애쓰는 요소야. 늘 실패하지. 그렇다고 존재하지 않는 건 아니야. 잡을 수 없을 뿐이지. 발칙하게 요리조리 빠져나가서 허공에선 도저히 잡을 수 없는 조그만 나방들처럼. 보루에서도 그랬어. 넌 아주 열심히 일했지. 노력을 음미했어. 소처럼 밭을 갈았고 그 특별함은 점점 강렬해졌어. 그런데 칩을 이식받은 뒤로 넌 밋밋해졌어. 다른 사람들과 똑같아졌지. 내가 2030년에 알았던 그 사내아이는 절대 고모할머니의 돈을 잠자는 데 쓰려 하지 않았을 거야."

월링이 대꾸했다.

"이 칩은 생각하시는 것처럼 제 정신을 조작하지 않아요. 그들은 그렇게 영리하지 않다고요. 틀림없이 그저 회계의 수단일 거예요. 단, 신호를 무시하고 길을 건너지 못하게 하는, 그런 회계의 수단이죠."

놀리는 맞장구쳤다.

"나쁜 짓은 자양강장제야. 품위를 유지해주기도 하지. 하루에 한 번 규칙을 어기면 빌어먹을 사과를 한 알씩 먹는 것보다 더 의사를 멀리할 수 있다니까."

월링이 계속 말을 이었다.

"보루의 농장에서 우린 많은 얘기를 나눴잖아요. 에이버리 이모가 저한테 그런 얘기를 했어요. 암 환자들은 몸이 회복되고 나면 더 힘들어한다고. 징글게 아플 때는 또 하루를 버텨낸 게 일종의 승리가 되죠. 그런데 몸이 낫고 나면 더 이상 살아 있는 게 승리가 아니에요.

그런 사람들은 화학요법을 받을 때보다 화학요법으로 회복된 뒤에 우울증을 겪는 경우가 더 많다고 이모가 그랬어요. 저한테는 2030년 대가 그랬죠. 피가 끓었어요. 우리 가족 모두가…… 몇 번이고 죽을 고비를 넘겼잖아요. 글로버즈빌로 가는 길에 플렉스 서비스가 끊어져서 에스테반 아저씨와 제가 충전소에서 훔쳐온 종이 지도에 의존해야 했죠. 우리가 성공할 수 있다는 보장도 없었어요. 그 충전소에 훔칠 종이 지도가 있었던 것도 기적이었고요. 카터 씨는 무릎 때문에 간신히 걸었죠. 빙은 총 맞은 신발 때문에 양말이 젖어 참호족인가 뭔가 하는 병에 걸렸고요. 그러다 그 좁다란 비포장 길에 들어서서 우편함에 자그맣게 적힌 〈보루〉라는 이름을 발견했을 때 우린 울음을 터트렸어요. 하지만 지금 보세요. 이 끝없는 제자리걸음. 지평선도, 방향도, 위협도 없어요. 제 급여는 이것저것 다 제하고 나면 얼마 되지 않지만, 할머니의 방코르가 없어도 우린 그럭저럭 살 수 있을 거예요. 그것도 문제죠. 괜찮음. 그냥 괜찮기만 한 거. 칩 때문이 아니에요. 그보단 피가 끓지 않기 때문이에요."

"그렇다면 우린 안전을 살 게 아니구나. 자극을 사야겠어."

놀리가 단호하게 선언했다.

월링은 어릴 때 그랬듯이 가장 흥미로운 자극은 공짜라는 사실을 바로 이튿날 오후에 깨달았다.

놀리가 인상을 쓰며 말했다.

"일찍 퇴근했구나. 쫓겨났니?"

"제가 쐈어요. 쫓겨난 게 아니라 쫓아냈다고요."

"뭐?"

"엘리시언에서 정말 그런 일이 일어날 줄은 몰랐어요."

그는 서성이기 시작했다. 틀림없이 흐트러진 모습일 것이다. 마치 이불장 안에 들어갔다 나온 사람처럼.

"거긴 아무 일도 일어나지 않아요. 사람이 죽어도 아무 일 없는 거예요. 다들 예상한 일이니까. 죽지 않아도 그렇죠. 그것도 예상한 일이에요. 제가 그걸 갖고 다닌 건 열여섯 살 때부터 계속 지니고 있었기 때문이에요. 부적이라고 해도 좋아요. 버팀목이랄까. 저만 그런 것도 아니잖아요. 할머닌 돈이 있어야 안전하다고 느끼지만 저는 돈을 믿지 않아요. 비 오는 한밤중에 우리 가족 모두가 이 집에서 쫓겨났으니 저한테는 총이 있어야 했어요. 할머니가 말씀하신 것처럼 규칙을 어기는 일이라서 좋기도 했고요. 대부분의 사람들은 총기 소지를 허용하는 게 징글게 나쁜 일이라고 생각하죠. 대법원이 옳았다고. 하지만 저한테는 그렇지 않아요."

그러자 놀리가 말했다.

"안타깝지만 모두가 너와 같은 생각이야. 이제 그만하고 제대로 얘기해봐."

"제가 그 사람을 죽였는지는 모르겠어요."

"단편소설 첫 문장으로는 아주 훌륭하구나. 하지만 아무리 소설이라도 설득력이 있어야지."

"친한 사람은 아니에요."

윌링은 소파에 풀썩 앉아 들썩거리는 몸을 애써 진정시키며 말을 이었다.

"저보다 나이가 조금 많아요. 서른다섯쯤. 직원이에요. 직원이었죠. 어쨌든 살았다고 해도 엘리시언 측에는 이제 확실한 해고 이유가 생겼으니까요. 늘 잠이 부족해 보였어요. 밤에 다른 일도 하고 있을 거예요. 지난주 점심시간에 그와 얘기를 나눴거든요. 파업자인 여동생을 부양하고 있어요. 남동생의 수면 계좌에도 계속 돈을 넣어주고요. 그 동생이 취직하지 못하면 부양하는 것보다 재워두는 편이 더 저렴하잖아요. 이름이 클레이턴이에요. 아내가 임신을 했대요. 둘 다 아기를 낳고 싶어 했죠. 간절히. 그런데 도저히 그럴 형편이 안 되었어요. 결국 아내가 얼마 전에 낙태를 했죠. 굉장히 속상해하는 것 같았어요. 지금 생각하면 불안해 보이기도 했고요. 분명한 전조들이 있긴 했죠. 하지만 그런 건 나중에 돌아봤을 때에야 무릎을 치게 되잖아요. 요즘 같은 시대에 제 주변 사람들은 누구나 중압감과 분노, 돈 문제, 노인들에 대한 울화, 이런 것들을 갖고 있으니까요."

"네 친구 클레이턴이 요양원을 날려버렸구나."

놀리에게 신통력이 있는 것은 아니었다. 그보다는 그런 일이 그만큼 흔해졌다는 뜻이었다.

"총이 어디서 났는지 모르겠어요. 어쨌든 2030년대의 총기 자진 신고는 익살극에 불과했던 거죠."

"사망자가 얼마나 되는지는 알아?"

"아뇨. 죽음 나팔들부터 시작했으니 꽤 많을 거예요. 인터넷에 들어가 보면 사상자가 10~140명에 이른다는 보도가 나와 있겠죠. 보통 그렇잖아요."

"네가 그 사람을 쓰러뜨렸고."

"놀라셨어요?"

사실 윌링 자신은 충격에 빠져 있었다. 15년 동안 새도는 그저 마스코트에 불과했다. 벗이자 행운의 부적, 쇠붙이판 마일로와도 같았다. 그 물건의 용도조차 잊어버릴 판이었다. '그저 앉아 있기'보다 좀 더 과격한 용도를 가졌다고 알고 있을 뿐.

"그 사람이 일을 마저 끝내도록 내버려두지 않았다는 점이 놀랍네.

네 엄마가 나한테 얘기해줬거든. 너는 우리 아버지가 총대를 메기 훨씬 전에 루엘라를 쏴버려야 한다 했다고. 네 엄마는 네가 그런 말을 해놓고 나중에 후회했을 거라고 걱정했지."

"그러진 않았어요."

윌링이 대꾸했다.

"피파는 못마땅해하겠는데. 그애는 네가 그 사람을 거들었어야 한다고 생각할걸."

"벽장에 숨어 있다가 살짝 열린 문틈으로 분명한 조준선을 확보했어요. 기회가 오래가지 않을 것 같았죠. 아주 짧은 순간에 결정을 내려야 했어요. 제 생각엔 어깨를 맞힌 것 같아요. 그가 쓰러지자 다른 직원이 그를 제압했죠. 저는 혼란스러운 틈을 타서 빠져나왔어요. 문제는……."

"네가 이렇게 활기찬 모습은 수년 만에 처음 보는구나."

"그러니까 그게 답이었어요. 당황스럽지만…… 사람을 쏘는 것 말이에요."

"이제 시작이군."

"저를 봤을지도 몰라요. 그를 제압한 직원이 눈치챘을 수도 있어요."

"하지만 영웅이 되겠지."

"섀도를 내놓고 싶지 않아요. 그렇게 폭로하는 게 아니었는데."

놀리는 눈살을 찌푸렸다.

"숨기면 돼. 외상 후 스트레스 장애 따위로 너무 두려워서 이스트 강에 버렸다고 해. 이야기를 지어내면 되지. 집에서 우연히 발견했다고, 이 집 불법거주자들이 놓고 간 것 같다고. 신고할 생각이었다고. 그런데 이 녀석 좀 봐. 얼굴이 굳었네. 내가 지어낸 핑계가 마음에 안드는 모양이구나. 넌 긴박한 상황을 끝내고 싶지 않은 거야. 떠나야 한다는 사실에 신이 난 거지. 도망치고 싶구나."

그녀는 그를 잘 알았다. 그도 그녀를 알았다. 그리하여 두 사람은 어젯밤부터 줄곧 노골적으로 드러내지 않고 논의해온 일에 대해 이야기하기 시작했다.

놀리가 말했다.

"내가 가진 방코르로 아주 좋은 차를 살 수 있어. 이번엔 걸어가지 않아도 돼."

이제는 거의 아무도 차를 사지 않았다. 뉴욕을 비롯한 미국의 주요 도시들은 〈우주가족 젯슨〉에 나오는, 윙윙거리는 미래형 국제도시보다는 20세기 중반의 상하이와 흡사했다. 소름 끼치는 적막 속에서 수많은 전기 자전거들이 마치 여왕벌 주위를 날아다니는 일벌들처럼 버스 한 대를 우르르 따라다니곤 했다.

"저는 칩이 있잖아요. 어딜 가든 추적당할 거예요."

월링이 그녀에게 상기시켰다.

"그들이 상관한다면 그렇겠지. 그러니까 네가 엘리시언에서 대량 학살을 한 뒤 도망친 사람이라면 문제가 되겠지. 하지만 넌 착한 사람 역할이었잖아. 그리고 내가 알기로 경찰은 위성을 사용하려면 스캡에 사정해야 할걸. 스캐비들이 독점하고 있어."

맞는 말이었다. 피파는 그들이 경찰국가에 살고 있다고 믿었지만 경찰의 권한은 놀랍도록 제한적이었다. 미국 연방수사국(FBI)은 이제 거의 웹사이트에 불과했다. 〈본〉 3부작 같은 고전 스릴러를 본 영화광들은 미국 중앙정보국(CIA)이라는, 초자연적이고 신비로운 조직의 존재를 이해할 수 없었을 것이다. CIA는 더 이상 세계 각지의 암살과 쿠데타에 그 끈적거리는 지문을 남기지 않았고, 에이버리에 따르면, 랭글리 소재 CIA 본부는 펀자브에 기반을 둔 할인마트 체인이 인수했다. (2030년대에 해외에서 쏟아져 들어온 영화와 드라마에서 미국인들은 악당으로 인기를 끌었다. 곧 휴짓조각이 될 것을 확실히 알면서도 순진한 투자자들에게 채권을 판매하는 연방준비은행의 책략가들, 또는 부당 이익을 챙겨 들고 종적을 감추어 그 시대의 경제적 약탈에서 벗어나는 사악한 금융가들로 분했다. 그러나 2040년대 들어 한국과 베트남 오락물에서 미국인들은 대개 단역으로 등장했다. 주로 무능하거나 불행한 익살꾼으로 그저 웃음을 주는 역할에 그쳤다.) 반면 스캡의 힘은 아주 실질적이었고 말 그대로 무한했다.

그가 물었다.

"그게 가능해요? 그러니까 그냥 직장에 안 가고…… 떠나는 거 말이에요. 원하는 곳으로 가는 거. 허락을 구하거나 양식을 제출하거나 공식 통지를 하지 않아도 돼요?"

놀리의 미소는 괴로워 보였다.

"과거에는 사람들이 그냥 짐을 싸서 차를 몰고 몇 주일씩 온 나라를 돌아다녔어. 그러다 원하는 곳에서 쉬고. 하고 싶은 것을 하고. 일반적으로 이런 걸 '휴가'라고 불렀지. 당시 임금노동자들에겐 휴가가 있었어. 그런데 너 같은 젊은이들은 허락을 받아야만 지평선으로 달려갈 수 있다고, 천한 일자리를 말없이 그만두는 게 범법이라고 생각하다니, 그것만 해도 떠날 이유가 되겠구나."

"하지만 그게 사실일 수도 있잖아요. 칩 말이에요. 할머니는 넘어갈 수 있겠죠. 저한테는 자살 행위예요."

"평생 잠을 자거나 남의 뒤를 닦아주며 인생을 허비하든 아니면 모험을 해보든. 확률은 50 대 50이야. 어쩌면 60 대 40."

놀리는 다시 생각해보고 마지막 말을 덧붙였다.

"어느 쪽이 60이에요?"

"그게 중요하니?"

"피파한테도 갈 건지 물어봐야 해요."

"그래야지. 하지만…… 뭐, 그애가 말은 그럴듯하게 해도……."

"알아요."

윌링이 서글프게 대꾸했다.

"나가보자. 차를 사야지. 또 누가 엘리시언 필즈의 구원자를 찾아올 수도 있으니 어쨌든 나가 있는 게 좋겠다."

통계적으로 대부분의 사람들은 집을 살 때보다 신발 한 켤레를 살 때 더 오래 고민한다. 마찬가지로 윌링의 인생에서 가장 커다란 결정 두 가지도 아찔할 만큼 순식간에 이뤄졌다. 동료 직원 클레이턴이 노인들을 참상에서 구제하는 일을 중단하게 할 것인가, 아니면 클레이턴 자신을 참상에서 구제해줄 것인가를 결정하는 데에는 1초가 채 걸리지 않았다. 반역을 저지르기로 결심하는 데에는 5분이 채 걸리지 않았다.

자동차 중개상을 만나고 돌아오는 길에 그들은 피파의 집에 들렀다. 흔히 그렇듯 피파도 부모님과 함께 살았다. 윌링은 그녀의 난간 설치 작업과 야간 샌드위치 공장 납품 작업 사이에 시간 약속을 잡아놓았다(주말 연휴는 멸종되었으므로). 피파는 그의 연락을 받고 안도했다. 엘리시언 필즈의 총기 난사 사건이 이미 뉴스에 보도되었기 때문이다. 그러나 이제 요양원 난투가 너무 흔해진 탓에 뉴스에서도 심드렁하게 다뤘다. 두 남녀가 브라운스빌에 위치한 피파의 집 앞 계단에서 단둘이 얘기할 수 있도록 놀리는 '선더버드'라는 뜻의 아주 매력적인 캄보디아 수입차 뮤레아 안에서 기다렸다. 수소차 특유의 멋진 굴곡과, 청록색과 크림색이 어우러진 1950년대식 분위기가 지나가는 사람들의 감탄을 자아냈다.

"지금 당장 가자고?"

그의 이야기를 듣고 피파가 믿을 수 없다는 듯이 되물었다. 그녀의 얼굴은 잿빛이었고 샤워를 해야 할 것 같았다. 숙취에 시달리는 듯 보였다.

그가 답했다.

"아니, 내일. 이것저것 정리해야지. 내일 오후까지 이 도시를 빠져 나갈 수 있으려나 모르겠다."

"아, 그럼 또 얘기가 달라지지."

피파가 비꼬는 투로 말했다.

"아주 뜬금없는 일은 아니잖아. 우린 전에도 이런 얘길 했었어. 넌 아주 으스스할 거라고 했고. '최후의 개척지'라고 그랬잖아. 현대판 정착민이 되는 거라고."

"그에 대해 생각해보긴 했지. 하지만 그곳이 어떨지 전혀 모르잖아. 웹에 떠도는 이야기들은 천차만별이고 실제로 자유주에 사는 사람의 이야기는 들어보지도 못했어. 누군가가 정말 살고 있는지도 모르겠고. 유카 평원에서 또 한 번 원자폭탄 실험이 이뤄져서 그곳 사람들이 전부 황무지에 묻혔을지도 몰라. 우리가 모르고 있을 뿐."

그러자 윌링이 대꾸했다.

"난 모르는 게 좋아. 이 미국에서의 미래는 너무도 뻔하잖아. 내가 대체로 싫어하는 미래인 것도 뻔하고."

"현실적으로 생각해. 난 그 국경의 사진들을 본 적이 있어. 리오그란데 강변의 멕시코 방벽보다 더해. 담장이 엄청나게 높고 엄청나게 두꺼운 데다 총을 든 군인들이 바글거린다고. 그걸 어떻게 뚫고 가려고? 게다가 그전에 발꿈치를 들고 거기까지 이어진 지뢰밭을 통과해야 해."

"가보면 알겠지. 어떤 갑옷에든 틈은 있게 마련이야. 지하철도도 있다고 하던데."

"월링, 웹상에 떠돌아다니는 얘기는 대부분 거짓이야! 그 지하철도에 가본 사람을 만나보긴 했어?"

"뭐, 그건 아니지."

그런 다음 그는 단호하게 덧붙였다.

"하지만 실제로 간 사람들이 있잖아."

"우리가 확실하게 알 수 있는 건 사라진 사람들이 있다는 사실뿐이야. 사라지는 거야 얼마든지 할 수 있어. 다른 어딘가에 나타나지 않는 게 문제지. 재러드 삼촌 소식은 들었어?"

"아니, 하지만 그곳에서 나오는 소식은 정부에서 전부 차단하고 있잖아. 플렉스 통신은 말할 것도 없고 이쪽으로 종이비행기 하나 날리지 못할걸."

"칩이 자폭한다는 것도 재무부 같은 소리라고 생각하는 모양이네. 어째서? 구그 얘기 들었잖아. 스캡에 전담반이 있다고. 사람들이 배짱 좋게 목화 괭이를 내던지고 배은망덕하게 지상 최고의 국가를 떠나려 한다면 정말로 칩에 그런 장치를 해놓지 않았겠어? 그들은 빌어먹을 재무부 증권 같은 인간들이야! 내가 보기엔 정말 족쇄를 벗어던지게 하느니 죽여버릴 가능성이 징글게 높다고."

"난 여기서 사느니 차라리 죽을래."

그 자신도 예상치 못한 말이었다.

"단지 세금 때문만이 아니야. 내가 어젯밤에 설명하려 한 거 있잖아. 중압감. 나는 늘 감시당하는 기분이야. 늘 빚을 갚고 있지. 선택의 여지가 없으니까. 남는 게 거의 없다는 사실도 개짝 같지만 정말 우울한 일은 그게 아니야. 나는 늘 범죄자가 된 기분이야. 생각해보면 나는 해야 할 일을 다 하고 있잖아. 예전에 엄마가 공항의 보안검색대를 통과하는 일에 대해 들려준 적이 있는데, 꼭 그런 기분이야. 나는 비행기를 타보지도 못했지만. 엄마는 검색대를 통과할 때면 늘 뭔가 잘못한 기분이 든다고 했거든. 신발을 벗고 노트북 컴퓨터를 꺼내고 마치 체포되어 항복하듯 두 팔을 들고 전신 스캐너를 통과할 때도 그랬대. 나는 그냥 길을 걸을 때에도 그런 기분이 들어."

피파는 성마르게 대꾸했다.

"당연히 그렇겠지. 그게 테러리즘이야. 종교에 미친 광신도들의 전유물이 아니라고. 정부의 도구이기도 해. 한 줌의 사람들을 본보기로 삼아 다른 모든 사람들까지 벌벌 떨도록 상승효과를 내는 거. 테러리즘은 돈을 절약해주거든. 스캡은 테러 조직이야. 하지만 그건 국세청도 마찬가지였어. 국세청의 약칭 IRS는 전기가 흐르는 막대로 소들의 엉덩이를 찔러 소몰이를 하듯 감정적으로 자극하는 맛이 없었을 뿐이지. 달라진 건 아무것도 없어."

그는 방향 전환을 시도했다.

"하지만 이제 기업들은 다 외국인들의 소유가 되었어. 국립공원들도. 엘리시언 필즈는 라오스 기업이 소유하고 있어. 의사나 제약 연구원이 아닌 이상, 우리가 할 수 있는 일은 지금 너와 내가 하고 있는 단순노동뿐이야. 이런 곳에서 우리가 무얼 기대할 수 있을까? 그리고 에이버리 이모나 로웰 이모부 같은 사람들, 너의 부모님도 마찬가지고. 다들 예전 세상이 얼마나 좋았는지, 지금은 얼마나 개짝 같은지, 이런 얘기만 반복할 뿐이잖아. 그러니까 나랑 같이 가는 게 어때? 그냥 모험이라도 해보는 거야. 최악이라고 해봐야 갔다가 들어가지 못하고 그냥 돌아오는 거겠지."

"최악은 그게 아니지. 망명 시도를 했다는 이유로 수감될 수도 있어. 그리고 외국인 소유 얘기가 나와서 말인데, 상용 감옥들도 이제 전부 아시아인들의 소유이고, 그들은 재소자들을 개처럼 취급해. 급여의 23퍼센트 가치도 없는 병신 취급을 한다고. 어떤 위험이 있을지 우린 알 수가 없어."

피파의 저항은 늘 공허하게 느껴졌었다. 그러나 그들은 3년 동안 만난 사이였다. 그의 간절한 호소는 일종의 의무였고 그녀의 호소도 그랬다.

그녀가 말했다.

"엘리시언 필즈의 총기 난사 사건. 그게 자기를 동요시킨 거야. 그럴 수 있어. 저항을 맛보고 나니까…… 그래, 그러고 나니까 다시 생각하게 된 거지. 자기가 무사해서 기뻐. 하지만 놀리 할머니 말씀이 옳아. 나는 자기가 그 사람이 시작한 일을 끝내게 두었어야 한다고 생각해. 그 사람은 신의 일을 대신한 거야. 하지만 그 광경이 자기의 머릿속을 헤집었다고 해서 자기도 미친 짓을 해야 하는 건 아니라고……."

"행동력."

월링이 말했다.

"그게 내가 오늘 오후에 발견한 거야. 내가 무언가를 할 수 있다는 거. 미국에서 무언가를 하는 것은 대개 누군가를 쏘거나 어딘가로 가는 것을 의미해. 나는 학교를 중퇴했어. 미국 역사를 많이 알지는 못해. 그래도 오래전에 새로운 땅이 다 떨어졌고 우주 프로그램은 너무 비싸다는 사실 정도는 알고 있어. 갈 데가 없어진 뒤로 이곳은 전과 다른 곳이 되었지. 하지만 과거로 돌아가면 다른 곳으로 가는 게 가능해."

그러자 피파가 대꾸했다.

"으스스하군. 처음엔 네바다 합중국의 성벽을 넘겠다더니, 이젠 시간여행까지."

"그래. 나도 잘 모르지만 네바다 자체가 시간여행인 것 같아."

두 사람이 헤어질 때 그는 그녀의 손바닥에 열쇠꾸러미를 쥐여주었다.

"집 가져."

"자기가 라스베이거스를 150킬로미터쯤 앞두고 정신을 차려 유턴하면 어떡해?"

"그럼 다시 들어가 살면 되고, 자기도 그냥 있으면 돼. 정말 비참한 삶도 함께하면 더 나은지 알게 되겠지."

그는 그녀에게 입을 맞추며 덧붙였다.

"보고 싶을 거야."

피파는 퉁명스럽게 비꼬았다.

"그렇게 보고 싶지는 않을걸. 난 늘 자기의 진짜 여자친구 뒷전이었잖아."

"그게 누군데?"

"저 멋진 차에 선글라스를 쓰고 앉아 있는 늙다리."

"쟤가 여긴 어쩐 일이야?"

놀리가 짜증스럽게 말했다.

드물게 찾아온 한여름 무더위에 그들은 또 한 번 현관문을 열어놓고 덧문만 걸어놓았다. 2030년대 후반에 잇따라 계엄령이 선포된 이후 미국 도시들은 재산권 보호를 복원하고 시민의 질서를 강요했다. 뉴욕의 범죄율은 놀랍도록 낮았다. 대부분의 시민들에게 심각한 위험이 되는 악한은 오히려 지나치게 열성적인 법의 수호자들이었다. 그 중 한 명이 그들의 집 앞에 서 있었다.

구그는 덧문으로 그들이 거실에 짐을 쌓고 있는 모습을 훤히 볼 수 있었다. 없는 척하기란 불가능했다. 가까운 친척을 집에 들이지 않으려 하면 이상하게 보일 게 분명했다.

"어디 가세요?"

그들의 손님이 짐 가방들을 훑어보며 물었다.

"잠깐 여행이나 하려고. 국내 유적지를 돌아볼까 해. 독립기념일이었잖아."

놀리는 쾌활하게 대꾸했다.

"무슨 유적지요? 대부분은 납작코들한테 넘어갔는데."

구그가 미심쩍다는 듯이 물었다.

"러시모어 산에는 고깔을 씌우지 않았어. 아직은."

"어쩐 일이야?"

월링은 태연한 목소리를 내려 했지만 잘 되지 않았다.

구그가 대꾸했다.

"엘리시언 필즈에서 소동이 있었다는 얘기를 들었거든. 어떤 용감하고 헌신적인 직원이 개입한 모양인데, 그렇지 않았으면 더 엄청난 학살이 일어났을 거야."

월링이 입을 열었다.

"난 잘 몰라. 내내 벽장 속에 웅크리고 있었거든. 총성이 그치자마자 도망쳐 나왔어."

그를 무시하는 구그에게 장단을 맞춰주려니 짜증이 났지만 이 사촌에게 어떻게 보이든 상관없었다.

구그가 말했다.

"이상하군. 그럼 그곳 행정실에서 잘못 안 모양이네. 엘리시언 필즈에서 벌벌 떨고 있던 그 가엾은 영혼들에겐 엄청 고마운 일이었지만, 어쨌든 우리의 선한 사마리아인께서는 불법 권총을 소지하고 있었던 모양이야. 그래서 뉴욕 시경이 우리 지원국에 추적을 의뢰했지. 네 이름이 있더라고."

"엉뚱한 겁쟁이를 잘못 찍었네."

윌링은 조금 굴욕적인 태도를 짜냈다.

"난 도와주려는 거야, 친구. 가족끼리만 알고 넘어갈 수도 있겠다 싶어서. 무기 내놔. 그 무기가 뭔지는 우리 둘 다 알잖아. 보루에서 말라깽이 나그네가 네 귀중한 감자에 접근하려 할 때마다 네가 휘두른 그 44구경. 넌 자비롭게 중재한 입장이니까 경찰이 모르게 해줄 수도 있어. 그들은 총만 받으면 돼."

불법거주자들이 놓고 간 총이라는, 놀리가 지어낸 거짓말은 구그에게 절대 통하지 않을 것이다. 섀도의 주요 희생자 두 명이 사망했을 때 그는 프로스펙트 공원에 함께 있었다. 그의 성가신 사촌이 자신의 보호 장비를 이스트 강에 던졌다는 얘기도 믿지 않을 것이다. 어떻게 발뺌하나 윌링이 갈등하고 있을 때 구그의 시선이 바닥에 놓인 낡은 상자로 향했다.

"'폐판'이라."

구그는 상자 옆면에 적힌 글씨를 읽고는 문득 무언가를 깨달은 듯했다.

"고모할머니, 제가 본 바에 따르면 할머니는 편도 여행을 떠날 때에만 저 낡은 상자를 끌고 다니시잖아요."

그러자 놀리가 대꾸했다.

"나도 늙었어. 이상한 집착이 생기는구나. 마음도 약해지고. 어떤 작가들은 여행할 때 행운의 만년필을 갖고 다니거든. 내겐 내 원고가 필요해."

"그래도 러시모어 산에 가는데 너무 과하잖아요. 그리고 집 앞에 새 뮤레아가 있던데, 할머니 거예요?"

구그의 물음에 놀리가 대꾸했다.

"늙으면 무모해지기도 해. 치매 환자들도 그렇잖아. 불합리하고, 충동적이고, 돈을 신중하게 쓰지 못하지."

"돈 얘기가 나와서 말인데, 어디서 나셨어요?"

구그는 어디서든 직업정신을 버리지 못했다.

"내가 벌었지."

놀리는 열의 있게 말을 이었다.

"내겐 좋은 아이디어가 있었고 그것을 구현하기 위해 열심히 일했어. 내 노동의 대가에 대해 세금도 냈고. 꽤 많은 액수였지. 어쨌든 그 당시엔 그렇다고 생각했어. 지금 너는 불가능하다고 생각하겠지만 그렇게 해서 돈을 꽤 모았지."

밥값을 하는 스캐비라면 이 모든 시나리오를 매우 수상쩍게 여겨야 마땅했다. 그러나 어쩐 일인지 구그 스택하우스의 상상력에 불을 지핀 것은 회계 부정이 아니었다.

"그보다 훨씬 싼 값에 U포드를 빌릴 수도 있잖아요. 할머니들이 이삼일 관광객 놀이를 하려고 최첨단 수소 세단을 사진 않죠."

"최근에 확인했을 때 조카손자의 허가서 없이 자유의 땅을 차로 횡단하는 게 불법은 아니었는데."

"그건 불법이 아니지만 한 가지 예외가 있죠. 설마 네바다 합중국 망명을 계획하고 있는 거라면 두 사람은 아무 데도 못 가요."

월링은 감정을 드러내지 않는 데 노련했다. 놀리는 그만큼 익숙하지 않았다. 거실 탁자에 펼쳐놓은 그녀의 플렉스도 도움이 되지 않았다. GPS 앱이 열려 있고 리노까지의 경로가 설정되어 있었다. 안타깝게도 그녀는 업데이트를 하지 않았다. 구글 맵 최신 버전에서는 '네바다'를 검색하면 잉글랜드 그리니치의 거리가 나왔다. 네바다 주 자체가 사라져 버렸다.

구그는 의기양양하게 플렉스를 흘끗 보고는 다시 입을 열었다.

"월버, 넌 네가 예수 그리스도나 그 비슷한 존재와 직통으로 연락할 수 있다는 착각에 빠져 있지. 그 이상했던 어린 시절부터 줄곧 그런 존재의 목소리를 듣고 있다고 생각했잖아. 사이언톨로지에 영혼을 팔았던 그 한심한 부류처럼 말이야. 사실 이른바 자유주도 그런 너저분한 미치광이 사이비 종교 집단에 불과해. 게다가 그 얼빠진 선동가 재러드 삼촌하고도 늘 죽이 잘 맞았잖아. 그러니 그 정신이상자의 뒤를 따라가는 것도 이상하진 않지. 무지개 끝에 있는 그 술고래를 찾으셔야지. 몽상을 깨서 미안하지만 네 칩에 깃발을 꽂아놔야겠어. 네가 그 3개 주에 인접한 지역을 떠나는 순간, 하늘에서 지원국의 드론들이 내려올 거야. 그리고 할머니."

그는 놀리를 보며 말을 이었다.

"네바다 합중국 망명 모의는 몇 안 되는 합법적 강제 칩 이식 사유에 속하거든요. 그러니까 뒷머리를 깎으셔야 할 것 같네요."

그러자 놀리가 말했다.

"편리하게도 거기 머리는 이미 다 빠졌어."

구그가 다시 입을 열었다.

"나중에 두 사람 모두 저한테 고마워할 거예요. 슬럼프에 빠진 아흔 살의 작가는 베를린 장벽을 넘어봐야 크게 나아질 게 없을 테니까요. 그리고 월버, 넌 그 경계를 넘는 순간 머리가 수박처럼 폭발해 모래밭에 흩뿌려질 거야."

"그래? 그럼 확인해봐야겠네."

사촌에게 X-K47 블랙 섀도를 겨누고 있는 자신이 빡처럼 느껴진다는 것을 월링은 인정할 수밖에 없었다. 진지하게 느껴지지 않았다. 그래도 불과 몇 초 사이에 그는 교전의 판돈을 높였고, 이제 그것을 다시 내리기는 어려웠다. 총은 한번 겨누면 계속 겨누고 있어야 한다. 총을 다시 주머니에 넣고 차분하고 흥미롭게 여행 계획을 논의할 수는 없는 노릇이었다.

구그가 떨리는 목소리로 말했다.

"웃기지 마. 난 네 사촌이기만 한 게 아니거든. 어차피 그건 너한테 큰 의미가 없을 테지만……."

"피차일반이지."

월링이 말했다.

"난 스캡 요원이야."

흥미로운 정보였다.

"우리를 쏘면 어떻게 되는지 알기나 해?"

월링은 금세 계산할 수 있었다.

"쏘지 않을 때보다 더 나빠지진 않지. 거의 아무것도 받지 못하고 엘리시언 필즈에서 힘들고 단조로운 일을 하는 것과 아예 아무것도 받지 못하고 위탁 감옥에서 힘들고 단조로운 일을 하는 게 뭐가 달라? 크게 다르지 않을걸."

"난 선의로 온 거야."

구그가 거친 목소리로 말했다.

"무장 해제를 하러 왔겠지. 재러드 삼촌이 형한테는 총을 맡기지 않는다고 늘 분개했잖아."

"그나저나 쟤를 어쩔 셈이니?"

놀리의 물음에 윌링은 잠시 생각해보았다.

"묶어놓을 수도 있죠. 하지만 식량과 물도 고려해야 하잖아요. 가능성이 희박하긴 하지만 뭔가 도움이 될지도 몰라요. 그리고 피파에게 마지막으로 집들이 선물을 주고 싶기도 하고요."

그러자 놀리가 말했다.

"미치겠군. 저 머저리를 데려가야 한다는 뜻이구나. 내가 이 여행을 얼마나 고대했는데."

4장
노래했네, 오늘이 내가 죽는 날이 될 거라고

"수동 설정은 비상시를 대비해서 넣어놓은 거예요."

월링이 충고했다.

"규칙을 깨는 일이 품위를 유지해준다고 했던 말 기억하니?"

놀리는 이제 아무도 운전석이라고 부르지 않는 자리에 힘겹게 올라타며 말을 이었다.

"빌어먹을 자기 차를 직접 운전하는 일도 마찬가지야."

"할머니 같은 노인들이 직접 차를 조종하겠다고 고집부리지 않으면 이제 사고 날 일도 없어요. 무려 4천 킬로미터라고요."

"네가 운전할래?"

"할 줄 몰라요."

"할 줄 아는 사람이 없지. 한심한 일이야."

월링은 늘 고모할머니의 이런 고집스런 면이 좋았다. 그래서 그녀가 그의 바람대로 하지 않아도 말릴 수 없었다. 그는 그녀의 옆자리에 앉아 두려움에 떨지 않으려고 애썼다. 어차피 이 모험 자체가 벼랑으로 향하는 자살 주행이었다. 도중에 주간 자오선 따위를 들이받는다면 끝을 알 수 없던 모험을 더 효율적으로 끝내는 셈이었다.

그들은 내켜하지 않는 승객을 뒷자리에 태우고 출발했다. 플렉스를 못 쓰게 하고 두 손목을 덕트 테이프로 묶되 불편하게 등 뒤에서 고정하지 않고 우아하게 무릎에 내려놓게 해주었다. 구그는 그들이 저지르는 수많은 죄목들을 거침없이 열거하며 분통을 터트렸다. 유괴, 불법 감금, 연방 직원의 공무집행 방해……. 그러나 2032년도의 춥고 습한 봄에 그들 가족이 걸었던 길, 즉 동쪽의 애틀랜틱 대로로 들어서서 브루클린 교를 건너고 웨스트 가를 따라 올라가는 길을 되짚기 시작하자 이 포로조차도 회상에 젖었다. 인원이 크게 감소한 이 두 번째 맨디블 가의 이주는 도보로 이뤄진 첫 이주와 비교하면 엄청난 속도였다. 이런, 무리 지어 달리던 모브들이 경고도 없이 갑자기 도로 쪽으로 방향을 틀었다(전동 삼륜바이크를 타는 미치광이 태평이들이 비교적 온건했던 자전거족을 대신해 뉴욕 사람들의 혐오를 사기 시작한 것은 이미 오래전의 일이었다). 그러나 전반적으로 감소한 뒤 수평선을 이루고 있는 GDP 덕분에 교통량은 크게 줄었다. 50년 넘게 도로의 돼지처럼 컥컥거리고 다니던 거대한 스포츠 유틸리티 차량(SUV)은 전국적인 빈곤으로 인해 2040년경에 파국을 맞이했다. 윌링이 저 앞쪽에 보이는 진귀한 SUV를 가리키며 말했다.

"아직도 달리고 있네! 연료를 어디서 채우나 몰라."

그러자 구그가 말했다.

"이야, SUV는 미국 역사를 통틀어 가장 으스스한 발명품이었어. 난 우리 엄마의 전트를 완전 좋아했었거든. 최신 모델을 사려고 만반의 준비를 했을 때 단종되어버렸지."

놀리가 비아냥거렸다.

"깡패 같고 맹수 같고 지독히도 못생겼잖아. 사람들도 개 안에 타고 있는 것과 다를 바 없다는 사실을 깨달은 거지."

조지워싱턴 교에 오르자 표면의 쇠창살들이 덜덜거리고 다리 자체도 휘청거리며 미세하게 흔들리는 듯했다.

"이런 다리를 건널 때면 오싹하다니까."

놀리가 말했다.

"누가 아니래요. 이 녹슨 현수교는 1990년대 이후로 제대로 보수한 적이 없거든요."

구그의 말에 윌링이 입을 열었다.

"에이버리 이모에 따르면, 워싱턴 DC의 연방 기관 건물들도 다 허물어져 간대요. 백악관도 이제 그 이름이 어울리지 않는다고 하더라고요. 의회며, 링컨 기념관이며, 전부 누렇게 변색되고 검은 줄이 죽죽 갔대요. 워싱턴 기념탑에서도 계속 뭐가 떨어져 나오고요. 어떤 여자가 거기에 맞아 사망한 뒤론 반경 100미터 이내 접근 금지령이 내려졌어요."

구그는 코웃음을 쳤다.

"우리 엄마는 징글게 과장이 심하거든. 내가 온라인으로 워싱턴 몰 사진을 찾아봤어. 깨끗하던데."

"그야 옛날 사진을 올리는 게 스팀 청소를 하는 것보다 싸게 먹히기 때문이겠지."

윌링이 말했다.

그들은 커브를 돌아 I-95 주간도로에 오른 뒤 티넥에서 I-80 주간도로로 갈아탔다. 윌링은 마음이 들뜨기 시작했다. 그는 재러드 삼촌과 함께 뉴저지에 몇 차례 가보았을 뿐이었다. 대개는 인플레이션으로 인해 빠르게 가치가 떨어지는 수익금을 고정 자산 농업 장비에 투자하기 위해서였다. 게다가 이 합중국에서 그가 발을 디뎌본 주는 뉴욕 주뿐이었다. 펜실베이니아 주에 들어서는 순간, 멋진 신세계에 당도한 듯했다. 지금이 진정 그의 인생의 마지막 나날이라면 아주 흥미로운 나날인 셈이었다.

놀리가 자신의 플렉스를 음향 장치에 연결하고 그녀가 젊을 때 유행했던 음악들을 재생했다. 〈호텔 캘리포니아〉와 〈더 웨이트〉가 재생되었다. 〈호스 위드 노 네임〉이라는 노래의 가사는 윌링이 듣기에 너무도 빡스러웠다. 그녀가 계속해서 돈 매클린과 제이제이 케일, 플리트우드 맥의 곡들을 재생하자 결국 구그가 소리쳤다.

"젠장, 할머니! 이건 무슨 크로마뇽인의 선율 같잖아요. 다음은 뭐예요? 비발디?"

"돈 낸 사람은 나야. 이건 내 차이고 내 여행이라고. 그러니 내 음악을 틀어야지. 넌 인질이야. 잊었니? 인질답게 굴어."

그녀가 선언하듯 말했다.

사실 그들도 이 케케묵은 사운드트랙에 점차 익숙해지기 시작했다. 그들이 펜실베이니아 주 경계의 스트라우즈버그를 지날 무렵, 윌링과 구그 모두 목청껏 노래를 따라 부르며 그들의 차를 세금까지 십분 우려먹고 있었다(driving their Chevies to the levy, '나의 차를 강둑으로 몰고 갔다'는 뜻의 돈 매클린 노래 가사 'drove my Chevy to the levee'를 비튼 표현—옮긴이).

늦게 출발한 탓에 첫날은 길지 않았다. 놀리는 자동 모드로 달릴 수 있는 뮤레아를 쓸데없이 수동으로 운전했고, 저녁 9시가 돼서야 그들은 두보이스의 한 허름한 모텔로 들어갔다. 주인은 비이식자인 놀리를 그리 반가워하지 않았다. 칩이 있어야 이 아흔 살의 손님이 잭다니엘을 먹고 미친 듯이 날뛰어 방을 엉망으로 만들어도 자동으로 손해를 보상받을 수 있기 때문이었다. 그러나 장사가 신통치 않은 듯 플렉스 결제를 받아주었다.

놀리는 월링에게 길 건너 음식점에서 먹을 것을 포장해오라고 했다. 구그는 제대로 된 식당에서 식사해야 한다고 압력을 넣었지만 그들은 식당 의자에 사람을 묶는 취향에 대해 설명하고 싶지 않았다. 그는 흘리지 않고 먹을 수 있도록 테이프를 풀어달라고 그들을 회유하며 욕을 퍼붓지 않으려고 안간힘을 썼다. 월링도 세 사람 모두가 함께 쓰는 방에서 침대 프레임에 그의 발목을 묶는 것이 그리 즐겁지 않았다.

사실 구그는 강제로 끌려온 사람이라는 사실을 잊어버릴 만큼 이 모험에 푹 빠져 있었다. 그날 오후만 해도 그는 월링이 네바다 주에 접근하는 순간 무장 스캡 드론이 내려올 거라며 협박했고, 놀리에게는 강제 칩 이식 시술을 받게 하겠다고 위협했다. 물론 그는 그들의 목적지에서 기다리고 있을 운명에 대해 여러 번 유쾌하게 암시했다. 그러니 어쩌면 자신이 최후에 승리할 것이라고, 월링의 머리는 바싹 튀겨지고 놀리는 국경 경비대 명사수의 총에 맞을 거라고 확신하며 이 여행을 그저 즐기기로 했는지도 모를 일이었다. 최소한 이 두 사람이 맥없이 체포되고 나면 구그는 그 공로를 인정받을 수 있을 테니까.

그렇다 해도 구그 역시 여행 경험이 많지 않았다. 클리블랜드에서 열리는 지원국 콘퍼런스에 참석한 적이 있다고 했을 뿐, 에이버리와 사이가 좋지 않은 탓에 2044년도에 워싱턴으로 돌아간 부모님을 찾아가지도 않았다. 사촌들을 통틀어 답답한 뉴욕의 궤도 밖을 탐험할 형편이 되는 사람은 구그뿐이었다. 그러나 그들의 세대 전체가 쪼들리고 조심스럽고 검소했다. 여행에 대한 욕구는 후천적으로 습득되는 것이었다. 보다 커다란 차원에서 어디론가 가고 싶다고 느끼지 않으면 주말에도 딱히 어딘가에 가야 한다는 생각이 들지 않는 법이었다.

따라서 서쪽 저 멀리 넓게 펼쳐진 지평선으로 가게 된다는 생각에 궁극의 재무부 증권인 구그조차도 힘이 솟는 듯했다. 총액과 퍼센트, 가끔씩 나타나는 규범 위반 따위와 씨름하는 일은 따분했을 것이다. 그는 힘을 가졌지만 그 힘으로 사람들의 삶을 개선하려 애쓰는 이들과는 반대로, 힘을 주먹에 움켜쥐고 사람들의 삶을 망치는 데 사용했다. 그와 접촉하는 사람은 누구나 그를 증오했고, 그러면서도 그렇지 않은 척해야 했다. 잠시나마 그런 개자식의 역할을 벗어던지고 비공식적으로 휴가를 갖는 것은 틀림없이 그에게도 반가운 일이었을 것이다.

다음 날 앨러게니 산맥을 지나고 오하이오 주에 들어서면서 윌링은 이런 여행이 실제로 가능하다는 사실에 끊임없이 놀랐다. 그가 오늘 아침 공정한 분담을 위해 엘리시언 필즈에 출근하지 않았다는 이유로 드론이 내려와 도마뱀붙이 같은 흡입 컵으로 그들의 차체 지붕에 매달리는 일은 일어나지 않았다. 그의 목덜미에 박힌 칩이 사회공헌의 수단에서 지리적으로 점점 멀어지고 있음을 감지하고 빛을 발하며 뜨거워지는 일도 일어나지 않았다.

차창 밖으로 숲이 울창한 산들이 지나가고 놀리가 라라라라 하고 〈아워 하우스〉를 흥얼거리는 사이, 윌링은 연방 슈퍼컴퓨터로 쏟아져 돌아오는 그 모든 데이터에 대해 생각해보았다. 이전까지 그는 이 중앙 네트워크를, 만물을 꿰뚫어보는 전지전능한 신으로 생각했다. 분 단위에 이르기까지 모든 세부사항을 분류하고 저장하여 미국 시민한 사람 한 사람의 작은 위반행위까지 알아낼 수 있는 존재로 여겼다. 그러나 어쩌면 이 모든 데이터는 정보의 과다로 목이 메고 디지털 비만으로 고생하는, 과부하에 걸린 퉁퉁한 거대 짐승의 입으로 꾸역꾸역 들어가고 있을지도 몰랐다. 이 괴물은 마치 뷔페에서처럼 비슷한 종류의 한 입 음식을 게걸스럽게 먹어치우고 토할 것 같은 기분을 느끼며 한때 월링 다클리였던 뉴욕 이스트 플랫부시의 월링 맨디블이 2.95누에보짜리 크래커 한 봉지를 구입한 사실을 어디에 쑤셔넣어야 할지 몰라 우왕좌왕하고 있을지도 모를 일이었다.

어쨌든 월링과 에놀라 맨디블, 심지어 본인이 떠벌리는 만큼 지원국에서 그리 중요한 사람이 아닐 수도 있는 구그 스택하우스까지 무단이탈했다는 사실을 아무것도 그리고 아무도 신경 쓰지 않는 듯했다. 신나는 일이었다.

그러고 보니 놀리가 플렉스 GPS로 그들의 여정을 계획할 필요도 없었다. 네바다 주 경계에 면한 유타 주 웬도버까지 가는 길은 결국 조지워싱턴 교를 건넌 뒤 우회전해서 직진이 전부였다. I-80 주간도로가 티넥에서 샌프란시스코까지 미 대륙을 거의 일직선으로 가로질러 뻗어 있다는 사실에 월링은 놀라지 않을 수 없었다. 아스팔트가 엉망이었으므로, 월링은 이 도로를 시속 135킬로미터로 부드럽게 나아갈 수 있었다는 그 믿기 힘든 시절이 아쉬워졌다. 길이 좋았더라면 그들은 겨우 사흘 만에 목적지에 도달할 수 있었을 것이다. 월링은 경제학을 열심히 독학했지만 그것을 제외하곤 이 나라에 대해 거의 아는 바가 없다는 사실을 새삼 깨달았다.

'뒷자리에 탄 아이들에게는 장난감을 쥐여줘야 한다'는 놀리의 주장에 따라 그들은 월링의 맥스플렉스를, 개인 통신을 차단하고 설정을 바꾸지 못하도록 암호로 잠근 뒤 구그가 갖고 놀게 해주었다. 어릴 때부터 자신의 잡다한 상식을 과시하기 좋아했던 그는 여전히 사실 여부가 확인되지 않은 정보를 내놓으며 즐거워했다.

"주간도로 시스템은 1956년도에 시작되었어. I-80은 완공되기까지 30년이 걸렸지. 미국의 첫 횡단도로인 링컨 고속도로와 경로가 아주 유사했고, 오리건 가도와 대륙횡단철도와도 상당 부분 비슷해."

바위들과 산맥들을 무자비하게 후벼파며 완고하게 뻗어 있는 이 철도는 분명히 눈부신 공학의 위업이었다. 윌링은 짧은 일생 동안 미국에 대해 다양한 감정을 느꼈다. 실망감. 불안감 또는 두려움. 불가해함. 무가치함. 자부심은 새로운 감정이었다. 나쁘지 않았다.

무료함을 달래기 위해 놀리는 프랑스 친구들이 전해준 소식을 그들에게 들려주었다. 해외에서 미국인들의 평판이 나아지고 있다는 소식이었다. 거만하고 시끄러우며 눈치 없고 허풍이 심하다는 고정관념은 과거의 것이 되었다. 유럽에 있는 극소수의 미국 동포들은 대체로 겸손하고 공손하며 완곡어법을 즐겨 사용한다고 알려졌다. 점점 교묘한 신랄함과 건조한 자학, 블랙 유머 등으로 정평이 났다. 그들의 나라가 그 자체로 확실한 풍자가 되었으므로 미국인들에 대해 '풍자 감각이 떨어진다'는 뻔한 평을 하는 사람은 아무도 없었다. 게다가 양키들은 재미있는 이야기를 들려주었다. 파리에서는 이전까지 아일랜드 사람들을 만찬에 초대하는 것이 유행이었지만, 이젠 활기 넘치는 미국인 재담꾼을 초대하는 것이 새로운 유행이 되었다.

그러나 뮤레아가 인디애나 주와 일리노이 주를 지나면서 양옆으로 거대한 창고형 제조 공장들이 경관을 망치기 시작했다. 이 공장들은 대부분 자동화되었고 100퍼센트 외국 소유였다. 현지인들은 롭 구입 및 설치 비용에도 못 미칠 만큼 임금이 낮고 저급한, 그나마도 얼마 되지 않는 일자리를 감사히 여겼다. 땅이 넓고 저렴한 미국은 외국인들의 투자 지역으로 인기를 끌었다. 소득세는 사악했지만 워싱턴은 어떻게든 고용률을 높이려 했으므로 법인세율은 미미한 수준이었다. 게다가 교육수준이 낮은 이곳 노동자들은 늘 주눅이 들어 있고 고분고분했으며 고마워했다. 안타깝게도 작업장의 총기 난사 사건이 횡행했지만 미국인들은 대개 저희끼리 죽였고, 사상자는 손쉽게 대체할 수 있었다. 최근 윌링은 옛 세입자 커트의 소식을 들었는데, 그는 재러드가 사라진 뒤 중서부에 널찍하게 자리 잡은 단층짜리 공장에서 일하게 되었다. 직원들은 기숙사에서 잠을 잔다고 했다. 대학생들이 쓰는 그런 기숙사가 아니라 크고 음침한 숙소였다. 낮에는 작업 현장에서 1킬로미터 가까이 걸어가도 다른 사람을 보기가 힘들었다. 외로운 일이었다. 커트는 따분함보다 더 견디기 힘든 것이 외로움이라고 했다.

아침마다 팔벌려뛰기를 해야 하는 놀리 때문에 속도가 더욱 더뎠다. 그들은 셋째 날 아이오와 주에 닿았다. 옥수수밭이 지평선까지 펼쳐져 있었지만 농가는 거의 보이지 않았다. 이 지역은 오래전부터 미국의 곡창지대였다. 이제는 다른 나라들의 곡창지대가 되었다. 추수도 기계화되었고 곡물은 거의 전부 수출용이었다. 2년 전 지구상의 인구가 예상을 앞질러 100억을 돌파했다. 수십 년에 걸쳐 사라져 가던 보루 같은 가족농장은 이제 기업들이 완전히 집어삼켰다. 단일 기업들이 제각기 하나의 독립국이라고 해도 좋을 만큼 광활한 땅을 차지하고 있었다. 중국과 인도의 기업들은 그저 의무감으로 미국 농업을 식민화했을 뿐 거기에서 자긍심이라고는 눈곱만큼도 찾아볼 수 없었다. 100억 명의 사람들을 먹이는 것은 분명 커다란 위업이었다. 3, 4년 뒤에 105억 명을 먹여 살리게 된다면 그것은 훨씬 더 큰 위업이리라. 윌링 자신은 거기에서 어떤 만족도 찾을 수 없었다. 설사 그들이 120억 명을 먹이는 데 성공한다 한들 새롭게 갖게 되는 것이 무엇이란 말인가? 그가 보기엔 차라리 주간도로를 놓는 편이 나았다.

곳곳의 주택가들은 대체로 불협화음을 이루었다. 허름한 미늘판의 페인트가 군데군데 들뜨고 현관 앞 난간이 파손된 집들이, 테니스장과 수영장이 딸리고 흠잡을 데 없이 관리되어 반짝거리는 퇴직자 전용 주택지구와 나란히 붙어 있었다. 그러나 도로변에 보이는 작은 마을들은 대부분 유령도시였다. 사람들이 모두 어디로 갔을까, 그는 궁금했다.

넷째 날 네브래스카에서였다. 그들은 그날 아침 오마하의 모텔에서 깜빡 잊고 물병에 물을 채워오지 않았다. 놀리는 목이 바싹 마른 것 같다고 했다. (어쩌면 미쳐가고 있거나 최면에 걸렸을 가능성도 있었다. 링컨 고속도로와 그랜드 아일랜드, I-80 주간도로는 자로 써도 될 만큼 곧게 뻗어 있었고, 양옆으로는 다림판으로 써도 될 만큼 평평한 초원이 펼쳐져 있었다. 뒷자리의 전문가 양반은 이 길이 서쪽으로 무자비하리만치 일직선으로 뻗어 있으며 115킬로미터 구간 동안 2, 3미터 이상의 방향 변화가 없다고 확인해주었다. 이번만큼은 윌링과 구그의 의견이 일치했다. 이토록 지루하고 단조로운 구간에서 놀리가 뮤리에를 자동 모드로 전환하지 않는 것은 빡 같은 짓이라고 말이다.) 그녀는 이름 없는 옆길로 빠졌다. 저만치 앞에 흙길이 이어져 있었다.

"여기선 구멍가게도 못 찾을걸요. 차 돌리세요."

구그가 말했다.

그가 그렇게 생각 없이 입을 놀리지 않았더라면 놀리는 차를 돌렸을지도 모른다. 놀리는 인질의 지시를 듣는 법이 없었다.

"구멍가게는 없겠지. 하지만 네브래스카 인구는 줄지 않았어. 지나가는 나그네에게 물 한 잔 주지 못할 만큼 미국의 인심이 나빠지진 않았어."

그 길의 끝에 야트막한 건물 한 채가 있었다. 먼지에 가려지고 바람에 날려온 모래가 주위에 두둑이 쌓여 있어 하마터면 그냥 지나칠 뻔했다. 일부러 눈에 띄지 않도록 설계한 듯, 갈라진 흙먼지 틈으로 주위 풍경과 똑같은 회갈색의 표면이 드러나 있었다. 하키 퍽 같은 원형 구조물로, 윗면은 평평했고 창문이 전혀 없었다. 이 특징 없는 건물에 하나뿐인 문이 활짝 열려 있었다.

구그가 말했다.

"버려진 것 같은데. 돌아가죠. 이상한 곳이에요."

월링의 경우, 불안감과 호기심이 싸우면 늘 호기심이 이겼다. 그는 모래가 쌓인 문지방을 조심스럽게 넘었다.

"계세요!"

그가 소리쳤지만 메아리조차 들려오지 않았다. 그는 구그에게 말했다.

"내 맥스플렉스 줘봐. 안이 컴컴해."

월링은 잠시 맥스플렉스 스크린과 씨름했다. 예전 플렉스는 금세 깔끔하게 말려 손전등 기능을 했지만 이 개선된 신형 플렉스는 신통치 않았다. 둥글게 말아도 광선이 대칭을 이루지 못하고 왼쪽으로 퍼졌다.

문 바로 안쪽에도 흙먼지가 가득했고, 게다가 뜬금없게도 빈 보드카 병이 보였다. 그들이 이곳을 처음 발견한 것은 아니라는 뜻이었다. 월링은 빙 둘러 불빛을 비춰보았다. 흙먼지와 검은색의 매끈한 내벽이 드러났고, 중앙에 구멍이 보였다. 나선형 계단이었다. 계단은 당연히 아래로 이어질 수밖에 없었다. 그 계단 입구를 막았던 들창문은 심하게 뒤틀려 제 기능을 하지 못했다. 누군가가 쇠지레로 비집어 올린 모양이었다. 벌어진 틈새로 냄새가 올라왔다. 부패의 기운을 품은 퀴퀴하고 건조한 냄새. 폐허의 암시가 분명했다. 이곳엔 아무도 없었다.

구그가 징징거렸다.

"이건 무슨, 〈인디애나 존스〉야? 여기서 나가야 해."

그러자 윌링이 말했다.

"의외네. 저 아래 세금을 매길 만한 게 있을지도 모르는데."

"하하. 손이 테이프로 묶인 채로 저 구멍에 발을 넣을 순 없지."

사실 그들은 그 테이프에 꽤 무심해진 터였다. 전날 이후로 테이프를 갈지 않았다. 구그는 원한다면 손을 비집어 빼낼 수도 있었다.

놀리가 윌링에게 말했다.

"그럼 애는 여기 있으라고 해. 차를 잠가놨거든. 어디 가지 못할 거야. 난 여길 확인해보고 싶어."

윌링은 놀리와 함께 모래로 버석거리는 시커먼 계단을 조심스레 내려가면서 놀리의 오래된 플렉스를 부러운 눈으로 흘깃거렸다. 그것은 깔끔하게 말려 깨끗한 광선을 내비쳤다. 바깥의 네브래스카 들판에는 오후 햇볕이 강하게 내리쬐고 있었지만 이 계단은 서늘했다. 대기를 메운 악취가 점점 강렬해졌다.

한 층을 다 내려가서 윌링은 자신의 플렉스 불빛을 옆으로 돌렸다. 먼지 쌓인 트레드밀이 가장 먼저 눈에 들어왔다. 그 뒤의 벽에는 덤벨들이 크기순으로 놓여 있었다. 오른쪽으로 두세 발짝 떨어진 곳에는 크로스 트레이너(선 채로 팔다리를 교차하여 움직이는 전신 운동 기구―옮긴이)와 로잉머신(노 젓기 운동기구―옮긴이)이 나란히 자리하고 있었다. 굳이 지하에 체육관을 만든 이유가 무엇인지 윌링은 이해할 수 없었다.

"그만."

그가 뒤에 있는 놀리에게 날카롭게 소리쳤다. 창피하게도 가슴이 쿵쾅거렸고 담즙이 목을 타고 올라왔다.

"비위가 약하거나 겁이 많으시다면 그냥 올라가세요."

"내 비위가 약하진 않지. 겁은 말할……."

그녀의 투덜거림이 뚝 끊어졌다.

윌링의 플렉스 불빛이 고정식 자전거를 비추고 있었다. 아니, 그 탑승자를 비추고 있었다. 무리하게 언덕 오르기 기능을 설정하기라도 한 듯 디지털 판독기 위로 축 늘어진 형상. 그의 운동복에도 먼지가 수북했다. 해골은 늘 웃는 상이지만 이 해골은 입 주위에 가죽이 들러붙어 있어 괴로운 인상이었다. 팔 한쪽이 떨어져 나갔다.

윌링이 말했다.

"오래전에 죽었어요. 우리한테는 다행이죠."

그가 정립한 이론에 따르면, 송장이 무시무시하게 느껴지는 것은 수분 때문이었다. 완전히 살아 있는 것과 완전히 죽어 있는 것은 괜찮다. 문제는 그 중간이었다.

"한 층 더?"

놀리가 더 아래로 이어진 나선 계단을 가리키며 덧붙였다.

"난 흥미가 생기는데."

"제 손 잡으세요."

그녀는 그의 손을 잡았다. 누가 누구에게 의지하는지 그로서도 알수 없었다.

그 아래층은 컨벡션 오븐과 전자레인지, 전기솥, 키친에이드 브랜드의 믹서와 그 부속물들이 갖춰진 훌륭한 부엌이었다. 멋진 황동 부착물이 달려 있고 정교한 무늬까지 새겨진 물푸레나무 찬장 문들이 활짝 열려 있었다. 이 식품 저장고를 습격한 악당들은 요리에는 관심이 없었던 모양이었다. 제빵기와 파스타 기계, 식품 가공기 따위가 그대로 남아 있었고, 채칼과 올리브 씨 제거기 들이 리놀륨 바닥을 뒹굴었다. 깨진 병들에서 액체가 새어 나온 뒤 수분이 날아가고 점액만 남아 바닥이 끈적거렸지만, 몇몇 선반에는 칵테일 어니언과 캐비어, 아티초크, 멸치, 헤이즐넛 오일, 레몬 절임 등이 그대로 놓여 있었다. 딘 앤드 델루카(Dean & Deluca, 뉴욕에 기반을 둔 고급 소매 체인―옮긴이)의 크리스마스 바구니 같은 이 지하실에서 윌링이 가장 놀란 것은 글렌리벳 스카치위스키를 넣은 세비야 오렌지 마멀레이드가 한두 병이 아니라는 사실이었다. 다른 현란한 식품들과 마찬가지로 이 마멀레이드도 약 60센티미터 폭을 메울 만큼 수십 병이 비축되어 있었다.

그는 설탕에 졸인 이 오렌지 한 병을 집어 들고 먼지를 털어냈다.

"우리 엄마는 유통기한을 믿지 않았어요."

그는 이렇게 중얼거리며 그것을 벨트 주머니에 넣었다.

놀리는 이 층의 사분면을 메우고 있는 여섯 개의 상자형 냉동고 한 칸을 플렉스 불빛으로 훑어보고 있었다. 그녀는 자루가 긴 바비큐용 뒤집개로 내용물을 뒤적거리며 라벨을 읽었다.

"농어, 필레미뇽, 오리 가슴살, 메추라기, 푸아그라, 훈제 연어……."

"너의 연어를 먹어라."

윌링이 기억을 떠올렸다.

"그건 안 될 것 같구나."

비닐 진공 포장의 내용물들은 하나 같이 사악한 검은색을 띠었다.

부엌 맞은편에는 이 지하 저장고의 둥근 벽에 맞춘 듯한 이국적인 목제 식탁이 자리했다. 거주자 세 명이 의자에 앉아 있었다. 그들은 몹시 시장해 보였다.

월링이 추측을 내놓았다.

"한동안 환기 장치가 계속 작동한 모양이에요. 그렇지 않았으면 냄새가 훨씬 더 지독했겠죠. 어떡하실래요? 한 층 더?"

그들은 세 번째 계단을 돌아 내려갔다. 낡을 대로 낡은 집주인 한 명을 치워야 했지만 그들은 무서우리만치 빠른 속도로 무감각해졌다. 월링은 어느 정도 예상하고 있었다. 바닥에서 천장까지 원형의 벽면을 빙 두른 와인 저장고. 어쨌든 그가 추론하기로는 그랬다. 그들보다 먼저 이곳을 찾은 나그네들은 이곳을 약탈하는 데 주력했다. 대부분의 자리가 비어 있었고 남은 것은 빈 병들이었다. 버려진 탈리스커 위스키 마분지 상자들과 멋진 최고급 코냑 나무 코르크들 한가운데에 50년 된 빈 보르도 와인 병이 놓여 있었다.

"내가 프랑스 와인은 좀 알지."

놀리가 깨진 샤토뇌프 뒤 파프 병을 들어 올리며 말을 이었다.

"좋은 해였어."

"바이러스를 배제한다면 저게 저들의 실수였네요."

월링은 격자판으로 이뤄진 보관함의 파손 부분을 가리켰다. 텅 비어 있는 긴 캐비닛의 유리문은 열려 있었지만 여전히 복잡한 잠금장치가 달려 있었다. 내부는 수직으로 길게 칸이 나뉘어 있었다.

다음 층은 오락실로, 이제는 10대 아이들이 자기 방에서 맥스플렉스로 쉽게 구현할 수 있는 크기의 영화 스크린 앞에 시체 세 구가 고정되어 있었다. 그 아래 휴게실에서는 사교 생활을 즐기는 몇몇 사람들이 너무 편하게 쉬고 있는 듯 보였다. 그다음 두 개 층은 모두 개별 거실과 욕실이 딸린 거주구역이었다. 이곳도 털린 듯 화장대 서랍들이 열려 있고 매트리스들이 내팽개쳐져 있었다. 보석이나 금 같은 귀중품을 찾아 들어온 사람들이라면 적지 않게 건졌을 거라고 월링은 확신했다. 그러나 현금은 가져가지 않았다. 침실마다 현금이 마치 버려진 사탕 포장지처럼 아무렇게나 흩어져 있었다. 그는 100달러짜리 지폐 한 장을 집어 들었다. 초록색 구권이었다. 코를 풀기엔 너무 작고 안경을 닦기엔 흡수력이 좋지 않은 종잇장. 달러 대신 돌라르 누에보가 도입되었을 때 대부분의 사람들이 그랬듯 그 역시 옛날 돈이 사라진다고 기뻐했을 뿐 기념으로 한 장쯤 남겨놓을 생각을 하지 못했다. 헝겊 같은 독특한 질감과 몹시 거만해 보이는 무늬들이 뜻밖에도 향수를 자극했다. 그는 그 지폐를 주머니에 넣었다.

맨 아래층은 저장고인 듯했고 거대한 예비 물탱크가 갖춰져 있었다. 약탈자들은 이곳의 비축품도 대부분 남겨두었다. 무(無)글루텐 파스타, 운동화, 관절 보조제, 바닷소금 트뤼플 초콜릿. 윌링은 그중 하나를 열어보았다. 녹회색의 초콜릿들은 마치 따개비처럼 딱딱하게 굳어 있었다. 쓰레기 압축기도 구비되어 있었다. 그 옆에 쌓인 알록달록한 압축 육면체의 쓰레기는 열두 개가 채 되지 않았다. 이 지하 캠프는 오래가지 못한 모양이었다.

다시 올라가는 길에 놀리는 와인 저장고에 버려진 병들 속에서 반짝이는 무언가를 발견했다. 포일을 뜯지 않은 대병 샴페인이었다. 그녀가 말했다.

"여기 온 이유는 이거 하나로 충분해. 난 목이 마르거든."

그들이 나오자 구그는 심통을 냈고, 상세한 이야기를 들은 뒤에는 부러워했다. 놀리는 운전석에 올라타기 전에 코르크 마개를 땄다.

"이렇게 마실 게 간절했던 적이 언제였는지 모르겠네."

그녀가 말하며 한 모금을 들이켰다.

"병째로 마실 거면 뮤레아를 자동 모드로 전환하셔야 해요."

"윌링, 너 정말 소심하구나."

그러나 결국 그녀는 그의 말을 따랐고, 최면을 유도할 만큼 일직선으로 뻗은 I-80 주간도로에 다시 오르자 두 발을 올렸다. 브루스 스프링스틴의 〈네브래스카〉가 분위기를 띄우는 가운데 그들은 미지근한 샴페인을 돌려 마셨다.

　　"핵폭발에 대비한 벙커였나?"

　　구그가 묻자 월링이 대꾸했다.

　　"식품 제조일자들을 확인해봤거든. 전부 2033년도에 산 거야. 핵폭발보다 더 무서운 것을 피해 숨어 있었지. 바로 사람들. 안타깝게도 결국엔 사람들을 들어오게 했지만 말이야."

　　"그럼 습격을 당한 거야? 강도였어?"

　　구그가 물었다.

　　"아니. 여긴 미국이잖아. 총 보관장이 있더라고. 서로 죽였을 가능성이 높아."

　　월링이 대꾸했다.

　　"하지만 그전까진 아주 잘 살았지."

　　놀리가 말했다.

　　"부자들이었어요. 노인들이었고."

　　월링이 말했다.

　　"부자인 건 확실해. 그런데 송장을 보고 노인인지도 알 수 있어?"

　　놀리가 물었다.

　　"사용하는 물건들이 그 사람을 알려주는 법이죠."

　　월링은 진지한 목소리로 말을 이었다.

　　"운동기구를 보면 어떤 세대인지 알 수 있어요. 욕실마다 노화방지 크림과 치아미백 젤, 카페인 샴푸가 천장까지 쌓여 있었고요. 고혈압, 콜레스테롤, 발기부전 등의 치료제가 한두 병이 아니었어요. 수백 병이었죠. 대 그랜드 맨에게 알려드릴 수 있다면 좋을 텐데. 전국의 설사약 시장을 누가 장악했는지 드디어 찾았잖아요."

"그런데 가엾은 네 엄마는 포스트잇을 잔뜩 비축했지."

놀리가 구그에게 말했다.

오래전부터 갑부에 관한 소문이 돌았다. 전해지는 이야기에 따르면, 이 방자한 회계상의 흡혈귀들은 자국민들이 굶주리고 있는 사이 저희들끼리 성벽을 쌓은 호화로운 방종의 섬으로 떠나 수영장에서 패들보드를 타며 피냐콜라다를 즐긴다고 했다. 그들이 모두 무사히 도망친 것은 아니라는 사실, 적어도 서로에게서 도망치진 못했다는 사실을 알게 되자 흡족함이 밀려들었다.

I-80 주간도로를 타고 자유주로 들어가는 것은 조금 뻔한 방법인 듯했다. 애초에 네바다 북쪽 진입점을 선택한 것은 전적으로 통행량이 비교적 적은 도로를 이용하기 위해서였다. 체제 전복자 이주민들은 대부분 I-70 주간도로를 타고 라스베이거스로 들어가는 길을 택할 것 같았기 때문이다. 자유주 경계의 감시 수준이 지점별로 다르다면 이민세관국은 이 변절 주의 남쪽 끝에 위치한 가장 크고 가장 유명한 도시 근처에 방비를 집중시켰을 것이라고 그들은 예상했다.

따라서 놀리는 주간도로를 빠져나가 평행한 2급 도로인 US 58번 고속도로를 타고 웬도버 시내로 들어갔다. 이 도시는 원래 유타 주와 네바다 주 경계에 걸쳐 있던 지역이었다. 한눈에 봐도 웬도버는 그들이 지나온 비슷한 규모의 지역들보다 한층 활기 넘치는 듯했다. 지금까지 그들이 묵은 모텔들은 모두 낡고 허름했으며 침대 시트는 후줄근하고 창문에는 금 간 재활용 플라스틱판이 끼워져 있었다. 이곳에는 새로 지은 듯한, 좀 더 고급스러운 호텔들이 늘어서 있고 '순례자의 쉼터', '순례자의 종착지', '순례자의 베개' 같은 이름이 붙어 있었다. 챙 넓은 모자를 쓴 종교적 난민들을 의미하는 것 같지는 않았다. 시내로 더 깊숙이 들어가자 화려한 식당들과 카지노들, 상점들이 더 많이 보였다. '변절자 호텔', '탈영병의 벌판', '반역자 조(Joe)'. 그 밖에도 월링 같은 사람들의 가장 큰 두려움을 우스꽝스럽게 비꼰 이름들이 많이 보였다. '칩의 분열', '떨어져 나간 칩(Chip Off Ye Olde Block, 원래는 '부모를 빼닮았다'는 뜻의 관용 표현 – 옮긴이)' 등등. '마지막 기회의 바'라는 술집은 '브레인 프리즈(Brain Freeze, 찬 음식을 먹었을 때 일시적으로 머리가 찌릿하는 현상을 일컫는 표현으로 직역하면 '뇌의 동결'이라는 뜻 – 옮긴이)', '한 잔의 뇌졸중' 같은 음료들을 홍보하고 있었다.

구그는 아사 직전이라고 징징거렸다. 세 사람 모두 배가 고팠다.

"손을 묶은 건 어떡해요?"

월링이 고모할머니에게 물었다.

"이 도시도 제정신은 아닌 것 같아. 덕트 테이프 따윈 아무도 눈여겨보지 않을 거야."

놀리가 말했다.

구그의 이름뿐인 결박은 이미 팔찌처럼 느슨해졌고, 월링은 그가 그 늘어난 팔찌를 밀어 올리는 광경을 한 번 이상 목격했다.

그들은 '마지막 연회'라는 이름의 편안한 식당으로 들어갔다. 카운터 앞에서 다섯 살짜리 아이가 전기의자 모형에 앉아 놀고 있었다. 이 의자는 빙글빙글 돌고 진동하며 스파크를 발사했다. 메뉴는 사형수들이 주문한 마지막 식사로 구성되어 있었다. 존 앨런 무하마드는 토마토소스를 곁들인 닭고기와 딸기 케이크였다. 존 웨인 게이시는 KFC(코리아 프라이드치킨)와 새우였다. 좀 더 가벼운 식사도 있었다. 존 윌리엄 엘리엇은 뜨거운 차 한 잔과 초콜릿 칩 쿠키 여섯 개, 제임스 렉스포드 파월은 커피 한 주전자였다.

"이렇게 맛을 몰라서야."

놀리가 메뉴를 살펴보며 말했다.

"먹어보지도 않고 어떻게 알아요?"

구그가 말했다. 놀리는 눈을 굴렸다.

"난 론 스콧 샘버거로 할래."

월링이 마음을 정했다. 나초에 칠리와 할라페뇨, 매운 소스, 구운 양파, 타코를 곁들인 메뉴였다.

"이 사람, 꽤 멋지게 죽었잖아."

"안녕하세요!"

그들의 테이블을 맡은 웨이트리스는 동료들과 똑같이 교도관 복장을 하고 가슴에 '벳시'라고 적힌 반짝이는 명찰을 달았다.

"주문하시겠어요?"

"저는 일단 '독물 주사'부터 주세요."

구그가 말했다.

"잘 고르셨네요!"

벳시가 소리 높여 말했다. 그러나 브랜드와 위스키, 석류를 혼합한 이 음료의 이름은 그리 유쾌하지 않았다. 나머지 주문까지 모두 받은 뒤 그녀가 다정하게 물었다.

"혹시 망명하러 오셨어요?"

그러자 놀리가 의심 어린 눈으로 여자를 보며 되물었다.

"그렇다 해도 그걸 왜 얘기하겠어요?"

"혹시 대화가 필요하실까 해서요."

벳시는 사람들을 가리키며 말을 이었다.

"여기 사람들이 얼마나 불안에 떨고 있는지 모르시겠어요?"

"불안해할 이유라도 있나요?"

윌링의 물음에 벳시가 대꾸했다.

"무슨 뜻인지 알아요. 모두 그걸 알고 싶어 하죠. 하지만 건너간 사람들은 다시 돌아오지 않아요. 그걸 답으로 삼아야겠죠. 여긴 단골손님들도 있지만 대개는 막판에 잔뜩 겁에 질린 사람들이 온답니다. 때로는 곤란한 상황에 처하기도 해요. 카지노에 빠져 칩에 남은 돈을 몽땅 탕진해버리거든요. 거리에 나가보면 집에 돌아가겠다고 칩 송금을 구걸하는 사람도 많아요."

"여기 망명자들이 많이 옵니까?"

구그가 의심 가득한 목소리로 물었다. 그가 여전히 스캐비라는 사실을 그들은 가끔 잊어버렸다.

"그럼요. 순례자들 덕분에 이 지역 경기가 엄청 좋아졌죠! 식사 금방 가져올게요."

늦은 점심을 먹은 뒤 그들은 다시 고속도로에 올랐다가 차를 세웠다. 주간도로와 평행하게 역시 직선으로 뻗은 58번 고속도로를 1.5킬로미터쯤 달리자 놀리의 플렉스가 네바다 주 경계에 이르렀음을 알렸다. 아나나 다를까, 도로 끝에 구조물 같은 것이 나타났다. 그들이 있는 곳에서는 높이가 어느 정도인지, 그 위에 저격용 총을 든 방위대가 웅크리고 있는지 알 수 없었다. 윌링과 놀리는 이렇게 북적거리는 지역에서 더 가까이 가는 것은 옳지 않다는 결론을 내렸다. 작은 지방 도로들을 이용해 좀 더 남쪽으로 우회하면서 인적이 드문 지역의 연방 방위 상태를 살펴보는 편이 좋을 것 같았다.

자동차 주위로 먼지가 피어오르자 뒷자리에서 구그가 윌링에게 말했다.

"야, 우리가 예전부터 사이가 좋진 않았지. 그렇다고 정말 네 머리가 전구처럼 타버리길 바라진 않아. 우리 휴전하면 안 될까? 이번 여행은 정말 재미있었어. 그만 돌아가자. 가는 길에 콜로라도에 들러도 좋고. 납작코들이 그랜드 캐니언에 엄청난 입장료를 붙여놓았지만 내가 낼게. 정말로 내가 쏜다니까. 세 사람 모두. 돌아가서 신고하지도 않겠다고 약속해. 납치한 것도 신고하지 않을게. 그 빡 같은 권총도 갖고 있게 해주고."

"인심이 정말 후한데."

윌링의 말에 구그가 으르렁거렸다.

"난 네가 비꼬는 건지 아닌지 정말 모르겠더라. 야, 머리가 녹아버릴 수도 있는데 왜 군이 그런 위험을 감수해? 미국도 그렇게 나쁘진 않잖아!"

"건국의 아버지들도 그런 나라를 건립하려 했었지. 그렇게 나쁘진 않은 나라."

윌링이 말했다.

"개짝 같은 것보단 나쁘지 않은 게 낫지!"

구그는 애원하듯 말을 이었다.

"좀 힘들겠지만 일단 68세가 되면 그때부턴 무임승차야! 그냥 기다리면 된다고!"

"형이 우리랑 같이 가는 건 어때?"

윌링이 묻자 구그가 대꾸했다.

"안 돼. 넌 지원국에 대해 나만큼 알지 못하잖아. 거기 사람들, 장난이 아니야. 그들이 납세 의무에 응하지 않는 자들을 그냥 둘 것 같아? 바로 아웃이야. 하, 공개 처형을 하지 않는 게 놀라울 정도라니까. 우리가 깡패라서 그러는 게 아니야. 일반 대중은 상황이 얼마나 절박한

지 몰라서 그래. 예산 말이야. 징글게 문제라고. 대법원을 아직 끼고 있는 게 기적이야."

시내를 벗어나 남쪽으로 한참 내려온 뒤에야 놀리는 다시 서쪽으로 방향을 틀었다. 울퉁불퉁한 흙길은 아까 그 지하 저장고로 이어지는 길과 비슷했다. 좋지 않은 연상이었다. 구그는 놀리가 본능적으로 송장에 이끌린다는, 우습지도 않은 말을 지껄여댔다.

그러나 GPS에 따르면 그들이 세상의 끝이라고 알고 있는 곳에 가까워지고 있는데도 만리장성은 나타나지 않았다. 그들의 차가 지뢰를 밟아 폭파되지도 않았다. 놀리는 뮤레아를 세웠고 세 사람 모두 차에서 내렸다. 도로 양옆에 허술하게 꽂힌 채 비스듬하게 기울어진 두 개의 기둥에 녹슨 가시철망 두 줄이 느슨하게 매달려 있었다. 그 양옆으로 울타리가 이어졌다. 그 너머에 손글씨가 적힌 표지판이 보였다. 〈네바다 합중국에 오신 것을 환영합니다.〉

구그는 두 손으로 허리를 짚고 넌더리를 내며 이 악명 높은 국경을 살펴보았다.

"믿을 수가 없어."

그러자 놀리가 말했다.

"저런 울타리라면 겁쟁이라도 못 들어갈 이유가 없지."

가시철망 너머로 10여 미터 떨어진 곳에 작은 붉은색 미늘판 집이 보였다. 현관 앞 베란다에 놓인 흔들의자에 한 노인이 깊숙이 앉아 담배를 피우고 있었다. 요즘에는 SUV보다 더 보기 어려운, 손으로 만 진짜 담배인 듯했다. 윌링은 손을 흔들었다. 노인도 손을 흔들어주었다.

윌링은 오른쪽 울타리 기둥으로 나아갔다. 사선으로 박아놓은 못에 가시철망의 끝을 고리처럼 말아 걸어놓았다.

"잠깐!"

구그가 그 고리로 손을 뻗는 사촌에게 소리쳤다.

"이제야 알 것 같아! 놀리 할머니 같은 비이식자 늙다리들은 기꺼이 비틀비틀 이 나라를 떠나게 해주겠지. 심지어 고마워할 거야. 엄청난 돈을 잡아먹으니까. 하지만 월버 너처럼 내놓기만 하고 아무것도 가져가지 않는 납세자들이라면…… 여기에 방벽도, 경비도, 지뢰도 없는 이유는 딱 한 가지야. 필요 없기 때문이지. 칩이 자폭한다는 내 말에 확실한 증거가 필요하다면 이 허술한 울타리가 바로 그거야."

월링은 가시철망 두 개를 모두 풀어 미합중국에 있는 차가 지나갈 수 있게 치워놓았다. 놀리는 고집스럽게 운전석이라 주장하는 자리에 다시 올라탄 뒤, 배반의 땅으로, 분리 독립의 땅으로 들어가 차를 세웠다.

이제 말 그대로 모래 위에 선이 그어졌다. 도전할 차례였다.

아아, 뭉클하게도 구그는 두 손으로 얼굴을 가렸다.

"난 못 보겠어."

다른 어떠한 의식도 없이 월링은 자유주 안으로 무심코 걸어 들어갔다.

5장

어차피 유토피아에 살고자 하는
사람이 어디 있겠는가

붉은색 미늘판 집의 베란다에서 깜짝 놀랄 만큼 요란한 웃음소리가 들려왔다. 윌링은 어느 정도 확신을 가졌지만 100퍼센트 확신하진 못했다. 그는 잠시 그대로 서서 상황을 가늠해보았다. 틀림없이 사고를 당한 뒤 자신의 몸을 만져보는 듯한 표정이었을 것이다. 살아 있다는 사실, 계속 존재한다는 사실, 시간의 한 점이 다음 점과 연결된다는, 평소엔 좀처럼 의식하지 못하는 사실을 강렬하게 인지하는 순간의 표정. 남들이 보기엔 우스꽝스러웠으리라.

노인이 자신의 허벅지를 치며 소리쳤다.

"정말이지 이 장면은 아무리 많이 봐도 웃음이 난다니까."

구그는 사촌의 머리가 폭발하는 것을 원치 않는다고 했지만, 정말 폭발하지 않았다는 사실에 적잖이 놀란 듯 보였다. 겨우 두 발짝 떨어진 미합중국 땅에서 그가 말했다.

"좋아. 그럼 식인에 대한 소문은?"

윌링은 고갯짓으로 노인을 가리켰다.

"저분이 나를 잡아먹을 것 같진 않은데. 이제 들어오지그래?"

구그는 혼란스러운 표정이었다.

"안 돼. 방금 네가 들어간 곳, 거긴 새로운 서부 황야야. 정확히는 몰라도 원시적인 곳이라고. 난 좋은 직업도 있고……."

"좋은 직업은 아닌 것 같은데."

"그럼 수익성 좋은 직업이라고 해두지. 혜택도 많고. 불평할 게 없어. 그리고 그곳에선…… 나 같은 사람들을 가만두지 않을걸."

"저 청년 직업이 뭐야?"

노인이 소리쳤다. 그는 그들의 이야기를 엿듣고 있었다.

"스캐비요."

윌링이 소리쳐 대꾸했다.

"그럼 그 친구 말이 맞다고 전해!"

노인이 말했다.

윌링은 거창하게 주머니칼을 꺼내 사촌의 손목에 느슨하게 둘러놓은 덕트 테이프를 잘랐다. 그러곤 주머니를 뒤져 구그에게서 징발한 맥스플렉스를 꺼내고 차에서 물 한 병을 가져왔다. 그는 구그에게 이 생존 장비를 건네며 말했다.

"정말 가야 한다면 몇 킬로미터 거리에 공항이 있어. 걸어갈 수 있을 거야."

"뜨겁잖아."

구그가 투덜거렸다. 물 한 병을 더 가져온대도 소용없으리라. 그 말은 '외롭잖아'라는 뜻이었으니까.

"서배너 누나와 빙, 이모 이모부, 제인과 카터 씨한테 내 작별인사 전해줘. 그리고 이 국경에 대한 헛소리는 재무부 같은 거라고 소문내주고."

"아무도 믿지 않을걸."

구그가 우울하게 말했다. 그의 말이 맞을 것이다.

그들은 전에 없이 따뜻하게 서로의 어깨를 토닥였다. 윌링은 가시철망 두 줄을 다시 못에 걸었다. 구그는 놀리에게도 힘없이 손을 한 번 흔든 뒤 어깨를 늘어뜨리고 웬도버 쪽으로 발걸음을 돌렸다. 그곳에서 독물 주사 한 잔을 더 마시면 저 실망감도 무뎌질 것이다. 조국에 대한 실망감. 자기 자신에 대한 실망감.

그 사이 놀리는 노인과 베란다에서 한담을 나누고 있었다. 노인은 영감 특유의 유들유들함을 일부러 더 과장하는 듯 보였다. 햇볕을 많이 쐬어서 그렇지, 가까이서 보니 로웰보다 겨우 두세 살 많은 듯했다. 요즘 그 정도는 노인이라고 할 수도 없었다. 위아래가 연결된 청작업복은 과시용이 아니라기엔 너무 말끔했고, 챙 넓은 모자는 일부러 구긴 것 같았다. 집 뒤쪽의 밭과 그 너머의 가축들로 봐서 하루 종일 새 이주민들과 시간을 보내는 것은 아닌 듯했다. 이 입구에 앉아 보초를 서는 것은 재미로 하는 일이 분명했다.

놀리가 윌링에게 말했다.

"여기 우리 친구의 이야기에 따르면, US 58번 도로에 있는 커다란 바리케이드는 그냥 합판이라는구나."

그러자 영감이 설명했다.

"그쪽 도시에선 관광객들이 머리통을 날리지 않고도 공공연하게 국경을 들락거리게 둘 수 없었지. 그럼 통념이 깨져버리거든. 통념은 엄청난 돈을 벌어주니까. 저녁을 먹을 계획이라면 점심에 엄청난 돈을 내고 '마지막 연회'를 주문하지 않을 테니까."

"여기서 사람을 찾으려면 어디로 가는 게 가장 좋을까요? 라스베이거스?"

윌링이 물었다.

"대부분 그쪽으로 가긴 하지. 괜히 헛걸음하지 말고 인터넷을 찾아 봐요."

"여긴 인터넷을 쓰지 않는 줄 알았는데요."

그는 껄껄 웃었다.

"우리만의 서버가 있어요. 물론 월드와이드 어쩌고는 나머지 49개 주가 막아버렸지만. 구글 북을 전부 볼 수 있기를 기대해선 안 되지. 그래도 앨팰퍼 재배에 관한 현지인의 조언 정도는 얼마든지 찾을 수 있어요. 가족이나 연인을 찾는 사이트도 있고. 그 사람이 누군가 찾아 주길 원한다면 찾을 수 있지."

구그가 경고했듯이 이곳 테크놀로지는 원시적인 수준이었다. 그들 이 택한 이 제2의 고향은 http://usn 위성 연결을 제공하지 않았다. 겨우 몇 미터 떨어진, 그러나 윌링에게는 벌써 아득하게 느껴지는 미 국 땅 대부분을 뒤덮은 공영 전파에도 접근할 수 없었다. 그들의 싹 싹한 안내인은 친절하게도 자신의 개인 와이파이 비밀번호를 내주었 다. 속 터지게 느렸다.

"찾았다."

5분간의 괴로운 검색 끝에 윌링이 말했다.

"재러드 맨디블, 라스베이거스 부에나 비스타 드라이브 2827번지. 생각보다 쉽게 찾았네요. 그런데 무슨 사이트인지 모르겠어요. 치즈 와 관련된 것 같은데."

놀리가 불안한 듯 말했다.

"4시가 넘었어. 여기서 라스베이거스까지는 500킬로미터야."

영감이 장난기 가득한 눈으로 말했다.

"길 떠나기 전에 여기 국경 옆에서 게임 하나를 해보면 좋을 텐데."

호기심이 생긴 윌링은 이 문지기 영감의 지시에 따라 자신의 맥스
플렉스를 가시철망 너머 그의 옛 고향으로 내밀었다. 기기는 바로
http://www.mychip.com에 연결되었다. 영감이 다시 폭소를 터트
리며 물었다.

"뭐라고 나와요?"

윌링은 화면을 읽었다.

"00누에보 00센트."

영감은 또 한 번 자신의 허벅지를 때렸다.

"역시 아무리 봐도 질리지 않는 드라마라니까! 그 칩에 관한 신화
중 일부는 사실이야. 단, 머리에서 생명을 빨아들이는 건 아니지. 자
유주에 발을 들여놓는 순간, 그쪽에선 돈을 빨아들여요."

"우울한 일관성을 보여주는군."

놀리의 말에 영감이 대꾸했다.

"상관없어요. 어차피 여기선 칩을 쓰지 않으니까. 소득세 전쟁의
파편쯤으로 생각해요. 그래도 이 사실은 알아둬야 해, 젊은이. 자넨
파산했어."

"방코르는요?"

놀리가 조심스럽게 물었다.

"네바다 합중국은 아무하고도 무역하지 않아요."

사내가 즐겁게 대꾸했다. 그는 가학적인 면을 갖고 있었다.

"철학이기도 하고 어느 정도는 현실적인 이유 때문이죠. 아무도 우
리와 무역하려 들지 않으니까. 네바다에서 방코르는 만들거나 캐거나
고치거나 키우거나 고안하지 않는 이상 가질 수 없어요. 그 말은 곧,
방코르는 무언가를 구입하는 수단으로는 물에 빠진 생쥐만큼이나 도
움이 안 된다는 뜻이에요."

"네바다 사람들은 돈을 전혀 사용하지 않는 겁니까?"

윌링이 물었다.

"그럼 구슬이라도 쓸까 봐서? 우린 미개인이 아니야. 카슨시티(네바다 주의 주도-옮긴이)에서 대륙 지폐를 발행하지. 예전에 13개 식민지에서 사용한 최초의 화폐 말이야. 하지만 그 화폐는 1770년대 후반에 바로 사라졌어. 그 가치를 뒷받침하는 게 없었거든. 우린 그 점을 수정했지."

"설마 금본위제는 아니겠죠."

윌링이 말했다.

"빠르기는! 어쨌든 이 자유주는 떨어져 나오기 전에도 미국의 금 대부분을 책임졌으니까. 하지만 대륙 지폐의 공급은 아주 제한적이지. 지난 2030년대에 나름대로 교훈을 얻었거든. 이곳 사람들도 금본위제가 표면적으로는 아주 멍청한 제도라는 데 적잖이 동의하고 있어요. 주지사는 자의적이라고 말하지. 사실 그 물건은 목에 두르는 것 말고는 딱히 쓸 데가 없잖아. 먹을 수도 없고. 하지만 통화로는 적절하게 기능하지. 왜 그런지는 알 수 없지만. 오늘 대륙 지폐 한 장으로 양복 솔 하나를 산다면? 내일도 대륙 지폐 한 장으로 양복 솔 하나를 살 수 있어요. 그러니까 그렇게 멍청한 제도는 아니지."

"조언 고맙습니다."

윌링은 이렇게 말하고는 그만 가려고 했다.

남자가 다시 말했다.

"난 조언한 기억이 없는데. 하지만 젊은이가 현재 상황을 직시하지 못하는 것 같아서 걱정되는군. 지금 돈이 한 푼도 없잖아. 저 화려한 고물 자동차에 연료 넣을 곳을 찾는다고 해도 돈을 어떻게 조달할 생각이야? 진짜 조언을 해주지. 눈물을 머금고 저 울타리를 넘어오는

사람들에게 내가 늘 공짜로 해주는 조언이야. 바로 네바다는 유토피아
가 아니다."

"제가 언제 그렇다고 말한 적 있나요?"

남자는 윌링의 말을 일축했다.

"다들 그렇게 생각하거든. 하지만 자네 친구 말이야. 저 사랑스러운
부인은……."

"누구더러 사랑스럽다는 거예요?"

놀리가 날카롭게 쏘아붙였다.

그는 계속 말을 이었다.

"저분은 솔직히 따끈따끈한 신상품이 아니잖아. 노인을 데려오면
돈이 많이 들어. 여긴 메디케어가 없거든. 사회보장연금도 없고. 처방
약 보험도 없어. 메이케이드에서 지원하는 요양원도 없고. 이른바 안
전망이 전혀 없다고. 이 미개척 공화국에 사는 시민들은 모두 딱딱한
흙바닥 말고는 아무것도 없는 곳에서 위험한 줄타기를 해야 하지. 발
이 걸리면? 신경 써주는 사람이 있다면 잡아주겠지만 그렇지 않으면
그대로 엉덩방아야."

그들은 2차선 도로인 US 93번 도로로 나섰다. 땅은 평평하고 건
조했고, 지평선에는 야트막한 산들이 보였다. 마치 하늘의 적운처럼
평지를 수놓은 관목 다발들. 이 지형은 하늘을 완벽하게 반영하는 듯
했다.

"꽤 확신에 차 보이더구나. 아까 국경을 넘을 때 말이야."

놀리의 말에 윌링이 대꾸했다.

"어쨌든 할머니가 말한 60퍼센트보다는 더 확신이 있었어요. 구그
가 워싱턴 기념탑의 상태에 대해 얘기할 때 아귀가 맞아 들어가는 듯

했죠. 실제로 건물을 청소하기보다는 인터넷의 사진들을 모니터하는 게 더 경제적이잖아요. 저 울타리를 보고 감이 오더라고요. 네바다 국경에 개나 명사수, 커다란 콘크리트 장벽을 둘러놓지 않았어요. 칩에 자폭 프로그램이 내장되어 있기 때문도 아니고요. 그냥 그 편이 싸게 먹히기 때문이에요."

놀리는 킬킬거렸다.

"애초에 내전을 일으키지 않은 것도 같은 이유였지."

"소문은 공짜예요. 저절로 퍼지죠. 사람들을 고용해서 네바다 합중국에 대해 말도 안 되는 이야기를 올리게 하는 데에도 비용이 거의 안 들잖아요. 그게 피파가 말한 정부의 테러리즘이에요. 선전을 통한 치안 유지는 돈을 절약해주죠. 그리고 할머니, 솔직히⋯⋯."

월링은 방금 떠오른 생각을 덧붙였다.

"여긴 미국이에요. 예전 같진 않죠. 하지만 탈세 때문에 사람을 죽이지는 않을 거예요."

그들은 바로 그날 밤에 네바다에서의 실질적인 삶에 대해 처음으로 중요한 교훈을 얻었다. 연료가 다 떨어져서 다시 넣지 않으면 라스베이거스까지 갈 수 없었다. 일리라는 작은 도시에는 모텔과 식당이 있었지만 그들에겐 그 어느 것도 감당할 돈이 없었다. 그래서 그들은 93번 도로변에 차를 세우고 차 문을 잠근 뒤 7월의 날씨에 놀리만 신경 써서 챙겨온 스웨터를 덮었다. 사막이라 해가 지고 나자 추워졌다.

월링은 상관하지 않았다. 이보다 더한 추위도 견뎠다. 2031년에서 2032년으로 넘어가는 겨울에 그의 어머니는 배관 동결을 간신히 막을 수 있는 6도 이상으로 실내 온도를 올리지 않았다. 글로버즈빌로 가는 길에는 물이 졸졸 흐르는 지하 배수로에 쪼그리고 앉아 뜬눈으로 해가 뜨기만을 기다린 적도 있었다. 놀리와 카터의 상자들로 상부가 무거워져 균형 잡기도 힘든 자전거를 밀고 잡초가 무성한 강기슭을 올라가면서 핸들을 잡은 손가락이 꽁꽁 얼기도 했었다. '마지막 연회'에서 먹은 타코는 오래전에 소화되었지만 끼니를 거르는 일이 처음도 아니었다. 에이버리는 필수품과 사치품을 구분하는 데 1, 2년이 걸렸다. 윌링은 어릴 때부터 그 차이를 알고 있었다.

그는 일찌감치 보도로 나가 식당에서 즉석요리를 굽겠다고 제안했다. 주인은 마지못해 바쁜 아침 시간에만 일을 하도록 허락했다. 불법 이민자들 어쩌고 하는 소리가 들렸다. 꼭 들어맞는 표현은 아니었다. 윌링과 놀리가 불법 이민자라면 이 새로운 나라에 들어오는 것을 거부당해서가 아니라 자신의 나라에서 나가는 것을 금지당했기 때문이니까. 화장실 청소까지 끝낸 뒤에야 그는 첫 대륙 지폐를 손에 넣었다. 적갈색의 신비로운 식민지 시대풍 디자인은 옛 달러보다 더 감상적이고 예스러워 보였다.

메뉴의 가격을 참고하면 그의 임금은 개짝이었다. 엘리시언 필즈의 세후 급여보다 더 낮았다. 그러나 소득을 약탈당하고 남은 액수가 더 많다고 해도 그보다 더 적게 벌고 전액을 갖는 편이 더 기분 좋게 느껴졌다. 식당 주인이 그의 목덜미에 박힌 금속 덩어리의 웹사이트 주소를 묻지 않는 것도 좋았다. 수입이 자동으로 정부에 신고되어 증발하다시피 하지 않은 경우는 6년 만에 처음이었다. 아아, 구그, 이걸 봤어야 하는데.

뒤이어 그는 비료가 될 만한 마른 소똥을 주워 고속도로 인근 목장에 팔았다. 그날 오후에는 이 목장의 울타리를 고쳤다. 아주 일상적인 이 일이 그의 어머니를 죽음으로 몰고 갔다. 윌링은 무더운 날씨에도 잊지 않고 장갑을 착용했다. 그 일을 하면서 지난날이 떠올랐다.

처음엔 그저 자상 주위에 붉은 띠가 나타나고 소시지처럼 부어올랐던 플로렌스의 집게손가락. 그녀는 신경 써서 따뜻한 소금물에 상처 부위를 담갔지만 나중에 의사는 그러한 처치가 전혀 도움이 되지 않았을 거라고 말했다. 이틀 만에 그녀의 손은 마치 젖을 짜지 않은 소의 젖통처럼 부풀었고 퉁퉁해진 팔뚝에 붉은 줄무늬가 나타났다. 처음 손가락이 붓기 시작했을 때 바로 병원에 데려갔어도 결과는 똑같았을 것이었다. 의사는 군장(軍葬)에서 작은 성조기를 내주듯 꼼꼼하게 접은 두건을 내주며 쓸쓸하게 말했다.

"어차피 안 듣는 약은 일찍 쓰나 늦게 쓰나 똑같습니다."

그 사이 놀리는 차 옆에서 팔벌려뛰기를 하며 지나가는 현지인들의 눈길을 끌었다. 사람들은 끊임없이 목을 빼고 그녀를 보며 재미있어했다. 윌링은 굳이 티를 내지 않았지만 그녀의 자세는 예전 같지 않았다. 이제 두 손이 머리 위에서 만나지 않고 귀까지만 올라갔다가 허리로 내려왔다. 힘없이 죽어가는 나비 같은 모양새였다. 점프도 역부족이었다. 예전에는 발뒤꿈치가 딱딱 소리를 냈다. 이제는 두 발이 떨어졌다가 어깨너비 간격의 같은 위치로 내려왔다. 잠깐 바닥에서 발이 떨어져도 기껏해야 1, 2센티미터였다. 점프라고 할 수도 없었다. 그 퇴보한 모습에 그는 속이 상했다. 이 말도 안 되는 운동은 예전부터 늘 코믹하게 느껴졌지만, 이렇게 기력 달리는 모습은 모르는 사람들에게만 즐거움을 줄 뿐이었다.

에놀라 맨디블도 하루 종일 어설픈 미용체조만 하고 있을 수는 없었다. 둘째 날이 되자 잡다한 일거리를 찾기 시작했다. 슈퍼마켓에서 통조림을 쌓고 바닥을 닦았다. 그러고 나자 허리 통증 때문에 팔벌려뛰기의 필요성을 느끼지 못했다.

이곳은 가난한 지역이었고, 보이시나 포틀랜드 같은 지역에서 라스베이거스로 향하는 길에 잠깐씩 들르던 관광객들이 없어지자 형편이 더 어려워졌다. 더군다나 이 주는 전국 평균에 비해 비이식자의 비율이 훨씬 높았지만 어차피 분리 독립 이후에는 윌링의 경우처럼 모든 이들의 칩이 스캡 위성에 의해 탈탈 털렸다. 네바다 사람들은 이 가혹한 작별의 털 깎기를 좀도둑질이라고 불렀다. 그 추출액을 모두 합치면 결코 적은 액수가 아니었다. 이 별명이 암시하는 것은 그 액수가 아니라 그들의 쩨쩨함이었다.

이주 방문자들에게 현지인들이 내주는 눈곱만 한 돈이 쌓여가면서 이 지역사회의 적대감이 허물어졌다. 윌링은 열심히 그리고 능숙하게 일했다. 불평 한 마디 하지 않았다. 결국 일리의 현지인들은 한 번 이상 두 사람 모두를 식사에 초대했다. 뮤레아에서 닷새를 보낸 뒤에야 그들은 대륙 지폐로 연료를 채울 만큼 여윳돈을 모았다.

네바다는 오래전부터 괴짜들을 끌어당기는 곳이었다. 부적응자들, 추방당한 사람들, 범법자들, 그 밖에 불평분자나 몽상가, 한탕주의자 같은 특이한 사람들이 이곳을 찾았다. 광산 붐의 벼락경기에서 탄생한 경제는 프로 권투나 매춘, 음주, 도박, 무책임한 결혼 같은 악덕을 토대로 발전했다. 네바다 주는 홀로서기를 하기 전에도 독립 행보를 보였다. 이곳에서는 결혼하기가 너무도 쉬웠고 이혼하기는 훨씬 더 쉬웠다. 하루 24시간 언제라도 술이 오갔다. 매춘에 대한 포용력은 서배너가 전문대에서 공인 자극 테라피 학위를 받기 훨씬 전으로 거슬러 올라갔다. 카지노에서는 진짜 담배가, 심지어 엄청난 냄새를 풍기는 시가조차도 합법이었다. 예전의 주 소득세 금지 규정은 이제 헌법이 되어 여전히 유지되었다. 2042년에 네바다 사람들은 그저 자신들이 별개의 국민임을 공식화했을 뿐이었다. 따라서 이 반항적인 국

가 속 새 국가는 기이하고 다혈질인 윌링의 외삼촌에게 꼭 맞는 곳이
었다. 그러나 인습 타파주의자가 이곳에서는 무엇과, 혹은 누구와 새
도복싱을 해야 한단 말인가? 완벽하게 만족하는 재러드 맨디블의 이
미지는 도무지 상상되지 않았다.

윌링은 자신의 멘토를 선견지명이 뛰어난 토지 소유자로 알고 있
었다. 가족 가운데 식량의 중요성을 가장 먼저 간파한 사람이 아니던
가. 그의 머릿속에 있는 재러드는 늘 흙 묻은 고무장화를 신고 삽을
들고 있는 모습이었다. 그렇다면 네바다 합중국에서도 이미 농장을
구했을 게 분명했다. 괘씸하리만치 낮은 고정 가격에 고기와 농산물
을 거의 몽땅 미 농무부에 넘기라는 굴욕적인 요구에서 벗어났으니
보루를 다시 일구었어야 했다. 그러나 http://usn에서 찾은 도시 주
소지로 보건대, 삼촌의 상황은 이런 장밋빛의 목가적인 모습이 아닌
듯했다.

놀리가 라스베이거스 시 경계를 넘자 윌링은 끓어오르는 흥분을
억누를 수 없었다. 그는 도박에 전혀 관심이 없었다. 그러니까 돈을
걸고 하는 도박 말이다. 더 넓은 의미의 도박에는 지대한 흥미를 갖
고 있었다. 지금도 도박을 하는 셈이었다.

게다가 그는 이 도시의 평판에 본능적으로 이끌렸다. 그 무모함과
방종함, 경솔함이, 늘 경계하고 감시하느라 어린 시절을 자유롭게 누
리지 못한 청년을 자연스레 손짓해 불렀다. 많은 사람들이 룰렛 한
판으로 전 재산을 날려버리는 도시, 쌀 한 봉지로 일주일을 버틸 수
있도록 어머니를 위해 정확히 4분의 3컵씩 계량해주며 늘 인색하게
살아온 브루클린 청년에게 그 제도화된 무모함이 어찌 매력적이지
않겠는가. 깐깐한 사람들, 고지식한 사람들, 청렴한 척하는 사람들의
혀 차는 소리와 맹비난에도 아랑곳하지 않는 이 도시의 무심함에 그

는 매료되었다. 이 도시는 미덕 따위를 상관하지 않았다. 무신경하고 요란하며 이단적이었다. 분별없고 허위에 차 있었다. 그리고 그 허위를 솔직하게 인정함으로써 다소간의 진실성을 보여주었다. 변명하지도 않았다. 시간이 갈수록 이 도시는 바로 그 그릇됨의 결과로서 그 주민들에게 많은 돈을 벌게 해주었다.

라스베이거스는 말하자면 반(反)윌링적이었다. 사람은 누구나 자신이 갖지 못한 것에 끌리는 법이다.

그러나 해가 저물기 시작할 무렵 그 유명한 번화가를 지나면서 그의 가슴이 내려앉았다. 윈, 베네치안, 벨라지오, 싱가포르 같은 카지노들이 모두 시커멓고 거대한 형체로 자리하고 있었다. 전설적인 번화가는 침울한 분위기였다. 멀리서 희미하게 네온사인 하나가 반짝거릴 뿐이었다. 맨해튼에 비해 도로를 지나다니는 차들이 많긴 했지만 주로 화물트럭이었고, 그들의 것처럼 호화로운 자동차는 거의 보이지 않았다. 한눈에 봐도 이 번화가는 실망스러우리만치 무거운 분위기를 풍겼다.

재러드의 주소지는 남동쪽 외곽이었다. 중심가에서 멀어질수록 잘 가꾼 선인장 정원이 갖춰진, 널찍한 흰색 치장 벽토의 농장 주택들이 사라지고, 마당 없는 작고 저렴한 주택들이 나타났다. 메마른 붉은 흙 위에 똑같은 집들이 줄줄이 이어졌다. 재러드의 주택 단지인 알로에 에이커는 반쯤 짓다 만 상태였다. 테라코타 기와만으로 간신히 스페인의 현대 양식을 흉내 낸 새하얀 2827번지는 짓다 말고 방치해둔 허리 높이의 네모난 벽들에 에워싸여 있었다. 자금이 부족했거나, 아니면 일탈로 유명했던 이 주가 투자자들이 예상한 것보다 더 반항적으로 돌아서자 개발업자들이 달아나 버린 모양이었다.

재러드는 그들이 오리라고는 전혀 예상하지 못했다. 그는 사각팬티 차림으로 소총을 들고 나왔다.

"아이고, 이게 누구야, 내 오른팔이잖아! 그리고 내가 참아줄 수 있는 보기 드문 노인네도 오셨네!"

사회 규약을 좀처럼 따르지 않는 재러드는 의학적 금기를 과감히 내팽개치고 두 사람을 한꺼번에 덥석 안았다. 소총이 불편하게 윌링의 가슴에 닿았다.

"완전한 신뢰와 신용, 미 에르마노 이 미 티아(스페인어로 '나의 조카와 고모'-옮긴이)! 네가 오면 좋겠다 싶더라고! 국경이 완전 재무부였지? 사실 나는 쓸데없이 카약을 타고 콜로라도 강으로 들어왔거든. 젠장, 그냥 픽업트럭을 몰고 I-70 주간도로를 탔어도 누가 작별 인사조차 하지 않았을 텐데. 완전히 빡된 기분이었지! 들어와, 들어오세요."

내부는 황량했다. 작은 합판 탁자 하나와 등받이 의자 두 개가 전부였다. 콘크리트 바닥을 제외하곤 모든 것이 흰색이었고, 벽에는 아무것도 걸려 있지 않았다. 작은 창문으로 들어오는 새빨간 마지막 일몰의 빛이 가물거리자 재러드는 아무것도 씌우지 않고 덜렁 매달아놓은 전구를 켰다. 제멋대로인 검은색 곱슬머리가 더 길게 자라서 아무렇게나 묶은 꽁지에서 마구 삐져나와 있었다. 삼촌이 가운을 걸치러 가기 전에 윌링은 쉰세 살의 재러드가 결국 배불뚝이가 되었음을 알아차렸다. 무얼 하는지는 몰라도 밭을 갈고 농작물을 재배하고 돼지를 치는 것은 아닌 모양이었다.

윌링의 생각을 알아차리기라도 한 듯 재러드는 그들에게로 돌아오며 말했다.

"자식, 넌 더 말랐구나."

"노예로 살면 살이 빠지죠."

윌링이 대꾸했다.

재러드는 플라스틱 스툴 하나와 테킬라 한 병, 짝이 맞지 않는 유리잔 세 개를 가져왔다.

"이곳에서 가장 영리한 자수성가자는 분리 독립 이후에 블루 아가베(테킬라의 원료-옮긴이)를 키운 사내야."

그는 술을 따르면서 말을 이었다.

"여기에 패트론(멕시코의 더 패트론 스피리츠 컴퍼니에서 생산하는 테킬라 브랜드-옮긴이) 본사가 있어봐야 멕시코에서 물자를 조달받을 수 없으면 소용이 없잖아. 이제 자유주 전역에서 현지 수확물로 만든 테킬라가 애용되고 있으니, 그것을 만든 사람은 엄청난 부자가 되었지. 건배! 불굴의 맨디블 가족을 위하여, 우리는 영원히 번영하리!"

"이곳에 부자가 있긴 하니?"

놀리의 물음에 재러드가 대꾸했다.

"그럼요. 이 나라엔 없는 게 아주 많거든요. 구멍을 찾아서 메우기만 하면 큰돈을 벌 수 있어요. 게다가 그 돈을 가질 수도 있고요. 비례세율 10퍼센트. 매출세나 재산세, 주세, 지방세, 메디케어 세, 사회보장연금이 더 붙지도 않아요. 딱 10퍼센트가 끝이라고요. 제기랄, 그런데 누가 분개하겠어요."

"네가 어느 것에도 분개하지 않는다니 상상이 안 되는구나. 적적하겠는데."

놀리가 말했다.

"분개할 게 없다는 데 분개하면 되죠."

재러드가 대꾸했다.

"10퍼센트를 내지 않는 사람도 있어요?"

윌링이 물었다.

"없진 않겠지. 하지만 경찰 수가 징글게 적어서 업무량이 많다 보니 툭하면 화를 내거든. 건드리지 않는 게 좋아. 처벌이 좀 거칠어. 경찰이 갑자기 들이닥쳐서 대륙 지폐를 모조리 압수하고 두들겨 팰 수도 있어. 그저 성가시게 했다는 이유만으로도. 여긴 복지 혜택이 없거든. 정말 단 한 푼도 없어. 실업 급여도, 장애수당도, 자녀부양 지원금도 없지. 그래서 이 도시엔 진짜 빈털터리인 하층민도 많고 범죄율도 아주 높아. 아까 소총을 들고 나간 것도 그래서였어. 미안. 그나저나 너 그 섹시한 블랙 섀도 아직도 갖고 있니?"

"당연하죠."

윌링은 허리에 찬 주머니를 두드리며 대꾸했다.

놀리는 불안해 보였다.

"그럼 차에 있는 물건을 그냥 두어선 안 되겠구나."

윌링은 얼굴을 찌푸렸다.

"값나가는 것도 없잖아요."

그는 재러드의 집에 살러 들어오는 사람처럼 바로 짐을 쌓아놓고 싶지 않았다. 더군다나 정말 그럴 계획이라면 더욱 조심스러웠다.

"너한테는 그렇겠지."

놀리는 황급히 밖으로 나갔다. 그녀가 끙끙대며 상자를 들고 돌아오자 윌링은 벌떡 일어나서 그것을 받았다.

재러드가 요란하게 웃었다.

"'폐판'은 아니겠죠!"

윌링은 아니길 바랐지만 고모할머니가 정말 정신이 이상해진 것은 아닐까 걱정되었다. 물론 노인들은 특정 물건에 애착을 갖기 쉬웠다. 그러나 놀리는 오는 길에 묵었던 호텔 방마다 이 오래된 원고를 끌고 들어갔다. 마지막 연회에서 식사할 때에도 이 상자를 갖고 들어가 옆에 놓아두었다. 심지어 일리에서 잡다한 일을 할 때에도 곁에 두었고,

현지인들의 집에 초대받아 식사를 하러 갔을 때에도 마치 어린아이가 헝겊 인형을 껴안듯 이 낡아빠진 마분지 상자를 두 팔로 감싸 안고 있었다. 하긴, 이 문서들은 지나간 전문 작가로서의 삶을 상징하는 토템과도 같았다. 그렇다고는 해도 이렇게 심한 집착을 보이는 것은 비정상이었다. 월링과 재러드는 민망한 눈길을 주고받았다.

재러드가 콘칩과 살사를 내놓고 다시 잔을 채워주려고 병을 내밀자 월링은 자신의 잔을 손으로 막았다.

"언제부터 그렇게 금욕적이었어?"

"그런 게 아니에요. 기분 좀 내려고요."

월링은 벨트 주머니의 앞칸 지퍼를 열었다. 그러곤 헝겊 뭉치를 조심스럽게 꺼냈다. 그는 그 양말을 풀어냈다. 예전에 동전을 가득 채워서 붉은 머리 소년을 협박해 기름진 분쇄 고기를 빼앗을 때 사용했던 그 반양말이었다. 월링은 그 안에 싸인 물건을 조심스럽게 탁자 위에 놓았다.

"여기에 따라주세요."

그러자 재러드가 소리쳤다.

"아이고, 이 잔 알지! 우리 누나 거잖아. 고인이 편히 쉬길. 누나가 엄청 아끼는 잔이었어. 징글게 누나답지 않게 말이야. 사실 귀여웠지. 오해하진 마라. 네 엄마가 좀 따분했잖아. 그런 사람이 이렇게 시시하고 사치스럽고 엉뚱한 물건에 푹 빠져 있다니. 난 오히려 마음이 놓였지."

노출된 전구의 조야한 불빛 속에서도 그 청록색 손잡이는 성당 유리창처럼 반짝거렸다. 이 작은 컵은 따뜻하고 사랑스러웠다. 월링이 말했다.

"늘 엄마에게 다시 돌려줘야지 하고 생각했어요. 안전하게 보관하고 있었죠. 풍요의 집에서 남은 거라곤 이것뿐이잖아요. 우리의 유산이에요."

재러드가 술을 따르자 그들은 건배를 했다.

"우리의 유산을 위하여!"

위생 따윈 상관하지 않았다. 윌링은 그들 모두가 그 술잔으로 술을 마셔야 한다고 고집했고, 결국 세 사람은 그 잔을 마치 성찬의 잔처럼 돌려 마셨다. 그날 저녁을 정화해주는 의식이었다. 그들은 모종의 협정을 맺은 듯했다. 무엇을 하는 협정인지는 분명하지 않았지만.

축제 분위기를 더하기 위해 윌링은 그 터무니없는 오렌지 절임을 꺼냈다. 상징적인 제스처는 너무 오래 아껴두면 써먹을 기회를 잃고 만다. 이 터무니없는 과일을 지금 먹지 않으면 그는 그 무의미한 병을 영원히 갖고 있어야 할 수도 있었다. 그는 그 출처를 설명했다.

재러드가 말했다.

"이제야 동화 속 요정의 존재를 믿을 수 있겠군. 갑부 집단을 찾아낸 거네! 난 정부에서 가혹한 세율을 정당화하기 위해서 돈 많은 상류층에 대한 신화를 퍼트렸다고 생각했거든. 대통령들은 매번 억만장자와 엄청난 갑부들을 비난하지만, 그래 놓고 결국 최상위 세율은 편리하게도 소득 10억 이상이 아니라 25만 이상으로 정하잖아."

"그들은 요정이 아니에요. 그보다는 멸종 위기종이죠."

윌링이 말했다.

"얘, 유통기한은 네 엄마의 말이 옳았어."

놀리가 손가락을 핥으며 말을 이었다.

"내 입맛에 조금 달긴 한데. 그래도 나쁘지 않아."

윌링이 삼촌에게 물었다.

"네바다 합중국이 독립을 선언했을 때 이곳 분위기가 어땠는지 혹시 아세요? 지난주에 국경을 보고 나선 2042년도에 나온 뉴스를 하나도 못 믿겠더라고요. 대학살이니, 무정부 상태이니, 애국파와 분리 독립파 사이에 준군사적 충돌이 있었느니. 이런 얘기가 다 사실이에요?"

재러드는 거들먹거리기를 좋아했다. 그가 보루에서 사라진 것은 겨우 6개월 전이었지만, 재러드 맨디블이 새로운 국가에 대해 전문가가 되기엔 충분한 시간이었다. 목욕 가운과 플라스틱 스툴만 아니라면 더욱 권위적인 분위기를 낼 수 있었을 테지만 말이다.

그가 선언하듯 말했다.

"전부 컴퓨터 그래픽이었지. 준군사적 싸움은 없었어. 애국파가 하나도 없었거든. 다들 워싱턴이라면 학을 뗐으니 이 아름다운 미국에 아찔한 매력을 느끼는 사람은 누구든 자유롭게 떠날 수 있었어. 내가 들은 바에 따르면 2042년도는 역사상 가장 우아한 혁명이 일어난 해였어. 시 정부들은 이미 있었으니 그대로 유지되었지. 주 정부도 마찬가지고. 주 정부가 국가 정부가 된 것뿐이야. 그래, 하룻밤 사이에 말이야. 사람들은 똑같이 아침에 눈을 떴고, 똑같이 태양이 떠올랐지. 그들은 똑같이 출근을 했어. 아무것도 변하지 않았어. 어차피 연방 정부가 하는 일이 뭐야? 네 돈을 가져가서 늙은 사람한테 주는 거야. 그게 전부라고. 아, 참, 정부 사람들은 우리가 원하는 일을 어떻게든 방해하는 데 엄청난 에너지를 쏟기도 하지. 그게 정말 그립단 말이야."

"그래도 통계국 같은 것도 있잖아요. 얼마나 도움이 되는지는 몰라도 못된 건 아니잖아요."

윌링이 말했다.

"미국 전쟁기념물 관리위원회! 무해하지."

놀리가 단언했다.

"미국 해안경비대."

월링이 의기양양하게 말했다. 그러곤 덧붙였다.

"실제로 도움이 되죠."

재러드는 웃음을 터트렸다.

"좋아, 해안경비대는 인정하지."

놀리가 다시 말했다.

"공화당이 의석수로 밀어붙여서 워싱턴 자금 조달을 막은 것 기억해? 연방 정부는 셔터를 내렸는데 아무도 알지 못했지."

그러자 재러드가 회상했다.

"사람들을 화나게 한 게 딱 하나 있긴 했죠. 국립공원들을 폐쇄한 거. 그리고 이제 연방 정부는 옐로스톤 국립공원도 매각했잖아요. 말도 마세요."

"그런데 라스베이거스 스트립(리조트 호텔들과 카지노들이 모여 있는 라스베이거스의 번화가—옮긴이)은 어떻게 된 거예요?"

월링은 너무도 익숙한 저 삐딱선에서 삼촌을 끌어낼 생각으로 말을 이었다.

"저는 평생 네온사인이 반짝이는 사진만 봤거든요. 이제 컴컴하더라고요."

그러자 재러드가 대꾸했다.

"사실 채무 포기 초기에 라스베이거스는 떼돈을 벌었어. 외국인 관광객들이 떼 지어 카지노로 몰려들었거든. 환율이 유리하니까 술과 호텔, 대형 쇼, 뷔페 따위가 거의 공짜나 다름없었지. 문제는, 판돈을 따봐야 달러였다는 거야. 알바라도가 국외로 100달러 이상 갖고 나가지 못하게 했으니 돈을 따봐야 집으로 가져갈 수도 없었어. 그렇다고 있는 대로 다 써버리면 나았을까? 본격적으로 인플레이션이 시작되면서 곧 아무리 많이 따도 사실상 처음에 걸었던 돈 이상의 가치엔 이르지 못했어. 기분 좋은 경험이 되지 못했지. 아이러니하게도 라스베이거스는 일찍이 마피아와 연계되어 있었기 때문에 2030년대에는 미국의 다른 도시들에 비해 안전했어. 여기저기 틈으로 외국 돈이 스며들어와서 급한 불을 끌 수 있었거든. 사실 그 스트립을 무너뜨린 건 혼란이 아니야. 질서지. 네 목덜미에 그 쇳조각을 박아놓은 그런 질서 말이야, 가엾은 자식."

놀리가 회상했다.

"2037년도의 초과이득세. 부동산 매매뿐 아니라 도박 수익에도 적용되었지."

재러드가 다시 나섰다.

"90퍼센트였잖아요. 그러니까 두 배를 따도 순수익은 처음 건 돈의 10분의 1이었어요. 위험 대비 수익률이 형편없어졌죠. 거기까진 좋았어요. 슬롯머신이 누에보 한 양동이를 쏟아내도 미국 정부는 그에 대한 신고를 그저 우리의 양심에 맡겼으니까. 그러다 칩 이식이 도입되고 카지노 원천징수가 도입되었죠. 외국인들에게까지. 전문 도박꾼에게는 죽으라는 뜻이었어요. 징글게 예리해도 생계를 유지할 수 없게 되었죠. 그리고 마지막 한 방은 현금 누에보를 없애버린 거예요. 진짜 돈의 느낌. 지폐 수백 장을 쌓아놓고 엄지손가락으로 넘기며 세거나 슬롯머신에서 나온 25센트짜리 동전 2킬로그램을 재는 느낌, 그런 게 도박이라는 놀이의 전체 틀에서 아주 중요한 역할을 했잖아요. 그저 점수처럼 추상적으로 돈을 따고 그나마도 대부분이 바로 빠져나가 버리면…… 글쎄요. 재미는 끝나는 거죠. 분리 독립한 이유를 딱한 가지만 꼽으라면 바로 그거였어요. 현지인들 말로는 대중의 분노가 너무 뚜렷해서 대기가 시뻘겋게 물들었을 정도라고 하더라고요."

재러드의 목소리에는 애석함이 가득했다. 그는 파티를 그리워하고 있었다.

놀리가 말했다.

"내가 기억하기로 이 사람들의 모토는 비과세였어. 그뿐이었지. 대표 따위는 상관하지 않았어(미국 독립운동의 슬로건인 '대표 없이는 과세도 없다'를 빗댄 말—옮긴이). 거침없는 사람들이야. 당시에도 꽤 인상적이었어. 소련에 맞서 봉기한 헝가리인들 같잖아. 이런 유추도 상서롭다고 할 수는 없지."

"네바다 사람들은 대체로 내전이 일어나지 않았다는 사실에 안심했을 거예요. 하지만 싸웠다면 선전했겠죠. 헌법 수정 제2조의 재해석 이후 이 주에서는 정말 한 사람도 빼놓지 않고 아무도 화기를 내놓지 않았거든요."

재러드의 말이었다.

"독립 이후에 스트립이 다시 살아날 수도 있었잖아요."

윌링의 말에 재러드가 다시 대꾸했다.

"금수 조치 때문에 그럴 수 없었어. 그런 대형 카지노들은 현지인들만 상대해선 절대 살아남을 수 없지. 현지인들은 대부분 푼돈으로 노는 사람들이거든. 관광객들이 필요해. 이곳 경제에 가장 큰 타격이 된 건 관광객들이 없어진 거야. 우리처럼 쪼들리는 밀입국자들만 줄줄이 들어왔잖아. 네바다 행 비행기는 미국 상공으로 먼저 들어와야 하는데 워싱턴에서 허용하지 않겠지. 네가 얼마나 엄청난 짓을 저질렀는지 알아야 한다. 여긴 들어오는 비행기도, 나가는 비행기도 없어. 그리고 자유주에 들어오기는 아주 쉬웠겠지만 다시 돌아가면 그쪽에서 체포될 거야. 적어도 체납 세금은 어떻게든 받으려고 들겠지. 이자에 벌금까지 복리로 말이야. 그러니까 진짜 감옥에서든 사실상의 채무자 감옥에서든 종신형을 살아야 해. 특히 넌 칩 이식을 받았잖아. 이 브리가둔에 영원히 있을 수밖에."

"그럼 이제 카지노는 하나도 남지 않은 거예요?"

윌링에겐 분위기의 문제였다. 그는 도박할 생각이 없었다. 그러나 자신의 집과 대부분의 일가친척들, 아주 괜찮은 여자친구까지 모두 버리고 온 도시라면 여느 도시와는 달라야 했다.

"엘 코르테스 같은 옛 시가지에 드문드문 있긴 해. 인정하고 싶진 않지만 나도 몇 번 해봤어. 그게 아니고는 달리 어떻게 돈을 모을지 모르겠더라고. 우리가 보루에서 길고 추운 밤을 어떻게 보냈는지 기억하지? 내가 블랙잭은 꽤 하는 편이잖아."

"크게 따신 적 있어요?"

윌링이 물었다.

"크게 잃진 않았어. 그 정도면 잘했지."

재러드가 툴툴거렸다.

놀리가 다리를 꼬고 두 발을 '폐판' 상자에 올려놓았다.

재러드가 다시 말했다.

"워싱턴에서는 무역을 막고, 관광산업을 무너뜨리고, 통신망과 수송망을 차단하고, 가뜩이나 부족한 물도 지원하지 않으면 네바다 합중국을 무릎 꿇게 할 수 있다고 예상했을 거야. 헝가리보다는 레닌그라드 공방전에 가까운 셈이지. 그럼 고립되고 가난해진 네바다 사람들은 갈증에 시달리고 신선한 복숭아를 갈망하며 다시 미국으로 들여보내 달라고 애원할 테니까. 어쨌든 이론상으론 그렇지. 그리고 그쪽 군대는 총을 쏠 필요도 없어. 워싱턴에서는 미국 군대가 같은 미국 동포들을 살육하는 광경이 맥스플렉스로 퍼져 나가는 것을 원치 않았거든. 아주 영리하고 알뜰한 데다 정치적으로 교활한 전략이었지. 첼시 클린턴 정부는 네바다 합중국이 몇 주까지는 아니더라도 몇 개월 내에 무너져서 후회하며 징징거릴 거라고 넘겨짚은 거야. 하지만 벌써 5년이 지났어. 아무도 울고 있지 않지."

재러드는 이웃들에게서 전수받은 듯한, 전염성 강한 현지인의 자부심을 한껏 내보였다. 아무리 그래도 매사에 열성적인 재러드가 이처럼 우울하고 금욕적인 삶을 살고 있다니 너무 의외였다. 윌링은 재러드의 집 진입로에서 어떠한 운송 수단도 보지 못했다. 노출된 전구의 불빛 속에서 윌링은 또 하룻밤을 뮤레아에서 보낼 준비를 했다. 콘칩과 오렌지를 다 해치웠으니 이제 먹을 것을 핑계로 눌러 있을 수도 없었다.

"이른바 국가라는 이곳이 돌아가고 있긴 한 거예요? 아니면 그냥 사람들이 징글게 고집이 센 건가?"

윌링은 머리를 굴리며 조심스럽게 물었다.

"이 나라는 이목을 끄는 사회 실험인 셈이야. 어쩌면 아직 찬부가 결정되지 않았고."

재러드는 열성적으로 말을 이었다.

"서구 사회 민주주의들은 모두 똑같은 포물선을 그렸지. 처음에는 점잖고 조용히, 꽤 싸하게 출발하지만 결국에는 그 제도의 장점에 너무 도취되어버리지. 공평성에 빠지는 거야. 물론 완벽하게 공평한 세상이라면 누구나 크고 끝장나는 집과 산더미 같은 음식을 누리겠지. 최첨단의 의학을 무제한 이용하고 무료 보육에 징글게 으스스한 교육, 장수자들을 위한 폭신한 베개……."

그러자 놀리가 보탰다.

"매일 아침 싱싱한 꽃을 즐기고. 잔에는 늘 테킬라가 넘쳐흐르고."

그녀는 술을 따르라는 의미로 잔을 들어 올렸다.

"그렇죠."

재러드는 한 잔 더 따라주며 말을 이었다.

"당연히 이 모든 것을 아무것도 하지 않고도 누릴 수 있어야 해. 사회적으로는 쉽지. 경제적으로는? 좀 까다로워. 그래서 국가는 돈을 이리저리 옮기기 시작하는 거야. 여기 공평성 조금, 저기도 공평성 조금. 하지만 화물창에 짐을 실을 때처럼 짐 가방들을 계속 좌우로 옮겨줘야 해. 그렇지 않으면 배가 자꾸 이쪽저쪽으로 기울거든. 결국 사회민주주의는 모두 똑같은 티핑 포인트에 도달하지. 나라의 절반이 나머지 절반을 부양하는 순간이 오는 거야. 본질적으로 귀족이 자금을 지원하는 체계가 되어버려. 더 이상 각층……."

재러드는 테킬라를 꽤 마신 터라 말을 더듬었다.

"각출제가 아니야. 그럼 분열이 생기지. 아무도 만족하지 못해. 하층민 절반은 꽃을 누리지 못하고. 귀족들은 강탈당하는 기분에 시달리고. 그러니까 공평성이라는 건 결국, 짐을 이쪽저쪽으로 옮기는 건 결국, 피터한테서 빼앗아 폴에게 주는 거고……."

"높은 거래비용이 발생하죠."

월링이 거들었다.

"그렇지. 그러니까 처음에는 모두가 조금씩 투자해 도로나 경찰 배치 등 소소한 공동의 필요를 충당하자는 취지로 시작한 합리적이고 단순한 제도가, 결국 고모가 늘 말씀하시는 복잡한 시스템으로, 엄청난 붕괴를 자초하는 그런 시스템으로 변하는 거예요. 정부는 값비싸고 거추장스럽고 비효율적인 기계장치로 전락하죠. 가진 자들에게서 못 가진 자들에게로, 젊은 사람들에게서 늙은 사람들에게로 부를 옮겨주는 기계장치. 옳은 방향이 아니에요. 그렇게 공을 들여서 결국 또 다른 불공평을 초래하잖아요."

"여기서도 똑같은 문제가 생기지 않는다는 보장은 없잖아요."

윌링이 말했다.

"많은 늙다리들이…… 아, 죄송해요. 장수자들이 분리 독립 때 떠났어. 메디케어 없이는 살 수 없었거든. 솔직하게 말씀드릴게요, 고모. 여기 남은 노인들은 주로 네바다 토박이들과 떼 지어 몰려온 타지의 은퇴자들인데, 다들 병들기 시작했어요. 네바다에는 약재로 쓸 만한 식물이 전혀 없고 약은 수년 전에 다 떨어졌죠. 고혈압약, 콜레스테롤약, 협심증약이 모두 떨어졌다고요. 그래서 아프면 금방 죽어요. 곳곳에서 그런 사람들을 많이 보았죠. 누군가가 굳이 통계를 낸다면 틀림없이 기대수명이 급감했을 거예요. 저는 그게 그렇게 나쁜 일인지는 모르겠어요. 이곳에선 대체로 이렇게 생각하지만 나머지 49개 주에서는 수치로 여기죠. 네바다에서는 늙거나 병들면 다른 사람에게 기대야 해요. 어떤 기관에 집단으로 의존해야 한다는 얘기가 아니에요. 친척이나 이웃에게 의존해야 하죠."

"그게 그렇게 이상하게 보인다는 것도 재미있는 일이지."

놀리의 말에 재러드가 다시 입을 열었다.

"자유주는 말하자면 과거로 돌아가 보는 실험이에요. 기술 면에서도 그렇죠. 이 국경 안에는 아직 롭 공장도 없어요. 기존에 쓰던 롭이 고장 나면 인간 노동자로 대체해야 하죠. 장기적인 해결책은 아니에요. 누군가가 조만간 롭을 만들어야겠죠. 하지만 단기적으로는 자동화 기기의 감소가 사실상 노동시장에 도움이 되었어요. 곧 알게 되겠지만 여긴 일자리가 많아요. 하지만 징글게 단순한 일, 대개는 육체노동이거나 그렇지 않으면 윌링 너나 나로서는 근처에도 가보지 못한 교육 수준을 요하는 일이지."

"여기 와서도 골치 아프게 생겼구나."

놀리는 그들이 두고 온 이스트 플랫부시의 아늑한 집보다 훨씬 더 우울한 방 안을 둘러보며 말을 이었다.

"나도 긍정적으로 생각하고 싶어. 하지만 네바다 합중국이 더 나은 이유가 대체 뭐니?"

"7월 4일에 제가 구그한테 이렇게 얘기했었잖아요. 자유는 기분이라고. 그저 해도 좋은 일을 열거해놓는 게 아니라고 말이에요. 저는 기분이 더 좋은데요."

월링은 마치 방금 체온을 재기라도 한 것처럼 덧붙였다.

"벌써 기분이 한결 나아졌어요."

그러자 재러드가 말했다.

"믿을지 모르겠지만 이 나라의 세금 신고서는 겨우 한 쪽이에요. 모든 게 그런 식이죠. 사업 허가나 결혼 허가, 유흥 허가, 음주 허가도 필요 없어요. 그냥 사업하고 결혼하고 놀고 마시면 돼요."

"그래도 네바다가 유토피아는 아니네요."

월링의 말에 재러드는 격렬하게 맞장구쳤다.

"아니지, 아니지! 절대 아니야. 이 도시엔 날건달과 재무부 증권 같은 자식들, 난봉꾼들, 협잡꾼들이 득실거려. 사람들이 실제로 굶어 죽기도 하고. 도움도 누가 자발적으로 나서야 받을 수 있고, 게다가 그 사람이 나를 좋아해야 해. 그저 곤궁하다는 이유로 도와주진 않아. 네바다 토박이들끼리는 서로 돕기도 하지만 나머지 49개 주에서 온 우리 외지인들은 혼자 힘으로 살아야 하지. 아무도 우리에게 오라고 하지 않았으니 쓸모 있는 인간이 되지 못하면 떠나야 해. 분리 독립할 때만 해도 사람들은 이제 강경파만 남아서 독자 생존이 불가능할 정도로 인구가 빠르게 줄지 않을까 걱정했었어. 이제는 오히려 정반대의 걱정을 하고 있지. 스캡의 박해를 피해 도망친 난민들이 이 자유주로 쏟아져 들어와 네바다에서 다 흡수할 수 없을까 봐 걱정한다고. 여기 사람들이 이곳이 그리 나쁘지 않다는 소문을 내려고 애쓰지 않는 커다란 이유이지."

"그럼 미국에 떠도는 식인이니 집단 학살이니 하는 이상한 소문 가운데에는 사실상 네바다 합중국의 선전도 있을 수 있겠네."

놀리의 말에 재러드가 다시 대꾸했다.

"그렇다고 해도 놀랍지 않을 것 같은데요. 저도 점점 좋은 소문을 내기가 꺼려지거든요."

윌링이 물었다.

"하지만 여기 사람들이 전부 반체제자라면 삼촌은 결국 순응주의자가 되는 것 아니에요?"

그러자 재러드가 말했다.

"아주 재미있군. 문제는, 반체제자들은 좀처럼 다른 반체제자들과 뜻을 같이하지 않는다는 거지. 그리고 곧 여기서 구할 수 없는 게 얼마나 많은지 깨닫게 될 거다. 맥스플렉스 부품. 레몬. 레몬 없이 가능한 요리가 얼마나 되는지 아니? 테이크아웃 중국 음식도 개짝이야. 여긴 이제 마름이나 죽순, 표고버섯 따위가 없거든. 통조림조차도. 목제 샐러드볼은 그에 대해 번뜩이는 아이디어를 가진 기업가가 나오지 않는 이상 직접 나무를 깎지 않으면 구할 수 없어. 네바다는 이제막 TV 프로그램이나 영화 같은 자체 미디어를 만들기 시작했어. 귀엽게 보이겠지만 다 쓰레기야. 사람들이 책을 쓰기도 하는데 역시 끔찍한 수준이지."

"듣던 중 반가운 소리구나. 경쟁자가 없다니."

놀리가 말했다.

"하지만 무엇보다도 꼭 알아둬야 할 점은 현지 사람들이 타지 사람들을 못 믿는다는 거예요. 개종자가 되겠다는 열의 따위엔 감동받지 않아요. 여기까지 온 용기에도 무감각하죠. 멕시코 경제가 미친 듯이 활황일 때 라틴계 사람들이 꽤 많이 남쪽 국경을 빠져나갔을 거예요. 분리 독립 때 또 한 번 상당수가 네바다를 떠났고요. 리노와 카슨시티에 완고한 공화당 지지자들이 가득하니까 라틴계 사람들은 독립주가 될 경우 예전 남부 연합의 인종차별이 되풀이될까 봐 불안해했죠. 누구에게든 걷어찰 고양이는 필요한 법, 그 뒤로 우리가 그 입장이 된 거죠. 우리가 새로운 밀입국 노동자가 된 셈이에요. 교육 수준도 낮은 데다 무엇보다도 빈털터리로, 비현실적인 기대만 잔뜩 안고 나타난 49개 주 사람들. 국경에서 칩에 남은 돈은 다 빼앗겨버렸죠. 고모 같은 분도 드물어요. 대부분의 사람들은 차를 갖고 들어와도 되는지조차 몰랐거든요."

"차를 가진 사람도 많지 않잖아요."

윌링이 그에게 상기시켰다.

"난 픽업트럭을 타고 넘어오지 않은 걸 얼마나 후회했는지 모른다. 전기 자전거도 아니고 그냥 낡은 자전거를 끌고 다닌다니까. 이렇게 무더운 여름엔 여간 힘든 일이 아니야. 이 집도 볼품없고. 그래도 이렇게 살 곳이 있다는 게 기적이야. 49개 주에서 온 사람들 중에는 노숙자가 많거든. 나도 이번 5월 초가 되어서야 문간에서 웅크리고 조는 신세를 면했어."

"여기선 무슨 일을 하니?"

놀리가 물었다.

재러드는 겸연쩍은 기색도 없이 당당하게 대꾸했다.

"치즈 공장에서 일해요. 응유와 유장을 분리하는 일을 하죠. 동요에 나오는 머펫 아가씨가 됐답니다. 네바다에서도 수 대에 걸쳐 낙농업이 이뤄지긴 했지만 치즈는 많이 생산하지 않았거든요. 타코에 치즈를 얹을 수 없게 되자 모두들 기겁했죠. 몬테레이 잭 치즈 시장이 징글댑니다. 카사 데 케소는 파르메산 치즈를 모방해 사업을 확장할까 생각하고 있어요. 파르메산 치즈를 구하지 못해서 죽을 지경인 사람들을 봤거든요."

"터무니없게도 저는 삼촌이 여기서도 농장을 소유하고 있을 거라 상상했어요."

윌링이 말했다.

"어떻게 그러겠니? 자본이 없는데, 미 아미고(스페인어로 '나의 친구'-옮긴이). 너도 곧 알게 될 거야. 너와 놀리 고모가 온 건 정말 반가운 일이야. 하지만 일괄 세금이 아주 미미한 자급자족의 땅에서도 살 곳을 마련하기까지는 시간이 꽤 걸리는 법이야."

윌링이 다시 말했다.

"내키진 않지만 그래도 이 술잔을 팔면 작은 아파트 임대 보증금 정도는 마련할 수 있을지도 몰라요. 윗부분은 순금이에요."

그러자 재러드가 대꾸했다.

"하지만 넌 전에 브루클린으로 돌아갔을 때 나한테 불평했었잖아. 미래가 없다고. 그 점은 여기도 다르지 않아. 야, 내 평생 처음으로 학위라도 따놓을걸, 하는 후회가 들더라고. 사실 네바다에서도 치즈를 압착하고 자르고 날라줄 빡이 50명씩 더 필요한 건 아니거든. 여기서 필요로 하는 건 화학자와 공학자이지."

"자금이 있다면 무얼 할 거니?"

놀리가 물었다.

"그런 상상은 시간 낭비죠."

"그건 틀린 답이지."

놀리가 말했다. 재러드는 그녀의 기분을 맞춰주었다.

"거대한 온실을 지을래요. 레몬을 재배할 거예요."

"훨씬 낫군."

그녀는 윌링을 돌아보며 다시 물었다.

"넌 지금이 있다면 무얼 할래?"

이 집은 볼품없었다. 허리 높이의 사각형 구조물들이 늘어선 이 주택 단지 전체가 볼품없었다. 그러나 일몰은 눈부시게 아름다웠다. 라스베이거스로 달려오는 길에 서쪽으로 어렴풋이 보이던 붉은 산들은 어떤 정부가 들어서든 동요하지 않고 굳건히 버티는 듯했다. 도시경관은 형편없었지만 그것이 자리한 땅은 꾸밈없었다. 그 균형이 좋았다. 스톤에이지 이후로 느껴보지 못한 가뿐함이 팔다리로 스며들며 윌링의 몸에 생기를 불어넣었다. 어릴 때 좋아하던 초콜릿 바가 된 기분이었다. 수백 개의 기포가 뚫려 있는 진한 코코아 고형물, 그 무겁고 삼키기 힘들어 보이던 초콜릿 바가 입에 넣으면 금세 가벼워져 거의 무게조차 느껴지지 않았다. 그는 내일 무엇을 할 것인지 알지 못했고 그 사실이 좋았다.

윌링이 말했다.

"라스베이거스 네바다 주립대학에서 수문학을 공부할래. 네바다 합중국이 콜로라도 강에서 몰래 물을 끌어오면 애리조나 주는 주 방위군을 동원할 테고, 멕시코는 국경을 넘어오는 유량이 감소했다고 반발하겠죠. 그런 외교적 위기 없이도 재러드 삼촌 같은 사람들이 레몬을 키울 수 있는 방법을 연구하고 싶어요. 분리 독립 이전에 네바다 주 인구는 겨우 5백만 명이었어요. 워싱턴은 그들의 세금이 없어도 살 수 있잖아요. 결국 네바다 합중국의 독립을 위협하는 건 물이에요. 타호 호와 훔볼트 강, 미드 호의 배수를 놓고 인접 주들과 갈등을 빚게 될 거라고요."

"세상에, 너 정말 진지하게 생각했구나."

놀리가 말했다.

"많이 생각해봤어요. 피파와 연락할 방법도 찾을 거예요. 그렇게 어렵지 않을 것 같은데요. 피파를 데려오고, 서배너 누나와 빙도 이리로 이주시킬 거예요. 어쩌면 구그도 스캡에서 일하지만 않으면 그렇게 재무부 증권 같지 않을지도 몰라요. 재러드 삼촌과 다 함께 사는 거예요. 예전에 보루에서처럼. 하지만 2030년대처럼 빠듯하게, 초조하게 사는 게 아니라 널찍하고 시원하게 사는 거예요. 서배너 누나는 매춘을 그만두고 다시 미술을 시작할 수도 있잖아요. 저보다 더 매력적인 남자를 만나고. 뭐, 질투가 나긴 하겠지만. 빙도 착하게 사는 것 말고 다른 소명을 찾을 수 있어요. 에이버리 이모와 로웰 이모부도 워싱턴에서 은퇴한 뒤에 이리로 오셔서 가까이 살면 좋을 것 같아요. 로웰 이모부 같은 경제학자들은 네바다 합중국이 실제로 가능하다는 사실을 믿지 않겠죠. 이모부가 그런 불가능한 곳에서 사는 모습을 보면 얼마나 즐거울까요. 몬태나에서 제인 씨와 카터 씨도 모셔와야죠. 제인 씨는 불안증에서 벗어날 수 있을지도 몰라요. 스스로 혼자 있는 걸 좋아한다고 생각하지만 사실은 사람들 곁에 있는 걸 좋아하시거든요. 고모할머니는 따로 작업실을 마련하면 좋겠네요. 거기서 사람들이 읽을 책을 쓰는 거예요. 그렇지 않으면 여기서의 삶이 따분해질 테니까요. 그러다가 세상을 떠나시겠죠. 저는 슬퍼할 거예요. 하지만 좋은 슬픔이에요. 누가 죽어도 슬퍼하지 않는 거, 그게 더 슬픈 일이잖아요. 저는 피파와 결혼할 거예요. 자녀는 셋만 낳기로 하지만 조심하지 못해서 결국 다섯을 낳는 거죠."

"정답이야."

놀리가 말하며 상자에서 발을 들어 올렸다. 그녀는 헤진 포장 테이프를 뜯고 날개를 열어젖힌 뒤, 맨 위에 놓인 인쇄물 묶음을 바닥에 내려놓았다. 그러곤 합판 탁자에 묻은 오렌지 절임 국물을 손가락으로 닦고 풍요의 집 술잔을 옆으로 치웠다. 그녀는 낑낑거리며 두 손으로 상자 한가운데서 '늦게라도'라고 적힌 원고 상자를 꺼냈다. 그녀가 그것을 탁자 위에 올려놓자 테킬라 잔들이 덜거덕거렸다. 그녀는 이 등사판 인쇄물 상자의 상단을 밀어 열고 50장쯤 되는 종이를 들어냈다. 그러곤 말했다.

"자, 지금이야."

상자 안에는 금괴가 가득 들어 있었다.

"방코르만 들여오신 줄 알았어요."

윌링의 말에 놀리가 대꾸했다.

"새로운 통화를 무한히 신뢰할 수는 없었지. 어떤 통화든 마찬가지야. 우리 아버지한테서 분산 투자 하는 법을 배웠거든. 이 귀금속을 마련한 건 1999년도였어. 이 노란 물건이 1온스(약 28그램)에 겨우 230달러였지. 그 후에 가격이 어떻게 됐는지는 너도 잘 알 거라 생각한다."

윌링이 말했다.

"이 정도면 네바다 합중국 조폐국에서도 관심을 갖겠는데요. 49개 주 난민들 때문에 인구가 늘고 있잖아요. 금 보유고가 많아지면 네바다는 인플레이션 없이도 통화 베이스를 늘릴 수 있어요. 그런데 처음에 이걸 갖고 JFK 공항을 어떻게 통과하셨는지 모르겠네요."

그러자 놀리가 그에게 상기시켰다.

"정부에서 금을 국유화하고 얼마 안 됐을 때였잖아. 제정신을 가진 사람이라면 미국으로 금을 갖고 들어올 리가 없었지. 그래서 세관에서도 제대로 검사하지 않았어."

월링이 다시 말했다.

"집을 빼앗겼을 때 말이에요. 이제야 알겠네요. 샘한테 뭐라고 하시긴 했지만 그걸 제외하곤 움츠려 계셨잖아요. 평소와는 달라도 너무 달랐죠."

"꾹 참았지. 어쨌든 난 이 상자를 갖고 나가야 했거든. 플로렌스의 집보다 훨씬 더 가치 있었으니까. 그래도 프로스펙트 공원으로 걸어가는 내내 〈맥스웰의 은빛 망치〉라는 노래가 머릿속을 맴돌더라니까. 내가 제시하는 조건은 딱 한 가지야. 이게 하늘에서 떨어진 횡재가 아니라는 점을 잊지 않는 거. 내가 노력해서 번 돈이야. 친구들이 술집을 돌아다닐 때 나 혼자 밤늦게까지 자판을 두드렸어. 같은 원고를 수도 없이 읽으면서, 수없이 교정하고 교열하고, 한 번, 두 번, 세 번을 본 뒤 교정쇄까지, 내 문장을 보는 게 싫어질 때까지 검토했지. 공식 행사마다 참석해서 스스로에게 환멸이 들 때까지 같은 말을 되풀이했고, 문학 축제에 참석하기 위해 잠도 못 자고 아침 7시 비행기를 타기도 했어. 내가 이 금속에 대한 세금을 이미 냈다는 점도 잊지 마라. 그러지 않았더라면 두 배는 더 있었을 거야. 어쨌든 이건 네가 가졌으면 좋겠구나. 그 정도면 공부하고 집을 사고 결혼할 수도 있을 거야. 레몬 나무를 살 돈도 충분히 남을 테고."

월링은 어릴 때부터 경제학에 큰 흥미를 가졌지만 돈에는 그리 흥미가 일지 않았다. 고모할머니의 선물이 대륙 지폐로 얼마나 되는지 알고 그는 입을 다물지 못했다.

그는 재러드가 말한 공평성에 대해 생각해보았다. 그의 삼촌은 공평성 따윈 없다고 생각하는 듯했다. 그저 불공평이 서로 경쟁하고 있을 뿐. 놀리가 잊지 말라고 당부한 바에 따르면 그녀는 열심히, 어떤 사람들보다는 더 열심히 일했다. 그러니 너 하나 나 하나 하는 공평성은 정확히 공평한 것이 아니었다. 과거에 그의 할아버지 카터에게, 그리고 추정컨대 그 돈이 필요하지 않았을 놀리에게도 돌아갈 예정이었던 맨디블 가의 재산 역시 공평한 것이 아니었다. 그렇다면 2029년에 그 재산이 증발해버린 것은 불공평한 일이 아니었다. 그러나 불공평하지 않다고 해서 공평한 것은 아니었다. 그러니 어쩌면 그가 고모할머니로부터 돈을 받은 것도 불공평한 일은 아니었다.

당황스럽게도 그가 이해할 수 있는 사실은 한 가지뿐이었다. 돈으로 할 수 있는 확실하게 건전한 일 한 가지는 바로 그것을 다른 사람을 위해 쓰는 것이라는 사실. 놀리는 자신의 재산을 조카와 조카손자들에게 주며 즐거워했다. 그의 현조부인 엘리엇 맨디블도 말년으로 갈수록 자원을 아껴 후대에 물려주려 했을 것이다.

윌링은 한 번 맨디블 가문을 구했다. 그것을 습관으로 삼아도 좋으리라.

이곳에는 실제로 지하철도가 있었다. 당연히 진짜 철도는 아니었다. 은신처들이 모여 있는 곳도 아니었다. 독립적인 프리랜서들, 즉 운전할 줄 아는 네바다 주 비이식자 영감들의 모임이었다. 이곳 현지인들은 차량의 유도장치를 무인 자동 모드로 설정하면 위성에 잡힐 수도 있다고 믿었다. 일리 있는 믿음이었다. 이 영감들은 많은 돈을 받고 대륙을 횡단하며 연료와 식량 등을 수송해주었다.

윌링은 밴 한 대를 고용해 3개 지점 경유를 위탁했다. 첫 번째로 들를 곳은 뉴욕이었다. 그곳에서 밴은 피파를 태웠다. 나중에 그녀는 납치당하는 것 같았다고 말했지만, 윌링은 유괴했다는 표현이 더 좋았다. 왠지 더 낭만적이었다. 밴 운전사는 서배너와 빙을 태운 뒤 한

바탕의 실랑이 끝에 그의 형도 태웠다. 워싱턴 DC의 로웰은 아무 데도 가지 않겠다고 완강히 버텼지만, 그의 아들이 스캡을 그만두면 그의 조지타운 교수직도 끝난다는 얘기를 듣고 고집을 꺾었다. 에이버리는 자신의 기립 재활 클리닉이 네바다에서는 필요치 않을 거라는 얘기를 듣고 슬퍼했지만, 그 이유는 흡족해했다. 밴은 라스베이거스로 돌아오는 길에 몬태나를 경유했다. 제인은 겁에 질렸지만, 어차피 원래 늘 겁에 질려 있었다. 카터는 놀리가 어머니에게 했던 실수를 되풀이하게 될까 봐 죽기 전에 누이와 화해하고 싶어 했다. 밴에는 그들의 도우미 롭과 맨디블 은식기 세트까지 실을 수 있었다. 이 식기 세트가 대가족에게로 돌아오면 열여섯 개나 되는 아이스티 스푼이 훨씬 더 타당성을 얻게 될 것이었다. 모든 일이 꽤 순조롭게 이뤄졌다.

월링은 놀리의 보물로 자신을 위한 사치품 하나를 구입했다. 바로 칩을 태우는 시술이었다. 고주파 무선 전파를 쏴서 이 이식 장치의 위성통신을 태워버리는 시술로, 자유주에서 흔하게 시행되었을 뿐 아니라 수술적인 제거에 비해 안전했다. 이 기술을 고안한 사람은 부자가 되었지만, 월링은 칩 중성화 시술을 받은 네바다 사람들 가운데 다시 미국으로 넘어가는 모험을 시도할 만큼 이 시술을 신뢰하는 사람을 보지 못했다. 그러니 어쩌면 터무니없는 짓이었는지도 모른다. 그러나 월링은 그 후로 좀 더 깨끗해진 기분이 들었다. 성폭행 피해자가 얼얼한 느낌으로 표본 채취와 각종 검사, 사진 촬영 등을 받은 뒤 마침내 샤워를 허락받았을 때의 기분이랄까.

고교 과정을 검정고시로 이수하고 결국 대학까지 졸업한 월링은 물을 공부한 일이 현명했음을 확인할 수 있었다. 절대 일이 끊어지지 않았다. 그러나 고지식한 수문학자가 되지 않으려고 1년에 한 번 어머니의 생일에 피파와 함께 친환경 설정을 꺼놓고 15분 동안 멋지게 사치스러운 샤워를 즐겼다. 이 연례 의식에는 대륙 지폐로 약 100달러가 들었지만 그만한 가치가 있었다. 그는 네브래스카 지하 저장소에서 주워온 옛 100달러짜리 지폐를 일종의 상징물로 액자에 넣어 화장실 변기 위에 걸어놓았다. 1년에 한 번씩 죄스러운 샤워를 즐길 때마다 이 지폐의 액자 유리에 뿌옇게 김이 서렸다.

피파는 나이를 먹어가면서 노인들에게 너그러워졌고, 덕분에 복도 난간과 계단 전기 승강기를 설치하는 그녀의 사업은 인간적이라는 평판을 얻었다. 출장을 나갈 때 그녀가 노인들에게 베푸는 가장 큰 호의는 난폭한 맨디블 가의 아이들, 즉 빙의 아이들과 서배너의 아이들, 구그의 아이들, 그리고 윌링과 피파의 아이들 가운데 일부를 뽑아서 데려가는 것이었다.

안타깝게도 재러드와 빙의 레몬 과수원은 경제적으로 타산이 맞지 않을 만큼 과하게 물을 잡아먹었으므로 그들은 눈물을 머금고 나무들을 말려버렸다. 달관한 재러드는 낙담하는 그의 농장 일꾼들에게 모든 사람은 그 창조주로부터 오로지 행복을 추구할 권리, 즉 행복을 알아서 스스로 찾을 권리만을 부여받았다고 상기시켰다. 그나마 제2의 보루에서 화분에 레몬 나무 두세 그루를 키웠으므로 테킬라에 넣을 레몬은 언제든 조달할 수 있었다. 해 질 녘이 되면 어른들은 으레 칵테일을 마시기 위해 베란다에 모여 하나뿐인 풍요의 집 술잔을 누가 사용할 것인지를 놓고 티격태격했다. 그러나 결국 지독히 말 안 듣는 구그의 막내 아이가 그 전설의 유물을 깨뜨리고 말았다. 윌링은 화를 가라앉히려 애쓰며 자신이 예전에 놀리의 책을 석유통에 넣고 태우기 위해 그녀에게 해준 이야기를 떠올렸다. 당시 그는 사물의 의미는 언제든 다시 찾을 수 있다고 말했다. 그렇다. 그 전설의 술잔은 아주 낡은 술잔이 되었다. 윌링은 자신의 조언에 좀 더 자주 귀를 기울여야 하지 않을까 생각했다.

서배너의 섬유디자인은 대부분이 사막이고 통상조차 금지된 나라 치고는 그럭저럭 명성을 얻었지만, 솔직히 말하면 이는 썩 잘되지 않는다는 뜻이었다. 에이버리는 또 변변찮은 치료요법으로 보루에 클리닉을 차려 정신 나간 손님들을 꽤 많이 끌었지만, 이들이 집에 돌아가면 사람들은 모두 그들을 비웃었다. 로웰은 중세적 통화정책을 사용하는 네바다 합중국이 조만간 무너질 수밖에 없는 이유에 대해 논문을 쓰며 퇴직 생활을 즐겼다. 가득 모인 청중 앞에서 장광설을 늘어놓는 그는 네바다에서 가장 유명한 인습 타파주의자가 된 반면, 재러드는 건강하고 애국적인 시민이 되어 주류에 합류했다. 처음에는 순전히 다양성의 측면에서 두 사람 모두 뒤바뀐 역할을 즐기는 듯했지만, 시간이 갈수록 재러드는 기득권의 치어리더가 되어 현 상태를 응원하는 일에 대해 조금 우울해했다. 제인은 널찍한 스페인 현대 양식의 경내에 고요의 방을 만들 공간이 충분했음에도 이를 거절했다. 그녀의 적응력은 나아졌지만 배은망덕하게 집을 빼앗은 이들에게 효과적으로 선물한 대 그랜드 맨의 은제 아스파라거스 집게를 끊임없이 아쉬워했다. 카터는 90대의 나이에도 돈벌이가 되는 일을 해야 한다며 신문 발행을 시작했다. 늘 적자를 면치 못했지만 네바다 사람들은 〈라스베이거스 선〉이 그리웠던 모양이었다. 카터의 신문은 아주 정확하지 않았지만 이런 흥미 위주의 기사가 적어도 사실일 확률은 50 대 50보다 높았고, 그렇다면 인터넷보다 훨씬 더 나은 셈이었다.

그 사이 커트가 제 발로 보루의 대문을 열고 절뚝거리며 들어왔다. 그는 인디애나 주에서 산업재해를 당한 탓에 네바다 합중국의 노동인구에 이렇다 할 보탬이 되지 않았다. 맨디블 가족은 그를 받아주었을 뿐 아니라 자원을 공동 출자하여 치아 임플란트를 해주었다. 이처럼 임의적인 친절은 복지제도의 믿을 만한 대체물이 될 수는 없었지만 솔직한 필요를 면대면으로 충족시켜주는 것, 그리고 그럴 만한 여유를 가진 것은 흡족한 일이었다. 커트는 강제로 떠넘겨진 것이 아니라 따뜻한 온정의 손길에 안긴 것이었다. 자의로 제공된 박애에는 원망이 담기지 않았다.

구그는 처음에 네바다 합중국 국세청에 지원하여 단일 집행관이 되었다. 그의 주요 업무는 사려 깊게도 사업의 수익금을 신고해주고 관대하게도 이를 이웃과 나눠주는 납세자들에게 1년에 한 번씩 과장 가득한 감사장을 보내는 것이었다. 또한 네바다 합중국의 국세청에서 너무도 자주 저지르는 세금 고지서 계산 착오나 시민의 신고서 분실에 대해 (시간과 거리가 허락한다면 가급적 직접 만나서) 수없이 굽실거리며 사과하는 일도 떠맡아야 했다. 안타깝게도 비굴한 태도와 반성하는 태도는 구그의 강점이 아니었다. 설상가상으로, 카슨시티의 입법부에서 그의 부서에 '공포와 위협, 약탈의 사회 분위기'를 조장해선 안 된다고 꾸짖는 엄격한 지침을 내려보내는 바람에 좀 더 가혹한 의무를 원했던 구그는 결국 그 자리에서 밀려났다. 그는 인근 고등학교의 토론팀 지도교사로 취직하여 조숙한 10대 아이들에게 어른들의 인내심을 시험하는 거만한 아이가 되는 법을 가르쳤다. 그는 아이들 사이에서 인기가 무척 좋았다.

2057년 49개 주의 한 이민자로부터 오스트레일리아가 인도네시아의 침략을 당했다는 소식이 들려왔다. 미국 대통령은 캔버라에 유감을 표명하는 특별 성명을 보냈다고 했다.

그 밖의 소식 : 마침내 팔레스타인 국가가 생겼지만 아무도 상관하지 않았다. 러시아는 천연가스 자원이 풍부한 알래스카를 합병했다.

하원의장은 '알래스카는 어차피 너무 외따로 떨어져 있지 않았느냐'고 지적했다.

103세까지 산 놀리는 매일 거르지 않던 팔벌려뛰기 3천 번을 조금 못 채운 채로 쓰러졌다. 이 무렵 그녀는 사실상 네 발로 팔벌려뛰기를 하고 있었다. 그전에 그녀는 열성적인 독자들을 위해 소설 일곱 편을 더 썼다. http://usn에서도 불가피하게 해적판이 만연했으므로 그녀의 독자들 대부분은 이 책들을 공짜로 읽었다. 그녀가 세상을 떠난 뒤에 네바다 주립대학 도서관에서 '폐판'을 매입했다.

2064년, 네바다의 일괄 과세율이 11퍼센트로 올랐다.

당연히.

〈끝〉

옮긴이 **박아람**

소설 전문 번역가이자 KBS 더빙 번역 작가로 활동 중이다. 옮긴 책으로는 라이오넬 슈라이버의 《내 아내에 대하여》, 《빅 브러더》를 비롯하여 《마션》, 《달빛 코끼리 끌어안기》, 《로옴의 왕과 여왕들》, 《작가의 시작》, 《생활수업》, 《12월 10일》, 《포이즌우드 바이블》, 《찰리와 악몽학교》, 《달콤한 내세》 등 다수가 있다.

맨디블 가족
2029년~2047년의 기록

1판 1쇄 인쇄 2018년 4월 16일
1판 1쇄 발행 2018년 4월 23일

지은이 라이오넬 슈라이버
옮긴이 박아람

발행인 양원석
편집장 김지연
디자인 RHK 디자인팀 마가림, 김미선
해외저작권 황지현
제작 문태일
영업마케팅 최창규, 김용환, 양정길, 정주호, 이은혜, 신우섭,
    유가형, 이규진, 김보영, 임도진, 김양석, 우정아
독저교정 원동혁, 황정수

펴낸 곳 ㈜알에이치코리아
주소 서울시 금천구 가산디지털2로 53, 20층 (가산동, 한라시그마밸리)
편집문의 02-6443-8846   **구입문의** 02-6443-8838
홈페이지 http://rhk.co.kr
등록 2004년 1월 15일 제2-3726호

ISBN 978-89-255-6350-3 (03840)